Henry Porter · Am elften Tag, zur elften Stunde

Henry Porter

Am elften Tag, zur elften Stunde

Roman

Aus dem Englischen
von Fred Kinzel

Karl Blessing Verlag

Titel der Originalausgabe: Rememberance Day
Originalverlag: Orion, London

Die Übersetzung des Gedichts
»As I walked out One Evening«
von W. H. Auden mit freundlicher Genehmigung
des Europa-Verlages.

Umwelthinweis:
Dieses Buch und sein Schutzumschlag wurden auf
chlorfrei gebleichtem Papier gedruckt.
Die Einschrumpffolie (zum Schutz vor Verschmutzung)
ist aus umweltschonender recyclingfähiger PE-Folie.

Der Karl Blessing Verlag ist ein Unternehmen
der Verlagsgruppe Bertelsmann.

1. Auflage

Umschlaggestaltung: Design Team München
Satz: Uhl + Massopust, Aalen
Druck und Bindung: Wiener Verlag
Printed in Austria
ISBN 3-89667-106-5

ERSTES KAPITEL

Er wusste noch genau, wo er gestanden hatte. Er wusste, was er bis zu jenem Augenblick gedacht hatte. Er hatte gedacht, dass er gern die junge Frau in dem kurzen Kleid und der langen Jacke ansprechen würde, die ein paar Meter von ihm entfernt auf dem Gehsteig stand und ungeduldig einen kleinen Rucksack hin- und herschlenkerte, sodass er ständig gegen ihren Oberschenkel stieß. Sie wartete ebenfalls auf jemanden. Er lächelte ihr zu, brachte jedoch nur ein aufgesetztes Grinsen zu Stande und nicht den beabsichtigten solidarischen Blick, der besagen sollte: »Man hat uns wohl beide versetzt.« Sie ignorierte ihn und ging zum Eingang der U-Bahnstation, wo sie demonstrativ die Treppe hinabspähte. Ein Windstoß blies von der U-Bahn herauf und hob ihr Kleid. Das schien sie zu ärgern. Sie klatschte es nach unten und strich energisch darüber, als müsste sie den Staub davon abklopfen, dann zog sie sich aus dem Luftzug zurück und stellte sich vor das Schaufenster einer Fluggesellschaft.

Es war ein warmer Oktoberabend. Fast wie ein Spätsommertag in Boston, dachte Con Lindow und schlenderte ein Stück weiter, um der jungen Frau zu zeigen, dass er nicht die Absicht hatte, sie anzumachen. Nach etwa zwanzig Schritten schwenkte er wieder in Richtung U-Bahnstation um. Der Verkehr war für kurze Zeit abgeflaut, und Lindow überlegte, warum sich Eamonn wohl diesmal verspätete und wie sie den Abend verbringen würden. Eamonn hatte am Telefon nur so viel verraten, dass sie sich ein paar Drinks genehmigen und dann in ein lateinamerikanisches Lokal irgendwo nördlich der Oxford Street einkehren würden. Als Abendprogramm klang das nicht sehr viel versprechend, aber Lindow freute sich darauf, Eamonn wieder zu sehen. Er sah ihn schon vor sich, wie er mit einem Buch oder einer Zeitung unter dem Arm aus der U-Bahn schlurfen, reumütig über seine Verspätung lachen und es dann so darstellen würde, dass Lindow sich blöd vorkam, weil er so pünktlich war. Es war nun zwei Jahre her, dass ihre Mutter an Krebs gestorben war, bevor einer der beiden überhaupt etwas von einer Krankheit bemerkt hatte. Damals waren sie sich zuletzt begegnet. Lindow sah wieder das Begräbnis vor sich – Eamonns gequältes Gesicht in dem feierlichen irischen Trauerzug.

Ein Bus bog in die Clarence Street und bremste ab, bevor er um eine Verkehrsinsel steuerte. Vielleicht saß ja Eamonn in dem Bus? Allerdings hatte er angekündigt, dass er direkt mit der U-Bahn von der Arbeit kommen würde, um nicht im Berufsverkehr stecken zu bleiben. Um Viertel nach sieben hatte er ganz bestimmt da sein wollen, aber bei Eamonn konnte man nie wissen. Vielleicht war er einem Bekannten über den Weg gelaufen und hatte ihre Verabredung vergessen. Nein, beruhigte sich Lindow, er würde kommen. Sie hatten sich so lange nicht gesehen. Außerdem war es Eamonn gewesen, der auf eine Zusammenkunft gedrängt hatte. Er würde bald da sein. Lindow sah zu dem Bus, und dann schaute er auf seine Uhr. Daran sollte er sich später genau erinnern.

Es war neunzehn Uhr fünfunddreißig, als die Straße explodierte.

Lindow wurde von seinen Füßen gerissen und mit dem Rücken gegen einen eisernen Poller geschleudert. Er verlor das Bewusstsein. Als er wieder zu sich kam, stellte er fest, dass die Welt ausgelöscht war. Er sah nichts mehr. Er lag reglos da und horchte. Von der Druckwelle zersplittertes Glas prasselte herab und schnitt ihn in die Beine, und irgendwo in der Straße war ein fürchterliches Tosen, als hätte man die Tür eines riesigen Schmelzofens geöffnet. Alarmanlagen schrillten. Menschen schrien vor Entsetzen, als sie begriffen, was ihnen zugestoßen war. Lindow hatte nur einen Gedanken: Er musste sich vor den Glassplittern schützen, die von den Gebäuden herabhagelten. Er versuchte, seine rechte Hand zu bewegen, aber ein schweres Gewicht hielt sie fest. Er wand sich, befreite den linken Arm, der in einer Art Ringergriff hinter seinem Rücken verkeilt war, und legte ihn schützend vors

Gesicht. Aber das war nicht sein Gesicht. Dann verstand er. Er war nicht erblindet, sondern eine Art Tuch war auf sein Gesicht gefallen und bedeckte seine Augen. Er zog an dem Stoff und hatte plötzlich wieder freie Sicht. Es war dunkel, und die Luft war voller Rauch und Staub. Unmengen von Papierfetzen wirbelten in der Thermik des Feuers in den Nachthimmel. Lindow begriff inzwischen, dass eine Bombe explodiert war. Aus irgendeinem Grund wusste er auch, dass sie in dem Bus explodiert war, obwohl er die Explosion selbst nicht gesehen hatte. Auch jetzt konnte er den Bus nicht sehen, weil sein Kopf in die andere Richtung gedreht war. Dann kam der Schmerz, er schoss vom Hinterkopf zur Stirn und in die Augenhöhlen. Lindow schloss die Lider und spürte, wie sich sein Magen hob. Gleich würde ihm übel werden. Er musste aufstehen, weglaufen. Er drehte den Kopf von dem Poller weg und prüfte systematisch seine Körperfunktionen. Zuerst wackelte er mit den Zehen; sie bewegten sich. Er befühlte behutsam mit den Fingerspitzen seine Brust, wie ein Blinder beim Lesen von Brailleschrift, und fuhr von dort zu seinem Bauch und seiner Leiste hinab. Dort machte er eine grässliche Nässe aus, und in der Nähe seines Gürtels berührte er eine klebrige Masse. Die Explosion musste ihm die Bauchdecke aufgerissen haben. Er wusste, dass solche Verletzungen das Nervensystem verwirren können und das Gehirn dann die Tatsache, dass man verwundet ist, nicht verarbeitet. Manchmal steigen Leute mit solchen Verletzungen aus Unfallautos, gehen ein paar Schritte und fallen dann tot um. Vielleicht erlebte er gerade seine letzten bewussten Augenblicke. Aus und vorbei seine hochfliegenden Pläne, alles, was er sich vorgenommen hatte und wovon er dachte, nur er könnte es tun, es würde nie vollbracht werden. Er bereitete sich auf das Sterben vor. Doch nichts geschah. Schließlich betastete er noch einmal seinen Bauch und die weiche Masse dort. Nicht der geringste Schmerz und – zu seiner Verblüffung – auch keine Wunde.

Dann hörte er ein Stöhnen, einen tiefen, erstickten Laut, den er nicht deuten konnte. Es war die Stimme einer Frau. Sie war quer über ihn gefallen. Ihre lange Jacke war nach oben gerutscht und hatte sein Gesicht bedeckt. Das erkärte auch den eigenartigen Parfümgeruch, der ihm in die Nase gestiegen war. Ihr Kopf lag ganz nahe bei seinem.

»Sind Sie verletzt?«, fragte er und verlagerte seinen Körper, sodass sie von ihm herab auf das Pflaster rutschte und erneut stöhnte.

»Sind Sie verletzt?«, wiederholte er stumpfsinnig. Dann begriff er, dass die Blutlache auf seinem Bauch nicht von ihm, sondern von der Frau stammte.

Er drehte sich etwas, hob seinen Kopf und warf mühsam einen Blick auf die Verletzte. Es war das Mädchen, das er am Eingang zur U-Bahn beobachtet hatte. Er setzte sich auf, indem er sich gegen den Poller stützte, und strich mit der rechten Hand die Haare zurück, die im Gesicht der jungen Frau klebten. Ein Kopfhörer, der sich vom Walkman gelöst hatte, hing noch in ihrem Haar. Die rechte Seite ihres Gesichts war eine blutige Masse, aus der weiße Flecken schimmerten. Er überlegte, ob er das Blut abwischen sollte – doch dann erkannte er, dass dahinter nichts mehr war. Kein Gesicht. Was er sah, waren ihre Zähne, die sich bewegten, als sie zu schreien versuchte. Das Kleid an ihrem Körper glänzte feucht im Licht, das noch immer aus den Räumen der Fluggesellschaft flutete. Unterhalb ihres Brustkorbs war ein dunkler Fleck. Lindow richtete sich auf und versuchte zu rufen, aber er hatte keine Stimme mehr. Er hustete, versuchte es noch einmal und brachte einen heiseren Schrei zu Stande. Niemand kam.

Etwa siebzig Meter von ihm entfernt brannte der Bus. Die Hitze schlug Lindow ins Gesicht. Aus dem Motor schossen Flammen, und aus den Fenstern quoll dichter, schwarzer Rauch. Zwischen den Schwaden konnte Lindow erkennen, dass der Bus auf der Seite regelrecht auseinander gerissen war. Das Heck war auf die Verkehrsinsel in der Mitte der Straße geschleudert worden. Hinter dem Bus stand ein schwarzes Taxi mit offener Kühlerhaube und brennenden Vorderreifen. Rundherum loderten kleinere Feuer. Abfalleimer und Plastikgehäuse der Ampeln hatten sich durch die Hitze entzündet, Teile der weggesprengten Seitenverkleidung des Busses lagen zusammen mit schwelenden Rädern auf der Straße. Plötzlich rannte eine Gestalt auf den Bus zu, verschwand im Rauch auf der Vorderseite und tauchte dann, etwas hinter sich her schleifend, wieder auf.

Lindow wusste nicht mehr, wie belebt die Straße vor dem Auftauchen des Busses gewesen war. Dort wo nun der Bus stand, war vorhin eine Touristengruppe im Gänsemarsch unter den steinernen Arkaden an der Ecke durchmarschiert. Vielleicht waren sie rechtzeitig weitergegangen. Näher bei ihm – gleich hinter der U-Bahnstation – bewegte sich etwas, das er für einen Abfallhaufen gehalten hatte. Ein Arm tauchte aus den Trümmern auf und winkte durch den Rauch; ein Radfahrer, den Lindow beim Warten beobachtet hatte, stand auf und schob sich den Helm aus dem Gesicht. Ein weiterer Mann kroch direkt auf Lindow zu. Es war der Zeitungshändler, der seinen Stand vor dem U-Bahneingang hatte. Er robbte ein Stück weit, dann sah er überrascht auf seine Hand hinab. Auf die Ellenbogen gestützt, tastete er nach seiner Jackentasche.

»Kommen Sie nicht näher«, rief Lindow, »hier ist alles voller Glassplitter.« Er fand nur mühsam seine Stimme.

Der Mann beachtete ihn nicht. Er griff nach einem Zeitungsbündel und schnitt mit einem Taschenmesser das Band auf, das es zusammenhielt, sodass sich die Zeitungen über das Pflaster ergossen. Dann bahnte er sich einen Weg zu Lindow und dem Mädchen, indem er die Zeitungen vor sich her schob.

»Ist sie schwer verletzt?«, rief er.

»Ich glaube, ja.« Lindow stützte den Kopf der jungen Frau mit der Handfläche, ohne das verwundete Gesicht zu berühren. Sie kam immer wieder kurz zu sich, und ihr Kiefer bewegte sich mit einer langsamen, kauenden Bewegung.

»Es hat sie am Kopf und am Bauch erwischt.«

»O Gott, wie sie zugerichtet ist«, sagte der Mann und sank neben den beiden zu Boden. »Wo bleiben bloß die Krankenwagen?«

Lindow sah, dass das Bein des Mannes unterhalb des Knies in einem seltsamen Winkel abstand. Vermutlich war es ausgerenkt oder das Schienbein war zertrümmert. Der Mann wälzte sich auf den Rücken. Dann schob er eine Hand in die Hose und fingerte darin herum, wobei er die Hüften bewegte. Schließlich schüttelte er das Bein, und es fiel ab. Lindow brauchte einige Sekunden, bis er begriff, dass es sich um eine Prothese handelte.

Der Zeitungsverkäufer richtete sich ein wenig auf und sah auf sein gesundes Bein hinab. Seine Hose hing in Fetzen und war voller Blutflecke.

»O Gott, nicht auch noch mein zweites Bein. Verdammte Scheißbombe«, sagte er und hustete dann wegen einer Rauchschwade, die zu ihnen herübergezogen war.

Minuten vergingen. Niemand kam. Aber nun liefen Menschen umher, schrien um Hilfe und suchten nacheinander. Lindow war klar, dass er das Mädchen unmöglich ohne Hilfe wegtransportieren konnte. Er blieb also bei der Verletzten, lehnte sich gegen den Poller und wollte sich zusätzlich mit der linken Hand abstützen, als er etwas Warmes, Weiches unter der Handfläche spürte. Ohne nachzudenken, hob er es auf. Es war ein Vogel, ein Sperling, der vom Himmel herabgefallen war, getötet von der Druckwelle oder einem Glassplitter. Als Lindow ihn sanft auf den Gehsteig zurücklegte, fiel ihm eine Zeile ein, die er einmal irgendwo gelesen hatte. »So leicht und rasch wie ein Flügelschlag vollzieht sich der Übergang vom Leben zum Tod.«

Er fragte sich, ob die junge Frau wohl kurz vor diesem Übergang stand. So wie ihr Gesicht nun aussah, wäre es vielleicht das Beste für sie.

Ein Fahrradkurier, der in ein Funkgerät an seinem Schulterhalfter sprach, kam auf ihre kleine Gruppe zugerannt.

»Hier sind noch mal drei«, rief er. »Ja, drei. Das macht jetzt mindestens fünf Schwerverletzte. Ja. Sie werden Blut brauchen… Ich sehe hier eine Frau mit schlimmen Verletzungen. Und einen Mann mit einem gebrochenen Bein. Alle haben Schnittwunden und bluten, es ist ein verdammtes Massaker, das kann ich dir sagen.«

Ohne das Wort an die Verletzten zu richten, lief er auf die andere Straßenseite weiter.

Nach einer Weile stieß eine Polizistin zu ihnen. Sie war weiß im Gesicht und schien selbst einer Panik nahe. Sie kniete sich zwischen dem Zeitungshändler und dem Mädchen nieder und strich mit dem Handrücken über das verklebte Haar der Verletzten.

»Kennen Sie die Frau? Wissen Sie ihren Namen?«, fragte sie mit hoher, zittriger Stimme.

»Nein«, antwortete Lindow.

»Ich weiß nicht, wie sie heißt«, sagte der Zeitungshändler, »aber ich heiße Harry Ribb. Kann jemand meine Frau anrufen und ihr sagen, dass ich in Ordnung bin? Wenn sie die Nachrichten sieht, wird ihr nämlich klar werden, dass ich im Schlamassel stecke, weil ich hier meinen Stand habe, versteh'n Sie?«

Die Polizistin hörte ihn nicht. »Bleiben Sie hier bei ihr«, sagte sie zu Lindow. »Versuchen Sie sie bei Bewusstsein zu halten. Haben Sie etwas, um sie zuzudecken? Ich habe meinen Mantel bei einem Mann dort drüben gelassen.«

Lindow bot ihr seine Jacke an. Die Polizistin stützte ihn an den Schultern und half ihm dabei, die Jacke auszuziehen.

»Sie haben hier eine üble Schnittwunde«, sagte sie mit einem Blick auf das Blut am Kragen.

Sie deckten das Mädchen zu. Als die Polizistin aufstand, zitterte ihre Unterlippe. Sie sah weg und holte tief Luft. Die Sehnen an ihrem Hals zuckten heftig. »Gleich kommt Hilfe«, sagte sie und eilte davon, eine Hand an den Gürtel gepresst, damit Stock und Funkgeräte nicht gegen ihre Oberschenkel schlugen.

Sämtliche Alarmanlagen der Straße schienen inzwischen synchron zu schrillen. Nachdem Lindow wusste, dass er selbst nicht schwer verletzt war, konzentrierte er sich ganz auf die junge Frau. Er beugte sich über sie und erzählte ihr, was ihm gerade in den Sinn kam. Von Boston und dem Leben am Massachusetts Institute of Technology, vom Skifahren in Vermont, und dass es im Sommer so heiß in seinem Labor wurde, dass er einmal einen der Kühlräume geöffnet und seinen Schreibtisch direkt davor gestellt hatte. Er sprach immer weiter, ohne zu wissen, ob sie etwas davon mitbekam. Irgendwann wurde sie völlig still, und er dachte, sie sei gestorben. Doch dann explodierte in einiger Entfernung ein Benzintank, und er spürte, wie sich ihr Körper anspannte. Er hielt sein Gesicht direkt an ihres und fragte nach ihrem Namen. Sie murmelte etwas, aber Lindow verstand nicht, was sie sagte. Harry Ribb blickte vor sich hin und hieb stumpfsinnig mit der Faust auf den Gehsteig.

Hinter sich hörte Lindow den ersten Krankenwagen, der sich einen Weg durch die Autowracks bahnte. Mitten auf der Straße hielt er an. Zwei Männer stiegen aus und rannten zu einem Polizisten, der heftig gestikulierend auf Gruppen von Verletzten wies. Inzwischen taumelten weitere Menschen auf der Straße herum, alle blutüberströmt. Lindow schrie und winkte den Sanitätern, aber sie bemerkten ihn nicht. Endlich kämpfte sich einer über die Halde von Glasscherben zu ihm durch, die Splitter knirschten unter seinen Sohlen.

»Sie müssen dieser Frau helfen!«, forderte Lindow. »Sie braucht sofort Hilfe.«

Der Mann leuchtete das Mädchen mit einer Taschenlampe an und kritzelte etwas auf ein Klemmbrett. »Tut mir Leid, Sir, im Moment können wir nichts machen. Wir sind die Ersten hier, verstehen Sie? Wir müssen zunächst der Einsatzzentrale Meldung machen. Damit sie eine Vorstellung vom Ausmaß der Sache bekommen.«

»Mann, sie kann sterben, während Sie Ihre gottverdammte Liste schreiben. Sie hat innere Blutungen. Sehen Sie sie an. Sehen Sie doch hin, Mann!«

»Ich verstehe Sie ja«, sagte der Sanitäter ungerührt, »aber wir müssen so vorgehen. Sie wird die Erste sein, um die wir uns kümmern, wenn die anderen Mannschaften eintreffen, das verspreche ich Ihnen. Es wird nicht mehr lange dauern. Bleiben Sie hier und sorgen Sie dafür, dass sie sich nicht bewegt. Es dauert nicht mehr lange.«

Er eilte weiter zu einer anderen Gruppe, wo eine Frau vor einem leblosen Körper kniete. Sie wiegte sich hin und her und stieß dabei heisere Schreie aus. Plötzlich huschte ein grelles Licht im Zickzackkurs über den Gehsteig. Ein Kameramann war aus dem Nichts aufgetaucht und schwenkte seine Kamera vom Wrack des Busses auf Lindow und das Mädchen.

»Hauen Sie ab, verdammt noch mal!«, schrie Lindow. »Sehen Sie nicht, was mit ihr los ist?«

Er hob den Arm, um die Augen der jungen Frau vor dem Lichtstrahl zu schützen. Im selben Moment wurde ihm klar, dass die Bilder niemals gezeigt werden konnten. Das Licht flutete über ihr Gesicht und ihren Körper und überließ nichts der Phantasie. Doch kein Sender würde es wagen, diese Bilder auszustrahlen.

Das Licht erlosch, der Kameramann wich erschrocken zurück und schielte hinter seinem Objektiv hervor. »Tut mir Leid«, sagte er und schwang die Kamera von der Schulter. Er machte sich kopfschüttelnd davon.

»Verdammter Aasgeier«, knurrte ihm Harry vom Gehsteig aus nach.

Lindow beschloss, dass er etwas für das Mädchen tun musste. Sonst würde womöglich die ganze Nacht verstreichen, bis jemand kam. Er stemmte sich gegen den Poller. Seine Beine waren steif und kalt, und er fühlte einen stechenden Schmerz.

»Können Sie ihren Kopf stützen?«, sagte er zu Harry. »Ich hole Hilfe. Sonst kommt sie nicht durch.«

Harry kroch zu ihm, das künstliche Bein schleifte er hinter sich her. Dann ließ Lindow den Kopf der jungen Frau behutsam auf Harrys runden Bauch sinken. Als Harry auf sie hinabsah, hatte er Tränen in den Augen. Feine Glassplitter glitzerten in den Schnitten auf seiner Stirn.

Lindow stand unsicher auf. Inzwischen waren mehrere Krankenwagen eingetroffen. Aus einem weißen Volvo Kombi mit grünem Blinklicht stiegen Leute, offensichtlich ein Ärzteteam. Es war kalt geworden, und ein herbstlicher Nieselregen setzte ein. Die Ärzte zogen eilig Regenjacken an. Lindow wollte zu ihnen laufen, aber ein Schmerz hielt ihn auf. Er sah auf sein linkes Bein hinab, wo ein Stück Glas aus dem Schenkel ragte. Jedes Mal, wenn er das Bein bewegte, blieb der Stoff seiner Kordhose an der Scherbe hängen und trieb sie tiefer in die Wunde. Ohne sich wirklich bewusst zu werden, was er tat, zog Lindow das Glas wie einen Dorn aus seinem Bein und warf es in den Rinnstein. Dann lief er zu dem Volvo.

»Sind Sie Arzt?«, rief er dem nächststehenden Mann über den Lärm der Sirenen und Alarmanlagen hinweg zu.

»Ja«, rief der Mann zurück. »Geht es um Sie?«

»Nein, es geht um eine Frau dort hinten«, sagte Lindow. »Es steht schlimm um sie.«

Der Arzt sah Lindows Gesicht im Schein des Blaulichts und begriff, dass die Sache ernst war. Er winkte einer Krankenschwester, ihn zu begleiten.

»Wir dürfen eigentlich gar nicht hier sein«, sagte er, als sie über das Glas zu Harry und dem Mädchen stapften. »Die Gegend ist noch nicht gesichert. Die Polizei sagt, es könnten weitere Bomben hochgehen.»

Als sie bei Harry ankamen, erzählte dieser dem Mädchen gerade mit sanfter Beharrlichkeit von seinem Garten. Dass der Regen, der jetzt fiel, zu spät kam und nichts mehr nützte. Aber es gebe immer ein nächstes Jahr, sagte er, und dann würde er einen neuen Versuch bei der Blumenschau starten, an der er dieses Mal auf Grund der Trockenheit nicht teilgenommen hatte.

Der Doktor gab Lindow eine Taschenlampe und wies ihn an, sie möglichst hoch zu halten, sodass der Lichtkegel auf das Mädchen und die Arzttasche fiel. Er war Anfang dreißig – in Lindows Alter, aber kräftiger gebaut, wie ein Rugbyspieler.

»Dann wollen wir mal sehen.« Er musterte das Gesicht der jungen Frau, dann hob er Lindows Jacke hoch, um ihren Bauch zu untersuchen.

»Wie heißt sie?«, fragte er, schüttelte aber schon kurz darauf skeptisch den Kopf. »Halten Sie die Lampe hier rüber, Mann. Hier!« Er deutete mit dem Finger seines Gummihandschuhs auf ihren Bauch. Nun hob er das Kleid an und tastete sich direkt an die klaffende Wunde unterhalb ihres Brustkorbs heran. »Wie, sagen Sie, lautet ihr Name?« Das Mädchen versuchte zu sprechen.

»Ich glaube, sie heißt Kay«, sagte Harry. »Sie hat vorhin etwas in dieser Art gesagt.«

»Also gut, Kay. Wir bringen Sie in null Komma nichts in ein Krankenhaus. Ich möchte Sie erst noch ein wenig untersuchen, und dann gebe ich Ihnen etwas gegen die Schmerzen. Alles klar? Gut. Das wird schon wieder.« Seine Miene drückte etwas anderes aus. »Halten Sie durch, Kay.«

Eine Krankenschwester kam und baute eine Notbeleuchtung auf, dazu einen wackeligen Ständer, an den sie einen Beutel mit Flüssigkeit hängte.

»Sie braucht eine Infusion«, sagte der Arzt, »und wir geben ihr auch gleich eine Morphiumspritze.«

Die Schwester hielt prüfend die Spritze ins Licht, drückte auf den Kolben, bis Flüssigkeit herausspritzte, und reichte sie dem Arzt. Der blieb in der Hocke, wechselte nun aber auf die linke Seite der Frau, tastete nach ihrem Gesäß und rieb es kräftig. Er drückte die Spritze vorsichtig in den Muskel.

»Ich verstehe diese Menschen nicht«, sagte er dann leise. »Was hat die Kleine denn getan?«

Die Verletzte schlief fast augenblicklich ein, ihr Kopf sackte nach hinten in Harrys Armbeuge. Harry stützte ihn mit seiner freien Hand und sah dabei weg. Er konnte den Anblick ihres Gesichts nicht ertragen.

Die Schwester steckte ihr eine Infusionsnadel für Hartmans Blutplasma in den rechten Arm, dann befestigte sie über der rechten Brust die Drähte für das EKG. Die Frau atmete nun regelmäßig, aber der Arzt sah besorgt aus. Er beugte sich dicht über ihr Gesicht. »Wir bringen Sie gleich weg, Kay. Haben Sie noch ein bisschen Geduld.«

Er ging zur Seite und sprach mit der Schwester. »Wahrscheinlich schwere Verletzungen an der Leber, innere Blutungen und eine Menge Wunden durch Glassplitter. Rufen Sie David Peretz an und sagen Sie, ich schicke sie zu ihm. Ich kümmere mich um einen Krankenwagen.«

Die Schwester zog sich die Kapuze ihres Regenmantels über den Kopf und stand auf. Es goss nun in Strömen, und Lindow zitterte. Die Schwester wählte die Nummer des Krankenhauses auf ihrem Handy, zog es unter die Kapuze und hielt es ans Ohr. Dann wurde sie ungeduldig und wandte sich an Lindow.

»Können Sie das für mich erledigen? Drücken Sie einfach die Wahlwiederholung, bis sich jemand meldet. Ich lege Kay inzwischen einen Verband an.«

Lindow probierte es mehrmals, kam jedoch nicht durch.

»Irgendwas mache ich falsch«, sagte er. »Ich kriege keine Verbindung.«

»Wahrscheinlich gibt es keine Verbindung, weil das Mobilnetz völlig überlastet ist. Leute, die versuchen, ihre Angehörigen zu erreichen, Journalisten, die jetzt pausenlos am Telefon hängen. Da kommt niemand mehr durch. Es ist immer das Gleiche. Wir werden es über Funk probieren müssen.« Während sie sprach, zog sie Wundkissen aus der Verpackung und drückte sie leicht auf Bauch und Gesicht des Mädchens. Dann wickelte sie eine Mullbinde um den Kopf des Opfers, um das Kissen zu befestigen.

Der Doktor kehrte mit zwei Sanitätstrupps zurück, einer für das Mädchen, der andere für Harry. Lindow wunderte sich, warum sie nicht mit ihren Fahrzeugen anrückten, aber dann fiel ihm ein, dass die zahllosen Glassplitter ihnen die Reifen zerschneiden würden.

Kay wurde auf eine Trage gehoben und zu einem Rettungswagen gebracht. Der zweite Trupp kümmerte sich um Harry, dessen Gesicht nun von einer Sauerstoffmaske bedeckt war. Sie wickelten sein Bein in einen Druckverband. Als sie ihn gerade wegtragen wollten, nahm er die Maske vom Gesicht und wies sie mit lallender Stimme an, sein künstliches Bein nicht zu vergessen, das sie beiseite geräumt hatten und das nun herrenlos auf dem Gehsteig lag. Lindow hob es zusammen mit seiner Jacke auf und folgte ihnen zum Krankenwagen.

Bevor er zu Harry einstieg, blickte er zum Wrack des Busses, das unter den Wasserstrahlen der Feuerwehr zischte und dampfte. Die Männer, die er nicht hatte eintreffen sehen – sie mussten von der anderen Seite gekommen sein –, zielten mit fünf oder sechs Schläuchen auf den Bus und setzten die Straße unter Wasser, auf der sich ein großer, orangefarbener See bildete. Das Oberdeck des Busses war fast völlig ausgebrannt, nur einige Metallreste ragten noch wie schwarze Geweihe in die Höhe. Aus dem Fahrzeugheck, das auf der Verkehrsinsel gestrandet war, schlugen immer noch Flammen. Es war zwanzig Uhr dreißig, fast eine Stunde nachdem der Bus in die Clarence Street eingebogen war.

Commander Kenneth Foyle, der Leiter der Antiterroreinheit der Metropolitan Police, hatte sich einen Tag freigenommen, um seiner Tochter bei einer Gerichtsverhandlung in Somerset beizustehen. Zusammen mit dreizehn anderen jungen Leuten war sie verschiedener Vergehen angeklagt, die von Nötigung bis zu mutwilliger Sachbeschädigung reichten. Katherine Foyle gehörte einer Initiative an, die gegen den Bau eines landwirtschaftlichen Forschungszentrums protestierte. Am Tag zuvor waren im Morgengrauen Polizisten und private Sicherheitskräfte in das besetzte Lager bei den neuen Labors eingerückt, und zwei Wachleute hatten Katherine weggeschleift. Das alles hatte Kenneth Foyle einer Boulevardzeitung entnommen, in der ein Bild seiner Tochter prangte. Von der Polizei in Somerset erfuhr er, dass man Katherine Nötigung und Widerstand gegen Vollstreckungsbeamte vorwarf und sie über Nacht eingesperrt hatte. Katherine und Nötigung! Da kannte er sie besser.

Foyle hatte bei Scotland Yard angerufen und seinem Assistenten mitgeteilt, dass er sich um eine familiäre Angelegenheit kümmern müsse und deshalb nicht zur Arbeit kommen würde. Mehr hatte er nicht verraten, und er hoffte, dass niemand beim Yard Katherines Bild in der Zeitung erkannte. Dann hatte er seinem Fahrer freigegeben und war in seinem Privatwagen die hundert Kilometer nach Somerset gefahren, wo er gerade rechtzeitig zur Verhandlung eintraf. Er bat darum, für seine Tochter sprechen zu dürfen, und versicherte den Richtern, dass sie von nun an keinen Ärger mehr machen würde. Die Richter nickten einhellig und nicht ohne ein gewisses Mitgefühl und verhängten eine Geldstrafe von fünfzig Pfund für jedes Vergehen, die Foyle mit einem Scheck beglich.

Als er Katherine zu ihrer Studentenbude in Bristol zurückfuhr, nahm er sich vor, kein Wort über die Protestaktion und Katherines erste Nacht in Polizeigewahrsam zu verlieren. Irgendwie fühlte er sich verantwortlich für die Turbulenzen in ihrem Leben, und das gleich in doppelter Hinsicht: Zum einen war ihre rebellische Art ein väterliches Erbteil, zum anderen war er während ihrer Kindheit kaum für sie da gewesen. Zunächst hatte er verdeckte Operationen für das Drogendezernat geleitet, dann eine Reihe von Ermittlungen im Milieu des organisierten Verbrechens. Jetzt, da er mit der Leitung von SO 13 endlich sein Ziel erreicht hatte, schien sich seine Familie um ihn herum aufzulösen. June hatte beschlossen, ihr eigenes Leben zu führen: Vor etwa einem Jahr, als Katherine zum Studieren nach Bristol gezogen war, hatte seine Frau ihm an ihrem Hochzeitstag eröffnet, dass sie von nun an einen Großteil ihrer Zeit für Forschungen zu ihrer Doktorarbeit unterwegs sein würde. Falls Sie nicht gerade auf allen vieren in irgendeinem Gräberfeld mitten in der Wüste herumkroch, würde sie schreiben oder an einer Universität in den Midlands lehren. Sie würde von dem Geld leben, das aus dem Nachlass ihres Vaters übrig war. Etwas frostig hatte sie hinzugefügt, dass sie ihre Ehe nicht beende, sondern nur »aussetze«. Foyle rätselte seitdem, was das bedeutete. Sein Instinkt, der ihm im Beruf so viel Sicherheit gab, ließ ihn in solchen Angelegenheiten regelmäßig im Stich. Also hatte er beschlossen, sich fürs Erste mit der Lage abzufinden und eine Haushälterin einzustellen.

»Was von Mum gehört?«, fragte er Katherine.

»Nein, du?«

»Ist schon eine Weile her. Wann kommt sie aus Jordanien zurück?«

»Mitte November oder sobald es dort zu regnen anfängt.« Katherine schaute aus ihrem Fenster auf die Wolkenbank, die das letzte Licht im Westen begrub. Während des Schweigens, das sich nun ausbreitete, rieb sie an einem Schlammspritzer auf ihrer Jeans.

»Hast du diesen Polizisten tatsächlich bedroht, Katherine?«

»Kate! Ich heiße jetzt Kate, wenn's recht ist.«

»Okay, tut mir Leid… *Kate.* Hast du ihn wirklich geschlagen, wie er vor Gericht behauptet hat?«

»Blödsinn. Ich hab ihn nicht mal angerührt.«

»Aber dein Bild war in der Zeitung, zusammen mit diesen zwei Polizisten.«

»Ich weiß, sie haben es uns in den Zellen gezeigt, als sie uns Wasser und Brot gebracht haben. Ich bin nur froh, dass es Mum nicht gesehen hat.« Sie grinste ihren Vater verschwörerisch an.

»Ich finde das nicht komisch. Du bist jetzt vorbestraft. Das könnte dir irgendwann Schwierigkeiten machen. Damit ist nicht zu spaßen, Katherine … Kate.«

Sie lachte. Es schien sie nicht im Geringsten zu beeindrucken.

»Erzähl mir doch mal, was du eigentlich gegen dieses Landwirtschaftszentrum hast und was ihr da ausgerechnet jetzt macht, um Himmels willen. Um diese Jahreszeit wächst doch gar nichts.«

»Du hast eben keine Ahnung, Dad. Da werden gerade manipulierte Gene in die Natur eingeschleust. Sie säen jetzt eine neue Sorte gentechnisch verändertes Wintergetreide für die Ernte im nächsten Jahr. Deshalb waren wir dort.«

Zehn Meilen vor Bristol hielten sie an einem Steakrestaurant, wo Foyle darauf bestand, dass Katherine eine ordentliche Mahlzeit aß, weil er fand, dass sie unterernährt aussah. Er betrachtete seine Tochter, während sie die Speisekarte studierte. Sie hatte seine grobknochige Statur geerbt und den dunklen Teint, den ein aus Cornwall stammender Großvater in die Familie gebracht hatte. Ihr Haar war allerdings glatter als das ihres Vaters, und zum Glück war sie auch nicht mit seiner derben Gesichtshaut und mit seiner Nase gesegnet, die im Profil ein bisschen wie die des alten Duke of Wellington aussah. Aber in ihren Eigenarten waren sie sich erstaunlich ähnlich. June hatte häufig bemerkt, dass sie im Gespräch mit den gleichen deklamatorischen Gesten in der Luft herumfuchtelte wie er selbst.

Nach einem Glas Rotwein wurde Katherine gesprächiger und erkundigte sich nach seiner Arbeit. In der Regel wich er diesem Thema aus – zum Teil, weil es vieles gab, worüber er nicht sprechen durfte, aber hauptsächlich, weil er ihren derzeitigen Freunden nicht traute. Seiner Ansicht nach war die Szene der militanten Tierschützer oder der Leute, die gegen neue Autobahnen protestierten und Getreidefelder anzündeten – und zu der Katherine offenbar gehörte –, nicht viel zurechnungsfähiger als die Terroristen, die die Computer von Scotland Yard füllten.

»Ich hoffe, du sprichst mit deinen Freunden nicht über meine Arbeit«, sagte er.

»Natürlich nicht, Dad. Ich werde doch nicht zugeben, dass es in meiner Familie ein schwarzes Schaf gibt.« Als sie merkte, dass ihn diese Bemerkung verletzte, fügte sie rasch hinzu: »Das war doch nur ein Witz, Dad. Jetzt im Ernst, wie geht's dir?«

»Eigentlich ganz gut, aber wir haben alle Hände voll zu tun. Ich könnte dir die Bilder von Hunderten von Männern – und Frauen – zeigen, die nichts lieber tun würden, als harmlosen Londoner Pendlern Milzbranderreger ins Gesicht zu sprühen. Und in Irland ist die Lage nach wie vor kritisch. Für manche Leute ist der Terrorismus zum Lebensstil geworden. Er gibt ihnen ein Auskommen und einen Lebenszweck.«

»Ganz ähnlich wie bei dir, Dad«, sagte sie und blickte durchtrieben von ihrem Salat auf.

Foyle biss an. »Der Unterschied, falls ich ihn dir wirklich erklären muss, Kate« – er konnte sich nicht an den Namen gewöhnen und hatte ständig das Gefühl, mit jemand anderem zu sprechen – »ist der, dass ich von unserer Gesellschaft einen Auftrag habe. Wir versuchen, Leben zu retten und Gesetzen Geltung zu verschaffen, die von demokratisch gewählten Abgeordneten verabschiedet wurden. Abgesehen davon würde ich liebend gern wieder ganz normale Ganoven jagen, wenn der ganze Terror plötzlich zu Ende ginge. Manchmal habe ich richtig Sehnsucht nach einem sauberen, unkomplizierten Mordfall.«

»Sei nicht immer so ernst, Dad. Ich hab dich nur aufgezogen.«

Er lächelte. Während des restlichen Mahls sprachen sie über Katherines Studienpläne. Sie hatte genug von Theaterwissenschaft und wollte nun Jura belegen. Nach dem Essen sah Foyle auf die Uhr. Er musste Katherine noch bei ihrer Wohnung in Bristol absetzen und dann nach London zurückfahren. Frühestens in drei Stunden würde er zu Hause sein. Er winkte den drei Kellnerinnen an der Theke zu, doch die waren in ein Gespräch vertieft und bemerkten ihn nicht. Er wollte gerade aufstehen, als die Bedienung, die ihnen das Essen gebracht hatte, zu ihnen kam und sich entschuldigte. »Es tut mir Leid, Sir, aber die beiden haben mir gerade von der Bombe erzählt. Schrecklich – man dachte doch, dass jetzt alles vorbei ist.«

»Welche Bombe?«

»Die Bombe, die in London hochgegangen ist, Sir. In einem Bus. Es hat einige Tote gegeben.«

»Wo ist das Telefon?« Foyle verfluchte sich, weil er kein Handy oder einen Pager mitgenommen hatte. Wieso hatte er nicht im Büro angerufen? Er wählte die Nummer seines Assistenten. Forbes hob nach dem zweiten Läuten ab und berichtete, was passiert war. Foyle schrieb hastig auf der Rückseite seines Scheckbuchs mit. Dann bat er die Kellnerin, Katherine ein Taxi nach Bristol zu rufen, zahlte das Essen und gab seiner Tochter einen Scheck über dreihundert Pfund.

Sie umarmte ihn zum Abschied. »Danke, Dad. Du bist ein Schatz.«

Foyle wurde unerklärlicherweise rot, dann sah er sie an. »Lass was von dir hören, Katherine – und fang dir keinen Ärger mehr ein.«

»Kate!«, erwiderte sie.

»Woher kommen Sie, Sir? Sie klingen wie ein Amerikaner.«

Lindow hatte dem Mann im Krankenhaus seinen Namen gesagt, hatte jedoch keine Lust, noch mehr Fragen zu beantworten. Er rutschte auf seiner Trage ein wenig zur Seite und legte den linken Arm über sein Gesicht. Von der grellen Beleuchtung in der Notaufnahme des St. Luke Hospitals brannten ihm die Augen, und in seinem Hinterkopf hämmerte es. Kurz zuvor hatte er sich auf einmal sehr schwach gefühlt und eine Schwester gefragt, ob er sich hinlegen dürfe. Jetzt war er dankbar für die Liege.

»Ich bin schon lange in den Staaten«, sagte er benommen, »deshalb habe ich mittlerweile einen Akzent.«

»Dann machen Sie also Urlaub in London?«, bohrte der Mann weiter. Er war noch jung, aber ziemlich aufgedunsen für sein Alter, mit fleischigen Wangen und kleinen, gierigen Augen. Sein Haar fiel ihm in öligen Locken in die Stirn.

»Nein, ich bin beruflich hier. Wieso fragen Sie?«

Der Mann überhörte die Frage. »Wenn Sie also kein Amerikaner sind, woher kommen Sie dann?«

»Ich bin Ire«, sagte Lindow.

Der Mann nahm ihn nun erwartungsvoll ins Visier, wie ein Jäger seine Beute.

»Interessant. Und was sind Sie von Beruf?«

»Ich bin Molekularbiologe. Ich bin eben in London eingetroffen, um am Imperial College zu forschen.«

»Gene und solche Sachen?«

»Ja, kann man so sagen«, sagte Lindow müde.

»Sie sind Genforscher?«

Lindow setzte schon zu einer Erklärung an, dass das nicht ganz der richtige Ausdruck sei, doch dann besann er sich wieder. »Wer sind Sie eigentlich? Wozu will das Krankenhaus das alles wissen? Das kann doch wohl warten.«

»Ach, das habe ich gar nicht erwähnt?«, sagte der Mann und wandte sich zum Gehen. »Richard Abbott-Tring – *Evening Herald*.« Er berührte Lindows Hand mit seinen Wurstfingern. »Sie waren sehr hilfreich, Sir. Jetzt schonen Sie sich – Sie haben Fürchterliches durchgemacht.«

Er watschelte eilig und wichtigtuerisch hinaus. Ein Clipboard, das er hinter seinem Rücken getragen hatte, drückte er nun an die Brust.

Eine halbe Stunde verging, bevor eine Ärztin zu Lindow kam. Sie leuchtete in seine Augen und untersuchte die Wunde an seinem Kopf. Dann betastete sie mit geübten Fingern seinen Bauch und warf einen flüchtigen Blick auf die Schnittwunden an seinen Beinen.

»Sie hatten sehr viel Glück«, sagte sie und befühlte seinen Schädel. »Wir werden eine Röntgenaufnahme von Ihrem Kopf machen, um ganz sicherzugehen, dann nähen wir die Wunden und geben Ihnen ein Schmerzmittel. Die Schwester sagt, Ihnen war schwindlig, deshalb schlage ich vor, Sie bleiben über Nacht hier. Wie geht es Ihnen sonst? Haben Sie einen Schock?«

»Ich glaube nicht. Ich bin nur schrecklich müde.«

»Das ist verständlich. Ruhen Sie hier aus, gleich kommt jemand vorbei und nimmt weitere Einzelheiten auf.«

Doch er kam nicht zur Ruhe. Der Lärm der Notaufnahme

hallte in seinem Kopf wider, und das Neonlicht strahlte kalt auf ihn herab. Er konnte nicht klar denken, für ihn war das eine völlig neue, beunruhigende Erfahrung. Er bemühte sich, die letzten Stunden gedanklich zu ordnen, doch es zog nur immer wieder der gleiche Strom von Bildern an ihm vorüber. Nach der Explosion der Bombe war er in eine Vorhölle gestürzt, irgendwo zwischen Erde und Totenreich. Er erinnerte sich an die Buschfeuerhitze der brennenden Fahrzeuge und an die Kälte der Pflastersteine. An den Gestank von verbranntem Gummi und Treibstoff und an einen bitteren Geruch vorher, vermutlich der Sprengstoff.

Ja, er hatte auf seine Uhr gesehen und auf Eamonn gewartet, als die Bombe hochging, und dann war er bei Kay und Harry gewesen, das Ärzteteam war eingetroffen, und sie hatten Kay halb tot weggebracht. Jetzt war er hier im Krankenhaus. Etwas wacklig auf den Beinen, aber im Vergleich zu dem armen Mädchen mit den Gesichtsverletzungen hatte er unendliches Glück gehabt. Immer wieder durchlebte er den Moment, als er zum ersten Mal ihr Haar hoch gehoben hatte. O mein Gott, dachte er plötzlich, wo steckte eigentlich Eamonn? Er musste aufstehen und ihn anrufen. Er schwang seine Beine von der Liege.

Eine Schwester kam eilig auf ihn zu. »Nicht so schnell, Mr. Lindow. Wir bringen Sie jetzt zum Röntgen, und dann kümmern wir uns um Ihre Schnittwunden.« Sie hielt seinen Kopf mit beiden Händen und sah sich die klaffende Wunde näher an. »Du meine Güte, die hier muss aber schnell versorgt werden. Also schwingen Sie Ihre Beine wieder da rauf, und wir rollen Sie zum Labor.«

»Ja, aber verstehen Sie, ich muss doch meinen Bruder anrufen.« Er war überrascht, wie laut und hysterisch er sich anhörte.

»Passen Sie auf, ich werde sehen, ob eins der Mädchen am Empfang anrufen und ihm ausrichten kann, wo Sie sind. Sie können dann später persönlich mit ihm reden.«

Lindow fischte den Zettel mit Eamonns Nummer aus seiner Brieftasche und gab ihn der Schwester. Sie machte einem Pfleger ein Zeichen, Lindow weiterzufahren. Nach dem Röntgen brachte man ihn in einen anderen Raum, wo seine Schnitte genäht und verbunden wurden. Er beobachtete interessiert, wie eine Schwester seine Hose auftrennte, wobei sie ein Stück Stoff aussparte, das in einer offenen Wunde angetrocknet war. Während sie den Stoff mit warmem Wasser ablöste, kam die Schwester zurück, der er Eamonns Nummer gegeben hatte. Es sei nur ein Anrufbeantworter gelaufen, sagte sie, und die Dame am Empfang hatte angenommen, dass er lieber selbst eine Nachricht hinterlassen wollte.

»Oben in der Station gibt es ein Telefon«, sagte sie strahlend. »Sie werden im Liskeard-Flügel untergebracht, in einem Privatzimmer, und dort haben Sie alles, was Sie brauchen. Liskeard ist der reinste Luxus.«

Binnen einer Viertelstunde lag er in einem privaten Doppelzimmer, zusammen mit einem jungen Schwarzen, der an beiden Händen und über dem rechten Auge einen Verband trug. Die Stationsschwester erklärte, dass ihn die Explosion in ein Fenster geschleudert hatte. Er hob lässig eine Bandage zum Gruß und stellte sich als Clovis Cox vor.

»Verdammte Sauerei, das. Verdammte Sauerei!«, sagte Cox, nachdem er eine Weile vor sich hin gebrummelt hatte. »Dazu hatten die verdammt noch mal kein Recht.«

Er drehte scharf den Kopf, um Lindow mit seinem linken Auge zu begutachten. »Sind Sie sauber? Sie sind nicht zufällig Polizist oder so was?«

»Nein«, sagte Lindow, »ich bin kein Polizist.«

»Kein Polizist?«

»*Nein,* sagte ich.«

Cox war sichtlich erleichtert. »Gut. Tun Sie mir einen Gefallen? Sehen Sie die Jacke da drüben? Das ist meine Jacke, und im Futter finden Sie Charlie. Holen Sie den Plastikbeutel raus und machen Sie mir auf dem Tablett hier eine Linie. Dann schmeißen Sie das Zeug aus dem Fenster.«

Lindow starrte Cox an. »Ist Charlie das, was ich glaube?«

»Charlie, Sie wissen schon! Kokain! Koks, Schnee, was Sie wollen. Holen Sie die Tüte raus und geben Sie mir was davon. Ich komme mit diesen Scheißverbänden nicht ins Futter rein.« Er hob seine Hände wie ein Schwergewichtsboxer vor dem Kampf.

»Sie meinen, Sie wollen jetzt dieses Zeug schnupfen, ohne die leiseste Ahnung, welche Medikamente Sie im Blut haben?«, fragte Lindow.

»Genau das habe ich vor.«

»Das ist nicht Ihr Ernst.«

»Kommen Sie, Mann. Das ist lupenreiner Stoff. Ich habe meinen Kontakt heute verpasst, und jetzt will ich das Zeug nicht verkommen lassen. Verstehen Sie?«

»Nein.«

»Also schön, in Ordnung. Dann holen Sie das Zeug und schmeißen es weg – aus dem Fenster. Bitte, Mann, ich flehe Sie an. Wenn es die Schwestern finden, lande ich wieder im Knast.« Er lachte verlegen.

Lindow stand wortlos auf und ging zu der Jacke. Er tastete am Saum entlang und zog den Beutel durch die aufgeschlitzte Innentasche heraus. Ohne die Tüte anzusehen, öffnete er das Fenster und schüttelte das Pulver heraus, bevor er sie im böigen Wind flattern ließ, der am Gebäude entlangstrich. Als er das Fenster schloss, kam eine Schwester ins Zimmer und fragte, was er mache.

»Ich habe nur ein bisschen Luft geschnappt.« Lindow lächelte sie an. »Kann ich hier telefonieren? Ich muss meinen Bruder anrufen.«

Als er mit der Schwester hinausging, blinzelte Cox ihm mit dem unversehrten Auge zu.

Er wählte Eamonns Nummer und hörte eine Nachricht: »Wenn du das bist, Mary, wir werden etwa bis halb neun im Lancaster Arms sein. Dann gehen wir in ein Restaurant namens Sam Samosa's in der Kellet Street. Wir sehen uns dort. Alle anderen Anrufer: Bitte eine Nachricht mit Telefonnummer hinterlassen.«

Lindow sprach in den Hörer. »Eamonn, hier ist Con. Ich hatte ein bisschen Ärger mit der Bombe im West End. Kein Grund zur Sorge. Nur ein paar Schnitte und blaue Flecke, das ist alles. Ich bin im Liskeard-Flügel von St. Luke, aber morgen komme ich raus, und dann rufe ich dich an. Wie geht's dir denn so? Und wer zum Teufel ist Mary?«

Warum war Eamonn nicht daheim? Wahrscheinlich war er

allein in den Pub gegangen, weil er wusste, dass er Con bei dem augenblicklichen Chaos im West End niemals finden würde. Vielleicht hat er diese Mary getroffen und lag bereits in ihren Armen. Doch so sorglos konnte nicht einmal Eamonn sein. Immerhin waren sie genau an der Stelle verabredet gewesen, an der die Bombe hochgegangen war. Auf dem Rückweg zu seinem Zimmer kam er an der Schwesternstation vorbei, wo die Fernsehnachrichten liefen. Eine aufgeregte Reporterin sprach gerade mit einem Moderator im Studio. Sie strich ständig ihre Haare zurück, verhaspelte sich und schaute Hilfe suchend in ihre Notizen. »Nach den neuesten Angaben wurden sieben Menschen bei der Explosion getötet und fünfundvierzig verletzt, elf davon schwer. Laut Polizeiberichten gab es keine Warnung. Bisher hat sich auch keine Organisation zu dem Attentat bekannt, und angesichts des irischen Friedensabkommens ist man zu keinen Spekulationen über die Gruppe, die die Bombe gelegt haben könnte, bereit. Es heißt, der Premierminister habe bereits mit dem irischen Premier und allen Parteien des Nordirlandabkommens gesprochen. Alle Seiten, einschließlich Sinn Féin, kamen überein, den weiteren Verlauf der Ermittlungen abzuwarten.«

Lindow ging ins Zimmer zurück, wo Cox bereits schlief. An seinem Bett wartete ein Tablett mit ein paar Sandwiches und einem Glas Orangensaft. Er trank den Saft – ein lauwarmes Gemisch, das vage an Orangen erinnerte – und inspizierte misstrauisch den Tunfischbelag der Sandwiches. Er beschloss, darauf zu verzichten, und legte sich ins Bett. Nachdem er die Leselampe eingeschaltet hatte, lag er mit offenen Augen im Dunkeln. Morgen würde er zu seinem Labor am Imperial College zurückkehren. Das normale Leben würde wieder beginnen, und er würde seine Untersuchungen über die geheimen Botschaften wieder aufnehmen, die Bakterien untereinander austauschen. Die Bombe würde bald nur noch eine schlimme Erinnerung sein, wie jene andere Explosion, die vor langer Zeit einen irischen Sommermorgen erschüttert und einen Krater in einen Friedhof gerissen hatte. Er war darüber hinweggekommen, und er würde auch diesmal darüber hinwegkommen.

Sein letzter Gedanke, bevor er in einen unruhigen Schlaf sank, galt der Frage, wo Eamonn wohl steckte. Seltsam, dass er noch nicht zu Hause war und noch gar nicht versucht hatte, mit dem Krankenhaus Kontakt aufzunehmen. Er konnte nur hoffen, dass Eamonn wohlauf war.

ZWEITES KAPITEL

Lindow war wieder auf der Straße und schlief mit der jungen Frau. Er hatte ihren Kopf in seine Hände gebettet, sie bewegten sich zusammen auf und ab. Zwischen seinen Fingern hingen weiche Strähnen ihres Haares herab. Ein zarter Parfumduft stieg von ihr auf, und er spürte die wellenförmigen Bewegungen ihres Körpers. Plötzlich glitt er entsetzt von ihr herab. In ihrer Magengrube hatte sich Blut gesammelt und ergoss sich nun als breiter Strom aus der Wunde. Hinter ihm stand unverhofft eine Menschenmenge, durch die ein vorwurfsvolles Raunen ging. Er wollte ihnen sagen, das alles sei nicht seine Schuld, andererseits war er sich nicht ganz sicher, ob nicht doch er dem Mädchen die Wunde beigebracht hatte. Plötzlich ließen ihn andere Geräusche von weiter weg aufhorchen. Er ließ das verletzte Mädchen auf der kalten, nassen Straße zurück und tastete sich zu ihnen vor.

Er wachte auf und hörte, wie eine Schwesternuniform raschelte und die Tür zufiel. Ein Hauch von Eau de Toilette hing noch im Raum. Er sah zum anderen Bett hinüber. Es war verschwunden und mit ihm jede Spur von Clovix Cox. Offenbar war es seinem Zimmergenossen in der Nacht plötzlich so schlecht gegangen, dass er auf die Intensivstation gefahren worden war. Er würde es am nächsten Morgen herausfinden. Damit sank er wieder in Schlaf.

Um sieben Uhr erwachte er zum zweiten Mal. Im Flur, direkt vor der angelehnten Tür, nahm er Stimmen von drei Männern wahr. Näher an seinem Bett stand eine Frau. Er kannte diesen Duft, es musste dieselbe Schwester sein, die in der Nacht Cox weggefahren hatte.

»Er schläft noch«, hörte er sie sagen. »Sie dürfen erst mit ihm reden, wenn der Doktor bei ihm war.«

Die Stimmen wurden leiser, Schritte entfernten sich. Lindow schlug die Augen auf. »Was ist hier los?«, fragte er. »Wo ist der Mann in dem anderen Bett?«

Die Schwester antwortete nicht, sondern zog energisch die Bettlaken gerade und rückte den Nachttisch zur Seite.

»Was ist los?«

»Es tut mir Leid, aber ich habe Anweisung, nicht mit Ihnen zu sprechen. Der Doktor wird in Kürze hier sein und nach Ihrem Kopf sehen.« Ihr Ton war förmlich und abweisend.

»Wer sind diese Männer da draußen? Warum sind sie hier?«

Sie sah ihn an, ohne zu lächeln, und wiederholte nur, dass sie nicht mit ihm reden dürfe. Lindow legte sich in die Kissen zurück, doch die Sache ließ ihm keine Ruhe. Als der Arzt wenige Minuten später die Tür öffnete, erhaschte Lindow einen Blick auf eine Polizeiuniform im Flur. Vielleicht waren auch die anderen Männer Polizisten. Das könnte Cox' Verschwinden mitten in der Nacht erklären – eine Drogenrazzia.

»Geht es um Cox?«, fragte er den Arzt, der in seine Augen leuchtete.

»Nein, ich glaube, die wollen mit Ihnen reden.«

»Worüber?«

»Über die Bombe, nehme ich an.« Er verstummte, und Lindow sah ihn erwartungsvoll an. »Tja, Ihre Röntgenbilder waren in Ordnung. Kein Anzeichen für eine Fraktur oder etwas Ähnliches. Ist Ihnen noch einmal schwindlig geworden?«

»Nein, zum Glück nicht. Ich habe noch leichte Schmerzen in den Beinen, aber das ist alles.«

»Gut. Sie werden sich heute vermutlich ein wenig wacklig auf den Beinen fühlen, aber weiter dürfte nichts sein. Sie sollten sich eine Weile schonen und in zehn Tagen wieder zu uns kommen, um die Nähte entfernen zu lassen. In der Zwischenzeit nehmen Sie die hier.« Er hielt Lindow ein Fläschchen mit Pillen vors Gesicht. »Die werden Sie in den nächsten Tagen möglicherweise brauchen. Das sind Schmerzmittel.«

Der Doktor war kaum draußen, als zwei Männer den Raum betraten. Hinter ihnen stand ein bewaffneter Polizist.

»Was wollen Sie?«, fragte Lindow.

»Guten Morgen, Mr. Lindow. Sie *sind* doch Con Lindow – Constantine Lindow?«, sagte der Kleinere der beiden schroff. »Das ist Detective Inspector Bostock, und ich bin Superintendent Simmonds. Wir wollen über die gestrige Explosion in der Clarence Street mit Ihnen sprechen.«

»Ich weiß nicht viel darüber«, sagte Lindow. »Ich habe mitbekommen, wie der Bus explodiert ist, und das war's auch schon. Aber ich erzähle Ihnen gern alles, was mir einfällt.«

Simmonds lächelte. »Wir wissen, dass Sie den Bus explodieren sahen, Mr. Lindow. Was wir nicht wissen, ist, was Sie um diese Zeit dort gemacht haben.«

»Ich habe auf meinen Bruder gewartet.«

»Gut. Das können Sie uns alles später erzählen. Vorläufig betrachten Sie sich als verhaftet, nach Paragraf zwölf des Gesetzes zur Verhinderung terroristischer Straftaten. Inspector Bostock und ich werden Sie aufs Polizeirevier fahren. Dort werden wir uns ein bisschen unterhalten, und Sie können uns von Ihrem Bruder erzählen.«

Lindow sah die beiden mit offenem Mund an. »Was ist mit meinem Bruder?«

Keine Antwort.

»Sie glauben, *ich* habe etwas mit der Sache zu tun? Um Himmels willen, ich jage doch keine Leute in die Luft!«

»Bitte ziehen Sie sich jetzt an, Mr. Lindow. Die Schwester hat ein paar Kleidungsstücke für Sie zurechtgelegt. Die Hose hier müsste in etwa Ihre Größe haben, und Ihre Jacke und den Pullover hat sie mit einem Schwamm gesäubert.«

»Das ist absurd. Ich will mit einem Anwalt sprechen.«

»Der steht Ihnen nach den Bestimmungen dieses Gesetzes nicht zu. Bitte beeilen Sie sich, Sir. Wir wollen nicht in den Berufsverkehr geraten. Seit gestern Abend herrscht sowieso ein ziemliches Verkehrschaos.«

Lindow zog sich zittrig an und steckte die Pillen in seine Hosentasche. Bostock fasste ihn am Arm und führte ihn an der Schwesternstation vorbei zum Angestelltenaufzug. Dort wartete ein weiterer Polizist mit kugelsicherer Weste und Maschinenpistole, der ihnen die Tür aufhielt. Sie fuhren mit dem Lift ins Tiefgeschoss. Als sich die Türen öffneten, umklammerte Bostock Lindows Arm noch fester und zog ihn in einen Gang, in dem es durchdringend nach Waschlauge und Desinfektionsmittel roch. Durch mehrere Metalltüren gelangten sie in einen Ladehof, wo vier Polizeifahrzeuge warteten. Lindow wurde zusammen mit Bostock und dem bewaffneten Polizisten in einen Kleinbus verfrachtet. Die Türen knallten zu, jemand schlug auf das Dach des Fahrzeugs, dann steuerte der Konvoi über eine Auffahrt in den frühmorgendlichen Verkehr. Durch die Windschutzscheibe des Busses sah Lindow ein Blaulicht blinken. Er wandte sich an Bostock. »Sie machen da einen großen Fehler. Dafür werde ich jeden Einzelnen von Ihnen verklagen.«

Bostock beugte sich vor. Sein Oberkörper schwankte mit dem Schaukeln des Fahrzeugs hin und her. »Wirst du nicht. Du wirst niemanden verklagen, du beschissenes Terroristenarschloch.«

Die Polizeikolonne überquerte die Themse und den Parliament Square und fuhr den Bridcage Walk in Richtung Hyde Park Corner weiter. Von dort brauchten sie nur noch wenige Minuten bis zum Polizeirevier von Paddington Green. Lindow wurde aus dem Wagen gezogen und hastig in einen Wartebereich geschoben, wo ihn zwei Polizeibeamte gleichgültig musterten. Einer von ihnen hatte einen weißen Karton in der Hand, auf dem mit rotem Filzstift IRISCHER VERDÄCHTIGER: LINDOW geschrieben stand.

»Vollständiger Name und Adresse«, forderte er.

»Ohne Anwalt sage ich überhaupt nichts. Kein Wort.«

»Nach dem Gesetz zur Verhinderung terroristischer Straftaten steht Ihnen für achtundvierzig Stunden kein Anwalt zu.«

»Heißt das, ich bekomme hier keinen Anwalt?«

»Nicht in den ersten zwei Tagen. Dann, und erst dann erhalten Sie einen Rechtsbeistand. Besser, Sie gewöhnen sich daran, wie es hier läuft, Lindow. Vollständiger Name und Adresse!«

»Lassen Sie's gut sein, Sergeant«, sagte Simmonds. »Er wird uns noch alles sagen, was wir wissen müssen. Nicht wahr, Mr. Lindow?

Lassen Sie erst mal Fingerabdrücke von ihm nehmen und Fotos machen.«

Lindow stand an einer Wand und hielt ein Schild mit einer Nummer hoch. So wie er jetzt aussah – ungewaschen, zerzauste Haare, Stoppelbart, zerknittertes Hemd –, hätte ihn jede Jury verurteilt. Einer von diesen irischen Fanatikern, würden sie denken. Einer von diesen mordenden Schweinehunden, die sie rüberschicken, damit sie unsere Leute in Stücke sprengen und unsere Kinder umbringen. Dieses trostlose Kapitel sollte doch eigentlich längst beendet sein.

Ein Beamter mit kurz geschorenem Haar nahm seine Hände, schabte mit einem kleinen Instrument den Dreck unter seinen Fingernägeln hervor und füllte ihn in ein Glasfläschchen. Er roch nach Nachtschicht, und als er Lindows Fingerspitzen und Handflächen auf dem Stempelkissen abrollte, grinste er ihm ins Gesicht.

»Wozu soll die Sache mit meinen Fingernägeln gut sein?« Lindow hatte kaum zu Ende gesprochen, da wusste er bereits die Antwort: Sie hofften Sprengstoffrückstände zu finden.

»Macht dich nervös, was? Tja, du solltest eben nicht mit Sprengstoff herumspielen.« Dann verlangte der Beamte Lindows Uhr, Schuhbänder und Schlüssel. Die Schlüssel warf er seinem Sergeant zu, Lindows restliche Habseligkeiten füllte er in einen Plastikbeutel und versiegelte ihn. Lindow tastete seine Taschen nach dem Portemonnaie ab. »Sie haben mir meine Brieftasche weggenommen.«

»Das ist richtig. Die haben unsere Kollegen schon im Krankenhaus konfisziert. Du bekommst sie schon zurück, keine Sorge.«

Am Ende des Flurs steckten Simmonds, Bostock und drei weitere Polizeibeamte in Zivil die Köpfe zusammen. Die Gruppe zerstreute sich, als Lindow auf den Flur geführt wurde. Einer der Beamten tippte ein paar Zahlen in ein Tastenfeld, und sie gingen durch eine Metalltür, die sich mit einem hydraulischen Zischen hinter ihnen schloss. Man führte Lindow zu einer Zelle, wo ihn ein Arzt erwartete.

»Hören Sie«, sagte Lindow, »ich bin doch erst vor einer halben Stunde untersucht worden.«

»Ja, aber diese Untersuchung soll verhindern, dass Sie nachher behaupten, *wir* hätten Sie so zugerichtet«, sagte der Arzt und drückte mit dem Daumen auf den blauen Fleck an Lindows Bizeps.

Als er die Zelle verließ, nickte er den Polizisten zu, die Lindow nun in einen Vernehmungsraum führten. Dort warteten Bostock und Simmonds mit einem weiteren Mann, der ein wenig abseits saß und bei ihrem Eintreten nicht aufsah.

Sie wiesen Lindow einen Stuhl gegenüber von Simmonds zu. Bostock saß neben ihm. Er hatte sein Jackett ausgezogen und strich sich über die muskulösen, hell behaarten Unterarme.

»Also, Mr. Lindow«, begann Simmonds mit verächtlichem Unterton.

»Dr. Lindow, wenn Sie genau sein wollen.«

Simmonds zog mit gespielter Bewunderung die Augenbrauen hoch. »Oh – wann wurden Sie geboren, *Dr.* Lindow?«

»Am fünfzehnten November 1965.«

»Und Sie sind Bürger der Republik Irland?«

»Ja.«

»Sie haben noch einen irischen Pass?«

»Ja.«

»Gestern Abend waren Sie mit Ihrem Bruder verabredet. Um welche Zeit?«

»Hören Sie, wenn ich Ihre Fragen beantworte, lassen Sie mich dann telefonieren? Ich muss mit meinem Bruder oder meinem Vater sprechen. Sie werden sich Sorgen machen.«

Simmonds nickte. »Je schneller Sie unsere Fragen beantworten, desto eher sind wir mit Ihnen fertig.«

»Ich wollte Eamonn um Viertel nach sieben an der U-Bahnstation in der Clarence Street treffen. Sie können ihn fragen. Er sagte, er würde direkt von der Arbeit kommen.«

»Und Sie?«

»Was?«

»Kamen Sie auch direkt von der Arbeit?«

»Nein, ich war erst noch zu Hause und habe mich umgezogen.«

»Wo ist das genau, Mr. Lindow – Ihr Zuhause?«

»Sie wollen die Adresse?«

»Ja.«

Lindow dachte einen Augenblick nach. »64 Homer Road Apartment 2. Das ist in Notting Hill Gate, eine Mietwohnung.«

Es wurde still im Raum. Keiner der Polizeibeamten rührte sich. Lindow blickte forschend in ihre Gesichter. Erst war ihnen seine Adresse so wichtig gewesen, aber jetzt machten sie sich nicht einmal die Mühe, sie zu notieren. Dann begriff er. Außerhalb dieses Raumes hörte noch jemand seiner Vernehmung zu. An der Wand gegenüber entdeckte er eine kleine, dunkle Glaslinse. Er wurde gefilmt.

»Na, war doch gar nicht so schwer, oder – uns Ihre Adresse zu nennen«, sagte Simmonds schließlich. »Warum wollten Sie die gestern Abend dem Krankenhaus nicht verraten? Nach Aussage des Personals haben Sie nur die Telefonnummer Ihres Bruders herausgerückt und sonst nichts.«

»Ich werde dort nicht lange wohnen. Ich möchte etwas kaufen oder eine Wohnung mieten, die näher beim Imperial College liegt. Ich habe die Telefonnummer meines Bruders angegeben, weil ich sie gerade zur Hand hatte. Außerdem kann man mich über ihn erreichen, wenn ich umgezogen bin. Mehr steckt nicht dahinter.«

»Sie sind also direkt von zu Hause zu dem Treffpunkt gegangen, den Sie mit Ihrem Bruder vereinbart hatten? Wollten Sie sonst noch jemanden treffen?«

»Ja, eine Frau sollte noch kommen – eine Mary Soundso. Ich kenne sie nicht.«

»Diese Mary, ist das Eamonns Freundin?«

»Das weiß ich nicht. Fragen Sie ihn.«

»Das werden wir… sobald wir es können«, sagt Simmonds. »Jetzt verraten Sie mir doch etwas über Ihre Arbeit.«

»Ich bin Molekularbiologe.«

»Und?« Mit einer ungeduldigen Handbewegung forderte Simmonds ihn auf, mehr zu erzählen.

»Ich bin Forscher. Ich untersuche das, was man Botenstoffe nennt. Da gibt es viele Verbindungen zu früheren genetischen Forschungen.«

»Sie verbringen wohl eine Menge Zeit im Labor?«

»Natürlich. Für fast alle Analysen braucht man das Labor.«

»Sie haben also auch mit Chemikalien zu tun?«

Lindow verstand nun, worauf der Superintendent hinauswollte. »Wenn Sie glauben, dass ich in meinem Labor Bomben baue, sind Sie völlig auf dem Holzweg. Außerdem war ich noch kaum dort. Ich bin ja gerade erst angekommen und richte mich erst allmählich ein.«

»Sie kommen von Amerika? Wann sind Sie umgezogen?«

»Bis vor drei Wochen habe ich am MIT gearbeitet – das Massachusetts Institute of Technology. Dann hat mir das Imperial College ein Angebot gemacht, das ich nicht abschlagen konnte.«

»Gab es vielleicht noch einen anderen Grund für Ihre Rückkehr? Gehörte sie zu einem Plan, Dr. Lindow?«

»Selbstverständlich nicht. Es war nicht meine Idee, zurückzukommen. Man hat mir vor einem Jahr aus heiterem Himmel dieses Angebot gemacht. Danach mussten noch Verhandlungen über Ausstattung, Forschungsmittel und Personal geführt werden. Fragen Sie beim Imperial College nach, wenn Sie wollen. Fragen Sie Professor Sharma. Sethe Sharma.«

»Sie haben einen ziemlichen Akzent. Wie lange waren Sie in Amerika?«

»Fast fünfzehn Jahre.«

»Und wie oft haben Sie in dieser Zeit die Republik Irland besucht?«

»Vier- oder fünfmal. Das letzte Mal vor zwei Jahren zum Begräbnis meiner Mutter.«

»Aber Sie sind mit Ihrer Familie in Kontakt geblieben – Sie hatten Kontakt mit Eamonn in London, und Sie waren über die politische Lage in Irland auf dem Laufenden.« Simmonds machte nun Druck, er beugte sich vor. Bostock hörte auf, sich die Arme zu kratzen.

»Selbstverständlich bin ich mit meiner Familie in Kontakt geblieben. Aber ich weiß nicht, was Sie mit der politischen Lage meinen. Ich weiß über den Friedensprozess nur das, was ich so in der Zeitung gelesen habe.«

»Ich meine, den *so genannten Kampf, um das britische Joch abzustreifen.*«

»Ich fühle mich nicht ›unterjocht‹ – jetzt, seit dem Friedensabkommen, weniger denn je.«

»Aber früher haben Sie es so gesehen, und Sie teilen immer noch die Ansichten Ihrer Bande.«

»Ich gehöre zu keiner Bande, falls Sie damit die IRA meinen. Und außerdem hat die ihren Kampf längst aufgegeben.«

»Trotzdem – wussten Sie über die IRA und ihre radikale Splittergruppe, die ›Wahre IRA‹, Bescheid?«

»Ja, ich habe in den Bostoner Zeitungen darüber gelesen. In Boston leben sehr viele Iren, und die Zeitungen schreiben eine Menge darüber.« Lindow biss sich auf die Unterlippe. Es war ein Fehler gewesen, das zu erwähnen.

»Ja, Boston hat eine große irische Gemeinde, eine Gemeinde, die der IRA immer Geld und Waffen geschickt hat – manche von diesen Leuten spenden auch jetzt noch fleißig für die Nachfolgeorganisationen, für die lieben republikanischen Freunde. Angeblich waren sie tief betrübt über die Bombe in Omagh, aber in Wirklichkeit haben sie weiter gesammelt, nicht wahr? Sie müssen in Boston viele dieser Leute kennen gelernt haben. Das sind doch Ihre Leute, oder etwa nicht? Haben die Sie gedrängt, hierher zu kommen und für sie zu arbeiten? Wer waren Ihre Kontakte in Boston?«

»Ich hatte keine *Kontakte.*«

»Hatten Sie eine Freundin dort? Ein nettes irisch-amerikanisches Mädchen?«

»Nein. Ich habe ein paar Beziehungen gehabt, aber im Augenblick gibt es niemanden.«

»Keine Bindungen. So ist es ohnehin am günstigsten, nicht wahr? Sind Sie zufällig homosexuell, Dr. Lindow?«

»Nein, verdammt. Ich habe nur zufällig keine Freundin. Meine Arbeit lässt mir kaum Zeit dafür.«

»Verzeihen Sie unsere taktlose Einmischung in Ihre Intimsphäre, Herr Doktor«, säuselte Simmonds mit kaum verhohlenem Sarkasmus.

»Schauen Sie, ich weiß nicht, was Sie von mir wollen. Gestern Abend will ich meinen Bruder treffen und werde beinahe in die Luft gejagt. Dann zerren Sie mich aus dem Krankenbett, bringen mich gegen meinen Willen hierher und fragen mich, ob ich schwul bin. Ich meine, das ist… das ist… einfach lächerlich.«

Simmonds blieb stumm, offenbar das Signal für Bostock, mit dem Verhör fortzufahren. »Wo bewahren Sie den Sprengstoff auf?«, fragte er.

»Ich fasse es nicht!«

»In einer Garage? Einer Lagerhalle? Einem einsamen Haus irgendwo? Wo bewahren Sie ihn auf, Con?«

»Ich weiß überhaupt nicht, wovon Sie reden.« Verdammt, das war genau die Standardfloskel, die alle Schuldigen benutzen. Er würde aufpassen müssen, was er sagte und wie er es sagte.

»Wer baut die Bomben? Machen Sie das? Bei Ihrer technischen Begabung ist das für Sie doch ein Kinderspiel.«

»Ich baue keine Bomben. Ich studiere Bakterien, menschliche Zellen und einen Prozess namens Protein-Biosynthese, aber ich nehme nicht an, dass Sie wissen, was das ist.«

»Nein, aber ich sage Ihnen, was ich weiß. Ich weiß, dass ich einen verdammten Lügner vor mir sitzen habe – und einen verfluchten Terroristen obendrein.«

Lindow antwortete nicht. Es war sinnlos. Sie würden nicht zuhören. Er musste jetzt auf der Hut sein. Was sie auch mit ihm anstellten, er durfte sich nicht mehr aus der Reserve locken lassen. Er würde sich weigern zu reden – und irgendwann würde die Zeit kommen, da sie ihn anklagen oder gehen lassen mussten. Bis dahin würde er sich völlig abkapseln, so wie damals, als nordirische Polizisten ihn wegen der Explosion in Irland verhört hatten. Sie waren brutal gewesen. Manchmal hatte er gedacht, sie würden ihn an Ort und Stelle umbringen, mitten im Vernehmungszimmer. Aber sie hatten es nicht getan, und eines Morgens hatten sie ihn dann laufen lassen.

»Ich möchte ein Glas Wasser«, sagte Lindow. »Ich beantworte keine Fragen mehr, bis ich etwas zu trinken bekommen habe.« Nur so geht es, dachte er. Sich wehren. Jeder kleine Sieg zählt.

»In Ordnung«, sagte Simmonds. »Ich hole Ihnen einen Tee. Milch und Zucker?«

»Kein Zucker.«

Der Tee kam prompt, als hätten sie genau gewusst, dass er welchen verlangen würde. Lindow zog seine Schmerztabletten aus der Hosentasche. Er schüttete sich unter dem Tisch eine in die Hand und wollte sie gerade schlucken, als Bostock ihn am Arm packte.

»Was ist das denn? Pillen auch noch? Tee, sagte ich. Ich habe nichts von einer Tee- und Pillenpause gesagt, oder? Die nehme ich lieber an mich, bevor wir eine Überdosis erwischen, nicht wahr, Doktor? Sie beschissenes irisches Arschloch.« Er wand Lindow das Fläschchen aus der Hand.

»Das sind Schmerzmittel«, protestierte Lindow. »Man hat sie mir im Krankenhaus wegen dem hier gegeben.« Er drehte sich um und zeigte Simmonds seinen Hinterkopf.

»Sehr eindrucksvoll«, sagte Bostock, »aber nicht halb so eindrucksvoll wie das Gesicht von Miss Gould, was?«

»Miss Gould?«

»Ja. Kay Gould. Sie erinnern sich doch bestimmt an sie. Es heißt, Sie waren bei ihr. Sie müssen ihr Gesicht gesehen haben – von herumfliegendem Glas zerfetzt. Stellen Sie sich vor, Sie wären heute Morgen als Kay Gould aufgewacht und die Hälfte Ihres Gesichts würde fehlen. Stellen Sie sich das vor! Stellen Sie sich das Leben des armen Mädchens jetzt vor. Monatelang plastische Chirurgie. Ich meine, sie werden ihr Gesicht ganz neu modellieren müssen. Vom Knochen weg, mit Haut von ihrem Arsch oder wo sie sonst welche finden. Aber das ist keine Gesichtshaut, hab ich Recht? Das ist nicht das Gleiche – und sie selbst wird auch nie mehr die Gleiche sein. Keine Partys im West End mehr für Kay Gould, keine romantischen Dinner bei Kerzenschein. Das haben Sie getan, Con. Sie haben das Leben eines jungen Mädchens zerstört. Und jetzt erzählen Sie mir, was gestern Abend schief gegangen ist. Der Bus war nicht Ihr Ziel, oder? Sie wollten die Bombe woanders legen, stimmt's?«

»Ich sage nichts mehr. Kein Kommentar. Das ist einfach absurd!«

»Nein, es ist todernst. Es ist nämlich so, dass wir sonst niemanden nach gestern Abend fragen können, weil unser zweiter Verdächtiger noch bewusstlos ist. Also müssen wir auf Sie zurückgreifen, Con.«

Bostock blickte schnell zu Simmonds hinüber, als wollte er ihm ein stummes Zeichen geben.

»Welcher zweite Verdächtige? Wovon reden Sie?«

»Der andere Bombenleger, Sie Arschloch! Eamonn, Ihr Bruder – Ihr Komplize.« Bostock war um den Tisch herumgekommen und fasste Lindow am Oberschenkel, gleich oberhalb der Wunde. Lindow spürte den Schmerz nicht.

»Was sagen Sie da?«

»Ach, hören Sie doch auf. Sie müssen gewusst haben, dass Eamonn in dem Bus war. Hat er sich selbst mit der Bombe in die Luft gesprengt, was? Aber er ist nicht tot – nur bewusstlos. Wir wissen, dass er es ist, weil wir heute früh seine Brieftasche in seinen Klamotten entdeckt haben. Dann sehen wir die Liste der Opfer durch, und wen meinen Sie, finden wir? Wir finden Sie im gleichen Krankenhaus. Noch so einen verdammten Lindow, direkt vor unserer Nase. Wenn das kein Zufall ist!«

Lindow wandte den Blick von Bostock ab, der nun höhnisch grinste, und sah zu Simmonds hinüber, dann zu dem Mann, der schweigend an der Rückwand saß, und er begriff, dass sie die Wahrheit über Eamonn sagten. »Ist Eamonn verletzt?«

Simmonds nickte.

»Wie schwer? Sagen Sie's mir!«

»Er lebt, aber er ist noch nicht wieder zu sich gekommen«, antwortete Simmonds.

Lindow warf sich auf Simmonds, aber im selben Moment drehte sich alles, und er glaubte in ein tiefes schwarzes Loch zu fallen.

Foyle war früh aufgestanden. Zu früh. Er brauchte eigentlich sechs Stunden Schlaf und hatte nur vier gehabt. Es war noch dunkel, vor Einbruch der Morgendämmerung. Durch das Küchenfenster konnte er seinen Fahrer Alex im grünen Rover warten sehen. Er schrieb der Haushälterin einen Zettel, was sie besorgen sollte, und verließ ohne großes Bedauern das Haus. Es machte ihm jetzt nie mehr etwas aus, wenn er weg musste.

»Wann ziehen Sie endlich aus Wimbledon weg, Sir?«, beschwerte sich Alex, als Foyle auf den Rücksitz sank. »Die Brücke ist schon wieder gesperrt, und für die Umleitung brauchen wir eine Ewigkeit.«

»Hören Sie auf, Alex, ich bin nicht in der Stimmung für Wohnortdebatten. Bringen Sie mich einfach so schnell wie möglich hin.« Er fing einen verdrießlichen Blick von Alex im Rückspiegel auf und starrte wütend zurück.

Foyle war am Vorabend um Viertel nach elf wieder in London gewesen, früh genug, um den Bus in der Clarence Street noch schwelen zu sehen. Er hasste die Tatorte von Bombenanschlägen aus tiefster Seele. Den Gestank, das Chaos, dieses Gefühl äußerster Sinnlosigkeit. Er hatte eine elend lange Zeit dort verbringen müssen, war durch Scherbenhaufen und Wasserlachen gewatet und hatte sich genau vorzustellen versucht, wie sich alles abgespielt hatte. Zwei Sprengstoffexperten berichteten ihm, die Bombe sei im hinteren Teil des Unterdecks deponiert gewesen. Das war noch Glück, denn so konnten die Überlebenden die Treppe hinabrutschen. Doch dann hatten sie in der Falle gesessen, weil die Türen des Vorderausgangs festklemmten. Der Busfahrer war ihre Rettung gewesen: Er hatte die Türen aufgebrochen und die Verletzten von ihren Sitzen gehievt. Dreimal war er zum Bus zurückgekehrt, um Leute herauszuholen. Die beiden Beamten schätzten, dass etwa sechs bis acht Kilo Sprengstoff benutzt worden waren, zwei- bis dreimal so viel wie bei einer Autobombe. Einiges wies auf Semtex hin, ein hochstabiler Plastiksprengstoff, der normalerweise nicht von selbst in die Luft ging – es sei denn durch eine sehr heftige Erschütterung. Die Bombe schien das Werk eines Profis zu sein, und auch das sprach gegen eine ungewollte Selbstzündung.

Die beiden Sprengstoffexperten konnten sich keinen Reim auf die Sache machen.

Im Wrack war wenig Brauchbares gefunden worden, und man wartete darauf, dass die weiß gekleideten Trupps der Spurensicherung anrücken und die Straße durchkämmen würden.

Da Foyle mitten in der Nacht im Büro des Scotland Yard ohnehin nicht viel hätte unternehmen können, hatte er Forbes telefonisch Bescheid gesagt und war nach Hause gefahren. Er musste jetzt auf Vorrat schlafen. Die nächsten Tage würden hart werden. Er war um zwei Uhr nachts zu Hause angekommen und bald eingeschlafen. Um fünf Uhr hatte ihn der Anruf eines Detective seiner Abteilung geweckt. Zwei irische Brüder namens Lindow könnten mit der Sache zu tun haben, hatte er berichtet. Beide seien mit Verletzungen ins St. Luke Hospital gebracht worden. Eamonn Lindow sei im Bus gewesen, als dieser explodierte. Er sei schwer verletzt und noch immer ohne Bewusstsein. Sein Bruder, Constantine Lindow, habe in der Nähe gewartet, als die Bombe hochging. Er habe nur kleinere Verletzungen erlitten, und es sei ihm gut genug gegangen, dass man ihn am Morgen vernehmen konnte. Beide Brüder hätten Ausweise bei sich gehabt. Der eine habe im Krankenhaus bereitwillig seinen Namen gesagt, aber als man ihn nach seiner Adresse fragte, habe er die Telefonnummer seines Bruders angegeben.

»Wollen Sie damit sagen, dass der eine Bruder nichts von der Verletzung des anderen wusste?«, hatte Foyle gefragt.

»Ja, Sir. Anscheinend hat er versucht, ihn von der Unfallstation aus anzurufen.«

»Hat ihm jemand erzählt, wie es um seinen Bruder steht?«

»Nein, Sir.«

»Gut. Belassen Sie es dabei. Und schicken Sie meinen Fahrer her. Ich bin in einer halben Stunde fertig. Haben Sie schon die Adresse des zweiten Verdächtigen?«

»Noch nicht, Sir.«

»Können Sie die herausbekommen?«

Auf dem Weg zu New Scotland Yard notierte Foyle eine Reihe von Fragen auf einen Schreibblock, den er stets im Wagen herumliegen hatte. Bei der Ankunft im Yard würde er die Seite herausreißen und seine Notizen in ein dickes, gebundenes Kassenbuch mit mehreren Spalten übertragen. Foyle führte einen ewigen privaten Feldzug gegen seinen Hang zur Unordnung. Seit seinem ersten Mordfall vor zwanzig Jahren, bei dem er in einem frühen

Ermittlungsstadium ein entscheidendes Beweisstück übersehen hatte, war es ihm zur festen Gewohnheit geworden, all seine Fragen auf ein Stück geduldiges Papier zu kritzeln.

Er hatte sogar einen kleinen Schreibblock neben dem Bett liegen, denn seine kreative Zeit waren die ersten bewussten Augenblicke des Tages. Seit June ausgezogen war, waren diese Momente der kriminalistischen Erleuchtung allerdings rar geworden. Ohne June an seiner Seite fiel ihm die Arbeit schwer.

Foyle schaltete das Lämpchen über der Windschutzscheibe an und schrieb: »Falls versehentliche Detonation, was war das eigentliche Ziel? Falls nicht versehentlich, wieso wurde der Bus gesprengt? Wieso *dieser* Bus? Wozu so viel Sprengstoff? Warum beide Brüder am Tatort? Warum hatten sie Ausweise dabei?« Dann schrieb er: »Wer – die Wahre IRA oder andere Gruppe?« und unterstrich die Worte so energisch, dass der Kugelschreiber durch das Papier ritzte.

Er sah aus dem Fenster, als sie Wandsworth Common erreichten. Die ersten Flugzeuge setzten zum Landeanflug in Heathrow an; ihre Lichter tanzten in der malvenfarbenen Dämmerung. In wenigen Minuten würde das südliche London durch das Getöse der Flugzeugmotoren unsanft aus dem Schlaf gerissen werden.

Foyle beugte sich wieder über seine Notizen. Es hatte keine Warnung vor der Explosion gegeben und kein Bekennerschreiben. Jede Terrorgruppe konnte den Anschlag verübt haben – eine Splittergruppe der IRA, die Irische Nationale Befreiungsarmee, nordirische Loyalisten, sogar die Iraker. Man hatte zwei irische Katholiken festgenommen. Aber sie lebten weder im Untergrund noch hatten sie versucht, ihre Anwesenheit zu verbergen. Vielleicht war die Bombe ja früher als geplant hochgegangen, auf dem Transport? Aber auch das ergab keinen Sinn: Wenn der leicht verletzte Mann eine Bombenlieferung erwartet hätte, dann wäre doch der erste Mensch, den er nach einer Explosion unter den Verletzten vermutet hätte, sein Bruder. Außerdem hatten die Sprengstoffexperten gesagt, die Bombe sei eine Arbeit von Profis. Foyle kritzelte: »Zündmechanismus? Herkunft des Sprengstoffs? Hintergrund der Brüder? Nachrichtendienste wg. Wahrer IRA und ANDEREN Gruppen.«

Vor der Chelsea Bridge bremste Alex ab. »Möchten Sie Kaffee und ein Sandwich vom Taxistand, Sir? Dauert nur ein paar Minuten.«

»Gute Idee«, sagte Foyle und legte den Block zur Seite.

Alex lief über die Straße, wobei er mit einer Hand sein Jackett zuhielt. Dann drängte er sich in der Schlange der übermüdeten Taxifahrer am Kiosk vor. Foyle beobachtete lächelnd, wie er über ihre Köpfe hinweg seine Bestellung rief und dann, als sie ihn beschimpften, in gespielter Hilflosigkeit die Hände hob. Er kam mit einem Schinkensandwich und einem Styroporbecher Kaffee zurück, »Ich nehme an, es wird die nächste Zeit öfter mal spät werden, Sir?«, sagte er. »Es sei denn, diese beiden Typen waren es. Aber das wäre zu einfach, um wahr zu sein, oder?«

»Ja, da haben Sie Recht«, antwortete Foyle und biss kräftig in das Sandwich. Alex arbeitete schon seit fünfunddreißig Jahren bei der Metropolitan Police und war früher selbst auf Streife gegangen. Als Fahrer schnappte er allerhand auf und war daher eine ebenso verlässliche wie unerschöpfliche Informationsquelle. Foyle hatte früh gelernt, ihm keine Einzelheiten zu verraten, doch Alex gab nicht so schnell auf.

Jetzt berichtete er eifrig, dass man einen Verdächtigen gefasst und aufs Revier von Paddington Green gebracht hatte.

»Tatsächlich?«, sagte Foyle zwischen zwei Bissen. »Versprechen Sie mir, Bescheid zu sagen, wenn Sie den Fall gelöst haben?«

Foyle marschierte durch die Sicherheitsschranke am Haupteingang von New Scotland Yard, fuhr mit dem Lift in den achten Stock, wo die Abteilung zur Bekämpfung des Terrorismus untergebracht war, und wartete ungeduldig die Sicherheitskontrolle an der Panzertür ab. Von dort ging er rasch zum allgemeinen Büro der SO 13, das Wartezimmer, Telefonzentrale und Sekreteriat in einem war. Dort saßen drei Männer in schäbiger Zivilkluft herum, die offensichtlich von einem Überwachungsjob kamen. Sie hatten bei Schichtende in der Zentrale Bericht erstatten wollen und dabei von der Explosion in der Clarence Street gehört.

»Forbes?«, rief Foyle. »Wo ist Forbes?«

»Er wäscht und rasiert sich gerade, Sir. Er ist noch nicht zu Hause gewesen.«

»Gut. Sagen Sie ihm, ich brauche ihn sofort. Punkt halb acht findet eine Besprechung statt. Ich will, dass alle teilnehmen. Ich brauche Berichte über die Verdächtigen, ihren Hintergrund, und alle Informationen, die die Nachrichtendienste gesammelt haben.«

Dann stürmte er den Flur entlang zu seinem Büro. Unterwegs sah er zwei Beamte bei offener Tür in ihrem Büro sitzen. »Kepple, Hardwood, was treibt ihr gerade? Hat schon jemand die Autos im Umkreis der Bombe überprüft? Nein? Gut, dann fangt mit den unauffälligen Marken an, blaue oder graue Mittelklassewagen, von Baujahr 89 aufwärts. Und überprüft die Gegend rund um Eamonn Lindows Haus, fragt, ob es dort Mietgaragen gibt. Ach ja, und besorgt mir einen Plan von der Route des Busses und den Punkten, wo sie andere Busrouten kreuzt. Alles klar?«

Foyle drehte sich um und sah Forbes in der offenen Tür seines Büros stehen. Er stopfte sich gerade ein frisches weißes Hemd in die Hose. »Immer wie aus dem Ei gepellt, Graham«, sagte Foyle. »Wie machen Sie das nur?«

»Militärische Ausbildung, wie Sie wissen, Sir, und ein Satz Kleidung zum Wechseln in meinem Spind.«

Foyle blickte auf die glänzenden schwarzen Schuhe seines Assistenten hinab und pfiff bewundernd. »Was haben Sie für mich?«

»Ich habe nebenan das Videogerät aufgebaut. Wir haben ein paar Bilder von der Straße. Und wenn wir viel Glück haben, kriegen wir sogar Innenaufnahmen vom Bus.«

»Er hatte eine Kamera an Bord?«

»Drei Stück. Eine hing im hinteren Teil des Busses, direkt über der Bombe. Die wurde total zerstört, aber es gab noch zwei weitere – eine vor der Treppe zum Oberdeck und die andere über dem Sitz des Fahrers. Wird aber etwas dauern, bis das Labor die Filme herausrückt. Vielleicht bis Freitag. Sie haben keine Ahnung, in welchem Zustand sie sind. Kann auch sein, dass man überhaupt nichts mehr drauf sieht.«

»Gut. Sehen wir uns jetzt das andere Videomaterial an.«

Foyle warf seinen Regenmantel auf das Sofa und überflog noch einmal die Notizen, die er sich auf der Autofahrt gemacht hatte. Dann legte er das Heft unter einen gläsernen Briefbeschwerer und steuerte das angrenzende Büro an, wo ihn drei Beamte erwarteten. Foyle brummte ein »Guten Morgen«.

Ein Beamter hielt bereits die Fernbedienung für das Videogerät in der Hand. »Der Film stammt aus einer Kamera von Reeves and Cuddy. Das ist der Laden auf der Südseite der Clarence Street.«

»In welche Richtung zeigte die Kamera?«, fragte Foyle.

»Nach Westen. Sie war an der Ecke der Arkade installiert. Oben im Bogen, ziemlich nahe am Detonationsort. Wenn die Steinbögen sie nicht geschützt hätten, wäre sie jetzt Schrott. Bis zum Knall haben wir so viel Band, wie wir wollen. Das Entscheidende sind aber die letzten fünfzehn Minuten.«

Der Videorekorder lief surrend an. Am unteren Bildrand zeigte eine Digitaluhr das Datum an und zählte die Minuten und Sekunden. Sie begannen bei 23.10. – 19:17:23. Foyle sah Szenen von einer schmutzig-grauen Straße, die überall in London hätte liegen können, wäre sie nicht am oberen Bildrand als CLAR ST identifiziert worden. Links im Bild konnte er einen U-Bahneingang und einen Zeitungsstand ausmachen. Gegenüber des Zeitungsstandes fuhr ein Taxi an den Straßenrand und ein Mann stieg aus.

»Das ist einer der Lindow-Brüder«, sagte Forbes und drückte die Pausen-Taste. »Inspektor Bostock, der gerade im St. Luke ist, hat ihn vor zwanzig Minuten identifiziert. Er sagt, die Jacke, die Lindow im Krankenhaus mithatte, passt genau auf die Beschreibung. Gleich kommt eine gute Aufnahme von seinem Gesicht.«

Foyle beobachtete, wie der Mann einige Schritte in Richtung U-Bahnstation ging und dann vor einem Schaufenster stehen blieb. Ein Mädchen erschien auf der Bildfläche. Die Scheinwerfer vorbeifahrender Autos leuchteten grell auf. Eine Gruppe Touristen kam von der U-Bahn herauf, scharte sich um einen Reiseleiter und trottete dann in Richtung Kamera weiter. Es war neunzehn Uhr achtundzwanzig. Drei Leute rannten zum U-Bahneingang, ein Radfahrer kettete sein Mountainbike an ein Geländer und begann am Hinterrad herumzufummeln. Etwa eine Minute lang geschah nichts. Lindow bickte die Straße hinauf und hinunter, dann sah er zu der jungen Frau hinüber, die beim U-Bahneingang stand. Foyle fragte sich, ob die beiden ins Gespräch kommen würden. Doch dann ging die Frau ein Stück weiter. Lindow sah ihr kurz nach und schlenderte auf die Kamera zu. Jetzt konnte Foyle ihn deutlich erkennen – ein gut aussehender, schlanker Mann, knapp einsachtzig groß. Er trug einen Pullover mit V-Ausschnitt und eine teuer aussehende Jacke. Er blieb stehen, machte auf dem Absatz kehrt und ging zurück in Richtung U-Bahnstation.

Es war neunzehn Uhr dreiunddreißig. Im Blickfeld der Kamera regte sich nichts, die Straße war wie eingefroren. Lindow schaute einige Sekunden lang nach rechts und dann auf seine Uhr. In diesem Moment geschah es. Das Bild wackelte, und es war, als würden Menschen und Gegenstände nach oben aus dem Bild gesogen. Auf dem Monitor waren nur noch Rauchwolken zu sehen. Foyle hielt die Luft an. Es erinnerte ihn an die aus einem Bunker heraus gefilmten Aufnahmen von einem Atombombentest, die er einmal gesehen hatte. Die gleiche schreckliche Druckwelle. Das Mädchen und Lindow waren augenblicklich verschwunden, als wären sie verdampft. Der Bildschirm wurde schwarz.

»Herabfallende Steine haben die Kabel der Kamera durchtrennt«, erklärte einer der Beamten. »Aber bis dahin sind es Wahnsinnsaufnahmen.«

Foyle blieb eine Weile schweigend sitzen. Der Film verriet ihm verschiedene Dinge über Lindow. Zunächst, dass er auf sein Äußeres achtete. Falls er tatsächlich ein Terrorist war, dann ein verdammt gut gekleideter. Außerdem spazierten Terroristen normalerweise nicht direkt vor der Linse einer Überwachungskamera herum. Lindow hatte nicht einmal versucht, sein Gesicht durch eine Kapuze oder Sonnenbrille vor der Kamera zu verbergen, und er hatte ganz offensichtlich nicht mit der Explosion einer Bombe gerechnet. Für Foyle ließ das nur zwei mögliche Schlüsse zu. Entweder der Mann war unschuldig oder ein perfekter Schauspieler. Aber was sagte das über den verwundeten Bruder aus?

Eamonn Lindow hatte sich mit Sicherheit nicht absichtlich in die Luft gesprengt. Vielleicht hatte er die Bombe im Bus deponiert und einen Kurzzeitzünder eingestellt, um sich dann an der nächsten Haltestelle aus dem Staub zu machen. Doch dabei konnte eine Menge schief gehen. Kein Terrorist würde ein solches Risiko eingehen, wenn sich schon ein schlichter Wecker so einstellen ließ, dass ihm zwölf Stunden Zeit zu entkommen blieben.

Noch etwas hatte Foyle bemerkt: Lindow stand die meiste Zeit mit dem Rücken zum Verkehr und beobachtete den Eingang zur U-Bahn. Nur ein einziges Mal sah er in die Richtung des Busses. Für Foyle stand fest, dass der Mann angenommen hatte, sein Bruder würde mit der U-Bahn kommen.

»Wo sind die Brüder jetzt?«, fragte Foyle.

»Eamonn Lindow ist noch immer bewusstlos, Constantine – Con – wird gerade in Paddington Green verhört«, sagte Forbes und sah auf die Uhr.

»Was kam bei der Durchsuchung von Eamonns Wohnung heraus?«

»Bislang noch gar nichts – keine Liste mit Zielen, keine Spur einer Bombenwerkstatt, nur ein Haufen Bücher und Videos. Die Kollegen nehmen sie gerade genauer unter die Lupe. Einer von ihnen kommt nachher mit einem Band vorbei.«

»Was für ein Band?«

»Die Kassette aus Eamonn Lindows Anrufbeantworter.«

Foyle stand auf. »Bringen Sie das Video mit in die Besprechung, ich will, dass es alle sehen. Ich komme in ein paar Minuten.«

Er ging in sein Büro zurück und griff zum Telefon, um Martin Scarratt anzurufen, Assistant Commissioner und für den gesamten Bereich der Terrorabwehr zuständig. Doch dann überlegte er es sich anders. Diese eine Besprechung wollte er abhalten, ohne dass Scarratt ihnen im Nacken saß. Scarratt hatte nämlich immer ganz bestimmte Vorstellungen, wie eine Ermittlung zu führen war, und seine Anwesenheit wirkte so einschüchternd, dass sich niemand mehr mit eigenen Ideen hervortraute.

Foyle ging durch den grün gekachelten Flur zum Besprechungsraum, wo rund vierzig Leute versammelt waren. Er hörte nur leises Murmeln, als er den Raum betrat, nichts von dem üblichen Tumult. An seiner Seite des Raums hing eine Karte des Großraums London, an der Decke über einer weißen, abwaschbaren Kunststofftafel war eine ausrollbare Leinwand angebracht. Zur Abschottung gegen Abhörversuche war das Fenster mit einseitig reflektierendem Material beschichtet, und auch tagsüber waren die Jalousien heruntergelassen.

Die Beamten saßen in Grüppchen beisammen, die in etwa den verschiedenen Bereichen der Antiterroreinheit entsprachen – Überwachung, Computertechnik, Sprengstoff, Waffen, Dokumentation. Von der britischen Sicherheitspolizei, der Special Branch, waren besonders viele Leute gekommen.

Foyle trat vor einen Umgebungsplan der Clarence Street, den jemand an die Tafel gezeichnet hatte, und fing ohne große Umschweife an. »Wir hatten eine Bombe in der Clarence Street – hier.« Er zeigte auf die Karte. »Sie wurde gestern Abend um sieben Uhr fünfunddreißig in einem Bus der Linie 147 gezündet, der zwischen Peckham und Kilburn verkehrte. Es gab siebenundvierzig Tote und Verletzte. Sieben Menschen starben sofort, drei weitere in der Nacht, zwölf schweben noch in Lebensgefahr. Wie Sie wissen, sind unter den Verwundeten zwei Brüder. Constantine Lindow stand vor der U-Bahnstation – hier – und wurde nur leicht verletzt.

Dann haben wir Eamonn Lindow, der im Bus saß, vermutlich im Unterdeck. Seine Verletzungen lassen darauf schließen, dass die Bombe hinter ihm explodiert ist. Vielleicht hat ihn der Busfahrer herausgezogen. Wir müssen also den Fahrer befragen, sobald das möglich ist, und natürlich die Passagiere, die im Unterdeck saßen. Außerdem müssen wir einen Aufruf in der Presse veröffentlichen, um alle Leute ausfindig zu machen, die den 147er-Bus in den letzten fünfundvierzig Minuten vor der Explosion benutzt haben. Wenn Sie uns nun etwas über die Bombe erzählen wollen, Colin.«

Foyle nickte Inspector Colin Lafferty zu, dem Leiter der Sprengstoffabteilung. Er war so groß wie Foyle – gut über einsachtzig –, aber er bewegte sich viel gewandter, wie ein Mann, der viel Zeit investiert, um sich fit zu halten. Er hatte Foyle einmal anvertraut, dass er sein Leben nicht seinen flinken Safeknacker-Fingern oder seinem Wissen über Zündmechanismen verdankte, sondern seinen Beinen. Wenn beim Entschärfen einer Wagenladung Sprengstoff etwas gründlich schief ging, dann nahm er seine Beine in die Hand. Schon während seiner Zeit als Munitionsoffizier bei der Armee hatte ihm seine Leichtfüßigkeit den Spitznamen »Legs« eingebracht. Der Name hatte seinen Wechsel zum Bombenräumkommando der Londoner Polizei überdauert und sich inzwischen so eingebürgert, dass niemand mehr wusste, welchen Dienstgrad Lafferty eigentlich hatte. Dem war das gerade recht.

Lafferty zeichnete ein Rechteck an die Tafel und versah es unten mit zwei Kringeln. In die rechte untere Ecke des Kastens machte er ein Kreuz. »Hier ist die Bombe deponiert worden, unter der letzten Sitzreihe. Der Bombenleger muss also irgendwann in einer der beiden hintersten Reihen des Busses gesessen haben. Wir glauben, dass der Sprengsatz in einer Art Segeltuchtasche steckte, wie ein Marinesack, aber mit festerem Stoff. So eine Tasche ist ziemlich auffällig und wäre früher oder später entdeckt worden. Der Bombenleger muss das gewusst haben. Es gibt also zwei Möglichkeiten. Die erste ist, dass das Ganze ein Unfall war. Der Bombenleger wird aus den Klamotten geblasen, bevor er aussteigen kann. Die zweite ist, dass die Bombe absichtlich gezündet wurde – dann ist Lindow nicht unser Mann. Wir haben noch keinen Zeitzünder gefunden, und die meisten anderen Bauteile – Schaltung, Batterien, Uhren – sind mit in die Luft gegangen. Was wir haben, sind Reste der Tasche – und ein paar Erkenntnisse über den Sprengstoff.«

Lafferty steckte die Hände in die Taschen und trat vor die erste Reihe der Beamten. »Zunächst haben wir auf einen hochwirksamen Sprengstoff auf der Basis von Nitroglyzerin getippt. Das hätte eine zufällige Detonation erklärt. Aber inzwischen sind wir sicher, dass Semtex benutzt wurde, und zwar rund fünf, sechs Kilo von dem Zeug. Das ist sehr viel mehr, als damals nötig war, um das Grand Hotel in Brighton hochgehen zu lassen, womit sich der beträchtliche Schaden in der Clarence Street erklärt. Wir wissen noch nicht, aus welcher Lieferung das Semtex stammt. Das Labor untersucht gerade die chemischen Spuren, die als eine Art Herstellungsdatum von den tschechischen Produzenten dem Material beigemischt werden. Das könnte uns dabei helfen, die Beschaffungswege zurückzuverfolgen.« Er verschränkte die Arme. »Das ist so ziemlich alles, was wir bisher haben.«

Er sah sich um und wartete auf Fragen, aber niemand meldete sich.

Schließlich rief Foyle: »Was haben wir vom Nachrichtendienst?« Er fragte, obwohl er wusste, dass sie nichts hatten.

Ein Detective Sergeant der Special Branch, der ganz hinten an der Wand saß, fasste die Lage zusammen. Nichts hatte im Vorfeld darauf hingedeutet, dass die Wahre IRA oder irgendeine andere irische Splittergruppe etwas im Schilde führte. Die Informanten in Dublin und Belfast standen vor einem Rätsel. Die Leute, die von der Staatssicherheitspolizei überwacht wurden, konnten nichts mit der Explosion zu tun haben, und niemand von ihnen hatte in Kontakt zu einem der Brüder gestanden. Was die Terrorgruppen aus dem Nahen Osten anging, war die Lage schwer durchschaubar. Im Großraum London wurden mehrere Gruppen überwacht, besonders eine, die ein Syrer namens Emad anführte. Doch normalerweise suchen sich diese Gruppen ihre Ziele im Ausland.

»Und was ist mit den Brüdern?«, fragte Foyle. »Hören wir uns an, was es über die gibt, da wir sonst ja nichts haben.«

»Jawohl, Chef.« Ein eifriger junger Sergeant namens Pennel stand auf. »Es gibt da einen dunklen Punkt im Leben der beiden. Wie wir gerade erfahren haben, wurden sie 1983 im Zusammenhang mit einer Explosion in Nordirland, sieben Meilen von der Grenze entfernt, verhört. Damals flog ein geheimes Waffen- und Sprengstofflager in die Luft. Dabei wurden zwei Soldaten getötet und zwei weitere verwundet. Die Lindow-Brüder wurden von der nordirischen Polizei, der Royal Ulster Constablery, verhaftet und einer gründlichen Prüfung unterzogen. Man hat uns Bilder von 1983 überspielt, und ich habe ein paar Abzüge hier.«

Pennel teilte Fotos aus, auf denen zwei junge Männer mit langen Haaren und Koteletten zu sehen waren. Sie waren nach der Mode jener Zeit gekleidet, große Kragen und eng sitzende Pullover. Eamonn Lindow, der ältere der beiden, war kräftiger gebaut als sein Bruder und hatte links ein blaues Auge. Constantine war ein gut aussehender Junge, noch ohne den Anflug eines Bartes und mit hellen Augen, die von der Kamera wegsahen.

»Als die Bilder entstanden, waren die Brüder vierundzwanzig und siebzehn Jahre alt. Das hier ist Eamonn Cardell Lindow, geboren am elften Januar 1959«, sagte er und hielt eins der Fotos in die Höhe. »Der andere ist Constantine Cardell Lindow, geboren am fünfzehnten November 1965. Beide kamen in der Republik Irland zur Welt und sind irische Staatsbürger. Aufgewachsen sind sie jedoch in Fermanagh in Nordirland, wo ihr Vater Lehrer war. 1986 zogen die Eltern zurück in die Republik, nach Ballyhanna in Monaghan, nachdem die Mutter dort ein Haus geerbt hatte. Marie Lindow gehört zur Familie Cardell, einem Clan von eingefleischten Republikanern. Sie ist mit Jimmy Cardell verwandt, der 1975 wegen Mordes an einem Constable der RUC verurteilt wurde. Wir wissen nicht, ob die Eltern noch leben.«

Pennel verstummte, als die Tür sich öffnete und Assistant Commissioner Scarratt eintrat. Der grüßte Foyle, dann wandte er sich an Pennel. »Lassen Sie sich nicht stören.«

»Vielleicht kann jemand einen Stuhl für Sie auftreiben, Sir«, sagte Pennel hilfsbereit. Foyle lächelte. »Was sich damals auf dem Friedhof von Droy genau abgespielt hat, ist immer noch ein wenig schleierhaft«, fuhr Pennel dann fort. »Eamonn Lindow soll das Depot über einen Zeitraum von dreieinhalb Wochen beobachtet haben. Der Friedhof wurde nämlich auch von einer Gruppe Soldaten observiert, die Eamonn kommen und gehen sahen. Man hoffte die halbe Brigade der IRA in Fermanagh zu kassieren, wenn sie das Zeug umladen würden. Es ist nicht ganz klar, was dann passiert ist, aber am frühen Morgen des zwölften Juli flog das Versteck in die Luft. Keiner der Brüder war zu dieser Zeit in der Nähe des Friedhofs, aber sie wurden zum Verhör mitgenommen und jeweils sechsunddreißig Stunden festgehalten. Es ist nie zu einer Anklage gekommen, und seit damals haben sie sich nichts zu Schulden kommen lassen. 1988 zog Eamonn nach London und begann in einer Stadtbibliothek zu arbeiten. Sobald die Bücherei aufmacht, schicken wir jemanden hin. Mit seinen Nachbarn haben wir schon gesprochen. Scheint ein ruhiger Typ zu sein. Kaum Besucher, geht viel aus.

Von Constantine – oder Con, wie er sich nennt – wissen wir nur, dass er in Dublin studiert hat und dann nach Amerika ausgewandert ist. Vielleicht weiß der FBI etwas über ihn.«

»Wir haben also zwei irische Verdächtige«, schaltete sich Foyle ein, »aber das Attentat selbst widerspricht allem, was wir über Entwicklungen bei der IRA wissen. Die beiden könnten einer radikalen Splittergruppe angehören, aber wir sollten uns in diesem Stadium mit Spekulationen zurückhalten. Auf alle Fälle sollte jemand mit den Beamten sprechen, die 1983 die Explosion untersucht haben.«

Er schaute im Raum umher. Ein Beamter nickte ihm zu, um anzuzeigen, dass er die Sache in die Hand nehmen würde.

»Und wir brauchen Con Lindows Adresse in London. Können wir nicht bei den Kreditkartengesellschaften nachfragen? Irgendwas muss doch in seiner Brieftasche sein.«

»Nein, Sir«, antwortete Forbes. »Alles führt zu Adressen in Amerika zurück. Aber wir hoffen, dass wir die Adresse bald von den Kollegen in Paddington Green bekommen.«

»Gut, ich möchte, dass die Spurensicherung sich schon mal bereithält.« Aus dem Augenwinkel beobachtete Foyle, wie eine Polizistin Pennel etwas überreichte. »Ah, hier kommt unser Band.«

»Das sind Nachrichten auf seinem Anrufbeantworter, die wir auf eine normale Audiokassette überspielt haben«, erklärte Pennel. »Leider ziemlich verrauscht, das Ganze.«

Als Erstes war eine Frau in der Leitung, offensichtlich eine Amerikanerin. Ihre Stimme klang, als lächelte sie. »Hi, hier ist Mary. Schätze, wir sehen uns, bevor du das hörst. Wehe, du bist nicht dort, Lindow. Mach's gut.«

Danach piepste es zweimal, weil irgendwelche Anrufer auflegten, ohne etwas zu sagen, und schließlich kam Con Lindows Nachricht. »Eamonn, hier ist Con. Ich hatte ein bisschen Ärger mit der Bombe im West End. Kein Grund zur Sorge. Nur ein paar Schnitte und blaue Flecke, das ist alles. Ich bin im Liskeard-Flügel von St. Luke, aber morgen komme ich raus, und dann rufe ich dich an. Wie geht's dir denn so? Und wer zum Teufel ist Mary?«

»Das würde ich auch gerne wissen«, sagte Foyle. »Die ganze Sache könnte durchaus einen amerikanischen Aspekt haben.«

Er sagte das nur, damit Scarratt etwas hatte, worauf er sich stürzen konnte. Foyle persönlich kam immer mehr zu der Überzeugung, dass Con Lindow unschuldig war. Doch die Erfahrungen des letzten Jahres hatten ihn gelehrt, solche Bedenken lieber für sich zu behalten. Der Commander sah Scarratt schon auf der Pressekonferenz großtun, bei der er die Festnahme von zwei Verdächtigen verkünden würde. Nach der Besprechung machte er Lafferty ein Zeichen, ihm zu folgen.

»Was meinen Sie, Colin?«, fragte er, als sie in seinem Büro waren.

»Ich bin kein Detective.«

»Ich weiß, aber was denken Sie?«

»Nun ... ich finde es, vorsichtig ausgedrückt, sonderbar, dass wir es mit einer sehr professionell hergestellten Bombe zu tun haben, aber die Verdächtigen sind zwei blutige Amateure.«

»Ja. Aber wäre es nicht möglich, dass dieser Con Lindow ein ungewöhnlich abgebrühter Bursche ist und uns nur etwas vorspielt?«

»Möglich wäre es, klar. Aber dass er sich wegen ein paar Kratzern ins Krankenhaus bringen lässt und dann auch noch bereitwillig über Nacht bleibt, wenn er damit riskiert, entdeckt zu werden ... Ich weiß ja nicht.«

Als sich die beiden umdrehten, lehnte Scarratt am Türpfosten. »Ich störe Sie hoffentlich nicht, Commander?« Er spazierte mit auf dem Rücken verschränkten Händen durch das Büro und betrachtete die gerahmten Bilder, die die Wände schmückten. Es waren nicht die üblichen Polizei-Rugbymannschaften, sondern Landschaftsaquarelle. Scarratt rümpfte die Nase und drehte sich zu Foyle um. »Nun, das sieht ja nach einem sehr guten Anfang aus. Ich brauche Ihnen wohl kaum zu sagen, dass wir bei dieser Sache auf schnelle Ergebnisse hoffen. Bei so vielen Toten und Verletzten wird uns die Presse keine Ruhe lassen. Wann haben Sie das Material für eine Anklage beisammen, Commander?«

»Sobald wir Beweise haben, Sir.« Foyle gab sich größte Mühe, kooperativ zu wirken.

»Jetzt hören Sie aber auf. Sie haben doch Beweise. Zwei Iren am Tatort, die für die Polizei keine Unbekannten sind. Was wollen Sie mehr?«

»Nichts. Ich will nur die richtigen Leute erwischen, und wir müssen eben auch die Möglichkeit in Betracht ziehen, dass die beiden Brüder unschuldig sind.«

»Ziehen Sie nur alle Möglichkeiten in Betracht, Commander. Dafür werden Sie bezahlt. Aber vergessen Sie darüber nie die nahe liegendste. Das wäre ein Fehler.«

Er streifte Lafferty mit einem dünnen Lächeln und ging hinaus.

DRITTES KAPITEL

Drei oder vier Stunden waren vergangen, seit man Lindow nach einer weiteren ärztlichen Untersuchung in eine Zelle gebracht hatte – genau konnte er es ohne seine Armbanduhr nicht feststellen. Der Doktor hatte ihm ein Beruhigungsmittel gegeben und gemurmelt, er solle sich ein bisschen hinlegen. Lindow hatte ihn ungläubig angesehen, aber nachdem der Arzt gegangen war, versuchte er trotz allem zu schlafen. Doch jedes Mal, wenn er eindöste, schreckte er gleich wieder hoch, weil jemand die Beobachtungsluke in der Zellentür öffnete, eine Weile offen ließ und dann mit einem ohrenbetäubenden Knall wieder zuwarf. Sie hielten ihn wach. Er starrte zu den quadratischen Platten der Deckenverkleidung hinauf. Er konnte gerade noch das Tageslicht ausmachen. Falls sie ihn hier länger festhielten, würde er zumindest wissen, ob es Tag oder Nacht war. Das war wichtig. Er musste durchhalten, musste das Zeitgefühl bewahren und durfte sich nicht von der Angst um Eamonn zermürben lassen. Denn genau das wollten sie erreichen.

Sie hatten ihm von Eamonns Verletzung erzählt und ihn dann in die Zelle gesteckt, wo er nichts tun konnte, als an seinen Bruder zu denken. Bald würden sie ihm absurde Vorwürfe ins Gesicht schleudern und verlangen, dass er ein Geständnis unterschrieb. Er hatte einmal von einer Frau aus Belfast gelesen, die nach drei Tagen ohne Schlaf ein Blatt Papier unterzeichnete. In ihrem halb wachen Dämmerzustand hatte sie es für eine Unterschriftenprobe gehalten. Anschließend erklärte man ihr, sie hätte ihre Beteiligung an irgendeinem Attentat gestanden. Er würde nichts unterschreiben. Und er würde nichts mehr sagen, bevor sie ihn mit dem Krankenhaus telefonieren ließen.

Kaum hatte er diese Beschlüsse gefasst, überkam ihn eine beklemmende Hoffnungslosigkeit und – zu seiner Verwirrung – ein Gefühl der Schuld. Weshalb zum Teufel sollte er sich schuldig fühlen? Er war genauso zufällig in die Sache hineingeraten wie Harry Ribb oder Kay Gould. Beim Gedanken an die junge Frau überlief ihn ein neuer Schauder. Wenn sie so weit entfernt vom Bus solche Verletzungen davongetragen hatte, wie musste dann Eamonn aussehen? Plötzlich packte ihn die kalte Gewissheit, dass ihm die Polizei nicht alles gesagt hatte. Eamonn würde sterben. Ob sein Vater und seine Schwester wussten, wie schlecht es Eamonn ging? Sie müssten es inzwischen erfahren haben. Seine Schwester hatte vermutlich einen Anruf vom Krankenhaus erhalten oder einem betreten dastehenden jungen Beamten der Garda die Tür geöffnet. Er hoffte, dass sie kühlen Kopf bewahrte und in Irland blieb. Sonst würde man sie auch verhaften und in eine Zelle sperren, in die kaum Lichtstrahlen drangen, mit einem Bett, das nach der Angst fremder Menschen roch.

Er sah sich nach etwas um, das ihn hätte ablenken können. Aber da war nichts – nur die Aluminiumtoilette, das Bett und die speckigen weißen Gefängniswände, bis unter die letzte Farbschicht von Graffiti zerkratzt. Sie wollten, dass er sich verkroch und sich erbärmlich und schmutzig vorkam. Doch er würde kämpfen wie beim letzten Mal, und er würde wieder gewinnen. Er schloss die Augen und versuchte zu dösen, aber nach wenigen Minuten wurde die Beobachtungsluke aufgerissen. Er spähte um seine angewinkelten Knie herum. Diesmal war kein Gesicht zu sehen, sondern nur drei Finger, die kurz zuckten, bevor sie die Luke wieder zuzogen.

Er blickte zum spärlichen Tageslicht empor und dachte an seinen Vater. Wenn Eamonn starb, würde er es nicht verkraften. Die beiden waren sich so ähnlich, bis hin zu ihrem Gesichtsausdruck, wenn sie erschraken oder sich über etwas freuten. Sie hatten den gleichen niedergeschlagenen Blick, wenn sie Enttäuschung bei der einzigen Zuhörerin spürten, die ihnen etwas bedeutete, bei seiner Mutter. Mutter hatte sie mit einer hemmungslosen Liebe überschüttet, die urplötzlich in wütende Frustration umschlagen konnte. In ihren schlimmsten Augenblicken hatte sie ihnen an den Kopf geworfen, dass sie Waschlappen und keine richtigen Männer seien. Dann waren sie bedrückt davongeschlichen, doch weiter hoffnungslos in ihrem Bann geblieben. Vater und Sohn hatten sich als Opfer derselben großen Liebe verbündet, und als der Krebs in Mutters Leber weiterwucherte, um sie in wenigen Wochen zu töten, waren sie von Trauer wie von Sinnen gewesen. Con hatte diesen brennenden Schmerz nicht empfunden, aber eine seltsame Leere hatte sich in ihm eingenistet, ein verwirrendes Gefühl von Verlust und Befreiung zugleich.

Wieder war das Schuldgefühl da, wie ein Stechen in seiner Seite. Zum Teufel mit der Bande! Sie würden es nicht schaffen, dass er sich schuldig fühlte. Er hatte nichts verbrochen. »Ich bin Doktor der Naturwissenschaften«, murmelte er vor sich hin, »ein ganz normaler, unbescholtener Steuerzahler.« Aber die Polizei brauchte einen Terroristen und Bombenleger, und diese Rolle hatte man ihm zugedacht. Sie würden ihn jahrelang hier behalten. Dann würden sie ihn anklagen und in eine richtige Strafanstalt sperren. Mit jedem Schritt würde ihn das System tiefer in den Sumpf der Schuld treiben. Bis er zu dem würde, was sie erwarteten: ein verschlagener irischer Angeklagter.

Irgendwann kamen die beiden Polizisten wieder, die ihn in die Zelle gebracht hatten. Sie standen in der offenen Tür und winkten ihn zu sich. Einer spielte mit seinem Schlüsselbund und grinste.

»Ich möchte mit dem Krankenhaus telefonieren, in dem mein Bruder liegt«, verlangte Lindow.

Sie antworteten nicht, sondern traten auf ihn zu und zerrten ihn vom Bett hoch.

»Wir wollen doch nicht, dass Sie fallen, Sir«, sagte einer und riss Lindows Hosenbund nach oben, dass seine Hoden gequetscht wurden.

»Ich kann ohne Ihre Hilfe gehen«, schrie Lindow.

Sie schoben ihn ins grelle Licht des Vernehmungszimmers. Lindow musste erst einmal seine Augen mit der Hand abschirmen. Wieder waren Bostock und Simmonds mit von der Partie, doch an Bostocks Platz hinter dem Tisch saß nun ein Mann mit einem hageren Gesicht und einer altmodischen Hornbrille.

»Bitte setzen Sie sich, Dr. Lindow.« Er lächelte, wobei seine Mundwinkel in einer eigenartigen Grimasse nach unten rutschten.

Lindow hob den Stoff seiner Hose an, damit er nicht die Wunde am Oberschenkel berührte, und nahm Platz. Der neue Beamte machte nicht viel her. Er war klein, saß krumm da und war schäbig gekleidet – Strickkrawatte, kariertes Hemd, ein anthrazitfarbener Anzug, der an den Ärmelenden speckig glänzte. Sein graues Haar war mit Brillantine an den Schädel geklatscht.

Seine Augen huschten flink über ein Schriftstück, das er so hielt, dass Lindow es nicht lesen konnte. Lindow versuchte einen Blick auf die Armbanduhr des Mannes zu erhaschen, aber die war unter einer leicht ausgefransten Manschette verborgen. Nun hatte er ein Ziel gefunden, das er sich setzen konnte: Er würde auf jeden Fall die Uhrzeit herausbekommen, bevor er diesen Raum wieder verließ.

»Guten Morgen, Dr. Lindow, ich bin Superintendent Phipps«, begann der Mann. »Sam Phipps. Vielleicht können wir die Angelegenheit schnell hinter uns bringen. Ich weiß, Sie haben traurige Nachrichten erhalten.«

Sein Benehmen war beschwichtigend, fast entschuldigend, wie das eines Bürokraten, der eine ermüdende, aber unerlässliche Formalität in Angriff nimmt. Doch er strahlte auch eine gewisse Unnachgiebigkeit aus: die tödliche Geduld eines Mannes, der von vornherein damit rechnet, dass man ihn anlügt.

»Es ist mir egal, wer Sie sind und was Sie von mir wollen. Ich weiß nur, dass Sie mich gegen meinen Willen festhalten und dass man mir absichtlich verschweigt, wie es um meinen Bruder steht. Ich werde Ihre Fragen erst beantworten, wenn man mir erlaubt hat, mit dem Krankenhaus zu sprechen.«

Simmonds und Bostock grinsten.

»Ich verstehe Ihre Besorgnis, Dr. Lindow«, erwiderte Phipps und schaute in seine Unterlagen. »Aber versuchen Sie doch einmal unseren Standpunkt zu sehen. Sowohl Sie als auch Eamonn waren gestern Abend in der Nähe der Bombe. Das ist natürlich verdächtig.«

»Wieso?«

»Weil man Sie beide schon einmal verhört hat. Die Geschichte auf dem Friedhof von Droy damals. Ich nehme an, Sie wissen, wovon ich spreche.«

Es überraschte Lindow nicht, dass sie die Sache mit dem Friedhof herausgefunden hatten. Aber damit konnte er umgehen. Er würde genau dasselbe sagen wie damals zur nordirischen Polizei.

»Wir waren nicht in der Nähe des Friedhofs, als das Lager explodiert ist«, sagte er. »Das habe ich schon damals der Polizei erklärt, und sie haben es akzeptiert. Sie ließen uns laufen, also müssen sie uns geglaubt haben.«

»Ja, man hat Sie laufen lassen, und Sie beide haben ganz nett Karriere gemacht, besonders Sie. Aber das sieht mir alles zu glatt aus, wenn Sie mir die Bemerkung erlauben. Vielleicht hat es ja zu einem Plan gehört, dass Sie nach Amerika gingen und sich dort eine respektable Tarnung zulegten, während Ihr Bruder sich hier in London unauffällig im Hintergrund hielt. Unterdessen haben sich die Dinge in Irland verändert und mit ihnen die Menschen. Leute, die Sie für unerschütterliche Republikaner hielten, schließen sich auf einmal dem Friedensprozess an. Deshalb machen Sie das Häufchen Hardliner ausfindig, die nach wie vor meinen, sie könnten die Unabhängigkeit herbeibomben. Sie kehren nach England zurück, und praktisch mit Ihrer Ankunft in London geht eine Bombe hoch. Sie müssen zugeben, dass das nicht gut aussieht.«

»Das mag ja Ihre Sicht der Dinge sein, aber Sie irren sich. Mein Bruder und ich sind unschuldig.«

»Das sagten Sie schon ... aber gehen wir doch erst einmal diese Fragen durch.«

»Ich möchte mit dem Krankenhaus sprechen. Und ich will meinen Vater anrufen.«

»Dazu kommen wir später. Wir können Ihnen aber mitteilen, was wir vom Krankenhaus erfahren haben.« Er drehte sich zu Simmonds um und präsentierte im Profil eine Adlernase. Die

Augen hinter seiner Hornbrille waren blass und wässrig, die Lider gerötet wie von einer Bindehautentzündung.

Phipps rieb sich das rechte Auge, während Simmonds von der Rückseite eines Kuverts ablas. »Ihr Bruder wurde letzte Nacht operiert. Er hat viel Blut verloren und Verbrennungen am Rücken und an den Beinen erlitten. Er wird weitere Operationen brauchen, aber das Krankenhaus bezeichnet seinen Zustand als stabil.«

»Das möchte ich von den Ärzten selbst hören, nicht von Ihnen. Es geht schließlich um meinen Bruder.«

»Wie gesagt, wir werden ja sehen, wie wir vorankommen«, sagte Phipps. »Danach dürfen Sie vielleicht mit dem Arzt sprechen. Jetzt wollen wir aber von Ihnen reden, Dr. Lindow. Erzählen Sie mir von dieser Geschichte bei der Kirche von Droy. Wieso glaubte die Polizei damals, Sie hätten etwas damit zu tun?«

»Das weiß *ich* doch nicht. Wir waren zum Zeitpunkt der Explosion meilenweit entfernt – daheim in unseren Betten. Ein paar Soldaten waren in die Sache verwickelt, und man wollte wohl beweisen, dass sie die Explosion nicht aus Fahrlässigkeit verursacht hatten. Sie haben damals eine Menge Leute verhaftet, nicht nur uns.«

»Ja, aber Sie beide hat man verhaftet, weil Sie vor der Explosion mehrmals auf dem Friedhof gesehen wurden.«

»Wir haben ein paar Mal dort Halt gemacht, wenn wir vom Fischen kamen. Ich glaube, ich bin nicht einmal aus dem Auto gestiegen. Eamonn hat immer an der Kirche gestoppt, um zu pinkeln. Es war ganz einfach sein Lieblingspinkelplatz. Er trank immer viel Bier beim Fischen, und wenn wir auf dem Heimweg an der Kirche vorbeikamen, war es fast schon ein Ritual, dort anzuhalten.«

»Reiner Zufall also, dass dort so viel Sprengstoff und Waffen versteckt waren, um die IRA auf vier oder fünf Jahre hinaus zu versorgen.«

»Davon hatten wir keine Ahnung. Wenn wir gewusst hätten, dass es da von britischen Soldaten wimmelte, wären wir doch nicht ausgerechnet dort stehen geblieben.«

»Britische Soldaten, ganz recht. Sie sagen das, als hätten Sie die Sicherheitskräfte gehasst.«

»Nein, ich habe die Briten nicht gehasst, Sie drehen mir das Wort im Mund um. Außerdem gehört dieses Kapitel doch der Vergangenheit an, oder?«

»Aber Sie *sind* Republikaner?«

»Nicht in einem aktiven Sinn. Ich bin Republikaner, aber ich bin auch der Überzeugung, dass die IRA, die Wahre IRA oder die Loyalisten der Sache nur schaden. Sie sind alle miteinander Verbrecher. Abgesehen davon denke ich nicht viel über diese Dinge nach. Ich interessiere mich nicht besonders für Politik.«

»Aber Ihre Mutter ist Republikanerin, nicht wahr – eine glühende Republikanerin?«

»Meine Mutter ist vor zwei Jahren gestorben.«

»Ähm, das tut mir Leid ... aber das ändert nichts an der Tatsache, dass Sie in einer fanatisch republikanischen Familie aufgewachsen sind und dass Sie den Hass auf die Briten praktisch ... wie soll ich sagen ... mit der Muttermilch aufgesogen hatten.«

»Das ist nicht wahr. Es stimmt zwar, dass meine Mutter Nationalistin war, ich leugne es nicht. Aber was hat das mit mir zu tun?« Lindow fühlte, wie er rot wurde. Phipps fixierte ihn und murmelte etwas, das sich wie ein Einlenken anhörte.

»Na gut, dann sprechen wir über Ihre Zeit in Amerika. Hatten Sie dort viel Kontakt mit Ihren Landsleuten? In Boston gibt es eine große und einflussreiche irische Gemeinde, nicht wahr? Sahen Sie die Lage Irlands von dort drüben aus vielleicht auf einmal anders? Wurden Sie in diesen Jahren von jemandem angeworben?«

»Ich bin unter anderem deshalb ausgewandert, weil ich mein Zuhause als bedrückend empfand.« Er hielt inne. »Ich weiß nicht, wie viel Sie über Forschung wissen, aber sie lässt einem wenig Zeit für andere Dinge. Bei unserem Projekt ging es nicht nur um wissenschaftliche Erkenntnisse, sondern auch um viel Geld. Und wir wussten, dass ein Forscherteam an der Westküste an der gleichen Materie arbeitete. Wir waren auf der Jagd nach Patenten und haben jede Minute unserer Zeit in die Arbeit investiert. Ich hatte gar nicht die Muße, an Irland zu denken, geschweige denn mich anwerben zu lassen. Tatsächlich hat mich Irland immer weniger interessiert. Ich habe mich darauf eingestellt, in den USA alt zu werden.«

»Und warum dann der plötzliche Umzug nach London? Sind Sie aus Ihrem Zustand als Schläfer der IRA geweckt worden?« Phipps stellte die Frage wie eine harmlose Erkundigung nach Lindows Werdegang, als wäre es die normalste Sache der Welt, dass er sich all die Jahre nur darauf vorbereitet hatte, im Herzen Londons Bomben hochgehen zu lassen.

»Hören Sie, verdammt noch mal«, brauste Lindow auf, riss sich dann aber wieder zusammen. »Ich habe es heute Morgen schon erklärt. Das Imperial College hat mir ein gutes Gehalt und ein ausgezeichnetes Team von Mitarbeitern angeboten. Ich wollte mein eigenes Projekt, und das haben sie mir bewilligt.«

Phipps starrte in die Ecke und ließ seine Zunge im Mund kreisen. Lindow folgte seinem Blick. Ein amerikanischer Anwalt hatte ihm einmal erzählt, dass man einen allzu selbstsicheren Zeugen vor Gericht am leichtesten aus der Fassung brachte, indem man sich wegdrehte und gelangweilt gab. Lindow zwang sich, ruhig zu bleiben. Er war entschlossen, Phipps zu zeigen, dass er ihm an Selbstbeherrschung in nichts nachstand.

»Wieso lächeln Sie, Dr. Lindow?«

»Ach, mir ist nur etwas eingefallen, das mir ein befreundeter Anwalt über die Kunst des Kreuzverhörs erzählt hat.«

»Sie werden zweifellos bald Gelegenheit haben, weitere Bekanntschaft mit Angehörigen des Juristenstandes zu machen. Aber um auf unser eigentliches Thema zurückzukommen: Sie sind doch nicht nur eine Koryphäe in der Forschung, sondern haben auch einen praktischen technischen Verstand, oder, Dr. Lindow?«

»Ich weiß nicht, worauf Sie hinauswollen, aber ich bin in dem Bereich nicht völlig ahnungslos, das stimmt.«

»Ein Mann wie Sie könnte doch ohne große Mühe etwas basteln, damit so ein Waffenlager explodiert. Das wäre überhaupt kein Problem, oder?«

»Theoretisch wäre es vermutlich keins, das ist richtig. Aber wenn Sie fragen, ob ich damals die Sprengfalle ausgetüftelt habe, ist die Antwort nein.«

»Welche Sprengfalle?«

»Die auf dem Friedhof in Droy. Davon reden Sie doch wohl.«

Phipps ging wie ein gereizter Terrier auf ihn los. »Ich habe nichts von einer Sprengfalle in Droy gesagt. Also wussten Sie, dass im Lager ein Sprengsatz angebracht war, und Sie haben ein bisschen daran herumgespielt, sodass die Soldaten in die Luft flogen, die ihn angebracht hatten. Sie haben gerade etwas zugegeben, wovon Sie eigentlich überhaupt nichts wussten. Das bringt uns doch ein ganzes Stück weiter, nicht wahr, Lindow?«

»Das ist verrückt, und Sie wissen es. Ich wusste vom Verdacht der Polizei, dass in dem Versteck ein paar Drähte vertauscht wurden oder was auch immer, weil man es mir beim Verhör gesagt hat. Deshalb war mir klar, dass Sie den Friedhof in Droy meinten. Und überhaupt, fürs Protokoll: Ich gebe gar nichts zu.«

»Was haben Sie gestern Abend in der Clarence Street gemacht?«

»Ich war mit meinem Bruder dort verabredet. Das habe ich diesen Herrschaften hier bereits ein Dutzend Mal erklärt.«

»Wen wollten Sie noch treffen?«

»Eine Freundin von Eamonn. Sie heißt Mary. Ich bin ihr noch nie begegnet.«

»Auch nicht in den Vereinigten Staaten? Mary ist offenbar Amerikanerin. Wussten Sie das?«

»Nein. Ich wusste nur, dass Eamonn sie mitbringen wollte.«

»Sie wollten also Essen gehen. Sind Sie da ganz sicher? Wollten Sie nicht eher den Sprengstoff in Empfang nehmen, um ihn bei irgendeinem Ziel zu deponieren? Und Eamonn hat die Bombe transportiert, oder zumindest die Bestandteile einer Bombe.«

Lindow schüttelte den Kopf. »Nein, nein, nein.«

Phipps ignorierte ihn. »Sagen Sie uns, wer noch beteiligt ist. Gehört Mary dazu? War sie das Verbindungsglied zwischen Ihnen beiden?«

Phipps beugte sich über den Tisch und fuhr sehr leise fort. »Ich weiß, dass Sie es waren, Con. Ich weiß, dass Sie schuldig sind. Ich bin schon einigen Leuten wie Ihnen begegnet – einem Wissenschaftler zum Beispiel, genau wie Sie einer sind, von der Queen's University in Belfast. Der dachte auch nicht, dass ich ihm auf die Schliche komme. Aber ich konnte seine Schuld riechen, so wie ich jetzt Ihre rieche.«

»Ich habe nichts getan. Sie wissen es, ich weiß es, und diese Leute hier wissen es. Ich – habe – nichts – getan.«

»So kommen wir nicht weiter«, sagte Phipps, nickte Bostock zu und faltete seine Unterlagen zusammen. »Vielleicht brauchen Sie ein wenig Zeit, um über den Ernst Ihrer Lage nachzudenken.«

»Ich brauche keine Zeit. Aber ich flehe Sie an, mich mit dem Krankenhaus telefonieren zu lassen. Ich muss es von den Ärzten selbst hören.«

»Tut mir Leid. Das ist vorläufig nicht möglich«, sagte Phipps. »Bringt ihn weg.«

Bostock klopfte an die Tür, und die beiden Polizisten kamen herein.

Lindow schaute rasch auf Phipps' Armbanduhr. Es war sechzehn Uhr zwanzig.

»Wer war das?«, fragte Foyle und hielt die Titelseite des *Evening Herald* hoch, auf der in Balkenlettern die Worte BOMBENLEGER GEFASST prangten. »Das habe ich nicht genehmigt. Sie kennen die ganze verdammte Geschichte – Namen, Fotos. Sogar ein Interview mit einem der Brüder ist drin. Wie zum Teufel konnte das passieren?«

»Ich weiß es nicht, Sir«, sagte Forbes. »Die Presseleitung schwört, dass sie nichts von dem Material herausgegeben haben.« Er schob ihm das Blatt mit der Pressemitteilung vom selben Tag hin, zwei Absätze, die raffiniert vage gehalten waren und aus denen nur hervorging, dass zwei Männer verhaftet wurden.

»Wer ist dieser Abbott-Tring?«, fragte Foyle und schlug mit dem Handrücken auf die Zeitung. »Ist er Polizeireporter?«

»Nein. Anscheinend hat man in der Presseabteilung noch nie von ihm gehört. Anscheinend hat er es nicht mal für nötig gehalten, bei ihnen nachzufragen. Weil er nämlich schon alles wusste. Er muss einen Tipp bekommen haben.«

»Von wem?«

Forbes zuckte die Achseln.

Foyle legte die Zeitung auf den Tisch. Unter der Schlagzeile war Con Lindow zu sehen, wie er aus dem Lieferanteneingang des

Krankenhauses geführt wurde. »Wie sind sie an das Foto gekommen?«

»Die Fotografen haben den ganzen Abend vor dem Krankenhaus gelauert. Einer von ihnen muss unsere Fahrzeuge auf dem Ladehof entdeckt haben.«

Foyle überlegte. Der Reporter war also am Abend zuvor im Krankenhaus gewesen. Aber dort waren viele Verletzte der Explosion gelegen. Irgendwer musste ihm die Namen gesteckt haben, damit er den Zusammenhang zwischen den Verdächtigen und dem Mann, den er auf der Unfallstation interviewt hatte, herstellen konnte.

»Wer lässt so was durchsickern?«

Forbes schielte zur Decke.

»Die da oben? Ich frage mich allerdings, warum. Aber wie auch immer – dieser superschlaue Journalist sollte lieber aufpassen. Falls sich die Lindows nämlich als unschuldig erweisen, haben sie ausgezeichnete Gründe, ihm einen Prozess anzuhängen. Ich meine, ›Bombenleger gefasst‹ – noch eindeutiger geht's nicht.«

Insgeheim hatte er einen sehr konkreten Verdacht, wer die Presse so genau informiert haben könnte, dass der Chefredakteur ein solches Risiko einging, aber das behielt er lieber für sich.

»Ich will Sie ja nicht drängeln, Sir, aber Ihre Besprechung im Cabinet Office beginnt in fünfundzwanzig Minuten. Brauchen Sie den Wagen?«

»Nein, ich gehe zu Fuß. Ich kann ein bisschen Bewegung brauchen. Worum geht es bei der Sitzung? Ich meine, was genau wollen die wissen?«

»Anscheinend hat der Premierminister Sir Derek Crystal gebeten, alle Leute zusammenzutrommeln, die an der Untersuchung des Falles beteiligt sind. Der Premier möchte auf dem Laufenden sein, bevor er heute Abend für die Fernsehnachrichten interviewt wird. Außerdem ist er mit dem irischen Premier verabredet. Eine heikle Sache. Die Unionisten juckt schon der Pelz. Sie sagen, die Republikaner hätten den Friedensprozess gesprengt. Assistant Commissioner Scarratt wird auch da sein, zusammen mit Vertretern von MI5 und MI6. Es dürfte interessant werden, Sir –

immerhin lernen Sie die großen Häuptlinge von Whitehall kennen.«

Foyle spazierte an der Festung des Innenministeriums vorbei durch die Queen Anne's Gate. Der Herbsthimmel war klar und die Luft mild, und er beschloss, sich in den St. James Park zu setzen, um seine Gedanken zu sammeln. Er suchte sich eine Bank unter den schlaffen gelben Blättern eines Trompetenbaums aus. Mit spitzen Fingern zog er eine Zeitung aus einem daneben stehenden Papierkorb, breitete sie auf der Bank aus und ließ sich vorsichtig nieder.

Der Auftritt im Cabinet Office, der ihm nun blühte, machte ihn nervös. Weniger als vierundzwanzig Stunden nach der Explosion konnte er kaum etwas Konkretes sagen. Was diese Leute jedoch von ihm wollten, waren keine Zweifel und Mutmaßungen, sondern Gewissheit. Die aber konnte er ihnen nicht bieten. Nach einer Weile stand er auf und lief auf dem Kiesstreifen der Horseguards Parade entlang, um dann rechts nach Whitehall einzubiegen. Bevor er sich am Eingang des Cabinet Office bei den Wachen meldete, war sein letzter Gedanke, dass er sich einfach auf die reinen Fakten beschränken würde. Eine detaillierte, sachliche Beschreibung – mehr würden sie nicht von ihm bekommen.

Man begleitete Foyle in einen weiten Saal, dessen Wände in einem kalten Grünton gestrichen und mit Bildern verflossener politischer Größen behängt waren. Rund zwanzig ihrer zeitgenössischen Pendants saßen um einen langen Mahagonitisch herum und schenkten sich aus weißen Thermoskannen Kaffee ein. Scarratt war bereits da. Er saß am anderen Ende des Raums neben David Cantor, dem Chef des Geheimdienstes. Foyle sah den berühmt-berüchtigten Agentenchef zum zweiten Mal in seinem Leben. Cantor hörte gerade Scarratt zu, der aufgeregt auf ihn einredete, und nickte interessiert. Sein gut geschnittenes Gesicht ließ auf einen kultivierten Mann mit einem wohl temperierten Gemüt schließen. Als er lächelte, zog er seine Mundwinkel in die Breite und entblößte eine Reihe ebenmäßiger Zähne. Die grauen Augen waren es, in denen Foyle Cantors ganzen Ehrgeiz auszumachen glaubte. Konzentriert zusammengekniffen, schienen sie gänzlich unabhängig von der Mimik seiner unteren Gesichtshälfte ihre eigenen, geheimen Berechnungen anzustellen.

»Ach, Commander«, sagte der Mann auf der Stirnseite des Tisches, den Foyle als Sir Derek Crystal erkannte. »Wir fangen gleich an, wenn Sie einverstanden sind. Ich nehme an, Sie kennen die meisten Leute hier, außer wahrscheinlich Robin Teckman, den Direktor von MI6, und Adam Durie, der den Geheimdienstausschuss leitet.« Er zeigte auf einen hoch gewachsenen Mann neben sich und einen jüngeren Beamten gegenüber von ihm. Die beiden schauten auf und nickten ihm reserviert zu. Für einen Moment fühlte sich Foyle, als stände er vor dem Aufnahmekomitee eines exklusiven Herrnclubs. Er setzte sich neben den jungen Beamten, der ihn hereingeholt hatte. Während Crystal in seinen Akten blätterte und sich kurz mit einem anderen Beamten besprach, starrte Foyle auf die Politikerporträts. Ihm kam plötzlich der Gedanke, dass er etwas hätte mitbringen sollen – irgendwelche Papiere, die zeigten, dass er bestens gerüstet war und wusste, was er tat. Er ließ den Blick über die Runde schweifen. Forbes hatte Recht gehabt. Hier war das Zentrum der Macht. In diesem kahlen Saal hatte der Aufstieg des Inlandsgeheimdienstes MI5 begonnen: Zunächst hatte er dem Konkurrenten MI6 die Verantwortung für die Terrorabwehr in Nordirland entrissen. Dann hatte er begonnen, im Revier der Metropolitan Police zu wildern. Sie hatten die dankbaren Polizeibehörden auf Sicherheitslücken in ihren Computernetzen hingewiesen und ihre Hilfe angeboten. Auf einen Streich hatten sie Zugang zu allen amtlichen Datenbanken einschließlich des Netzes der Staatspolizei. Es gab keine Datei, die man in Millbank, dem Sitz des Giganten MI5, nicht lesen konnte. Inzwischen gab es sogar Hinweise, dass sie die städtische Polizei observierten, um Korruptionsfälle aufzudecken.

Sir Derek flüsterte seinem Nachbarn ein paar Worte zu und eröffnete dann die Versammlung mit einem geschäftsmäßigen Lächeln. »Vielleicht möchten Sie uns auf den neuesten Stand Ihrer Ermittlungen bringen, Commander.«

Foyle fing ganz von vorne an. Er gab sich Mühe, seinen Lagebericht in einem neutralen Tonfall zu halten, und bei jeder Gelegenheit betonte er, dass man das Beweismaterial so oder so deuten könne.

»Aber was glauben *Sie*, Commander?«, fragte Sir Derek Crystal. »Gehören die beiden zu einer republikanischen Splittergruppe? Oder haben wir es mit einer ganz neuen Bedrohung zu tun, zum Beispiel durch wild gewordene Loyalisten. Handelt es sich um ein einmaliges Ereignis, oder steht uns eine ganze Serie von Attentaten bevor?«

»Im Moment ist das alles schwer einzuschätzen. Es gab kein Bekennerschreiben, aber das war auch nicht anders zu erwarten, seit bekannt wurde, dass wir zwei Verdächtige inhaftiert haben. In solchen Fällen geben Terroristengruppen nie die Beteiligung ihrer Leute zu. Es könnte eine radikale Splittergruppe der IRA gewesen sein, natürlich, aber in letzter Zeit gab es keinerlei Anzeichen dafür, dass sie etwas Derartiges im Schilde führen. Was die Loyalisten als Urheber angeht – also die Vorstellung, dass paramilitärische Protestanten im Herzen von London Bomben zünden, damit die Republikaner dafür verantwortlich gemacht werden – nun, wir haben keinen Hinweis darauf, dass sie so drastische Schritte planen.«

»Was ist mit den beiden Männern?«, fragte Sir Derek, und die senkrechte Falte auf seiner Stirn vertiefte sich.

»Offen gestanden bin ich noch nicht von ihrer Schuld überzeugt«, sagte Foyle und schielte zu Scarratt und Cantor hinüber. »Selbst wenn wir annehmen, dass die Explosion ein Unfall während des Transports war, ist es immer noch schwer verständlich, warum beide Brüder Ausweispapiere bei sich hatten. Die IRA hat in den letzten zwanzig Jahren viel dazugelernt. Sie hat inzwischen ausgeklügelte Sicherheitsvorkehrungen, und zu denen gehört, dass ihre Leute ohne jeden Identitätsnachweis losziehen – ohne alles, was uns helfen könnte, sie aufzuspüren. Wenn dann nämlich tatsächlich etwas schief geht, haben die anderen Zeit zur Flucht. Andere Gruppen machen es ebenso.«

»Aber es ist doch merkwürdig«, meldete sich Cantor vom anderen Tischende, »dass einem dieser Irren von der Bombe der

Hintern weggeblasen wird und der andere kurz zuvor in unserem Land eingetroffen ist. Da scheint doch wohl einiges zusammenzupassen.«

»Auf den ersten Blick schon«, richtete sich Foyle an Cantor, »aber ich denke, wir sollten trotzdem weiter in alle Richtungen ermitteln.«

»Gibt es denn sonst noch irgendwelche Verdächtigen?«, wollte Sir Derek wissen.

»Im Augenblick nicht, Sir, aber ...«

»Trotzdem wird in den nächsten Tagen noch keine Anklage erhoben?«

»Vermutlich nicht, Sir.«

»Haben Sie vor, für Lindow eine Haftverlängerung zu beantragen?«, fragte Cantor.

»Wir haben noch vierundzwanzig Stunden Zeit, bevor das notwendig wird, Sir. Aber es ist durchaus möglich, dass wir es tun. Wir haben eventuell noch seinen Bruder zu verhören.«

»Und in welchem Zustand ist der?«

»Es sieht ziemlich schlecht aus. Seit heute Vormittag hängt er wieder an der Herz-Lungen-Maschine.«

Sir Derek machte sich eine Notiz, dann blickte er mit hochgezogenen Augenbrauen in die Runde, um zu weiteren Beiträgen zu ermuntern. Cantor meldete sich. »Ich denke, man sollte hier nicht verschweigen, dass diese beiden Männer schon einmal verhört wurden. Ist es nicht so, Commander? So viel ich weiß, hat man sie Anfang der Achtziger im Zusammenhang mit der Explosion auf einem Friedhof in Ulster verhaftet.« Hinter dem Wort ›Friedhof‹ stand ein unausgesprochenes Fragezeichen, als könne er sich nicht mehr genau an die Details erinnern. Er sah Hilfe suchend zu Scarratt, der ihm bestätigend zunickte.

»Ja«, sagte Foyle, »da gab es einen Zwischenfall, aber keiner der beiden wurde angeklagt.«

»Nach unseren Informationen könnte Eamonn Lindow mehr Dreck am Stecken haben, als es den Anschein hat«, fuhr Cantor fort. »Wir haben zwar keine ›handfesten Beweise‹ – nichts was den hohen Ansprüchen unserer Kollegen von der Polizei genügen würde. Aber lassen Sie mich einfach sagen, dass Eamonn Lindow kein Unbekannter für uns ist. Vor dem Waffenstillstand und dem Abkommen von Stormont war er ein wichtiger Verbindungsmann der IRA. Nach dem Abkommen wurden viele der IRA-Gruppen aufgelöst oder sind einfach in der Versenkung verschwunden. In seinem Fall war das anders. Er scheint nach wie vor aktiv zu sein. Wir haben ihn einige Monate beschattet und sind zu dem Schluss gekommen, dass man ihn reaktiviert hatte, zu welchem Zweck auch immer. Der Kerl ist also ein Terrorist, und er war mit seinem Bruder am Tatort. Es ist ja schön, Mr. Foyle, wenn Sie in alle Richtungen ermitteln, aber dabei sollten wir doch nicht übersehen, was direkt vor unserer Nase liegt.«

Niemandem entging der drohende Tonfall in Cantors Stimme. Foyle überkam langsam ein Gefühl der Hoffnungslosigkeit, als sich Robin Teckman, der Leiter von MI6, vorbeugte und zu Wort meldete. Er trat sicher und besonnen auf und akzentuierte seine Rede mit schwungvollen Gesten der rechten Hand.

»Ich frage mich, Commander, ob es nicht noch einen zweiten Punkt gibt, den wir hier übersehen. Die Sache ist nicht mein Gebiet, aber... war diese Bombe nicht ein ziemlicher Apparat? Sie enthielt, so viel ich weiß, sechs Kilo Semtex. Um den Bus zu zerstören, hätte doch viel weniger gereicht.«

»Sie meinen, dass diese Bombe für ein anderes, größeres Ziel bestimmt war?«

»Ein größeres Ziel, genau – ein öffentliches Gebäude, eine Autobahnüberführung, irgendeine technische Anlage.« Teckman nahm die Brille ab, und zwei buschige dunkle Augenbrauen, die das Gestell verdeckt hatte, kamen zum Vorschein. »Es ist aber auch schon vorgekommen, dass ein relativ großer Sprengsatz benutzt wurde, um den Umstand zu verschleiern, dass das Ziel ziemlich bescheiden war. In Osteuropa gab es in letzter Zeit zwei solche Fälle. Die Anschläge schienen gegen einen Zug und ein öffentliches Gebäude gerichtet zu sein. In Wahrheit galten sie einzelnen Personen. Die Polizei hat anfangs nicht erkannt, dass sie es mit ganz gezielten Mordanschlägen zu tun hatte. Ich erwähne das nur, weil die Bombe vielleicht in dieses Muster passt.«

Foyle dankte ihm.

»Wenn ich recht verstehe«, schloss Sir Derek das Treffen ab, »soll ich also dem Premierminister mitteilen, die Ermittlungen seien noch im Anfangsstadium und Sie würden uns über neue Entwicklungen informieren, vor allem, sobald Anklage erhoben wird. Scarratt, kann ich mich darauf verlassen, dass Sie mit meinem Büro in Verbindung bleiben?« Er setzte sein unverbindliches Lächeln auf. »Wenn Sie uns nun bitte entschuldigen würden, wir haben noch einige andere Angelegenheiten zu erledigen. Danke für Ihren Besuch.«

Damit waren Foyle und Scarratt aus der Sitzung entlassen.

Draußen starrte Scarratt auf die Straße und klatschte wütend seine braunen Lederhandschuhe in die Handfläche. »Das war ein einziges Fiasko, Commander. So etwas darf nicht wieder passieren, verstehen Sie?« Er riss sich die Mütze vom Kopf und kletterte in den Fond seines Wagens.

Foyle sah ihm nach. Scarratt mochte ein bürokratischer Trottel sein, aber er hatte Recht: Sein Auftritt war kläglich und alles andere als überzeugend gewesen. Er spazierte langsam in Richtung Parliament Square, und Teckmans Worte gingen ihm im Kopf herum. Je länger er darüber nachdachte, desto merkwürdiger erschien ihm Teckmans Intervention. Es war nicht zu übersehen, dass der Leiter von MI6 ihn in eine bestimmte Richtung lenken oder ihm zumindest die Augen für andere Möglichkeiten öffnen wollte.

Es war kurz nach halb sieben, als er im Scotland Yard eintraf. Seine Leute von der SO 13 und die vom Special Branch waren bereits im Besprechungsraum versammelt. Foyle bat Sergeant Pennel, vorzulesen, was sie über die beiden Brüder herausgefunden hatten.

»Ich beginne mit Eamonn Lindow«, sagte Pennel. »Er hat die Bibliothek wie üblich um siebzehn Uhr fünfundvierzig verlassen und ist mit einer Kollegin auf ein Bier in ein Pub gegangen. Die Kollegin meinte, er war die Ruhe selbst, bis er merkte, dass er sich verspätete. Sie hatte gehört, dass es Probleme mit der U-Bahnlinie gab, und riet ihm, den Bus zu nehmen.«

»Das ist interessant. Hat er etwas bei sich gehabt?«

»Nein, da war sie sich ganz sicher.«

»Wie spät war es da?«

»Etwa Viertel vor sieben. Das Pub ist zehn Gehminuten von der Bibliothek entfernt, und sie schätzt, dass sie etwa eine halbe Stunde dort waren.«

»Und sie haben sonst niemanden getroffen?«

»Nein.«

»Wann haben die beiden ausgemacht, etwas trinken zu gehen?«

»Es war ein spontaner Vorschlag von ihr. Sie wollten über irgendein Problem bei der Arbeit sprechen.«

»Hätte Eamonn Zeit gehabt, noch einmal in seine Wohnung zu gehen?«

»Nein, die liegt in der entgegengesetzten Richtung, Sir. Natürlich könnte er die Tasche vorher unterwegs deponiert haben.«

»Wie sieht es bei Con Lindow aus?«

»Er war vor dem Treffen anscheinend noch einmal in seiner Wohnung, um sich umzuziehen. Die Leute an der Universität sagen, dass er in der Arbeit einen Anzug getragen hatte, weil er auf einem Treffen mit Industrievertretern eine gute Figur machen musste. Aber er war nicht lange in seiner Wohnung.«

»Wann ist er vom Imperial College aufgebrochen?«

»Um 17.40 Uhr, Sir. Die Sekretärin erinnert sich genau, weil sie eigentlich früher Feierabend machen wollte, sich aber nicht getraut hat, vor ihm zu gehen.«

»Die beiden haben sich also im Grunde ganz gewöhnlich verhalten?«

»Ja, so könnte man sagen.«

»Haben wir irgendetwas über die Frau, die sie treffen wollten – die auf den Anrufbeantworter gesprochen hat?«

»In der Bibliothek wusste niemand etwas über sie. Dort war man der Meinung, dass Eamonn keine Freundin hatte. Er hat jedenfalls nie eine erwähnt. Offenbar ist er an allem Möglichen interessiert – Poesie, alte Filme, gutes Bier –, aber nicht an einer festen Beziehung.«

»Hat denn die Durchsuchung der Wohnungen etwas gebracht?«

Inspector Lockyer, der die Durchsuchungen geleitet hatte, stand auf.

»Fehlanzeige, Sir«, sagte er. »Beide Apartments sind sauber wie ein Bischofsbett. In Eamonns Wohnung ist ein Haufen privater Krempel, den wir noch durchsehen. Seine Kleidung wird auf Sprengstoffrückstände untersucht, und wir prüfen die Bettwäsche, Sitzmöbel und Küchengeräte, aber es sieht nicht sehr viel versprechend aus. Die Bude seines Bruders in Notting Hill ist nur für kurze Zeit angemietet, die Art Wohnung, wie sie reiche Geschäftsleute für ein paar Monate nehmen. Es sind kaum persönliche Sachen drin, nur ein paar Fachbücher und seine Klamotten. Der Hausmeisterin hat Lindow erzählt, dass er nach einer größeren Bleibe sucht. Er wollte umziehen, sobald er sein Zeug aus dem Lager geholt hätte, und bat sie, sich ein bisschen für ihn umzuhören.«

»Seit wann wohnt er dort?«

»Seit knapp drei Wochen. Die Hausmeisterin sagt, er sei meistens unterwegs. Kein Anzeichen dafür, dass er sich dort je etwas gekocht hätte. Er geht früh weg und kommt spät heim. Keine Besucher, so viel sie weiß.«

»Das deckt sich mit dem, was die Leute an der Universität sagen«, ergänzte Sergeant Pennel. »Dort heißt es, er isst in der Kantine und verlässt selten vor neun Uhr abends sein Büro.«

Foyle wandte sich an Lockyer. »Sie sagen, seine Sachen sind eingelagert. Wissen Sie, wo?«

»Ja, wir haben die Frachtpapiere gefunden. Der Container müsste Ende der Woche in Tilbury ankommen.«

»Gut. Ich will, dass er untersucht wird, sobald er am Dock ausgeladen wird. Können Sie das in die Hand nehmen, Forbes?« Forbes nickte.

»Okay«, sagte Foyle, an alle Anwesenden gewandt. »Der nächste Schritt ist, dass wir ein Profil der Brüder erarbeiten. Ich will alles über Eamonn Lindow wissen. MI5 sagt, sie haben ihn überwacht, und er scheint Kontakte zu Republikanerkreisen zu haben. Außerdem müssen wir alle Leute ausfindig machen, die Con Lindow in den USA gekannt hat. Klemmt euch hinter die Telefone.«

»Schon erledigt, Sir«, sagte Pennel. Foyle lächelte. Pennel hatte sich gut gemacht, seit er von einer Stelle als Mittelsmann zwischen Zollfahndung und Drogendezernat zu ihnen gekommen war. »Eine seiner Referenzen für den neuen Posten war ein gewisser Dr. Peter Varrone. Wir haben ihn vorhin angerufen. Er wusste nur Gutes über Lindow zu berichten. Einer der klügsten Köpfe, denen er seit Jahren begegnet sei und so weiter. Lindow hat eine Reihe von Patenten angemeldet, die ihn zu einem reichen Mann machen werden.«

»Und was genau erforscht er eigentlich?«

»Ursprünglich war er am so genannten Genomprojekt beteiligt, also an der Erforschung des menschlichen Erbmaterials. Jetzt beschäftigt er sich mit Bakterien und ihrer Kommunikation untereinander. Offenbar ist er begabt genug, um zwischen verschiedenen Fachgebieten hin und her zu springen.« Nach ein paar Geheimdienstberichten aus Irland, die wenig Neues brachten, schloss Foyle die Besprechung ab. »Wir werden uns in der nächsten Zeit zwar viel mit den Lindows beschäftigen. Überlegt aber auch, was wir tun würden, wenn wir nicht zwei Iren auf dem Silbertablett serviert bekommen hätten. Wo würden wir suchen? Mit wem würden wir reden? Immerhin könnte sich ja herausstellen, dass sie nichts mit dem Anschlag zu tun haben.« Er wandte sich zum Gehen, blieb aber in der Tür noch einmal stehen. »Ach, übrigens... es darf keine Schlagzeilen wie heute Morgen mehr geben. Ich will nicht, dass die Presse die Stimmung so aufheizt, dass es nicht mehr möglich ist, einen klaren Blick zu behalten. Ich wollte das nur klarstellen, auch wenn ich nicht glaube, dass die undichte Stelle hier bei uns ist.«

Als Foyle in sein Büro zurückkam, wartete Sam Phipps bereits auf ihn. »Was glauben Sie, Sam? Schuldig oder nicht?« Im selben Moment wurde ihm klar, dass er sich die Frage hätte sparen können; Phipps war berühmt dafür, dass er sich nie festlegen wollte, vor allem, wenn er das Verhör noch nicht abgeschlossen hatte – oder die Befragung, wie er es lieber nannte. ›Verhör‹ hatte nach seiner Ansicht einen Beigeschmack von Schlägen und Einschüchterung.

»Schwer zu sagen«, antwortete Phipps mürrisch. »Vor allem, wenn man nicht von Anfang an einbezogen worden ist.«

Es ärgerte Phipps gewaltig, dass man Simmonds und Bostock bei der ersten Runde auf Lindow losgelassen hatte. Er selbst tastete sich gerne vor wie ein blinder Uhrmacher, der sich durch Geduld und Fingerspitzengefühl mit dem Mechanismus vertraut macht. Wenn er ein Teil fand, das er nicht verstand, wandte er nie Gewalt an, sondern ließ es ruhen, bis es mit der Zeit einen Sinn für ihn ergab. Erst dann erlaubte er sich, es vorsichtig in das Ganze einzufügen.

»Wie lange habe ich Zeit?«, fragte Phipps.

»Wir können eine Verlängerung bis morgen Nachmittag beantragen, dann haben wir ihn sechsunddreißig Stunden in Haft. Damit wird es kein Problem geben. Das Innenministerium hat uns schon zugesagt, dass wir ihn bis zu sieben Tage behalten dürfen. Glauben Sie, Sie brauchen so viel Zeit?«

Phipps sog an seinen Zähnen. »Mhm, schwer zu sagen. Irgendwas ist da, aber ich weiß nicht, ob es von Belang ist. Es geht um diese Geschichte in Nordirland. Wenn ich da nachbohre, gerät er leicht aus der Fassung und verhaspelt sich ständig. Bei den anderen Fragen bleibt er viel gelassener. Aber morgen früh kann ich Ihnen mehr sagen.«

Als Phipps gegangen war, ließ sich Foyle mit Peter Speerman, dem stellvertretenden Leiter von MI5, verbinden. Er kannte Speerman, einen dünnen, vorsichtigen Bürokraten mit eingefallenen Wangen und einer schlecht getarnten Glatze, von den endlosen Sitzungen im Innenministerium, mit deren Hilfe die Zusammenarbeit zwischen Polizei und Geheimdienst verbessert werden sollte.

»Hallo, Commander. Ich hoffe, es geht Ihnen gut. Ich habe hier neues Material für Sie.«

»Sehr schön. Gibt es was her?«

»Der wichtigste Punkt ist, dass Eamonn Lindow Kontakt zu Rudi MacMahon hatte. Sie haben vielleicht von ihm gehört. Er war Mitglied des Armeerats der IRA. Vor neun Jahren wechselte er auf die legale Seite und ließ sich von der Sinn Féin aufstellen.

Beim Friedensabkommen von Stormont hat er dann eine große Rolle gespielt, im wahrsten Sinne des Wortes, der Kerl ist nämlich ein großer Schauspieler und im Grunde seines Herzens immer militant geblieben. Lindow und MacMahon haben sich in den letzten fünf Jahren mindestens zweimal getroffen. Wir haben sogar Aufnahmen, wie sie sich mitten auf der Straße unterhalten.«

»Sie schicken mir die Akte also?«

»Selbstverständlich. Wenn Sie sonst noch etwas brauchen, melden Sie sich einfach.«

Am Abend wurde Con Lindow geweckt und aus seiner Zelle geführt. Seine Augen brannten, und er hatte einen schalen Geschmack im Mund. Phipps sah nicht auf, als er sich setzte.

»So, Dr. Lindow. Wir brauchen noch ein paar Auskünfte von Ihnen. Dann dürfen Sie sich waschen und rasieren.«

»Sie meinen, Sie lassen mich irgendein idiotisches Geständnis unterzeichnen, und dafür erlauben Sie mir, dass ich mich wasche. Sie wissen, dass ich unschuldig bin, und Sie wissen, dass Sie meine Rechte missachten – mein Recht auf Bewegung und Schlaf, mein Recht, die Tageszeit zu erfahren und Mahlzeiten zu normalen Zeiten einzunehmen, das Recht, meine Familie anzurufen. Und was ist mit dem Recht, meinen Bruder zu besuchen? Sie missachten meine Rechte, Phipps, und wenn ich hier raus bin, werde ich dafür sorgen, dass die Presse davon Wind bekommt.«

Phipps sah Lindow mit der Miene eines Menschen an, der darauf wartet, dass ein Unwetter vorüberzieht. »Wir wissen selbst nicht, wie es Ihrem Bruder geht. Aber wir geben Ihnen Bescheid, sobald wir etwas erfahren.«

»Dann sage ich nichts«, erwiderte Lindow und spürte, wie er rot wurde.

»In diesem Fall müssten wir davon ausgehen, dass Sie etwas zu verbergen haben. Der Richter und die Jury würden das vermutlich nicht zu Ihren Gunsten auslegen. Und selbst wenn Sie tatsächlich aus der Sache herauskommen, könnten Sie danach ausgewiesen werden. Das kann der Innenminister nämlich ohne weiteres. So, und jetzt beantworten Sie einfach diese paar Fragen, dann sehen wir weiter. Was wissen Sie über einen Mann namens Rudi MacMahon?«

Wann würden sie endlich Ruhe geben?

»Ich kenne niemanden, der so heißt.«

»Ach, hören Sie doch auf. Er ist ein Freund Ihres Bruders. Die beiden waren Schulkameraden und haben immer noch Kontakt.«

»Ich kann nicht für meinen Bruder antworten. Ich weiß nicht, was er so treibt. Ich bin hier, um Fragen über mich zu beantworten, nicht über meinen Bruder.«

Lindow zuckte zusammen, als Phipps mit überraschender Lautstärke brüllte: »Nach Paragraph elf des Gesetzes zur Verhinderung terroristischer Straftaten sind Sie verpflichtet, Fragen über alle Personen zu beantworten, die wir als Terroristen verdächtigen. Wenn Sie Informationen zurückhalten, können Sie strafrechtlich belangt werden. Also beantworten Sie unsere Fragen nach Ihrem Bruder und MacMahon, Dr. Lindow!«

»Ich kenne ihn nicht. Eamonn hat ihn nie erwähnt.« Doch dann stockte er. »Moment, ja, natürlich, ich weiß jetzt, wen Sie meinen. Ist das nicht dieser Typ von Sinn Féin? Ja, mit dem war Eamonn in der Schule. Aber ich bin ihm nie begegnet, und ich bin mir sicher, dass Eamonn keinen Kontakt mehr mit ihm hat. Die beiden mochten sich nämlich nicht besonders.«

»Sehr aufschlussreich, was Sie da sagen«, bemerkte Phipps. »Sie haben ihn als den ›Typ von Sinn Féin‹ bezeichnet. Rudi MacMahon wurde aber erst vor neun Jahren offizieller Kandidat der Sinn Féin. Zuvor war er IRA-Brigadeführer in Fermanagh. Woher wussten Sie, dass er ein Kandidat der Sinn Féin war, wenn Sie nicht mit Ihrem Bruder über ihn gesprochen haben?«

Lindow seufzte. »Sie haben wirklich gar nichts in der Hand, was? Ich weiß, dass er Politiker von Sinn Féin ist, weil ich sein Bild vor einiger Zeit in Boston in der Zeitung gesehen habe. Es war St. Patrick's Day, und MacMahon war auf der Titelseite. Ich erinnere mich daran, weil es damals ein ziemliches Gezerre um sein Visum gegeben hat. Auf dem Bild hielt er ein kleines Mädchen in die Höhe, wie das Politiker eben so tun. Damals habe ich mich gefragt, ob den Eltern des Mädchens wohl klar ist, was MacMahon alles auf dem Kerbholz hat.« Es war heiß und stickig im Raum, und der Kriminalbeamte saß so dicht bei ihm, dass Lindow seinen Atem riechen konnte.

Phipps verzog das Gesicht zu einem Grinsen. »MacMahon war also in Boston. Haben Sie ihn dort zufällig getroffen?«

»Nein, natürlich nicht. Wie gesagt, habe ich sein Gesicht nur in der Zeitung gesehen, weiter nichts.«

»Aber Sie räumen ein, dass Ihr Bruder mit der Prominenz der IRA verkehrt, dass MacMahon ein Freund Ihres Bruders ist.«

»Sie sind auf die gleiche Schule gegangen, sonst nichts. Das kann man sich ja nicht aussuchen. Ich meine, Eamonn und ich … wir wussten nicht mit Bestimmtheit, dass er der ›provisorischen IRA‹ angehört.«

»Also, ich bitte Sie, Dr. Lindow«, schnaubte Phipps. »Eben erzählen Sie, Sie hätten sich gefragt, ob die Eltern des Mädchens wüssten, was MacMahon in seinem Leben schon angestellt hat – womit Sie selbstverständlich die Bomben, Morde und Folterungen meinten, für die er verantwortlich ist. Ich spiele Ihnen Ihre Aussage gerne noch einmal auf Band vor. Jetzt behaupten Sie auf einmal, Sie hätten nicht gewusst, dass er ein IRA-Mitglied war.«

»Sie wissen, wie ich es gemeint habe. Ich wusste es nicht mit Bestimmtheit. Mehr wollte ich nicht sagen. Man hat gewisse Vermutungen, aber man weiß es nicht genau.«

Lindow fühlte, wie sein Kampfgeist dahinschwand. Seine Stimme war zu einem ängstlichen Falsett angestiegen. Reiß dich zusammen, dachte er. Senk deine Stimme und beruhige dich.

»Ja. Wir alle haben unsere Vermutungen, nicht wahr?«, fuhr Phipps fort. »Ich zum Beispiel habe so meine Vermutungen über Sie. Ich glaube, dass Sie Ihren Bruder treffen wollten, um eine Ladung Semtex in Empfang zu nehmen, die gleich für mehrere Sprengkörper bestimmt war. Die wollten Sie dann in Ihrer Wohnung in Notting Hill gemütlich zusammenbauen.«

»Nein, nein, nein, Sie irren sich. Begreifen Sie das nicht? Was muss ich tun, um Sie zu überzeugen, verdammt noch mal?«

»Aber dann ging das Semtex von allein hoch und hätte Eamonn

beinahe umgebracht. Vielleicht war noch mehr in der Tasche als nur Semtex – Zündvorrichtungen, Sprengkapseln, Batterien, Kippschalter, Zeitzünder, ein ganzer Bausatz für Bomben vielleicht, wer weiß. Jedenfalls ist das ganze Zeug in die Luft geflogen. PENG!« Phipps ließ beide Fäuste auf den Tisch krachen. Lindow zuckte zusammen. »Ihnen war bestimmt klar, dass es Eamonn erwischt haben musste, aber Sie durften sich ja nichts anmerken lassen, und so erklärt sich das Theater im Krankenhaus und hier bei uns, als wir Ihnen gesagt haben, dass Eamonn verletzt ist.«

»Nein. Nichts davon ist wahr. Sie irren sich. Sie wissen gar nicht, wie sehr Sie sich irren.«

»Sie hören nicht richtig zu, Lindow. Wir wissen, was passiert ist. Warum machen Sie also nicht reinen Tisch? Vielleicht können wir ein kleines Geschäft machen. Es wird uns schwer fallen zu beweisen, dass Sie die Sprengsätze wirklich gelegt haben, und ein guter Anwalt könnte Sie sogar raushauen. Also reden Sie mit mir, Con. Erzählen Sie mir, was Eamonn vor hatte und wo der restliche Sprengstoff versteckt ist. Reden Sie mit mir, dann können Sie duschen, etwas essen und ein bisschen schlafen… Morgen sprechen Sie dann mit dem Krankenhaus und bekommen einen Anwalt. Wir regeln das alles. Es ist das Beste für Sie, Sie werden sehen.«

Phipps saß vornübergebeugt am Tisch und sah zu Lindow auf. Dann legte er ihm eine Hand auf die Schulter und drückte sie leicht. Lindow spürte, wie die Hand die ganze Anspannung aus seinem Nacken zog. Seine Glieder wurden schwer. Noch nie hatte er sich so müde gefühlt, und er wusste, dass er kurz davor war, sich dem Beamten zu unterwerfen.

Minutenlang sprach niemand. Dann sagte Phipps sehr leise: »Sie werden jetzt vernünftig mit uns reden, nicht wahr? Alles in Ordnung, Con?«

»Ja, danke«, sagte Lindow, hob den Kopf und blickte dem anderen in die Augen. »Vergessen Sie die Dusche und alles andere. Ich habe nichts getan. Ich sage nichts mehr und ich will jetzt zurück in meine Zelle. Sie können mich hier festhalten, so lange Sie wollen, aber ich werde nichts gestehen, was ich nicht getan habe.«

Er stand auf, und bevor jemand eingreifen konnte, drückte er Phipps' linken Arm auf den Tisch und zerrte den Ärmel seiner Jacke hoch. Es war dreiundzwanzig Uhr zwanzig. Bostock hechtete auf ihn zu und riss ihn zu Boden.

»Das reicht«, rief Phipps. »Bringt ihn zurück in die Zelle und gebt ihm etwas zu essen.«

VIERTES KAPITEL

»Darf ich Ihnen einen Rat geben, Kenneth?«

Foyle hatte gelernt, auf der Hut zu sein, wenn Scarratt ihn mit Vornamen anredete. Noch dazu wusste er, dass der Assistant Commissioner gerade von einem Mittagessen im Hauptquartier von MI5 in Millbank kam.

»Gern, Sir. Ich würde mich freuen, Ihre Meinung zu dem Fall zu hören.«

»Es geht nicht so sehr um den Fall, Commander, sondern mehr um Ihre allgemeine Vorgehensweise. Auf dieser Ebene kann man nicht mehr isoliert arbeiten. Sie müssen lernen, den größeren Zusammenhang zu sehen und konstruktiv mit allen beteiligten Behörden zusammenzuarbeiten.«

»Was meinen Sie, Sir?«, fragte Foyle, obwohl er schon ahnte, was kommen würde.

»Wenn Sie Con Lindow freilassen, dann sieht das so aus, als hätten wir uns nicht genügend angestrengt. Die anderen Behörden, die mit dem Fall befasst sind, werden daraus den Schluss ziehen, dass wir ihre Hilfe überhaupt nicht zu schätzen wissen. Da erzählt uns Cantor, dass er von Kontakten zwischen Eamonn Lindow und einem hohen Tier der IRA weiß. Es wäre falsch, das einfach zu ignorieren, Kenneth, sehr falsch.« Scarratt lief in Foyles Büro auf und ab, und als eine Reaktion ausblieb, fragte er unvermittelt: »Was macht die Familie?«

»Alle ausgeflogen, Sir.«

»Vielleicht sollten Sie mehr Zeit mit ihnen verbringen.«

Foyle stellten sich die Nackenhaare auf. »Ich habe meine Tochter am letzten Dienstag gesehen.«

Scarratt drehte sich abrupt zu ihm um. »Ja, ich habe davon gehört. Muss wirklich schlimm für Sie sein, Kenneth. Wollen wir hoffen, dass sie Ihnen von nun an keinen Kummer mehr bereitet.«

Foyle hatte sich schon gefragt, wie lange es wohl dauern würde, bis Scarratt die Geschichte mit Katherine herausfand. Zweifellos hatte er sie gerade beim Mittagessen erfahren. Der MI5 sammelte Daten über radikale politische Gruppierungen; dabei mussten sie über Katherines Namen gestolpert sein.

»Um auf die Sache mit Lindow zurückzukommen: Es wäre falsch, grundfalsch – und außerdem undiplomatisch –, ihn jetzt laufen zu lassen. Sie müssen Phipps mehr Zeit mit ihm geben, noch ein oder zwei Tage.«

»Aber mit welcher Begründung soll ich ihn weiter festhalten? Alles deutet darauf hin, dass die Brüder unschuldig sind. Keine verdächtigen Telefonate oder Treffen in den letzten Wochen, keine Spuren in den Wohnungen – nichts. Ich kann Lindow nicht ohne Beweise festhalten. Wenn tatsächlich mehr an ihm dran ist, als es den Anschein hat, ist er draußen vielleicht sogar nützlicher für uns. Im Moment ist sowieso nichts mehr aus ihm herauszuholen.«

»Sie wollen wirklich einen Mörder frei in den Straßen dieser Stadt herum laufen lassen? Und was, wenn er ungeschoren davon kommt? Haben Sie daran einmal gedacht? Außerdem: Wenn Sie sich über die Empfehlung aller Beteiligten hinwegsetzen, Con Lindow länger in Haft zu lassen, kann das auch persönliche Konsequenzen haben.«

Foyle hatte verstanden. Wenn er nicht tat, was das »alle Beteiligten« – mit anderen Worten, Scarratts neue Freunde in Millbank – wollten, dann wurde er gefeuert. Cantor oder einer seiner Handlanger hatte Scarrat scharfgemacht, und irgendwer in Paddington Green hielt ihn offenbar über Lindows Vernehmung auf dem Laufenden. Bestimmt nicht Phipps, der aus seiner Abneigung gegen Scarratt keinen Hehl machte. Vielleicht Simmonds, Bostock oder der Schnüffler, der sich neuerdings ›zur besseren Kooperation‹ mit dem Geheimdienst in Foyles Abteilung herumtrieb. Dass nun alle wussten, wie wenig die Vernehmung Lindows ergeben hatte, war vielleicht nicht einmal so übel. Umso leichter konnte er Lindow frei lassen.

Dennoch, wenn ein paar Stunden mehr, die er Lindow noch schmoren ließ, Scarratt versöhnlicher stimmten, wäre es dumm, sich ihm entgegenzustellen. Er war sogar so weit, einer Haftverlängerung über das Wochenende zuzustimmen, als Forbes in sein Büro platzte.

»Tut mir Leid, Sie zu stören, Sir. Eamonn Lindow ist tot – er ist vor zwanzig Minuten bei einer Operation gestorben.«

Foyle sah Scarratt nachdenklich an. »Das ändert alles, nicht wahr, Sir? Hat man es ihm schon gesagt, Forbes?«

»Nein, Sir.«

»Unter diesen Umständen«, wandte sich Foyle an Scarratt, »können wir ihn schwerlich länger festhalten. Aber wir bleiben ihm auf den Fersen. Wenn er schuldig ist, macht er früher oder später einen Fehler.«

Scarratt verließ ohne ein Wort das Büro.

Foyle setzte sich. »Ich will, dass Lindow rund um die Uhr überwacht wird. Vermutlich wird er irgendwann nächste Woche mit dem Leichnam heim nach Irland fliegen. Das wäre jedenfalls nahe liegend. Bitten Sie den Leichenbeschauer, sich mit der Feststellung der Todesursache zu beeilen, und dann informieren Sie die Royal Ulster Constabulary und die Garda. Wir werden ihre Hilfe brauchen. Und ich gehe jetzt zu Lindow und überbringe ihm die Nachricht.«

Forbes zögerte in der Tür.

»Ja?«, sagte Foyle.

»Ich frage mich nur, ob es so eine gute Idee ist, wenn Sie selbst nach Paddington Green fahren.«

»Danke, aber ich weiß, was ich tue«, fauchte Foyle. Lindow war alles, was er hatte. Er musste jetzt sein Vertrauen gewinnen.

Eine halbe Stunde später kam Foyle im Gefängnistrakt von Paddington Green an. Phipps blätterte in seinem schlecht beleuchteten Büro in Reiseprospekten für den Winterurlaub.

»Leider nicht meine«, sagte er trocken und warf die Broschüren auf den Schreibtisch. »Aber ich könnte auch mal wieder einen Urlaub vertragen. Was führt Sie zu uns, Commander?«

»Eamonn Lindow ist tot. Ich bin hier, um es seinem Bruder zu sagen, und dann lasse ich ihn gehen, Sam. Haben Sie etwas Neues herausbekommen?«

»Tja, er ist auf jeden Fall keiner der üblichen IRA-Spinner, und ich bin mir sicher, dass er nicht darauf gedrillt wurde, solche Vernehmungen durchzustehen. Das hätte ich gemerkt. Aber wie ich gestern schon sagte, gibt es einen Bereich, mit dem ich nicht glücklich bin, und das ist die Episode in den Achtzigern. Da gerät er ins Schwimmen. Um etwas Definitives zu sagen, bräuchte ich allerdings wirklich mehr Zeit.«

»Ich fürchte, das ist nicht möglich, Sam. Aber wer weiß, vielleicht finden wir etwas heraus, wenn Lindow draußen ist.«

Phipps führte den Commander in den Zellentrakt. Er hatte Lindow den ganzen Tag eingesperrt gelassen, um ihn zu zermürben. Abgesehen von einem kurzen Ausflug in den Waschsaal am frühen Morgen und den vorgeschriebenen fünf Minuten Bewegung, in denen man Lindow an einen Beamten gefesselt auf dem Parkplatz des Reviers herumgeführt hatte, war er nun fast sechzehn Stunden lang in seiner Zelle.

Er saß mit gesenktem Kopf auf der Pritsche und blickte nicht auf, als sie eintraten.

»Dr. Lindow«, sagte Foyle, »ich bin Commander Foyle. Wir werden Sie gleich gehen lassen, aber zuvor habe ich leider eine schlechte Nachricht für Sie. Es geht um Ihren Bruder.«

Lindow hob langsam den Kopf und forschte in Foyles Gesicht.

»Er ist heute Morgen bei einer Operation gestorben. Die Ärzte sagen, er hätte seit der Explosion im Koma gelegen.« Er schwieg eine Weile, damit Lindow die Nachricht verarbeiten konnte. »Haben Sie verstanden, was ich gesagt habe, Dr. Lindow?«

Lindow nickte. »Ich habe verstanden … Eamonn ist tot.«

»Es tut mir sehr Leid«, sagte Foyle und verknotete verlegen seine Finger. Es machte ihm immer noch schrecklich zu schaffen, Todesbotschaften zu überbringen. Er hatte es früher, als junger Beamter, zu oft tun müssen. »Glauben Sie mir, Dr. Lindow, ich weiß, wie schwer das für Sie ist. Es tut mir Leid, dass man Sie unter diesen Umständen überhaupt hier festgehalten hat.«

Lindow öffnete den Mund, als wollte er aufschreien, aber es kam kein Ton.

»Wollen Sie sofort gehen, oder möchten Sie noch eine Weile hier sitzen bleiben? Es sind nur noch ein paar Formalitäten zu erledigen, dann können Sie gehen.«

»Sofort! Ich möchte sofort gehen.«

Ein Polizist brachte die versiegelte Tüte, die Lindows persönliche Dinge enthielt, und bat ihn zu unterschreiben. Lindow prüfte die Tüte.

»Wo sind meine Schlüssel? Sie sind nicht da.«

»Sie müssen bei uns sein«, sagte Foyle. »Ich bringe sie Ihnen heute Nachmittag vorbei.«

»Die Hausmeisterin hat einen zweiten Satz, aber morgen brauche ich die Schlüssel.«

Foyle ging voran zum Hinterausgang des Reviers, wo sein Wagen wartete. Lindow blieb stehen und schaute zum bewölkten Himmel empor. Er wischte sich schnell ein paar Tränen aus den Augenwinkeln und schüttelte den Kopf.

»Ich fürchte, man braucht Sie noch im Krankenhaus, damit Sie Ihren Bruder identifizieren«, sagte Foyle. »Natürlich hatte er Papiere dabei, und wir sind ziemlich sicher, dass er es ist. Dennoch würden wir es unter diesen Umständen für richtig halten… Ich weiß, es ist nicht leicht für Sie. Möchten Sie vorher etwas trinken? Gleich um die Ecke gibt es ein Café.«

Lindow holte tief Luft und schüttelte den Kopf. »Wozu? Noch mehr Fragen? Nein. Ich habe genügend Fragen beantwortet. Ich werde nicht vergessen, wie man mich hier behandelt hat. Nicht ein einziges Mal durfte ich wegen Eamonn im Krankenhaus anrufen. Ich hätte ihn gern noch einmal gesehen, bevor er starb, aber vielleicht verstehen Sie das ja nicht.«

»Doch, das verstehe ich sehr gut, aber Sie müssen einsehen, dass wir Sie festnehmen mussten. Bei dem Anschlag wurden zehn Menschen getötet – jetzt sind es elf. Wir sind es den Opfern schuldig, die Männer zu finden, die das getan haben. Ich weiß, dass es hart war, aber wir hatten keine Wahl. Was halten Sie davon, wenn ich Sie ins Krankenhaus bringe? Ich tue das wirklich gerne.«

Widerstrebend stieg Lindow in Foyles Wagen. Alex fuhr dieselbe Route zurück, die der Polizeibus am Vortag genommen hatte.

Foyle wollte sicherheitshalber lieber mit ins Krankenhaus kommen. »Sie haben gestern ein bisschen Publicity bekommen«, erklärte er. »Ihr Bild war in der Zeitung, und man wird sich vielleicht fragen, wieso Sie draußen sind.«

»Heißt das, ich muss jetzt auch noch gegen die Presse klagen?«

»Na ja, ich bin kein Anwalt, aber ich könnte mir vorstellen, dass Sie auf eine Art Widerruf klagen können. Wir haben selbst keine Ahnung, woher sie die Geschichte hatten. Von uns kam gestern nur eine kurze Presseerklärung.«

»Aber heute werden Sie eine neue Erklärung herausgeben«, sagte Lindow.

»Ja. Wir werden klarstellen, dass man Sie freigelassen hat, nachdem Sie uns bei den Ermittlungen behilflich waren.«

Als sie bei Marble Arch in einen Stau gerieten, betrachtete Foyle seinen Mitfahrer zum ersten Mal genauer. Er war größer, als er ihn nach dem Film der Überwachungskamera eingeschätzt hätte, und hatte feinere Züge: eine lange Adlernase, ausgeprägte Wangenknochen und ein energisches Kinn. Die Lider seiner blaugrauen Augen fielen in den Außenwinkeln steil nach unten. Sein hellbraunes Haar war vorne schon etwas ausgedünnt, was seine Stirn höher erscheinen ließ. Foyle war von Lindows Haltung verblüfft. Er schaute nicht in der Gegend umher und saß völlig ruhig da. Seine Hände lagen auf den Oberschenkeln, die langen, schlanken Finger gleichmäßig gespreizt. Wenn er sprach, wandte er nicht den Kopf, um ihn anzusehen. Dieser Mann vergeudete keine Energie mit unnötigen Bewegungen. Falls er etwas zu verbergen hatte, dachte der Commander, dann würde es lange dauern, bis sie es entdeckten.

Als sie im Krankenhaus beim Empfang warteten, kramte Foyle eine Karte aus seiner Jackett-Tasche. Falls es irgendwelche Probleme gäbe, solle Lindow ihn anrufen. Er zuckte noch einmal entschuldigend die Achseln, dann ging er davon. Von einer Telefonzelle aus rief er Forbes an. »Ich habe ihn am Empfang von St. Luke abgeliefert. Er wird nun Eamonn Lindows Leichnam identifizieren. Sagen Sie unseren Leuten, sie sollen sich an seine Fersen heften, sobald er rauskommt.«

Ein Angestellter der Krankenhausverwaltung begleitete Lindow ins Leichenschauhaus; Scotland Yard hatte seinen Besuch bereits angekündigt. Im tiefsten Innern wusste Lindow, dass er Eamonns Leichnam besser nicht sehen sollte. Eamonn war bei Mutter im Krankenhaus gewesen, nachdem sie gestorben war, und er hatte Con geschrieben, dass er diese Erinnerung nur schwer abschütteln konnte. Immer wenn er an Mutter dachte, hätte er ihren toten Körper vor sich gesehen.

Ein Polizeibeamter wartete mit zwei weiß bekittelten Angestellten in der langen, gekachelten Halle; ihr Blick verriet eine Mischung aus Mitgefühl und Neugier. In der Mitte des Raumes lag Eamonns Leichnam auf einem fahrbaren Gestell, und einer der Weißkittel schlug das Tuch zurück.

»Ist das Ihr Bruder, Sir? Ist das Eamonn Lindow?«, fragte der Polizist leise.

Lindow betrachtete den Körper. Die einzig sichtbare Spur von Eamonns ungeheueren Verletzungen war eine großflächige Prellung, die Kinn und Hals einen widerwärtigen Ockerton verlieh. Dass Lindow ihn kaum erkannte, hatte jedoch einen anderen Grund. Selbst im Schlaf hatte Eamonn nie düster gewirkt. Der feierliche Ernst seines letzten Gesichtsausdrucks hatte seine Züge völlig verändert. Lindow hatte das unangenehme Gefühl, als dränge er in einen verbotenen Bereich ein. Als könnte sein Bruder plötzlich aufwachen und eine Flut von Beschimpfungen ausstoßen, so wie damals, als Con ins Badezimmer geplatzt war und ihn auf der Toilette überrascht hatte. Er stellte sich vor, wie Eamonn die blauen Augen aufschlug. »Was ist los, Con? Kann man nicht mal eine Runde schlafen, ohne dass der Bruder angeschlichen kommt und einen angafft wie einen von seinen Streptokokken im Labor?« Er hörte Eamonn der komischen Wirkung wegen jede Silbe einzeln und abgehackt aussprechen – Strep-to-kok-ken.

Lindow hielt sich an der Bahre fest. »Es tut mir Leid … ich habe ihn seit zwei Jahren nicht gesehen. Er … er hat sich verändert.

Seine Haare sind weniger geworden, und er ist dünner als früher. Erst dachte ich, er ist es nicht... aber er ist es... Ja, das ist mein Bruder, Eamonn Lindow.«

»Danke, Sir. Es tut mir Leid«, sagte der Polizeibeamte. »Möchten Sie eine Weile allein hier bleiben? Wir können so lange draußen warten.«

»Nein, schon in Ordnung.« Lindow schüttelte den Kopf. Er spürte, wie er die Beherrschung verlor, aber das durfte er nicht – nicht hier. Er wandte sich zu dem Polizisten um. »Ist das alles, was Sie brauchen?«

Der Beamte nickte, dann begleitete er Lindow vor das Leichenschauhaus.

Lindow fragte ihn nach dem Weg zur Ambulanz. Sein Bein schmerzte, und er wollte seine Wunden neu verbinden lassen. Der Arzt spritzte ihm ein örtliches Betäubungsmittel in den Oberschenkel und zog einen Glassplitter heraus, der an die Oberfläche gekommen war.

Eine halbe Stunde später hinkte Lindow die Auffahrt der Unfallstation hinab und stieg in eines der Taxis, die dort warteten. Es war Hauptverkehrszeit, und die Fahrt zu seiner Wohnung dauerte eine Ewigkeit. Er sehnte sich nach einem Bad und seinem Bett. Als sie in der Homer Street ankamen, tastete er nach seinen Schlüsseln. Da fiel ihm ein, dass die Polizei sie noch hatte. Er läutete im Erdgeschoss und ließ sich von der Hausmeisterin die Ersatzschlüssel geben. Sie beäugte ihn misstrauisch, brachte es aber über sich, ihm einen guten Abend zu wünschen. Er schleppte sich die Treppe hinauf und sperrte auf.

Genau achtundvierzig Stunden war er weg gewesen. Während dieser Zeit hatte in der Wohnung eine Art feindliche Invasion stattgefunden. In allen drei Zimmern waren die Teppichböden an den Rändern aufgerollt, weil man sie herausgerissen hatte. Als Lindow umherging, knarrten die Dielen. Man hatte sie aufgestemmt und dann notdürftig wieder festgenagelt. Auch die Fußleisten und die Verkleidung der Fensterbank im Wohnzimmer schienen sich selbstständig gemacht zu haben. Überall waren die Spuren einer blindwütigen Suche und schlampigen Wiederinstandsetzung zu sehen. Die meisten Lampenfassungen und Steckdosen waren locker. Im Schlafzimmer hatte man die Schubladen durchwühlt und umgedreht und die wenigen Bücher, die er nicht eingelagert hatte, durchgeblättert und dann zur Seite geworfen. Selbst das Plastikgehäuse des Fernsehapparats lag zerbrochen auf dem Boden. Im Schlafzimmer hing die Decke des Einbauschranks herab, und die Schrankschubladen türmten sich neben dem Bett, während ihr Inhalt, Kleidung und Bettwäsche, auf einem wilden Haufen lag. Sie hatten offenbar fest damit gerechnet, dass er nicht mehr zurück kam.

Er ging in die Küche. Geschirr, Besteck und Haushaltsgeräte waren mit einer feinen Puderschicht überzogen, die einen beißenden chemischen Geruch verströmte. Er holte eine Flasche Weißwein aus dem Kühlschrank und goss sich ein Glas ein, das er aus purem Durst in einem Zug hinunterkippte. Dann schenkte er sich ein zweites Glas ein, ging ins Wohnzimmer und drückte den blinkenden Knopf des Anrufbeantworters. Es war eine Nachricht von dem Wohnungsmakler, mit dem er am Vortag verabredet gewesen war.

Zögernd griff er zum Hörer, um zu Hause anzurufen. Seine Schwester nahm ab. Plötzlich konnte er kein Wort hervorbringen. Er musste daran denken, wie Eamonn damals ihre kleine Schwester getauft hatte. Sie war ihnen immer überallhin nachgelaufen, hatte sie nie in Ruhe gelassen. Deshalb nannte er sie ›Tag Along‹ – die kleine Klette. Die Kurzform ›Tag‹ war ihr als Name geblieben.‹ Tut mir Leid«, sagte er schließlich. »Ich musste meine Gedanken erst sammeln.«

»Con! Du bist das. Ich bin so froh, deine Stimme zu hören. Wir waren schon ganz krank vor Sorge. Wann haben sie dich gehen lassen?«

»Heute Nachmittag. Aber ich musste noch Eamonns Leiche identifizieren. Deshalb konnte ich nicht früher anrufen.«

»O mein Gott … Con.«

Sie unterdrückte ein Schluchzen. Dann erzählte sie von ihrem Vater, der einen Anginaanfall erlitten und nun vom Arzt ein Beruhigungsmittel bekommen hatte.

»Ich würde ja kommen und dir helfen«, sagte sie, »aber Dad hat das Ganze sehr mitgenommen. Ich kann ihn jetzt nicht allein lassen.«

»Das ist auch wirklich nicht nötig. Ich komm schon klar.« Lindow fiel es schwer, mit der nötigen Wärme zu sprechen, weil er überzeugt war, dass jemand mithörte. Er hatte ihr so vieles zu sagen, aber das würde warten müssen.

»Ich … ich kann im Moment nicht darüber reden, Tag. Kannst du das verstehen?«

»Natürlich. Wir reden, wenn du hier bist.«

»Ich weiß noch nicht, wann ich komme. Das hängt davon ab, wann sie Eamonns Leichnam freigeben. Ich ruf dich noch mal an.«

Als Nächstes wählte er die Nummer auf Foyles Karte. Eine Sekretärin erklärte ihm, der Commander sei in einer Besprechung. Lindow sagte, er würde wieder anrufen, wolle aber jetzt schon eine Beschwerde über den Zustand seiner Wohnung einlegen. Er würde die Polizei verklagen.

Die Wohnung war ihm im Grunde egal. Sie gehörte ihm nicht, und er konnte die Kosten sicher auf den Vermieter abwälzen. Es ging nicht um Geld. Es ging um den Übergriff auf seine Person und sein Zuhause. Morgen würde er mit einem Anwalt sprechen.

Der Wein begann zu wirken. Lindow steuerte leicht schwankend auf das Erkerfenster im Wohnzimmer zu, um die Jalousien herabzulassen. Draußen war es bereits dunkel. Auf der anderen Straßenseite parkte ein Wagen. Im Licht der Straßenlampe funkelte eine Brille auf der Beifahrerseite. Ein Stück weiter hinten stand ein Mann mit einem Motorradhelm vor einem Auto und beugte sich zum heruntergekurbelten Fenster auf der Beifahrerseite hinab.

Lindow ließ die Jalousie herunter und zog sich aus. Dann ging er in die Küche und warf seine Kleidung in den Mülleimer. Er würde die Sachen, die er im Gefängnis getragen hatte, nie wieder anziehen, ebenso wenig die Jacke, mit der er das Mädchen auf der Straße zugedeckt hatte.

Jetzt war er hungrig. Er stöberte nach Essen und fand ein paar

Käsecracker, ein Stück haltbaren Cheddar und eine Packung Salamiaufschnitt. Als er mit dem Wein und dem Essen ins Schlafzimmer trottete, sah er sich selbst in dem mannshohen Spiegel: eine blasse, bandagierte Gestalt. Während er sich anstarrte, knabberte er an einem Cracker und spülte ihn mit Wein hinunter. Er schien um zehn Jahre gealtert zu sein.

Ein paar Minuten später hatte er den Kleiderhaufen von seinem Bett gefegt und war eingeschlafen.

Es war spät geworden im Büro. Foyle spielte mit dem Gedanken, einen Abstecher ins La Bourriche zu machen, ein französisches Bistro, das er jetzt ein-, zweimal die Woche aufsuchte, weil ihm die Besitzerin, Carla Pryn, gefiel. Aus ihrer lockeren Bekanntschaft hatte sich nie etwas Ernsteres entwickelt, aber Foyle war froh, dass er nach Junes Auszug jemanden zum Reden hatte. Er hätte Carla heute Abend gern gesehen, aber er musste die Akten und Berichte durchgehen, die sich im Laufe des Tages auf seinem Schreibtisch angesammelt hatten. Er wollte alles noch einmal lesen, sichten und durchdenken, damit er am nächsten Morgen mit einer neuen Taktik und ein paar zündenden Einfällen aufwarten konnte. Beides war bitter nötig. Scarratt saß ihm wegen Lindow im Nacken und überlegte sicherlich schon, wie er ihn am besten ausmanövrieren konnte. Foyle schätzte, dass er noch zehn bis vierzehn Tage Zeit hatte. Dann würde er Ergebnisse vorweisen müssen.

Er stand auf und ging zu den Kaffee- und Imbissautomaten am Ende des Flurs. Es war seine Idee gewesen, sie aufzustellen, obwohl man sie – wie ein Memo aus Scarratts Büro zu bedenken gab – täglich auffüllen und warten musste, was einen ›erheblichen personellen Aufwand‹ zur Folge hatte. Jedes Mal wenn der Servicemann kam, musste ihn nämlich aus Sicherheitsgründen ein Polizist begleiten. Scarratts Memo brachte die Problematik auf den Punkt: ›Der Kaffeeautomat hat negative Auswirkungen auf die Sicherheit in der Abteilung.‹ Foyle hatte daraufhin ironisch beteuert, dass man die Automaten regelmäßig auf Wanzen und versteckte Bomben untersuchen würde, und Scarratt hatte in vollem Ernst geantwortet, er werde die Aufstellung der Automaten erst nach eingehenden Sicherheitsprüfungen genehmigen. In Erinnerung an seinen stolzen Sieg tätschelte Foyle die Kaffeemaschine, während diese eine verwässerte Version von Cappuccino ausspuckte.

Weiter unten im Flur hörte er Gemurmel und Tastaturengeklapper. Er schlurfte an seinen Schreibtisch zurück und nahm sich die Mappe vor, die ihm Robin Teckman am Vormittag geschickt hatte, ein Haufen Material über die Attentate von Prag und Budapest. Die erste Bombe war am zehnten Dezember 1994 um acht Uhr dreißig morgens hochgegangen, als ein Pendlerzug, der von Konopiste kam, aus einem Prager Vorstadtbahnhof ausfuhr. Die Detonation schleuderte die hinteren Waggons aus den Gleisen. Drei Menschen kamen ums Leben. Einer von ihnen war der Journalist Jan Nosecky, der sich durch einen Artikel über den illegalen Export von russischen Waffen in den Nahen Osten quer durch die Tschechische Republik einen Namen gemacht hatte. Nosecky hatte die Leute aufgespürt, die das Geschäft über tschechische Scheinfirmen abwickelten, und obendrein ihre Handelspartner in der früheren Sowjetunion. Zunächst wollte die Prager Polizei nicht glauben, dass eine Bombe dieser Größenordnung einer einzelnen Person gegolten hatte. Außerdem hatte Nosecky sonst nie den Zug genommen. Niemand konnte gewusst haben, dass sein Auto fünfzehn Kilometer vor der Prager Innenstadt liegen bleiben und Nosecky gezwungen sein würde, bei einem kleinen Vorstadtbahnhof in den Bummelzug zu steigen. Doch schließlich, bei der Untersuchung seines Wagens, stellte sich heraus, dass der Keilriemen angesägt war, sodass er reißen musste, sobald der Motor sich erhitzte. Irgendwer hatte gewollt, dass Nosecky den Zug nahm. Dennoch blieb die tschechische Polizei skeptisch und versuchte Noseckys bestürzte Kollegen zu überzeugen, dass jemand, der den Journalisten hätte töten wollen, die Bombe an dessen Wagen angebracht hätte.

Sie argwöhnte schon, dass Nosecky den Sprengstoff selbst transportiert hatte. Dann – es war der neunte März 1995 – ging mittags in der Hauptverwaltung der ehemaligen volkseigenen Betriebe in Budapest ein weiterer Sprengsatz hoch, der fünf Menschen das Leben kostete.

Unter den Opfern war ein gewisser Béla Namany, Leiter einer agro-chemischen Gesellschaft, der sich sein Gehalt durch Schmuggel aufgebessert hatte. Seine LKWs hatten Zigaretten in die GUS-Staaten transportiert und auf dem Rückweg Kunstgegenstände und Drogen mitgebracht. Zunächst sah alles nach einem Krieg zwischen rivalisierenden Budapester Banden aus. Doch dann nahm die Budapester Polizei Kontakt zu den Tschechen auf, und man fand heraus, dass Nosecky und Namany unabhängig voneinander ein paar gewichtigen Figuren der Russenmafia zu nahe getreten waren. Offensichtlich war der gleiche Killer damit beauftragt worden, sie zu töten. Mehrere andere Menschen hatten sterben müssen, weil verschleiert werden sollte, wem der Anschlag galt.

Die Bomben selbst waren sich auffallend ähnlich, und beide waren in großen Musterkoffern transportiert worden, wie Vertreter sie benutzen. Doch der Bombenleger selbst war gekommen und gegangen, ohne irgendeine Spur zu hinterlassen. Wie er es geschafft hatte, die Budapester Bombe genau in dem Augenblick zu zünden, als sein Opfer in der Nähe war, blieb ungeklärt. Einen Zeitzünder konnte er nicht verwendet haben, denn dazu hätte er genau wissen müssen, wann sein Opfer an dem Koffer vorbeikommen würde. Der Killer musste Namany beobachtet und im rechten Moment den Knopf einer Fernbedienung gedrückt haben. Allerdings fand man keinerlei Funkempfänger, während einige Dinge aus Namanys Besitz die Explosion überlebt hatten – zum Beispiel sein Aktenkoffer mit einem Laptop und das Handy, das er benutzt hatte, als er das Gebäude verließ.

Was das Zugattentat betraf, hatte der Täter die Bombe wohl in der Nähe seines Opfers deponiert und war dann rechtzeitig ausgestiegen. Hier konnte er einen Kurzzeitzünder eingebaut haben, aber wiederum sprach mehr dafür, dass die Detonation durch ein Funksignal ausgelöst worden war – wahrscheinlich mit Hilfe einer umgebauten Fernsteuerung für Modellflugzeuge, wie sie Terroristen von Bogota bis Belfast gern benutzten. Allerdings fand man auch in Prag nicht das kleinste Bruchstück eines Details – und keiner der Überlebenden konnte sich an irgendetwas Verdächtiges erinnern.

So war es auch bei den Fahrgästen der Buslinie 147 am Dienstagabend gewesen. Niemand hatte zwischen Peckham und dem West End einen Mann mit einer Segeltuchtasche zusteigen sehen. Foyle nahm sich vor, Kopien des Überwachungsfilms an die tschechischen und ungarischen Polizeibehörden zu schicken. Im Gegenzug würde er um die chemische Analyse des dort benutzten Sprengstoffs bitten. Vielleicht konnte er dadurch etwas über die Beschaffungswege herausbringen.

Doch all das, musste sich Foyle eingestehen, berührte den Fall nur am Rande. Er musste das Netz zwar weiter auswerfen, aber gleichzeitig die Lindows im Auge behalten. Er seufzte und zog die Akte über Eamonn Lindow zu sich heran. Sie war viel umfangreicher, als er vermutet hatte. Fein säuberlich waren die Fotos von Eamonn und Rudi MacMahon abgeheftet, wie sie sich angeregt auf der Straße unterhielten.

Das Interessanteste waren jedoch die Berichte über das geheime Waffen- und Sprengstofflager auf dem Friedhof von Droy. Man hatte einen kleinen Sender in eine der Kisten geschmuggelt und konnte so die Ladung per Satellit auf ihren verschlungenen Wegen von Nordafrika nach Irland verfolgen. Die Polizei wusste genau, wann das Material im Atlantik, einhundertfünfzig Meilen nördlich der Azoren, von einem Schiff auf ein anderes verladen wurde, wo und wann es in der Republik Irland landete und wie es über die Grenze nach Nordirland gelangte; jede Station der Reise hatte aufgeleuchtet wie in einem Eisenbahnstellwerk. Die Überwachung des Friedhofs übernahm eine geheimnisumwitterte Armeegruppe namens Vierzehnte Kompanie. Eine schwer bewaffnete Spezialeinheit der Royal Ulster Constabulary bezog fünf Meilen weiter in einem Klärwerk Stellung. Die Operation mit dem Kodenamen *Cudgel* lief bereits vier Wochen, ohne dass sich etwas tat. Als wüsste die IRA, dass der Friedhof beobachtet wurde. Dann erschien plötzlich Eamonn Lindow auf der Bildfläche. Dreimal wurde er gesehen, betrat aber nie den Friedhof, sondern sah immer nur kurz zur Kirche hinüber. Dort, in einer großen viktorianischen Gruft mit den Gebeinen einer erloschenen Flachshändlerdynastie, waren die Waffen der IRA versteckt.

Als ihn die Royal Ulster Constabulary nach der Explosion vernahm, hatte er den Eindruck eines ziemlich lockeren Vogels gemacht, zu sehr dem Alkohol verfallen, als dass ihm die IRA eine der größten Waffenlieferungen anvertrauen würde, die sie je nach Irland geschafft hatte. Der jüngere Bruder war den Berichten zufolge aufgeweckter und widerstandsfähiger beim Verhör. Die Polizei hatte jedoch nicht angenommen, dass er bei der Sache eine Rolle spielte, und ihn im Grunde nur vernommen, um sich ein besseres Bild von Eamonn zu machen.

Warum das Lager in die Luft gegangen war, blieb nach wie vor unklar. Die IRA hätte sicher nicht ihr wertvolles Waffenarsenal geopfert, um ein paar britische Soldaten zu töten. Außerdem schien sie nicht einmal gewusst zu haben, dass der Friedhof beobachtet wurde. Irgendein Puzzlestück fehlte. Foyle umrandete den entsprechenden Absatz im Bericht mit Leuchtstift.

Er blätterte weiter zur Beschreibung von Eamonn Lindows Leben in Peckham, einer ziemlich eintönigen Existenz zwischen der Bibliothek und einer Etagenwohnung in der Jasmine Road. Dennoch schien sich der MI5 sehr für ihn interessiert zu haben. Vor allem im letzten Jahr hatte seine Sammelwut keine Grenzen gekannt. Sie wussten alles: wann er zur Yeats Society und zum irischen Volksmusikabend in Croydon ging, dass er während der Passionszeit dreimal in der Kirche gebeichtet hatte und dass er gelegentlich an den Stadtteiltreffs der Labour Party teilnahm. Rein äußerlich entsprach er nicht gerade dem Bild eines gewieften Bombenlegers oder auch nur eines brauchbaren Verbindungsmannes. Foyle massierte seine Schläfen mit den Fingerspitzen und dachte nach. Angenommen, Eamonn Lindow hatte tatsächlich Kontakte zur IRA, war aber nicht für die Bombe verantwortlich? Angenommen, er war das eigentliche Ziel gewesen?

Als er die Akte wegschob, fiel ihm ein, dass er noch einige Leute zurückrufen musste. Das Pressebüro hatte wegen einer Bitte des BBC um ein Interview angerufen; seine Haushälterin hatte die niederschmetternde Nachricht hinterlassen, dass seine Waschmaschine den Geist aufgegeben hatte; und ein Superintendent Blackett von der Royal Ulster Constabulary hatte sich am späten

Nachmittag gemeldet. Er sei auf Urlaub in Nordengland und Foyle solle ihn anrufen, falls er Hintergrundinformationen zu den Lindows brauche. Dazu eine Handynummer.

Foyle glaubte sich an den Namen zu erinnern, konnte ihn jedoch mit keinem Gesicht in Verbindung bringen. Es war fünf nach zehn, noch nicht zu spät für einen Anruf. Er wählte die Nummer. Nach zehn Sekunden läutete es ein einziges Mal, dann war die Leitung tot. Blackett musste das Telefon abgeschaltet haben, als er es läuten hörte – vielleicht wollte er gerade nicht gestört werden.

Foyle legte auf. In der Ferne brandete ein langes, dumpfes Grollen heran. Foyle blickte gerade noch rechtzeitig auf, um sein Spiegelbild in den Fensterscheiben vibrieren zu sehen, dann erschien Forbes in der Tür. »Denken Sie auch, was ich denke?«

»Da ist etwas in die Luft gegangen«, sagte Forbes und nickte.

Foyle griff sofort wieder zum Telefon. »Das Überwachungsteam vor Lindows Wohnung, schnell!« Als sich einer der Beschatter meldete, fragte Foyle mit klopfendem Herzen: »Hat er sich bewegt?«

»Nein, er schläft«, kam die Antwort. »In der Wohnung ist kein Ton zu hören.«

FÜNFTES KAPITEL

Kirsty Laing hatte die Explosion von ihrer Wohnung aus nicht gehört. Doch dann kam die Blitzmeldung im Fernsehen. In der Floodgate Street, nördlich der City von London, sei eine Bombe explodiert. Ein paar Sekunden später war Peter Speerman, der stellvertretende Direktor des MI5, am Telefon und rief sie zu einer Krisensitzung. Kirsty Laing war nicht wenig überrascht, dass man sie mit einbezog, und grübelte während der gesamten Fahrt nach Millbank, weshalb Speerman sie wohl kommen ließ. Sicher, er hatte sich zu ihrem Mentor aufgeschwungen, und tatsächlich verdankte sie ihren neuen Posten zum Großteil seiner Empfehlung. Trotzdem wunderte sie sich, wozu man sie jetzt so eilig herbeirief.

Sie stellte ihren Golf auf dem verlassenen Parkplatz ab und eilte zu Tor sechs auf der Rückseite des Gebäudes. Als sie gerade die Stufen zum Nachteingang emporstieg, jagte David Cantors Wagen unter dem großen, gepanzerten Tor hindurch in die Tiefgarage. Cantor trug eine Smokingjacke und blickte starr vor sich hin. Der verglaste Konferenzbereich im siebten Stock war in der Mitte eines riesigen Raums eingebaut und wirkte wie ein überdimensionales Aquarium. Bei Kirstys Eintreten gab es überraschte Blicke. Angus Grove, verantwortlich für die D-Branch (Terrorismusbekämpfung), sah stirnrunzelnd zu Keith Craven-Elms hinüber, sein Pendant bei der A-Branch (Inlandsüberwachung). Und Rory Fuller, der Leiter der Abteilung Inlandsterrorismus, machte prompt ein übertriebenes Theater um die Frage, wo sie sitzen sollte, während Grove und Craven-Elms wie die Schuljungen grinsten.

Beide hatten Kirsty in den letzten eineinhalb Jahren schöne

Augen gemacht, hatten von ihrem Talent geschwärmt und beim Mittagessen durchblicken lassen, dass sie noch zu haben wären. Doch Kirsty war es nicht schwer gefallen, ihnen zu widerstehen. Hier ging es ohnehin mehr um Imponiergehabe und Machtansprüche als um echte Sympathie, und außerdem – so dachte sie – hatte sie etwas Besseres verdient.

David Cantor hüstelte und fuhr mit den Fingern über die Milchglasplatte des Tisches. Dann sah er Speerman erwartungsvoll an, der nun das Wort ergriff.

»Heute um zweiundzwanzig Uhr sieben ist im Black Lion Court, einem Bürokomplex, ein Sprengsatz explodiert. Drei Viertel des Gebäudes sind von Interwaste angemietet, einer Spezialfirma für die Entsorgung von Gift- und Problemmüll. Ob es einen Zusammenhang mit der Bombe vom Dienstag gibt, ist noch unklar.«

»Ja, Zusammenhänge«, grübelte Cantor. »Welchen Zusammenhang könnte es zwischen einem Bus der Linie 147 und diesem Bürogebäude geben, frage ich mich? Keith, was halten Sie von der Sache?«

Keith Craven-Elms, der Leiter der ›Watchers‹, beugte sich über seine Unterlagen. »Nichts deutet darauf hin, dass sich die IRA oder eine ihrer durchgeknallten Splittergruppen für Interwaste interessieren könnte. Es sei denn, es handelt sich um eine Art Ablenkungstaktik. Ich muss aber sagen, die Sache sieht mir nicht sehr irisch aus. Ich glaube auch nicht, dass es ein Versuch der Loyalisten ist, das Friedensabkommen kaputtzubomben. Für die wäre es lohnender, ein bekanntes, symbolträchtiges Ziel in die Luft zu jagen und es dann der Wahren IRA in die Schuhe zu schieben.«

»Was ist mit Weegee?«, fragte Cantor, legte die Fingerspitzen aneinander und drückte, bis sie weiß wurden. »Hat Weegee etwas Interessantes gesichtet?«

»Wir prüfen Weegees Daten von heute Abend noch, aber bis jetzt haben wir nichts. Die Floodgate Street liegt knapp außerhalb des Gebiets, das die Kameras erfassen.«

Kirsty Laing wusste über das Weegee-Projekt Bescheid. Kurz nach ihrer Beförderung war sie von Speerman höchstpersönlich eingeweiht worden. Weegee war ein riesiger Computer im Keller des Gebäudes, der mit Kameras im ganzen West End und der City of London verbunden war. Offiziell hieß das Projekt Automatisches Erkennungs- und Verfolgungssystem, aber sein Spitzname war Weegee, eine Reverenz an den allgegenwärtigen New Yorker Fotoreporter der Vierzigerjahre. Weegee war darauf programmiert, bekannte Gesichter in den Fußgängermassen aufzuspüren, die sich täglich durch das Zentrum der Hauptstadt schoben. Dabei musste er eine unvorstellbare Datenflut verarbeiten: Eine Kamera, die vierzig Einzelbilder pro Sekunde aufnahm, produzierte etwa dreieinhalb Millionen Bilder am Tag. Bei fünfunddreißig laufenden Kameras musste Weegee also täglich hundertzwanzig Millionen Bilder mit der Galerie der Verdächtigen in seinem Speicher vergleichen. Kirsty Laing hatte sich die Zahlen sorgfältig eingeschärft, weil sie darauf gefasst war, dass sie Weegees Existenz rechtfertigen musste, wenn die unvermeidlichen Datenschutzdebatten im Parlament losgingen. Vorläufig jedoch war Weegee noch ein Geheimnis.

Während Rory Fuller einen erschöpfenden Überblick über alle Terroristengruppen gab, die in Großbritannien aktiv waren, fiel Kirstys Blick auf die Glaswand des Konferenzraums. Nüchtern studierte sie ihr Spiegelbild. Ihr Haar hatte immer noch seinen natürlichen hellbraunen Ton, und ihr Gesicht war bisher von allen Fältchen und Krähenfüßen verschont geblieben – nicht schlecht für eine dreiundvierzigjährige Geheimdienstfrau mit einem regelmäßigen Zwölf-Stunden-Tag. Als Fuller etwas über »unseren Freund« sagte, schrak Kirsty aus ihren Gedanken auf. »Wir wissen alle, von wem wir hier reden, oder?«, fragte Cantor in die Runde.

Es war still am Tisch; die vier Männer nickten wie auf Kommando. Dann sahen alle Kirsty an. »Es tut mir Leid«, sagte sie, »aber ich bin mir nicht sicher. Sprechen wir von Lindow oder von jemand anderem?«

Cantors Augen funkelten gereizt. Sie hatte einen großen Schnitzer gemacht. In einer Position wie der ihren musste man alles selbst herausfinden. Wissen fiel einem nicht einfach in den

Schoß, man musste es sich erkämpfen und dann geschickt Gebrauch davon machen. Das waren die ungeschriebenen Spielregeln für den Weg an die Spitze. Sie konnte sich lebhaft vorstellen, was ihren Kollegen jetzt durch den Kopf ging.

»Nun«, sagte Cantor, »ich hatte angenommen, dass Peter Sie inzwischen über die Angelegenheit unterrichtet hatte. Darf ich davon ausgehen, dass das morgen nachgeholt wird, Peter? Jedenfalls müssen wir darauf achten, dass unser Freund nicht mit den beiden Vorfällen in Verbindung gebracht wird. Aber ich will genau wissen, was er in den letzten Jahren getrieben hat. Keine Gerüchte. Harte Fakten.«

»Ich verstehe nicht«, platzte Kirsty heraus. »Wer außer den Lindows könnte noch in die Sache verwickelt sein? Haben wir einen Namen?« Speerman rutschte unruhig auf seinem Stuhl hin und her.

»Wie gesagt, Peter erklärt Ihnen morgen alles«, gab Cantor ungeduldig zurück. »Die Polizei wird jetzt sicher zu dem Schluss kommen, dass Con Lindow mit der Bombe von heute Abend nichts zu tun hat, weil sie ihn seit seiner Freilassung beobachtet.«

»Vorläufig wäre es aber günstig«, warf Fuller ein, »wenn die Polizei sich weiterhin auf Lindow konzentriert. Man könnte zum Beispiel argumentieren, dass seine irischen Partisanenbrüder die zweite Bombe nur gelegt haben, um ihn zu entlasten.«

»Aber warum…« begann Kirsty, doch Cantors erhobene Hand brachte sie zum Schweigen.

»Ich denke, das ist alles, was für heute Abend zu sagen wäre.«

Nachdem ihr Fuller und Grove mit ausgesuchter Höflichkeit eine gute Nacht gewünscht hatten, fuhr Kirsty Laing langsam und zerstreut zu ihrer Wohnung zurück. Sie fragte sich, wozu man sie überhaupt zu der Sitzung eingeladen hatte, wenn doch Speerman wusste, dass sie nicht über alle Fakten verfügte. Wirklich prima, dachte sie. Sie hatte sich gerade unsterblich blamiert. Dann kehrten ihre Gedanken wieder zu dem geheimnisvollen zweiten Verdächtigen zurück, von dem die Polizei offenbar nichts wusste.

Aus dem Wohnzimmer kam eine Stimme. Lindow hob den Kopf vom Kissen und lauschte angestrengt. Es war die Stimme eines Mannes, und er sprach hastig. Jemand hinterließ eine Nachricht auf dem Anrufbeantworter. Lindow sprang aus dem Bett, stolperte ins schummrige Wohnzimmer und hechtete nach dem Telefon. Doch der Anrufer hatte schon aufgelegt.

Lindow fluchte, dann spielte er die Ansage ab. »Dr. Lindow, hier ist Mr. Lustig vom Maklerbüro. Mein Kollege, Mr. Robertson, mit dem Sie letzte Woche gesprochen haben, hat jetzt ein attraktives Objekt im Angebot – genau das, was Sie suchen. Könnten Sie wohl so freundlich sein, mich heute Vormittag zwischen neun und zehn Uhr anzurufen, oder am Montag um dieselbe Zeit. Die Nummer ist 08052 289476. Danke.«

Lindow rieb sich die Augen. Es war zehn vor acht – eigentlich unverschämt, ihn so früh herauszuklingeln. Er fröstelte und kroch zurück ins Bett. Er würde Lustig später anrufen, nachdem er in Eamonns Wohnung vorbeigeschaut hatte.

Um zehn Uhr stand er auf, duschte lange und telefonierte dann mit Professor Sharma, um sich eine Weile beurlauben zu lassen. Anschließend rief er eine Bürgerrechtsgruppe an und erkundigte sich nach einem guten Anwalt. Man empfahl ihm Casper, Crisp & Co., eine Kanzlei mit jungen Anwälten, die auf Bürgerrechtsthemen spezialisiert waren. Dort war man sofort bereit, die ersten Schritte zu unternehmen. Die Anwälte wollten wegen der Freigabe von Eamonns Leichnam mit dem Leichenbeschauer sprechen und prüfen, ob eine Verleumdungsklage gegen den *Evening Herald* eine Chance auf Erfolg hatte. Außerdem versprachen sie, bei der Regelung von Eamonns Angelegenheiten zu helfen. Der Seniorpartner der Kanzlei bat um Eamonns Versicherungspolicen, den Hypothekenvertrag auf sein Haus und das Testament, falls eines vorhanden war. Lindow bezweifelte, dass er irgendetwas davon finden würde, denn so ordentlich und sorgsam Eamonn sonst gewesen war – um Geld hatte er sich nie viel gekümmert.

Immer noch verschlafen brach er schließlich zu Eamonns Wohnung auf.

Foyle schlenderte die Victoria Street entlang in Richtung Scotland Yard. In der Hand trug er eine Tüte mit einem neuen Hemd, Socken und Unterwäsche, die er gerade im Army Shop gekauft hatte. Dafür dass er seit mehr als vierundzwanzig Stunden nicht im Bett gewesen war, fühlte er sich ziemlich gut, fast schon beschwingt.

Die Bombe in der Floodgate Street hatte zwar niemanden verletzt, aber als Foyle und Forbes zwanzig Minuten nach der Explosion am Tatort eingetroffen waren, herrschte dort ein heilloses Durcheinander. Die Wucht der Detonation hatte die Front des Gebäudes weggerissen. Sie war wie eine Lawine auf die Straße hinabgedonnert und hatte zwei Fahrzeuge unter sich begraben. In drei Wohnblocks waren sämtliche Fenster zersplittert, und ein Auto war in das Schaufenster eines Elektrogeschäfts geschleudert worden, wo es nun auf dem Dach lag. Noch in der Nacht hatte Sergeant Pennel einige Unterlagen über Interwaste ausgegraben. Die Firma war eine Tochtergesellschaft eines weit verzweigten amerikanischen Konzerns namens Fallon Group International. Vor zwei Jahren war sie ins Kreuzfeuer der Kritik geraten, als sie die Entsorgung von zigtausend Litern Chemieabfällen aus Osteuropa übernahm. Die Giftstoffe wurden per Zug durch Polen und Deutschland transportiert, in die Schiffe verladen und schließlich über dem Milwaukee-Graben im Westatlantik ins Meer gekippt. Entlang der Zugstrecke durch Deutschland hatten wütende Umweltschützer protestiert. Vielleicht hatte sich nun eine radikale ökologische Stadtguerilla in den Kopf gesetzt, das unscheinbare Gebäude, in dem die ganze Aktion geplant worden war, in die Luft zu jagen.

In den Morgenstunden hatte Foyle einigen Beamten aufgetragen, sich die Liste der Fahrgäste noch einmal vorzuknöpfen und daraufhin durchzugehen, ob sich einer den Zorn einer solchen Gruppe zugezogen haben könnte. Er hatte außerdem die ganze Busroute nach möglichen Zielen für extremistische Ökokrieger überprüfen lassen. In beiden Fällen war die Suche erfolglos geblieben.

Foyle bog von der Victoria Street ab, sah auf die Uhr und hastete zu den Aufzügen im Scotland Yard. Nur noch zwanzig Minuten bis zu seinem Termin im Cabinet Office, wo er Sir Derek Crystals illustre Runde auf den neuesten Stand bringen sollte. In seinem Büro wählte er eilig die Nummer, die Superintendent Blackett am Vortag hinterlassen hatte.

»Eine Vermittlung Ihres Anrufs ist nicht möglich«, schnarrte eine Tonbandstimme. »Bitte versuchen Sie es zu einem späteren Zeitpunkt wieder.«

Foyle knöpfte eilig sein Hemd auf und wählte mit seiner freien Hand die Durchwahl der Sekretärin.

»Nancy, können Sie mir einen Gefallen tun? Ich habe gerade versucht, Blackett von der Royal Ulster Constabulary auf seinem Handy zu erreichen, aber ich kriege keine Verbindung. Können Sie ihn für mich aufspüren?«

Er legte auf und verzog sich hinter einen Aktenschrank, um sich umzuziehen. Genau in dem Moment, als er die neuen Shorts hochzog, kam Forbes herein.

»Verzeihung, Sir. Ich komme in ein paar Minuten wieder.«

»Was ist so komisch, Forbes? Stimmt irgendwas mit meinen neuen Boxershorts nicht?«

»Ehrlich gesagt, Sir, das Büro ist ein seltsamer Ort zum Umziehen.«

»Ja, aber ich muss in ein paar Minuten bei Sir Derek antanzen. Irgendwelche Neuigkeiten?«

»Allerdings. Der Sprengstoff der beiden Bomben stimmt genau überein, Sir.«

»Donnerwetter, das ist interessant. Was halten Sie davon?«

»Lindow ist damit natürlich aus dem Schneider. Aber fragen Sie mich nicht, wer es dann war. Es ergibt alles keinen Sinn.«

»Nein. Aber ich bin mir nicht so sicher, was Lindow angeht. Bei dem lässt mir irgendwas keine Ruhe. Ich werde heute Nachmittag mal ein Wörtchen mit ihm reden.«

Er kam hinter dem Aktenschrank hervor und schlüpfte in sein Sakko. Dann schnappte er sich den Ordner, der auf seinem Schreibtisch wartete. »Geh niemals nackt in eine Konferenz«, sagte er feierlich und drückte den Ordner an die Brust.

Er kam zu spät ins Cabinet Office. Scarratt war schon fast fertig mit seinem Lagebericht und nickte ihm zu. »Ich bin sicher, Commander Foyle wird uns mehr zu dem zweiten Anschlag sagen können.«

»Das hoffe ich«, sagte Sir Derek. »Und – wie stehen die Dinge, Commander?«

Foyle stand auf. Das war zwar nicht üblich in diesem Gremium, aber es fiel ihm leichter, im Stehen zu reden. »Wir haben gerade die Ergebnisse aus dem Labor bekommen. Die Sprengstoffrückstände stimmen überein. Wir wissen außerdem, wann und wie die Bombe ins Gebäude gelangt ist. Gestern Nachmittag um siebzehn Uhr fünfzehn rief ein Mann bei Interwaste an und sagte, er würde zwei Feuerlöscher liefern. Eine Viertelstunde später schleppte er sie ins Foyer und ließ sie dort stehen. Der Empfangsdame rief er zu, er würde am nächsten Morgen noch mal vorbeikommen und sie anbringen, und weg war er. Die Empfangsdame dachte sich nichts dabei, jedenfalls nicht bis heute Morgen, als sie hörte, dass das Gebäude in die Luft geflogen ist. Sie erinnert sich kaum an sein Aussehen, nur daran, dass er einen Overall und eine Mütze trug. Sie hat keinen irischen Akzent bemerkt. Die Feuerlöscher lagen die ganze Zeit friedlich in ihren Verpackungskartons, dann, um zehn Uhr abends – vier Stunden nach Büroschluss –, sind sie explodiert. Es waren insgesamt acht Kilo Semtex, die in zwei Neun-Liter-Feuerlöscher gefüllt und mit einem gemeinsamen Zündmechanismus verknüpft waren.

Wie die Bombe mit dem Anschlag vom Dienstag zusammenhängt, ist noch völlig unklar. Wie Sie wissen, wurde Dr. Lindow seit seiner Freilassung ständig überwacht. Er war den ganzen Abend zu Hause und hat auch keine verdächtigen Telefongespräche geführt. Im Moment können wir leider nicht erklären, dass diese beiden Anschläge einerseits irgendwie zusammenhängen, andererseits jedoch völlig verschieden sind.«

Sir Derek blickte zu Foyle auf und nahm seine Brille ab. »Das bringt uns noch nicht wesentlich weiter, nicht wahr, Commander? Wir müssen wissen, ob eine irische Gruppe hinter diesen Bomben steckt oder ob die Bedrohung aus einer ganz anderen, unerwarteten Ecke kommt. Ich muss Ihnen nicht sagen, dass die Sache politisch sehr brisant ist. Es braucht nicht mehr viel, bis in Nordirland wieder das große Blutvergießen losgeht.«

Foyle hob resignierend die Hände und setzte sich schließlich. Er sah, wie Sir Dereks Blick den Tisch entlang wanderte und auf Scarratt ruhte. »Mr. Scarratt, was werden wir unter diesen Umständen unternehmen?«, donnerte er.

Scarratt öffnete den Mund zu einer Antwort, wurde jedoch von einer Handbewegung Cantors unterbrochen. »Die Ermittlungen in solchen Fällen sind sehr schwierig, Sir Derek. Ich gebe zu, dass ich es nicht für klug hielt, unseren einzigen Verdächtigen gestern laufen zu lassen, doch davon abgesehen bin ich der Überzeugung, die Regierung sollte weiter von der Annahme ausgehen, dass die beiden Explosionen von einer irischen Gruppe verursacht wurden. Hinter dem Angriff von gestern Abend kann durchaus die Absicht stecken, uns von der richtigen Spur abzulenken – mit anderen Worten, Con Lindow und seinen Bruder zu entlasten. Wir glauben immer noch, dass wir es mit extremistischen republikanischen Elementen zu tun haben.«

Foyle setzte zu einem Einwand an, aber ein Blick von Sir Derek brachte ihn zum Schweigen.

»Wenn wir vom Szenario einer verbrecherischen aktiven Einheit ausgehen«, fuhr Cantor fort, »könnte der Premierminister weiterhin mit Sinn Féin und der IRA reden – eine direkte Konfrontation wäre vermieden. Gleichzeitig würden wir diese Explosionen gänzlich im Kontext des irischen Terrorismus sehen und alle Methoden anwenden, die wir im Laufe der letzten Jahre entwickelt haben, um diese Sorte Täter aufzuspüren. Es wäre deshalb der falsche Weg, nach einer ökologisch motivierten Terroristengruppe zu suchen. Dafür gibt es nicht den geringsten Anhaltspunkt.«

Foyle sah, dass sich der Raum zu beruhigen begann, weil Cantor seine Zuhörer überzeugt hatte. Sir Derek lehnte sich zurück und nickte Adam Durie zu, dem Leiter des gemeinsamen Geheimdienstausschusses, der sich seinerseits den beiden Männern aus dem Nordirlandministerium zuwandte und wortlos deren

Reaktion prüfte. Foyle überlegte, dass dieser Wortbeitrag ein Beispiel für Cantors Fähigkeiten war. Er hatte das allgemeine Bedürfnis nach einer sofortigen Lösung befriedigt, Cantor selbst jedoch zu nichts verpflichtet. Es gab keine Fakten, die Foyle in Frage stellen, nichts was er widerlegen konnte, also blieb er stumm.

»Nun denn«, sagte Sir Derek. »Ich denke, dieser Ansatz wird uns über das Wochenende helfen, aber wir können ihn nicht endlos verwenden. Im Lauf der nächsten Woche muss ein Fortschritt erkennbar werden. Zweifellos werden Scotland Yard und der Geheimdienst ihre Anstrengungen verdoppeln, um diese Leute zu fassen. Ich danke Ihnen allen für Ihr Kommen.«

Sir Derek stand auf und ging an Foyle vorbei, ohne ihn anzusehen. Die anderen Beamten folgten, das Ende der Prozession bildeten Scarratt und Cantor. Als sie kurz vor Foyle waren, drückte Cantor kurz Scarratts Arm, dann entfernte er sich geschmeidig. Der Commander und Scarratt standen einander gegenüber und sahen sich an, während zwei junge Staatsbeamte Notizblöcke einsammelten, die auf dem Konferenztisch zurückgeblieben waren.

»Wir brauchen Ergebnisse, Commander«, zischte Scarratt. »Ich treffe heute Nachmittag den Commissioner. Er wird auch mit Ihnen reden wollen, also halten Sie sich bitte zur Verfügung.« Er ging zur Tür. »Und, Commander, ich hätte gerne noch vor diesem Treffen Ihre schriftliche Erklärung für die Freilassung Lindows.«

Die Jasmine Road in Peckham hatte schon bessere Zeiten gesehen. Die Häuser waren herrschaftlich und hielten vornehm Abstand zur Straße, doch die meisten waren heruntergekommen, mit verwilderten kleinen Vorgärten, in denen Müll herumlag. Eine Gruppe Kinder flitzte kreischend auf der Straße herum, und ein paar Leute aus der Nachbarschaft standen bei einem Auto und sahen einem Mann im Overall über die Schulter, der mit einem Schraubenschlüssel im Motorraum herumklopfte.

Lindow fand die Nummer sechsundfünfzig ein Stück weiter oben in der Straße, hinter einem großen Kirschbaum, dessen Blätter senfgelb und ockerfarben leuchteten. Die Fassade war bis zum ersten Stock von wildem Wein überwuchert, und eine Kletterrose hangelte sich am abbröckelnden Putz empor. Lindow nahm die fünf Stufen zur Eingangstür und probierte, welcher der drei Schlüssel passte. Die Halle war überraschend hell und sauber. In den Ecken standen Topfpflanzen, Eamonns Post lag ordentlich gestapelt auf einem polierten Tischchen. Der Eingang zu seiner Wohnung befand sich im ersten Stock, eine dunkelgrüne Tür mit zwei Schlössern. Lindow zögerte, bevor er aufschloss. Ob er Eamonns Nachbarn erklären sollte, wer er war? Aber alles war still, niemand schien da zu sein. Die einzigen Geräusche kamen von den spielenden Kindern auf der Straße.

Auf den ersten Blick wirkte Eamonns Wohnung unberührt. Doch bei genauerem Hinsehen bemerkte Lindow, dass die Spurensicherung hier genauso gewütet hatte wie in seinem eigenen Apartment, nur dass sie hier alles sorgfältiger wieder hergestellt hatte. Lindow hob ein halbes Dutzend Bücher, alle über irische Geschichte, vom Boden auf und stellte sie ins Regal zurück. Er musste daran denken, wie ordnungsbesessen Eamonn immer gewesen war. Als sie Kinder waren, hatte er beharrlich Schachteln mit Angelfliegen, Zigarettenetiketten, Schallplatten sortiert und beschriftet – alles wollte er nach verschiedenen Kriterien klassifizieren. Es war sogar Eamonns Hang zur Systematik gewesen, der Lindow zur Biologie gebracht hatte. Eamonn hatte einmal zwei Forellen aus einer Korbreuse geholt. Eine hatte er in einem See in den Hügeln gefangen, die andere in einem Bach. Geduldig hatte er Lindow gezeigt, wie sie sich in tausend winzigen Details unterschieden – Färbung, Form des Mauls, Größe der Rücken- und Schwanzflosse. Dabei hatte Lindow zum ersten Mal das Wort »Gen« gehört.

Sein Rundgang durch die Wohnung endete in der Küche. Er suchte sich eine Plastiktüte und kippte die Tomaten, Karotten und Zwiebeln aus Eamonns Gemüsefach hinein, anschließend räumte er den restlichen Kühlschrank aus. Die Tüte stellte er vorsichtig vor der Wohnungstür ab und ging ins Schlafzimmer. Rechts vom Fenster stand ein alter Sekretär. Die lederne Schreibfläche war aufgeschlitzt und das Möbel erkennbar erst vor kurzem geleimt worden. In der rechten Schublade lag ein Fotoalbum – Familienfotos von Urlauben in Donegal in den Siebzigern. Eamonn trug lange Haare und blinzelte etwas einfältig zwischen den Strähnen hervor. Ihr Vater schwang einen Spazierstock, mit der anderen Hand drückte er seine Tochter Tag an sich, und Constantine, der damals gerade acht geworden war, hielt stolz einen Eimer Krabben in die Kamera.

Lindow ließ das Album in einen kleinen Rucksack gleiten, der neben dem Schreibtisch lag. Dann fiel ihm ein Brief in die Hände, den er Eamonn vor etwa drei Jahren geschrieben hatte – ein kurzer, kühler, beiläufiger Brief. Lindow verzog das Gesicht und warf ihn in den Papierkorb. In der untersten linken Schublade entdeckte er, wonach er suchte: eine Klarsichtmappe mit dem Kaufvertrag für die Wohnung, dem Hypothekenbrief und Eamonns Lebensversicherung. Außerdem Bankauszüge und ein Sparbuch, aus dem hervorging, dass Eamonn tausendzweihundert Pfund auf seinem Konto hatte. Lindow stapelte die Papiere auf dem Schreibtisch, dann versuchte er die Schublade zu schließen. Sie klemmte. Er schob noch einmal mit aller Kraft, aber die Lade rührte sich nicht. Er kniete nieder, um nachzusehen, ob unten was feststeckte. Nichts. Er inspizierte die Schublade, ob sich der Boden teilweise gelöst hatte, doch auch hier schien alles in Ordnung zu sein. Er holte ein Messer aus der Küche und schob es zwischen die Unterseite des Schubfachs und den Schreibtisch. Indem er das Messer als Hebel benutzte, gelang es ihm, die Schublade Stück für Stück wieder herauszuziehen. Schließlich hielt er sie in der Hand und spähte in die Öffnung. Ein Stück der Holzverkleidung war aus der Seite des Schreibtischs gesprungen und hatte die Lade blockiert. Als er es wieder festdrücken wollte, spürte er etwas hinter der Verkleidung.

Lindow zog es vorsichtig heraus. Es war ein brauner Umschlag von der Größe eines Taschenbuchs. Darin steckten ein amerikanischer Pass und ein Packen Hundertdollarscheine. Lindow stand langsam auf und klappte den Pass auf. Auf dem Foto blickte Eamonn ihm entgegen, jünger und schlanker, als Lindow ihn in Erinnerung hatte, mit dunklem Sakko und Krawatte. Lindow erkannte ihn kaum. Vier US-Einreisestempel dokumentierten seine

Ankunft in Boston beziehungsweise auf dem Shannon Airport. Er blätterte den Pass durch, fand jedoch keine weiteren Stempel. Dann entdeckte er es. Ganz hinten, zwischen der letzten Seite und dem Einband steckte ein Stückchen Papier. Lindow faltete es auseinander und las: I RHODES = 8 Grad – LIMERICK; 342 Grad – BELFAST.

(Durchschnittliche Abweichung – 20 Grad) AXIOM DAY.

Die Zahlen konnten eigentlich nur Kompasspeilungen sein. Aber was Limerick und Belfast mit der Insel Rhodos zu tun haben sollten, war Lindow nicht klar. Und was bedeutete Axiom Day? Das alles passte ganz und gar nicht zu Eamonn, und doch war die sorgfältige Handschrift zweifellos die seine.

Lindow steckte den Papierfetzen zurück und blätterte wieder zu Eamonns Foto vor. Plötzlich stockte ihm der Atem, und er musste sich auf den Schreibtisch stützen. Der Pass war nicht auf Eamonns Namen ausgestellt. Aus Gründen, die er nicht einmal erahnen konnte, war sein Bruder viermal unter dem Namen Dr. Constantine Cardell Lindow, geboren 1965 in Monaghan, Republik Irland, in die Vereinigten Staaten eingereist.

Foyle knallte den Telefonhörer so rabiat auf die Gabel, dass das Gehäuse zerbrach. Der Schlafmangel begann sich bemerkbar zu machen. Vor einer halben Stunde hatte er bei einem Treffen mit Sir Roy Urquhart, dem Chef der Metropolitan Police, erfahren, dass er zwar nicht gefeuert, aber versetzt werden sollte, und war selbst kurz davor gewesen, den Hut zu nehmen.

»Das Problem, Commander«, hatte Urquhart am Schluss gesagt, »ist doch, dass Sie nichts haben, womit Sie weitermachen könnten – nicht einmal eine Theorie. Wir werden uns nächste Woche wieder unterhalten. In der Zwischenzeit wird Assistant Commissioner Scarratt einen Bericht über die bisherigen Ermittlungen abfassen.«

Foyle steckte sein Telefon aus und stürmte ins Büro nebenan. Dort warf er es unter den Augen von drei perplexen Beamten wortlos in den Abfalleimer und schnappte sich einen überzähligen Apparat. Auf dem Rückweg in sein Büro lief ihm Forbes in die Arme. »Ich nehme an, Sie wissen, was los ist.«

»Mehr oder weniger, Sir«, sagte Forbes bedauernd.

»Viel kann ich nicht dagegen tun. Ich habe es schon kommen sehen. Von diesem Cantor kriege ich Gänsehaut. Ich komme beim besten Willen nicht dahinter, was er vorhat, außer dass er sich mit Hilfe Scarratts an den Commissioner heranmacht und mich aus der Untersuchung der beiden Fälle drängt – und wahrscheinlich auch aus meinem Job. Aber noch bin ich hier. Also, was haben Sie für mich?«

Forbes rasselte die Ermittlungsergebnisse zum zweiten Anschlag herunter, verstummte jedoch, als er merkte, dass Foyle nicht zuhörte. »Das kann bestimmt warten. Kann ich sonst etwas für Sie tun, Sir?«

»Ich brauche die Schlüssel für Lindows Wohnung. Ich bat darum, dass man sie mir auf den Schreibtisch legt, aber sie sind nicht da. Ach ja, und da ist noch etwas. Ich versuche immer noch diesen Blackett von der RUC zu erwischen. Hat ihn schon jemand aufgestöbert?«

»Ja, und die Sache ist sehr merkwürdig. Er war die ganze Zeit in Belfast und nicht im Urlaub – schon gar nicht in Nordengland. Und er hat überhaupt kein Mobiltelefon.«

Foyle schaute in sein Nachrichtenbuch. »Werde ich schon langsam senil? Hier steht es doch, sehen Sie selbst.« Er hielt Forbes das Buch unter die Nase. Dann rief er das Sekretariat an und bat Nancy Longmore zu sich.

Sie war zur Stelle, kaum dass Foyle den Hörer aufgelegt hatte.

»Haben Sie das geschrieben, Nancy?«

»Ja, Sir. Chief Superintendent Blackett hat gestern Nachmittag angerufen. Er wollte seine Hilfe anbieten, weil er die Lindows kennt.«

»Aber wie kommt es, dass er in Belfast ist und nicht in Nordengland? Und er besitzt weder ein Mobiltelefon noch hat er je versucht, mich anzurufen.« Foyle war wütend, aber nicht auf Nancy Longmore, die rot anlief, sondern darauf, dass er sich die Sache nicht erklären konnte. Forbes räusperte sich, um Foyle anzudeuten, dass er zu weit ging.

»Es ist nicht Ihre Schuld, Nancy«, sagte Foyle nun in ruhigerem

Ton. »Aber irgendwer hält uns hier zum Narren. Holen Sie mir jetzt Blackett ans Telefon, dann werden wir ja sehen, was das alles soll.«

Ein paar Minuten später hatte Nancy Superintendent Blackett in seinem Büro in Belfast erreicht und auf Foyles Apparat durchgestellt.

»Was hat es mit dieser Phantomnachricht auf sich? Inspector Forbes sagt, Sie hätten nicht angerufen, und doch habe ich eine Nachricht von Ihnen erhalten, dass ich zurückrufen soll. Was ist da los?«

»Wenn ich das wüsste«, sagte der nordirische Beamte. »Ich kann Ihnen nur sagen, ich habe nicht angerufen. Es stimmt zwar, dass ich einiges über die Lindows weiß, aber ehrlich gesagt wäre ich gar nicht auf die Idee gekommen, Sie deswegen anzurufen. Aber nachdem ich Ihre Nachricht erhalten …«

»Moment mal«, unterbrach ihn Foyle und zupfte an seinem Ohrläppchen. »Welche Nachricht?«

»Na ja, Ihre Nachricht eben – dass ich Sie zurückrufen soll. Ich habe die Nummer vor mir liegen.« Er las Foyle eine Nummer vor. »Ich kam noch nicht dazu, weil wir hier gerade viel um die Ohren haben. Ich wollte Sie heute Abend anrufen, wenn hier ein bisschen Ruhe einkehrt.«

»Das verstehe ich nicht«, sagte Foyle. »Ich habe Ihnen nie eine solche Nachricht hinterlassen, und die Nummer sagt mir auch nichts. Nein, warten Sie, das ist die gleiche, die ich bekommen habe.« Er sah Forbes an und schüttelte ratlos den Kopf. »Aber da ich Sie schon mal an der Strippe habe, was wissen Sie denn über die Lindows?«

Blackett konnte einiges über das Attentat von Droy berichten. Über die Brüder selbst wusste er weniger, außer dass Con Lindow beim Verhör ein gerissenes Bürschchen gewesen sei, wie er sich ausdrückte. Nach dem Gespräch ließ sich Foyle in den Sessel sinken, dass das Kunstlederpolster unter seinem Gewicht ächzte. »Was halten Sie davon, Forbes?«

»Wovon?«

»Von diesem ganzen Telefonwirrwarr. Merkwürdige Geschichte, oder?«

»Allerdings. Aber bitte verstehen Sie mich jetzt nicht falsch, Sir – ich glaube, das ist im Augenblick unsere kleinste Sorge.«

»Da haben Sie Recht«, seufzte Foyle.

SECHSTES KAPITEL

Lindow tastete noch einmal in dem leeren Schubladenfach herum. Man konnte die Verkleidung mit einem langen Stück Holz, das als Laufschiene für die Schublade diente, nach hinten drücken und einrasten lassen. Er schob die Lade vor und zurück. Die Täfelung ließ sich nur dann lösen, wenn das Schubfach bis zum Anschlag herausgezogen war. Dahinter war ein kleiner Hohlraum. Der Riegel musste sich gelockert haben, als die Polizei den Schreibtisch durchsuchte, und war dann von allein herausgesprungen, als er die Schublade aufzog. Die Konstruktion war genial. Er konnte sich kaum vorstellen, dass Eamonn, der handwerklich ziemlich unbegabt war, sie ausgetüftelt hatte. Dann kam ihm ein beunruhigender Gedanke: Was, wenn die Polizei das Päckchen gefunden und es absichtlich für ihn hier gelassen hatte? Er würde sich schwer tun zu erklären, warum ein gefälschter Pass auf seinen Namen ausgestellt war.

Ein schriller Ton ließ ihn zusammenfahren. Himmel, die Türglocke. Er stieß die Schublade zu und stopfte das Päckchen schnell in den Rucksack, dann nahm er den Hörer der Sprechanlage ab.

»Darf ich raufkommen?«, fragte eine weibliche Stimme. »Ich bin Mary Menihan – ich war mit Eamonn befreundet.«

Lindow drückte auf den Türöffner, dann ging er ins Treppenhaus und beugte sich über das Geländer.

»Hallo. Sind Sie Eamonns Bruder?«

»Ja.«

»Sehr gut. Ich dachte schon, es ist die verdammte Polizei.«

»Nein, außer mir ist niemand hier. Keine Polizei«, rief er hinunter. Ein dunkler Haarschopf kam um die Biegung der Treppe.

Als sie vor ihm stand, lächelte sie und streckte die Hand aus.

»Hallo, ich bin Mary. Ich war eine gute Freundin von Eamonn. Verzeihen Sie, dass ich so hereinplatze, aber ich war mir sicher, dass Sie nach Ihrer Freilassung hierher kommen. Ich weiß, es ist irgendwie aufdringlich von mir, aber ich wollte Sie unbedingt treffen, und ich hatte keine Ahnung, wie ich Sie sonst erreichen könnte. Aber sagen Sie's ruhig, wenn ich ungelegen komme.« Sie sah ihn mit leicht schräg gelegtem Kopf an.

»Nein, nein. Bitte kommen Sie herein.«

Verlegen standen sie im Eingang herum.

»Als ich diese Treppe das letzte Mal heraufkam, hat Eamonn mich mit ein paar Gedichtzeilen empfangen. Kennen Sie das? ›Seit Sonnenuntergang träumte ich davon, dass Frauen lachend, furchtsam oder wild, mit Spitze oder Seide raschelnd, meine knarrende Stiege erklommen. Sie kannten alles, was ich je über diese Ungeheuerlichkeit gereimt – erwiderte, doch unbelohnte Liebe‹.«

»Yeats«, sagte Lindow. »Muss zwanzig Jahre her sein, dass ich es gehört habe.«

»Ja – Eamonn und Yeats – eine lebenslange Liebesgeschichte. Er hat mir die Strophe später mal auf einer Postkarte geschickt – deshalb kann ich sie auswendig.«

Sie hatte kluge, forschende Augen, einen dunklen Teint und dichtes, schwarzbraunes Haar, das sie kurz und nach hinten gekämmt trug. Wenn sie lächelte, verzog sie die Mundwinkel in einer sympathischen Grimasse nach unten. Obwohl sie nicht auffällig gekleidet war – Blue Jeans, grauer Pullover mit V-Ausschnitt und eine kurze, schwarze Lederjacke –, wäre sie Lindow auf der Straße aufgefallen.

»Ich gehe gerade Eamonns Sachen durch«, sagte er und führte sie ins Wohnzimmer. »Es gibt viel zu tun. Selbst der Tod hat noch eine bürokratische Seite, die ganzen Versicherungen und so. Möchten Sie einen Kaffee? Ich habe vorhin Pulverkaffee entdeckt – allerdings keine Milch.«

»Ich trinke ihn sowieso schwarz. Ja, gern.«

»Sie sind also Mary und Sie kommen aus den Staaten«, rief Lindow aus der Küche.

»Ja, ich bin halb irisch, halb jüdisch und hundert Prozent amerikanisch.« Sie spazierte in die Küche. »Komisches Gefühl, dass wir uns hier ohne Eamonn begegnen, was? Sie müssen Schlimmes durchgemacht haben … ich habe in der Zeitung von Ihrer Verhaftung gelesen. Das muss eine doppelte Qual gewesen sein, im Gefängnis zu sitzen und zu wissen, dass Eamonn so schwer verletzt ist.« Sie berührte Lindows Arm. Nach drei Wochen in London hatte er fast schon vergessen, wie warmherzig und unkompliziert Amerikaner sein konnten.

»Sie haben mir gar nicht gesagt, dass Eamonn verwundet ist. Ich wusste nicht einmal, dass er dort war.«

»Mein Gott, wie furchtbar.«

»Irgendwie habe ich immer noch nicht wirklich begriffen, dass er tot ist.«

»Wenigstens kann man Sie nach der Explosion von gestern Abend nicht mehr verdächtigen.«

»Das hoffe ich.«

»Was halten Sie davon, wenn ich den Kaffee mache, dann können Sie in Ruhe dort weitermachen, wo ich Sie unterbrochen habe?«

»Nein, schon in Ordnung. Ich habe gefunden, was ich brauche.«

»Und wie geht es nun weiter?«

»Als Erstes muss ich Eamonn nach Irland bringen. Dort wird er beerdigt.«

»Hätten Sie etwas dagegen, wenn ich hinkomme?«

»Selbstverständlich nicht. Ich kann Sie anrufen, sobald ich die Einzelheiten weiß.« Er zögerte. »Darf ich Sie etwas fragen? Waren Sie …?«

»Nein, ich war nicht Eamonns Freundin. Er hat mir mal durch eine schwere Zeit geholfen, und wir wurden enge Freunde. Aber mehr ist daraus nicht geworden. Es war ein bisschen wie bei Yeats: erwiderte, doch unbelohnte Liebe. Ich konnte mich so gut mit ihm unterhalten. Er hatte tausend Bücher gelesen«, sagte sie und deutete mit ihrer Kaffeetasse zu den Bücherregalen, »und er hatte immer die verrücktesten Ideen.«

Als Lindow zu seinem Anwalt nach South Kensington aufbrechen wollte, schlug Mary vor, dass sie gemeinsam fuhren, da sie nur eine Haltestelle von Kensington entfernt wohne. Lindow war überrumpelt. Nun konnte er das Päckchen nicht mehr im Schreibtisch verstecken – er wollte es auf keinen Fall tun, während Mary in der Wohnung war – und musste es wohl oder übel mitnehmen. Er holte den Rucksack aus dem Schlafzimmer, verschloss sorgfältig die Wohnungstür und trug den Müll zur Tonne im Hof.

Kurz nach drei Uhr waren sie an der Station. Lindow bemerkte einen hoch gewachsenen Mann in den Vierzigern und eine jüngere Frau, die beide die elektronische Anzeigentafel studierten. Die Körpersprache der Frau verriet ihm, dass die beiden kein Paar waren. Sie wahrte jene kaum merkliche Distanz, die eine Frau einem Mann gegenüber zeigt, mit dem sie nicht intim werden will. Als der Mann bemerkte, dass Lindow sie ansah, zog er die Frau an sich und küsste sie aufs Ohr. Sie fuhr überrascht zurück.

»Er hat die Wohnung seines Bruders in Begleitung einer Frau verlassen«, rief Forbes durch Foyles offene Tür. »Sie haben sich am Sloane Square getrennt. Die Special Branch ist sich sicher, dass es sich um Mary Menihan handelt, die Frau, die auf Eamonn Lindows Anrufbeantworter gesprochen hat. Sie überprüfen gerade, wem ihre Wohnung in Pimlico gehört und wer in dem Haus noch so alles wohnt.«

Foyle winkte seinen Assistenten herein und bot ihm einen Stuhl an. Dann verfiel er in brütendes Schweigen.

»Das ist interessant«, sagte er schließlich, »denn es verrät uns, dass es die beiden nicht stört, wenn man sie zusammen sieht. Wenn sie Mitglieder einer IRA-Zelle wären, wüssten sie genau, dass wir ihnen folgen – dann wäre sie inzwischen geflohen, und er würde in Deckung bleiben.«

»Außer es handelt sich um eine Art Bluff.«

»Damit würden sie aber ein hohes Risiko eingehen. Doch Sie haben schon Recht, bei Lindow wachsam zu bleiben.« Foyle wedelte mit ein paar Papieren. »Die habe ich mir von Blacketts Büro schicken lassen. Dokumente über die Sache in Droy.«

Forbes, sonst der Gleichmut in Person, sah ihn mit einem Ausdruck leichter Verzweiflung an.

»Ich weiß, Sie denken, ich verrenne mich da in etwas, aber warten Sie, bis Sie das hier gelesen haben. Die Geschichte hat seinerzeit große Schlagzeilen gemacht – die Operation war ein totales Desaster. Sie hatten die Lieferung per Satellit den ganzen Weg vom mittleren Atlantik bis Irland verfolgt. Irgendwo in der Republik wurde sie dann geteilt. Eine Hälfte davon ist auf Nimmerwiedersehen verschwunden. Der Teil mit dem Peilsender landete in einer Gruft bei der alten Dorfkirche in Droy. Die Armee präparierte dann das Versteck so, dass die Jungs von der IRA-Brigade in die Luft fliegen würden, wenn sie das Zeug holen wollten. Stattdessen flogen sie selbst in die Luft. Niemand weiß genau, wie es passiert ist. In der Armee haben sie eine Art interne Untersuchung angestellt, aber die wurde natürlich nie veröffentlicht. Wir kennen nicht einmal die Namen der beteiligten Männer. Aber wir wissen, dass die Lindow-Brüder dreimal dort waren.«

»Aber das wussten wir doch schon«, wandte Forbes ruhig ein. »Ich sehe nicht, wie uns das bei unseren jetzigen Ermittlungen weiterhelfen soll.«

»Verstehen Sie nicht, dass bei einigen Leuten der Eindruck entstehen musste, die Lindow-Brüder hätten irgendwie mit der Explosion in Droy zu tun, auch wenn es gar nicht so war?«

»Sie meinen, jemand wollte sich rächen!«

»Könnte sein.«

Forbes blickte zu Boden. »Ich weiß ja nicht, Sir. Es tötet doch niemand elf Leute und verletzt weiß der Himmel wie viele, um sich mit anderthalb Jahrzehnten Verspätung an einer einzigen Person zu rächen.«

»Dann sehen Sie das hier an«, sagte Foyle und ließ den Ordner von MI6 über die Bombenanschläge von Prag und Budapest über den Schreibtisch schlittern. »Sie werden feststellen, dass meine Theorie gar nicht so abwegig ist.«

»Angenommen, Ihre Theorie stimmt, Sir. Wie bringen Sie dann die Explosion von gestern Abend damit unter einen Hut? Wir wissen, dass derselbe Sprengstoff benutzt wurde, und müssen deshalb annehmen, dass derselbe Täter – oder derselbe Täterkreis – die Bomben hergestellt und gelegt hat.«

»Ich weiß nicht, wie die beiden Anschläge zusammenhängen, aber ich möchte, dass Sie übers Wochenende dieses Material hier lesen und schauen, ob einer Ihrer Freunde bei der Armee uns helfen kann. Ich brauche die Namen der Soldaten, die das Waffenversteck damals überwacht haben.« Foyle fuhr sich mit der Hand durchs Haar und stützte dann die Ellbogen auf den Schreibtisch. »Haben Sie noch mehr über die Floodgate Street? Etwas Erhellendes über Interwaste?«

»Leider nein, Sir. Aber fast hätte ich's vergessen: Das Labor, das die Filme aus dem Bus wieder herstellt, hat sich gemeldet. Wenn alles klappt, schicken sie uns die Filme am Montag.«

»Gut. Beten wir, dass etwas drauf ist.«

Es war schon dunkel, als Lindow die Homer Street entlangmarschierte. Die Luft war feucht und neblig, und die Straßenlampen hatten blassorange Lichthöfe. Es war kalt geworden – nicht die ehrliche, strenge Kälte der Winter in Neuengland, die er in gewisser Weise mochte, sondern das widerliche Nasskalt der Britischen Inseln. Bevor Lindow die Stufen zu seiner Haustür hochstieg, blickte er die Straße auf und ab. Niemand schien ihn zu beobachten. Aber sie mussten irgendwo sein, in geparkten Autos oder einem gemieteten Zimmer mit Blick auf seine Wohnung. Er machte sich nicht viel daraus. Seit er Eamonns Kuvert mit dem Pass und dem Geld bei seinem Anwalt in einem Safe deponiert hatte, war er wieder viel ruhiger. Die Sekretärin der Kanzlei hatte es in den Safe gelegt und ihm dabei mitgeteilt, dass Eamonns Leichnam am Montag zur Beerdigung freigegeben wurde. Sie stellte keine Fragen nach dem Umschlag, und Lindow sagte, er würde ihn nach dem Wochenende wieder abholen. Bis jetzt hatte er keine Ahnung, was er damit anstellen sollte.

Den Papierfetzen, der im Pass gesteckt hatte, hatte Lindow jedoch behalten. Er machte ihn neugierig. Gleichzeitig verstörte er ihn. Er hatte das Gefühl, über ein hässliches kleines Geheimnis gestolpert zu sein, eines, das er lieber nicht kennen wollte. Außerdem fühlte er sich missbraucht; Eamonn hatte ihm seine Identität gestohlen.

In der Wohnung nahm er sich das Papier noch einmal vor. Acht Grad. Dreihundertzweiundvierzig Grad. Die Zahlen standen für Kompasspeilungen, so viel war klar. Er schätzte, dass sich die Insel Rhodos in der Ägäis etwa hundert bis hundertfünfzehn Grad südöstlich der beiden irischen Städte befand. Aber die beiden Peilungen auf dem Zettel wiesen auf eine nördliche Richtung hin. Es war völlig unsinnig. Er ließ sich aufs Sofa fallen, blätterte in ein paar wissenschaftlichen Journalen. Dann schaltete er den Sportkanal ein und sah sich zehn Minuten eines Eishockeyspiels an. Doch ihm gingen immer wieder die gleichen Gedanken durch den Kopf. Was zum Teufel hatte Eamonn mit dieser filmreifen Geheimniskrämerei bezweckt? Wozu brauchte ein Bibliothekar einen falschen Pass und fast fünftausend Dollar Bargeld?

Zum zweiten Mal an diesem Tag riss ihn eine Türglocke, die einem Feueralarm alle Ehre gemacht hätte, aus seinen Gedanken. Als er öffnete, stand der Polizist vor ihm, der ihn am Vortag ins Krankenhaus gefahren hatte – der große mit den wachsamen Augen.

»Ja?«, sagte Lindow misstrauisch.

»Guten Abend, Dr. Lindow«, sagte Foyle.

Lindow spähte an ihm vorbei auf die Straße.

»Keine Sorge, ich bin allein und inoffiziell hier. Na ja, nicht ganz. Ich bringe Ihnen Ihre Schlüssel.«

»Gestern haben Sie sich doch als Commander vorgestellt. Haben Sie keine Mitarbeiter, die solche Dinge für Sie erledigen?«, fragte Lindow scharf.

»Doch. Ich gebe zu, es ist ein Vorwand. Ich wollte ein paar Worte mit Ihnen reden. Ehrlich gesagt hoffe ich auf Ihre Hilfe.«

»Auf meine Hilfe, so, so. Wollen Sie mich wieder aushorchen, Commander Foyle? Oder versuchen Sie, die Schweinerei wieder gutzumachen, die Ihre Leute in dieser Wohnung angerichtet haben?«

»Weder noch.«

»Dann muss ich wahrscheinlich nicht mit Ihnen reden.«

»Nein, müssen Sie nicht«, seufzte Foyle. »Aber ich wäre Ihnen dankbar, wenn Sie trotzdem ein paar Minuten Zeit für mich hätten. Immerhin war ich derjenige, der entschieden hat, Sie freizulassen. Und es kann gut sein, dass mich diese Entscheidung meinen Job kostet.«

»Im Ernst? Glauben Ihre Leute immer noch, dass ich etwas mit den Bomben zu tun habe? Die müssen verrückt sein.«

»Ich kann nur eines sagen, Dr. Lindow: Es liegt in unser beider Interesse, dass wir uns unterhalten. Ich glaube, Sie sind in die Sache verwickelt, ohne es überhaupt zu wissen. Es hat eher mit Ihrem Bruder zu tun. Vielleicht auch mit der Vergangenheit.«

Lindow betrachtete Foyle. Der Mann war schlauer, als er aussah. Vielleicht sollte er herausfinden, wie viel er wusste. »Na gut, kommen Sie rein. Aber passen Sie auf, in meiner Wohnung herrscht immer noch ein Riesendurcheinander, und mein Kühlschrank ist leer. Spricht etwas dagegen, dass wir uns in der Öffentlichkeit unterhalten? Um die Ecke gibt es ein Weinlokal, in dem man auch etwas zu essen bekommt.«

»Gute Idee.«

Lindow holte Jacke und Brieftasche, und schweigend liefen sie durch die neblige Straße.

Im Lokal bekamen sie einen Tisch in einer ruhigen Ecke, abseits des hin und her wogenden Freitagabend-Publikums.

»Was tun Sie eigentlich genau, Dr. Lindow?«, fragte Foyle, als die Kellnerin ihnen einen Brotlaib gebracht hatte. »Niemand in meiner Abteilung hat es so recht begriffen.«

»Ich leite hier ein Projekt über Bakterien. In den USA habe ich untersucht, wie menschliche Zellen miteinander kommunizieren, indem sie winzige Mengen von so genannten Botenstoffen absondern. Bei Bakterien ist das im Prinzip nicht anders. Ziemlich langweiliger Kram für einen Laien.«

»Reden Sie weiter«, sagte Foyle und schwenkte zur Bekräftigung ein butterbeschmiertes Messer. »Ich interessiere mich ehrlich dafür.«

Lindow war zwar skeptisch, fuhr jedoch fort. »Der Unterschied zwischen einer bakteriellen Zelle und einer menschlichen Zelle ist der, dass die Bakterie keinen Kern hat. Sie ist wie eine kleine Blase, in der Erbmaterial eingeschlossen ist. Aber egal, ob Bakterien oder menschliche Zellen, sie tauschen sich auf die gleiche Art untereinander aus. Beide senden Botenstoffe aus, die anderen einzelligen Organismen befehlen, bestimmte Dinge zu tun.«

»Welche Dinge?«

»Sich vermehren, sterben, sich gegen Viren verteidigen – was gerade notwendig ist. Manche ballen sich sogar zu kleinen Bakterientrauben zusammen oder leuchten auf. Ich gebe Ihnen ein Beispiel. Es gibt eine bestimmte Art von Tintenfischen, die nachts jagen. Das können sie aber nur tun, weil sie ein spezielles Organ haben, das einen ganz bestimmten Typ von Bakterien aufnimmt. Wenn die Bakterien in das Organ strömen, setzen sie einen chemischen Stoff frei, der zwischen ihnen hin und her wandert und in jeder Zelle die Produktion eines Proteins auslöst, das kurz aufleuchtet. Mit Hilfe dieser Bakterien kann der Tintenfisch dann seine Beute sehen. Im Gegenzug haben die Bakterien eine sichere, nährstoffreiche Heimat gefunden und können sich vermehren. Der Beginn einer wunderbaren Freundschaft ... «

»Da fragt man sich, wie sie überhaupt zusammenkamen. Was war zuerst da – der nachts jagende Tintenfisch oder die Leuchtbakterien?«

»Beide«, sagte Lindow. »Sie haben sich allmählich aneinander angepasst, und die natürliche Auslese hat dafür gesorgt, dass der Tintenfisch mit den besseren Bakterienkollektoren sich stärker vermehren konnte.«

»Aber Sie forschen nicht über Tintenfische, oder?«, fragte Foyle.

»Nein, ich versuche weitere Substanzen aufzuspüren, mit deren Hilfe Bakterien sich untereinander verständigen. Die könnten sehr nützlich für uns sein, vor allem bei der Bekämpfung von Krankheiten.«

»Und damit haben Sie Ihr Geld gemacht.«

»Sie sind aber wirklich gut informiert! Es ist nicht so viel, wie Sie vielleicht glauben. Ich bin Mitinhaber von ein paar Patenten, das ist alles.«

Der Wein und der erste Gang kamen, und Lindow schenkte sich und seinem Gegenüber ein. »Ich hätte nach dieser Woche nicht gedacht, dass ich einmal mit einem Polizisten zu Abend essen würde, und ich bin mir immer noch nicht sicher, ob es richtig ist. Diese Gesetze hier, die Ihnen erlauben, ohne Beweise Leute einfach festzuhalten, gehören abgeschafft. Und dass wir hier sitzen und Höflichkeiten austauschen, heißt nicht, dass ich es vergessen habe.«

Foyle zuckte die Achseln. »Ohne diese Gesetze könnten wir doch gleich einpacken. Vergessen Sie nicht, dass wir es mit bestens organisierten Leuten zu tun haben, mit Menschen ohne Skrupel, die sogar Frauen und Kinder töten.«

»Ja, ja, ich kenne das Argument, aber das macht die Sache nicht besser, wenn man in der Lage ist, in der ich war.« Er trank einen Schluck Wein. »Worüber wollen Sie mit mir sprechen?«

»Ich will etwas über Eamonn erfahren. Ob jemand einen ganzen Bus sprengen würde, um ihn zu töten. Es gibt nämlich Hinweise darauf, dass er bis zu seinem Tod Kontakte zur IRA hatte.«

»Hören Sie, mein Bruder war kein IRA-Mann. Sie haben ihn nicht gekannt – er konnte keiner Fliege etwas zu Leide tun.«

»Aber warum traf er sich dann mit Rudi MacMahon? Wussten Sie, dass MacMahon wahrscheinlich drei oder vier Menschen ermordet hat, bevor er für die Sinn Féin kandidierte? Zweimal hat man ihn angeklagt, aber beide Male gab es plötzlich keine Zeugen mehr. Friedensprozess hin oder her, an seinen Händen klebt Blut, und das können auch die schönen Worte von Stormont nicht wegwaschen. Wieso sollte sich Ihr Bruder mit ihm abgeben, wenn er nicht irgendwie selbst mit im Spiel war?«

»Das kann ich Ihnen nicht sagen.«

»Was war mit dieser Sache in Droy? Hat er damals für die IRA gearbeitet?«

»Nein.«

»Sie scheinen sich ja sehr sicher zu sein. Aber ich glaube, Sie wussten, dass Eamonn schon früh in die Fänge der IRA geriet und dass Droy sein erster Auftrag für sie war.«

Lindow sagte nichts.

»Dieser Ansicht sind jedenfalls die Geheimdienste. Sie haben ihn in London beobachtet.«

»Mit Ihrer Logik ist es nicht weit her, Commander. Einerseits sagen Sie, mein Bruder war ein IRA-Mitglied, andererseits deuten Sie an, er könnte das Ziel eines IRA-Anschlags gewesen sein. Das ist ja geradezu ein klassisches Paradox.«

»Schauen Sie«, sagte Foyle, »ich behaupte nicht, dass ich die Sache verstehe, aber es liegt auch in Ihrem Interesse, dass ich endlich anfange, sie zu verstehen. Wenn man mir den Fall nämlich entzieht, wird mein Nachfolger als Erstes einen neuen Haftbefehl für Sie beantragen.«

Lindow sah zu, wie Foyle sein Steak verschlang und es mit Rotwein hinunterspülte. Er war vielleicht etwas bärbeißig, aber er beherrschte offenbar sein Handwerk und hatte einen untrüglichen Instinkt. Er hatte sich genau an dem Punkt festgebissen, über den zu reden Lindow schwer fiel.

»Erzählen Sie mir von Mary Menihan – klingt nach einem guten irischen Namen«, wechselte Foyle das Thema.

Lindow wusste, dass er auf die Probe gestellt wurde. »Ich bin ihr heute begegnet, wie Sie wahrscheinlich wissen. Sie war eine Freundin von Eamonn. Sie ist Amerikanerin, von der Ostküste, und arbeitet hier freiberuflich für einen Verlag. Sie war mit Eamonn befreundet, nachdem er ihr über eine schlimme Zeit hinweggeholfen hatte. Das ist alles, was ich über sie weiß.«

»Dann glauben Sie also nicht, dass sie etwas mit der ganzen Sache zu tun hat?«

»Nein. Sie ist ein kluges, attraktives Mädchen aus gutem Hause – ehrlich gesagt, eine ganze Stufe über Eamonns meisten Freundinnen. Bestimmt nicht der Typ, der mit Semtex in der Handtasche herumläuft.«

»Und welcher Typ tut das?«

Lindow verdrehte die Augen. »Es ist einfach so, dass eine Frau wie sie ihre Überzeugungen auf andere Weise artikulieren kann. Überhaupt fließt weniger irisches Blut in ihr, als ihr Name vermuten lässt. Ihre Mutter ist Jüdin.«

»Die IRA holt sich ihre Leute von überhall her. Nur weil wir jetzt eine friedliche Phase hatten, ist nicht gesagt, dass die Organisation sich aufgelöst hat oder extremistische Ableger wie die Wahre IRA nicht weiterhin Leute rekrutieren und Zellen in Großbritannien aufbauen würden. Übrigens sind die nicht wie

Ihre Zellen, denn sie kommunizieren nicht miteinander. Ganz im Gegenteil: Sie wissen nicht das Geringste voneinander und haben nur Kontakt zum Oberkommando in Irland.«

»Hören Sie doch auf, Commander. Sie wollen doch nicht ernsthaft behaupten, dass Eamonn der Verbindungsmann einer Zelle mit Mary und mir war und dass wir dem direkten Befehl von Rudi MacMahon unterstanden? Das ist doch pure Fantasterei. Rudi trägt eine Krawatte und küsst kleine Kinder.«

»Mag sein, aber die andere Theorie gefällt meinen Vorgesetzten.«

»Ja, aber Sie glauben die Theorie Ihrer Vorgesetzten nicht. Sonst würden wir jetzt nicht hier sitzen. Was könnte also dahinter stecken, was meinen Sie?«

»Ich sollte eigentlich nicht mit Ihnen darüber reden. Aber was habe ich schon groß zu verlieren?« Foyle faltete seine Serviette zusammen und begann mit einem Zahnstocher seine Zähne zu säubern.

»Um Ihre Frage zu beantworten, ich verstehe selbst nicht, was vor sich geht. Sehr vieles in diesem Fall passt nicht zusammen – der gleiche Sprengstoff, aber zwei Ziele, wie sie unterschiedlicher nicht sein könnten. Außerdem haben wir keine Ahnung, wie die Bomben gezündet wurden. Wenn ich beweisen könnte, dass die Bombe im Bus per Fernzündung ausgelöst wurde, dann wären Sie praktisch aus dem Schneider. Aber das sind Dienstgeheimnisse, also behalten Sie es bloß für sich.«

»Warum ist es so schwer, herauszufinden, wie die Bomben gezündet wurden? Die Spurensicherung muss doch irgendwas gefunden haben.«

»Nein, nicht das winzigste Stückchen. Aber ich erwarte gar nicht, dass Sie mir in diesem Punkt helfen. Worum ich Sie bitte, ist, mich zu informieren, falls Sie etwas über Eamonn herausfinden. Und halten Sie in Irland die Augen offen.«

Foyle schrieb seine Privatnummer auf die Rückseite seiner Visitenkarte und gab sie Lindow. »Falls Ihnen übers Wochenende etwas einfällt ...«

Nachdem Foyle gezahlt hatte, brachen sie auf. »War nett, mit Ihnen zu reden, Dr. Lindow.« Foyle blickte die Straße entlang. »Ist

Ihnen klar, dass wir beide wie der Tintenfisch und die Bakterien auf dem Meeresgrund sind? Wir sind aufeinander angewiesen.«

»Und wer von uns beiden ist die Leuchtbakterie?«

»Ich fürchte, das sind Sie«, sagte Foyle. »Ich bin nämlich derjenige, der im Dunkeln seinen Weg finden muss.«

Es war kurz vor Mitternacht. Lindow ging noch nicht zu Bett, sondern streckte sich auf dem Sofa aus und zappte durch die Satellitensender – Sport, Softpornos, Actionfilme. Schließlich landete er bei einer Sendung über die Geschichte der Telekommunikation, die ihn schon nach einigen Minuten langweilte. Er dachte an das Gespräch mit Foyle. Ob es besser gewesen wäre, ihm von dem Fund in Eamonns Wohnung zu erzählen? Nein, es war schon richtig, ihm nichts zu verraten. Er wirkte zwar offen und sympathisch, aber was nützte es, ihm alles zu beichten, wenn er ohnehin bald aus der Untersuchung flog.

Schließlich ging er ins Bett und fiel in einen tiefen, aber unruhigen Schlaf. Um sechs Uhr schreckte er aus den Kissen hoch. In seinem Traum war er in einer Art Labor gewesen, durch das sich ein Gewirr aus Leitungen zog. Überall standen Uhren herum, außerdem Telefone, altmodische Riesenapparate, wie er sie vorhin in der Fernsehdokumentation gesehen hatte. Plötzlich wusste er, wie die Bomben gezündet worden waren.

Er stand auf, trank einen Kaffee und ging dann eilig zur Telefonzelle um die Ecke.

Foyle meldete sich schlaftrunken. Als er Lindows Namen hörte, sagte er benommen: »Tut mir Leid, vor lauter Durcheinander habe ich ganz vergessen, Ihnen Ihre Schlüssel zu geben.«

»Deshalb rufe ich nicht an. Ich habe ja Ersatzschlüssel«, sagte Lindow ungeduldig. »Aber mir ist gerade etwas eingefallen. Ich glaube, dass Ihr Bombenleger ein Handy benutzt hat!«

Am anderen Ende der Leitung blieb es still. Schließlich flüsterte Foyle: »Bei Gott, ich glaube, Sie haben Recht.«

Der Bombenanschlag in Budapest. Hatte dort nicht das Opfer eine Nachricht von der Empfangsdame erhalten und dann zurückgerufen?

»Sind Sie noch da?«

»Moment. Ich denke nach«, sagte Foyle.

Dann kam ihm ein Gedanke, der ihn frösteln ließ. Nein, das konnte nicht sein! Er versuchte sich genau zu erinnern, damit er nichts durcheinander brachte. Was hatte er gerade getan, als die zweite Bombe hochging? Richtig, er hatte versucht, Blackett im Lake District zu erreichen. Die Verbindung war nach dem ersten Läuten unterbrochen worden.

»Wurden im Bus Teile eines Telefons gefunden?«, unterbrach Lindow Foyles Gedankengang.

»Ja.« Er überlegte. »Ja, da waren Stücke eines Handygehäuses, aber die Spurensicherung hat wohl angenommen, dass es einem Fahrgast gehörte. Viel kann ohnehin nicht davon übrig geblieben sein.«

»Wie in drei Teufels Namen sind Sie überhaupt darauf gekommen?«

»Ich habe Ihnen doch meine Arbeit über den Nachrichtenaustausch zwischen Zellen erklärt. Dann machten Sie eine Bemerkung, dass IRA-Zellen nicht miteinander kommunizieren würden. Und gestern Nacht kam auch noch eine Fernsehsendung über die Geschichte des Telefons. Das alles zusammen hat mich auf die Idee gebracht, dass… also ich habe mir einfach über die Beziehungen zwischen verschiedenen Zelltypen Gedanken gemacht. Das wabenförmige Netzwerk eines mobilen Telefonsystems ist ja nichts anderes als ein System von kommunizierenden Zellen. Ein Anruf zu einem Handy wird vom Sendemast an jeden Punkt des Netzes gesendet; der Sendemast entspricht dem Kern in einer menschlichen Zelle. Das ist mehr oder weniger eine genaue Parallele zu der Art, wie menschliche Zellen arbeiten. Nachrichten bewegen sich vom Zentrum nach außen. Aber wenn von einem Telefon dieses Netzes ein Anruf gemacht wird, geht das Signal den umgekehrten Weg zum Sendemast im Zentrum.«

»Ja, ja«, sagte Foyle, darauf bedacht, Lindows Redefluss einzudämmen. »Ihre Theorie ist aber nur schlüssig, wenn man ein Mobiltelefon an eine Bombe anschließen kann. Geht das denn?«

»Ich wüsste nicht, warum es nicht gehen sollte. Das Telefon

würde einfach nur als Schalter dienen – wie ein Funksender oder ein Quecksilberzünder.«

»Sie wissen aber verdammt gut Bescheid, Dr. Lindow.«

»Ach, hören Sie doch auf! Das ist doch heutzutage Allgemeinwissen. Überhaupt ist es nur eine Möglichkeit.«

»Ja, aber wenn es stimmt, das wäre ... Man könnte zig Bomben legen und sie später nach Belieben von irgendwo auf der Welt zünden.«

»Man muss natürlich die Lebensdauer des Akkus berücksichtigen. Trotzdem – eine schreckliche Vorstellung.«

»Sollten Sie Recht haben«, sagte Foyle, »würde das allerdings bedeuten, dass jemand Ihrem Bruder in den Bus gefolgt ist und die Bombe direkt hinter ihn gelegt hat. Wer wollte seinen Tod so sehr, dass er bereit war, dafür zehn weitere Menschen zu opfern?«

»Ich habe keine Ahnung. Glauben Sie mir, ich würde es Ihnen sagen, wenn ich es wüsste.«

»Gut. Wir bleiben in Kontakt. Einstweilen vielen Dank. Ich glaube, Sie haben uns sehr geholfen.«

Lindow legte auf. Er fühlte sich erschöpft und leer. Früher oder später würde er Foyle von dem Kuvert erzählen müssen. Und ihm die Wahrheit über den Friedhof sagen.

SIEBTES KAPITEL

Ein paar Stunden nach Lindows Anruf klemmte sich Foyle eine Tasche mit Kleidung für drei Tage unter den Arm und fuhr zum Scotland Yard. Bis Mittag hatte er eine kleine Gruppe von Beamten versammelt, denen er von Lindows Vermutung erzählte, allerdings ohne preiszugeben, von wem sie stammte. Foyle war guter Dinge, obwohl ihm durchaus klar war, dass er am Montagabend wahrscheinlich nicht mehr auf seinem Posten sein würde. Das hier war sein persönlicher Schlusspunkt.

Er erzählte seinen Leuten von dem Rückruf, den er am Donnerstagabend auf Grund einer Nachricht von Superintendent Blackett aus Belfast gemacht hatte und bei dem sich herausstellte, dass Blackett seinerseits die Aufforderung erhalten hatte, ihn anzurufen. Das Verwirrende daran sei gewesen, dass keiner den anderen angerufen hatte und doch beide um einen Rückruf unter der gleichen Nummer gebeten wurden. Es sei denkbar, dass der Bombenleger es so eingefädelt hatte, dass der Erste, der zurückrief, die Bombe zündete. Nachdem er die Nummer aus seinem Nachrichtenbuch gewählt hatte, so Foyle, habe er nur ein, zwei Sekunden später die Explosion in der Floodgate Street gehört.

»Forbes kann es bestätigen. Er war bei mir.« Er sah Forbes an, der alles andere als überzeugt dreinblickte. Die übrige Mannschaft schwieg. »Ja, ich weiß, ihr glaubt, ich habe nicht mehr alle Tassen im Schrank, aber lasst euch dieses eine Mal auf meine Schrullen ein, denn wenn mein Verdacht stimmt, dann heißt das, dass wir es mit einem ganz neuen Typ von Terroristen zu tun haben – einem, der mit uns spielt, der so selbstbewusst ist, dass er uns diesen Wink mit dem Zaunpfahl gibt, weil er sicher ist, dass er uns entwischt. Wenn ihr die Theorie für einen Moment akzeptiert, ergeben sich mehrere Fragen. Wieso hat er mich und Blackett in seinem kleinen Jux zusammengespannt, sodass einer von uns sein Werk in der Floodgate Street vollendet? Haben wir, ohne es zu ahnen, auch die Detonation in der Clarence Street ausgelöst? Was will uns der Kerl damit sagen?«

Foyle ließ nun den Zeigefinger in der Luft kreisen, als würde er ein langsames Musikstück dirigieren. »Blackett wurde nämlich nicht zufällig ausgewählt. Nach der Explosion in Droy war er einer der ermittelnden Beamten. Er war der Mann, der Eamonn und Con Lindow verhörte.«

»Aber das ist doch alles reine Spekulation, unbewiesene Theorie«, sagte Inspector Lockyer und drückte damit die Skepsis aller Anwesenden aus. »Ich räume ein, dass der Gedankengang an sich ganz einleuchtend ist, Commander, aber Sie haben nicht den Hauch eines Beweises. Nichts.«

»Dann müssen wir diese Beweise eben finden«, beharrte Foyle. »Und genau das habe ich jetzt vor.«

Er teilte die vier jüngeren Beamten in Zweierteams ein: Kepple und Hardwood sollten die Explosion in Droy nochmal durchgehen und der RUC weitere Unterlagen entlocken; Sergeant Pennel und Tina Wei die mobilen Telefonnetze und die Machbarkeit von Zündung per Handy erforschen. Lockyer und Lafferty verschwanden mit ihren Sergeants, um die an beiden Tatorten gesammelten forensischen Spuren noch einmal zu sichten, während Forbes versuchen sollte, die Namen der Armeeoffiziere herauszufinden, die an der Operation CUDGEL beteiligt waren.

Das Team traf sich erst wieder am Montagmorgen. Bis dahin hatte sich Foyles Theorie als eine ernst zu nehmende Möglichkeit im Kopf jedes einzelnen Beamten festgesetzt, wenngleich es noch immer keinen schlüssigen Beweis von einem der beiden Tatorte gab. Von einer anderen Front hingegen kamen bessere Nachrichten. Dem Labor war es gelungen, den Film aus der Kamera zu bergen, die im Unterdeck des Busses angebracht war. Der Film der zweiten Kamera, die über dem Sitz des Fahrers gehangen hatte, war dagegen geschmolzen, nachdem die Verkabelung im Führerhaus Feuer gefangen hatte.

Im Innern der geretteten Spule war das Labor auf ein Stück Band gestoßen, das fast unversehrt war. Diese fünfzehneinhalb Minuten waren bis auf regelmäßige Aussetzer von ein, zwei Sekunden in Ordnung. Das Labor hatte den Film in einer mühseligen Prozedur auf ein anderes Band übertragen und es am Montag in aller Frühe zu Scotland Yard geschickt. Forbes brachte den Umschlag, der noch versiegelt war, und überreichte ihn Foyle, als handelte es sich um ein Weihnachtsgeschenk.

Alle verstummten, als das Vorführgerät zu rattern begann. Elf Minuten verstrichen, in denen der Bus fünfmal hielt. Dann tauchte plötzlich Eamonn Lindow auf; klar und deutlich erkennbar, bestieg er mit einem Buch unter dem Arm den Bus, zeigte dem Fahrer seinen Ausweis und ging an der Kamera vorbei nach hinten. Er lächelte, vielleicht hatte der Fahrer einen Witz gerissen. Anschließend kramte eine ältere Frau umständlich ihr Fahrgeld hervor und zwei Männer stiegen zu. Der erste stützte sich auf einen Gehstock und brauchte eine Weile, bis er sich in den Bus bemüht hatte. Dann drehte er sich von der Kamera weg, um etwas Schweres in Empfang zu nehmen, das der Mann hinter ihm in den Bus hob. In diesem Augenblick drängte eine Gruppe von vier Frauen durch die Tür. Das Bild fiel für ein paar Sekunden aus und kam gerade rechtzeitig zurück, um den Alten mit dem Stock dabei einzufangen, wie er in den hinteren Teil des Busses ging.

»Das ist er«, murmelte Foyle. »Das muss er sein.«

Er spulte zurück und hielt an, als das Gesicht des Mannes wieder erschien. Es war zum Großteil unter einer Mütze verborgen, aber man konnte das linke Auge, ein Ohr und ein energisches Kinn ausmachen.

»Na, das ist doch schon etwas, oder?« Foyle war froh, endlich etwas Konkretes in den Händen zu haben. »Das Erste, was der Film beweist, ist, dass Eamonn Lindow nicht mehr als ein Buch mit in den Bus brachte. Er könnte das Paket später erhalten haben, aber das ist unwahrscheinlich, da er derjenige war, der in die Luft gesprengt wurde. Und seht euch sein Benehmen an – er lächelt – nicht eine Spur von Anspannung.«

»Wir sollten auf jeden Fall nach dem Mann mit dem Stock

fahnden«, sagte Forbes. »Ich bin mir ziemlich sicher, dass er nicht unter denen war, die sich als Zeugen gemeldet haben, und ich weiß, dass er nicht zu den Opfern gehörte.«

»Gut.« Foyle sprang auf. »Ich glaube, man erwartet uns zur Lagebesprechung.«

Dort ließen sie den Film mehrmals laufen, und die Stimmung bei der SO 13 besserte sich merklich. Doch als Foyle dann der gesamten Abteilung die Geschichte mit seinem Anruf bei Blackett präsentierte, wurden zweifelnde Blicke gewechselt. Foyle spürte die Ablehnung und bat rasch Pennel, der gesamten Runde zu erklären, was er am Wochenende über die technischen Möglichkeiten herausgefunden hatte.

»Theoretisch müsste eine Zündung per Mobiltelefon einem gewitzten Terroristen eine Menge Vorteile bieten. Ein Akku hält normalerweise bis zu neunzig oder gar hundert Stunden – fast vier Tage. Einige fortschrittliche Apparate haben sogar bis zu einer Woche Standbyzeit. Der Terrorist könnte seine Bombe legen, nach Libyen, Belfast oder wohin auch immer zurückfliegen und die Nummer wählen, wann es ihm gerade passt. Das ist der erste Vorteil. Der zweite ist, dass man das Signal nicht blockieren kann, wie es der IRA in Ulster passiert ist, als sie ihre Bombe mit Fernsteuerungen von Modellflugzeugen zünden wollte. Die Polizei fand die Frequenz heraus und machte sie dicht, und die IRA musste zur guten alten Zündschnur zurückkehren. Aber ein Telefon kann man nicht blockieren, außer man hat die Nummer des Teilnehmers oder man legt eine Abschirmung über ein ganzes Gebiet. Das wurde erst wenige Male gemacht. Angeblich haben die Italiener ihr Parlamentsgebäude abgeschottet, damit die Abgeordneten während der Debatten nicht mit ihren Handys herumspielen. Aber das war auf Dauer angelegt. Kurzfristig wäre es schwierig, ganze Londoner Stadtteile abzuschirmen. Wir haben in Großbritannien sechs Funknetze in Betrieb, vier digitale und zwei analoge. Und dann gibt es noch Hunderte von örtlichen Netzwerken in London. Man könnte vielleicht eins davon schließen, aber man müsste genau wissen, dass man das Richtige erwischt hat. Außerdem gibt es Gebiete, in denen sich die Bereiche der

Funknetze überlappen, was bedeutet, dass ein Signal trotz allem durchkommen könnte.

Der dritte Vorteil für den Terroristen ist der, dass man ein Mobiltelefon nicht aufspüren kann, nicht einmal, wenn es eingeschaltet ist. Es sei denn, er ist an ein GPS-System angeschlossen – Global Positioning by Satellite. Normalerweise kann man das Gerät nur orten, wenn der Teilnehmer gerade telefoniert, weil es dann einen individuellen Code aussendet. Solange es jedoch auf Empfang steht, funkt es keinen Code an die Basisstation des Funknetzes. Deshalb ist es unmöglich festzustellen, welche Telefone eingeschaltet sind oder wo sie sich gerade befinden.« Er sah Tina Wei an, Detective chinesischer Abstammung, mit der er über das Wochenende über den technischen Details gebrütet hatte. »Habe ich was vergessen?«, fragte er.

»Nein«, sagte sie, dann überlegte sie kurz. »Ach ja. Es gibt noch einen weiteren Vorteil, nämlich die schiere Masse der Handys, die inzwischen im Umlauf sind. Es gibt etwa zwölf Millionen Teilnehmer in Großbritannien, und jedes Jahr sind es etwa eine halbe Million mehr. Bei der Anmeldung verlangen die meisten Betreibergesellschaften zwar einen Identitätsnachweis und notieren sich die Adresse, aber da gibt es unrühmliche Ausnahmen. Es gibt sogar Betreiber, bei denen man die Gespräche im Voraus bezahlt, sodass gar keine Ausweise oder Kreditkarten vorgelegt werden müssen. Wenn diese Telefone erst mal im Umlauf sind, kann man sie überhaupt nicht mehr verfolgen.«

»Was ist, wenn der Bombenleger die Netzbetreiberkarte eines anderen Teilnehmers abkupfert?«, fragte Foyle.

»Sie meinen, wenn er ein Signal von einem analogen Apparat auffängt und es kopiert? Das machen Leute, die auf Kosten anderer telefonieren wollen«, erklärte Pennel. »Das Problem dabei ist, dass unser Bombenleger dann die gleiche Telefonnummer hätte wie der Handybesitzer, dessen Signale er abgefangen hat. Er braucht aber unbedingt eine eigene Nummer. Sonst riskiert er, dass jemand die Nummer anruft, während er gerade an seinem Sprengsatz bastelt.«

Nach dem Briefing trat Foyle ans Fenster seines Büros und

blickte auf die Victoria Street hinab. Die Fußgänger kämpften sich durch den Wind, der ihnen die Regenschirme aus den Händen zu reißen drohte. Forbes lehnte am Türrahmen und wartete.

»Herrgott noch mal, was wollen die eigentlich?«, brummte Foyle und stützte sich auf das Gehäuse des Heizkörpers. »Ich habe ihnen eine neue Richtung und eine ganz brauchbare Theorie geliefert. Seit letztem Freitag haben wir echte Fortschritte gemacht, und trotzdem sitzt der ganze Haufen nur ratlos da. Was ist los, Forbes?«

»Na, Sie wissen ja, wie das ist. Wenn ein Fall so verfahren ist wie dieser, sind sie frustriert und glauben nicht mehr an einen Durchbruch.«

»Aber jetzt haben wir doch endlich ein paar Anhaltspunkte.«

»Sie fragen sich auch, ob Sie nächste Woche noch hier sein werden, Sir.« Forbes blickte zu Boden.

»Dann richten Sie ihnen aus, dass ich verdammt noch mal nicht so schnell gehe«, sagte Foyle ohne große Überzeugung. »Das ist meine Ermittlung, und ich werde sie zu Ende bringen.«

Das ganze Wochenende versuchte Lindow gewaltsam, zu seinem normalen Tagesablauf zurückzufinden. Aber er konnte sich nicht zur Arbeit aufraffen. Er saß stundenlang vor dem Fernseher und nahm einsame Mahlzeiten beim Griechen um die Ecke ein. Der Montag war wie eine Erlösung. Lindow begann den Tag mit einem Anruf bei Lustig, dem Immobilienmakler. Niemand meldete sich, auch kein Anrufbeantworter – nichts.

Nach einem zweiten vergeblichen Versuch rief er Mary an, um ihr zu sagen, dass das Begräbnis am Mittwochvormittag stattfinden würde. »Noch etwas«, sagte er. »Ich habe zwar meinen Vater noch nicht gefragt, aber ich weiß, er wird einverstanden sein. Würden Sie beim Gottesdienst etwas vorlesen? Etwas von Yeats vielleicht oder etwas anderes, das Eamonn gefallen hätte.«

Sie dachte einen Augenblick nach. »Ja, das würde ich gern tun. Ich betrachte es als eine Ehre – vorausgesetzt, Ihr Vater findet die Idee auch gut.«

»Das wird er«, sagte Lindow mit Bestimmtheit. »Dann also bis morgen. Und schauen Sie bei uns auf einen Drink vorbei, und lernen Sie die übrig gebliebenen Lindows kennen.«

Als er aufgelegt hatte, wurde er sich bewusst, wie gut es ihm getan hatte, ihre Stimme zu hören.

Es war 9.30 Uhr – in zwei Stunden würde die gerichtliche Untersuchung der Todesursache der Bombenopfer beginnen. Er dachte an Harry Ribb, der am Samstagnachmittag, nach seiner Entlassung aus dem Krankenhaus, an einem Herzinfarkt gestorben war. Sein Sohn war überzeugt, daran sei der Schock über die Explosion schuld, und die Sonntagszeitungen zitierten ihn eifrig. Harry Ribb, das zwölfte Bombenopfer.

Lindow beschloss, nicht zur Untersuchung zu gehen, und bat seinen Anwalt, ihn dort zu vertreten. Dann machte er sich zu W. H. Smith in Notting Hill auf. Er suchte sich ein paar Zeitschriften aus und ein Set mit Lineal und Geodreieck, wie er es früher in der Schule benutzt hatte. Als er auf die Kasse zuging, schob er es zwischen die Magazine. Er wollte auf keinen Fall, dass ihn jemand beim Kauf der Instrumente sah.

Draußen ging er rasch den Bürgersteig entlang und schielte möglichst unauffällig nach einem Taxi. Es waren kaum welche unterwegs, und wenn eines vorbeikam, war es besetzt. Es regnete immer noch. Als er endlich ein freies Taxi sichtete, ließ er den Arm in die Höhe schnellen. Im Wagen schob er die Trennscheibe auf und drückte dem Chauffeur einen Zehnpfundschein in die Hand. »In die Oxford Street, bitte.« Dort gab es ein großes Kaufhaus, und er hatte die vage Vorstellung, dass es ein guter Ort war, den Polizeispitzel abzuhängen. Während das Taxi an den regennassen Kensington Gardens vorbeiglitt, drehte sich Lindow ein paar Mal um. Der Fahrer sah ihn im Rückspiegel prüfend an.

»Werden Sie verfolgt?«, fragte er schließlich, als sie beim Lancaster Gate an einer Ampel warteten.

»Wie kommen Sie darauf?«

»Weil Sie sich ständig den Hals verrenken. Falls Sie tatsächlich verfolgt werden, hätte ich eine Idee, die ich schon immer mal ausprobieren wollte.«

Als sie die Oxford Street ein kleines Stück entlanggefahren

waren, bog der Fahrer links ab, ohne zu blinken, und fuhr auf den Parkplatz des Kaufhauses.

»Ich fahre Sie in die Tiefgarage«, sagte der Fahrer und zog an der Schranke ein Ticket. »Sie verdrücken sich in den Laden und verschwinden. Ich bleibe noch eine Weile auf dem Parkplatz stehen, als würde ich warten. Das müsste eigentlich klappen.«

Lindow dankte ihm und gab ihm zehn Pfund Trinkgeld. Er betrat das Kaufhaus durch eine Glastür mit der Aufschrift ›Möbel und Küchengeräte‹ und ging durch die öden, fast menschenleeren Verkaufsflächen zu den Aufzügen. Im ersten Stock schlenderte er durch die Damenmodenabteilung, dann fuhr er wieder ins Erdgeschoss hinab. Durch einen der Haupteingänge schlüpfte er hinaus und nahm sich ein Taxi zur Kensington Library.

In der Bibliothek ging er zielstrebig zu den Nachschlagwerken, zog den größten Atlas heraus und schlug die Inlandkarte auf. Er machte eine Farbkopie der Karte und schleppte den Atlas zu einem freien Tisch am Ende des Lesesaals. Dann zog er das Geodreieck aus seiner Hülle und legte es über dem Zentrum von Belfast an. Um mit einem Winkelmesser – statt mit einem Kompass – eine 342-Grad-Peilung zu erhalten, musste er 18 Grad von der 90-Grad-Senkrechten des Winkelmessers abziehen. Bei 72 Grad zeichnete er ein Kreuz an. Die gleiche Prozedur wiederholte er für Limerick, aber diesmal zeichnete er die Markierung bei 8 Grad ein, nur etwas links von der senkrechten Linie auf dem Winkelmesser. Mit dem Lineal fuhr er die beiden Peilungen auf der Fotokopie nach. Die beiden Linien schnitten sich etwa 140 Meilen nördlich der Küste Irlands.

Lindow lehnte sich zurück und dachte nach. Ein Stück entfernt von ihm stöberte eine Frau bei den wissenschaftlichen Nachschlagewerken herum. Dann ging sie ein Stück weiter und blätterte in ein paar Bänden des *Dicitionary of National Biografy*. Lindow wartete und fasste sie scharf ins Auge. Plötzlich sah sie auf die Uhr und eilte zum Ausgang.

Er beugte sich wieder über die Karte. Vielleicht wiesen die Peilungen ja auf ein Boot hin. Er holte Eamonns Zettel aus der Brieftasche. ›Durchschnittliche Abweichung – 20 Grad.‹ Das musste sich auf die magnetische Deklination beziehen, den Unterschied zwischen magnetischem und geographischem Nordpol, den jeder, der sich mit Karte und Kompass durch die Wildnis schlägt, berücksichtigen muss. Lindow fragte eine hübsche Bibliothekarin, wo er etwas über die magnetische Abweichung erfahren könnte, und sie empfahl ihm, bei der *National Geographic Society* anzurufen.

»Sie können gerne unser Telefon benutzen«, sagte sie lächelnd, und Lindow bemerkte ein Glitzern in ihren Augen.

Bei der *National Geographic Society* verband man ihn mit einer Mitarbeiterin, die für ihn in einer Fluglinientabelle nachsah.

»Nein, nein«, sagte sie. »Zwanzig Grad wären viel zu viel. Die Abweichung für Belfast beträgt achteinhalb Grad West, die für Limerick siebeneinhalb Grad. In Irland müssten Sie also Ihren Kompass auf eine mittlere Abweichung von acht Grad West von Geographisch-Nord einstellen.«

»Gibt es irgendwo auf der Welt eine Gegend, wo die westliche Abweichung zwanzig Grad beträgt?«, fragte Lindow.

»Ja, sicher. Aus dem Gedächtnis würde ich sagen, dass Teile Kanadas und Amerikas eine Abweichung von zwanzig Grad haben.«

Amerika. Lindow dankte der Frau überschwänglich und eilte zurück in den Lesesaal. Er zog einen wuchtigen Atlas für Nordamerika aus dem Regal und ließ den Zeigefinger den Index hinabwandern. Er wusste, in den USA gab es ein zweites Belfast, etwas nördlich von Boston. Vielleicht existierte auch ein zweites Limerick? Ja, es gab eins, und es lag ebenfalls in Maine, ein winziges Nest etwa fünfundzwanzig Meilen westlich von Portland.

Er kopierte die Landkarte von Maine und zeichnete die Peilungen von Belfast und Limerick aus ein. Die Linien trafen sich im Norden des Bundesstaats, etwas westlich von einer Gegend namens Allagash Wilderness. Warum hatte Eamonn einen Flecken Erde, wo es nur Wälder und Seen gab, so genau bestimmt? Irgendetwas musste dort sein. Etwas, das Eamonn geheim halten wollte.

Schließlich faltete er die Kopien der beiden Karten zusammen und steckte sie in die Innentasche seiner Jacke. Dann ging er, wobei er die hübsche Bibliothekarin dankbar anlächelte. Seine Entdeckung hatte ihn beschwingt.

Kirsty Laing schlürfte einen großen Cappuccino und wartete auf Peter Speerman. Um neun Uhr streckte er den Kopf zur Tür herein und lächelte sie verschwörerisch an. Er hatte einen Aktenordner unter den Arm geklemmt und trug eine Tasse des National Trust mit schwarzem Tee in der Hand.

»So, Kirsty, dann wollen wir mal ein wenig plaudern«, sagte er gönnerhaft, als wolle er sie zwischen ein paar Schlucken Tee in das Geheimnis des Lebens einweihen. Sie lehnte sich zurück und wartete.

»Vor ein paar Jahren kamen wir mit einem Mann namens Ian Rhodes in Kontakt – Major Ian Valentine Rhodes, einer der bemerkenswertesten Soldaten, die je in der britischen Armee gedient haben. Als er Ende der Achtzigerjahre seinen Abschied nahm, waren unsere Leute der Ansicht, er könnte vielleicht nützlich für uns sein. Sie täuschten sich nicht. Er war hoch intelligent und hatte den Körper eines Athleten. Es schien nichts zu geben, was er nicht konnte. Er wurde inoffizieller Mitarbeiter des Geheimdienstes und übernahm ein paar heikle Aufgaben – einmal schaffte er es im Alleingang, einen Informanten aus einem Verhör der IRA zu befreien, das mit dem sicheren Tod des Mannes geendet hätte. Er war auch im Ausland für uns aktiv, aber das braucht Sie jetzt nicht näher zu interessieren. Es reicht, wenn ich sage, dass Rhodes alle Aufträge mit einem Minimum an Aufsehen und einem Maximum an Effizienz ausgeführt hat. Aber dann ... ist etwas zum Vorschein gekommen, was niemand geahnt hätte. Aus heiterem Himmel erlitt er plötzlich eine Art Nervenzusammenbruch, angeblich die Spätfolge eines traumatischen Unfalls vor vielen Jahren. Das war Anfang der Neunzigerjahre. Er kam in eine psychiatrische Klinik, und nach einer Weile wurde er als geheilt entlassen. Dann machte er sich selbstständig, erst als freier Mitarbeiter bei den privaten Sicherheitsdiensten, die in den letzten zehn Jahren aus dem Boden schossen, dann unter eigenem Namen. Wir haben ihn noch ein paar Mal eingesetzt. Aber es wurde schnell klar, dass sein eigenes Geschäft Vorrang für ihn hatte. Außerdem konnte man nicht wissen, für wen er sonst noch arbeitete. Rhodes war ein absoluter Vollprofi, aber er war auch süchtig nach Gefahr. Es gab Hinweise, dass er Wissen über unsere Maßnahmen und unseren *Modus Operandi* an die andere Seite verkauft hatte, womit ich die IRA meine. Wir waren uns zwar nie sicher, aber einen Verdacht hatten wir schon – zumal die IRA ganz wild darauf war, mit ihm ins Geschäft zu kommen. Das war, nebenbei bemerkt, auch so ziemlich jede andere Terroristenbande. Jedenfalls hielten wir es für eine gute Idee, Major Rhodes im Auge zu behalten – deshalb haben wir ihn in Weegees Portraitgalerie aufgenommen.«

»Und Weegees hat ihn am Abend der ersten Bombe gesichtet.«

»Hat ihn *vielleicht* gesichtet.« Er sah sie mit dem Ausdruck einer beleidigten Gouvernante an.

»Aber auf jeden Fall hätten wir es der Polizei sagen müssen.«

»Das geht im Augenblick nicht. Ich denke, Sie werden verstehen warum, wenn Sie die Akte gelesen haben.«

Er schob ihr den Ordner über den Schreibtisch zu und stand auf. »Geben Sie mir die Akte noch heute Vormittag zurück. Sie muss wieder in den Safe. Und ich brauche ja wohl nicht zu erwähnen, dass keine Kopien davon gemacht werden dürfen.«

Speermann entfernte sich, und Kirsty schlug die Akte auf. Von einem Farbfoto, das in die Mappe geheftet war, sah ihr ein Mann mit harten, wie gemeißelten Zügen und einer hohen Stirn entgegen. Eine beherrschte, brutale Intelligenz lag in dem Gesicht, das das neue Computersystem vor sechs Tagen in der Menschenmenge entdeckt hatte. Während Kirsty auf das Bild starrte, wurde ihr klar, dass sie es nicht einfach in Speermans Safe zurücklegen konnte. Von dort würde es möglicherweise nie wieder zum Vorschein kommen. Das war der Moment, den sie immer gefürchtet hatte. Sie saß noch eine Weile unschlüssig herum, dann marschierte sie rasch zu dem kleinen Scanner neben ihrem Aktenschrank. Sie legte das Foto auf das Glas, schloss den Deckel und drückte auf ›Start‹. Als das Bild einige Minuten später auf dem Monitor erschien, druckte sie es aus. Das war ein umständliches Verfahren, aber so umging sie das Kopiergerät im Flur, an dem man sie sehen konnte und das angeblich mit einem Gerät ausgerüstet war, das alle Kopien dokumentierte. Sie vergewisserte sich, dass auf dem Ausdruck die Fußzeile mit Datum und Uhrzeit zu sehen war, heftete das Bild in einen Ordner zwischen alte Memos und löschte die Datei auf ihrem Computer.

Auf dem Weg zu Speermans Büro versicherte sie sich immer wieder, dass sie das Bild nur verwenden würde, wenn es gar nicht anders ging. Sie wollte ihrem Arbeitgeber nicht in den Rücken fallen, behielt sich aber das Recht vor, ihrem Gewissen zu folgen.

Als sie die Akte in Speermans Büro zurückbrachte, deutete er auf einen Stuhl. »Es gibt interessante Neuigkeiten. Lindow hat heute Morgen einen dilettantischen Versuch unternommen, uns in der Oxford Street abzuhängen. Unsere Leute wären vielleicht sogar darauf hereingefallen, hätten sie nicht Abstand zur Polizei gehalten. Rein zufällig sahen sie ihn aus einem Kaufhaus herausbuschen. Ich glaube, die Polizei hat ihn kurz vorher verloren.«

»Vielleicht hatte er es einfach satt, ständig beobachtet zu werden.«

»Möglich, aber dann war er in einer Bibliothek und hat lange Zeit über irgendwelchen Atlanten gebrütet. Nicht gerade eine nahe liegende Lektüre für einen Molekularbiologen. Eine Mitarbeiterin von Keiths Team hat ihn bei irgendwelchen Messungen beobachtet, aber sie kam nicht sehr nahe an ihn heran. Wir haben jetzt die Polizei informiert. Dort wird man nicht gerade glücklich sein, nachdem Foyle ihn die ganze Zeit für eine verfolgte Unschuld gehalten hat.«

»Aha«, sagte Kirsty. »Es bleibt also spannend.«

Foyle überflog den Bericht von MI5 mit wachsender Verzweiflung. Die Geschichte, dass Lindow das Überwachungsteam der Polizei abgehängt hatte, sprach sich schnell in der SO 13 herum. Es hob die Moral der Abteilung auch nicht gerade, dass die Aufpasser aus Millbank ihm weiter auf den Fersen geblieben und ihn in eine Bibliothek verfolgt hatten, wo er Atlanten wälzte. Es war bekannt, dass Terroristen gerne öffentliche Bibliotheken benutzten, um Ziele zu erkunden. Deshalb hatte man auch Eamonns Arbeit als Bibliothekar für weit weniger harmlos gehalten, als sie auf den ersten Blick aussah. Man hatte schon Mitglieder einer IRA-Einheit in einer Stadtbücherei beobachtet, wie sie Handbücher über das nationale Elektrizitätsnetz durchblätterten. Lindow wäre nicht der erste Bombenleger gewesen, der sich zum Schmökern in die Sachbuchabteilung zurückzog.

Foyle war klar, was das für ihn bedeutete. Er warf den Bericht auf den Tisch und fragte Forbes in gereiztem Ton, ob sie Lindow schon wieder aufgespürt hatten.

»Ja, Sir. Vor etwa einer Stunde, beim Büro seines Anwalts. Er hilft Lindow bei den Vorbereitungen für die Überführung von Eamonns Leiche.«

»Und die Erlaubnis zum Begräbnis wurde schon erteilt?«

»Ja, da Sie sagten, Sie hätten keine Einwände, habe ich dem Leichenbeschauer am Freitag grünes Licht gegeben ...«

»Wann reist er ab?«, fragte Foyle.

»Wahrscheinlich heute oder morgen. Sollen wir ihn wieder verhaften lassen?«

»Mit welcher Begründung? Weil er unser Überwachungsteam in der Damenwäscheabteilung abgehängt hat?«

»Mit der Begründung, dass er sich verdächtig benommen hat. Das reicht völlig unter diesen Umständen.«

»Es wäre sinnlos, ihn zu verhaften. Er hat mit der Sache nichts zu tun. Schließlich war er es, der mich auf die Idee mit den Telefonen brachte. Und das ist bis jetzt unsere einzige brauchbare Arbeitshypothese.«

Forbes runzelte die Stirn. »Die Idee stammt von Lindow? Aber sehen Sie denn nicht, dass er seine eigene Haut rettet, wenn er uns glauben machen kann, dass die Bombe außerhalb des Busses gezündet wurde?«

»Ja, das hat Lockyer auch gemeint.«

»Sie haben es Lockyer erzählt? Der ist doch mit Scarratt befreundet, sie sind im gleichen Club und alles.«

»Verdammter Mist«, sagte Foyle. »Finden Sie heraus, wo Lindow steckt, und sagen Sie mir Bescheid.«

Zur selben Zeit stieg Lindow am Flughafen Heathrow aus dem Taxi. Zuvor hatte er Eamonns falschen Pass aus dem Safe seines Anwalts abgeholt. In Irland würde er mehr Zeit haben, über das Doppelleben seines Bruders nachzudenken. Er wollte auch hören, was seine Schwester davon hielt. Sie hatte Eamonn häufig in London besucht. Vielleicht konnte sie sich erklären, was er in den Staaten gemacht hatte. Obwohl sie noch ein kleines Mädchen gewesen war, als Lindow ins Ausland ging, war sie die Einzige in der Familie, mit der er während der Jahre in Amerika in engem Kontakt geblieben war. Richtig kennen gelernt hatte er sie allerdings erst im Sommer vor zwei Jahren, als sie drei Monate bei ihm in Boston gewohnt und in einem Hafenrestaurant gekellnert hatte. Wie ihr Bruder hatte auch Tag eine naturwissenschaftliche Ader – sie studierte Chemie –, und trotz ihrer siebzehn Jahre Altersunterschied hatten sie sich wunderbar verstanden.

Der Gedanke, London zu verlassen und einige Zeit zu Hause zu verbringen, hob Lindows Stimmung etwas. Am Wochenende hatte er sich vorgenommen, sich in Zukunft mehr um seine Familie zu kümmern. Er war bereits auf dem Weg zur Abflughalle, als zwei Männer auf ihn zutraten. »Mr. Lindow, können wir Sie kurz sprechen? Keine Sorge, es wird nicht lange dauern.« Er folgte ihnen in einen Flur zu einer Reihe trister, fensterloser Büros, wo sie ihm einen Stuhl und eine Tasse Tee anboten.

»Verhaften Sie mich?«

»Nein, Sir«, sagte einer der beiden, ein kleiner, feister Mann mit fettigem Haar. »Wir sind nur an Ihren Reiseplänen interessiert. Commander Foyle wüsste gern, wann Sie wieder zurückkommen.«

»Das weiß ich selbst noch nicht so genau«, sagte Lindow. »Ich habe mich von der Universität beurlauben lassen, und wahrscheinlich verbringe ich ein paar Wochen bei meiner Familie.«

»Genauer können Sie es nicht sagen?«

»Nein.«

»Reisen Sie mit Ihrem Pass, Sir?«, fragte der Ältere der beiden, ein hoch aufgeschossener soldatischer Typ um die fünfzig.

»Ja, allerdings, aber aus reiner Gewohnheit. Man braucht ja inzwischen keinen Pass mehr, um von Großbritannien nach Irland zu reisen.«

»Dürfen wir den Pass sehen?«

Während der hagere Polizist den Pass durchblätterte, musterte sein draller Begleiter Lindow wie ein exotisches Tier.

»Es ist nämlich so«, sagte der Lange, »dass sich Commander Foyle Ihrer Rückkehr sicher sein will.«

»Sagen Sie Commander Foyle, ich bin in der ersten Novemberwoche wieder hier, wenn nicht sogar früher. Versprochen. Ich muss schließlich wieder an meine Arbeit.«

»Ja, natürlich, aber um ganz sicherzugehen, hat sich der Commander überlegt, ob Sie wohl so freundlich sein könnten, uns den Pass hier zu lassen – Sie bekommen ihn bei Ihrer Rückkehr selbstverständlich wieder.«

»Habe ich denn eine Wahl?«

»Eigentlich nicht, Sir, es sei denn, Sie wollen Ihre Abreise verschieben und die Sache hier in England ausfechten. Aber wenn Sie den Pass jetzt sowieso nicht brauchen, können Sie ihn uns doch genauso gut geben, oder?«

»Darum geht es nicht! Worum es geht, ist, dass Sie mir meinen Pass – einen irischen Pass – wegnehmen, obwohl Sie kein Recht dazu haben.«

»Sie können jederzeit gern Beschwerde gegen diese Entscheidung einlegen, Sir. Wie gesagt, handelt es sich um eine persönliche Bitte von Commander Foyle.«

Lindow sah ein, dass eine Diskussion zwecklos war. Achselzuckend händigte er ihnen den Pass aus, unter der Bedingung, ihn nach der Rückkehr sofort zurückzubekommen.

»Das versteht sich von selbst«, sagte der dickwanstige Beamte. »Wenn Sie einen Augenblick hier warten wollen, dann bekommen Sie eine schriftliche Quittung.«

Er verschwand für ein paar Minuten, dann kam er wieder und schwenkte ein dünnes Blatt Papier, das er Lindow mit großer Geste überreichte. »Danke für Ihr Verständnis, Dr. Lindow. Wir wissen es zu schätzen, nicht wahr?«, sagte er und stieß seinen Kollegen an.

»Oh, ja, wir wissen es zu schätzen, Dr. Lindow. Und nun gute Reise, Sir.«

»Ja, eine gute Reise, Sir«, echote der andere.

Lindow ließ die Laurel und Hardy der britischen Special Branch stehen und machte sich auf den Weg zu seiner Maschine.

ACHTES KAPITEL

Lindow mietete sich am Flughafen von Dublin ein Auto und fuhr im Dämmerlicht nach Norden. Der Himmel war bleigrau und bedrohlich, die Rauchschwaden vereinzelter Torffeuer verströmten einen süßlich-erdigen Geruch. Er war daheim.

In Irland gingen immer noch sehr viele Leute zu Fuß, weil sie kein Transportmittel hatten. Lindow nahm ein paar Anhalter mit, zuerst einen Jungen, der seine Schulbücher nach Hause schleppte, dann eine Hausfrau mit ihren schweren Einkaufstaschen. Kaum saß sie im Wagen, begann sie über die Politik zu lamentieren und breitete einen Skandal aus, in den ein Minister und seine Geliebte verwickelt waren. Sie stieg an einer einsamen Kreuzung aus, wo Wahlplakate an einem Telegrafenmast hingen. Im Weggehen murmelte sie, dass die Gesichter, die da im Wind schaukelten, alle gleich aussähen. Doch die Frau hatte Unrecht. Eins der Gesichter war anders. Vom obersten Plakat lächelte Rudi MacMahon väterlich herab, im Hintergrund leuchteten die Farben der Sinn Féin. »Wählt MacMahon – dem Frieden eine Chance.«

Lindow ließ den Motor wieder an und fuhr nach Ballyhanna weiter, ein Marktflecken zehn Meilen südlich der Grenze. Die Lindows waren dorthin gezogen, als seine Mutter ein Stück Land und ein gemütliches altes Haus am Stadtrand geerbt hatte. Alle nannten es das Weiße Haus, obwohl Marie Lindow es vor Jahren in einem hellen Terracottaton gestrichen hatte. Es stand von der Straße zurückversetzt am Ende einer kurzen Schottereinfahrt, deren Kiesel unter den Reifen von Lindows Wagen knirschten.

Als er den Motor abstellte, ging das Licht über der Haustür an, und Tag sprang heraus, um ihn zu begrüßen. Dahinter kam sein Vater, gebeugt, aber lächelnd. »Ach, wie schön«, sagte er und fasste seinen Sohn an den Armen. »Du siehst gut aus, Con. Schön, dass du daheim bist.«

Lindow stiegen Tränen in die Augen. Er drehte sich abrupt um und hievte seine Tasche aus dem Kofferraum, dann ging er zwischen Tag und seinem Vater zur Tür.

Bald darauf saßen sie am Küchentisch, aßen den Eintopf, den Tag gekocht hatte, und besprachen das Begräbnis – eine quälende Angelegenheit für den alten Mann, der von Zeit zu Zeit in ein langes Schweigen verfiel und auf das Feuer starrte, das im Holzofen prasselte.

»Warum ausgerechnet Eamonn?«, sagte er leise, »warum diese vielen Menschen? Was ist durch ihren Tod gewonnen?«

Tag schüttelte den Kopf und legte ihrem Vater eine Hand auf den Arm. Der sah nun Lindow direkt ins Gesicht, und seine Augen flackerten vor Unruhe. »Ich weiß nicht, was da vor sich geht, Con«, sagte er mit einem Tonfall, den Lindow noch nie an ihm gehört hatte. »Ich verstehe das Ganze nicht, aber du musst mir versprechen, dass du mir nichts verschweigst. Du darfst mir nichts vorenthalten, Con. Ich will die Wahrheit erfahren, wie auch immer sie aussieht. Diese Ungewissheit, das ist das Schmerzlichste an der Sache, und die ist nicht zu Ende, wenn wir Eamonn am Mittwoch begraben. Ich will alles wissen. Verstehst du das, Con?«

Lindow fand nicht gleich Worte, aber er verstand nur zu gut, was sein Vater meinte, weil er dasselbe fühlte. »Ich verspreche es dir, Vater«, sagte er. »Wenn ich etwas erfahre, sage ich es dir.«

Daraufhin stand Gerard Lindow auf und wünschte seinen Kindern eine gute Nacht. Als er von der Küche ins Wohnzimmer schlurfte, um sein Buch zu holen, kam es Lindow vor, als sei er nicht so sehr gealtert als vielmehr geschrumpft. Sohn und Tochter warteten, bis sie oben im Badezimmer das Wasser laufen hörten, bevor sie sprachen.

»Gibt es irgendetwas, das ich wissen sollte?«, fragte Tag.

»Das Gleiche wollte ich dich fragen. Du hast Eamonn in London besucht, Tag. Du warst drüben und hast bei ihm gewohnt. Ist er da in irgendwelche … Dinge hineingezogen worden? Hat er für die IRA gearbeitet?«

»Natürlich nicht. Wie kommst du denn darauf?«, sagte Tag, und ein Funke vom Zorn ihrer Mutter blitzte auf. »Du kennst doch Eamonn! Wir reden hier von unserem Bruder, Con, nicht von einem dieser Mörder aus Tyrone!«

»Ja, ich weiß, ich weiß.« Lindow hob beschwichtigend die Hände. »Aber manches kann ich mir einfach nicht erklären. Zum Beispiel, dass der Geheimdienst ihn beobachtet hat.«

»Weil sie immer noch jeden Iren, der seinen Fuß auf ihre glorreiche Insel setzt, für einen Terroristen halten. Sie kapieren nicht, dass alles vorbei ist. Die IRA wird nie wieder Bomben legen.«

»Aber Eamonn hatte ein Geheimnis, Tag.«

Er stand auf, wühlte in seinem Gepäck in der Diele und legte wortlos ein Päckchen auf den Tisch. Tag öffnete es und nahm den Pass und die Dollarnoten heraus.

»Das verstehe ich nicht. Das ist ja ein amerikanischer Pass!«

»Schau auf den Namen, Tag! Es ist mein Name, aber Eamonns Bild. Ich habe den Pass am Freitag in seiner Wohnung gefunden.«

»Aber was bedeutet das?«, fragte sie. »Was hat er damit gemacht? Wieso hat er deinen Namen benutzt?«

Lindow zuckte die Achseln.

»Was bedeutet das?«, wiederholte seine Schwester.

»In dem Pass war noch etwas.« Er legte die Farbkopien der beiden Landkarten auf den Tisch und zog den Zettel aus seiner Brieftasche. »Ich habe eine Weile gebraucht, bis ich dahinter kam«, sagte er und erzählte Tag von seinen Nachforschungen in der Bibliothek.

Tag starrte auf die Karten, während Lindow ihr den Pass abnahm und schweigend die amerikanischen Einreisestempel studierte. Auf der letzten Seite war einer vom einundzwanzigsten September dieses Jahres, gut einen Monat vor Eamonns Tod.

»Eamonn ist mit diesem Pass in den letzten zwei Jahren viermal nach Amerika gereist. Jedes Mal landete er in Boston. Von dort bis zu diesem Punkt«, er deutete auf die Karte, »sind es nur ein paar Hundert Meilen. Und ich war die perfekte Tarnung für ihn. Er hat sogar abgenommen, damit er mir ein wenig ähnlicher wird. Als ich ihn identifiziert habe, ist mir aufgefallen, dass er dünner wirkt.«

»Wie kannst du so etwas sagen!«

»Es tut mir Leid, Tag. Ich weiß nur, dass irgendetwas nicht stimmt. Als Dad mich vorhin fragte, habe ich lieber geschwiegen, weil ich es nicht richtig hätte erklären können.«

»Was hast du jetzt vor? Alles der Polizei übergeben?«

»Ich habe daran gedacht, ja. Aber ich habe Angst, dass sie alles gegen mich verwenden, was sie in die Finger kriegen. Sie würden fragen, warum ich ihnen den Pass nicht sofort ausgehändigt habe. Vielleicht würden sie mich sogar wieder einsperren. Kannst du dir vorstellen, was das alles zu bedeuten hat?«

»Nein. Ich hätte geschworen, dass Eamonn nie in den Staaten war. Er hat nie davon erzählt, und du weißt ja, wie er war. Wir hätten uns monatelang Geschichten von seiner Amerikareise anhören können.«

»Hast du jemanden von seinen Freunden in London kennen gelernt?«

»Ja, so ein paar Typen, mit denen wir im Pub waren, aber das waren Engländer. Sie haben über Fußball und Kino geredet und versucht, mir zu imponieren. Stinknormale, langweilige, harmlose Briten!«

»Hat er je Rudi MacMahon erwähnt?«

»Den von der Sinn Féin?«

»Ja. Der Revolverheld im Sakko.«

»Nein.« Wieder klang ihre Stimme gereizt. »Er hat keinen Rudi MacMahon und auch keinen anderen Terroristen gekannt, damit das klar ist! Du redest, als wäre Eamonn ein Fremder, Herrgott noch mal. Was ist los mit dir, Con? Es war nicht Eamonns Schuld, dass sie dich verhaftet haben.«

Am nächsten Tag ging Lindow in die Stadt, um die Trauerfeier mit dem Priester zu besprechen. Auf dem Rückweg machte er in Desmond Quornys Lounge Bar Halt, die gleich neben Quornys Bestattungsunternehmen lag. Böse Zungen in Ballyhanna behaupteten, die Kombination sei genial, weil sich die beiden Hälften von Quornys Imperium immer gegenseitig mit Nachschub versorgten.

Quorny begrüßte Lindow mit einer kleinen Verbeugung und zog ihn von dem Häufchen standhafter Zecher weg, die schon vormittags die Bar belagerten. »Darf ich Ihnen mein tiefstes Beileid ausdrücken. Eine schreckliche Geschichte, und das so bald nach Mrs. Lindows Hinscheiden. Wirklich eine schreckliche Geschichte.« Er rieb sich die Hände.

»Danke«, sagte Lindow kurz angebunden, um Quorny nicht zu weiteren routinierten Beileidsbekundungen zu ermuntern. »Ich wollte mich nur vergewissern, dass für morgen alles in Ordnung ist.«

»Alles ist vorbereitet, Dr. Lindow. Der Wagen wird um halb zehn vor dem Weißen Haus stehen, sodass wir genügend Zeit haben, um bis zehn Uhr vor der Kirche zu sein. Sicher werden eine Menge Leute kommen, wenn man bedenkt, wie viele gute Freunde Eamonn hier in Ballyhanna hatte. Er hat sie nie vergessen, als er in London war. Einige haben sich als Sargträger angeboten, und ich habe sechs von ihnen ausgewählt.«

»Ich hatte gedacht, dass Eamonn gar nicht mehr sehr oft hierher kam.«

»O nein, ganz im Gegenteil, Dr. Lindow. Ihr Bruder war oft hier bei uns, und er war sehr beliebt in der Gemeinde. Da drüben hat er immer gesessen.« Quorny zeigte zu einem Tisch im hinteren Teil der Kneipe, der halb hinter einem Wandschirm verborgen war. »Sein Stammtisch«, fügte er mit einem wissenden Augenzwinkern hinzu.

»Stammtisch? Was für Leute waren da sonst noch?«

»Ach, das weiß ich nicht so genau«, antwortete Quorny, »aber sie werden bestimmt morgen alle kommen, um Eamonn die letzte Ehre zu erweisen.«

»Aber Sie müssen doch eine Vorstellung haben, was für Leute das waren. Waren es Nationalisten?«

»Schon möglich, dass es welche waren, Sir. Aber ich kann es nicht so genau sagen. Ich mische mich nicht in die Gespräche meiner Gäste ein.«

»War Rudi MacMahon mit Eamonn hier?«

»Das weiß ich nicht, Sir. Ich kann nicht sagen, wer die Herren waren, wirklich nicht.«

Nachdenklich trat Lindow aus dem schalen Bierdunst von Quornys Bar auf die Straße und machte sich auf die Suche nach Tag, die im Pfarrsaal das Essen für die Trauergäste vorbereitete.

Foyle erhielt den Anruf aus dem Büro des Commissioner am Dienstag, den 30. Oktober. Er wurde für 14.30 zu Urquhart bestellt und er war sich im Klaren darüber, dass seine Stunden als Leiter der SO 13 gezählt waren.

Diesmal legte er den Hörer sanft auf die Gabel. Seine Wut hatte sich längst verflüchtigt und einem sonderbaren Gefühl der Befreiung Platz gemacht. Er wusste, das würde nicht anhalten, doch für den Augenblick genoss er es. Er beugte sich über den *Guardian* und vertilgte ein Baguette mit Huhn, das ihm Nancy Longmore aus der italienischen Sandwichbar mitgebracht hatte. Dann reservierte er bei Carla Pryn für den Abend einen Tisch. Wenigstens würde er nun genügend Zeit haben, in ihrem Bistro zu sitzen, mit ihr über Gott und die Welt zu reden und vielleicht … man wusste ja nie.

Forbes trat ohne anzuklopfen ein. Der Commander wies stumm auf einen Stuhl.

»Um halb drei werde ich abgesägt«, verkündete er lakonisch. »Bis zum Abpfiff ist Scarratt der neue Mannschaftskapitän.«

»Das ist wirklich schade«, seufzte Forbes. »Und Scarratt wird sich auch nicht gerade freuen, mich in seinem Team zu haben. Schließlich bin ich Ihr Assistent. Ich denke, ich werde Ihnen wohl bald folgen, Sir.«

»Unsinn, Sie sind unverzichtbar. Das wird sogar Scarratt einsehen müssen.«

Foyle stand auf, streckte sich und schwang abwechselnd die Arme durch die Luft. »Das ist alles so verdammt blöd gelaufen. Ich habe das Gefühl, mich bei Ihnen entschuldigen zu müssen, aber ich weiß nicht mal, wofür. Vielleicht habe ich mich wirklich in eine hirnverbrannte Idee verbissen.«

»Ach, übrigens«, warf Forbes ein, »ich habe etwas über dieses Überwachungskommando in Droy herausbekommen. War mit einem Freund beim Mittagessen, der im Ministerium arbeitet. Irgendjemand will nicht, dass wir erfahren, wer damals auf dem Friedhof dabei war. Sie haben gestern die Anweisung bekommen, nichts mehr herauszugeben. Aber mein Freund meinte, wenn wir uns genügend ins Zeug legen, würden wir sowieso irgendwo auf die Namen stoßen – in regimentsinternen Rundschreiben und so weiter –, deshalb fand er nichts dabei, sie mir zu verraten.«

»Spannen Sie mich nicht auf die Folter. Was haben Sie herausgefunden?«

»Es war eine Art Sondereinsatzkommando der Armee. Ein paar der Soldaten hatten bereits im Falkland-Krieg zusammen gekämpft. Sie haben einige heikle Aufträge in Ulster erledigt. Die Gruppe bestand aus sechs Männern, angeführt von einem jungen Major namens Ian Rhodes und seinem Stellvertreter Robert Lasseur.«

»Lasseur?«

»Ja«, erwiderte Forbes. »Anscheinend ist er in Quebec aufgewachsen, aber er hat die britische Staatsangehörigkeit. Seine Mutter ist Engländerin. Nach einer Scheidung ist sie wieder in ihre Heimat gezogen. Die anderen Männer waren Sergeant James Pascoe, Corporal Robert McGurk, der Gefreite Vincent Creech und Schütze Christy Calvert. McGurk und Creech kamen auf dem Friedhof ums Leben, Pascoe ist seitdem blind, und Lasseur trug schlimme Narben davon. Nur Rhodes und Calvert sind heil aus der Sache herausgekommen. Keiner der Männer ist mehr in der Armee. Clavert und Rhodes haben den Dienst relativ bald nach Droy quittiert.«

»Droy war also für alle das Ende ihrer Laufbahn. Weiß man, was aus ihnen geworden ist?«

»Es gibt nur Gerüchte. Aber wie es aussieht, hat Lasseur das Land verlassen, Calvert arbeitet als Bodyguard, und Pascoe lebt in Nordengland von einer Invalidenrente. Wo Rhodes ist und was er macht, ist nicht bekannt.«

»Jedenfalls dürfte es nicht allzu schwierig sein, Calvert und Pascoe ausfindig zu machen. Es könnte sich lohnen, kurz mit ihnen zu reden.«

»Das wird wohl von Ihrer Besprechung abhängen, Sir, meinen Sie nicht?«

»Ja, vermutlich. Aber bis es so weit ist, möchte ich, dass sie jemanden darauf ansetzen.«

Zehn Minuten später führte man Foyle in das Büro des Commissioners. Scarratt und er trugen beide Uniform. Sie boten Foyle keinen Stuhl an.

»Wie Sie wissen, macht uns der Fortgang Ihrer Ermittlungen Sorgen, Commander«, begann der Commissioner, »und nach reiflicher Überlegung bin ich zu dem Schluss gelangt, dass es auch für Sie selbst das Beste wäre, wenn Sie die Leitung von SO 13 abgeben würden.«

Foyle stand stumm da.

»Nach meiner Schätzung haben Sie noch dreieinhalb Wochen Urlaub gut. Ich möchte, dass Sie diesen von morgen an nehmen und gegen Ende November wieder zur Arbeit kommen. In Anbetracht der Umstände halte ich eine Rückkehr zu SO 13 für wenig… realistisch. Deshalb würde ich gerne von Ihnen hören, wie Sie sich den weiteren Verlauf Ihrer Karriere vorstellen.«

Foyle hatte all das schon unzählige Male in seiner Fantasie durchlebt. Er wusste schon, wie dieser kleine Vortrag enden würde – mit einem versöhnlicheren Ton, den der Commissioner auch prompt anschlug.

»Fürs Erste wünsche ich Ihnen einen erholsamen Urlaub, Commander. Gönnen Sie sich etwas Zeit für sich und Ihre Frau, Kenneth. Sie ist immer noch im Ausland, oder?«

Foyle nickte.

»Sie könnten sie doch mit einem Besuch überraschen.«

»Ich würde gern wissen, wieso Sie das tun, Sir.«

»Na hören Sie, Foyle«, sagte der Commissioner. »In Ihrer Abteilung geht es drunter und drüber, und mit Ihrer Beurteilung der Situation lagen Sie in letzter Zeit ziemlich daneben. Erst lassen Sie Ihren einzigen Verdächtigen laufen, dann setzen Sie Ihre Leute zur Überprüfung einer Theorie ein, die von just diesem Verdächtigen stammt und für die es nicht den winzigsten Hauch eines Beweises gibt. Das alles geht nicht spurlos an Ihrer Mannschaft vorüber. Sie wissen doch selbst am besten, wie wichtig die Moral für eine Abteilung ist. Wenn ein Führungsbeamter das Vertrauen seiner

Leute einmal verloren hat, kann er es nur schwer wieder zurückgewinnen. Ich würde meine Pflicht, auch meine Fürsorgepflicht Ihnen gegenüber vernachlässigen, Commander, wenn ich bei dieser Entwicklung tatenlos zusehen würde.«

»Was werden Sie tun, wenn sich herausstellt, dass ich Recht hatte?«

»Das kann ich jetzt noch nicht entscheiden. Zunächst muss ich mich mit der momentanen Lage auseinander setzen. Und da habe ich es mit einer praktisch führungslosen Abteilung zu tun, erfolglos, festgefahren, demoralisiert. Alles andere interessiert mich im Augenblick nicht. Ich bin überzeugt, dass Assistant Commissioner Scarratt teilweise auf Ihrer Arbeit wird aufbauen können. Aber wenn ich schonungslos offen sein darf, Commander – ich meine, diese Idee, dass der Bombenleger Sie dazu gebracht hat, eine Nummer zu wählen, die mit einer der Bomben verknüpft war – das ist doch einfach absurd.«

Er blickte auf seinen Schreibtisch und schob ein paar Papiere hin und her.

»Ich möchte, dass Sie Assistant Commissioner Scarratt morgen Vormittag die Amtsgeschäfte übergeben. Wir sprechen uns in einem Monat wieder, wenn Sie alles gündlich überlegt haben.«

Er streckte die Hand zu einem Abschiedsgruß aus. In diesem Augenblick begriff Foyle, dass seine Karriere vorbei war und dass es in einem Monat kein Gespräch mehr geben würde. Er war draußen, und er würde sich damit abfinden müssen – damit abfinden, kein Polizeibeamter mehr zu sein.

Doch das war ein Zustand, den er sich nicht vorstellen konnte.

Als Foyle am nächsten Morgen aus dem Aufzug stieg, wartete Forbes schon auf ihn. Es stand ihm ins Gesicht geschrieben, dass etwas passiert war.

»Es gibt schon wieder eine«, sagte Forbes. »Noch weiß man nichts Genaues, die Meldung kam gerade erst herein. In der Nähe der King's Cross Station steht ein Wagen mit einem verdächtigen Paket darin. Er ist auf einem leeren Grundstück hinter einem Bürogebäude geparkt. Lafferty ist schon unterwegs.«

Sie brachen sofort auf. In den Straßen um King's Cross herum stockte der Verkehr in der morgendlichen Rush-Hour. Die Sirene ihres Wagens heulte ohrenbetäubend, sodass Forbes auf dem Rücksitz seinem Vorgesetzten ins Ohr brüllen musste, was er noch an Einzelheiten erfahren hatte. Am frühen Morgen war einem jungen Streifenpolizisten ein blauer Audi Kombi aufgefallen, der seit Freitag an derselben Stelle stand. Die Windschutzscheibe war schon mit Laub bedeckt, auf der Rückseite lag ein Koffer unter einer Wolldecke. Der Polizist ging der Sache nach und fand heraus, dass der Wagen einem Dr. Richard Brett aus Maidenhead gehörte. Von dessen Tochter erfuhr er, dass sich ihre Eltern auf einer Keniareise befänden und den Audi auf dem Langzeitparkplatz am Flughafen abgestellt hätten.

»Wer immer ihn gefahren hat, wusste also, dass ihn niemand als gestohlen melden würde«, sagte Foyle.

»Ja, aber das ist noch nicht alles. Der Beamte hat entdeckt, dass Drähte von dem Koffer zur Buchse des Zigarettenanzünders führen.«

»Ein Ladegerät für ein Telefon.«

»Genau – und er hat dann noch mal bei der Tochter angerufen, ob ihr Vater ein Mobiltelefon besitzt und ob er es vielleicht zum Aufladen im Wagen gelassen hat. Aber das Handy lag vor ihren Augen auf dem Schreibtisch.«

»Und der Koffer?«

»Sie sagt, ihr Vater besitze keinen Metallkoffer.«

»Tüchtiger Junge, dieser Streifenpolizist. Den könnten wir bei uns in der Abteilung gebrauchen.«

Sie hielten rund zweihundert Meter von der Euston Road entfernt. Foyle und Forbes liefen zu zwei LKWs der Sprengstoffeinheit hinüber. Lafferty streckte den Kopf aus der Hecktür des einen. »Sie könnten Recht haben mit Ihrer Handy-Theorie, Ken. Die Roboterkamera zeigt, dass das Paket an ein Ladegerät für ein Telefon angeschlossen ist. Wir lassen jetzt den Roboter das Rückfenster einschlagen. Wenn die Bombe nicht mit dem Autoalarm verbunden ist, lassen wir ihn seinen Rüssel hineinstecken und die Sache genauer begutachten.«

Foyle ließ sich ein Fernglas geben und richtete es auf den Audi. Der Roboter rollte zum rechten hinteren Fenster, hob seinen eisernen Arm und schlug mit Wucht gegen die Scheibe. Sie zersprang mit einem dumpfen Knall in winzige Scherben. Der Roboter streckte den Arm durch das Fenster. Nun schnüffelten seine Sensoren im Wageninnern nach Sprengstoff. Gleichzeitig erforschte eine Kamera am Ende der Sonde den Innenraum. Die Bilder und die Sensorenanzeige wurden über ein Glasfaserkabel auf den Schirm eines Laptops im LKW übertragen.

»Wahrscheinlich Semtex«, brummte Lafferty nach einem Blick auf den Schirm. »Wenn es Coop-Sprengstoff wäre, würden wir ihn bis hierher riechen.«

»Was ist denn Coop-Sprengstoff?«, fragte Forbes.

»Nitrobenzol und Natriumchlorid.« Lafferty ließ kein Auge vom Monitor. »Stinkt bestialisch, das Zeug. Die IRA hat einmal einen Coop-Supermarkt in Belfast damit in die Luft gejagt, deshalb heißt es so.«

Der Experte, der mit einem Joystick den Roboter steuerte, folgte nun mit der Kamera dem Verlauf des Kabels, das in den hinteren Teil des Wagens führte. Es schien in einem Spalt hinter dem Rücksitz zu verschwinden.

»Das könnte eine Zündschnur sein«, erklärte Lafferty, »die eine Detonationswelle von der Hauptladung im Koffer zu einem zweiten Päckchen Sprengstoff im Kofferraum schickt. Das Zeug könnte in der Vertiefung für das Reserverad oder unter dem Rücksitz versteckt sein.« Wieder starrte er auf den Bildschirm. »Aber irgendwie sagt mir mein Instinkt, dass da keine zweite Sprengstoffladung ist. Wir werden es uns aus der Nähe ansehen müssen.«

»Muss das sein?«, sagte Foyle. »Kannst du nicht einfach den Roboter abkommandieren, das Ding hochgehen zu lassen?«

»Natürlich könnte ich das. Der hat jeden Schnickschnack, den man sich vorstellen kann – Spritzunterbrecher, Sidewinderwaffen, Sprengstoffsensoren. Angeblich kann er sogar Pepsi und Coca Cola am Geruch unterscheiden. Aber das hilft uns alles nichts, wenn wir herausfinden wollen, wie der Kerl seine Bomben zusammenbaut. Ich vermute, diese hier hat irgendwie nicht richtig funktioniert. Der Wagen steht jetzt seit mehr als fünf Tagen hier. Das heißt, die Bombe wurde wahrscheinlich zusammen mit der anderen letzte Woche gelegt. Wenn sie ein Blindgänger ist, macht das die Sache für uns einfacher… Andererseits«, fügte er grimmig an, »könnte der Kerl natürlich ein, zwei Überraschungen eingebaut haben.«

Sie gingen zu dem zweiten LKW hinüber. Auf einem niedrigen Rolltisch im Wageninneren lagen ein tragbares Röntgengerät, das Metallrohr, die Patrone eines Spritzunterbrechers und eine Rolle formbares Abdeckblei. Daneben stand ein Werkzeugkoffer. Lafferty schnitt ein paar Streifen Isolierband ab und klebte sie an den Rolltisch. Dann öffnete er den Koffer und fuhr prüfend mit den Fingern über die Klammern, Messer, Überbrückungskabel und Werkzeuge, die er in seiner Zeit als Munitionstechniker selbst gebastelt oder umfunktioniert hatte.

Er suchte ein paar Drahtscheren und eine Zange aus. Einer seiner Leute stand mit einem unförmigen schwarzen Schutzanzug hinter ihm. »Ich werde mich nie an diese Dinger gewöhnen«, sagte Lafferty. »Man kann sich kaum noch rühren da drin.«

Der Kollege half Lafferty in den Anzug und zurrte alle Riemen fest. Zange und Drahtscheren befestigte er mit einem Stück Klebeband an Laffertys linkem Arm. Lafferty sagte zu Foyle, er könne die ganze Aktion über Kopfhörer mitverfolgen, falls er wolle. Dann verschwand sein Kopf unter dem riesigen, turmartigen Panzerhelm. Im Schneckentempo walzte er nun auf den Audi zu, den Rolltisch zog er hinter sich her. Foyle wusste, dass Lafferty sich so langsam bewegte, weil er nicht völlig verschwitzt in seinem Anzug bei dem Wagen ankommen wollte.

Lafferty und er waren eines späten Abends bei einem zwölf Jahre alten Maltwhiskey beisammengesessen, und Lafferty hatte von dem endlos langen Marsch erzählt, den die Strecke von der Polizeiabsperrung bis zur Bombe bedeutete. Es waren nie mehr als hundertfünfzig Meter, aber bei jedem Schritt rechnete sich der Bombenentschärfer seine Überlebenschancen neu aus. Er rückte von dem Bereich, in dem er zum Krüppel werden würde, zur Todeszone vor, wo ein Bombenanzug kaum mehr Schutz bot als eine Regenhaut. Und dann war man genau vor der Bombe, starrte in die Augen der Bestie und überlegte fieberhaft, wie die Schaltkreise wohl verliefen. Wie viel Zeit hatte man, bevor sie sich schlossen und der Zünder seinen tödlichen Funken erzeugte? War eine Falle eingebaut, die den Schaltkreis schloss und die Bombe vorzeitig auslöste, wenn man sich an ihr zu schaffen machte? Lafferty hatte damals gesprochen, als besäße jede Bombe eine eigene Persönlichkeit. Als wäre sie eine Art charakterliches Abbild der Person, die sie gelegt hatte. Manche Sprengsätze waren leicht zu durchschauen, andere wieder raffiniert, geradezu intellektuell. Für Lafferty war es in der Tat ein persönlicher Kampf, seine Nerven und Findigkeit gegen das Geschick des Terroristen.

Eine Ewigkeit schien zu vergehen, bis Lafferty mit den Bewegungen eines Tiefseetauchers den Wagen umkreist und ins Innere gespäht hatte. Schließlich meldete er sich über Funk. »Es hat keinen Sinn«, sagte er. »Er hat die Bombe mit der Innenraumbeleuchtung verknüpft. Da komme ich nur ran, wenn ich durchs Fenster steige. Ich gehe zurück und ziehe diesen verfluchten Anzug aus. Lasst inzwischen den Roboter das Fenster auf der Beifahrerseite herausbrechen. Verstanden? Das Fenster auf der Beifahrerseite.«

Lafferty kam zurück und ließ sich von einem Beamten aus Helm und Anzug helfen. Sichtlich befreit trabte er wieder zum Audi und zog sich geschickt durch die Fensteröffnung.

»Jawohl!«, sagte er leise über Funk. »Der alte Trick. Er hat den Zünder mit dem Türlicht verbunden.«

Laffertys Schnaufen im Kopfhörer gab Foyle beinahe das Gefühl, bei ihm im Wagen zu sein. Durch sein Fernglas sah er, wie Lafferty die Wagenbeleuchtung mit einem kurzen, wohlgezielten Schlag zertrümmerte.

»So, und jetzt zum Hauptgang«, sagte Lafferty, stieg auf der Fahrerseite aus und öffnete die Tür dahinter. Er zog die Decke von dem Koffer und schleuderte sie mit der schwungvollen Gebärde eines Toreros auf die Straße. Dann ging er in die Hocke. »In den Koffer wurden zwei Löcher gebohrt. Aus dem ersten ragt etwas, das wie eine Handy-Antenne aussieht. Aus dem anderen kommen zwei Drähte. Der eine führt zu dem Licht, das ich gerade zertrümmert habe, und der zweite zum Zigarettenanzünder. Ich werde sie nicht anrühren, bevor ich den Koffer durchleuchtet habe. Ich bin mir jetzt ziemlich sicher, dass der ganze Sprengstoff im Koffer ist. Zumindest kann ich unter dem Sitz nichts entdecken, und es führt auch keine Zündschnur zum Kofferraum.«

Er hievte das Röntgengerät in den Wagen und deckte es auf der Rückseite mit dem Bleischild ab. Während er wartete, bis das Bild entwickelt war, bog er das Abdeckblei zu einem dreiseitigen Schild.

»Was macht er da?«, fragte Forbes.

Foyle deckte sein Mikrofon ab und erklärte: »Er bastelt eine Abschirmung, damit kein Anruf zu dem Telefon durchkommt.«

»Richtig«, sagte Lafferty, der dennoch mitgehört hatte. »So, hier ist das Röntgenbild. Es sieht nicht so wild aus, wie ich dachte, aber es ist ein ziemlicher Kabelsalat. Ich werde erst das Kabel zur Autoantenne durchschneiden und dann das Batteriekabel vom Zigarettenanzünder.«

Eine Weile war nichts zu hören. Der Sprengstoffexperte neben Foyle holte tief Luft. »Die Drähte könnten mit einem Relais verknüpft sein – mit einem elektromagnetischen Schalter. Das bedeutet, dass sich der Stromkreis automatisch schließt, wenn man sie durchtrennt. Der Strom fließt dann direkt in den Zünder.«

Laffertys Stimme ließ sich wieder hören. »So, das hätten wir. Als Nächstes versuche ich, den Koffer zu öffnen.«

Wieder hörten sie nur Laffertys Atemzüge, während er den Bleischirm vor das Handy stellte, sich an die Klappen des Koffers herantastete und langsam den Deckel öffnete. Dann kam seine Meldung: »Sechs bis acht Kilo Semtex, ein gewöhnlicher Zünder, ein Handy und ein Videotimer. Der Timer ist als Alternative gedacht. Falls das Telefon keinen Anruf erhält, sorgt der Videotimer dafür, dass die Bombe trotzdem detoniert. Dumm ist nur, dass das ganze Ding über den Akku des Telefons immer noch betriebsbereit ist.«

Wieder eine Pause. »Verdammt«, sagte Lafferty. »Wie spät ist es? Ich kann mein Handgelenk nicht umdrehen.«

»Genau acht Uhr fünfundvierzig, Sir.«

»Wieso ist sie dann nicht losgegangen?«, murmelte Lafferty. »Der Timer ist auf Mittwoch, den einunddreißigsten Oktober, acht Uhr eingestellt. Das ist heute. Sie hätte vor fünfundvierzig Minuten explodieren müssen. Oh. Verdammter Mist. Am Boden des Videotimers ist ein Kippschalter, und der ist mit dem Zünder verkabelt. Ich kann ihn nicht bewegen.«

Wieder eine Pause. »Ich weiß nicht, was hier passiert ist. Vielleicht ist der Zünder im Eimer. Ich lasse den Videotimer vorläufig mal beiseite und sehe mir das Telefon an.

Ich hebe es vorsichtig auf«, fuhr er fort. »Das Plastikgehäuse auf der Rückseite wurde entfernt, sodass die Kontakte des Läutwerks freiliegen. Vom Läutwerk zum Zünder führen Drähte. Wenn das Läutwerk durch einen Anruf aktiviert wird, schließt es den Stromkreis. Bisher haben wir schon vier getrennte Auslösemechanismen – das Telefon, das Türlicht, den Timer und den Kippschalter.«

Foyle hörte atemlos zu. Con Lindow hatte Recht gehabt. Doch irgendetwas nagte in seinem Hinterkopf, eine heftige Unruhe, die sich nicht zu einem Gedanken formen wollte.

Auf einmal wusste er es. Er sprang auf und brüllte: »Machen Sie, dass Sie wegkommen, Lafferty! Sie wird gleich explodieren! Am Sonntag wurde die Zeit umgestellt!«

»Schreien Sie mir verdammt noch mal nicht so ins Ohr«, knurrte Lafferty. »Ich habe kein Wort verstanden.«

»Die Uhren wurden am Sonntag zurückgestellt. Der Timer ist auf acht Uhr Sommerzeit eingestellt. Die Bombe geht um neun Uhr hoch. Sie haben noch zwei Minuten, Lafferty!«

»Ich komme. Aber ich bringe das Telefon mit.«

»Nein!«, schrie Foyle. »Ziehen Sie nur die SIM-Karte raus, und hauen Sie ab.« Die SIM-Karte war das Gedächtnis eines Handys, ein herausnehmbarer Chip, der alle wichtigen Informationen speicherte.

»Welche Karte?«

»Sie ist aus Plastik, etwa zwei Zentimeter lang, mit einer Seriennummer auf der Rückseite. Sie lässt sich herausschieben.«

»Ich hab sie.«

Lafferty kehrte dem Wagen den Rücken zu und kam mit ausgestreckten Armen auf sie zugerannt. Er hatte gerade das Ende der Gasse erreicht, als die Digitalanzeige des Videotimers auf neun Uhr umsprang. Der Audi schien für einen Moment auf einem Luftkissen zu schweben, bevor er in einem gewaltigen weißen Blitz zerbarst. Die Druckwelle donnerte durch die Gasse, Ziegel und Metallteile flogen wie Geschosse auf die Absperrung zu. Lafferty wurde auf die Erde geschleudert. Die Leute bei den LKWs warfen sich zu Boden. Dann kam ein zweites Donnergrollen, als das Gerüst neben dem Audi im Zeitlupentempo in sich zusammenfiel, Putz und Ziegel mit sich riss und alles in einen Nebel aus Rauch und Staub tauchte.

Foyle kam als Erster auf die Beine. Er rannte zu Lafferty und half ihm auf. Er war unverletzt. Zusammen wankten sie zurück zur Absperrung, wo sich die übrigen Beamten hustend den Staub von den Uniformen klopften.

»Die gleiche Sprengvorrichtung wie im Bus«, sagte Lafferty. »Plus ein paar fiese Überraschungen.«

»Haben Sie die Karte noch?«, fragte Foyle.

Lafferty hielt sie in die Höhe. Ein Sonnenstrahl, der sich durch die Rauchwolken in der Marylebone Road gekämpft hatte, glitzerte auf dem Oval des goldenen Schaltkreises.

Die drei Männer stiegen aus einem Fahrzeug und kamen auf den Trauerzug zu. Ohne den Arm seines Vaters loszulassen, reckte Lindow den Kopf, um zu sehen, ob sie sich der Prozession anschlossen. Er flüsterte seinem Vater und Tag zu, dass er gleich wiederkomme. Dann drehte er sich zu Mary Menihan um. »Ich glaube, dieser verfluchte MacMahon ist gerade gekommen. Oben bei der Kirche stehen ein paar Fernsehleute. Ich will nicht, dass sie ihn hier filmen.«

Er schlich sich aus der Prozession, stellte sich auf einen kleinen Buckel neben der Straße und musterte von dort die vorbeiziehenden Gesichter. Die meisten Trauernden waren Dörfler aus Ballyhanna, aber es gab auch ein großes Kontingent aus dem Norden, darunter ein rundes Dutzend Cardells – untersetzte, verschlagen blickende Gestalten aus der Familie seiner Mutter. Sie waren am frühen Morgen beim Weißen Haus eingetroffen und hatten murmelnd und mit den Füßen scharrend auf den Leichenwagen gewartet.

Am Ende des Trauerzugs schritt Rudi MacMahon; er war von zwei kräftig gebauten Männern flankiert. In den letzten zwanzig Jahren hatte er sich kaum verändert: Sein Haar war noch immer dunkel und üppig, sein Gesicht immer noch straff und schlank. Die einzige Veränderung war die runde Brille mit Goldfassung, die sein Erscheinungsbild als seriöser Politiker abrundete. Lindow wollte sich zu MacMahon vordrängen, aber einer von dessen Bewachern versperrte ihm den Weg.

»Schon gut«, sagte MacMahon. »Das ist Eamonns Bruder.«

»Was zum Teufel haben Sie hier verloren?«, fuhr Lindow ihn an. Die umstehenden Trauernden drehten sich ängstlich zu ihm um. »Sie werden dieses Begräbnis nicht für Ihre Zwecke nutzen, haben Sie verstanden? Eamonn war keiner von euch. Und jetzt gehen Sie, bevor ich die Garda hole.«

MacMahon nickte einem schaulustigen Trauergast leutselig zu, dann sagte er: »Das ist doch wohl nicht möglich. Ihr Bruder war ein Schulfreund von mir. Ich habe dasselbe Recht, hier zu sein, wie alle anderen auch.«

»Sie wissen verdammt gut, dass Sie nicht hier sind, um Eamonn zu betrauern, sondern um sich vor den Kameras in Pose zu werfen.«

»Falsch.« MacMahons Augen hinter der Brille wurden kalt. »Ich kenne Eamonn seit fünfundzwanzig Jahren, und ich bin hier, um ihm die letzte Ehre zu erweisen.«

Die Prozession kam vor einem schmiedeeisernen Tor zum Stehen, von dem eine schmale Lindenallee zur Kirche führte.

»Sie haben ihn gekannt, das stimmt, und Sie haben versucht, ihn zu benutzen. Wenn Sie auch nur die geringste Achtung vor Eamonn hätten, wären Sie nicht hier. Man wird ihn jetzt für schuldig halten, weil Sie hier sind und die Trauerfeier wie eins Ihrer verdammten republikanischen Begräbnisse aussehen lassen.«

MacMahon kniff die Augen zusammen und trat einen Schritt

auf Lindow zu. »Die Sache ist folgende«, sagte er leise, »wir wissen, dass Eamonn diese Bombe nicht gelegt hat. Deshalb bin ich hier. Und in London wird man Bescheid wissen, *weil* ich hier bin. Haben Sie das verstanden, Con?«

Sie standen schweigend da, dicht aneinander gepresst vom Strom der Trauernden. Die langsamen Schläge der Kirchturmglocke hallten von den Hauswänden wider. Eine kalte Windböe wehte aus der Richtung der Stadt, und die Blätter der Linden rauschten. Die Nähe zu MacMahon verursachte Lindow plötzlich Übelkeit. Er verlor die Beherrschung. »Ich will keinen Mörder bei Eamonns Begräbnis dabeihaben!« Dann packte er MacMahon am Ärmel und versuchte ihn aus der Menge zu zerren. Augenblicklich nahmen ihn die Leibwächter in die Zange und hielten ihn an den Armen fest.

»Schon gut«, sagte MacMahon ruhig. »Falls ich tatsächlich ein Mörder wäre, Con, dann wäre ich ja wohl nicht der Einzige hier, oder?«

Lindow zuckte zusammen, als hätte man ihn ins Gesicht geschlagen. Doch bevor er reagieren konnte, hatte sich seine Schwester durch das Tor zurückgekämpft und fasste ihn am Arm. »Con, nicht hier«, beschwor sie ihn. »Lass ihn, um Himmels willen. Mach jetzt keine Szene.«

MacMahon zupfte seine Ärmelaufschläge zurecht und schritt durch das Friedhofstor. Die Trauernden bildeten eine Gasse, um ihn durchzulassen. Als er kurz vor der Kirche war, schalteten die Kameramänner ihre Lampen ein und folgten ihm zum Eingang.

»Das wird heute Abend überall in den Nachrichten sein«, sagte Lindow. »Jetzt hat er, was er wollte – ein echtes republikanisches Begräbnis.«

Tag nahm ihn an der Hand und ließ ihn erst wieder los, als sie die vorderste Reihe der Kirchenbänke erreicht hatten. Ihr Vater saß schon in der Bank, auf seinem Gesicht lag ein milder, abwesender Ausdruck. Als der Gottesdienst begann, durchlebte Lindow noch einmal die Explosion, hielt noch einmal bei der verletzten Kay Gould Wache. Erst als Mary Menihan ans Pult ging, um *Der jüngste Tag* von Yeats zu lesen, blickte er wieder auf. Sie stand einen

Moment ruhig da und ließ ihren Blick über die Versammlung wandern. Die Lichtstrahlen, die durch die bunten Kirchenfenster fielen, sprenkelten ihre Haut hellbraun und grün. Dann rezitierte sie das Gedicht, ohne in das Buch zu schauen, das sie in der Hand hielt.

»›Alles fällt auseinander‹«, hob sie an und sah dabei zu der Stelle, wo MacMahon saß, »›die Mitte hält nicht mehr; bare Anarchie bricht auf der Welt aus. Blutgeblendete Strömungen sind losgelassen. Allenthalben wird der heilige Vorgang der Unschuld überschwemmt. Den Besten erlahmt der Glaube, und die Schlimmsten sind voll von heftiger Leidenschaft.‹«

Dann wurde Eamonns Sarg zum Friedhof getragen. Als der Priester seine Grabrede begann, flog eine Schar Saatkrähen in den Bäumen auf. Lindow presste eine Hand gegen die Stirn und legte den anderen Arm um die Schulter seines Vaters. Tag stieß kurze, mädchenhafte Schluchzer aus. Schließlich schritt die Trauergemeinde langsam durch den schweren Herbsttau zur Kirche zurück. MacMahon und seine Leibwächter waren schon wieder auf dem Weg zu ihrem Auto. Sie marschierten forsch durch das Herbstlaub, das die Allee bedeckte.

Einer der Leibwächter blieb stehen, um einen Anruf auf seinem Handy entgegenzunehmen. Die Kirchenglocken begannen wieder zu läuten, und er steckte einen Finger ins Ohr. Dann reichte er das Telefon an MacMahon weiter, dessen Züge sich verhärteten.

NEUNTES KAPITEL

Nachdem Lindow und Mary dem Leichenschmaus entkommen waren, gingen sie zurück zum Weißen Haus. Mary schlüpfte schnell aus ihrem Kostüm, zog Jeans und eine alte Lederjacke an und band sich ein weiches, grünes Halstuch um. Lindow schlug eine Fahrt über Land vor, damit sie ein bisschen an die Luft kamen. Sie brachen ohne bestimmtes Ziel auf und fuhren durch das leere Grenzland, durch öde Städte, in denen die Polizeiwachen noch immer wie Festungen aussahen. Bald kamen sie zu einer Eisenbrücke, die sich über die schmalste Stelle des Lough-Erne-Sees spannte. Sie spazierten bis zur Mitte der Brücke, wo die Grenze zwischen Norden und Süden verläuft, und blickten auf die dunklen Wellen, auf denen weiße Schaumkronen schaukelten.

»Hierher sind Eamonn und ich früher immer zum Fischen gekommen«, sagte Lindow. »Aber gelohnt hat es sich nur im Frühjahr, die restliche Saison über war es lausig. Sehen Sie die Schaumstreifen auf den Wellenkämmen? Eamonn hat seine Fliegen immer in die Nähe dieser Linien geworfen. Er sagte, die Fische würden auf Fliegen lauern, die sich im Schaum verfingen.« Er verstummte, sah Eamonn vor sich, wie er die Angel auswarf. »Großer Gott, das liegt alles so weit zurück.«

Er spürte, dass Mary ihn ansah. Zwischen den beiden war etwas geschehen, seit sie bei der Totenwache für Eamonn nebeneinander gestanden hatten. Sie hatten es beide nicht erwarten können, wegzukommen, während die Trauergäste sie mit ihrer quälenden Anteilnahme bedrängt hatten. Nun hatte Lindow das Gefühl, dass eine Art Pakt zwischen ihnen bestand.

»Was sind das für Inseln?«, fragte sie und zeigte nach Osten. »Sie sehen aus, als wären sie künstlich.«

»Das sind sie auch«, erwiderte Lindow. »Sie heißen *crannogs*. Das sind Pfahlbauten, einige schon Tausende von Jahren alt. Auf jedem standen drei oder vier Häuser, und nur die Inselbewohner kannten den Weg durch die Untiefen, auf dem man dort hinauskam.«

»Dann haben sie also ihren Nachbarn schon damals nicht getraut.«

Sie gingen am Lough entlang zu einem Kiefernhain und der Ruine eines niedrigen Bootshauses aus Backstein. Wenn es zu heiß zum Fischen war, erzählte Lindow, hatten er und Eamonn hier angelegt und sich in einen angenehm schummrigen Zustand getrunken, während Eamonn Geschichten erzählte, die immer wilder und bizarrer wurden.

»Sie werden ihn wohl sehr vermissen.«

»Ja«, sagte Lindow nachdenklich. »Ich hätte ihn gern ganz neu kennen gelernt. Das war eigentlich ein Hintergedanke von mir, als ich nach London ging. Und ich hätte gern erfahren, was er in den letzten zehn Jahren so getrieben hat.«

»Haben Sie denn so wenig miteinander gesprochen?«

»Leider ja. Jetzt wünschte ich, es wäre anders gewesen; ich wünschte, ich hätte mir die Mühe gemacht, herauszufinden, was in ihm vor sich ging.«

»Wie meinen Sie das?«

»Es gibt Dinge in seinem Leben, die ich nicht verstehe.«

»Dinge, die Sie verurteilen?«

»Vielleicht – ich bin mir nicht sicher. Genau da liegt das Problem. Ich kann mir kein Urteil bilden, weil ich vieles nicht verstehe.«

»Und falls Sie jetzt erfahren würden, dass es auch dunkle Dinge in seinem Leben gab, würden Sie ihn dann weniger lieben?«

»Das kann ich nicht sagen. Man weiß nie genau, was alles die Menschen zu ihren Entscheidungen bewegt.«

»Du meine Güte, was für eine untadelig liberale Gesinnung! Wissen Sie, was Swift dazu geschrieben hat?« Sie blickte über den See und begann zu rezitieren. »›Lenk ihn mit hilfreich liebevoller Hand, bedaure sanft, wenn du nicht überzeugen kannst. Den Störrischen zu strafen ist im Himmel Zeit, denn denk daran, dass ihr trotz allem Brüder seid.‹«

»Sehr gut. Aber natürlich glaubt keiner von uns mehr an den Himmel, deshalb strafen wir hier unten.«

»Sie wollen sagen, dass *Sie* nicht an den Himmel glauben.«

»So ist es. Und Sie?«

Sie schüttelte den Kopf.

Aus alter Gewohnheit und vielleicht als Akt des Gedenkens klaubte Lindow ein paar Kiefernzapfen zusammen, brach herabgefallene Zweige entzwei und schichtete das Holz am Ende des Docks für ein Feuer auf. Das Harz in den Kiefernzapfen ließ die Flammen rasch auflodern. Sie ließen die Beine vom Dock baumeln und träumten vor sich hin, während das Feuer knisterte und das Wasser an die morschen Holzplanken schwappte.

Lindow hörte sie nicht kommen. Sie hatten sich von der Straße, die an dem alten Bootshaus vorbeiführte, über die Wiese herangepirscht. Als er sich umdrehte, sah er fünf Männer, die rasch und lautlos auf sie zuschritten. Einer hatte eine Pistole in der Hand, setzte sie Lindow an den Kopf und bedeutete ihm aufzustehen. Mary wurde von zwei anderen einfach unter den Armen gepackt und auf die Füße gehoben. Alles Blut war aus ihrem Gesicht gewichen.

»Was wollen Sie?«, fragte er, und seine Stimme überschlug sich.

»Nur reden, weiter nichts, also keine Panik, Con«, sagte ein kleiner etwa sechzigjähriger Mann, der den anderen auf die Anlegestelle gefolgt war. Er sah aus wie einer von den Typen, die auf jeder Rennbahn die Wettbüros belagern. Seinen Filzhut mit schmaler Krempe hatte er in den Nacken geschoben, und er trug eine dunkelgrüne, wasserdichte Jacke, aus deren Tasche eine zusammengerollte Zeitung ragte.

Eins seiner Augenlider hing ein wenig nach unten, und seine Wangen waren von einem Geflecht aus geplatzten Äderchen überzogen. Er hatte einen stechenden Blick und sprach mit einem leicht südirischen Akzent.

»Aber falls Sie mehr wollen, können Sie es jederzeit kriegen, hab ich Recht, Jungs?« Er machte eine Kopfbewegung. »Bringt die Kleine da runter und sorgt dafür, dass sie still ist, bis wir unsere Angelegenheiten mit dem Doktor erledigt haben.«

Die beiden Männer zogen Mary fort. Hilfe suchend drehte

sie sich zu Lindow um, doch der starrte wie hypnotisiert auf den Mann vor ihm. Er spürte, dass er noch nie einem so skrupellosen Menschen begegnet war.

»Zweifellos ein schönes Fleckchen hier. Nicht schlecht zum Fischen, wenn man Sinn für so was hat. Mir selbst fehlt die Geduld dafür. Also Doktor, Sie haben doch bestimmt von der Bombe heute Morgen gehört.« Er nahm seinen Hut ab, drehte ihn in der Hand und blickte an Lindow vorbei auf den See hinaus.

Lindow wusste nicht, was er antworten sollte. Als sie während des Leichenschmauses von der Autobombe erfahren hatten, war sein einziger Gedanke gewesen, dass man ihn nun nicht mehr verdächtigen würde.

»Ja, aber ich weiß keine Einzelheiten.«

Die Männer lockerten ihren Griff, aber an seiner linken Seite spürte er immer noch den Pistolenlauf.

»Traurige Sache, das mit Ihrem Bruder. War ein guter Mann. Er hat die Ehre der Familie hochgehalten, keine Frage.« Er setzte seinen Hut wieder auf und sah Lindow forschend an. »Was wissen Sie von seinen Aktivitäten für uns?«

»Nichts. Ich wusste nicht einmal, dass er für Sie gearbeitet hat«, antwortete Lindow.

»War aber so. Er hat seine Gesinnung nie groß hinausposaunt, aber das war gerade gut so. Niemand hatte ihn in Verdacht, jedenfalls bis kurz vor seinem Ende nicht. Eamonn war sehr wichtig für uns, und wir werden ihn sehr vermissen. Als er umgebracht wurde, suchte er gerade nach ein paar Männern. Leute, mit denen wir früher zu tun hatten. Sie haben ein falsches Spiel mit uns gespielt, und jetzt machen sie uns in England eine Menge Ärger. Wir glauben, dass sie es waren, die diese Bombe gelegt haben. Und wir wollen sie finden, bevor sie noch mehr davon legen. Können Sie mir folgen, Con?«

»Ich glaube, ja.«

»Gut. Eamonn sagte immer, Sie hätten Mumm – er erzählte, Sie hätten damals keinen Zollbreit nachgegeben, als man Sie nach der Sache auf dem Friedhof verhaftet hat. Sie wissen, wovon ich spreche? Gut. Als wir dann hörten, dass Sie in London verhaftet wurden, dachte ich mir, Lindow wird bei den Jungs in den blauen Uniformen bestimmt den Mund halten. Und ich habe mich nicht getäuscht.«

»Ich wüsste nicht, was ich hätte erzählen können.«

»Na, das stimmt aber nicht ganz, oder? Sie haben etwas gefunden, und Sie haben es behalten. Wir beide wissen das.«

»Wie kommen Sie darauf?«

»Jetzt hören Sie schon auf, mich zu verschaukeln. Sie haben doch gewusst, dass Eamonn für uns aktiv war. Sie mögen ein kluger Kopf mit allen möglichen Diplomen sein, aber Sie sind ein lausiger Schauspieler, das kann ich Ihnen sagen.«

Lindow wog ab, was er dem Mann erzählen sollte.

»Also, raus damit, was haben Sie in Eamonns Wohnung gefunden?«

»Ich weiß nicht, wovon Sie reden.«

Der Mann nickte in Richtung einer alten Winde, die auf dem Dock stand. Im Handumdrehen hatten die beiden Männer, die Lindow festhielten, ihn rücklings an die Zahnräder des Windengetriebes gefesselt. Dreimal rissen sie ihn nach hinten und schlugen ihm ins Gesicht. Er versuchte die Zähne aufeinander zu pressen, doch als sich die Zahnräder in seine Wirbelsäule bohrten, schrie er gequält auf.

»Das ist noch gar nichts. Wir können noch ganz anders, hab ich Recht, Jungs?« Der Mann stocherte mit einem Stecken in der Glut von Lindows Feuer. »Vielleicht wollen Sie ja den Helden spielen, aber Sie sind nicht der Einzige, dem die Jungs hier wehtun können.«

Er drehte sich zum Bootshaus um und ließ einen kurzen Pfiff hören. Hinter dem Gebäude kamen zwei Gestalten hervor. Eine hatte eine Waffe in der Hand, die andere stolperte vor ihr her – seine Schwester. Sie kamen auf das Dock zu, blieben jedoch außer Hörweite stehen. Tag war geknebelt, ihre Augen waren verbunden.

»Keine Angst, Con«, sagte der Mann. »Wir haben ihr nichts getan. Ich habe sie nur hierher gebracht, um Ihnen zu zeigen, dass wir sie uns jederzeit holen können. Wir verstehen uns?«

Lindow nickte.

»Also, was haben Sie gefunden?«

»Geld und einen Pass.«

»Und was haben Sie damit gemacht?«

»Ich habe sie in London in einem Safe hinterlegt – bei meinen Anwälten.« Lindow blickte ihn fest an.

»Wissen die Anwälte, was in dem Päckchen ist?«

»Nein.«

»Und sonst war da nichts? Notizen oder so?«

»Nein, nur der Pass und das Geld. Der Pass ist auf meinen Namen ausgestellt.«

»Sagt Ihnen der Name Rhodes etwas? Oder Lasseur?«

»Nein, ich habe sie noch nie gehört.«

Der Mann lächelte und stocherte wieder im Feuer. »Eamonn war ihnen auf der Spur, als er getötet wurde. Dieser Rhodes beschäftigte ihn schon sehr lange. Eamonn wusste eine Menge über ihn – wir hätten wirklich früher auf ihn hören sollen. Jetzt müssen wir dort anknüpfen, wo Eamonn aufgehört hat. Und da kommen Sie ins Spiel. Sie werden die beiden nämlich für uns suchen.«

»Wieso? Was soll das heißen? Das kann ich nicht!«

»Unsinn, Con, Sie sind genau der Richtige für den Job. Eamonn hat uns noch erzählt, dass sich die beiden irgendwo in Maine verkrochen haben. Sie können problemlos dorthin fliegen. Und Sie haben eine Menge einflussreiche Freunde, kennen sogar Leute beim FBI. Reden Sie mit denen. Finden Sie heraus, wo sich die zwei Typen verstecken. Verstehen Sie, wir sitzen jetzt im gleichen Boot.«

»Aber ich kenne überhaupt niemanden beim FBI!«

»Aber sicher doch. Was ist zum Beispiel mit diesem Varrone?«

»Varrone?« Lindow war entsetzt, wie viel sie über ihn wussten. »Er ist ein Kollege – er hat nichts mit dem FBI zu tun.«

»Da hat Eamonn Ihre Freunde aber besser gekannt. Er musste schließlich über ihr Leben Bescheid wissen, wenn er sich für Con Lindow ausgeben wollte.«

»Aber Varrone…« Lindow hielt inne. Er sah zu seiner Schwester hinüber. Der Wind hatte aufgefrischt und fachte die Glut in der Feuerstelle an. »Hören Sie, wenn Sie die Frauen gehen lassen, können wir über alles reden.«

»Okay.« Der Mann hatte ein unverbindliches Lächeln aufgesetzt. »Wenn Sie sich bereit erklären, uns zu helfen, sorge ich dafür, dass die beiden noch vor Ihnen daheim sind und ihnen nicht das kleinste bisschen geschieht – jedenfalls solange Sie mit uns kooperieren, Con.«

»Und was, wenn ich Rhodes und Lasseur nicht finde?«

»Donnerwetter, Sie haben aber ein phänomenales Gedächtnis, Con. Ich brauche die Namen nur einmal zu erwähnen, und schon sind sie in Ihrem Kopf gespeichert. Wirklich ein phänomenales Gedächtnis.« Er machte einem der drahtigen jungen Schläger, die Lindow festhielten, ein Zeichen. Der Bursche schien zu wissen, was man von ihm wollte, denn er trabte zu Tag hinüber, nahm sie am Arm und führte sie in Richtung Straße. Als sie außer Sichtweite waren, legte der Mann seinen Kopf schief. »Wir sind uns also einig?«

Lindow nickte.

»Gut. Dann fliegen Sie morgen nach Boston und rufen Ihren Freund Varrone an. Aber keine Generalbeichte, verstanden? Sagen Sie nur, Sie müssten diese Männer aufspüren, es sei wichtig. Wenn Sie sie gefunden haben, gehen Sie in Melly's Bar in South Boston und fragen nach dem Wirt. Er heißt P. J. McKenna. Danach sind Sie uns los. Für immer. Und vergessen Sie nicht, Con, dass Sie uns die Mörder Ihres Bruders aushändigen. Wir zahlen ihnen heim, was sie ihm angetan haben, und wenn wir schnell genug sind, verhindern wir außerdem weitere Schweinereien in London. Die schaden uns nur.«

Lindow blinzelte ihn an. »Ich verstehe das alles nicht. Die Bomben sind doch in London gelegt worden, wie kommen Sie also darauf, dass diese Leute in den Staaten sitzen?«

»Moderne Technik«, sagte der Mann. »Das ist heutzutage eine echte Pest. Zu viel von dieser verfluchten modernen Technik.«

Er rückte sich den Hut zurecht. »Ich höre hoffentlich bald von Ihnen.«

Kurz darauf wurden zwei Autos angelassen und fuhren weg.

Dann verband man Lindow die Augen und schob ihn über die Wiese zu einem dritten Fahrzeug. Sie zwangen seinen Kopf auf dem Rücksitz nach unten und drückten ihm eine Pistole an die Schläfe. Rund zwanzig Minuten später hielt der Wagen vor dem Weißen Haus, Lindow wurde hinausgestoßen und der Länge nach in der Einfahrt liegen gelassen. Er riss sich die Binde von den Augen und sah seinen Mietwagen ein paar Meter entfernt stehen. Tag und Mary kamen auf ihn zugelaufen.

»Kein Wort zu Dad«, sagte Tag atemlos und schlang ihre Arme um Lindow. »Wir haben ihm erzählt, du machst einen Spaziergang.«

Der Commissioner rief Foyle um halb vier Uhr nachmittags zurück.

»Ja«, sagte er schroff. »Ich habe nicht viel Zeit, also fassen Sie sich bitte kurz, Commander.«

»Ich habe mir überlegt, Sir, ob Sie im Licht der Ereignisse von heute Morgen Ihre Entscheidung, mich von dem Fall abzuziehen, nicht überdenken wollen. Schließlich hatte ich Recht, was den Zündmechanismus der Bombe angeht.«

»Es tut mir Leid, Commander. Das kommt nicht in Frage. Sicherlich hatten Sie Recht mit Ihrer Theorie, aber ich darf nicht außer Acht lassen, dass sie ursprünglich von Con Lindow stammt. Überhaupt haben Sie sich ganz schön von Lindow blenden lassen. Um Ihnen also klipp und klar zu antworten: Nein, ich werde meine Entscheidung nicht überdenken.«

»Aber wir machen einen Fehler, Sir. Wir machen einen Riesenfehler, wenn wir ...«

»Tut mir Leid, Commander, ich habe jetzt nicht die Zeit, darüber zu diskutieren. Wir sprechen uns in ein paar Wochen.«

Frustriert rief Foyle bei Forbes im Büro an; dort erfuhr er, warum ihn der Commissioner derart abgefertigt hatte. Man hatte die SIM-Karte, die Lafferty gerettet hatte, untersucht. Lindow hatte die Nummer zweimal angerufen.

»Was? Das ist doch nicht möglich«, sagte Foyle.

»Und um alles noch schlimmer zu machen, haben wir gerade die Bilder von Eamonn Lindows Beerdigung bekommen. Con

Lindow steht da mit Rudi MacMahon beisammen. Beim Verhör hat er aber steif und fest behauptet, dass er ihn nicht kennt.«

»Was halten Sie davon?«

»Sieht verdammt schlecht aus für Lindow. Scarratt wird ihn verhaften lassen, sobald er nach London zurückkommt.«

»Na prima. Aber was anderes: Erinnern Sie sich noch an die junge Frau, um die sich Lindow nach der Busexplosion gekümmert hat? Was ist aus ihr geworden?«

»Sie hat überlebt. Wir wollten sie befragen, aber das Krankenhaus erlaubt es nicht.«

»Haben Sie ihren Namen gerade da?«

»Ja, sie heißt Kay Gould, ledig, sechsundzwanzig Jahre. Sie ist immer noch im Krankenhaus. Warum?«

»Ich dachte, ich schaue mal nach, ob sie schon in der Lage ist zu reden«, sagte Foyle.

»Lassen Sie sich bloß nicht dabei erwischen, Sir«, sagte Forbes unsicher.

»Keine Angst, niemand wird davon erfahren. Halten Sie mich auf dem Laufenden, ja?«

Foyle rannte eine Weile unruhig in seinem Wohnzimmer auf und ab.

Dann griff er sich seinen Mantel, tastete in den Taschen, ob er alle Schlüssel dabeihatte, die er brauchen würde, und knallte die Wohnungstür zu. Eine halbe Stunde später zeigte er am Empfang von St. Luke seinen Dienstausweis vor und fragte nach Kay Gould. Foyle stand im Flur vor ihrem Zimmer, als ein kleiner, dunkler Mann in einem makellos weißen Kittel erschien und sich als David Peretz, Kay Goulds behandelnder Arzt, vorstellte.

»Es geht ihr bemerkenswert gut«, sagte er. »Sie hätte es um Haaresbreite nicht geschafft, aber inzwischen bin ich ziemlich zuversichtlich.«

»Was ist mit ihrem Gesicht?«

»Es lässt sich noch nichts Endgültiges absehen, aber ihre Heilung geht erstaunlich gut voran, und die Wunden sind auch nicht ganz so tief, wie wir anfangs dachten.«

»Meinen Sie, ich kann mit ihr sprechen?«

»Tut mir Leid, das wäre noch zu viel für sie. Vielleicht Ende der Woche, mal sehen.«

»Haben Sie sie operiert, als sie nach dem Anschlag gebracht wurde?«

»Ja. Zunächst konnten wir die inneren Blutungen nicht stoppen. Ich dachte, es sei die Leber. Wir haben ihr Bluttransfusionen gegeben, aber sie hat immer weiter Blut verloren. Dann kam ich dahinter, dass ein Glassplitter ihre Milz durchbohrt hatte, und wir konnten endlich die Blutung stillen. Danach stand es einige Stunden lang auf der Kippe. Herz- und Atemstillstand. Aber wir haben sie jedes Mal wiederbelebt. Sie war stark, hat sich einfach geweigert zu sterben.«

Foyle wurde bei ausführlichen medizinischen Erläuterungen immer flau im Magen, aber der Stolz des Arztes rührte ihn. »Hören Sie«, fragte er dann, »kann ich hier irgendwo ungestört telefonieren?«

Peretz führte ihn in ein leeres Büro. Foyle schloss die Tür und wählte die Nummer der Auslandsauskunft. Knapp eine Minute später sprach er mit Lindow in Ballyhanna. »Wir müssen uns unterhalten. Sind Sie allein?«

»Ja. Worum geht's denn?«

»Sie haben gehört, dass hier heute Morgen eine neue Bombe hochgegangen ist?«

»Ja.«

»Sie war an ein Handy angeschlossen, genau wie Sie vermutet haben. Wir haben sogar die Nummer. Das Problem ist, dass Sie genau diese Nummer zweimal von Ihrer Wohnung aus angerufen haben.«

»Was? Das war ich nicht! Das müssen Sie mir glauben.«

»Es spielt keine Rolle mehr, ob ich Ihnen glaube. Ich leite die Ermittlungen nicht mehr. Wie auch immer, man wird Sie jetzt wahrscheinlich verhaften und diesmal auch anklagen.«

Die Leitung blieb stumm. Dann fragte Lindow: »Wann soll ich die Nummer angerufen haben?«

»Am Freitag und Montag, beide Male morgens zur Hauptverkehrszeit. Man schließt daraus, dass Sie es auf den Tod möglichst vieler Menschen abgesehen hatten. Wissen Sie noch, wo Sie seit Ihrer Entlassung überall angerufen haben?«

Lindow schwieg und versuchte sich zu erinnern. Seine Schwester. Das Imperial College. Die Anwälte. Die Polizei. »Halt, jetzt fällt es mir ein. Ich habe auch noch den Makler zurückgerufen. Er hat auf meinem Anrufbeantworter eine Nachricht hinterlassen. Das war frühmorgens. Moment, ich habe die Nummer hier – bin gleich zurück.«

Lindow kam wieder an den Apparat. »08052 289476.«

»Das ist sie! Sie haben zweimal dort angerufen, sagen Sie?«

»Ja. Ich bin aber nicht durchgekommen. Ich habe es dann nicht weiter probiert, weil ich vor Eamonns Beerdigung noch eine Menge zu erledigen hatte.«

Foyle überlegte. »Wenn Sie die Wahrheit sagen, dann ist der Kerl, der die Nachricht auf Ihrem Anrufbeantworter hinterlassen hat, der Bombenleger.«

»Ich *sage* die Wahrheit.«

»Haben Sie die Nachrichten vor Ihrer Abreise gelöscht?«

»Nein, ich glaube nicht.«

»Gut, dann fahre ich jetzt zu Ihrer Wohnung. Wir telefonieren später noch mal.«

Foyle hatte noch immer Lindows Schlüssel. Als er vor dem Haus ankam, blieb er zunächst im Wagen sitzen und beobachtete die Straße. Nichts bewegte sich. Die Fenster von Lindows Wohnung waren dunkel. Er stieg aus und ging zur Haustür.

In der Wohnung machte er kein Licht, sondern tastete sich im Dunkeln zur Küche vor und öffnete den Kühlschrank. Die Beleuchtung reichte gerade aus, um den Anrufbeantworter im Wohnzimmer zu finden. Foyle hörte die Nachrichten durch.

Die letzte stammte von einem gewissen Mr. Lustig, der hastig verkündete, er habe eine Wohnung für Lindow gefunden, und um Rückruf bat. Foyle musste gar nicht erst nachsehen, ob er die Nummer nannte, die er suchte.

Er versenkte die Kassette aus dem Anrufbeantworter in seine Manteltasche, schloss die Kühlschranktür und schlich sich aus der Wohnung.

Von einer Telefonzelle um die Ecke rief er wieder in Ballyhanna an. Lindow meldete sich. »Können Sie sich ein öffentliches Telefon suchen und mich dann zurückrufen?«

Foyle wartete fünf Minuten in seinem Telefonhäuschen. Eine Gruppe Kinder hüpfte in Halloweenkostümen die Straße entlang. Dann läutete es.

»Sie haben Recht mit dem Band«, sagte Foyle. »Ich habe es jetzt bei mir, und ich will, dass Sie es sich noch einmal anhören.«

»Warum haben Sie es mir nicht von der Wohnung aus vorgespielt?«

»Ihr Telefon wird angezapft, und ich wollte mich auf einer sauberen Leitung mit Ihnen unterhalten. Ich glaube, wir müssen uns treffen. Aber Sie dürfen nicht herkommen. Ich werde zu Ihnen nach Dublin fliegen müssen. Wir treffen uns dann am Flughafen. Können Sie heute Abend dort sein?«

»Kein Problem.«

»Ich treffe Sie im Hauptrestaurant in der Abflughalle. Ich könnte so gegen halb zehn da sein.«

Lindow marschierte zum Haus zurück. Tag saß in der Küche. Sie war immer noch ziemlich mitgenommen und musste von Mary beruhigt werden. Als Lindow ihr kleinlaut erzählte, dass er abreisen musste, schaute sie ihn durch ihre Tränen hindurch vorwurfsvoll an. Dann beschwor sie ihn zu bleiben. Er könne doch Vater jetzt nicht allein lassen. Aber es war nicht zu übersehen, dass sie auch um sich selbst Angst hatte. Mary schaltete sich ein. »Wenn Con glauben würde, dass ihr hier nicht sicher seid, dann würde er bestimmt bleiben.«

»Glaubt mir, ihr seid hier viel sicherer, wenn ich in Amerika bin. Das, was ich dort … erledigen muss, wird uns allen helfen.«

»Was soll das heißen?«, fragte seine Schwester, die mit beiden Händen die Lehne eines Küchenstuhls umklammerte. »Wie kannst du uns allen helfen? Haben sie dich gezwungen, für sie zu arbeiten? Steckt das dahinter? Sag es mir, um Himmels willen.«

Er nahm sie in den Arm. »Ich arbeite für niemanden, Tag. Ich kann nicht darüber sprechen, aber es geht nicht anders.«

Er ging hinauf, um seine Sachen zu packen. Mary folgte ihm in sein Zimmer und berührte ihn leicht am Arm.

»Sind Sie sicher, dass Sie das Richtige tun?«, fragte sie.

»Nein.« Im Augenblick wünschte er, sie würde sich nicht einmischen.

»Warum gehen Sie dann?«

»Ich muss. Sie haben gedroht, Tag etwas anzutun.«

»Großer Gott! Was sollen Sie in Amerika für diese Leute tun?«

»Das kann ich nicht erklären. Es ist zu kompliziert.«

»Könnten Sie ein bisschen Hilfe gebrauchen? Ich muss sowieso wegen ein paar Familienangelegenheiten rüberfliegen, und vier Augen sehen mehr als zwei. Sie müssen mir ja nicht sagen, worum es geht.«

Lindow kniete wortlos nieder, um einen Koffer zu schließen. Sie berührte wieder seine Schulter und drückte ihm einen Kuss auf die Wange.

»Und ich kann Ihnen sagen, dass ich Boston sehr gut kenne«, fügte sie an. »Ich meine das *richtige* Boston, nicht das Harvard-Boston.«

Lindow richtete sich wieder auf. »Müssen Sie nicht zurück nach London? Arbeit und so weiter?«

»Das hat Zeit. Wozu bin ich Freiberuflerin?«

»Hören Sie, die Sache könnte gefährlich werden – und offen gestanden habe ich nicht die leiseste Ahnung, wie ich überhaupt anfangen soll.«

»Aber Sie hätten mich trotzdem gern dabei, oder?«

»Sicher ... natürlich. Wenn Sie es wollen und Zeit haben ...« Er war selbst überrascht, dass er sich so schnell hatte überreden lassen.

»Gut. Ich bleibe noch heute Nacht hier und kümmere mich um Tag und Ihren Vater, und morgen fliege ich dann von London aus.«

Sie gab ihm den Namen des Bostoner Hotels, in dem sie ihn treffen wollte. Dann gingen sie nach unten. Lindow umarmte seinen Vater und seine Schwester, nickte Mary zu und stieg in seinen Wagen.

Lindow saß im Flughafenrestaurant vor einer Tasse Kaffee, als Foyle zu ihm stieß und eine Duty-Free-Tasche auf den Tisch legte.

»Sie sehen ganz schön gebeutelt aus«, sagte Lindow.

»Danke, gleichfalls«, gab Foyle zurück und zog einen nagelneuen Kassettenrekorder aus der Tasche.

»So, ich möchte, dass Sie sich das sehr genau anhören und mir sagen, ob Sie die Stimme wieder erkennen.«

Der Sprecher hatte eine Allerweltsstimme mit Londoner Färbung, die aber zum Ende der Nachricht hin, als er Lindow aufforderte, ihn zurückzurufen, einen markigen Befehlston annahm.

»Das könnte jeder sein«, meinte Lindow verzweifelt. »Das Schlimmste ist, dass mich dieser Mistkerl nicht nur zu belasten versucht, sondern mir schon vor dem Anschlag in der Clarence Street nachspioniert hat. Er wusste, dass ich eine Wohnung suche.«

»Ja, gut möglich, dass er Ihre Anrufe von letzter Woche abgehört hat.« In das Restaurant drängte jetzt eine laute Touristengruppe. »Ich würde lieber woanders reden. Was halten Sie davon, wenn wir uns hier irgendwo ein Zimmer nehmen?«

Zwanzig Minuten später checkten sie in einem großen, anonymen Betonklotz von Hotel ein, dessen Wände mit grellen Drucken von irischen Landschaften geschmückt waren.

Foyle bat Lindow, sich als J. Peters einzutragen.

»Sollte ich je danach gefragt werden, wer J. Peters ist, werde ich sagen, sie ist meine Geliebte und bevorzugt ein eigenes Zimmer, um den Schein zu wahren.«

Lindow grinste und brachte sein Gepäck aufs Zimmer.

Foyle suchte im Hotelrestaurant einen Tisch an einem lang gestreckten Aquarium aus, wo er einen schwarzen Fisch mit Barthaaren beobachtete, der träge im Sauerstoffstrom trieb.

Als Lindow kam, sagte Foyle: »Ich habe irgendwo gelesen, dass man nur Fische aus dem gleichen See in dasselbe Aquarium geben darf. Wenn man einen fremden Fisch dazu tut, bringen sie ihn um. Ich bin sicher, darin steckt eine Art Gleichnis, aber ich weiß nicht, welches.«

»Da gibt es keines. Die Natur ist einfach, wie sie ist. Sie muss keine schlauen Lehren für die Menschheit bereithalten.«

Sein Tonfall überraschte Foyle. »Sie brauchen was zu essen. Ich habe schon zwei Steaks und Wein bestellt. Und jetzt erzählen Sie mir, was heute los war.«

Lindow berichtete von der Beerdigung und der Entführung am Nachmittag. Foyle wollte genau wissen, welche Worte MacMahon gebraucht hatte, dann verlangte er eine Beschreibung des Mannes am See.

»Sie hatten wahrscheinlich das Vergnügen, Raymond McCreath kennen zu lernen – ›Kichererbsen‹-McCreath. Der Kerl ist eine ziemliche Legende. Seinen Namen hat er in den Siebzigern bekommen. Damals hat er die Patronen seines Zwölfkalibers durch Kichererbsen ersetzt. Auf diese Weise konnte er jemand ganz schön zurichten, brachte ihn aber garantiert nicht um. Er war einer der Quartiermeister der IRA, aber auch der Spezialist für die dreckigen Jobs. Wenn sich einer danebenbenahm und auf IRA-Kosten absahnte, war das ein Fall für McCreath. Angeblich hat er seinen wohlverdienten Ruhestand unterbrochen, um für die Sinn Féin zu arbeiten. Wenn einer den Eindruck macht, er will aus der republikanischen Bewegung ausscheren, bekommt er Besuch von McCreath und seinen Freunden und wird zur Linientreue überredet. Aber nur einmal. Wenn der Dissident hartnäckig bleibt, wird er verprügelt oder umgebracht.

Außerdem ist es McCreaths Job, IRA-Ausrüstung wiederzubeschaffen, die in die Hände abtrünniger IRA-Kämpfer gefallen ist. Eine hässliche Sache. Man hat schon einige von den harten Jungs aus South Armagh tot aufgefunden. Manche wurden in ihren Betten umgebracht. Sehr sauber, sehr leise. Vor sechs Monaten wachte eine Frau morgens auf und stellte fest, dass man ihren Mann nachts in den Kopf geschossen hatte. Sie hatten einen Schalldämpfer verwendet.«

»Allmächtiger Gott – und das sind meine Landsleute!«

»McCreath kennt die gesamten IRA-Bestände, und – noch wichtiger – er weiß, was wo versteckt ist. Deshalb haben sie ihn wieder aus dem Ruhestand geholt. Der Mann ist ein echtes Rätsel. Wir wissen nicht mal genau, wie er aussieht. Das einzige Foto, das von ihm existiert, wurde vor dreißig Jahren aufgenommen. Er wurde nie verhaftet. Die Sicherheitskräfte haben sich sogar schon gefragt, ob er nicht nur eine Legende ist.«

»Also glaubt die IRA, dass eine Gruppe von Abtrünnigen die Bomben gelegt hat? Wurde Eamonn deshalb getötet?«

»Nein. Die Anschläge sind zu raffiniert für die IRA. Der Sprengsatz von King's Cross zum Beispiel war an ein Telefon, einen Zeitzünder und zwei Bewegungsauslöser angeschlossen, damit er auf jeden Fall explodiert, auch dann, wenn Sie nicht anrufen.«

»Aber ich habe doch angerufen. Warum ist er nicht hochgegangen?«

»Künstlerpech. Nachdem der Attentäter den Wagen dort abgestellt hatte, wurde am Gebäude nebenan ein Gerüst aufgebaut und mit einem Netz abgedeckt. Dadurch war der Empfang des Handys gestört.«

»Und was wollen Sie jetzt machen?«

»Die interessantere Frage ist, was Sie jetzt machen, Con. Ich bin nur ein Polizist auf Zwangsurlaub. Ich habe mit dem Fall nichts mehr zu tun. Sie hingegen stecken bis zum Hals in der Sache drin. Ich möchte Ihnen gern helfen, aber dann müssen Sie auch mir helfen. Diese Namen, die McCreath heute Nachmittag erwähnt hat… kannte Eamonn die Männer?«

»Nur einen von ihnen.« Lindow langte in die Brusttasche seiner Jacke. »Das habe ich letzten Freitag in einem Versteck in Eamonns Wohnung gefunden.«

Er legte den amerikanischen Pass und den Zettel auf den Tisch.

»Das sind Kompasspeilungen. Zunächst dachte ich, es hat etwas mit der Insel Rhodos zu tun!«

»Dann wussten Sie also gar nicht, wer Rhodes und Lasseur sind?«

»Nein.«

»Die beiden waren früher Offiziere in der britischen Armee. Beide waren in Droy, als der Friedhof in die Luft geflogen ist.«

Lindow wollte es nicht glauben. »Wissen Sie das genau?«

»Wir haben die Namen am Montag bekommen.«

Lindow hielt sein Glas an die Lippen, ohne zu trinken. »Mir dreht sich schon langsam der Kopf. Wollen Sie sagen, zwei britische Soldaten haben Eamonn in die Luft gesprengt und anschließend versucht, mir die Sache anzuhängen, weil sie sich für etwas rächen wollten, das 1983 passiert ist? Warum haben sie so lange gewartet?«

»Wenn ich das wüsste. Aber ich kann Ihnen jetzt sagen, dass Sie nicht der einzige unfreiwillige Handlanger unseres Bombenlegers sind. Mir ist gerade das Gleiche passiert, als ich versucht habe, Blackett anzurufen.«

»Wer ist Blackett?«

»Der Mann, der Sie und Eamonn nach der Explosion in Droy verhört hat.«

Lindow lehnte sich resigniert zurück. »Was hat der Kerl vor?«

»Für ihn ist das Ganze ein Spiel, ein sehr ausgeklügeltes Spiel. Vielleicht ist er so eine Art krankes Genie, wie der Unabomber in Amerika. Und der rote Faden scheint die Sache in Droy zu sein. Sie waren dort, Eamonn war dort, Blackett hat dort ermittelt.«

»Aber wie passen Sie da hinein? Wieso hat er Sie den Anruf machen lassen?«

»Darüber habe ich im Flugzeug nachgedacht. Scheint seine Art von Humor zu sein. Er bringt den Leiter der Antiterroreinheit dazu, höchstpersönlich seinen Sprengsatz zu zünden. Wirklich sehr witzig, ha ha.«

Dann schlug er plötzlich einen schärferen Ton an.

»Hören Sie, ich weiß, dass Sie für die Anschläge nicht verantwortlich sind. Aber Sie müssen damit rausrücken, was damals in Droy passiert ist. Warum ist Rhodes zurückgekommen? Was hat ihn *ausflippen* lassen?« Er nagelte Lindows Blick fest, ließ ihn nicht wegsehen. »Sie sind der Einzige, der alldem ein Ende setzen kann. Der Einzige, verstehen Sie?«

»Ich war nicht dort«, sagte Lindow tonlos. »Ich war nicht dort.«

ZEHNTES KAPITEL

Foyle schob seinen Stuhl zurück, wischte sich energisch den Mund ab und starrte den schwarzen Wels im Aquarium an, der sich an der Scheibe festgesaugt hatte. »Sie sind ein kluger Mann, aber Sie können unglaublich bescheuert sein, Dr. Lindow.«

Lindow sagte nichts.

Foyle legte einen Finger an das Glas des Aquariums. »Wie ich schon einmal sagte, sind wir wie der Tintenfisch und die Bakterie, die auf dem Meeresgrund ihren Weg suchen. Wir brauchen einander, aber im Augenblick brauchen Sie mich sehr viel mehr als ich Sie. Der Bombenleger wird Sie nicht in Ruhe lassen. Er wird Sie verfolgen, und er wird Sie erwischen, so wie er Eamonn erwischt hat. Warum Sie beide, frage ich mich? Was hat er gegen Sie?«

»Ganz einfach«, sagte Lindow verärgert, »er glaubt, dass wir für die Explosion in Droy verantwortlich sind.«

»Wir – Plural!« Foyle sprach das letzte Wort so hart und laut aus, dass die anderen Gäste im Lokal sich umdrehten. »›Wir‹ ist nicht das Wort, das ich in diesem Zusammenhang gebrauchen würde. Es muss heißen: ›Ich‹. *Sie* haben damals das Waffenversteck in die Luft gejagt und die Soldaten getötet. Sie haben diese Tat aus Ihrer Erinnerung gelöscht, aber jetzt ist sie plötzlich wieder da und verfolgt sie. Sie hat Ihren Bruder das Leben gekostet. Es gibt kein ›Wir‹ bei dieser Geschichte, hab ich Recht? Das geht alles auf Ihre Tat vor siebzehn Jahren zurück, und Sie wollen es verdammt noch mal nicht einmal vor sich selbst zugeben. Warum sagen Sie nichts? Los, reden Sie es sich von der Seele. Ich kann ohnehin nichts unternehmen, selbst wenn Sie es mir sagen. Das ist alles lange her. Sie werden nicht angeklagt, die Sache bleibt unter uns.«

»Ich habe Sie schon verstanden«, sagte Lindow langsam. »Aber lassen Sie mich nur so viel sagen: Droy war ein Unfall.«

»Das ist alles?«

»Ja.«

Mehr würde er nicht sagen. Was Foyle nicht wusste, nicht wissen konnte, weil es Lindow selbst erst langsam klar wurde: Er hatte sich verändert. Die Bombe, das zweitägige Verhör, Eamonns deprimierendes Begräbnis – all das hatte Lindow härter, entschlossener gemacht.

Bis vor kurzem hatte er ein bequemes Leben geführt. Er hatte nicht kämpfen müssen, sondern seinen Scharfsinn dazu benutzt, immer den Weg des geringsten Widerstands zu gehen, alle Schwierigkeiten zu umschiffen. Dabei war er sich durchaus im Klaren darüber, dass das im Grunde eine Charakterschwäche war. Doch erst nach dem Tod seiner Mutter hatte er sich dazu durchgerungen, eine Psychologin aufzusuchen. Nach ein paar Sitzungen – bevor Lindow die Therapie schließlich abbrach – hatte sie angedeutet, dass seine ausweichende Art in der Beziehung zu seiner Mutter begründet lag. Es sei sinnlos gewesen, gegen ihre übermächtige Persönlichkeit anzurennen, und diese Erfahrung hätte ihn geprägt. ›Vermeidungsstrategie‹ hatte die Therapeutin es genannt. Das sei auch der Grund dafür, dass er sich nie wirklich verliebt habe. Eine Beziehung hätte ihn zu angreifbar gemacht.

Lindow hatte das nicht gerade gerne gehört. Doch wenn er ehrlich war, musste er zugeben, dass er die Assistentinnen und Studentinnen, mit denen er schlief, genau danach ausgewählt hatte, dass sie ihm nicht zu nahe kamen. Flüchtige Berührungen waren es gewesen, und die wenigen Mädchen, die sich überhaupt Hoffnungen auf etwas Ernstes machten und ein paar Mal zu oft in seiner Wohnung auftauchten, hatte er schnell fallen lassen.

Geistesabwesend schenkte er sich noch ein Glas Wein ein.

»Und was haben Sie jetzt vor?«, riss Foyle ihn aus seinen Gedanken. »Nach Amerika fliegen und in den Wäldern von Maine herumschleichen? Und danach?«

»Mal sehen, wie es läuft. Es gibt eine Menge Leute, bei denen ich da drüben wohnen kann, und Geld ist kein Problem.«

»Ja, aber das ist doch keine Lösung.«

Lindow nickte langsam.

»Erzählen Sie mir von diesem Mädchen, Mary Menihan. Sie sagen, sie war dabei, als man Sie heute Nachmittag in die Mangel genommen hat. War der Spaziergang ihre Idee? Hat sie das Ausflugsziel vorgeschlagen?«

»Beide Male nein. Wieso fragen Sie?«

»Nur so. Sie scheint immer dann aufzutauchen, wenn es interessant wird. Hat sie nicht auch an Eamonns Wohnungstür geläutet, als Sie das Päckchen fanden?«

»Wollen Sie andeuten, dass Mary etwas mit der Sache zu tun hat?«

»Na ja. Sie kommt aus Boston, und sie war eine Freundin von Eamonn. Sie könnte in der Wohnung aufgekreuzt sein, um das Päckchen zu suchen.«

»Falls es so ist, werde ich es bald wissen. Wir treffen uns morgen in Boston.«

»Du meine Güte, die hängt sich ja an Sie wie eine Klette. Seien Sie ein braver Junge und gehen Sie nicht mit ihr ins Bett, Con.«

»Ich werde an Ihren weisen Ratschlag denken.«

»Gut. Es könnte nämlich sein, dass die IRA Sie nur rüberschickt, damit Sie das Feuer auf sich ziehen. Denen ist es doch schnurzegal, was aus Ihnen wird.«

»Aber *Sie* benutzen mich auch, oder? Sie hoffen doch darauf, dass ich in Amerika Dinge herausfinde, die Sie wieder auf Ihren Posten hieven.«

»Blödsinn. Ich will herausfinden, wer Ihrem Bruder, Kay Gould und den anderen das alles angetan hat.«

Lindow dachte an Eamonn im Leichenschauhaus, an den Ausdruck stummer Resignation, der sein Gesicht für immer verdüstert hatte. Und jetzt trat er in seine Fußstapfen, indem er die Verfolgung von Rhodes aufnahm.

Als sie auf ihre Zimmer gingen, legte Foyle seine Hand auf Lindows Arm. »Ich werde früh aufbrechen, Con, wir sehen uns also nicht mehr. Aber rufen Sie mich mal an. Und viel Glück.«

Lindow wachte um neun Uhr morgens auf und buchte gleich einen Platz in der nächsten Maschine nach Boston. Dann holte er Eamonns falschen Pass hervor, musterte das Foto und hielt es im Spiegel neben sein Gesicht. Sie sahen sich wirklich ähnlich. Nur dass Eamonn schon eine kleine Stirnglatze hatte und sein Haar drahtiger und dunkler war. Er legte den Pass weg und ging in den Hotelshop, wo er eine Nagelschere, eine kleine Dose Haarwachs und eine auswaschbare Tönung kaufte. Es war grotesk: Er versuchte, sich Eamonn ähnlicher zu machen, der seinerseits versucht hatte, wie Con auszusehen. Er zog vorsichtig das Pflaster von seinem Hinterkopf ab, dann schnitt er die Haare in seiner Stirn zurück. Er massierte die Tönungscreme in sein Haar, und wartete, dass sie einwirkte. Dann hinterließ er auf Peter Varrones Mailbox die Nachricht, dass er am Nachmittag in Boston eintreffen und im Omni Parker Hotel wohnen würde. Eineinhalb Stunden später wurde Lindow durch die Passkontrolle am Flughafen gewunken und bestieg die Maschine nach Boston.

Das Flugzeug war nur halb voll, sodass er sich auf zwei Plätzen breit machen konnte. Er döste vor sich hin und dachte über Mary nach. Was hatte sie ihm eigentlich über ihr Leben erzählt? Ihr Vater hatte ein Geschäft in der Nähe von Boston, die Eltern waren geschieden, und sie war finanziell unabhängig. Doch selbst dieser kargen Angaben war er sich nicht ganz sicher. Im Grunde wusste er nichts über sie. Auf unmerkliche Weise steuerte sie ihre Gespräche, ohne etwas von sich preiszugeben. Und nach dem Erlebnis am See war sie verdammt ruhig geblieben.

Das Flugzeug war die erste Maschine aus Europa, die an diesem Tag landete, und vor den Einreiseschaltern warteten nur wenige Leute. Ein junger Beamter prüfte Lindows Dokumente. Seine Augen huschten zwischen dem Pass und Lindows Gesicht hin und her. Dann drehte er sich um und tippte etwas in sein Computerterminal. Als er den Pass zurückreichte, standen Lindow Schweißperlen auf der Stirn.

Die Luft in Boston war schon frostig, und sein Atem kondensierte zu kleinen Wolken. Die Bürotürme der City glitzerten im weißen, winterlichen Sonnenlicht.

Er nahm sich ein Taxi zum Omni Parker Hotel. Kaum hatte er dort eingecheckt, läutete auf seinem Zimmer das Telefon. »Hast es wohl nicht ausgehalten ohne uns, was?«

Es war Varrones ruhige, sanfte Stimme.

»Ich sitze gerade zu Hause und schreibe eine Zusammenfassung über Quantencomputer für das Weiße Haus. Der Präsident will sich das dann über Thanksgiving durchlesen, unglaublich, oder? Schau doch vorbei und erlöse mich von dieser unerträglichen Schinderei.«

Zwanzig Minuten später stand Lindow vor einem unauffälligen Eisentor auf dem Beacon Hill im Herzen von Boston. Von außen sah Varrones Zuhause wie ein ganz gewöhnliches Stadthaus aus. Aber er hatte auch die Gebäude zu beiden Seiten gekauft, die Wände durchbrechen lassen und zwei riesige Galerien im ersten und zweiten Stock geschaffen. Lindow sprach mit Varrone nie über Geld, aber er hatte in der Zeitung gelesen, dass VBSS – Varrone Business Software und Systems – für hundertdreißig Millionen Dollar verkauft worden war. Seither lebte Varrone als Privatier, lehrte an der Universität, schrieb Artikel, widmete sich einer Tätigkeit, die er als »Visionieren« bezeichnete. Lindow hatte ihn bei einer Konferenz zum Thema »Zukunft« kennen gelernt. Varrone hatte einen Vortrag gehalten, in dem er behauptete, nicht die technischen Möglichkeiten bestimmten die Zukunft, sondern die Visionen der Gegenwart, auch wenn sie technisch nicht machbar seien. Der Akt des Phantasierens lege einen Pfad in die Zukunft hinein. Lindow hatte lebhaft widersprochen und argumentierte, jedes neue Problem erfordere neue Gedankengänge, die zwangsläufig zu unvorhersehbaren Lösungen führten. Die beiden hatten sich nach der Veranstaltung die Köpfe heiß geredet, und damit hatte eine enge Freundschaft begonnen, obwohl Varrone fast zwanzig Jahre älter war.

Das Tor sprang auf, und Varrone erwartete ihn in seiner vertrauten Arbeitskluft an der Haustür – kariertes Hemd, ausgebeulte blaue Strickjacke, beige Cordhosen und Turnschuhe. Seine Augen leuchteten durch eine dicke Brille mit einem Gestell aus Schildpatt.

»Du lieber Himmel, bist du jetzt Popstar oder so was?«, fragte er mit einem kritischen Blick auf Lindows Haar. »Was hat England bloß aus dir gemacht? Komm rein und schütt mir dein Herz aus.«

Er führte Lindow in eine riesige Küche, wo der Koch gerade eine Lasagne und Salat auf den Tisch stellte. Varrone holte ein Bier aus dem Kühlschrank. »Was ist los?«, fragte er, als sie beide saßen.

»Die Londoner Polizei hat mich nach dem Bombenanschlag angerufen. Ich habe mir Sorgen um dich gemacht. Es hieß, dein Bruder wäre verletzt und dich hätten sie verhaftet. Ich sagte zu dem Typ von der Polizei, dass er nicht ganz bei Trost sein kann. Aber er hat überhaupt nicht zugehört. Steckst du immer noch in Schwierigkeiten?«

»Könnte man sagen.«

»Und die Haare? Die sind wirklich gruselig.«

»Ich habe versucht, wie Eamonn auszusehen, wenn er wie ich aussieht. Es wird eine Weile dauern, bis ich das erklärt habe.«

Lindow begann zu erzählen, und der Professor saß ihm mit ernster Miene gegenüber, das Kinn auf die Hände gestützt. »Eines verstehe ich nicht«, sagte er schließlich. »Was versprichst du dir davon, hierher zu kommen und mit einem Kompass in den Bergen herumzukrabbeln? Selbst wenn du die Kerle findest, bist du wohl kaum dafür ausgerüstet, mit ihnen fertig zu werden. Nach allem, was du sagst, sind das Profis.«

»Was soll ich denn sonst tun? Nach England kann ich nicht zurück, weil ich dort verhaftet werde. In Irland kann ich auch nicht bleiben, das würde meine Schwester in Gefahr bringen. Ich musste nach Amerika kommen, und sei es auch nur, um den IRA-Brüdern zu zeigen, dass ich mein Bestes tue, die beiden aufzustöbern. Und dann ist da noch Eamonn – ich komme von dieser Sache nur los, wenn ich nach seinen Mördern suche. Das schulde ich ihm.«

»Kann ich ja verstehen. Aber die Geschichte ist eine Nummer zu groß für dich. Die werden dich umbringen, Con, und dann wäre die Welt um einen hervorragenden Mikrobiologen ärmer. Also lass die Finger davon!«

»Das kann ich nicht.«

»Also gut, wenn du dir die Sache partout in den Kopf gesetzt hast, dann helfe ich dir. Ich kann dich mit Frank Mundy zusammenbringen, ein ehemaliger Student von mir. Er ist ein kluger Junge. Nach seinem Jurastudium ist er gleich beim FBI eingestiegen. Er weiß alles über die irisch-amerikanische Gemeinde hier, und er hat sogar einen direkten Draht zu den irischen *Paten,* wie er sie gern nennt. Vielleicht kann er dir helfen, die beiden Kerle aufzuspüren. Ich rufe ihn schnell an.«

Er ließ Lindow im Wohnzimmer allein. In der Mitte des saalartigen Raumes stand eine Schieferplatte mit dem Fossil eines Ichthyosauriers. Seine Flossen schienen den Stein zu peitschen, und sein langer Delfinschnabel schnappte nach einer Beute, die vor vierzig Millionen Jahren von der Erde verschwunden war. Es sah aus, als wäre er mitten im Angriff zu Stein geworden. Lindow schlenderte umher und bewunderte Varrones eklektischen Geschmack: vier Arbeiten auf Papier von Rothko, ein Blatt mit Berechnungen von Einsteins Hand, eine Studie von Leonardo, auf der ein Mann mit Hilfe eines Hebels einen Felsblock bewegt, und ein räumliches Modell der DNA-Doppelhelix.

Von nebenan kam Gemurmel, dann streckte Varrone seinen Kopf durch die Tür.

»Frank sagt, er kann dich morgen treffen. Er ist noch am Telefon, ihr könnt gleich etwas ausmachen.«

Lindow ging in Varrones Arbeitszimmer, ein geräumiges, gut beleuchtetes Studio mit einem gewaltigen Computer, an den mehrere Monitore angeschlossen waren.

»Hier ist Frank Mundy«, sagte eine verdriessliche Stimme im näselnden Bostoner Tonfall. »Was halten Sie davon, wenn wir uns morgen vor dem JFK-Gebäude treffen? Dort ist mein Büro. Sie kennen es? Gut. Vor dem Gebäude steht ein Gedenkstein, der an die erste Tonübertragung per Telefon erinnert. Scheint mir ein passender Treffpunkt zu sein.«

»Er ist genau der richtige Mann für dich«, sagte der Professor, als Lindow zurückkam, und streckte sich auf seinem Sofa aus. »Er erwartet allerdings eine Gegenleistung. Also erzähl ihm, was du kannst. Nicht die Sache mit dir und dem Friedhof, das ist kalter Kaffee und braucht ihn nicht zu interessieren. Aber lass nichts aus, was die Gegenwart betrifft.«

Als Lindow aufbrach, packte sein Freund ihn an den Schultern. »Pass auf dich auf, Con, und benutz deinen Verstand, dann kommst du lebend raus aus der Sache.«

Lindow fuhr mit dem Taxi zum Harvard Square und nahm von dort aus seine Einkaufstour in Angriff. Im Globe Corner Book Store kaufte er alles, was er über Maine finden konnte: einen Reiseführer, einen Wanderführer, eine Straßenkarte und den *Maine Atlas and Gazetteer,* der erschreckend große Gebiete reiner Wildnis enthielt, die nur durch Längen- und Breitengrade bestimmt waren. Dann marschierte er zu einem Laden für Wander- und Bergsteigerausrüstung, wo er sich Kompass, Taschenlampe, leichte Wanderstiefel, eine Allwetterjacke und ein kleines Fernglas besorgte.

Es war Abend geworden, und Wolkenschleier verhüllten die Hochhäuser der City.

Lindow kehrte ins Hotel zurück und warf sich erschöpft aufs Bett. Hätte das Telefon nicht geläutet, wäre er am nächsten Morgen in seinen Kleidern aufgewacht.

»Ich habe eine Frage, Con.« Es war Mary.

»Wo sind Sie?«

»In der Hotelhalle. Und hier ist meine Frage: Wollen wir heute Nacht *sparsam haushalten?*«

»Ich weiß nicht, was Sie meinen.«

»Herrgott, Con, du kannst so ein Trottel sein. Wenn wir die Nacht sowieso zusammen verbringen, will ich nicht zweihundert Dollar für ein Hotelzimmer hinauswerfen.«

Er war schockiert und erfreut zugleich. »Sehr praktisch gedacht«, sagte er lächelnd ins Telefon. »Und absolut unromantisch.«

»Wart's ab.«

Wenig später stand Mary strahlend vor seiner Tür und erzählte von ihrem Flug, wo sie mit einer kompletten Basketballmannschaft zusammengepfercht war und jeder Einzelne von den Jungs sie angemacht habe.

Sie betrat das Zimmer und sah Lindows Einkäufe. »Wozu ist das alles gut? Bist du jetzt bei den Pfadfindern? Du hattest doch nicht etwa vor, deine Freundin zurückzulassen, oder?«

»Du bist nicht meine Freundin.«

»Noch nicht.«

Lindow legte die Arme um sie. Sie warf den Kopf zurück und verzog das Gesicht. »Was hast du mit dir angestellt? Du siehst aus wie -«

»Wie ein Popsänger, ich weiß.«

»Nein, mehr wie ein Junkie. Oder ein Vampir.« Sie berührte ihn an der Wange.

»Ich habe Hunger. Ich zeige dir ein Restaurant unten am Fischereihafen, das Lieblingslokal aller Goldkettchen tragenden italienischen Müllmänner von Boston.«

Lindow streifte ihre Lippen mit einem tastenden Kuss. Dann brachen sie auf, zufrieden damit, den Augenblick, da sie sich in den Armen liegen würden, noch hinauszuschieben.

Das Restaurant war laut und voll, aber Mary bekam sofort einen Tisch, indem sie dem Besitzer einen verruchten, vieldeutigen Blick zuwarf.

»Also, was ist los?«, fragte sie vorwurfsvoll, als sie Platz genommen hatten. »Seit der Sache am See gestern bist du ganz schön schweigsam geworden. Mann, ich dachte, die bringen uns um.«

»Das dachte ich auch.« Er ließ sich nur ungern in die Wirklichkeit zurückzerren.

»Wirst du tun, was sie dir befohlen haben?«

»Woher weißt du, dass sie mir etwas befohlen haben?«

»Das ist doch offensichtlich. Du machst dich ohne ein Wort der Erklärung davon und nimmst den ersten Flug hierher. Tag hat mir erzählt, dass Eamonn dir etwas hinterlassen hätte. Und dann die IRA-Leute am See, die haben dir auch etwas erzählt. Sie glauben, dass die Männer, die Bombenleger hier sind, hab ich Recht? Und du sollst sie finden, richtig? Aber du erzählst mir nichts davon, weil du mir nicht traust. Ist es nicht so?«

»Doch, ich traue dir. Es ist nur so, dass du nicht alles zu wissen brauchst, was ich weiß.«

»Dann weißt du also, wer die Kerle sind?«

»Was ist das hier – ein Verhör? Müssen wir jetzt unbedingt über diese Geschichte reden? Ich denke seit neun Tagen jede Minute daran, und jetzt würde ich gern an schönere Dinge denken.«

Mary beugte sich vor und legte ihre Hände auf Lindows. »Ich mag dich eben, Con. Ich weiß nicht, wie das so schnell passiert ist, aber du bedeutest mir sehr viel. Es ist mir nicht egal, was aus dir wird. Und es macht mir Sorgen, wenn du glaubst, du kannst es mit diesen Leuten aufnehmen.«

Ihr unerwartetes Bekenntnis machte Lindow verlegen. »Komisch«, sagte er und senkte den Blick. »Dasselbe hat mir heute schon mal jemand gesagt.«

»Es stimmt ja auch!«

»Alles, was ich tun muss, ist herauszukriegen, wo sie sind, und mich dort ein bisschen umschauen.«

»Und du glaubst, das ist so einfach, ja? Die Geschichte ist ernst, Con, und du bist ein Amateur.«

»Dann bist du wohl ein Profi?« Er starrte sie an und dachte an Foyles Warnung. »Was ist dein Interesse bei alldem, Mary? Bist du wirklich meinetwegen hier oder wegen etwas anderem?«

»Ich bin deinetwegen hier.«

»Ach ja…?« Er fuchtelte mit seiner Gabel herum. »Und du arbeitest nicht für jemanden?«

»Für wen soll ich denn arbeiten?«

»Für die Provisional IRA zum Beispiel.«

»Leck mich am Arsch, Con.« Ihre Augen funkelten wütend. »Leck mich am Arsch.«

Das Mahl endete rasch und wortlos. Auch auf dem Weg ins Hotel sprachen sie kaum. Mary starrte verdrossen aus dem Taxifenster, während Lindow nur die Schlaglöcher in den Straßen Bostons wach hielten. Im Zimmer zogen sie sich ohne einen Gedanken an Sex aus. Mary duschte, während Lindow erschöpft aufs Bett fiel und augenblicklich in einen unruhigen Schlaf sank. Eine Stunde später wachte er auf. Mary bewegte sich neben ihm, sie hob den Kopf vom Kissen und spähte im Licht, das durch den

Vorhang schien, in sein Gesicht. Sie setzte sich auf und rutschte zu ihm. »Mach einfach nichts und entspann dich.«

Sie umfasste seinen Hinterkopf, hob ihn an und legte ihn in die Mulde zwischen ihren gekreuzten Beinen. Ihr Schoss war warm und weich. Sie hielt seinen rechten Arm hoch, massierte sanft die Muskeln bis hinab zu seinen Fingern und knetete seine Handfläche. Beim linken Arm umging sie vorsichtig die Striemen an seinem Bizeps. Lindow spürte, wie alle Anspannung aus seinem Körper wich. Sie ließ ihre Hände zu seinen Schultern gleiten und massierte sie mit den Handballen. Dann spreizte sie die Finger in seine Haare, stoppte bei dem Schorf an seinem Hinterkopf und fuhr weiter hinter seine Ohren.

Nach einer Weile glitt sie vorsichtig von ihm herab und bettete seinen Kopf aufs Kissen. Lindow war noch wach und sehnte sich nach ihrer Berührung. Schläfrig brummte er etwas vor sich hin. Sie beugte sich über ihn, um ihn verstehen zu können. *»Acushla«*, hörte sie jetzt.

»Was heißt das?«

»Es bedeutet ›Liebling‹ auf Gälisch.«

»*Acushla* – das gefällt mir.« Sie setzte sich rittlings auf seinen Bauch und ließ die Fingerspitzen über seine Augenlider und hinab auf seine Wangen rieseln. Er spürte, wie ihre Brüste ihn streiften, aber er langte nicht nach oben.

Er fiel in einen tiefen Schlaf.

Als er am nächsten Morgen aufwachte, lag auf Marys Kissen ein Zettel. ›Fahr nicht ohne mich los. Besuche meinen Dad – bin bis Mittag zurück.‹

Lindow frühstückte Aprikosensaft und Cracker aus der Minibar, dann machte er sich auf den Weg zum Treffen mit Mundy.

Die kurze Strecke zu dem windigen Platz vor dem Rathaus ging er zu Fuß. Links von ihm ragte das JFK-Building auf, ein Turm von zweiundzwanzig Stockwerken mit einem niedrigen Bürovorbau in seinem Schatten. Davor stand das Denkmal, das Mundy erwähnt hatte. Das Flachrelief zeigte das erste Telefon, das wie eine kleine Druckerpresse aussah. Eine Inschrift verkündete, dass hier in der

Nähe im Juni 1875 die erste Schallübertragung mittels Draht gelungen war.

»Hallo, Dr. Lindow.« Hinter ihm stand ein hünenhafter Mann in einem langen schwarzen Mantel. Er war Mitte dreißig, hatte drahtiges, grau meliertes Haar und wache, stahlblaue Augen. »Special Agent Mundy – Frank Mundy. Freut mich, Sie kennen zu lernen, Dr. Lindow. Haben Sie Lust auf einen Kaffee? Wir könnten gleich gegenüber einen trinken.«

Sie setzten sich an die Theke eines Coffeeshops und blickten zum FBI-Gelände hinüber.

»Peter hat Ihnen vermutlich schon gesagt, dass ich Ihnen gerne helfe, aber auch eine Gegenleistung erwarte. Fangen wir damit an, dass wir gern wüssten, was in London vor sich geht. Diese Bomben haben in Washington für viel Wirbel gesorgt.«

Als Lindow ihm erzählt hatte, was er wusste, fasste der FBI-Mann ihn scharf ins Auge. »Sie erzählen mir hier keinen Mist, Dr. Lindow, oder? Ich meine, ich weiß, Sie sind ein guter Freund des Professors und alles, aber ich kann es mir nicht leisten, mich von Ihnen verschaukeln zu lassen.«

»Das würde ich nie tun. Ich brauche Ihre Hilfe, das ist alles.«

Mundy schaute ihn noch einige Augenblicke drohend an, dann ging er zu einem sanfteren Ton über:

»Okay, ich schlage Ihnen folgendes Geschäft vor: Ich erzähle Ihnen, was ich über Rhodes weiß, und Sie informieren mich darüber, was Sie in Maine herausbekommen. Falls sich Rhodes tatsächlich da oben versteckt, will ich das in dem Moment wissen, in dem Sie ihn finden. Sind wir uns darüber einig, Dr. Lindow?«

Lindow nickte.

»Wir kennen Rhodes schon lange. Wir wussten, er kam vom Militär – irgendeine Spezialeinheit – und hat für den britischen Nachrichtendienst gearbeitet.«

»Tatsächlich? Das könnte erklären, warum die Briten mir und Eamonn die Sache anhängen wollen.«

Mundy nickte. »Möglich. Anfang der Neunziger verschwindet er jedenfalls von der Bildfläche, aber dann ist er plötzlich wieder da, erweitert seinen Kundenstamm und fängt an, richtig viel Geld zu verdienen. Möglicherweise hat er auch der IRA bei der Beschaffung von Waffen geholfen.«

»Sie meinen, er hat für den Geheimdienst *und* die IRA gearbeitet?«

»Wir sind über ihn gestolpert, als wir hinter ein paar amerikanischen IRA-Sympathisanten her waren. Rhodes ist allerdings ein anderes Kaliber als die anderen Waffenschieber. Er konnte alles, was man wollte, aus dem Osten beschaffen – er hatte Beziehungen quer durch die früheren Ostblockländer, in Moskau besaß er sogar eine Art Laden. Wir haben dann herausgefunden, dass er von Maine aus operiert. Sie können mir glauben, hier gibt's eine Menge übler Typen. Und Ihr Rhodes ist einer davon. Er ist nicht nur ein Waffenschieber, sondern zog schon auch mal los, um eigenhändig ein paar Morde zu verüben. Hat ihm ziemlich Respekt verschafft. Seine Kunden haben immer brav bezahlt.«

Lindow zückte einen Kugelschreiber und kritzelte ein paar Notizen auf den Rand einer Zeitung. Mundy schlug den Stift vom Papier.

»Das brauchen Sie nicht. Ich habe Ihnen einen FBI-Bericht mitgebracht, den bekommen Sie später. Vernichten Sie ihn, wenn Sie ihn gelesen haben. Ich riskiere Kopf und Kragen, indem ich Ihnen den Bericht überlasse. Aber ich war dem Professor noch einen Gefallen schuldig.«

»Wofür?«

»Wir wollen lieber beim Thema bleiben, ja? Spielen Sie da oben in Maine den Wandersmann, finden Sie heraus, was Sie können, und dann machen Sie, dass Sie schleunigst wieder zurückkommen. Ich vermute, Sie haben einen irischen Kontaktmann hier. Ich werde Sie jetzt nicht in Verlegenheit bringen und Sie nach ihm fragen, aber vergessen Sie nicht, mir alles zu erzählen, was Sie ihm erzählen. Verstanden?« Mundy kippte seinen *caffè latte* hinunter und stand auf.

»Danke für alles«, sagte Lindow. »Sie wollten mir noch den Bericht geben.«

»Er steckt in Ihrer Jackentasche.« Er grüßte lässig, bleckte seine Zähne zu einem raubtierhaften Grinsen und schlüpfte aus der Tür.

Lindow tastete nach der FBI-Akte und steckte sie in die Innentasche seiner Jacke.

Auf dem Rückweg zum Hotel hob Lindow fünftausend Dollar ab und kaufte eine Kamera mit einem lichtstarken Teleobjektiv. Dem Verkäufer erzählte er, dass er in Maine Tiere in freier Wildbahn fotografieren wolle, und ließ sich den Apparat genau erklären. Schließlich kehrte er zufrieden mit seiner Fotoausrüstung und einem Dutzend Filmen ins Hotel zurück.

Mary war noch nicht da. Lindow zog den Bericht über Rhodes aus der Tasche und begann zu lesen. 1952 in Nairobi zur Welt gekommen, hatte Rhodes zwei Privatschulen in England besucht, war mit achtzehn Jahren zur britischen Armee gegangen und zwei Jahre später, 1972, zum Offizier ernannt worden. Er hatte in Nordirland, Borneo, Hongkong, Belize, Norwegen und im Südatlantik gedient. Es schien kaum einen Bereich zu geben, den er nicht beherrschte. Seine Spezialgebiete waren Codierung, Sabotage, verdeckte Operationen und Überwachung.

Das Telefon läutete.

»Ich bin in der Halle«, sagte Mary fröhlich. »Wann geht's los?«

»So bald wie möglich.«

»Prima, dann kannst du meine Tasche gleich mit nach unten bringen. Ich habe einen Jeep gemietet. Er steht vor der Tür.«

Während des Vormittags hatte er viel über Mary nachgedacht. Es schien ihm, als wäre zwischen ihnen etwas Wichtiges ungeklärt. Sie hatte etwas Ungreifbares, Doppelbödiges an sich – als würde ihr Schatten sich von ihr lösen und seinen eigenen Angelegenheiten nachgehen. Vielleicht war es falsch, sie mitzunehmen. Andererseits – was konnte harmloser wirken als ein Paar, das Urlaub in den herbstlichen Wäldern von Maine macht?

»Bist du noch da, Con?«

»Ja, ich habe nur nachgedacht. Ich komm sofort.«

Fünfzehn Minuten später steuerte Mary über die Tobin Bridge in Richtung Norden zur Route 95.

ELFTES KAPITEL

»Störe ich?« Speerman stand in Kirsty Laings Tür.

»Ganz und gar nicht. Kommen Sie nur herein.« Diese Stippvisiten von Speerman wurden langsam zur Gewohnheit. Das war nun schon das dritte Mal in dieser Woche.

»Unser Freund Lindow legt ein beachtliches Tempo vor«, sagte Speerman. »Wie ich höre, ist er jetzt in Boston.«

»Tatsächlich? Was macht er dort?«

»Rhodes hat dort drüben eine Art Unterschlupf, und es sieht ganz danach aus, als wäre Lindow ihm auf der Spur. Im Augenblick fährt er in Richtung Norden nach Maine.« Laing fragte sich, woher er das wusste. Der MI5 hatte sich zwar Zugang zu Lindows Konto verschafft und konnte nun verfolgen, was und wo er mit Kreditkarte bezahlte – aber die letzte Station war ein Bostoner Fotoladen gewesen.

»Woher weiß Lindow über Rhodes und das Versteck in Maine Bescheid?«

»Gute Frage, Kirsty. Leider habe ich keine Antwort darauf. Aber sagen Sie, Kirsty, was würden Sie in dieser Lage tun?«

Er wollte sie aushorchen. Diese Taktik hatte sie schon früher an ihm beobachtet. Er kam dann an, als würde er einen freundschaftlichen Rat suchen, aber sobald er hatte, was er wollte, kehrte er zu seiner förmlichen Distanz zurück. Das hatte er vermutlich von David Cantor abgeschaut, der dafür berühmt war, dass er ein Thema ansprach und seine Gesprächspartner aus der Reserve lockte, bevor er seinen eigenen Standpunkt offenbarte. Nun gut, sie würde sein Spiel mitspielen und ehrlich sagen, was sie dachte.

»Ich glaube, wir sollten langsam mit der Wahrheit herausrücken. Je länger wir Rhodes decken, desto mehr Menschen wird er töten und desto größer wird der Skandal.«

»Aber es ist doch nicht einmal sicher, dass Rhodes das alles getan hat«, konterte Speerman. »Die zweite und dritte Bombe könnten genauso gut auf das Konto von Umweltextremisten gehen.«

»Das war mir im Fall der Bombe in King's Cross nicht klar.«

»Gestern Abend ist bekannt geworden, dass in dem Gebäude, vor dem das Auto mit dem Sprengsatz geparkt war, ein Unternehmen namens Worldwide Site Surveys sitzt. Das ist eine Art Agentur für Firmen, die gefährliche Stoffe loswerden wollen. Es gibt also eine direkte Verbindung zu dem Interwaste-Anschlag. Aber gleichgültig, ob Rhodes es nun war oder nicht – wahrscheinlich hat er seine Arbeit hier erledigt und ist längst wieder über alle Berge. Schließlich sind alle drei Bomben bis letzten Freitagmorgen gelegt worden. Das ist eine Woche her.«

»Aber Rhodes' Rolle könnte trotzdem publik werden – zum Beispiel durch Lindows Nachforschungen.«

»Was schlagen Sie also vor?«

»Ich glaube, wir müssen einigen Stellen schonend beibringen, dass ein früherer Offizier der britischen Armee der Bombenleger sein könnte, und uns bei der Gelegenheit von jeder Verbindung zu ihm distanzieren.«

»Wenn das so einfach wäre. Ich meine, wir sollten abwarten, was Lindow über Rhodes herausfindet, und die Lage am Montag noch mal überdenken.«

Laing nickte. »Wie Sie meinen.«

Speerman blieb noch einige Augenblicke stumm vor ihr sitzen, dann erhob er sich mit einem seltsam gequälten Gesichtsausdruck und seufzte.

»Bis Montag also«, sagte er. »Dann sehen wir weiter.«

Foyle mühte sich die letzten Treppenstufen in einem halb verfallenen Sozialbau in Shoreditch empor. Um Corporal Christy Calvert aufzustöbern, einen der Überlebenden des Überwachungskommandos von Droy, hatte er Forbes beschwatzt, im Polizeicomputer nachzusehen. Seit seinem Abschied aus der Armee im Jahr 1991 war Calvert zweimal wegen Körperverletzung und einmal wegen Besitzes von Ecstasy verurteilt worden. Jetzt arbeitete er als Türsteher eines Clubs im West End und als Bodyguard.

Foyle klopfte an der Tür des Apartments 42 C. Aus der Wohnung drangen Stimmen, und jemand rief etwas Unverständliches. Nachdem Foyle erklärt hatte, dass er nur eine Auskunft brauche, wurden die Riegel zurückgeschoben. Die Tür ging einen Spaltbreit auf, und ein bloßer Oberkörper und tätowierte Arme wurden sichtbar.

»Mr. Calvert – Christy Calvert? Ich bin Commander Foyle. Ich würde Ihnen gern ein paar Fragen stellen.«

Der Mann trat aus dem Halbdunkel und spähte ins Treppenhaus hinab. Sein gedrungener Körper wirkte noch jugendlich und kräftig, mit seinem Gesicht sah es hingegen ganz anders aus. Auf der linken Wange hatte er eine Schramme, seine Nase war von kleinen roten Pusteln übersät, und seine geröteten Augen blinzelten in das Licht des Treppenhauses.

»Was wollen Sie um diese Uhrzeit?«

»Es ist schon nach Mittag, Mr. Calvert«, sagte Foyle, »aber ich kann auch in ein, zwei Stunden wiederkommen, wenn Ihnen das lieber ist.«

»Ich arbeite nachts, und bin erst um sechs ins Bett gegangen. Aber wenn Sie schon mal da sind, kommen Sie rein. Sieht allerdings ziemlich unordentlich aus bei mir.«

Foyle betrat eine stickige Wohnung, in der es nach abgestandenem Rauch und Bratfett roch. Calvert führte ihn ins Wohnzimmer. Zwei Polstersessel standen vor einem großen Fernsehgerät, über den Fußboden waren Sportzeitschriften verstreut, und auf dem Tisch hatten sich leere Bierdosen angesammelt. Calvert zog die Vorhänge auf, dann holte er sich ein Hemd aus dem Schlafzimmer. Durch die offene Tür sah Foyle die nackten Schultern eines jungen Mannes, der auf dem Bett lag.

»Ich mache Sie nicht miteinander bekannt«, sagte Calvert, schniefte und fuhr sich über sein zerzaustes Haar, »weil ich nicht weiß, wie er heißt. Was kann ich für Sie tun?«

»Ich interessiere mich für die Explosion in Ulster im Juli 1983. Sie erinnern sich?«

»Klar erinnere ich mich, verdammte Scheiße. Die verfluchten Iren, die Paddies, haben meine Freunde umgebracht. Jetzt trinken die Paddies beim Premierminister Tee, laufen in Anzügen herum und tragen grüne Bändchen am Kragen, als wären sie bei der Heilsarmee. Und wo bin ich? In diesem beschissenen Dreckloch hier. Und ob ich mich erinnere. Kein Tag vergeht, an dem ich nicht an die Schweinehunde denke.«

»Würden Sie mir erzählen, was damals in Droy passiert ist – ich meine, was *wirklich* passiert ist?«

»Wieso wollen Sie das nach all den Jahren wissen?« Calvert zupfte ein wenig Tabak aus einer Blechdose und drehte sich eine Zigarette.

»Weil es vielleicht einen Zusammenhang mit den neuesten Anschlägen gibt.«

»Sie meinen die Bomben von letzter Woche? Nö, das war'n nicht die Iren. Viel zu clever für die.« Er zündete die Zigarette an und nahm einen tiefen Zug, was seine Lunge mit einer Reihe rauer Hustenstöße quittierte.

»Bronchitis«, erklärte Calvert und streifte die Asche an einer Bierdose ab. »So ... Sie wollen also etwas über CUDGEL wissen ... Wir waren fast drei Wochen dort. Kam mir wie Jahre vor, die ewige Warterei. Aber wir wollten sehen, wie das Lager in die Luft fliegt, wenn die Paddies ihr Zeug holen kommen. Wir haben nichts Kompliziertes gebastelt, nur einen Stolperdraht, der mit einem Fünf-Sekunden-Zünder unten in der Gruft verbunden war.«

»Wissen Sie noch, wer den Sprengsatz gebaut hat?«

»Entweder Rhodes oder Creech.« Er überlegte. »Könnte auch Lasseur gewesen sein.«

»Und was ist passiert?«

»Erst haben wir diesen komischen Heini ein par Mal gesehen. Steigt jedes Mal aus seinem Wagen und pisst. Ich hab seinen Pimmel zweimal im Visier gehabt – hat mich 'ne Menge Disziplin gekostet, das Teil nicht wegzuschießen. Wir wussten nicht, ob der Typ dort herumspioniert oder nur 'ne schwache Blase hat. Nach seinem letzten Besuch haben wir dann gehört, wie nachts jemand bei der Kirche herumgeschlichen ist, aber durch die Nachtsichtgeräte war absolut nichts zu sehen.«

»Können Sie mir zeigen, wo Sie damals Stellung bezogen haben?« Foyle riss ein Blatt aus seinem Notizbuch und schob es ihm hin.

Calvert ignorierte es und stellte seine Tabakdose als Kirche auf den Tisch, dann legte er einen Ring aus Streichhölzern darum, die die Friedhofsmauer darstellten. Links von der Dose markierten zwei Zigarettenpapiere die Straße, ein weiteres, gefaltetes Papier zeigte einen Feldweg an, der an der Friedhofsmauer entlang zur Rückseite der Kirche verlief. »Der Feldweg machte den Friedhof zum idealen Versteck für ihre Waffen«, sagte Calvert. »Sie konnten ein- und ausladen, ohne dass sie von der Straße aus jemand gesehen hat. Auf der Rückseite der Kirche gab's einen Eingang zum Friedhof.«

»Wo waren Sie?«

»Vier von uns waren da oben bei den Bäumen.« Er zeigte auf eine Stelle rechts von dem Streichholzring. »Und ein paar haben immer den Feldweg im Auge gehabt. Wir waren gut getarnt und sind unbemerkt durch den Wald gekommen und gegangen.«

»Und was ist in dieser Nacht passiert?«

»Wir haben jemanden auf dem Friedhof gehört. Er muss zu Fuß zur Kirche gekommen und dann an der Innenseite der Mauer entlang geschlichen sein. Erst dachte ich, dass es ein Dachs oder Fuchs ist. Wenn man lange Zeit so eingegraben auf der Lauer liegt, werden die Viecher ganz zutraulich. Dann hat einer der Jungs – ich glaube, es war Vince Creech – durchgefunkt, dass er einen Mann gesehen hat. Wir dachten, vielleicht schaut einer der Kerle, ob die Luft rein ist, bevor der Transporter zum Verladen kommt, also haben wir uns nicht vom Fleck gerührt. Ungefähr zehn Minuten lang ist nichts passiert, außer dass einer der Jungs eine Taschenlampe hat aufleuchten sehen. Wir haben gewartet und gewartet, und die ganze Zeit war der Typ da unten bei der Gruft. Auf einmal war dann das Geräusch weg und der Kerl auch – er hat sich einfach in Luft aufgelöst. Major Rhodes hat vier von uns befohlen, nachzuschauen, was er gemacht hat. Jimmy Pascoe und

Bob McGurk sind als Erste aus dem Wald vorgerückt, dann sind Vince Creech und Lieutenant Lasseur vom Feldweg her dazugestoßen. Es ist schon hell geworden, und ich hab sie alle vier gesehen, wie sie auf den Friedhof marschiert sind. Dann ist die ganze Gruft hochgegangen, einfach so. Ich habe tagelang nichts mehr gehört. Von Vince und Bob haben sie einzelne Teile auf dem Kirchendach gefunden.«

»Was war mit den anderen?«

»Pascoes Gesicht war nur noch Matsch, seit damals ist er blind. Der Lieutenant hatte schlimme Brandwunden im Gesicht und am Hals. Aber als wir gesehen haben, wie groß der Krater war, haben wir uns gewundert, dass überhaupt einer lebend davongekommen ist. Da sollen fünfzig Kilo Semtex gelagert haben. Von der Munition und den Granaten ganz zu schweigen.«

»Erzählen Sie mir von Major Rhodes.«

Calvert stand auf, ging zu einem Tisch an der Wand und goss sich ein paar Fingerbreit Wodka ein. »Auch einen?«

Foyle schüttelte den Kopf. »Danke.«

Calvert kehrte zu seinem Sessel zurück und trank. »Rhodes war schon ein besonderes Kaliber – keiner von diesen Privatschulschnöseln. Er hat sich mit allem ausgekannt – mit Sprengstoff, Nachrichten, Sabotage, was du willst. Er hat außerdem ein Dutzend Sprachen beherrscht und konnte jede Stimme imitieren, wenn er dazu aufgelegt war. Und für seine Leute hätte er alles getan. Deshalb hat er den Verlust so schwer genommen – als hätte er persönlich versagt oder so. Aber er hat es nie gezeigt. Und wissen Sie was? Ein paar Wochen später war er schon wieder voll im Einsatz.«

»Tatsächlich?«

»Ja. Sie hatten mitbekommen, dass sechs Paddies den Eingang von einem Polizeirevier mit einem Bagger rammen und dann eine Düngemittelbombe werfen wollten. Wie die Iren also mit ihrem Bagger durch das Tor brechen, treffen sie auf Rhodes und fünf seiner Leute. Zwei von den Schweinehunden hat er sofort umgelegt, dann schnappte er sich einen dritten, dem die Munition ausgegangen war, nahm ihm die Brille ab und schoss ihm ins Gesicht.

Ein paar Wochen später bekommt Jimmy Pascoe im Krankenhaus so ein Päckchen – eine Brille und eine Postkarte ohne Unterschrift. Die Krankenschwestern sind ausgeflippt, hat Jimmy erzählt. Sie hielten es für einen abartigen Scherz – weil er doch blind war und alles. Aber Jimmy wusste es besser. Rhodes hat ihm auf diese Weise gesagt, dass er einen Iren für ihn kaltgemacht hat. Das war Rhodes.«

»Was ist anschließend aus Ihnen allen geworden?«

»Ich bin zurück zum Regiment und hab alle anderen aus den Augen verloren. Eines Tages dann sehe ich Rhodes auf der Straße. Muss fünf, sechs Jahre her sein, jedenfalls einige Zeit nach seinem Abschied aus der Armee. Ich habe ihm nachgerufen, aber er hat sich nicht umgedreht. Später hab ich dann so Gerüchte gehört, dass er in der Klapsmühle war. Vielleicht hat er mich deshalb nicht mehr erkannt.«

»Sie sagen, Sie haben Gerüchte gehört.«

»Ich meinte Gerüchte im Security-Geschäft. Viele von uns sind nach der Armee zu Sicherheitsdiensten gegangen – als Leibwächter für irgendwelche arabischen Ölscheichs. Da wird ein Riesenzirkus veranstaltet, nur damit sich die Araber wichtig vorkommen, aber man verdient ganz gut damit. Und in der Branche hatte sich herumgesprochen, dass Rhodes zunächst für eine Firma in Victoria gearbeitet hat, Cram Associates heißt sie, und dann irgendwann durchgedreht ist.«

Foyle blickte aus dem Fenster auf die Luxushochhäuser der Canary Wharf und dem Millennium Dome dahinter. »Sagen Sie, Mr. Calvert, haben Sie je gehört, wer für die Explosion in Droy verantwortlich gewesen sein könnte?«

»Wir wussten, dass sie den Paddy mit der schwachen Blase und seinen Bruder verhaftet haben. Die Namen weiß ich nicht mehr, aber wir hätten sie gekriegt, wenn wir gewollt hätten.«

Foyle stand auf und dankte Calvert. »Eines noch. Haben Sie noch mal etwas von Lieutenant Lasseur gehört?«

»Nicht viel. Sein Gesicht war übel zugerichtet. Verbrennungen, Splitterwunden und alles. Er musste oft operiert werden, danach hat er die Armee verlassen – ist zurück nach Kanada, so viel ich weiß.«

Foyle verabschiedete sich und stieg die Treppe hinab. Vom Wagen aus rief er Forbes an und fragte ihn nach Cram Associates. »Das Unternehmen wird von ehemaligen Geheimdienstleuten geführt«, wusste Forbes. »Eine ziemlich respektable Beraterfirma – bekommt Aufträge von der Regierung und hat sogar ein paar ausgediente Staatssekretäre im Vorstand sitzen.«

»Woher wissen Sie das bloß alles?«, fragte Foyle. Sein früherer Assistent überraschte ihn immer aufs Neue.

Eine halbe Stunde später stand Foyle in einem Souterrain in Buckingham Gate, das man mit alten Kutschenleuchten und Lorbeerbäumchen auf vornehm getrimmt hatte. Eine ebenso vornehme Empfangsdame führte ihn in einen Konferenzraum, in dem eine Reihe von Aquarellen mit exotischen Landschaften hingen.

»Hübsche Sachen dabei, nicht wahr?«, sagte eine Stimme hinter ihm.

Foyle drehte sich um und stand einem hoch gewachsenen Mann im grauen Anzug gegenüber.

»Ich habe sie in Kairo ausgegraben. Sie müssen um die Jahrhundertwende entstanden sein.«

Cram hatte schütteres, rötlich-braunes Haar, eine Haut, die fleckig war wie von einem Sonnenbrand, und wachsame, braune Augen, die unablässig hin- und herwanderten.

»Was kann ich für Sie tun, Commander?«

»Ich bräuchte ein paar Auskünfte über Ian Rhodes – Major Ian Rhodes. Ich glaube, Sie kennen ihn.«

»Ja, natürlich. Ziemlich gut sogar. Er hat für uns gearbeitet, bis er krank wurde. Außerordentlich guter Mann, kann ich nur sagen.«

»Er war länger krank?«

»Ja. Es muss eine Art Virus gewesen sein, den er sich im Fernen Osten geholt hat. Hat ihm ziemlich zugesetzt und schließlich sogar ein Nervenleiden ausgelöst. Das war kurz nachdem er einen Auftrag für uns erledigt hatte. Keinen übermäßig anstrengenden im Vergleich zu dem, was er gewohnt war.«

»Was war das für ein Auftrag?«

»Es ging darum, die Freilassung einer Geisel auszuhandeln, die eine Rebellengruppe in Südostasien festgehalten hat – ein Angestellter von einem unserer Klienten. Es gelang Rhodes, Kontakt zu diesen Leuten herzustellen und ein Tauschgeschäft einzufädeln.«

»Was für eine Art Tauschgeschäft?«

»Hm. Nun ja, Waffen und Munition gegen die Geisel.«

»Er hat also mit dem Geld Ihrer Firma Waffen beschafft?«

»Nein, nein, nicht mit unserem Geld – mit der Summe, die auf einem Bankkonto als Lösegeld bereitlag.«

Er sah Foyle misstrauisch an. »Sagen Sie, Commander, würden Sie mir wohl verraten, was Sie genau wollen?«

»Ich ermittle in Zusammenhang mit den jüngsten Londoner Bombenanschlägen.«

»Verstehe. Aber wieso fragen Sie nach Rhodes? Der hat auf keinen Fall etwas damit zu tun.«

»Was macht Sie da so sicher?«

»Weil Ian Rhodes zuerst und vor allem britischer Soldat ist. Er ist die Loyalität in Person. Und außerdem – was für Gründe sollte er haben?«

»Aber er hatte eine Art Nervenzusammenbruch?«

»Damals, ja. Aber als ich ihn später wieder getroffen habe, war er ganz der Alte.«

Foyle hatte den Eindruck, einem geübten Kricketspieler gegenüberzustehen, der alle Schläge elegant pariert. »Was ist mit seiner Herkunft, seinen Gewohnheiten, seinem Charakter? – Können Sie mir da weiterhelfen?«

»Aus seiner Herkunft hat er nie ein Geheimnis gemacht. Seine Mutter war Italienerin, aus Norditalien, so viel ich weiß. Sie kam mit ihren Eltern nach Äthiopien, als es die Italiener noch besetzt hielten. Sein Vater stammt aus Yorkshire und war ursprünglich als Ingenieur bei der Eisenbahn angestellt. Durch den Abessinienfeldzug hat es ihn nach Afrika verschlagen. Nach dem Krieg gingen sie nach Kenia und kauften dort eine Farm. Das war in den Fünfzigern, in der Zeit des Mau-Mau-Aufstands. Als Rhodes' Eltern in Nairobi waren, griffen die Freiheitskämpfer die Farm an. Er und sein Bruder lagen auf dem Dach und versuchten, die Kikuju mit Jagdgewehren zu vertreiben. Ein Diener wurde vor ihren Augen getötet, dann wurde Rhodes' Bruder erschossen. Muss schrecklich gewesen sein. Über seine Armeelaufbahn kann ich Ihnen nicht viel erzählen, außer dass man ihn überall sehr geschätzt hat. Deshalb sind wir später an ihn herangetreten. Wollten Sie mich sonst noch etwas fragen?«

»Ja. Haben Sie eine Ahnung, wo Rhodes sein könnte?«

Cram schüttelte den Kopf. »Absolut keine.«

Gut fünfzig Meilen nördlich von Boston fuhren Lindow und Mary auf das kleine Stück Atlantikküste zu, das New Hampshire sein Eigen nennen kann. Bald darauf kamen sie in den großen, waldreichen Staat Maine. »Willkommen im Urlaubsparadies des Nordens – Land der Bären und Muscheln«, las Mary von einem Schild neben dem Highway ab. »Ist dir klar, Con, dass dieser Staat ein ganzes Stück größer als Irland ist? Vielleicht wäre jetzt ein guter Zeitpunkt, mir zu sagen, wohin genau wir fahren.«

Lindow griff in eine der Taschen auf dem Rücksitz des Jeeps und zog die Karte heraus, auf der er die Kompasspeilungen eingezeichnet hatte. Er fuhr mit dem Finger zu einem Punkt im Norden des Staates, dreißig Meilen vor der kanadischen Grenze.

Mary reckte den Hals, um in die Karte zu schauen. »Willst du in den Urwald fahren? Wo hast du überhaupt das Navigationszeug her?«

»Frag nicht so viel und schau lieber auf die Straße.« Lindow legte ihr die Hand auf die Schulter.

Sie fuhren knapp drei Stunden lang nach Norden, dann bogen sie in der Nähe der Stadt Bangor nach Westen. Bald wurde die Gegend hügelig, und direkt neben der Landstraße begann dichter Wald. Gelegentlich gab eine Waldschneise den Blick auf graubraunes, unheilvoll aussehendes Hinterland frei. Einmal hielten sie an einem Kiosk, um sich mit Kaffee und Doughnuts zu stärken, und vertraten sich auf dem Parkplatz die Beine. Mary schaute schwermütig über den Rand ihres Kaffeebechers und meinte, die Luft rieche nach Schnee. Lindow wollte vom Wintereinbruch nichts wissen und deutete zu den gelben Blättern der Sträucher und zu einem mächtigen Ahorn, an dem Blätter wie rote Fahnen leuchteten. Während sie über einen möglichen Kälteeinbruch debattierten, brach ein stämmiger kleiner Hirsch aus dem Dickicht auf der anderen Straßenseite hervor, überlegte es sich dann anders und preschte zurück in den Schutz der Bäume. Lindow übernahm das Steuer, und Mary sang vor sich hin, sodass das Fenster auf der Beifahrerseite von ihrem Atem beschlug. Die kleinen Ortschaften, durch die sie kamen, waren alle von dunklem Wald umschlossen. An ihren Rändern duckten sich Blechhütten, die als Brennstofflager und als Reparaturwerkstätten für Schneemobile dienten. In jedem Dorf bastelten die Männer schon an Schneemobilen herum. Sie überholten und starteten die Motoren und wischten sich die Spuren aus dem Gesicht, die das Motoröl und die Anstrengung hinterlassen hatten.

»Was hab ich dir gesagt? Hier oben riechen es die Leute, wenn Schnee kommt.«

Es dämmerte schon. Im Norden hing eine graue Wolke mit weißen Streifen wie ein riesiger Stinktierschwanz über dem Spencer Mountain, und der Horizont hatte sich purpurn gefärbt. Lindow schätzte, dass sie höchstens noch eine Stunde Tageslicht hatten. Er wollte zu dem Punkt vordringen, wo sich die Linien auf seiner Karte schnitten, doch in dieser Gegend schien im Umkreis von zwanzig Meilen keine Menschenseele zu wohnen.

»Hör zu, das ist doch verrückt«, sagte Mary. »Im Dunkeln finden wir sowieso nichts. Außerdem schlafe ich nicht im Wagen. Ich brauche ein Bett, eine Dusche und etwas zu essen.«

Lindow gab widerwillig nach, und sie machten sich auf den Weg in ein Städtchen am Rande des Moosehead Lake. Ein langsam sprechender Werkstattgehilfe erklärte ihnen den Weg zu einer Wanderherberge mit dem indianischen Namen Piscataquis. Während sie aus dem Ort herausfuhren, wurde es schon finster, aber Lindow konnte noch die Umrisse der Wasserflugzeuge ausmachen, die am Ufer festgemacht waren, darunter die unverkennbare Silhouette einer Dakota, die auf zwei riesigen Schwimmern ruhte. Das Flugzeug brachte ihn auf eine Idee.

Als sie die Piscataquis Lodge erreichten, führte man sie zu einer

Hütte, an deren Front Schneestiefel und hölzerne Skier von anno dazumal genagelt waren. Drinnen war es warm und gemütlich, weil man mit unangemeldeten Wochenendgästen gerechnet und Feuer gemacht hatte. Mary öffnete ein Fenster in die Nacht hinaus, stützte sich auf das Fensterbrett und lauschte den Graupelkügelchen, die auf das trockene Laub des Waldbodens prasselten, als würde jemand Reis vom Himmel streuen. Sie streckte die Hand aus, um die Eiskörner einzusammeln, und hielt sie Lindow triumphierend unter die Nase. Der meinte, es sei Hagel, kein Schnee, worauf Mary einen Protestschrei ausstieß und ihm alles ins Gesicht schleuderte. Er fuhr mit der Hand unter ihre Jacke, hielt sie fest und strich mit den Lippen an ihrem Hals hinab; sie zappelte in seinen Armen herum und knabberte an seinem Kinn. Er langte hinter sie und schloss das Fenster, dann zog er sie zum Feuer. Im flackernden Licht zog er sie aus, küsste alle Stellen, die er von der Kleidung befreit hatte. Sie schmeckte salzig, und ihr Haar roch nach Rauch und Parfum. Er kniete nieder, um ihr die Jeans abzustreifen. Ihr makelloser, olivbrauner Körper ragte nackt vor ihm auf. Plötzlich wusste er, dass er sie schon lange gesucht hatte.

»Ich hatte keine Ahnung, wie schön du bist. Ich meine, du bist wirklich sehr, sehr schön.«

»Hast du letzte Nacht nicht hingeguckt?« Sie lächelte zu ihm hinab.

»Das war irgendwie unwirklich. Mehr wie ein Traum.«

Sie beugte sich hinab, öffnete seinen Gürtel und ließ die Hand in seine Hose gleiten.

»Zieh dich endlich aus, Con. Ich krieg schon Gänsehaut.«

Sie schob ihn zum Bett und zerrte ihn aus seinen Kleidern. Sie war gewandt und kräftig, und als sie auf ihm lag, spürte er die Muskeln in ihren Schultern. Sie bewegten sich langsam, während das Licht des Kaminfeuers auf ihren Körpern tanzte.

Sie lagen ruhig beisammen; Lindow hatte seinen Kopf in die Mulde ihres Beckens gebettet. In der Ferne ratterte ein Güterzug auf der Canadian-American Railroad durch den Abend, und sein Signal hallte wieder und wieder über den See.

Lindow hob den Kopf von Marys Bauch und sah sie an. Ein zufriedenes Leuchten lag auf ihrem Gesicht, doch als der Zug über eine Eisenbahnbrücke donnerte, schien sie aus ihrer Träumerei aufzuwachen. Sie löste sich abrupt von ihm und sprang auf. Bevor Lindow sie halten konnte, war sie weg.

»Wir müssen etwas essen«, rief sie aus der Dusche.

Er blieb ein paar Minuten gekränkt auf dem Bett liegen. Dann fiel ihm die Akte über Rhodes ein. Er zog sie aus der Tasche und las da weiter, wo er in Boston aufgehört hatte.

Rhodes war im Fernmeldehauptquartier in Cheltenham, England, eingesetzt. 1988 gab er sein Offizierspatent zurück. Sowohl ausländische als auch britische Nachrichtendienste versuchten danach erfolglos, ihn anzuwerben. Er arbeitete als unabhängiger Agent und übernahm Ende der Achtziger gelegentlich Aufträge für den MI5, darunter auch Nachforschungen über Waffenlieferungen für nordirische Terrororganisationen.
Die britischen Geheimdienste vermuten, dass Rhodes, nachdem er verschiedene Nachschubwege der IRA aufgespürt und vernichtet hatte, möglicherweise selbst einer ihrer Lieferanten wurde. Zwischen 1994 und 1998 reiste er mehrmals in die USA ein, wie CIA-Quellen in Europa bestätigt haben. Man nimmt an, dass sich Rhodes in den Staaten einen Stützpunkt für seine Operationen aufgebaut hat.
Es gibt Hinweise, dass er in zwei Morde an Waffenhändlern verwickelt war. Am 11. März 1997 wurde Jimmy L. Marcuse in Miami von einer Autobombe getötet. Vier Monate später, am 10. Juli 1997, starb Patrick Lyne jr., ein Geschäftsmann irischer Abstammung, in Chicago. Marcuse und Lyne waren Partner und haben möglicherweise mit Rhodes Geschäfte gemacht. Rhodes wurde zu keinem der Fälle verhört, beide blieben ungelöst. Von seinen politischen Ansichten oder seinem Privatleben ist wenig bekannt. Sein einziger bekannter Partner ist

Robert Christian Lasseur, geb. 1960 in Quebec, ehemaliger Lieutenant der britischen Armee.
Bekannte Decknamen von Rhodes: Brian Carver, Händler für Präzisionswerkzeuge, geb. 1955, Leicestershire, England. Richard Saffarello, eingebürgerter amerikanischer Staatsangehöriger, geb. 1950 in Padua, Italien.

Lindow setzte sich aufs Bett. Wenn Rhodes für den Geheimdienst gearbeitet und dann angefangen hatte, die IRA zu beliefern, würde das eine Menge erklären. Und auf jeden Fall besaß er genügend technisches Know-how, um im Alleingang einen Terrorfeldzug starten zu können. Aber wieso? Und in wessen Auftrag?

»Wieso kommst du nicht rein zu mir?«, rief Mary aus der Dusche.

Lindow steckte die Papiere wieder in seine Jacke und ging ins Badezimmer. Mary stand noch in der Badewanne. Der Wasserstrahl hatte ihr Haar in der Mitte gescheitelt, und sie sah plötzlich furchtbar jung aus. Er stellte sich zu ihr.

»Was hast du gemacht? Du warst auf einmal so still da draußen.«

»Ich habe überlegt, warum du wie eine verängstigte Jungfrau aus dem Bett gesaust bist.«

Sie gab ihm einen Tritt.

»Nein, ich habe Material über unseren Mann gelesen. Scheint ein ziemlicher Unsympath zu sein.«

»Was für Material?«

»Einen Bericht des FBI.«

Mary reckte den Kopf. »Wo hast du den her?«

»Vom FBI.«

»Ich wusste gar nicht, dass die ihre Akten auf der Straße verteilen.«

»Ein Bekannter hat mir ein Treffen mit Agent Mundy vermittelt. Kennst du ihn?«

»Warum sollte ich?« Sie stieg aus der Dusche, wickelte sich in ein Handtuch und trocknete sich mit dem zweiten Handtuch ihr Haar ab.

»Nur so«, sagte Lindow und fröstelte bei dem Gedanken daran, dass er nur noch die Wahl zwischen zwei klatschnassen Handtüchern hatte. »Mir ist vorhin aufgefallen, dass ich nicht viel mehr über dich weiß als über Rhodes.«

Er stellte das Wasser ab und stand nackt vor ihr. »Ich bin kurz davor, mich richtig in dich zu verlieben, obwohl ich dich gar nicht kenne. Kann ich eines von den Handtüchern haben?«

Sie wickelte sich das feuchte Handtuch vom Kopf und hielt es ihm hin. »Lass uns essen gehen.«

ZWÖLFTES KAPITEL

David Cantor war eine Spur blasser als sonst und blickte ausdruckslos vor sich hin.

»Wir tun also unser Möglichstes?«, fragte er Speerman.

»Ich denke ja. Wir lassen fast fünfhundert Leute nach Rhodes suchen, aber wir haben noch keine Spur von ihm. Weegee läuft auf Hochtouren. Die A-Branch hat die Straßenüberwachungssysteme und die Kameras in der Londoner U-Bahn angezapft.«

Cantor setzte sich. »Angenommen, er hat diese Anschläge tatsächlich verübt, dann hat er das Land wahrscheinlich nach dem letzten Sprengsatz verlassen. Abgesehen davon steht ja noch keineswegs fest, dass er der Täter ist.«

Speerman sagte nichts. Sein letztes Gespräch mit Kirsty Laing hatte ihn davon überzeugt, dass der Geheimdienst die Initiative ergreifen musste, bevor alles außer Kontrolle geriet. Er hätte gerne gewusst, ob Cantor eine Verteidigungsstrategie entwickelt hatte – für den Fall, dass die Verbindung des MI5 zu Rhodes bekannt wurde.

»Haben Sie die Berichte von Lindows Aktivitäten in den USA gelesen?«, fragte er schließlich.

»Ja, Keith hat sie mir geschickt.«

»Anscheinend fährt er nach Norden. Braune Eule hat sich gemeldet. Sie haben einen Wagen gemietet und sind irgendwo in Maine unterwegs.«

»Weegee, Braune Eule – wer denkt sich nur diese schwachsinnigen Namen aus?«

»Sie glaubt, dass Lindow von der IRA Informationen bekommen hat, die ihn zu Rhodes führen könnten. Wie Sie wissen, sind die beiden in die Fänge von McCreath und seinem Haufen geraten. Anscheinend haben die Lindow befohlen, in die Staaten zu reisen, und damit gedroht, sonst seiner Schwester etwas anzutun. Hört sich zwar an wie ein schlechter Film, aber Braune Eule beteuert, dass die Geschichte stimmt. Sie vermutet außerdem, dass Lindow in der Wohnung seines Bruders irgendetwas gefunden hat. Aber er lässt sich wohl nicht so leicht in die Karten gucken, und sie weiß nicht, wann sie an die Informationen herankommt.«

»Meinen Sie, sie kriegt noch mehr heraus?«

»Craven-Elms hält große Stücke auf sie, und sie arbeitet seit fast zehn Jahren für uns. Eine Weile war sie auf Eamonn Lindow angesetzt, in dem Fall allerdings ohne großen Erfolg.«

»Die polizeiliche Ermittlung fördert unterdessen nicht viel zu Tage, wie ich höre.«

»Die *offizielle* polizeiliche Ermittlung, meinen Sie«, sagte Speerman. »Commander Foyle hingegen ist eine echte Landplage. Vorhin hat mich Archie Cram angerufen – Sie erinnern sich an Archie? Er sagte, Foyle hätte bei ihm herumgeschnüffelt und sich nach Rhodes erkundigt. Aber er hat ihm nichts erzählt.«

»Gut«, sagte Cantor und raschelte mit seinen Papieren auf dem Schreibtisch, ein Zeichen, dass das Treffen beendet war. »Ist sonst noch etwas?«

Speerman zögerte kurz, bevor er einen Anlauf wagte. »Ich frage mich«, begann er, »wie wir alles erklären wollen, falls durch Foyle, Lindow oder irgendwen sonst publik wird, dass Rhodes vielleicht hinter den Anschlägen steckt. Für unsere Beziehungen zur Regierung wäre das eine Katastrophe, wo doch sowieso die Hälfte der Kabinettsmitglieder glaubt, dass wir über ihre sämtlichen Jugendsünden Akten führen. Wäre es da nicht klüger, einzuräumen, dass Rhodes mit der Sache zu tun hat, und uns öffentlich von ihm zu distanzieren?«

Cantor blickte auf. »Sie wissen doch, dass das nicht geht. Sobald Rhodes vor Gericht steht, wird er uns mit Genuss bloßstellen. So ein Auftritt ist undenkbar, selbst unter Ausschluss der Öffentlichkeit.«

»Ja, aber Sie können beweisen, dass Sie die Beziehungen des

Dienstes zu Major Rhodes sofort nach Ihrer Amtsübernahme beendet haben.«

»Aber das trifft nicht ganz zu, Peter. Die Wahrheit ist, dass wir ihn noch vor gar nicht langer Zeit beschäftigt haben, verstehen Sie?«

Speerman nickte. Er verstand vollkommen. Cantor machte ihn zum Mitwisser. Genauso musste er es mit Craven-Elms, Grove, Fuller und den anderen gemacht haben. Er packte sie bei ihrer Loyalität, damit sie sich geschlossen hinter ihn stellten. In diesem Moment wusste Speerman, dass er Cantor nicht helfen würde.

Cantor hatte ihn nie über Rhodes' Aktivitäten für den MI5 unterrichtet, aber jetzt sollte er nachträglich Verantwortung dafür übernehmen, nur um Cantor zu retten.

»Eigentlich ist ja schon Wochenende«, sagte Speerman dann in unbefangenem Ton und ließ den Blick über die Londoner Skyline schweifen. »Fahren Sie weg?«

»Ja, ich fahre zu Freunden nach Sussex – wir gehen morgen auf die Jagd.«

Neureicher Snob, dachte Speerman und lächelte.

Als Kirsty Laing das Pub betrat, saß Speerman auf einer Bank, der ein roter Samtbezug einen Anflug von Verruchtheit verlieh. Speerman sah ziemlich mitgenommen aus.

»Sehr aufmerksam von Ihnen«, sagte Kirsty mit Blick auf die beiden Gläser Weißwein. »Aber wenn es Ihnen nichts ausmacht, hätte ich lieber einen Gin Tonic.«

Speerman holte ihr den Drink und nahm neben ihr Platz, sodass sie beide auf den Strom der nach Hause eilenden Büroangestellten hinausschauten.

»Was wollten Sie mir sagen?«, begann sie.

»Ich habe gerade mit Cantor geredet. Er sagt, sie hätten unseren Freund vor gar nicht langer Zeit eingesetzt, und jetzt könnte er sich nicht glaubhaft distanzieren.«

Laing war aufrichtig überrascht. Dass Cantor so unmittelbar mit Rhodes zu tun gehabt hatte, hatte sie nicht vermutet.

»Das Problem«, fuhr Speerman fort, »ist, dass wir nicht mehr viel Zeit haben. Foyle hat sich heute bei Cram Associates nach Rhodes erkundigt. Der Kerl ist wie ein Büffel: dickköpfig und schwer aufzuhalten, wenn er einmal in Fahrt ist. Wahrscheinlich tauscht er sich sogar mit Lindow aus.«

»Apropos, kennen Sie eigentlich Braune Eule?«

Speermans Blick bestätigte ihr, dass sie eine Indiskretion begangen hatte. »Nein, aber sie soll sehr gut sein. Nach der Ermordung von Eamonn Lindow hat sie einen eleganten Wechsel vollzogen und sich mühelos an seinen jüngeren Bruder gehängt. Sie hatte erst in den letzten Wochen erkannt, wie wichtig Eamonn für die IRA war. Ursprünglich hielten wir ihn für einen besseren Quartiermeister oder Kundschafter. Dann wurde deutlich, dass er einer ihrer Topleute war. Er sollte unseren Freund aufspüren. Die IRA war nämlich dahinter gekommen, dass Rhodes zwei von ihren Leuten in den Staaten umgebracht hatte. Und das Peinliche an der Sache ist, dass diese beiden Typen möglicherweise auf unsere Veranlassung hin ausgeschaltet wurden. Das habe ich selbst gerade erst erfahren.«

Laing leerte ihr Glas und erklärte, sie brauche noch einen Drink. Sie konnte nicht fassen, zu welcher Plumpheit der Geheimdienst fähig war.

»Wollen Sie sagen, unser Freund habe zwei Waffenlieferanten der IRA getötet und dann ihr Geschäft übernommen?«, flüsterte sie.

»Ja, nur dass mittlerweile der Friedensprozess so weit vorangeschritten war, dass die IRA keine Waffen mehr kaufte.«

»Wissen Sie, Peter, ich fange an, Cantor Recht zu geben. Das alles darf nie herauskommen. Es wirkt so verdammt amateurhaft.«

»Das ist leider wahr.«

»Als Erstes müssen wir herausfinden, wie viel die anderen wissen. Ich rede am Wochenende mit Foyle. Das Hauptproblem wird Braune Eule sein. Sie erstattet direkt Craven-Elms Bericht, also kommt Cantor immer vor uns an die Informationen heran. Wir sollten uns mal persönlich mit ihr unterhalten. Ich versuche sie anzurufen. Dann werde ich ihr allerdings ein wenig von der ganzen Sache erklären müssen. Das geht in Ordnung, oder?«

»Wenn es sein muss...«

Kirsty Laing stand auf und schlüpfte in ihren Mantel. Speerman blieb sitzen. »Gehen Sie noch nicht?«

»Ich trinke noch«, sagte er und zeigte auf sein Weinglas, das er nicht einmal angerührt hatte.

Foyle hing schlapp vor dem Fernseher, sah sich die Sportschau an und trank kleine Schlucke aus einer Whiskeyflasche. Eigentlich mochte er keinen Fußball, und er trank selten allein. Aber er musste wach bleiben und nachdenken, und der Alkohol und die bellende Stimme des Sportreporters halfen ihm dabei.

Nach seinem Besuch bei Cram war er nach Mayfield Manor gefahren, einem privaten Sanatorium in der Nähe von Woking. Dort war Ian Rhodes 1993 drei Monate lang behandelt worden. In Mayfield war man auf die Behandlung von posttraumatischen Stress-Syndromen spezialisiert, und unter den Patienten gab es einen hohen Anteil von Army-Angehörigen.

Foyle hatte mit Alexander Grocyn gesprochen, dem leitenden Psychiater, einem ruhigen zuvorkommenden Mann. Rhodes hatte ihn vom ersten Moment an verblüfft. Anfang 1993 war er von einem privaten Sanitätsdienst gebracht worden, in Decken gewickelt und kaum in der Lage zu gehen. Er sprach nicht und schien seine Umgebung weder zu sehen noch zu hören. »In gewisser Weise«, sagte Grocyn, »war er wie ein Autist. Man konnte nicht zu ihm durchdringen – er hatte völlig dichtgemacht. Dann, nach einer Woche, begann er zu weinen. Ich habe das schon viele Male erlebt – normalerweise ist das ein Symptom einer großen seelischen Erschütterung oder eines Nervenzusammenbruchs. Wir haben ihn erst mal in Ruhe gelassen, damit er sich langsam erholen konnte, und tatsächlich ging es Major Rhodes nach der dritten Woche schon viel besser. Wir hatten dann mehrere Sitzungen zusammen. Dabei stellte sich heraus, dass er absolut kein Privatleben hatte. So was habe ich noch nie erlebt. Niemanden, mit dem er reden konnte. Keine Freunde, keine Frau, keine Familie, überhaupt kein persönlicher Kontakt. Ein sicheres Indiz für eine schwere psychische Störung, sollte man meinen, aber bei Rhodes lagen die Dinge anders. Er zeigte nämlich keine der Verhaltensstörungen, die mit der Ichbezogenheit eines Psychopathen einhergehen. Im Gegenteil. Er besaß ein feines Gespür für die Bedürfnisse anderer Menschen, für ihre Hoffnungen und Ängste. Mit anderen Worten, sein Ego verstellte ihm nicht die Sicht auf die Welt. Es war eher so, als würde man mit jemandem reden, der den Geschmacks- oder Geruchssinn verloren hat. Dem Betroffenen wäre völlig klar, dass andere Leute über diesen Sinn verfügen, und er würde verstehen, dass sie gute Restaurants besuchen oder an einem Strauß Rosen riechen, nur er selbst könnte diese Erfahrungen nicht teilen. Besser kann ich seinen Zustand nicht beschreiben. Als wäre irgendetwas in ihm ausgelöscht worden.«

»Wie haben Sie ihn therapiert?«

»Gar nicht. Ich habe mit ihm geredet, das ja, aber ich habe ihn nicht behandelt. Offen gesagt, hätte ich auch nicht gewusst, wie, weil ich keine klare Diagnose stellen konnte. Außerdem ließ er keinen Zweifel daran, dass er meine Hilfe nicht brauchte. Was getan werden musste, tat er allein. Das war der springende Punkt – allein. Ich habe noch nie einen Menschen erlebt, der sich so ausschließlich auf sich selbst verließ, der so vollkommen allein gewesen wäre. Aber er war nicht gleichgültig, er hatte durchaus Gefühle, sogar starke, heftige Gefühle, ihm lag nur nichts daran, sie mitzuteilen.«

»Hat er seine Kindheit in Afrika erwähnt? Sein Bruder soll vor seinen Augen erschossen worden sein.«

»Ja, er hat mir die Geschichte erzählt. Es war seltsam – als würde er einen Text aufsagen, den er vor langer Zeit ausgearbeitet hatte. Trotzdem hatte ich nicht den Eindruck, dass dieses Erlebnis ihn traumatisiert hat. Aus dem Mund eines Psychologen klingt das vielleicht sonderbar, aber ich habe das, was er erzählt hat, für bare Münze genommen.«

»Wie ging es weiter? In welchem Zustand verließ er das Sanatorium?«

»Es ging ihm zunehmend besser, und in den letzten Wochen hat er sogar ein regelrechtes Fitnessprogramm absolviert. Als er uns im Frühjahr verließ, wirkte er körperlich gesund und absolut zurechnungsfähig.«

»Und Sie befürchten nicht, dass er einen Rückfall erleiden könnte?«

»Das kann man nie vorhersagen. Aber meine Ansicht ist, dass dieser Mann sich entschlossen hatte, seine Geisteskrankheit oder Nervenkrise – was immer es war – zu besiegen. Er hat das Problem analysiert und dann bekämpft. Manche Menschen können das – Menschen mit einer enormen Willenskraft.«

Nun wartete Foyle darauf, dass Lindow sich endlich meldete. In den Staaten war es jetzt halb sieben, Lindow konnte also immer noch anrufen. Die Sportsendung war zu Ende, und Foyle schaltete zu einem französischen Spielfilm mit Stephane Audran um, der ausschließlich in Restaurants zu spielen schien.

Kurz nach Mitternacht klingelte es an der Tür. Foyle knöpfte sein halb offenes Hemd zu und öffnete die Haustür. Eine gut aussehende Frau im dunklen Mantel und einem lose um den Hals geschlungenen Schal stand auf der Schwelle. »Commander Foyle?«, fragte sie. »Ich weiß, es ist spät, aber könnten wir uns kurz unterhalten?«

Foyle beäugte sie misstrauisch und überlegte, ob ihm jemand eine Falle stellen wollte. »Natürlich«, sagte er. »Aber wer sind Sie?«

»Würde es Ihnen etwas ausmachen, wenn ich Ihnen meinen Namen nicht sage? Das ist für uns beide einfacher.«

Foyle zuckte die Achseln und führte sie ins Wohnzimmer, wo sich die Audran in einem seidenen Unterkleid räkelte, nachdem sie es doch noch aus dem Restaurant in ein Schlafzimmer geschafft hatte.

»Eine großartige Schauspielerin, nicht wahr?«

»Mhm«, sagte Foyle und brachte mit der Fernbedienung die Audran mitsamt ihrem Schmollmund zum Verschwinden. »Worüber wollen Sie mit mir reden?«

»Über die jüngsten Bombenanschläge.«

»Wenn Sie Informationen brauchen, müssen Sie sich an Scotland Yard wenden. Ich leite die Untersuchung nicht mehr. Assistant Commissioner Scarratt wird Ihnen jederzeit gern behilflich sein.«

Die Frau seufzte. »Hören Sie, Commander, ich will Sie nicht

hereinlegen. Ich weiß, dass Sie vom Commissioner verwarnt wurden. Und dass man Ihre Tochter dazu benutzen wird, Sie gefügig zu machen.«

»Jetzt verstehe ich«, sagte Foyle. »Sie sind vom MI5. Hätte ich mir denken können. Dann können Sie mir ebenso gut verraten, wer Sie sind.«

»Das ist nicht wichtig. Ich wiederhole – ich bin nicht hier, um Ihnen zu drohen, sondern nur, um herauszufinden, ob wir uns vielleicht gegenseitig helfen können. Zum Beispiel kann ich Ihnen sagen, dass man es darauf anlegen wird, Katherine zu verhaften – wahrscheinlich wegen Drogenbesitzes –, um Sie damit unter Druck zu setzen. Sie sollten also aufpassen, was sie in der nächsten Zeit so raucht.«

»Kate nimmt keine Drogen!«, schnappte Foyle, merkte aber selbst, wie wenig überzeugt er sich anhörte.

»Natürlich nicht. Hören Sie, wir wissen beide, dass Ihre Ermittlungen Sie zu einem Mann namens Archie Cram geführt haben.«

»Habe ich mir fast gedacht, dass Cram euch alarmiert.«

»Ich weiß auch, dass Sie sich diese Woche mit Con Lindow in Dublin getroffen haben und hinter wem er her ist. Lassen Sie mich erklären, warum ich hier bin. Ich bin davon überzeugt, dass unsere Demokratie auf die Arbeit der Geheimdienste angewiesen ist, wenn sie Bestand haben soll.«

Foyle verdrehte die Augen zur Decke.

»Nein! Lassen Sie mich zu Ende reden, Commander. Mir geht es nicht darum, dass in meiner Dienststelle vielleicht ein paar Köpfe rollen. Ein solcher Skandal könnte unsere wichtige – und richtige – Arbeit zerstören, alles, was wir in den letzten Jahren aufgebaut haben. Es geht um die Glaubwürdigkeit des MI5.«

Foyle betrachtete seine Besucherin. Ausgerechnet wenn er einen Anruf von Lindow erwartete, musste jemand vom Geheimdienst bei ihm hereinschneien. Immerhin war sie auf eine konventionelle Art attraktiv, und ihr ganzes Gerede davon, dass sie die Ehre des Dienstes retten wollte, war derart absurd, dass sie selbst wohl daran glauben musste. Und sie hatte Foyles Verdacht bestätigt – Millbank hatte in der Tat ein besonderes Interesse an Rhodes.

»Auch einen Drink?« Ich klinge schon wie Christy Calvert, dachte er.

Sie schüttelte den Kopf. »Nein, danke, aber ich würde gerne rauchen, wenn es Sie nicht stört.«

»Nur zu. Ich wünschte, ich könnte Ihnen helfen, aber mir geht es einfach nur darum, den richtigen Mann vor Gericht zu bringen. Ihre Leute wussten, dass Lindow unschuldig ist, und doch hat Cantor Himmel und Hölle in Bewegung gesetzt, damit er angeklagt wird – und das wahrscheinlich nur, um Zeit zu gewinnen.«

»Aber immerhin hat Lindow ein Handy angerufen, das mit einer Bombe gekoppelt war.«

»Alle Achtung, Sie sind wirklich gut informiert. Wie wir aber beide wissen, war Lindow nicht klar, dass er mit einem Koffer voller Semtex telefonierte. Und wir wissen beide, dass der Bombenleger sein Spiel mit ihm getrieben hat. Mein Ziel ist es einfach zu verhindern, dass dieser Mann ein weiteres Blutbad anrichtet.«

»Glauben Sie mir, ich verstehe das«, sagte die Frau. »Von unseren Leuten wurde in der Clarence Street jemand schwer verletzt.«

Foyle war schockiert. »Im Ernst? Das wusste ich nicht. Was hat er dort gemacht?«

»Das kann ich Ihnen nicht sagen. Aber ich kann Ihnen sagen, dass es einen Beweis dafür gibt, dass Rhodes in der Nähe der Clarence Street war.«

»Was? Welchen?«

Sie sah ihn bedauernd an. »Auch das kann ich nicht sagen. Aber Sie werden ihn brauchen, weil Sie bisher außer Ihrem Instinkt nichts haben. Ich bin bereit, Ihnen zu helfen, wenn Sie mir helfen. Sie müssen mir Bescheid sagen, wenn Sie Rhodes auf die Spur kommen.«

»Mal sehen. Aber warum rücken Sie mit Ihrem Beweis nicht sofort heraus?«

»Weil ich im Moment nicht an ihn herankomme.« Foyle hatte den starken Verdacht, dass sie log. »Aber Sie bekommen ihn im richtigen Augenblick. Ich will allerdings eine Garantie, dass Sie ihn vor Gericht nicht als Hauptbeweis der Anklage präsentieren.«

»Wie soll ich so etwas garantieren, bevor ich das Beweismaterial gesehen habe? Und wie kommen Sie darauf, dass ich schneller an Rhodes herankomme als Sie? Der gesamte Geheimdienst scheint ja hinter ihm her zu sein. Und ich bin allein.«

»Zu zweit«, sagte sie.

»Ein ehemaliger Verdächtiger und ein Detective im Zwangsurlaub… wirklich ein unschlagbares Team.« Foyle reckte ihr herausfordernd den Kopf entgegen.

Sie ignorierte die Bemerkung. »Ich gebe Ihnen auf jeden Fall meine Nummer.« Sie riss eine Seite aus ihrem Notizbuch.

»Und Ihr Name?«

»Sie brauchen keinen Namen. Wenn Sie diese Nummer wählen, landen Sie direkt bei mir.«

Foyle brachte sie zur Haustür und sah ihr nach, bis sie hinter den Lorbeerbüschen seines Vorgartens verschwunden war.

Lindow stand im Morgengrauen auf und machte sich auf die Suche nach dem Besitzer der Lodge, der am Vorabend versprochen hatte, ein Flugzeug und einen Piloten zu besorgen. Als er von der Hütte zum Hauptgebäude ging, blickte er zwischen den Bäumen hindurch zum Himmel auf. Es war bedeckt, aber die Wolken waren weit oben, und der Wind blies zwar winterlich frisch, aber nicht allzu stark.

Der Hauswirt war gerade beim Feuermachen im Speisesaal. Stumm und ohne aufzublicken fischte er einen Zettel mit der Adresse der *Lily Bay Aviation* aus seiner Hosentasche.

Lindow kam mit zwei dampfenden Tassen Kaffee zur Hütte zurück. Eine stellte er auf Marys Nachttisch. Sie drehte den Kopf herum und streckte einen nackten Arm auf die leere Seite des Bettes. Dann zog sie ihn wieder unter die Decke und brummte: »Wo warst du?«

»Frag nicht so viel«, sagte er sanft. »Hier ist ein Kaffee für dich. Ich mache jetzt die Läden auf. Ist das in Ordnung?«

Sie antwortete nicht, sondern tastete nach der Kaffeetasse.

Lindow breitete die Karte von Maine auf dem Tisch vor dem Fenster aus. Er wünschte, Eamonn hätte eine dritte Kompasspeilung angegeben. Drei Zahlen hätten den Ort genau bestimmt. So aber musste er mit einem Spielraum von fünf bis zehn Meilen in alle Richtungen rechnen. Sie würden ein Gebiet von mehreren hundert Quadratmeilen absuchen müssen.

Während er über der Karte brütete, hatte Mary geduscht und lehnte nackt im Rahmen der Badezimmertür. »Was machst du da?«

»Ich schaue nach, wohin wir heute fliegen. Du hast noch zehn Minuten Zeit, dich anzuziehen und etwas zu frühstücken, bevor wir uns auf den Weg zur *Lily Bay Aviation* machen.«

Sie schnitt ihm eine Grimasse. »Du hast ein Flugzeug gemietet?«

»Ja.« Er ging den Inhalt seines Rucksacks durch – Notizbuch, Fernglas, Kamera und Teleobjektiv. »Es wird bestimmt kalt. Nimm Handschuhe und dicke Socken mit.«

»Ja, Papa.«

Er grinste und schulterte den Rucksack.

Fünfzehn Minuten später fuhren sie im Jeep zum See hinab. Mary balancierte ihre Kaffeetasse und ein Stück Gebäck vom Frühstückstisch auf den Knien. Sie hielten vor einem langen Wellblechhangar direkt am Ufer. Fast ein Dutzend Wasserflugzeuge waren an einem langen Ponton festgemacht. Ein Mann Mitte Dreißig mit wettergegerbtem Gesicht kam aus einem Schuppen und stellte sich als Pete Tilsson, Eigentümer und Chefpilot der *Lily Bay Aviation* vor.

Vom See her wehte ein eisiger Wind und ließ seine Augen tränen.

»Ist das Wetter okay?«, fragte Lindow.

»Solange wir nicht zu weit nach Norden fliegen, müsste es gehen. Was suchen Sie eigentlich genau?«

Lindow blieb halbwegs bei der Wahrheit, indem er antwortete, sein verstorbener Bruder habe ihm Anweisungen hinterlassen, wie er einen Ort nördlich des Moosehead Lake finden könne, wo ein paar Freunde von ihm lebten. Es sei sein letzter Wunsch gewesen, dass er sie suchen solle.

»Es muss eine Art Hütte sein, wahrscheinlich mitten in der Wildnis.«

Tilsson schaute skeptisch drein. »Ich kenne die meisten Leute da oben. Kaum ein Fleck, den ich dort nicht kenne. Aber versuchen können wir es trotzdem – jetzt, wo das Laub weg ist, haben wir eine gute Sicht.«

Am Ende des Docks wartete eine einmotorige Cessna. Tilsson löste das Drahtseil, das den Flügel am Ufer hielt. Sie kletterten an Bord, Tilsson startete den Motor und machte Lindow ein Zeichen, sich einen Kopfhörer aufzusetzen. Er murmelte etwas ins Funkgerät und richtete dann die Nase des Flugzeugs zur Mitte der Bucht hin aus. Als sie genau gegen die Windrichtung wies, prüfte er die Anzeigen im Cockpit, zog den Steuerknüppel zurück und ließ das Flugzeug über den Moosehead Lake schlittern. Die Schwimmer klatschten ein paar Sekunden gegen die Wellen, dann stiegen sie auf.

Im Osten strahlte das Sonnenlicht durch die Wolkendecke, und die Seen unter ihnen schimmerten wie Silberfolie. Vor ihnen türmten sich riesige schwarze Wolken, von denen Vorhänge aus Regen herabhingen. Als Hagelkörner auf das Flugzeug prasselten, schob Tilsson den Steuerknüppel vor, sodass sie an Höhe verloren und innerhalb eines Wolkenbandes weiterflogen. Kurz darauf war der Himmel wieder klar, und vor ihnen breiteten sich die endlosen Wälder des nördlichen Maine aus. Wolkenfetzen hingen in den Bäumen, als hätten die kahlen Äste sie vom Himmel gefischt.

Nachdem sie den Penobscot River überflogen hatten, holte Lindow sein Fernglas hervor und suchte die Wege ab, die sich durch die Wälder schlängelten. Tilsson flog eine Weile geradeaus und drehte die Maschine dann um neunzig Grad. Das wiederholte er dreimal und beschrieb so das erste einer Reihe von immer kleiner werdenden Quadraten um das Suchgebiet. Sie flogen schon fast eine Stunde, aber immer wenn Lindow auf eine Behausung hinabdeutete, schüttelte Tilsson den Kopf. Entweder kannte er die Bewohner oder es war nur eine Wander- oder Skihütte. Als sie den Black Finger Lake erreichten, brüllte Tilsson, dass er den See nicht sehr gut kenne, weil er nicht zum Fischen tauge. Auf der Südseite war ein Sumpf, in dem Hunderte von ausgebleichten Kiefernstämmen wie alte Knochen im Schlamm lagen. Im

Norden lag ein steiles Hochufer, das von einem benachbarten Hochplateau durch eine etwa hundert Meter breite, felsige Kluft getrennt wurde. Am Ufer regnete es, und es war kaum zu erkennen, was in dem Spalt zwischen den beiden Steilufern lag. Doch als sie an der Klippe vorbeiflogen, rief Mary, dass sie etwas gesehen hätte – ein Dach vielleicht und ein Glitzern. In Lindows Wanderkarte war nichts eingezeichnet, kein Weg, keine Hütte. Tilsson flog am See entlang, dann wendete er das Flugzeug, um noch einmal an der Klippe vorbeizufliegen.

Jetzt sah Lindow die Gebäude. Am Ufer stand ein Bootshaus oder Hangar, braun und dunkelgrün gestrichen. Ein Pfad führte zwischen den Bäumen hindurch zu einer Hütte mit einer Scheune, von der ein Funkmast und eine Satellitenschüssel aufragten. Die Behausung lag fast vollkommen zwischen der Klippe und dem Grat des Hochplateaus verborgen. Sie war praktisch nur aus der Luft oder vom Wasser her zu sehen. Tilsson flog im Sinkflug am See entlang und wendete ein letztes Mal auf wenigen hundert Fuß Höhe. Inzwischen hatte Lindow seine Kamera ausgepackt, richtete sie aus dem Backbordfenster und schoss schnell ein paar Bilder, bevor die Gebäude hinter dem Felskamm verschwanden.

»Wow! Er hat eine Beaver«, sagte Tilsson.

»Was?«

»Er hat eine DHC-2 Beaver – phantastische kleine Kiste.« Tilsson deutete auf die stumpfe Nase eines Wasserflugzeugs im Hangar. »Soll ich weiter runtergehen?«

Lindow schüttelte den Kopf. »Nein, danke.«

»Das muss es sein«, wandte er sich an Mary. »Wir kommen später im Jeep noch mal her.« Sie suchten das Gelände nach einem Weg ab und entdeckten einen Pfad, der dem Landvorsprung folgte und und dann von einer engen kieferbewachsenen Schlucht verschluckt wurde. Lindow machte Tilsson ein Zeichen, nach Hause zu fliegen. Mit dem Wind im Rücken erreichten sie bald die *Lily Bay Aviation*. Tilsson flog über das nahe gelegene Städtchen hinweg und drehte in den Wind. Einen Augenblick lang schien das Flugzeug in der Luft zu stehen, dann gingen sie herunter, streiften fast die Bäume am Ufer und sanken auf die bleigraue Wasserfläche.

Nachdem sie sich von Tilsson verabschiedet hatten, kauften sie sich Proviant ein und fingen an, sich herumzustreiten. Mary meinte, sie sollten erst mehr über die Leute am See in Erfahrung bringen, bevor sie in eine Situation stolperten, die sie nicht einschätzen konnten. Irgendwer wisse bestimmt etwas über die Hütte und seine Bewohner. Irgendwo müssten sie Treibstoff für das Flugzeug kaufen und den Strom für das Haus beziehen.

Aber Lindow blieb stur. Falls sie nicht mitkommen wolle – bitte sehr. Er würde auf jeden Fall jetzt fahren. Wortlos setzte Mary ihre Sonnenbrille auf und rutschte hinter das Steuer.

Rund fünfzehn Meilen hinter der Stadt ging die asphaltierte Straße in einen breiten Schotterweg über. In der Mitte verlief ein grasbewachsener Erdstreifen, die Fahrrinnen waren von Rindenstückchen übersät. Die Wegränder waren von den herbstlichen Regengüssen ausgewaschen, deshalb fuhr Mary in der Mitte. Gelegentlich riss sie das Steuer herum, um einem Stück Holz auszuweichen, das ein Fuhrwerk verloren hatte. Sie sahen keine anderen Autos, überholten jedoch zwei Gruppen von Wanderern. An einer Stelle, wo die Straße in eine Senke führte und ihnen einen der seltenen Blicke auf die Landschaft gewährte, hielten sie, aßen ein Schinkenbrötchen und tranken Kaffee aus der Thermoskanne.

»Weißt du genau, was du tust, Con?«

»Ich will doch nur das Gelände erkunden und ein paar Bilder machen.«

»Und du glaubst im Ernst, das wird so einfach?«

Er zuckte die Achseln und kletterte auf den Fahrersitz.

Die nächste halbe Stunde sprachen sie nichts. Dann bemerkte Mary auf der Fahrt durch ein langes, eintöniges Waldstück eine Lücke zwischen den Bäumen und stieß einen Schrei aus. Lindow trat so hart auf die Bremse, dass der Wagen auf dem Kies schlitterte. Dreißig Meter hinter ihnen mündete ein Waldweg in spitzem Winkel in die Straße.

»Das ist es.« Lindow wendete den Jeep.

Der Weg war erst vor kurzem benutzt worden. Das Gras zwischen den beiden Radfurchen war plattgedrückt, und hier und da sah man einen Reifenabdruck. Durch Schlaglöcher und Pfützen steuerten sie vorsichtig bergab. Nach einer halben Meile wurde das Gelände flacher, und die Spur war mit Schotter geebnet.

Rechts vom Weg verlief nun ein dickes Stromkabel, das in zweieinhalb Meter Höhe zwischen den Bäumen aufgehängt war. In regelmäßigen Abständen war eine große Schlinge des Kabels mit einem Plastikband an einem Pfosten befestigt.

»Wozu soll das gut sein?«

»Wenn ein Baum auf das Kabel stürzt oder ein Tier dagegen rennt, geht die Schlinge auf, und es reißt nicht.«

Der Schotterweg stieg nun immer steiler an, und sie beschlossen, zu Fuß weiterzugehen. Lindow parkte den Jeep unter ein paar jungen Bäumen und schraubte das Teleobjektiv an das Kameragehäuse. Als er sich zum Heck des Jeeps umdrehte, stand dort Mary und lud einen Revolver.

»Was ist das?«

»Eine Neun-Millimeter-Glock – Modell siebzehn.«

»Ich wollte nicht die Marke wissen, verdammt. Was willst du mit dem Ding?«

»Mädchen wollen doch immer Sicherheit, weißt du das nicht?«

»Weißt du, Mary, ich würde wirklich gern wissen, für wen du arbeitest. Lektorinnen laufen normalerweise nicht mit einem Revolver herum.«

»Wenn sie sich vor Angst in die Hose machen, schon.«

»Woher zum Teufel hast du das Ding? In Irland hattest du es noch nicht.«

»Nein, da hatte ich es noch nicht, aber unser Abenteuer dort hat mich auf die Idee gebracht, dass ich eine Waffe brauche, wenn du mich hier in die Wildnis schleifst. Du hast doch bestimmt nur ein altes Taschenmesser dabei.«

Sie steckte den Revolver ein und stapfte davon. Lindow sah ihr hinterher und fragte sich, was er hier eigentlich tat. Er verfluchte sich selbst, fluchte auf Eamonn und die IRA, den verbohrten Nationalismus ihrer Mutter und seine hoffnungslose irische Heimat. Er sehnte sich nach einem normalen Leben – nach seinen Büchern, seinem Labor, seinem Espresso am Morgen. Wütend knallte er die Wagentür zu und trottete hinter Mary her, die schon den Hügel hinaufstürmte.

Es war viel weiter, als sie erwartet hatten, und als er Mary eingeholt hatte, schwitzte er. Der Hügel hatte mehrere falsche Gipfel, aber schließlich lichtete sich das Dickicht. Eine kahle, schwarze Felskuppe erhob sich vor ihnen wie der Rücken eines Wales. Sie sahen auf den See hinab und blieben reglos stehen. Es war still – kein Vogel sang, und der Wind hatte nachgelassen, sodass die Wipfel der Kiefern nur ganz leicht schwankten. Sie gingen am Fuß des Hügels entlang. Die Klippe kam in Sicht und kurz darauf ein Stück vom Dach der Hütte. Mary ging in die Hocke und machte Lindow ein Zeichen, es ihr gleichzutun. Sie flüsterte, dass sie nun nichts mehr reden sollten. Dann deutete sie zu einem dichten Busch, der in den Felsspalten Wurzeln geschlagen hatte, und robbte behände auf allen vieren in Deckung. Lindow kroch ihr in einem unbeholfenen Krebsgang hinterher und hielt dabei die Kamera in die Höhe. Nach zehn Metern zeigte Mary durch eine Lücke im Buschwerk. Der Unterschlupf lag direkt vor ihnen. Es waren zwei Hütten, die im rechten Winkel zueinander standen und durch ein flaches Blechdach verbunden waren. Unter dem Dachvorsprung lagerten ein Stapel Brennholz, zwei Schneemobile, Kettensägen, Schaufeln und Taurollen. Auf der anderen Seite des Hofs stand ein großer Pickup. Unten am See konnte Lindow den Hangar ausmachen. Er stellte die Kamera ein und schoss ein paar Bilder von dem Funkmast und der Satellitenschüssel. Als der automatische Filmtransport surrte, zuckte Mary zusammen und zischte, er solle den Film von Hand *aufziehen*. Dann griff sie sich sein Fernglas und suchte den Hof ab. Beim Pickup hielt sie inne, und Lindow sah, wie sich ihre Lippen bewegten, als sie sich das Nummernschild einprägte.

Plötzlich spritzten scharfe Felssplitter vom Grund neben ihm auf. Dann hörte er den Schuss hohl in den Bäumen widerhallen. Mary rollte sich blitzschnell nach rechts und zog die Glock aus ihrer Tasche. Doch nichts geschah, und sie konnten niemanden entdecken. Sie sahen sich verblüfft an. Dann hörten sie, wie sich rechts von ihnen etwas bewegte.

»Steht auf und kommt zu mir her«, sagte die Stimme eines Mannes. »Versucht bitte nicht zu fliehen.«

DREIZEHNTES KAPITEL

Es war die Stimme eines Engländers, sehr ruhig und nicht eine Spur drohend. Lindow schaute dümmlich in der Gegend herum, er hatte keine Ahnung, woher die Stimme kam. Mary deutete mit ihrem Revolver in Richtung des Jeeps. Lindow drückte sich an den kalten, nassen Feldboden und sah etwa fünfzig Meter entfernt den Oberkörper eines Mannes. Die Gestalt hatte ein Sturmgewehr geschultert und zeigte in ihre Richtung. »Steht auf und kommt hier rüber. Aber keine plötzlichen Bewegungen.«

»Hören Sie, wir sind nur beim Wandern hier durchgekommen«, sagte Mary und erhob sich langsam; die Waffe hielt sie an den Oberschenkel gepresst. »Wir wollen keinen Ärger. Wir gehen auch sofort wieder.«

Lindow stand ebenfalls auf. Nun konnte er den Mann richtig sehen. Er trug eine schwarze Arbeitshose, eine dunkelgrüne Jacke und eine Skimaske.

»Ich habe euch erwartet«, sagte der Mann beiläufig. »Das war euer Flugzeug heute Morgen, oder? Ihr habt mir eine Menge Warterei erspart, weil ihr so schnell hier wart.«

Sie kamen auf ihn zu und blieben in zehn Metern Entfernung stehen. Lindow fragte sich, ob das Rhodes war.

»Du da mit der Waffe«, sagte der Mann und sah Mary an. »Leg sie auf den Boden und sag mir, wie du heißt.«

Sie legte die Glock auf einen Teppich aus Kiefernnadeln. »Mary Sheaffer.«

»Und du«, wandte er sich an Lindow, »wie heißt du?«

»Richard Lithgow. Und Sie?« Lindow fixierte den Augenschlitz in der Skimaske.

Der Mann ignorierte die Frage und wies mit dem Gewehrlauf

zu einem Wildpfad, der sich um den Hügel herum zu den Hütten schlängelte. »Da lang.« Er trat hinter die beiden und hob Marys Pistole auf.

»Hören Sie ...«, sagte Mary.

»Tut einfach, was ich sage.«

Sie rutschten auf Gesäß und Händen über den nackten Fels, aus dem Wasser sickerte. Als sie den Hof erreicht hatten, befahl ihnen der Mann, in die hintere Hütte zu gehen und sich Rücken an Rücken auf den Boden zu setzen. Die Hütte war geräumiger und heller als Lindow erwartet hatte. Sie sah aus wie eine Werkstatt.

Ein Fenster ging zum See und dem Flugzeughangar hinaus. Unter dem Fenstersims stand eine lange Werkbank mit drei Arbeitslampen, rechts davon ein Regal mit einem Funkgerät, einem Radio und einem Monitor, auf dem man zwölf kleine Bildausschnitte des umliegenden Waldes erkennen konnte. In der unteren rechten Ecke des Schirms flimmerte das milchige Bild ihres Jeeps. Links davon sah man die Forststraße aus zwei verschiedenen Blickwinkeln. Er musste gesehen haben, wie sie an der Abzweigung gewendet hatten und den Pfad entlang zu seiner Hütte geschlichen waren. Er hatte genau gewusst, welchen Weg sie durch den Wald nahmen.

»Ich habe euch vor etwa einer Dreiviertelstunde kommen sehen«, sagte der Mann und legte Marys Revolver auf den Tisch neben einen Computer. »Diese kleine Überwachungsanlage hier ist gut, aber fast überflüssig. Selten, dass sich mal jemand hierher verirrt. Meistens sind es Tiere oder die paar Jäger, die im Winter hierher kommen.« Er sprach, als hätte er sie zum Tee eingeladen.

Dann drückte er eine Taste auf dem Computer. Der Bildschirmschoner verschwand, und ein Menu tauchte auf. Während er wartete, sah er sich Marys Revolver an. Dann begann er mit einem Finger zu tippen. Lindow schaute sich verstohlen um. Unter der Werkbank lagerten Mobiltelefone ohne Gehäuse, Elektroschalter und eine Reihe Stecker mit Zeitschaltuhr, wie Hausbesitzer sie verwenden, damit während ihrer Abwesenheit das Licht an und aus geht.

Im Fach darüber standen klobige Industriebatterien und eine kleine Plastikbox, die mit einem schwarzen Hohlspiegel verkleidet war, – ein Infrarotdetektor, wie er in Überwachungsanlagen benutzt wird, um die Wärmestrahlung eines menschlichen Körpers aufzuspüren. Von der Box führten Drähte zu einer Batterie und weiter zu einem elektrischen Schalter. Es war eine perfekte Bombenfalle, die auf nichts weiter basierte als der Körpertemperatur eines Menschen.

Eine Weile klapperten die Tasten, dann wählte der Mann eine Nummer per Modem an.

Der Mann hörte auf zu tippen und schaute aus dem Fenster.

»Der Wind frischt auf«, sagte er. »Hoffentlich kommt nicht wieder ein Sturm. Der letzte hat mir fast die Antenne weggerissen.«

Er blickte immer noch aus dem Fenster, als er seine Jacke ablegte und sich die Skimaske vom Kopf zog. Dann drehte er sich um. Die linke Seite seines Gesichts war von weißem Narbengewebe bedeckt, das sich den Hals hinunterzog und im Kragen seines Pullovers verschwand. Die Haut um sein linkes Auge herum war faltig und glänzte, sie sah aus wie Pergament. Der Mann musste um die Vierzig sein, wirkte aber immer noch jugendlich und hatte zweifellos einmal gut ausgesehen. Seine Augen waren sehr blau und sehr ruhig. Er lächelte leicht, aber da die vernarbte Wange erstarrt war, hob sich nur sein rechter Mundwinkel.

»Kein sehr hübscher Anblick, was?«, sagte er und sah Lindow herausfordernd an. »Aber ich habe mich daran gewöhnt. Macht mir nur in der Sonne und bei Kälte zu schaffen. Die Haut ist nicht mehr so elastisch wie normale Haut – deshalb die Skimaske.«

Der Computer piepte, und der Mann wandte sich wieder dem Monitor zu. Er las etwas, dann sah er Lindow und Mary an. »So, und jetzt erzählt mal, wer ihr seid«, sagte er und nahm das Gewehr in die Hand.

»Wir sind übers Wochenende hier und wollten uns ein bisschen in der Gegend umsehen«, sagte Lindow.

»Ja«, sagte der Mann bedächtig. »Aber warum habt ihr in meinem Hof herumfotografiert? Warum seid ihr heute Morgen dreimal hier drübergeflogen? Und geht die Lady hier immer mit einer

Glock in der Tasche zum Wandern? Schluss jetzt mit dem Geblödel! Sagt mir, wer ihr seid.«

Er kam auf Lindow zu. Er lächelte, dann hob er blitzschnell das Gewehr und stieß den Kolben auf Lindows Schlüsselbein hinunter. Lindow schrie auf und sackte in sich zusammen.

Der Mann zog ihn wieder hoch und tastete seine Jackentasche ab. Dann leerte er den Inhalt des Rucksacks auf den Boden. Eamonns Pass rutschte zwischen den beiden Karten heraus. Der Mann hielt ihn ans Licht.

»Dr. Constantine Lindow.« Er sah auf Lindow hinab und grinste hämisch. »Aber der Typ auf dem Foto sieht irgendwie anders aus. Also wer bist du – hm?« Er versetzte Lindow einen wohlgezielten Tritt an den Kopf. Lindows Ohr platzte auf, und sein Oberkörper kippte seitlich auf den Boden. Sein Ohr war heiß und pochte, und aus einem Riss tropfte Blut.

Der Mann ging zu Mary und kauerte sich neben sie. Sein linkes Knie war hinter ihrem Kopf. Der Lauf seines Gewehrs war auf Lindows Bauch gerichtet.

»Vielleicht sagst du es mir jetzt.« Er packte Mary am Kinn und sah ihr ins Gesicht.

»Lassen Sie sie um Himmels willen in Ruhe«, sagte Lindow. »Ich wollte herausfinden, warum mein Bruder Eamonn in London getötet wurde. Das ist alles. Sie war nur eine Freundin von ihm und hat nichts mit der Sache zu tun. Lassen Sie sie gehen.«

»Dann sag mir, wer du bist.«

»Ich bin tatsächlich Con Lindow, wie es im Pass steht. Aber der Pass ist eine Fälschung. Mein Bruder hat meinen Namen unter sein eigenes Bild gesetzt.«

»Ach ja? Ich zeige euch jetzt mal was.« Er ging zu einem Videorekorder, der unter dem Überwachungsbildschirm im Regal stand, und legte ein Band ein. Dann trat er mit der Fernbedienung in der Hand vom Gerät zurück. »Achtet auf die rechte Bildseite. Da seht ihr einen Besucher von mir durch den Wald kommen, genau wie ihr heute.«

In einem der zwölf Ausschnitte erschien eine Gestalt. Lindow stockte der Atem. Die Gestalt, die den Hang heraufstolperte, war

Eamonn. Nun hatten ihn mehrere Kameras im Visier. Man sah, wie Eamonn über den Hof lief, rasch durch das Fenster der Hütte spähte und sich in Richtung See wandte. Dann war er verschwunden.

»Er hat mich mit dem Flugzeug kommen hören, versteht ihr? Danach muss er sich verflucht schnell aus dem Staub gemacht haben, und er hat Glück gehabt, dass er nicht in eine von meinen kleinen Überraschungen gerannt ist.« Er zwinkerte Mary zu und kehrte an ihre Seite zurück.

Wir müssen Zeit schinden, dachte Lindow. Mit ihm reden. »Hören Sie«, sagte er ruhig. »Sie müssen ihr nicht wehtun. Sie weiß nichts.«

Der Mann überhörte seine Bemerkung. »Du siehst also, du bist nicht der erste Trottel, der hier aufkreuzt. Das war dein Bruder, hm? Und du suchst hier nach seinen Mördern. Hab ich Recht?«

»Nicht ganz«, fing Lindow an. »Ich bin durch einen Zettel neugierig geworden, den Eamonn in seinen Pass gesteckt hatte. Er ist immer noch drin, wenn Sie weiter hinten nachschauen.«

Marys Augen flehten ihn an, nicht weiterzureden.

Der Mann studierte den Zettel und las die Peilungen laut vor. »Sehr nett«, sagte er schließlich. »Dann weißt du also, wer Rhodes ist?«

»Nein, das weiß ich nicht.« Er sah, wie Marys Gesichtsausdruck sich änderte. Es war merkwürdig. Plötzlich schien sie keine Angst mehr zu haben.

»Rhodes war der verantwortliche Offizier, als dein Bruder unsere Kameraden bei der Kirche in die Luft gejagt hat. Ich bin mit dem hier noch glimpflich davongekommen.« Er berührte seine Wange. »Ein paar Monate plastische Chirurgie, und ich war wieder wie neu. Die anderen hatten nicht so viel Glück. Deshalb hat Rhodes deinen Bruder erledigt. Das war Ehrensache gegenüber den Kameraden. Als uns klar wurde, dass der Kerl, der uns nachschnüffelte, dein Bruder war, haben wir ihm Vorrang eingeräumt.« Er räusperte sich. Offenbar hatte er lange nicht mehr so viel gesprochen. »Das Beste daran war, dass er nicht mal ahnte, dass ihn jemand von seiner eigenen Seite verkauft hat, jemand von der

Wahren IRA oder wie sie sich gerade nennen. Wir hatten nämlich unsere Kontakte mit diesen Brüdern. Rhodes hatte ein paar von ihren Leuten ausgeschaltet – wie du vielleicht weißt – und wurde zu ihrem Lieferanten. Aber dann kam das Friedensabkommen, alles geriet durcheinander, und keiner wusste mehr, wer eigentlich gegen wen kämpfte. Ein echter Witz, wenn man drüber nachdenkt. Schließlich sind sie dahinter gekommen, was hier gelaufen ist, und wollten es uns heimzahlen. Aber wir haben Besseres zu tun als uns mit irischen Dorftrotteln herumzuprügeln. Rhodes hat dann das Problem gelöst, indem er Eamonn Lindow ausgeschaltet hat. Komischer Name für einen Iren – woher kommt der?« Er warf den Pass zum Rest von Lindows Habseligkeiten auf den Boden.

»Das habe ich nie herausgefunden.«

Lindow wusste, dass der Mann sie töten würde. Warum sollte er ihnen sonst alles erzählen. Er beschloss, zumindest Mary eine Fluchtchance zu verschaffen – und vielleicht auch sich selbst. Ihre Glock lag auf dem Tisch beim Computer. Wenn er sich dem Mann an die Beine warf, könnte sie sich die Waffe vielleicht schnappen. Mary las seine Gedanken und riss die Augen weit auf, um ein entschiedenes Nein zu signalisieren.

»So, so, das hast du nie herausgefunden. Hast du denn herausgefunden, was Axiom Day bedeutet – der Begriff, der auf deinem Zettel steht?«

»Nein.«

»Aber du weißt, wer ich bin?«

Lindow schüttelte den Kopf.

»Du meinst, du weißt *tatsächlich* nicht, wer ich bin? Mann, ihr zwei seid wirklich ein paar blutige Anfänger, was? Aber euch kann ich es ja sagen. Ich bin Bob Lasseur – wird Lassa ausgesprochen, wie das Fieber –, Offizier a.D. bei den Royal Fusiliers Ihrer Majestät.« Der Plauderton war wieder da. Lasseur kehrte zu seinem Computer zurück und tippte einen Text ein. Dann schien er ein neues Programm aufzurufen. Lindow schielte zum Monitor. Lasseurs Nachricht blitzte kurz auf dem Schirm auf und wurde dann unleserlich. Er chiffrierte sie. Schließlich klickte das Modem.

»Wir werden ein bisschen warten müssen«, sagte Lasseur. »Er antwortet nicht.«

»Wer?«

»Rhodes. Er wird immer schreibfauler. Kann ich aber irgendwie verstehen. Wir nähern uns dem Ende dieser Geschichte. Das Geld liegt auf der Bank, und wir gehen getrennte Wege.« Auf einmal wirkte er unruhig. »Und jetzt müsst ihr hier rumschleichen. Das bedeutet, dass ich mir was einfallen lassen muss.«

»Müssen Sie nicht«, warf Mary rasch ein. »Wenn Sie sowieso von hier weggehen, spielt es keine Rolle, was wir wissen.«

»O doch. Wir können es uns nicht leisten, dass das FBI hier alles absucht. Ich will den Laden hier in Ruhe dichtmachen und alles entsorgen.«

Lindow war klar, dass Lasseur ihn und Mary ebenso entsorgen wollte wie seine Gerätschaften. Er würde sie zum Hangar hinabzerren, erschießen und in die Beaver laden. Dann würde er ihre Körper mit Gewichten beschweren und sie über einem einsamen See abwerfen. Falls er danebentraf, gab es immer noch genügend hungrige Tiere – Bären, vielleicht sogar der eine oder andere Wolf –, die ihre Überreste in den Wäldern verteilen würden. Bis im Frühling die Wandergruppen von Boston heraufkamen, wäre nichts mehr von ihnen übrig.

Er musste irgendetwas tun. Unmerklich verlagerte er sein Gewicht, zog ein Knie an die Brust und stützte sich mit der linken Hand ab. Während er demonstrativ mit dem Hemdärmel Blut von seinem Ohr abtupfte, zog er langsam sein Bein an.

Ob Mary sah, was er vorhatte?

»Würden Sie mir etwas verraten?«, fragte sie Lasseur. »Was soll Axiom Day heißen? Was bedeutet das alles?«

Lasseur beugte sich zu ihr hinab. Durchs Fenster fiel ein Lichtstrahl auf sein Gesicht.

»Das geht mich nichts an, das ist allein Rhodes' Sache. Ehrlich gesagt, weiß ich nicht, was er vorhat – ich war bei dem Projekt nur für die Logistik zuständig. Ich bereite vor, beschaffe Material und so weiter. Aber ich bin nicht draußen vor Ort. Mich erkennt man zu leicht, verstehst du?« Er strich sich wieder über die Wange.

Mary nickte. »Hört sich an, als wäre sehr viel Planung nötig gewesen.«

»Ja, Axiom Day wird Rhodes' *Erklärung* – das ist alles, was ich darüber weiß. Wenn er eins nicht ausstehen kann, ist es Untreue, Verrat.«

»Was meinen Sie mit Verrat?«

»Irland natürlich. Sich mit den Paddies an den Konferenztisch setzen, sie nach ihrer Meinung fragen, Abkommen mit den Schweinehunden schließen, die unsere Leute umgebracht haben, sie aus dem Gefängnis entlassen. Das meine ich mit Verrat.« Er sah wieder aus dem Fenster. »Wunderbares Licht um diese Jahreszeit.«

»Ja«, sagte Mary. »Die Wälder sind sicher auch im Schnee sehr romantisch.«

Lasseur lächelte. »Ja, es ist gar nicht so schlecht hier oben.«

Lindow ließ die rechte Hand vom Knie gleiten, sodass sie neben der linken auf dem Boden ruhte. Er stützte sich auf beide auf, nahm das Gesäß hoch und brachte die Beine in die Startposition eines Sprinters. Dann kletterte er auf Lasseurs Stuhl zu. Mary warf sich ebenfalls nach vorn, tief geduckt rannte sie auf Lasseur zu. Aber er war zu weit entfernt. Er sprang auf die Füße, dass der Stuhl nach hinten kippte, holte mit dem Schaft des Gewehrs aus und schwang es gegen Lindows Hals. Dann hob er die Waffe hoch und stieß sie hart auf Marys Hinterkopf hinab. Lindow wälzte sich auf dem Boden und hielt sich den Kiefer. Mary sank bewusstlos vor Lasseurs Füßen nieder.

Lasseur trat einen Schritt zurück und richtete das Gewehr auf Lindow. »Schaff sie hier rüber«, schrie er und deutete in Richtung Werkbank. »Auf den Bauch legen, beide.«

Lindow spürte einen pochenden Schmerz an seinem Kinn; er schob seine Arme unter Marys Achseln und schleifte sie zur Werkbank. Aus seiner Platzwunde am Kiefer spritzte Blut auf ihr Gesicht.

»Leg dich neben sie«, kommandierte Lasseur. Er sah wieder aus dem Fenster und fuhr sich nervös mit der Hand durchs Haar.

Lindow legte Mary ab und fühlte heimlich ihren Puls. Er schlug noch gleichmäßig.

»Das hättet ihr nicht versuchen sollen«, sagte Lasseur. »Ich hatte mich noch nicht entschieden… Ihr hättet nicht so voreilig handeln müssen.«

Lindow bemerkte, wie aufgeregt Lasseur war. Vielleicht war es nicht nach seinem Geschmack, jemanden aus nächster Nähe umzubringen. Wie sonst ließ sich erklären, dass er sie nicht an Ort und Stelle erschossen hatte? Lindow vermutete – oder hoffte vielmehr inständig –, dass Lasseur sie selbst nach ihrem Angriff nicht getötet hatte, weil er es nicht konnte. Dann sagte er sich, dass solche Überlegungen reiner Selbstbetrug waren. Lasseur hatte in Nordirland wahrscheinlich an zahllosen Einsätzen teilgenommen, bei denen er Menschen hatte liquidieren müssen. Es würde ihm nicht das Geringste ausmachen, sie zu erschießen. Wahrscheinlich wollte er einfach nicht die Hütte verschmutzen und sich nicht damit abmühen, die beiden Leichen zum See zu schleppen.

Aber da war ein Zögern gewesen. Etwas hatte ihn innehalten lassen. Vielleicht Mary. Als Lindow sie durch den Raum schleifte, hatte er ein verschämtes Bedauern über Lasseurs Gesicht huschen sehen. Sie musste wieder zu sich kommen, mit Lasseur sprechen. Er strich ihr das Haar aus dem Gesicht und blies ihr auf ihre Wange. Dann massierte er ihre Schulter. Aber sie lag leblos neben ihm – wie Kay Gould in der Clarence Street.

Lasseur beobachtete ihn. »Sie wird schon wieder.«

Der Computer piepte. Er setzte sich davor und legte das Gewehr über seinen Schoß. Dann gab er ein paar Befehle ein und wartete. Schließlich zog er den Kopf vom Schirm zurück und murmelte: »Ob ich es schon getan habe? Natürlich nicht, verdammt. Als wenn das so einfach wäre.«

Lindow schüttelte Mary heftig… »Komm schon«, flüsterte er drängend. »Wach auf, verdammt!«

Am anderen Ende des Raums lief Lasseur vor dem Computer auf und ab. Dann verkündete er unvermittelt: »Rhodes sagt, er geht davon aus, dass ich euch bereits erledigt habe. Basta. Für ihn ist das keine große Sache, er ist so etwas gewohnt.« Er ging zum Computer und hackte wütend in die Tastatur.

Lindow sah zur Tür und verwarf jeden Gedanken an eine

Flucht. Es gab keine Hoffnung, dass er es so weit schaffte, und außerdem müsste er Mary zurücklassen. Er hielt unter der Werkbank nach einer Waffe Ausschau. Nichts. Dann marschierte Lasseur zu ihnen und richtete das Gewehr auf sie. Lindow zwang sich, ihm in die Augen zu blicken. Lasseur musste sein Gesicht sehen, begreifen, was er da tat. »Rhodes will eine Bestätigung, dass ihr tot seid. Aber das geht nicht so schnell.« Sein Tonfall hatte nun etwas gespenstisch Entschuldigendes. »Ich muss noch nachdenken.«

Er marschierte zurück an den Computer und tippte ein paar Worte. Dann stand er auf und wartete zum Schirm hinabgebeugt auf eine Antwort. Lindows Gedanken rasten. Er konnte nichts tun. Ein weiterer Angriff war sinnlos. Wenigstens schien sich Lasseurs Ärger im Augenblick gegen Rhodes zu richten, und das war gut.

Der Computer piepte wieder. Lasseur wartete. Schließlich richtete er sich auf und sah stirnrunzelnd auf das Gerät hinab. »Was zum Teufel …?«

Weiter kam er nicht. Es gab einen Blitz, Metall- und Glassplitter flogen wie Geschosse durch den Raum. Die Sprengladung traf Lasseur in den Bauch, ließ ihn wie ein Klappmesser einknicken und schleuderte ihn an die gegenüberliegende Wand. Instinktiv riss Lindow einen Arm über den Kopf und legte den anderen auf Mary. Die Explosion hatte alle Glühbirnen zerfetzt. Durch das Fenster fiel noch ein schwaches Licht. Lasseur saß zusammengesunken an der Wand. Er sah erstaunt aus. Ein dunkelroter Fleck auf seiner Brust wurde immer größer. Aus den Trümmern des Computers kam ein seltsames Zischen; sie fingen an zu brennen. Entlang der elektrischen Kabel züngelten Feuerbänder. Lindow stand auf und zerrte Mary auf die Beine. Er schulterte ihren Arm und schleifte sie mit kleinen Schritten in eine klare, türkisblaue Dämmerung hinaus. Als er sie an den Reifen von Lasseurs Pick-up lehnte, stöhnte sie. »Alles in Ordnung«, sagte er. »Es hat eine Explosion gegeben. Uns ist nichts passiert.«

Die Schlüssel von Lasseurs Pick-up steckten.

Aus der Hütte drang nun ein Schrei. Lindow lief hinein. Lasseur schrie wieder, ein Kreischen, bei dem sich seine Stimme überschlug. Das Feuer hatte sich vorgearbeitet und züngelte am Rande eines Regals mit Papieren und Handbüchern.

»Ich komme.« Er ging auf Lasseur zu. Die Detonation hatte ihm die Kleidung vom Oberkörper gerissen. In seinem Bauch klaffte ein Loch. Lindow kniete sich neben ihm nieder. Lasseurs Brust zog sich krampfhaft zusammen, und aus seinem Mund trat ein Klumpen Blut. »Ich wollte euch töten. Ich hatte mich schon entschieden.« Er sog durch den Mund Luft ein und ließ dann die Zunge kreisen, als wollte er einen unangenehmen Geschmack loswerden. »Und jetzt erledigen Sie mich mit dem Gewehr. Schießen Sie mich tot, um Himmels willen.«

Lindow sagte nichts und wartete. Lasseurs Qualen schienen ein wenig nachzulassen, und er begann heiser zu flüstern. »Der Schweinehund hat das CD-Laufwerk mit einer Sprengladung gekoppelt... Seine Nachricht... Der Code hat das Laufwerk aktiviert... Das war meine Erfindung, verdammt. Meine Erfindung. Er muss das Zeug schon vor Wochen... Er hat immer gewusst, dass er mich töten würde... und ich wusste es auch, aber ich dachte, solange er in England ist, kann er nicht...« Er schluckte mühsam und schloss die Augen. Das Narbengewebe in seinem Gesicht war kalkweiß.

»Das war clever«, murmelte er. »Verdammt clever.«

»Nicht sprechen.« Lindow legte ihm eine Hand auf die Schulter. »Ich sehe, ob ich irgendwo Wasser finde.«

»Hören Sie mir zu«, flüsterte Lasseur. »Es ist alles da. Die ganzen Aufzeichnungen...«

»Was meinen Sie?«, fragte Lindow und legte das Ohr an Lasseurs Mund.

»Das Bodenbrett... unter der Werkbank.«

Lindow kroch durch die Rauchschwaden zur Werkbank, riss die Fächer heraus und kippte den Inhalt aus. Dann arbeitete er sich unter die Bank vor und klopfte die Bodenbretter mit der Faust ab. Eines – direkt neben einem Bein der Werkbank – federte etwas. Er schlug noch einmal darauf, und das Holz schnellte hoch. In dem Hohlraum darunter ertastete er eine kleine Kunststoffbox für

Disketten. Er steckte sie in die Jackentasche und lief hustend zu Lasseur zurück. Der Rauch wurde dichter.

»Erschießen Sie mich … ich halte es nicht mehr aus«, stöhnte Lasseur. Bei jedem Wort rann Blut aus seinem Mund.

»Was plant Rhodes? Sagen Sie mir, was er vorhat.«

Lasseur keuchte und verdrehte die Augen.

Lindow stand mechanisch auf und holte das Gewehr. Die Zugluft von der offenen Tür fachte das Feuer an. Es war nur noch eine Frage von Minuten, bevor die Hütte den Flammpunkt erreichen würde. Er hielt das Gewehr an Lasseurs Schläfe. Lasseur spürte das Metall des Laufs, blickte auf und nickte.

»Nicht!«, schrie Mary, die im Eingang stand.

Lindow zögerte, dann sah er wieder zu Lasseur hinab. Dessen Kopf war auf die Schulter gefallen. Seine Augen waren geschlossen, und er schien zu lächeln. Er war tot. Lindow ließ das Gewehr fallen und rannte zu seinem Rucksack, dessen Inhalt auf dem Boden verschüttet war. Er raffte Karten, Kamera und Pass zusammen und lief ins Freie. Mary zog er mit sich aus der Tür, schob sie in Lasseurs Pick-up und brauste aus dem Hof. Sie zitterte und fragte ständig, was passiert sei – wieso sie draußen im Hof gelegen hatte und warum er noch einmal in die Hütte gegangen war. Lindow antwortete nicht.

Erst als sie in ihren Jeep umgestiegen und auf dem Weg zur Forststraße waren, begann er stammelnd und konfus zu erzählen. Auf der Forststraße packte er dann das Lenkrad fest mit beiden Händen, um sein Zittern zu unterdrücken, und sprach bedächtiger, wie um auf diese Weise ein wenig Ordnung in die Geschehnisse zu bringen. Das Versteck mit den Disketten erwähnte er nicht, denn inzwischen war ihm klar, dass Mary nicht nur Bücher redigierte.

Als sie eine Anhöhe erreichten, blickte Mary in die Dunkelheit zurück und entdeckte einen orangefarbenen Schein. Sie befeuchtete ihren Hemdärmel mit Mineralwasser und tupfte ein wenig von dem Blut in Lindows Gesicht weg.

»Irgendwer wird das Feuer sehen«, sagte Lindow, »und morgen werden sie nachschauen, was los war, und dann dauert es nicht lange, bis bei Tilsson der Groschen fällt. Wir müssen noch weg, heute Abend.«

»Meinst du, du kannst fahren? Ich fühle mich immer noch ziemlich klapprig.«

»Kein Problem.«

»Dort draußen traten heiter wir zum Tod…«

»Ist alles in Ordnung?« Lindow war besorgt wegen des Schlags, den sie auf den Kopf bekommen hatte.

»Dort draußen traten heiter wir zum Tod, setzten uns höflich neben ihm zum Mahl – verziehen ihm das Blechgeschirr in unsrer Hand, rochen seines Atems grünen Hauch.« Sie hielt inne. »Das stammt aus ›Der nächste Krieg‹ von Wilfred Owen. Wusstest du, dass Owen nur eine Woche vor Unterzeichnung des Waffenstillstands im Ersten Weltkrieg ums Leben kam? Sein Todestag ist morgen, am vierten November. Wir sollten auf ihn trinken und unser eigenes Überleben feiern.«

»Du bist keine Lektorin, oder?«

»Doch… aber nicht nur.«

»Was noch?«

»Später, Con. Wir leben. Das ist alles, was im Augenblick zählt.«

Nach Ankunft in der Lodge schlichen sie sich an der Rezeption vorbei in ihre Hütte. Lindow zog sein blutverschmiertes Hemd aus und wusch das angetrocknete Blut von seinem Gesicht ab. Der Riss an seinem Ohr erwies sich als erstaunlich klein, aber sein Kiefer war dick geschwollen.

Mary hielt einen Kosmetikspiegel hoch und untersuchte die Beule an ihrem Hinterkopf. Sie entdeckte einen Spritzer von Lindows Blut an ihrem Hemdkragen und zog Pullover und Hemd vorsichtig über den Kopf. Lindow trat hinter sie, wölbte die Hände um ihre Brüste und sah sie im Spiegel an. Sie drehte sich in seinen Armen um. »Ich erzähle dir irgendwann, was ich tue«, sagte sie zwischen zwei Küssen, »aber jetzt kann ich es noch nicht.«

Lindow nickte. Immerhin war er auch nicht ganz offen zu ihr gewesen. Sie begannen sich hastig zu lieben und glitten auf die Fliesen des Badezimmerbodens, bevor sie das Bett erreichten. Dort setzte sich Mary rittlings auf Lindow, kam rasch zum Höhepunkt und sank erschöpft vornüber. Dann richtete sie sich wieder auf und sah mit einem seltsamen, distanzierten Ausdruck auf Lindow hinab.

Zwanzig Minuten später zahlten sie ihre Rechnung und erzählten dem Besitzer der Ferienanlage, sie würden nach Kanada weiterfahren. Eine ziemlich unwahrscheinliche Geschichte zu dieser späten Stunde, doch der Hauswirt schien sie bereitwillig zu akzeptieren, zumal Lindow anbot, auch die Nacht zu bezahlen, die sie nicht blieben.

Sechs Stunden später, es war schon nach ein Uhr nachts, waren sie in Boston. Mary hatte den größten Teil der Fahrt geschlafen und nickte bei der Ankunft im Omni Parker nur schlaftrunken, als Lindow vorschlug, getrennte Zimmer zu nehmen. Der Angestellte an der Rezeption gab ihr einen Zettel und sagte, sie hätte mehrere Nachrichten erhalten.

»Was gibt's?«, fragte Lindow.

»Nichts. Ich habe meinem Vater erzählt, dass er mich hier erreichen kann.« Lindow ahnte, dass sie log, sagte aber nichts.

Eine halbe Stunde später saß er in Varrones Wohnzimmer und berichtete, was sie in der Hütte durchgemacht hatten und wie Lasseur gestorben war.

»Irgendwie genial«, sagte Varrone schließlich. »Der Kerl hat den Computer offenbar so programmiert, dass er bei einem bestimmten Befehl glaubte, eine CD sei ins Laufwerk gelegt worden. Dann musste er nur noch das Laufwerk mit einem Zünder koppeln und Plastiksprengstoff ins Gehäuse packen. Als der Befehl – in einer der Nachrichten eingeschleust – kam, startete das Laufwerk und, peng, war alles Asche. Schauen wir uns doch mal die Disketten an, die er in seiner Hütte versteckt hatte.«

Sie gingen ins Arbeitszimmer, und Varrone schloss ein ZIP-Laufwerk, ein längliches blaues Kästchen, an seinen Computer an. Er legte eine der Disketten ein. Auf dem Schirm erschien ein Symbol, das er anklickte, und eine Reihe von Dateien erschien. Er öffnete eine davon, und der Monitor füllte sich mit einem Wirrwarr aus Symbolen und Ziffern, als hätte jemand wahllos auf der Tastatur herumgehackt.

»Dachte ich's mir doch. Das Zeug ist verschlüsselt.« Varrone probierte es mit einer zweiten Diskette. »Wir werden ein echtes Computergenie brauchen, um das alles lesen zu können, vor allem, wenn die sechs Disketten auch noch verschiedene Codes haben.« Er brummte, als ein neuer Chiffretext auf dem Schirm auftauchte. »Wir sollten jetzt Mundy anrufen.«

»Und Foyle«, sagte Lindow.

In London war es acht Uhr dreißig, als Foyle gemächlich aus dem Badezimmer schlenderte und das Telefon neben dem Bett abnahm. »Ja«, meldete er sich knapp. Er fühlte sich ein wenig, als hätte er Watte im Kopf, die Folge einer Flasche Merlot, die er bei einem späten Abendessen mit Carla Pryn im La Bourriche geleert hatte.

»Hier ist Con Lindow. Ich weiß, ich bin früh dran.«

»Ich hoffe schon die ganze Zeit, dass Sie sich melden«, sagte er und wischte sich den Rasierschaum vom Hals. »Was ist passiert?«

»Sie werden lauter reden müssen. Ich höre im Moment nicht so gut.«

»Was ist passiert?«, dröhnte Foyle.

»Eine Menge«, sagte Lindow. »So viel, dass ich gar nicht weiß, wo ich anfangen soll. Soll ich vielleicht später noch mal anrufen, wenn Sie gefrühstückt haben?«

»Nein, legen Sie los. Ich habe Papier und Kugelschreiber hier.« Foyle setzte sich aufs Bett und zog den Nachttisch zu sich heran.

Lindow erzählte, bis er völlig erschöpft war. Dann verstummte er, und Foyle hörte nur noch ein ausgiebiges Gähnen.

»Con?«

»Tut mir Leid. Ich glaube, ich bin ziemlich kaputt.«

»Ich fürchte, ich kann Sie noch nicht in Ruhe lassen. Es ist zu wichtig.«

Er bat Lindow, sich vorzustellen, er sei wieder in der Hütte, und alles zu beschreiben, was er sah. Vierzig Minuten später hatte Foyle ein halbes Dutzend Seiten seines Notizbuchs mit einem Inventarverzeichnis der Hütte und mit dem, was Lasseur über Rhodes enthüllt hatte, gefüllt. Zum Schluss fing Lindow an zu nuscheln und ließ Sätze unvollendet.

»Okay, Con. Das reicht für den Augenblick. Wir reden dann später weiter. An Ihnen ist ein erstklassiger Ermittler verloren gegangen. Und Gott sei dank ist Ihnen nichts passiert.«

VIERZEHNTES KAPITEL

Lindow war auf Varrones Couch eingeschlafen. Drei Stunden später stand Frank Mundy mit einer Tasse Kaffee vor ihm. »Hallo Doktor, wir brauchen Sie«, rief er. »Mann, Sie sollten mal einen richtigen Doktor nach Ihrem Kiefer sehen lassen.«

Lindow setzte sich langsam auf und nippte an dem Kaffee. »Danke«, sagte er zum Special Agent des FBI. Er kratzte sich am Hinterkopf. »Ich kann Frühaufstehen nicht leiden.«

»Weil du noch jung bist«, dozierte Varrone, der auf der Armlehne des Sofas gegenüber saß. »Komm erst mal in mein Alter, dann wirst du erleben, dass Morgenstund' eben doch Gold im Mund hat.«

»Oh, da freu ich mich jetzt schon drauf«, erwiderte Lindow säuerlich.

»Okay«, sagte der FBI-Beamte. »Kommen wir zur Sache. Ich brauche die genaue Position der Hütte. Können Sie mir die auf der Karte hier zeigen?«

Lindow betrachtete die Karte auf dem Kaffeetisch und fuhr mit dem Finger nördlich von Moosehead zu einem kleinen Streifen Blau, der mit »Bl'k F'ger Lake« beschriftet war.

»Hier, am Nordufer des Sees.«

»Die Höhle des Löwen, was?« Mundy grinste. »Ich möchte ein paar von unseren Jungs mit dem Hubschrauber nach Maine schicken. Könnte sein, dass wir noch einiges aus der Hütte retten.«

Lindow nickte.

»Wir haben mal diskret bei der Polizei des Bundesstaats angeklopft. Noch haben sie keine Meldung von einem Feuer, aber früher oder später erfahren sie es, und dann wird das Ganze zu einem Mordfall. Sie und Ihre Freundin, Miss …?«

»Mary Menihan.«

»Sie und Miss Menihan sind die einzigen Zeugen, deshalb wird man Sie vernehmen wollen.«

»Im Moment gibt es wirklich Wichtigeres«, sagte Lindow in scharfem Ton. Er wollte nicht, dass Mundy die Sache an sich riss. »Wir müssen erst mal die Nachrichten auf den Disketten entschlüsseln.«

Mundy wandte sich zur Tür. »Schon gut, kein Problem. Ich will ja nur meine Leute informieren.«

»Tja, die Disketten«, sagte Varrone, nachdem der Special Agent gegangen war. »Das Interessante daran ist, dass ich nicht weiß, welche Software ihnen zu Grunde liegt. Normalerweise hat jede Datei ein Identifizierungsmerkmal, damit der Computer den Softwaretypus erkennt. Das Erste, was ich also getan habe, war, die Kopfzeile von einer der Dateien zu kopieren und ins Internet zu stellen. Mal sehen, ob jemand das Programm identifizieren kann. Noch habe ich keine Antworten. Wie hat Lasseur eigentlich seine Nachrichten abgeschickt, und was für einen Computer hat er benutzt?« Varrones Hände zitterten. Das machte Lindow nervös, der ohnehin schon unausgeschlafen und gereizt war, aber er riss sich zusammen.

»Lasseur hatte einen ganz normalen PC mit Modem. Ich glaube, er hat eine Art Dechiffrierungssoftware benutzt.«

»Wahrscheinlich noch nicht mal etwas besonders Raffiniertes – ich tippe auf ein gewöhnliches Kompressionsprogramm, das mit Hilfe eines Passworts aus acht Buchstaben oder Zahlen funktioniert. Das Codewort sucht man natürlich selbst aus, aber die Methode der Kompression, also der Algorithmus, der den Text verschlüsselt, bleibt das Geheimnis des Softwareherstellers.«

»Theoretisch könnten wir die Softwarefirma fragen«, sagte Lindow und goss sich noch einen Kaffee ein.

»Ja, aber wir wissen nicht, welche Firma – und außerdem würden sie uns wahrscheinlich nicht helfen, weil es ihr Produkt auf einen Schlag wertlos machen würde.«

»Was ist mit dem Passwort?« Lindow war jetzt hellwach. »Können wir das Passwort knacken?«

»Wäre nicht unmöglich. Aber dazu braucht man enorme Mengen an Rechenzeit. Wir haben schon mal angefangen, ein Netzwerk von Zentralrechnern aufzubauen, während du geschlafen hast.« Varrone lief im Zimmer auf und ab und blickte über die Dächer zum Park von Boston Common, der im ersten Licht wie ein Aquarell in Grautönen wirkte. »Wir sollten auf jeden Fall alle Informationen zusammentragen, die wir über Rhodes und Lasseur haben. Hobbys, Gewohnheiten, Lieblingsfilme – alles, was man als persönliches Passwort verwenden kann.«

»Dann kann es sich ja nur noch um Jahre handeln …«

Varrone beachtete ihn nicht. »Wenn wir zum Beispiel wüssten, dass einer dieser Knülche religiös ist, könnten wir ohne weiteres alle Worte mit acht Buchstaben durch den Rechner jagen, die in der Bibel vorkommen. Das Gleiche können wir natürlich mit einem Wörterbuch oder jedem anderen Nachschlagewerk machen. Aber das Hauptproblem ist im Moment, dass wir gar nichts tun können, bevor wir wissen, welche Software diesen Dateien zu Grunde liegt. Erst dann können wir das verschlüsselte Passwort herausziehen.«

»Du meinst, du suchst das Passwort in der Datei, und dann gibst du es dem Programm ein? Das klingt unlogisch.«

»Nein, die Tatsache, dass du das Passwort besitzt, heißt noch lange nicht, dass du die Verschlüsselung knacken kannst. Passwörter sind nur in eine Richtung chiffriert.«

»Du weißt ja eine ganze Menge darüber, Peter.«

»Eigentlich ist das Franks Arbeitsbereich. Er leitet ein Projekt zur Entzifferung von Geheimschriften für das FBI. Ich steuere Hilfsmittel und Kontakte bei – und manchmal Ideen.«

»Ich muss noch eins klarstellen. Wenn Frank etwas herausfindet, darf er die Informationen nicht einfach an den MI5 oder Scotland Yard weitergeben. Wenn sie dort in die falschen Hände geraten, kann es sein, dass sie – sagen wir mal – verloren gehen.«

»Du hast ja eine hohe Meinung vom britischen Polizeiapparat.« Varrone hob eine Hand. »Warte mal, ich glaube, da ist eine E-Mail gekommen.«

Sie stürmten in sein Büro, und Varrone holte die Nachricht auf den Schirm. »Sie ist von einem Typ aus Berkeley. Er meint, die Datei ist mit GenoType erstellt.«

»Die Software kenne ich. Sie wird von Arzneimittelherstellern benutzt, die sich mit rekombinatorischer DNA-Technologie befassen – die also Medikamente und Impfstoffe aus neuen Kombinationen von Genen entwickeln. Die Forschung ist sehr aufwendig, und die Genkombinationen sind entsprechend wertvoll. Zum Schutz vor Diebstahl speichert das Unternehmen die Daten in verschlüsselter Form, während das Patentierungsverfahren läuft. GenoType ist eine Profi-Software. Ich frage mich, wie Lasseur da herankam.«

»Kennst du jemanden, der sie benutzt?«

»Ich könnte wohl jemanden auftreiben«, antwortete Lindow. »Aber das sind Biologen – die wenden das Programm nur an, ohne viel von der Software als solcher zu verstehen.«

»Könnte sein, dass dieser Kamerad hier etwas weiß«, sagte Varrone, deutete auf die E-Mail und begann eine Nachricht zu tippen. Lindow kehrte ins Wohnzimmer zurück und schenkte sich noch einen Kaffee ein.

Kurz danach gesellte sich der Professor zu ihm. »Meine kalifornische Nachteule ist noch wach. In ein paar Minuten kriegen wir etwas von ihm.« Kaum hatte er zu Ende gesprochen, als die Mailbox im Nebenraum piepste.

Die E-Mail aus Kalifornien gab genau an, wo das Passwort versteckt war: in einem speziellen Sektor im oberen Bereich der Datei. Varrone markierte den Code, dann kopierte er ihn in eine getrennte Datei. Das Gleiche tat er bei den restlichen Disketten und sammelte auf diese Weise sechs Chiffrereihen.

»Dieser Typ in Berkeley scheint eine Menge über die Software zu wissen«, sagte er. »Ich muss ihn später mal fragen, ob er mit der Herstellerfirma zu tun hat. Aber jetzt müssen wir deinen Freund Foyle wecken. Ich richte nebenan eine Konferenzschaltung ein.«

Inzwischen war Mundy zurückgekehrt, und nun warteten die drei ungeduldig darauf, dass Foyle abhob. Schließlich hörten sie ein gedehntes »Ja?«. Lindow lächelte. »Hallo, hier ist Con. Wir kommen ganz gut voran mit den Disketten, aber Peter Varrone, der neben mir sitzt, glaubt, Sie könnten uns mit Ihrem Wissen über Rhodes helfen. Außerdem ist noch Special Agent Frank Mundy vom FBI bei uns.«

»Ist er sauber?«

»Wir sind in einer Konferenzschaltung, Commander. Hier spricht Peter Varrone. Sie haben mein Wort darauf, dass Mr. Mundy absolut vertrauenswürdig ist.«

»Gut.« Foyle zeigte keine Spur von Verlegenheit.

»Guten Morgen, Commander«, sagte Mundy kühl und schlug eine neue Seite in seinem Notizbuch auf.

»Die Sache ist die«, begann Varrone. »Um die Dateien zu entschlüsseln, müssen wir sechs Passwörter knacken. Um das Suchgebiet einzugrenzen, kann alles, was Ihnen zu Rhodes einfällt, hilfreich sein.«

Foyle erzählte alles, was er über Rhodes wusste. Mundy schrieb eifrig mit. Gelegentlich unterstrich er Wörter oder Ausdrücke, die als Passwort in Frage kamen.

»Commander«, sagte Mundy schließlich, »wir sollten den Burschen hier in Amerika nicht vergessen: Robert Lasseur. Könnte doch sein, dass er die Passwörter eingerichtet hat.«

»Da gebe ich Ihnen Recht«, sagte Foyle. »Aber für Lasseur ist Con zuständig.«

»Ich hatte nur eine Stunde lang das Vergnügen seiner Gesellschaft, und die Umstände waren der Informationsgewinnung nicht gerade förderlich. Aber ein paar Dinge sind mir aufgefallen. Zunächst einmal, dass er für seine Bomben gerne Geräte verwendet, die normalerweise mit Sicherheit zu tun haben. In London haben sie den Sprengstoff in Feuerlöscher gepackt. In der Hütte habe ich einen Infrarotdetektor aus einem Einbruchalarmsystem gesehen, der mit Drähten verbunden war, vielleicht der Prototyp einer Sprengfalle. Vielleicht ist das seine Art von Ironie. Dazu kommt noch eine krankhafte Rachsucht, der Drang nach Vergeltung. Wenn ich Lasseur richtig verstanden habe, ist Axiom Day Rhodes' Quittung dafür, dass die britische Regierung das Opfer, das die Soldaten in Nordirland gebracht haben, nicht genug gewürdigt hat und sich mit IRA-Terroristen an den Verhandlungstisch setzt.«

»Das deckt sich mit dem, was ich gehört habe«, sagte Foyle. »Ich werde mich noch mal mit Christy Calvert unterhalten. Am besten, ich mache mich sofort daran, falls Sie sonst nichts mehr brauchen.«

Nach dem Gespräch setzten sich Mundy und Varrone zusammen vor den Computer, um einen Schlachtplan zu entwerfen. Mundy hatte bereits eine Liste von Hackern und Betreibern von Zentralrechnern zur Hand. Sie alle bekamen eine E-Mail mit den verschlüsselten Passworten geschickt. Varrone und Mundy unterteilten die riesige Datenmenge des Wörterbuchs der englischen Sprache in achtzehn Abschnitte und wiesen jedem Großrechner einen zu. Die Bibel wurde in drei Teile zerlegt und auf fünf große UNIX-Rechner verteilt. Dann klingelte Mundy einen jungen Programmierer aus dem Bett, damit er ein Programm schrieb, das das Verzeichnis internationaler Funkrufzeichen und eine Geschichte der militärischen Codeworte durchforsten sollte. Mundy rechnete damit, dass Rhodes und Lasseur Wörter ausgesucht hatten, die etwas mit ihrer Vergangenheit in der Army zu tun hatten.

Mittlerweile arbeiteten rund dreißig Leute quer durch die Vereinigten Staaten fieberhaft daran, die Passwörter zu entschlüsseln. Keiner von ihnen hatte eine Ahnung, wozu die Passwörter gehörten – sie hatten einfach Varrones Behauptung akzeptiert, dass es womöglich um Leben und Tod ging.

Lindow brach von Varrones Apartment auf. Während er auf ein Taxi wartete, fragte er sich, wieso er Foyle nicht verraten hatte, dass Lasseurs Überwachungskamera Eamonn gefilmt hatte. Er war kurz davor gewesen, es ihm zu sagen, hatte es sich aber im letzten Augenblick anders überlegt. Er brauchte Zeit, um darüber nachzudenken. Er winkte einem freien Taxi und gab als Ziel die Kineally Street an.

Sie kamen schnell voran – erst durch ein schickes Geschäftsviertel, dann durch eine Gegend, in der zwischen leer stehenden, verfallenen Häusern hoffnungsvoll Neubauten hochgezogen worden waren. Schließlich erreichten sie Southey, die irische Enklave im südlichen Boston. Die Straßen wurden schmäler und waren gesäumt von einförmigen Backsteinhäusern. Melly's Bar lag an der Ecke einer Kreuzung, ein niedriger, wenig einladender Ziegelbau mit Gittern vor den Fenstern und einem Neonkleeblatt, das für Budweiser Bier warb.

Vor einem Tante-Emma-Laden lungerten Jugendliche herum, und feiste Männer standen in Gruppen beisammen, eingemummt zum Schutz gegen die feuchte Seeluft, die vom alten Hafen heraufwehte. In Melly's Bar hingen noch die schalen Gerüche eines öden Samstagabends im Raum. Ein Dutzend Trinker hockten an der Theke, die Gesichter smaragdgrün von einem Fernseher beleuchtet; es lief gerade ein Fußballspiel. Lindow sprach den Barkeeper an, einen jungen Mann mit einem Stecker im Ohr. Unwillig drehte er sich vom Fernseher weg. Lindow bestellte ein Bier und sagte, er wolle P. J. McKenna sprechen.

»Wer sind Sie?«

Lindow schob Eamonns Pass über die Theke. Der Barkeeper klappte ihn auf. »Sind Sie McKenna?«, fragte Lindow.

Der Mann nickte.

»Ich habe eine Nachricht für Ihre Freunde. Es geht um Rhodes und Lasseur. Lasseur ist tot. Rhodes hält sich in England auf. Dort plant er eine größere Sache.«

»Und wie kommt es, dass der andere Kerl nicht mehr unter uns weilt?«, fragte McKenna höhnisch grinsend.

»Er kam gestern am späten Nachmittag bei einer Explosion ums Leben. Das FBI weiß davon und wird die britische Polizei informieren. Inzwischen ist klar, wer für die Londoner Bomben verantwortlich ist, dass sie einzig und allein auf das Konto von Rhodes gehen. Ihre Freunde sind damit aus dem Schneider. Haben Sie das verstanden?«

McKenna nickte und drehte sich wieder zum Fernseher um.

»Ich bin noch nicht fertig, verdammt noch mal«, brauste Lindow auf und packte den Barkeeper am Ärmel. Der Mann fuhr wütend herum, aber etwas in Lindows Blick ließ ihn die Faust senken. »Sie sagen Chickpea oder wie immer er heißt, dass mein Teil der Abmachung erfüllt ist. Ich erwarte, dass er mich und meine Familie von nun an in Ruhe lässt. Er weiß, was mein Bruder riskiert hat, um seiner Bande zu helfen. Wenn er keine Ruhe gibt, hetze ich ihm den gesamten britischen Geheimdienst auf den Hals.« Der letzte Satz war blanker Unsinn, aber Lindow sah, dass er seinen Eindruck nicht verfehlte. Ohne sich noch einmal umzusehen, marschierte er aus der Bar.

Auf der Straße war kein Taxi in Sicht. Lindow fluchte, weil er seines hatte wegfahren lassen, und machte sich auf den Weg in Richtung L Street. Endlich entdeckte er ein Taxi, das die Kineally Street entlangfuhr. Es wurde langsamer und hielt vor Melly's Bar. Lindow wollte gerade zurücklaufen und sich das Taxi schnappen, sobald es frei war, als er ein Mädchen im schwarzen Blazer aussteigen sah. Die Männer auf der anderen Straßenseite wandten wie auf Kommando den Kopf. Lindow war siebzig oder achtzig Meter entfernt, doch er erkannte Mary auf Anhieb. Sie beugte sich ins Taxi und sagte etwas zum Fahrer, dann betrat sie Melly's Bar. Das Taxi wartete.

Lindow drückte sich in die Nische eines Hauseingangs. Zehn Minuten später eilte Mary aus der Kneipe, blickte sich kurz um und schnitt der gaffenden Männerversammlung eine Grimasse. Sie stieg ins Taxi, das in westlicher Richtung davonbrauste.

Er schaute dem Taxi nach und war so wütend, dass er hätte heulen können. Es gab nur eine Erklärung für Marys Stippvisite in Melly's Bar: Sie arbeitete für die IRA, benutzte denselben Verbindungsmann. Plötzlich ergab alles einen Sinn, wie ein wissenschaftliches Problem, auf das man die richtige Formel anwendet. Es war so offensichtlich. Die IRA hatte ihn dazu benutzt, die Operationsbasis von Rhodes und Lasseur zu finden, und Mary hatten sie mitgeschickt, damit er ihnen nicht verloren ging. Sie hatten seine Hilfe gebraucht, weil er Eamonns Versteck vor ihnen gefunden hatte. Der Ausflug zum See nach Eamonns Begräbnis war eine Falle gewesen. Mary hatte gewusst, dass man ihn dort schlagen und Tag vor seinen Augen bedrohen würde.

Und dann der Revolver. Wie kommt eine Lektorin an eine Glock? Die konnte doch nur aus dem Hinterzimmer eines Ladens wie Melly's Bar stammen. Sie hatte sich hier in Boston die Waffe besorgt, dann den Jeep gemietet und war mit ihrem süßen Lächeln im Hotel aufgekreuzt. Was für ein Idiot er doch war! Er hatte zwar die ganze Zeit gespürt, das etwas nicht stimmte, es aber gleichzeitig nicht wahrhaben wollen.

Als er dann aber den letzten Anstieg vor der L Street hinauftrottete und den ersten Schock überwunden hatte, überlegte er, dass die Lage alles in allem gar nicht so schlimm war. Immerhin konnte Mary ihren Freunden von der IRA bestätigen, dass er McKenna die Wahrheit gesagt hatte. Sie hatten also keinen Grund mehr, seine Schwester zu bedrohen, keinen Grund, sie zu verletzen. Verletzt war nur sein Stolz. Damit konnte er leben, auch wenn Mary das Beste war, was ihm je passiert war. Aber das war nun vorbei.

Er lief noch eine Weile, bis er einen Bus fand, der ins North End fuhr. Bald darauf war er im Hotel, wo er die Rechnung bezahlte und bedrückt seine Sachen packte.

Bevor er ging, überlegte er, ob er Mary eine Nachricht hinterlassen sollte. Doch er wusste nicht, was er hätte schreiben sollen.

»Foyle hat es geschafft, Con«, rief Varrone und flog förmlich die Treppe herab. »Er hat die Nadel in einer Million Heuhaufen gefunden!«

Lindow stellte seine Taschen in der Eingangshalle ab. »Er hat alle sechs Passwörter?«

»Nein, nur zwei, aber das ist schon mal ein Anfang. Er hat bei diesem Calvert vorbeigeschaut, der damals in Nordirland dabei war, und ihn dazu gebracht, über Armeejargon und die Spitznamen, die sie benutzt haben, zu plaudern.« Varrone schlug einen Notizblock auf. »Zwei aus der damaligen Gruppe sind tot – Vincent Creech und Robert McGurk. Creech riefen sie Muffhound oder Lunchbox. Muffhound hat zu viele Buchstaben. Ich probiere also Lunchbox, und Bingo – Volltreffer! Ohne Foyle wären wir nie darauf gekommen. Ich verstehe sowieso nicht, wie man jemanden Lunchbox nennen kann.«

Lindow lächelte. »Das ist ein Slangwort für die männlichen Genitalien.«

»Zum Teufel mit dem britischen Humor. Aber es kommt noch vertrackter, pass auf. McGurk nannten sie Disney, weil er immer Mickey-Mouse-Hefte las und davon träumte, einmal nach Disneyworld zu fahren. Ich habe Disney mit allen möglichen Ziffern und Buchstaben kombiniert, bis ich schließlich auf DISNEYWD kam, und trara, hatten wir eine vollständig dechiffrierte Datei vor uns.«

»Unglaublich«, sagte Lindow. »Und was steht drin?«

»Ich habe sie nicht angeschaut. Du hast dein Leben riskiert, um die Disketten zu beschaffen, deshalb dachte ich, dir gebührt die Ehre, sie als Erster zu lesen.«

»Danke.«

»Aber vorher möchte ich, dass du dir noch etwas anderes ansiehst.« Sie stiegen die Wendeltreppe hinauf. Varrone legte einen Arm väterlich um Lindows Schulter. »Vor ein paar Stunden habe ich unserem kalifornischen Computercrack noch mal eine E-Mail geschickt. Irgendwie hatte ich das Gefühl, er wartet auf mich, und ich habe mich nicht geirrt. Er war immer noch wach. Ich habe ihn also rundheraus gefragt, ob er die Software geschrieben hat. Daraufhin hat er herumgedruckst, aber ich habe nicht locker gelassen. Jetzt hat er mir ein interessantes kleines Rätsel geschickt. Ich bin mir sicher, dass er das Programm geschrieben hat – nur gibt er es nicht offen zu. Er will uns helfen, gleichzeitig will er sich aber nicht zu weit vorwagen.«

Sie kamen im Arbeitszimmer an. »Du weißt so gut wie nichts über Codierung, stimmt's?«

»Nicht viel«, sagte Lindow widerstrebend. Er bewunderte Varrone aufrichtig, doch beim Gedanken, dass sein Freund über irgendein Thema mehr wusste als er selbst, spürte er einen Stich der Eifersucht.

»In der Computerszene wird gemunkelt, dass es in gewissen Chiffriersystemen so genannte ›Falltüren‹ gibt – Schwachstellen, die absichtlich in das Programm eingebaut werden, damit die Polizeibehörden sich in verschlüsselte Dateien einklinken können. Auf diese Weise können sie Transaktionen zur Geldwäsche verfolgen und so weiter. Die Sache ist nun die, dass eine Menge Programmierer sich selbst eine solche Luke einrichten, ohne dass es ihre Firma je erfährt. Meistens machen sie das nur zum Jux und um sich vor den anderen Programmierern aufzuspielen. Gelegentlich wird's aber kriminell, wenn sie nämlich ihren persönlichen Schlüssel einbauen, mit dem sie die Chiffrierung knacken und alles klauen können, was mit dieser Software verschlüsselt wurde. Angenommen, dieser Typ an der Westküste hat das Programm geschrieben und klammheimlich eine Falltür eingebaut, dann könnte er jede Datei lesen, die mit dem Programm geschrieben wurde. Und falls das zufällig Forschungsdaten über eine neue, krankheitsresistente Kartoffelsorte oder einen universellen Grippeimpfstoff sind, dann wäre er auf eine echte Goldmine gestoßen. Er könnte stehlen, was er wollte – kein Mensch würde je dahinter kommen. So weit alles klar?«

Lindow nickte.

»Nehmen wir also an, unser Freund hat so eine Falltür eingebaut«, fuhr Varrone fort, »er kann das natürlich nicht zugeben, weil er dann zumindest eine Klage von der Softwarefirma am Hals hätte oder sogar hinter Gitter kommen könnte. Ich weiß, du brennst darauf, Rhodes' Dateien zu lesen, aber sieh dir das eben mal an und schau, ob du was damit anfangen kannst.«

Er hielt Lindow einen Ausdruck der E-Mail unter die Nase, zwei getrennte Zahlenblöcke in jeweils zwei Reihen:

3 2 2 7 7 5
5 7 7 2 2 3

2 2 3 5 7 7
7 7 5 3 2 2

»Das sagt mir nichts, außer dass beide Blöcke von vorn wie von hinten gelesen werden können – und es sind alles Kombinationen aus den ersten vier Primzahlen.«

»Ich werde ein paar Jungs aus der mathematischen Fakultät fragen, ob sie daraus schlau werden. Aber jetzt schauen wir uns die Dateien an.«

Lindow faltete den Ausdruck der E-Mail zusammen und steckte ihn in seine Brieftasche. Der Professor tippte mit feierlicher Miene das Wort LUNCHBOX ein. Ein Fenster mit mehreren Dutzend Symbolen erschien, von denen jedes ein eigenes Dokument anzeigte.

Er klickte ein Symbol oben links an. Die Datei öffnete sich, Lindow und Varrone begannen zu lesen.

Lake an Scalper: Sammellieferung mit Shrodinger unterwegs. Rendezvous in Pizek, südl. v. Pilsen 23. 3., 23.00 Uhr. Casmar Brath hat $ US 20 K an üblichen Bestimmungsort geschickt.

Scalper an Lake: Hier tut sich nichts. Er ist nicht gekommen. Ist dieser Mann zuverlässig? Habe Auftrag angenommen, kann mir jetzt keine Pannen erlauben. Hoffe sehr, er produziert die Ware bis Montag (26. 3.). Warte an vorherigem Treffpunkt auf ihn. Kein Murks diesmal. Ist Überweisung angekommen? $ U 60 K an Kto. Nr. BA 3476/78949276 geschickt. Empfang bestätigen.

Scalper an Lake: Lieferung erhalten und eingelagert. Werde zu gegebener Zeit umlagern. Zwei Kreditkarten auf den Namen von Richard K. Holmes erforderlich. Unverzüglich absenden.

Scalper an Lake: Auftrag beendet. Abschlusszahlung via Bank von Korea, Filiale in Melbourne (Kto. 427 516 84/04SZ). Mögl. bald abheben. Kunden zufrieden. Weitere Aufträge angeboten – einer sehr riskant, Prämie $ US 150 K. Um 50 K hochgehandelt. Benötige Informationen über Mobiltelefonnetz in Ungarn. Kreditkarten noch nicht hier. Was ist los?

Varrone runzelte die Stirn. »Foyle hat mir erzählt, dass Scalper Rhodes' Spitzname ist. Dann muss ›Lake‹ Lasseur sein. Sagt dir der Rest irgendwas?«

»Ja.« Lindow überkam ein eigenartiges Kribbeln. »Foyle hat mal zwei Terroranschläge in Osteuropa erwähnt, bei denen die Sprengsätze wahrscheinlich mit Handys gezündet wurden. Einer davon war, glaube ich, in Ungarn.«

Die LUNCHBOX-Diskette enthielt einundvierzig Dokumente, meist kurze, telegrammartige Botschaften, die in der Geschäftssprache einer Spedition gehalten waren. Rhodes schien derjenige zu sein, der die Aufträge an Land zog, während Lasseur im Hintergrund genaue Pläne ausarbeitete und die benötigte Spezialausrüstung herbeischaffte. Rhodes war viel unterwegs, und gelegentlich führten ihn seine Streifzüge auf die britischen Inseln zurück. Hin und wieder machte er knappe Bemerkungen über England – ›Verdammtes Sauwetter. Tropfende Nasen und beschissenes Essen. Reise Samstag ab‹, war eine, bei der Lindow lächeln musste. Im Allgemeinen jedoch durchzog ein tyrannischer Ton Scalpers Mitteilungen – ein mürrischer Feldwebel, der sich endlos darüber beschwerte, dass die Ausstattung nichts taugte oder zu spät angekommen war. Lasseur hingegen wirkte gefügig, fast unterwürfig. Er gab nie Anweisungen, sondern machte höchstens Vorschläge. Doch so verschieden sie waren, interessierten sie sich beide gleichermaßen für die finanzielle Seite ihrer Unternehmungen. Sie hatten sogar eine Art Gewinn/Verlustrechnung aufgestellt. Die Gelder, die sie eingestrichen und auf vierzehn verschiedenen Bankkonten liegen hatten, beliefen sich auf 367 000 Dollar. Von dieser Summe hatte Rhodes drei Viertel für sich eingefordert (statt der verabredeten zwei Drittel) – für seine Bemühungen in der ›Auftragsakquise‹. Lasseur hatte sofort klein beigegeben und Rhodes' Anteil von 275 250 Dollar auf ein Bankkonto in Buenos Aires überwiesen.

Die Nachrichten waren undatiert, aber sie ließen sich in eine grobe Reihenfolge bringen. Die LUNCHBOX-Diskette umfasste die Korrespondenz von zwei Jahren.

Die DISNEYWD-Diskette schien auf den ersten Blick weniger interessant. Lasseur beschrieb, wie er das Flugzeug besorgt und einen verschwiegenen Treibstofflieferanten jenseits der kanadischen Grenze aufgetrieben hatte. Er hatte einen schlimmen Winter erlebt. Der Stromgenerator war ausgefallen, und das Flugzeug ließ sich wegen einer defekten Zündung nicht starten. Mittlerweile hatten sich 747 000 Dollar angehäuft. Doch Rhodes war nicht zufrieden. In mehreren Mails pochte er darauf, dass sie das Geschäft auf eine solidere Basis stellen müssten und sich weniger auf ›Gelegenheitsaufträge‹ stützen durften. Lasseur hatte sich die Kritik offenbar zu Herzen genommen und eine Reihe von Scheinfirmen gegründet. Lakeside Electronics operierte von Chicago aus und handelte mit Elektrobauteilen, Ridgeway Hyde Inc. hatte einen Sitz in Alabama und Geschäftsinteressen in British Columbia. Dix Metal Salvage, Philadelphia, war auf das Recycling von wertvollen Legierungen spezialisiert. Alles war mit der Akribie eines Buchhalters aufgeführt: Zahlungsbelege, Kontoauszüge, Frachtbriefnummern, Namen von Anwälten und Banken. In manchen Fällen hatte Lasseur sogar die Originaldokumente eingescannt.

Lindow stellte sich vor, wie Lasseur da draußen in der Wildnis emsig sein Netz verdeckter Transaktionen und Bankkonten knüpfte und dann zur Werkbank wechselte, um einen neuen Sprengsatz für Rhodes zu basteln. Er war eine Art Jeeves, der perfekte, umsichtige Terroristenbutler. Durch sein Narbengesicht war er in dieser Dienerrolle gefangen.

Dann sprangen einige Zeilen Lindow ins Auge:

> Habe zwei Jobs in den Staaten für die Jungs von Millbank angenommen. Werden uns nicht reich machen, aber es ist nicht schlecht, dort einen Fuß in der Tür zu haben. Jobs erfordern keine spezielle Ausrüstung. Werde Papiere und Kreditkarten auf den Namen R. C. Cannon innerhalb zwei, drei Wochen von Freunden in Baltimore abholen lassen.

»Hey, ich glaube, ich bin auf etwas Wichtiges gestoßen«, sagte Lindow zu Varrone, der ebenfalls in einen Wust von Nachrichten vertieft war. »Ich werde mal in England anrufen.«

Foyle nahm nach dem zweiten Läuten ab.

»Wir haben die Kronjuwelen – so heißt es doch im Polizeijargon, oder? Zwei von den Spitznamen waren tatsächlich Passwörter. Die beiden Toten von Droy, LUNCHBOX und DISNEY.«

»Das ist ja toll! Was steht in den Dateien?«

»So ziemlich alles – ihre ganzen Aktivitäten. Das heißt, nicht die ganzen, weil wir noch vier der Passwörter knacken müssen, um die restlichen Dateien lesen zu können.«

»Fassen Sie zusammen, was Sie bis jetzt haben.«

»Rhodes scheint mit den Jungs von Millbank, wie er sie nennt, Geschäfte gemacht zu haben. Millbank ist MI5, oder?«

»Ja. Das ist genau, was ich brauche! Ich glaube, Sie sollten so schnell wie möglich zurückkommen – am besten schon morgen Vormittag.«

»Geht in Ordnung. Ich fliege heute Abend. Ich versuche die letzte Maschine vom JFK Airport zu kriegen.«

»Gut, dann hole ich Sie morgen früh ab, damit sie keine Probleme mit Ihrem frisierten Pass bekommen. Ach, übrigens, haben Sie Bargeld?«

»Ja, jede Menge.«

»Dann bezahlen Sie Ihr Ticket *bar.* Sonst hängt Ihnen der MI5 wieder an den Fersen.«

Lindow legte auf. »Er will, dass ich heute Abend fliege. Was sollen wir mit dem restlichen Material machen?«

»Bisher hat sich niemand gemeldet«, meinte Varrone, »vermutlich werden wir noch die ganze restliche Woche daran basteln. Man kann aber nie wissen. Vielleicht bekommen die Kids, die an den Zahlenblöcken arbeiten, etwas heraus, oder wir haben bei der Computersuche Glück. Immerhin sitzen eine Menge kluger Köpfe daran. Ich kopiere die Disketten auf meine Festplatte und mache noch ein paar Sicherheitskopien, dann kannst du die Originaldisketten mitnehmen.«

Lindow nickte. »Sollen wir Frank Mundy das alles jetzt geben?«

»Klar. Gib ihm ruhig alles, solange er zusagt, dass er nichts an die Briten weiterleitet, bevor du in London bist. Du kannst sogar einen Deal mit ihm machen – er soll euch sagen, was seine Leute oben in der Hütte noch alles gefunden haben.«

Lindow rief sämtliche Fluglinien an und ergatterte schließlich noch ein Ticket für den Nachtflug nach London. Varrone verabschiedete sich am Tor von ihm. Lindow zeigte normalerweise seine Gefühle nicht offen, aber nun drückte er Varrone von Dankbarkeit überwältigt an die Brust. »Du bist ein echter Freund, Peter. Danke für alles.«

Varrone wirkte völlig überrumpelt, und als Lindow ins Taxi stieg, bemerkte er, dass die Hände seines Freundes wieder zitterten.

FÜNFZEHNTES KAPITEL

Kenneth Foyles Wohnzimmer war so bevölkert wie schon lange nicht mehr: Vor gut einer Stunde hatte er Graham Forbes, Sergeant Pennel, Nancy Longmore und Detective Constable Kepple zusammengetrommelt. Mit Handy und Laptop im Gepäck und einer Portion Skepsis hatten sie sich auf den Weg nach Wimbledon gemacht. Zuletzt wirbelte noch Katherine herein; Foyle hatte seine Tochter eigens aus Bristol herbeigerufen. Bei ihrem Anblick hellten sich die Mienen von Stephen Pennel und Jim Kepple ein wenig auf. Foyle drückte allen einen Drink in die Hand und spulte die Neuigkeiten aus Amerika im Schnelldurchlauf herunter.

Dann schloss er einen der Laptops an. »Letzte Woche war dann klar, dass Rhodes keine weitere Verwendung für Lasseur hatte. Ihre Zusammenarbeit war zu Ende. Also schickte er eine E-Mail, die einen Sprengsatz auslöste. Lasseur starb an seinen inneren Blutungen. Das war gestern Mittag, in unserer Zeitrechnung.« Er hielt inne und schaute vom Computer auf. Die Mienen um ihn herum waren ernst, und Katherine sah ihn mit großen Augen an. »Tja, das ist Rhodes. Gut ausgebildet und hochintelligent. Wahrscheinlich der gefährlichste Attentäter, der heute frei herumläuft. Und jetzt will er in England ein Zeichen setzen.« Während er sprach, begann das Faxgerät im Wohnzimmer zu brummen. »Es geht darum, dass ihr mir helfen müsst, das ganze Material durchzugehen, das per Fax aus Boston kommt. Ich weiß, ich kann mich darauf verlassen, dass keiner von euch ausplaudern wird, was er heute Abend liest.«

Katherine erbot sich, im Lebensmittelladen um die Ecke Kopien der Faxe zu machen, die nun stapelweise aus Boston kamen. Sie richtete einen Pendeldienst zwischen Foyles Wohnung und dem Laden ein. Dem verblüfften Ladenbesitzer hielt sie Pennels Dienstausweis unter die Nase und überredete ihn, erst später zu schließen. Als alle einen kompletten Satz der achtundsiebzig Faxseiten hatten, versammelten sie sich um Foyles Esstisch und begannen die Unterlagen nach drei Kategorien zu sortieren: Vorgehensweise, Indizien für bereits begangene Verbrechen und Hinweise auf zukünftige Aktionen.

Es gab wenig Material zur dritten Kategorie, aber jede Menge von den beiden ersten. Nachdem sie eine Ladung lauwarmer Pizzen aus dem Karton verzehrt hatten, begannen Katherine und Nancy Longmore zu tippen: ein Namensregister von Rhodes' Kontaktpersonen, eine Liste von Banken und Kontonummern, ein Verzeichnis von Lieferanten. Forbes versuchte inzwischen alles in eine chronologische Reihenfolge zu bringen.

Um halb drei Uhr nachts gönnten sie sich eine Kaffeepause. Katherine trug gerade das Tablett ins Wohnzimmer, als das Telefon läutete. Es war ihre Mitbewohnerin aus Bristol.

»Bei uns hat es gerade eine Razzia gegeben«, sagte Katherine, nachdem sie aufgelegt hatte, und sah ihren Vater entgeistert an. »Das Rauschgiftdezernat. Sie haben nur mein Zimmer durchsucht. Sonst nichts, nur mein Zimmer!«

Foyle legte einen Arm um ihre Schulter. »Mach dir keine Sorgen. Damit habe ich gerechnet, und es war mit ein Grund, warum ich dich hier haben wollte.« Alle außer Forbes schauten verwundert drein. Foyle trank seinen Kaffee aus und ging daran, einen vollständigen Bericht über den Fall zu schreiben.

Um halb fünf Uhr morgens bat er Forbes, ihn durchzulesen.

»Es ist alles absolut wasserdicht«, meinte sein Assistent. »Bis auf die Behauptung, dass der MI5 absichtlich Beweismittel unterdrückt hat.« Er überlegte. »Ich würde diese Passage an Ihrer Stelle streichen. Noch ist das eine reine Hypothese. Außerdem haben Sie dann für später noch einen Trumpf in der Hand.«

Foyle strich seine Anklagen gegen den MI5 mit Filzstift durch. Dann setzte er Datum und Unterschrift unter das Schriftstück und steckte es zusammen mit dem Briefwechsel zwischen Rhodes und Lasseur in ein großes Kuvert.

»So, es geht jetzt folgendermaßen weiter.« Er stellte sich feierlich in die Mitte des Wohnzimmers. »Alle Kopien der Dateien und eurer Notizen sollen bei Forbes bleiben. Wir werden sie ein bisschen zensieren und die Hinweise auf den Geheimdienst streichen. Das geschieht aus gutem Grund. Es geht mir nicht darum, den MI5 an den Pranger zu stellen. Ich möchte einfach nur, dass diese Ermittlung möglichst schnell in Gang kommt. Eine Bloßstellung des Geheimdienstes nützt niemandem. Die Tatsache, dass Millbank in Kürze klar sein wird, wie viel wir wissen, sollte genügen. Wir müssen uns jetzt voll darauf konzentrieren, diesen Wahnsinnigen zu fassen. Alles andere sehen wir später. Also – kein Wort über Rhodes oder Millbank. Das ist sehr wichtig. Außerdem dürft ihr Lindow noch nicht erwähnen. Okay?«

Die Gruppe nickte einmütig.

»Gut. Pennel, Kepple und ich fahren nach Heathrow und holen Lindow ab. »Inspector Forbes wird diesen Umschlag Sir Derek Crystal im Cabinet Office aushändigen. Falls er nicht da ist, Graham, geben Sie ihn Adam Durie. Lassen Sie sich bloß nicht abwimmeln. Sagen Sie, es handele sich um eine Frage der nationalen Sicherheit, und bleiben Sie dort sitzen, bis jemand den Bericht gelesen hat. Dann sagen Sie Bescheid, dass ich mit dem Hauptzeugen auf dem Weg zu ihnen bin. Bis halb neun müssten wir es eigentlich dorthin schaffen.«

Auf dem Flug von New York nach London versuchte Lindow zu schlafen, aber tausend Gedanken wirbelten in seinem Kopf herum. Die letzten Tage waren zu einem einzigen langen Tag für ihn verschmolzen, dessen Ende noch immer nicht in Sicht war. Als wäre er in die Dreharbeiten zu einer zähen Traumsequenz geraten, in der er teils als Kameramann, teils als Akteur auf den bizarrsten Schauplätzen umherirrte.

Als das Frühstück serviert wurde, grübelte er bei einem Kaffee über der E-Mail von Varrones kalifornischer Nachteule, dem mutmaßlichen Autor der GenoType Software. Seine Nachbarin, eine ältliche Engländerin mit sonnengegerbter Haut und einer Lesebrille an einem Goldkettchen, verrenkte sich fast den Hals.

»Entschuldigen Sie die Frage, aber was um alles in der Welt ist das?«, fragte sie, und eine Duftwolke wehte von ihr in Lindows Richtung. »Sie starren nun schon seit einer halben Stunde darauf.«

»Ein Palindrom«, sagte Lindow, ohne nachzudenken. »Sie wissen schon – wenn man etwas von vorn oder von hinten lesen kann. Wie bei dem Satz ›Ein Neger mit Gazelle zagt im Regen nie‹.«

»Aber wozu ist das gut?«

»Es gehört zu einem wissenschaftlichen Projekt, an dem ich gerade arbeite.«

»Ach so«, sagte die Frau, so schlau wie zuvor, und biss enttäuscht in ihren Toast.

Lindow starrte wieder auf die Zahlen.

3 2 2 7 7 5
5 7 7 2 2 3

2 2 3 5 7 7
7 7 5 3 2 2

Beide Blöcke waren Palindrome. In jedem Block gab es nur vier Elemente – die Ziffern 2, 3, 5 und 7. Palindrome kamen auch in der Natur vor. Lindow borgte sich einen kleinen goldenen Kugelschreiber von seiner Nachbarin und schrieb:

A = 2
C = 3
G = 5
T = 7

Er ordnete die Buchstaben nach diesem Schlüssel den Zahlen zu und schrieb sie über und unter die Ziffernreihen.

C A A T T G
3 2 2 7 7 5
5 7 7 2 2 3
G T T A A C

A A C G T T
2 2 3 5 7 7
7 7 5 3 2 2
T T G C A A

Er hörte das Zeichen, die Sicherheitsgurte anzulegen. Kurz darauf schwebte die 747 über dem Lichtermeer der Londoner City. Als sie die Landebahn von Heathrow entlangrollten, kam eine Durchsage des Flugkapitäns. Er bat alle Passagiere, vorerst sitzen zu bleiben. Am vorderen Ausgang des Flugzeuges wurden ein paar Geschäftsleute, die bereits Mantel und Gepäck in der Hand hatten, wieder auf ihre Plätze komplimentiert. Die Tür ging auf, drei Männer stiegen ein und bahnten sich ihren Weg durch den Gang. Alle sahen ihnen neugierig hinterher. Schließlich erkannte Lindow die unverwechselbare bullige Gestalt von Kenneth Foyle.

»Aha, da ist er ja«, dröhnte Foyle. »Ich fürchte, wir müssen Sie bitten, mit uns zu kommen, Sir.«

Lindow errötete, kletterte über seine Nachbarin und wühlte im Fach für das Handgepäck herum.

»Ein bisschen schneller, wenn ich bitten darf«, sagte Foyle barsch.

Zusammen gingen sie zum Ankunftsterminal. »Tut mir Leid«, grinste Foyle. »Die verdammte Special Branch ist mir in die Quere gekommen, deshalb musste ich mich ein bisschen aufspielen. Ich habe ihnen erzählt, dass ich im Interesse der nationalen Sicherheit eine Verhaftung vorzunehmen hätte. Jetzt geben Sie mir Ihren Pass. Pennel wird Ihnen der Einwanderungsbehörde und dem Zoll zuliebe Handschellen anlegen. Schauen Sie ein bisschen schuldbewusst.«

Foyle hielt an der Einreisekontrolle kurz den Pass und seinen eigenen Ausweis hoch. Sie wurden durchgewinkt. Beim Zoll war niemand zu sehen, und sie verließen zügig das Terminal. Im Wagen nahmen sie Lindow die Handschellen wieder ab.

Um fünf nach acht kamen sie in Whitehall an. Ein beflissener junger Mann führte sie ins Vorzimmer. Irritiert starrte er auf Lindows Wanderstiefel, an denen immer noch der Dreck aus den Hügeln Maines klebte.

»Stimmt was nicht?«, fragte ihn Foyle.

»Nein, nein!«

»Gut. Dieser Gentleman hat seit über zwei Tagen kein Bett gesehen. Vielleicht sieht sich die Regierung Ihrer Majestät deshalb im Stande, uns eine Kanne Kaffee zu besorgen.«

»Sie sehen ganz schön wild aus, Con«, bemerkte Foyle. »Woher haben Sie die Prellung am Kiefer – Lasseur?«

»Ja, aber es sieht schlimmer aus, als es ist.«

»Was ist mit Mary – wo ist sie?«

»Das ist eine andere Geschichte. Ich nehme an, sie ist noch in Boston. Wir haben uns seit gestern nicht gesehen.«

Foyle runzelte nachdenklich die Stirn.

Die Tür ging auf, und Sir Derek Crystal trat mit besorgter Miene ein.

Foyle machte ihn mit Lindow bekannt.

»Das ist eine äußerst ernste Situation«, begann Sir Derek. »Ich habe eine Kopie Ihres Schreibens an den Premierminister weitergeleitet. Kommen Sie doch mit in mein Büro. Dort können wir alles besprechen.«

Das Büro war ein großer, luftiger Raum mit Blick auf die Horse Guards Parade und den St. James Park. Sir Derek deutete zu einem Tablett mit Kaffee und Keksen.

»Ihr Bericht ist absolut überzeugend. Dieser Rhodes muss sofort gefasst werden – das ist eine Frage der nationalen Sicherheit. Außerdem ist klar, dass versucht wurde, die Ermittlungen in eine falsche Richtung zu lenken. Deshalb schulden wir Ihnen beiden Dank.«

Lindow nahm kaum wahr, was Sir Derek sagte. Er hatte das Gefühl, als würde etwas in seinem Kopf Gestalt annehmen wie ein Foto in einem Entwicklerbad. »Ich glaube, ich hab's«, sagte er schließlich. »Ja, das ist es. Kann ich kurz telefonieren?«

Sir Derek sah Foyle ratlos an. »*Was* haben Sie, Dr. Lindow?«

»Ich glaube, ich weiß, wie wir die restlichen vier Disketten entschlüsseln können. Darf ich telefonieren?«

Bevor Sir Derek nicken konnte, stand er an dessen Sekretär und wählte Varrones Nummer in Boston. »Peter, hier ist Con. Ich glaube, ich weiß, was es mit diesen Zahlen auf sich hat. Warte mal, hier sind noch ein paar Leute – hast du was dagegen, wenn sie mithören?«

Sir Derek ging zu seinem Schreibtisch und drückte einen Knopf. Lindow legte den Hörer weg und fuhr fort. »Ist dein Hackerkommando mit den Zahlenblöcken vorangekommen?«

»Nein«, sagte Varrone. »Es hat sich noch keiner gemeldet.«

»Wahrscheinlich handelt es sich nicht um ein mathematisches Problem, jedenfalls nicht im strengen Sinn. Ich glaube, der Bursche in Kalifornien hat uns Kennstellen gegeben. Man kann sie sich als Zugänge oder Anlegestellen vorstellen, die in regelmäßigen Abständen entlang der DNA auftauchen. In den meisten Fällen erkennt das Enzym einen Zugang, weil es ein Palindrom ist – die Basenpaare der DNA lassen sich vorwärts oder rückwärts lesen.«

»Was haben wir davon? Wir haben Zahlen, keine Buchstaben.«

»Wir müssen nur die Zahlen gegen Buchstaben austauschen, also 2, 3, 5 und 7 durch A, C, G und T ersetzen. Diese Buchstaben stehen für die chemischen Stoffe, aus denen sich die DNA zusammensetzt – Adenin, Cytosin, Guanin und Thymin. Wir wissen noch nicht, welcher Buchstabe für welche Zahl steht, aber du verstehst das Prinzip, oder?«

»Ja.«

»Gut.« Lindow lächelte Foyle und Sir Derek aufmunternd zu, die beide verwirrt dreinschauten. »Unser kalifornischer Freund versteht offensichtlich etwas von Genetik. Als er diese Falltüren in das Chiffriersystem der Software einbaute, hat er die Idee dieser Zugänge benutzt. Ein einfaches Beispiel wäre A C G T T G C A. Es gibt auch welche mit zehn Buchstaben. Jedes Palindrom zieht ein Enzym an, das von einem bestimmten Bakterium produziert wird. Das ist der entscheidende Punkt. Kannst du mir folgen?«

»Klar!« Varrones Stimme dröhnte durch die Stille in Sir Dereks Büro. »Du meinst, der erste Teil der Entschlüsselung basiert auf diesen Zugängen, und der zweite benutzt den chemischen Aufbau der Enzyme, die durch den Zugang eindringen?«

»Ja, genau«, sagte Lindow. »Wenn wir herausfinden, welche Zahlen durch A, C, G und T ersetzt werden sollen, müssen wir nur noch nachschlagen, um welche Kennstellen es sich handelt.«

»Dann wissen wir, welche Bakterien sie anziehen.«

»Ja, richtig.«

»Dann fange ich gleich mal an. Wo bist du in den nächsten Stunden?«

»Das weiß ich nicht – ich ruf dich später noch mal an.« Lindow legte auf.

Als er Foyles und Sir Dereks verständnislose Mienen sah, nahm er ein Blatt Papier vom Schreibtisch und zeichnete ein Diagramm auf.

A C G T C G
G C T G C A ‹ Proteinsequenz eines Enzyms

T G C A A G
G A A C G T ‹ Proteinsequenz eines Enzyms

»Links«, erklärte er, »stehen zwei Blöcke von Buchstaben. Das sind die Zugänge, von denen ich gesprochen habe. Sequenzen wie diese treten überall entlang der drei Milliarden Einheiten der menschlichen DNA auf, und das Besondere an ihnen ist, dass sie die von bestimmten Bakterien gebildeten Enzyme anziehen. Was wir tun müssen, ist herauszufinden, welche Zugänge man uns gegeben hat. Das verrät uns, welche Enzyme sie anziehen. Dann füttern wir die verschlüsselte Software mit dem ganzen Zeug.«

»Was meinen Sie mit ›füttern‹?«, fragte Foyle.

»Wir geben die Buchstabenblöcke hier links ein. Das macht das Programm darauf aufmerksam, dass gleich ein weiterer Satz Buchstaben folgen wird.«

»Ich bin mir nicht sicher, ob ich es verstanden habe«, sagte Foyle.

»Es ist doch ganz einfach«, sagte Lindow mit einem Aufflackern von Ungeduld. »Wir bauen in jede verschlüsselte Diskette ein Tor ein, durch das wir Hunderte von Buchstaben schleusen. Dann können wir die Datei dechiffrieren.«

»Gut. Ich freue mich, dass Sie so zuversichtlich sind«, sagte Sir Derek, bevor er sich an Foyle wandte. »Doch nun darf ich Ihnen mitteilen, Commander, dass Ihr Zwangsurlaub mit diesem Augenblick endet. Übrigens haben wir auch von anderer Seite einen Wink bekommen. Der Innenminister hatte heute früh ein Gespräch mit einer hochrangigen Beamtin des MI5.«

Foyle lächelte.

»Sie wussten davon, Commander?«

»Sagen wir, es überrascht mich nicht. Ich hatte am Freitagabend einen Besuch von einer mysteriösen Lady, die wissen wollte, was ich gegen Rhodes in der Hand habe.«

»Heute hat sie sich jedenfalls an den Innenminister gewandt. Dazu ist schon eine Portion Zivilcourage nötig – und sie kam genau zur rechten Zeit, denn so hatte der Premier eine Bestätigung Ihres Berichts, ohne erst eine Untersuchung einleiten zu müssen. Das heißt, wir können sofort handeln. Um elf Uhr dreißig findet eine Sitzung des Geheimdienstausschusses statt. Könnten Sie dort kurz die Lage zusammenfassen? Ich wäre Ihnen allerdings dankbar, wenn Sie die Verbindung zwischen Rhodes und dem MI6 etwas herunterspielen würden. Die Leute, die es betrifft, werden sich schon denken können, dass Sie Bescheid wissen.«

»Soll das heißen, der MI5 kommt ungeschoren davon?«, fragte Foyle.

»Nein, nein, natürlich nicht. Der Premierminister nimmt die Sache sehr ernst, und Sie können versichert sein, dass er etwas unternehmen wird. Aber das müssen wir zurückstellen, bis Rhodes hinter Schloss und Riegel ist. Der MI5 ist ein sehr effizienter Apparat und kommt an die meisten Informationen. Wir sind auf seine Mithilfe angewiesen. Und glauben Sie mir, unter diesen Umständen wird er überaus kooperativ sein.«

»Das glaube ich erst, wenn ich es sehe.«

»Da brauchen Sie bestimmt nicht lange warten.« Sir Derek stand auf und knöpfte sein Jackett zu. »Wir sehen uns dann in ein paar Stunden, Commander. Dr. Lindow, es war mir eine große Freude. Und danke für Ihren Einsatz.«

Als sie in die Whitehall Street hinaustraten, sagte Foyle: »Das hier war gerade der Augenblick unseres Triumphes, ob Sie es glauben oder nicht.« Er winkte Pennel, der ein Stück weiter oben in der Straße parkte. »Mehr kommt nicht nach, also kosten Sie es aus, warten Sie nicht auf eine Siegesparade. Ich fürchte übrigens, ich brauche noch mal Ihre Hilfe bei den Disketten. Ich hoffe, Sie haben nichts dagegen, mich zu begleiten.«

Lindow nickte. Er konnte es kaum erwarten, wieder vor einem Computer zu sitzen.

»Ich habe noch eine schlechte Nachricht für Sie«, fuhr Foyle fort. »Wir werden Sie in einem Hotel unterbringen müssen. Und Sie bekommen Polizeischutz. Für den Fall, dass Rhodes erfährt, dass Sie noch leben.«

Speerman wusste im selben Augenblick, in dem er Cantors Büro betrat, dass irgendetwas fürchterlich schief gegangen war. Keith Craven-Elms und Angus Grove standen da wie begossene Pudel.

»Warum haben wir nichts von Brauner Eule gehört?«, zischte Cantor. »Wo zum Teufel bleibt ihr Bericht? Sie haben mir erzählt, sie würde an Lindow kleben – er könne keinen Schritt tun, ohne dass wir es erfahren. Aber jetzt taucht er mir nichts, dir nichts wieder hier auf, mit Rhodes' gesammelten Werken im Gepäck. Wusste Braune Eule von den Disketten? Und wenn ja, warum hat sie uns nicht informiert? Wo ist sie? Keith?«

»Wir dachten, sie kann keinen Kontakt aufnehmen. Am Wochenende war sie nicht zu erreichen. Sie war die ganze Zeit bei Lindow und sollte sich erst heute Vormittag wieder melden.«

»Dann suchen Sie sie, verdammt noch mal. Ihnen ist hoffentlich allen klar, wie wichtig sie jetzt für uns ist.«

Speerman ahnte, wie Cantor aus der Sache herauskommen wollte. Er wollte beweisen, dass der MI5, weit davon entfernt, irgendwelche Beweise zu unterdrücken, Braune Eule eingesetzt hatte, um Rhodes zu verfolgen.

Cantors Überleben hing von zwei Dingen ab: Wie sehr belasteten Lasseurs Disketten den Geheimdienst? Und konnte er glaubhaft machen, dass der MI5 nichts von Rhodes' Auftauchen in London zum Zeitpunkt der Anschläge gewusst hatte? Letzteres war das kleinere Problem. Der Film, den eine der Weegee-Kameras vor zwei Wochen aufgenommen hatte, war vermutlich schon im Verbrennungsofen gelandet. Mit den Disketten verhielt es sich nicht so einfach. Cantor musste genau herausfinden, welche Informationen sie enthielten, um seine Verteidigung entsprechend aufzubauen. Seine Chancen standen gar nicht so schlecht – zumindest solange Rhodes auf freiem Fuß war, würde man mit Sicherheit nichts gegen ihn unternehmen.

Kirsty Laing saß in ihrem Büro und rekapitulierte noch einmal ihr Gespräch mit dem Innenminister, als Speerman die Tür aufriss.

»Sie brauchen nicht mehr mit dem Innenminister zu reden. Die Katze ist schon aus dem Sack – Lindow ist in England und hat ein paar brisante Disketten mitgebracht. Der Premier und der Innenminister wissen schon Bescheid.«

»Tatsächlich?« Kirsty leckte sich Cappuccinoschaum vom Finger.

»Darf ich Ihnen einen kleinen Rat geben, Kirsty?« Speermans Haltung ließ sie denken, dass ›Drohung‹ der angemessene Ausdruck wäre. »Setzen Sie nicht zu sehr darauf, dass Cantor geht. Wir sollten lieber versuchen, so schnell wie möglich an die Disketten zu kommen.«

»Ich werde tun, was ich kann.«

Speerman ging so unvermittelt, wie er gekommen war. Ich durchschaue dich, dachte Kirsty. Wenn Cantor stürzte, hätte Speerman genügend Abstand zu den Verstrickungen mit Rhodes, um Cantors Nachfolge antreten zu können. Falls aber Cantor die Krise überlebte, konnte an Speermans Loyalität kein Zweifel aufkommen.

Sie sah auf den Parkplatz unter ihrem Fenster hinab und lächelte. Das Timing war perfekt. Lindow war genau zum richtigen Zeitpunkt aufgetaucht. Er hatte ausgepackt, und auf diese Weise würde niemand beim MI5 von ihrem Tête-à-tête mit dem Innenminister erfahren.

Sie griff zum Telefon und rief das Hotel an, in dem Braune Eule vorerst untergetaucht war.

»Ich geh schon, ich geh schon«, zischte Scarratt gereizt, als Foyle den Kopf zur Tür hereinsteckte.

»Wo sind meine Bilder?«, fragte Foyle mit einem Blick auf die nackten Wände.

»Da unten neben dem Aktenschrank. Ich fand sie ablenkend. Alles andere müsste so sein, wie Sie es hinterlassen haben.«

»Gut.«

»Wenn mir wenigstens mal jemand sagen würde, was los ist.« Scarratt zog ein Dutzend Akten aus dem Regal. »So kann man keine anständige Ermittlung führen.«

»Da haben Sie allerdings Recht. Das war keine anständige Ermittlung. Durch Sie und Ihre Freunde in Millbank haben wir eine ganze Woche verloren. Wenn Sie nun so freundlich wären ... ich habe viel zu tun.«

Scarratt klemmte die Akten unter den Arm und marschierte erhobenen Hauptes aus dem Büro.

»Aufgeblasener Wicht«, murmelte Foyle und hob eines seiner Aquarelle auf.

Lindow wurde im Zimmer nebenan untergebracht, wo die Videoanlage stand. Dort hatte Foyle ihn zum ersten Mal gesehen – auf dem Film einer Überwachungskamera. Pennel schloss einen Computer für ihn an, dann ließ er Lindow allein.

Eine halbe Stunde später betrat Foyle das Besprechungszimmer. In dem überfüllten Raum wurde aufgeregt getuschelt. Foyle wartete, bis Stille eintrat, vielleicht sogar einen Augenblick länger, als nötig gewesen wäre. Er räusperte sich. »Wie gesagt«, begann er.

Seine Mitarbeiter brachen in schallendes Gelächter aus. Foyle hob die Hand und bat um Ruhe.

»Danke«, sagte er und musste selbst ein wenig schmunzeln. »Wie ich vor einer Woche sagte, müssen wir nach einem Mann namens Rhodes suchen. Er hat bereits drei Bomben in London gelegt, und er plant einen weiteren Anschlag. Wir haben sehr wenig Zeit. Aber wir haben auch einen großen Vorteil – wir wissen sehr viel mehr über Rhodes, als er glaubt.«

Auf sein Zeichen hin dämpfte ein Beamter das Licht und schaltete einen Projektor ein. Auf der Leinwand hinter Foyle erschien das Bild eines jungen Soldaten in Regimentsuniform, ein Barett unter den Arm geklemmt. Er hatte kleine dunkle Augen, die nichts verrieten, und lächelte in die Kamera. Sein blondes Haar hatte sich an der Stirn etwas gelichtet.

»Rhodes im Alter von zweiundzwanzig Jahren«, sagte Foyle. »Die Fotos hat uns das Verteidigungsministerium zur Verfügung gestellt.«

Es war völlig still im Raum. Nur der Diaprojektor klickte leise, als die nächsten Bilder gezeigt wurden, auf denen Rhodes wieder sein nichts sagendes Lächeln aufgesetzt hatte. Das letzte Foto war anders. Eine Gruppe von vier Soldaten hatte sich in Kampfanzügen und mit einer Reihe martialischer Waffen aufgestellt. Rhodes war der Zweite von rechts, der Einzige ohne Barett. Den linken Daumen hatte er in den Gürtel gehakt, in der Rechten hielt er ein Armalite-Gewehr. Eine zweite Waffe, die wie das langläufige Gewehr eines Scharfschützen aussah, hatte er umgehängt. Eine Haarsträhne glänzte in der schräg einfallenden Sonne. Die anderen Soldaten lächelten. Rhodes nicht.

»Rhodes war damals dreißig. Er war gerade von den Falklands zurückgekehrt – oder besser gesagt aus Argentinien. Damals war die Vierzehnte Nachrichtenkompanie, zu der Rhodes gehörte, in Nordirland aktiv. Die Aufnahme zeigt vier der sechs Mitglieder des Beobachtungspostens von Droy. Rechts von Rhodes Christy Calvert, links Sergeant Jimmy Pascoe und Robert McGurk – ›Disney‹, wie ihn seine Kameraden nannten. McGurk kam ums Leben, Pascoe ist damals erblindet und lebt wahrscheinlich in einem Heim. Wir müssen ihn so bald wie möglich finden und befragen. Die Bilder von Rhodes sollen zunächst an alle Polizeibehörden, Bahnhöfe und Häfen gehen, außerdem an alle Gebrauchtwagenhändler und jeden Telefonladen. Dann schalten wir die Presse ein. Aber wir müssen die Sache sorgfältig koordinieren – das Bild muss gleichzeitig in allen Medien erscheinen. Natürlich müssen wir eine Menge Hotlines einrichten, um die Hinweise entgegenzunehmen.«

Forbes hatte bereits ein Büro für Computergrafik in Soho eingeschaltet, das auf Bildretusche spezialisiert war und Rhodes' Gesicht grafisch altern lassen sollte. Sie würden sein Haar ausdünnen und seine Stirn höher machen, die Haut unter den Augen ein wenig nachdunkeln, die Linie von Kinn und Hals leicht abändern. Dieses virtuelle Porträt sollte dann zusammen mit dem Originalbild veröffentlicht werden. Sobald Christy Calvert die Stimme auf Lindows Anrufbeantworter als die von Rhodes identifiziert hatte, sollte auch die Tonbandaufnahme an die Medien weitergegeben werden.

Foyle sprach fünfzig Minuten lang ohne Pause, und selbst die alten Hasen in den hinteren Reihen waren erstaunt, wie viel Material er in fünf Tagen Zwangsurlaub zusammengetragen hatte. Zur Rolle des Geheimdienstes sagte er wenig. Er erwähnte nur in einem Nebensatz, den sicherlich die meisten überhörten, dass Rhodes' Verwendung beim Geheimdienst für kurze Zeit im Gespräch gewesen war. Es wäre zu keiner regelrechten Zusammenarbeit gekommen, auch wenn Rhodes ein paar kleinere Aufträge erledigt haben mochte. Das war nicht die ganze Wahrheit, aber auch nicht richtig gelogen. Foyle beglückwünschte sich selbst, weil er auf seine alten Tage doch noch ein wenig diplomatisches Geschick entwickelt hatte. Forbes war inzwischen dazugestoßen und lächelte ihm verschwörerisch zu.

Foyle trat direkt vor die Leinwand, wich dann jedoch zur Seite aus, als ihn das Licht des Projektors blendete. »Jetzt verstehen wir endlich, wie alles zusammenpasst. Wir haben so viel Beweismaterial, dass es uns zu den Ohren herausquillt. Wir könnten morgen vor Gericht beweisen, wer die Menschen in der Clarence Street getötet hat. Was noch bleibt, ist die Jagd auf diesen Mann.«

Zurück in seinem Büro, schaute Foyle in den angrenzenden Raum und fand Con Lindow schlafend am Schreibtischstuhl vor, das Kinn gesenkt, die Hände über der Brust gefaltet wie ein Toter. Foyle zog leise die Tür zu und machte sich auf den Weg zum Cabinet Office. Er hatte beschlossen, zu Fuß zu gehen, aber statt der Route durch den St. James Park nahm er den kürzeren Weg entlang der Tothill Street, durch den Parliament Square und Whitehall.

Wie bei seiner ersten Besprechung vor fast vierzehn Tagen hatte er keine Unterlagen dabei. Doch diesmal hatte er ein gutes Gefühl.

SECHZEHNTES KAPITEL

Als er eine Hand an seiner Schulter spürte, fuhr Lindow hoch.

»Ein Anruf für Sie, Sir.« Pennel fiel auf, wie blass Lindow war. »Vom FBI in Boston. Agent Mundy ist am Telefon. Ich soll Ihnen ausrichten, dass er bei Varrone ist. Er hat ein paar Buchstabenkombinationen für Sie und will wissen, auf welchem Weg er sie schicken soll.«

Lindow seufzte. »Sie haben doch sicher eine E-Mail-Adresse. Wie wär's denn damit?«

»Wenn das für Sie in Ordnung ist, Sir?« Pennel zögerte. »Ich … könnten Sie trotzdem mit ihm sprechen? Der Commander will wissen, was das FBI in Maine gefunden hat. Ihnen wird Mundy wahrscheinlich mehr erzählen, nachdem Sie selbst dort waren. Hier«, sagte er und gab Lindow den Hörer.

»Hallo, Doktor.« Mundys Stimme bohrte sich in Lindows Gehörgang und verschlimmerte seine Kopfschmerzen. »Also, passen Sie auf. Peter hatte einen Durchbruch bei den Zahlenblöcken. Es ist tatsächlich so wie Sie vermutet hatten – jede Zahl steht für einen Buchstaben im genetischen Alphabet. Ach, und wollen Sie wissen, was sich oben in der Hütte tut?«

»Natürlich.«

»Also, das Feuer ist nirgendwo gemeldet, und so wird es vorerst auch bleiben. Wir haben uns ein bisschen auf dem Grundstück umgesehen. Da sind jede Menge Tretminen und Sprengfallen. Es grenzt an ein Wunder, dass Sie überhaupt bis zur Hütte gekommen sind. Wegen der Minen kommen wir mit der Spurensicherung nur langsam voran. Peter steht schon ganz ungeduldig neben mir, wir beide unterhalten uns dann später weiter.«

Dann war Varrone am Telefon und berichtete, die Nummern

2, 3, 5 und 7 könnten für die Buchstaben A, C, G und T stehen. Lindow holte die zerknitterte E-Mail aus seiner Brieftasche und setzte nun für die Zahlen Buchstaben ein.

G A A T T C
C T T A A G

A A G C T T
T T C G A A

Die erste Konfiguration mit ihrer schlichten Schönheit kam ihm bekannt vor. »Ich glaube, die erste Gruppe ist die Kennstelle für ein Enzym, das von einem scheußlichen Bakterium namens *E. Coli* abgesondert wird.«

»Der Bazillus, der für die Lebensmittelvergiftung zuständig ist?«

»Ja«, sagte Lindow, »aber uns interessiert nicht der Bazillus, sondern das Enzym, das er produziert, und das ist dann die DNA-Sequenz, der er treu bleibt – der Zugang.«

»Ich glaube, ich kann dir folgen.«

»Damit haben wir das Schloss schon halb geknackt. Jetzt fehlt nur noch die zweite Sequenz. Ich glaube, wir sind fast am Ziel, Peter.«

Als sich Foyle dem Cabinet Office näherte, verlangsamte er sein Tempo. Er wollte ein, zwei Minuten nach den anderen eintreffen. Vielleicht war es ein Anflug von Eitelkeit, der ihn den Augenblick auskosten ließ. Er schlenderte gemächlich an ein paar Polizisten vorbei, an einem Arbeiter, der eine Leiter in einen Transporter lud. Dann holte er tief Luft.

Als er den Konferenzraum betrat, wandten sich ihm etwa dreißig Gesichter zu. Der Commissioner kam ihm mit dem Innenminister entgegen und stellte die beiden einander rasch vor. Anschließend schüttelte er selbst Foyles Hand, als wären sie alte Schulfreunde. Adam Durie, der Vorsitzende des Geheimdienstausschusses, sah von einer Unterhaltung mit Derek Crystal auf und nickte Foyle zu. Das Gleiche tat – mit etwas mehr Wärme – Robin Teckman, der Chef des MI6. Am anderen Tischende saß David Cantor über seine Unterlagen gebeugt. Er schien Foyles Eintreffen als Einziger nicht bemerkt zu haben.

»Die meisten von uns kennen Sie ja schon, Commander«, begann Sir Derek. »Also können Sie eigentlich gleich anfangen.«

Foyle erzählte von den Disketten und wie es gelungen war, sie zu entschlüsseln. Wieder überging er die Beziehungen zwischen Rhodes und MI5. Es war still im Raum, nur gelegentlich kratzte ein Stift über ein Papier, und manche der Anwesenden wechselten bedeutungsvolle Blicke. Als Foyle in die Runde sah und die verstockte Miene des Commissioners bemerkte, musste er sich ein Lächeln verkneifen.

»Als Erstes müssen wir die allgemeinen Sicherheitsvorkehrungen verstärken – vor allem bei öffentlichen Ereignissen, die in den nächsten Wochen stattfinden.« Er hielt inne. »Denn auch wenn alle nordirischen Verhandlungspartner erfahren, dass der Täter ein absoluter Einzelkämpfer ist – wahrscheinlich sogar geisteskrank –, könnte nichts verheerender für das Friedensabkommen sein als ein Anschlag wie der von Enniskillen im Winter 1987. Wir müssen jetzt schnell handeln, und deshalb bin ich mit einer langen Wunschliste gekommen.«

Er trank einen Schluck Wasser.

»Als Erstes möchte ich, dass das Verteidigungsministerium meiner Abteilung alle Akten über Rhodes zur Verfügung stellt, und wenn sie noch so geheim sind. Zweitens werden sich meine Beamten mit seiner Ausbildung befassen müssen. Wir wollen wissen, welche Tricks er auf Lager hat – Fluchtstrategien, Ausbildung im Häuserkampf und so weiter.« Der Beamte aus dem Verteidigungsministerium schrieb hastig mit. »Am allerbesten wäre es, wenn Sie uns ein paar Leute vom SAS-Regiment in Hereford schicken könnten, damit sie uns darauf vorbereiten, wie Rhodes reagiert, wenn wir ihm auf den Leib rücken. Auch für die Festnahme selbst bräuchten wir Hilfe – acht bis zehn gute Leute vom Regiment, für den Fall, dass die Sache eskaliert.«

Foyle wandte sich an den Innenminister. »Vom Innen- und vom Handelsministerium brauchen wir die Erlaubnis, die Mobilfunknetze in jedem Landesteil von einem Moment auf den anderen stillzulegen. Zur Zeit sind zwölf Millionen Handys in Umlauf, und wahrscheinlich wird es uns nicht gelingen, die Nummern zu ermitteln, die Rhodes benutzen wird. Wir müssen uns an die fünf großen Betreiberfirmen wenden und ihnen klarmachen, dass es keinen anderen Weg gibt.«

Der Innenminister nickte.

»Was unsere eigene Arbeit betrifft, wollen wir künftig eng mit dem Geheimdienst zusammenarbeiten. In Anbetracht der... Kommunikationsschwierigkeiten in den letzten Wochen halte ich das für sehr wichtig. Wir sollten daher unbedingt ein paar Beamte untereinander austauschen.« Er sah Cantor an, der ohne jede Regung seinen Blick erwiderte. »Die Polizei muss wissen, was der Geheimdienst tut – und natürlich umgekehrt –, damit keine Pannen mehr durch Missverständnisse oder fehlende Informationen entstehen.« Foyles Tonfall war höflich, beinahe gemütlich, aber jeder im Raum verstand, was sich hier abspielte. Er hatte den Chef des MI5 herausgefordert, und nun sagte er ihm unmissverständlich, wie die Dinge in Zukunft laufen würden.

Foyle atmete tief durch und faltete die Hände auf dem Konferenztisch. »Das ist vorläufig alles, was ich zu sagen habe.«

Vom anderen Ende des Tisches kam ein Murmeln. Cantor beugte sich in seinem Sessel vor. Alle Augen richteten sich auf ihn.

»Ich würde gerne wissen, Commander«, sagte er und glättete die Papiere, die vor ihm lagen, »wann Sie uns an den Ergebnissen von Dr. Lindows Expedition teilhaben lassen. Wir haben nämlich ein berechtigtes Interesse an diesen Disketten – fast als hätten wir sie selbst geholt. Es ist Ihnen vielleicht nicht bekannt, aber wir waren Rhodes ebenfalls auf der Spur. Eine unserer Mitarbeiterinnen hat Dr. Lindow auf seiner Reise begleitet. Seine Ergebnisse sind deshalb in gewissem Sinne auch unsere Ergebnisse. Darf ich deshalb nun offiziell um Einsicht in das Material bitten? Was die verschlüsselten Disketten betrifft, haben wir unsere eigenen Fachleute zum Dechiffrieren, und ich bin mir sicher, dass das sehr schnell gehen wird.«

Er sah abwechselnd Foyle und den Commissioner an. Urquhart rieb sich nervös das Kinn. Niemand hatte erwartet, dass Cantor mit einem so wirkungsvollen Gegenschlag kommen würde.

»Dr. Lindow und mir war klar, dass Mary Menihan für irgendwen arbeitete«, sagte Foyle. »Er wusste nur nicht, ob für den Geheimdienst oder die IRA. So oder so wollte er Miss Menihan nichts von der Existenz der Disketten verraten, und das war, denke ich, die richtige Entscheidung.« Er machte eine kurze, effektvolle Pause. »Wir werden die Disketten selbst entschlüsseln. Sobald wir damit fertig sind, werden wir Ihnen – Ihnen allen – gerne Kopien des Materials überlassen.«

Ein Handy quäkte. Foyle sah in die Runde, bis ihm bewusst wurde, dass es sein eigenes war. Er entschuldigte sich und hielt den Hörer ans Ohr.

»Schön«, sagte er schließlich leise. »Ich bin in ein paar Minuten da. Falls es nichts mehr zu besprechen gibt, Sir«, wandte er sich dann an Sir Derek, »würde ich gerne gleich aufbrechen. Wir haben die letzten vier Disketten dechiffriert!«

Lindow hatte die verschlüsselten Disketten auf die Festplatte des Polizeicomputers kopiert und dann Professor Sethe Sharma am Imperial College angerufen. Sharma war – wie immer – völlig zerstreut und hatte kaum registriert, dass Lindow noch nicht wieder im Institut erschienen war. Er identifizierte die zweite Buchstabengruppe als die Kennstelle des Enzyms, das von *Haemophilus influenzae* produziert wurde, einem bösartigen Bakterium, das Lungenentzündung, Infektionen des Gehörgangs und Meningitis hervorruft. Er versprach, die Aminosäuresequenzen für die von *E Coli* und *Haemophilus influenzae* produzierten Enzyme per E-Mail zu schicken. Zehn Minuten später druckte Lindow eine E-Mail mit endlosen Buchstabenreihen aus und schrieb links davon die Palindrome hin.

E Coli

Kennstelle oder Zugang	Enzymsequenz					
	SNKKQSNRL	EQHKLSQGVI	GIFGDYAKAH	DLAVGEVSKL	VKKALSNEYP	QLSFRYRDSI
G A A T T C	KKTEINEALK	KIDPDLCGTL	FVSNSSIKPD	GGIVEVKDDY	GEWRVVLVAE	AKHQGKDHN
	IRNGLLVGKR	GDQDLMAAGN	AIERSHKNIS	EIANFMLSES	HFPYVLFLEG	SNFLTENISI
C T T A A G	TRPDGRVVNL	EYNSGILNRL	DRLTAANYGM	PINSNLCINK	FVNHKDKSIM	LQAASIYTQG
	DGREWDSKIM	FEIMFDISTT	SLRVLGRDLF	EQLTSK		

Haemophilus influenzae

Kennstelle oder Zugang	Enzymsequenz					
	MKKSALEKLL	SLIENLTNQE	FKQATNSLIS	FIYKLNRNEV	IELVRSIGIL	PEAIKPSSTQ
A A G C T T	LKLFSKAGDI	VLAKAFQLLN	LNSKPLEQRG	NAGDVIALSK	EFNYGLVADA	KSFRLSRTAK
	NGKDFKVKAL	SEWREDKDYA	VLTAPFFQYP	TKSQIFKQS	LDENVLLFSW	EHLAILLQLE
T T C G A A	LEETNIFSFE	QLWNFPKKQS	KKTSVSDAEN	NFMRDFNKYF	MDLFKIDKDT	LNQLLQKEIN
	FIEERSLIEK	EYWKKQINH	KNFTREEAIE	ALLKDINMSS	KIETIDSFIK	GIKSNDRLYL

»Jetzt müssen wir das Ganze nur noch eingeben.«

»Darf ich einen Vorschlag machen«, sagte Pennel, der die Grundzüge des Dechiffrierens viel schneller erfasst hatte als Foyle oder Sir Derek. »Warum probieren Sie es nicht erst mit einer bereits entschlüsselten Datei aus? Nehmen Sie die noch verschlüsselte Version, dann sehen Sie, ob es funktioniert.«

Lindow nickte und lud die verschlüsselte Form der LUNCH-BOX-Diskette. Er tippte das erste Palindrom ein, dann die quälend lange Reihe der gut dreihundert Buchstaben, die ihm Professor Sharma geschickt hatte. Er wiederholte das Verfahren mit dem zweiten Palindrom. Als er den letzten Buchstaben eingegeben hatte, lösten sich die Zeichen auf dem Bildschirm in einem wilden Schneegestöber auf.

»Verdammt«, sagte Lindow. »Das Ding vernichtet sich selbst. Die Datei zerstört sich selbst, wenn die Buchstabenfolgen in der falschen Reihenfolge eingegeben werden. Ich mache Kopien, damit wir eine andere Sequenz probieren können.«

Er dachte einen Augenblick nach, gab zuerst die beiden Palindrome ein und tippte erst dann die endlosen Reihen der Aminosäuresequenzen ein. Nachdem er einige Minuten lang wie wild auf der Tastatur herumgehackt hatte, beugte er sich erwartungsvoll vor. Nichts geschah. Der Computer schien über die Sache nachzudenken. Plötzlich tauchte eine gut lesbare Textseite auf dem Bildschirm auf.

Lindow stieß einen Freudenschrei aus. »Ich hab's! Es funktioniert!«

Binnen zehn Minuten hatte er alle vier Disketten entschlüsselt. Die ersten drei Disketten enthielten hundertvierundneunzig einzelne Dokumente, die vierte war eine Art Tagebuch, das Lasseur vor zwanzig Monaten begonnen hatte, als die Hütte wegen eines Blizzards von der Außenwelt abgeschnitten war. Lindow klickte wahllos Dokumente an und überflog sie. Plötzlich sprang ihm sein eigener Familienname ins Auge.

> Geld noch nicht hier. Brauche außerdem Zündschnur von üblichem Lieferanten. Andere Ausrüstung pünktlich eingetroffen. Quaid sagt, die Paddies setzen einen gewissen Lindow ein, um mich zu suchen. Werde mich um ihn kümmern, bevor ich deutschen Auftrag in Angriff nehme.

Lindow schauderte, dann sah er nach, ob Eamonn schon vorher erwähnt worden war. In einer Nachricht erkannte er den Namen Jimmy Marcuse wieder, Geschäftsmann und Waffenlieferant der IRA, der in Miami durch eine Autobombe ums Leben gekommen war. Ein paar Tage zuvor hatte Rhodes sich mit ihm zu einem Geschäftsessen getroffen. Auch Patrick Lyne, ein weiterer Name, der »unsere Freunde in London interessiert«, wurde erwähnt. Lindow kannte ihn noch aus der FBI-Akte. Lyne war in seinem Hotelzimmer im Bett gestorben. Rhodes verriet nicht, auf welche Weise, aber bald darauf war eine Zahlung aus London eingetroffen – und Rhodes trat in die Lücke, die der Tod der beiden Waffenhändler hinterlassen hatte.

Die telegrammartigen Mitteilungen waren für Außenstehende teilweise schwer ergründlich, aber Lindow fand immerhin heraus, dass ein gewisser Quaid der IRA-Kontaktmann für Nordamerika war. Er hatte von Marcuse und Lyne Waffen gekauft. Dann hatte

Rhodes sein Vertrauen mit ein, zwei kleineren Geschäften gewonnen. Aber die seien ihm »schwer im Magen gelegen«, berichtete er Lasseur. Wenn er an irgendwen in Irland verkaufe, dann an die Protestanten. Dann kam die Nachricht, in der Eamonn erstmals erwähnt wurde. Lindow las weiter.

Scalper an Lake: Erinnerst du dich an die Lindows? Ein Name, den ich nie vergessen werde. Das waren die irischen Brüder, die sie nach Droy verhaftet haben. Dass sie damals nicht angeklagt wurden, haben wir diesem Blackett von der RUC zu verdanken.

Lake an Scalper: Natürlich erinnere ich mich. Kann sogar sein, dass Lindow vor zwei Wochen hier oben war. Die Überwachungskamera hat jemanden gefilmt. Habe jetzt herausgefunden, dass ein Dr. Lindow hier in der Nähe übernachtet hat. Bei Telefonzentrale des MIT nachgefragt. Sie haben einen Dr. Lindow. Sind beide Brüder im Spiel, oder benutzt einer den anderen als Tarnung? Einer von ihnen weiß, wo wir sind.

Scalper an Lake: Schlechte Nachrichten hier. Alle kriechen den Iren in den Arsch. Mörder alle freigekommen. AXIOM, mein spezielles Lebewohl, wird sie daran erinnern, worum es eigentlich ging. Letzte Vorbereitungen getroffen. Eamonn Lindow nach S-London verfolgt. Werde zum richtigen Zeitpunkt abschließen.

Scalper an Lake: Habe einen Tisch von Freund Lindow entfernt gefrühstückt. Liest den *Guardian*. Telefon angezapft. Sein Bruder ist letzte Woche von Boston nach London gezogen. Vielleicht arbeiten die beiden zusammen. Abschluss diese/Anfang nächster Woche. Dann Abschluss deutscher Auftrag und AXIOM. Geld noch immer nicht angekommen. Was soll das? J. Miles pfeift aus dem letzten Loch.

Scalper an Lake: Lindows Konto geschlossen. Bruder verhaftet – kein schlechtes Ergebnis für die Veteranen von Droy. Morgen Abschluss deutscher Auftrag. Sag ihnen Bescheid. Geld eingetroffen. In zwei Wochen Stützpunkt räumen!

Lake an Scalper: Könnte länger als zwei Wochen dauern. Viel abzubauen und zu entsorgen. Abschlusskonten ausgeglichen. Dein Anteil an vereinbarte Bestimmungsorte überwiesen.

Scalper an Lake: Sag möglichst schnell wegen Vorbereitungen See Bescheid. Brauche Bescheid, sobald du fertig bist. Doktor wurde freigelassen. Damit zum zweiten Mal davongekommen. Kein drittes Mal.

Lindow sank in seinem Stuhl zurück, schockiert von der knappen, geschäftsmäßigen Feststellung von Eamonns Tod, aber seltsam unberührt von der Entdeckung, dass Rhodes auch hinter ihm selbst her gewesen war.

Foyle platzte herein und packte Lindow an den Schultern. »Con, Sie haben ein Wunder vollbracht. Wie sieht das Material aus? Taugt es was?«

Er beugte sich über Lindow und las, was gerade auf dem Schirm war. »Forbes, wir drucken eine Kopie davon aus, und die teilen Sie dann auf sich selbst, Kepple, Longmore und Pennel auf – das alte Team. Markieren Sie die Passagen, die den MI5 betreffen, und natürlich alles, was uns zu Rhodes führt – Namen, die er benutzen könnte, Verhaltensmuster, Namen von Geschäftspartnern. Wenn Sie die Hinweise auf Millbank aussortiert haben, können Sie das Material durch die ganze Abteilung gehen lassen. Es gilt aber nach wie vor: Nichts an andere Abteilungen im Haus.«

»Wieso lassen Sie die Stellen streichen, die Millbank belasten?«, fragte Lindow, als Forbes gegangen war.

»Weil es unsinnig wäre, ihnen ausgerechnet jetzt eins auf die

Mütze zu geben. Wir brauchen sie, und für alles andere ist später Zeit.«

»Ja, aber ...«

»Kein Aber. Sie könnten schon mal anfangen, die Disketten durchzuackern. Fangen Sie mit dem Tagebuch an – wahrscheinlich werden Sie am ehesten schlau daraus.«

Foyle machte sich auf eine Tour durch die Abteilung, er wirbelte durch die Büros, drängte und trieb an, sog sich Vorschläge aus den Fingern und hielt Besprechungen ab. Zwei seiner Leute sollten vom FBI ein Verzeichnis der Dinge anfordern, die den Brand in Lasseurs Hütte überlebt hatten. Vor allen Dingen mussten sie einen Verbindungsnachweis für den Telefonanschluss dort beschaffen. Daraus könnte man ablesen, welche Nummern Lasseurs Computer zuletzt angewählt hatte, und über die Telefonnummer Rhodes' Unterschlupf in London ermitteln.

Foyle war nervös und voller Vorahnungen. Ein Unheil nahte der Stadt wie eine finstere Gewitterfront. Er hatte sämtliche Sicherheitsvorkehrungen verstärken lassen. Alle potentiellen Ziele wurden intensiv überwacht, der Personenschutz für prominente Politiker wurde aufgestockt. Jeder Streifenpolizist hielt inzwischen nach dem Gesicht Ausschau, das so aufreizend selbstbeherrscht von den Fahndungsfotos blickte. Das Bild wurde gerade an alle Polizeistationen in den Londoner Außenbezirken verteilt, zusammen mit der Anordnung des Commissioner, sich dem Gesuchten auf keinen Fall zu nähern. Am Nachmittag des folgenden Tages wollte man die Bilder an die Medien weitergeben. Bis dahin rechnete Foyle damit, dass Rhodes nichts von der fieberhaften Suche nach ihm ahnte. So lange war er noch verletzlich. Mit Hilfe von Frank Mundy in Boston hatten sie über die Nachrichtenagentur die Meldung von einem Brand in Maine verbreitet. Die Kurznachricht behauptete, es seien drei Leichen geborgen worden, bei einer davon habe man einen britischen Pass gefunden. Die Meldung erschien in den Abendzeitungen unter der Schlagzeile BRITISCHE RUCKSACKTOURISTEN STERBEN BEI RÄTSELHAFTEM FEUER und wurde nachmittags im Radio gesendet, angereichert mit dem Detail, dass die Leichen bis zur Unkenntlichkeit verbrannt und zwei der Opfer in einer Umarmung gestorben seien – diese schaurig-schöne Note hatte Frank Mundy hinzugefügt.

Rund achtzig Polizeibeamte waren ständig unterwegs, um Gebrauchtwagenhändler und Vermieter von Lagerräumen zu befragen. Die Polizeireviere in den einzelnen Stadtvierteln wurden alarmiert, alle Werkstätten und Garagen zu überprüfen. Wer hatte an einen höflichen Engländer mit schütterem, sandfarbenen Haar vermietet?

Ein weiteres Team rief Immobilienmakler an, die Wohnungen auf Zeit an wohlhabende Geschäftsleute vermittelten. Foyle hatte das Gefühl, dass Rhodes sich wohl etwas Besonderes gönnte. Vielleicht trat er als seriöser Geschäftsmann auf, der ein Luxusapartment mit schnellem Anschluss an die Flughäfen Gatwick und Heathrow suchte. Er zeichnete einen Halbmond in eine Karte, der sich von Bexley im Osten Londons bis Slough im Westen erstreckte, und bat die Einsatzgruppe, bei allen Maklern in diesem Bereich nachzufragen.

Die größte Hoffnung setzte Foyle allerdings auf die rund hundert Händler im Stadtgebiet, die Mobiltelefone verkauften. Hier war die Polizei entschieden im Vorteil, da Rhodes nicht ahnen konnte, dass man die Telefonläden überprüfen würde.

Mit Hilfe des winzigen Plastikchips, den Lafferty aus dem Handy der Autobombe von King's Cross gerettet hatte, hatten sie feststellen können, wo und wann das Telefon gekauft wurde. Vor zwei Monaten hatte ein gewisser Keith N. Stephen das Gerät mitsamt einer Netzkarte in einem Laden in Holborn erstanden. Er hatte dreißig Pfund neunundneunzig für das japanische Fabrikat mit einem Akku von hundert Stunden Lebensdauer bezahlt und weitere hundertdreißig Pfund für die Netzkarte. Für die American-Express-Karte, mit der er bezahlt hatte, gab es eine Rechnungsadresse in Philadelphia. Doch keiner der Verkäufer erinnerte sich an das Gesicht. Dennoch ließ sich aus dem Kauf eine Menge erfahren. Rhodes alias Stephen hatte sorgsam den Netzbetreiber ausgewählt, der am wenigsten Fragen stellte. Eine Kreditkarte und eine falsche Adresse hatten genügt.

Foyle nahm an, dass Rhodes sowohl dem Telefonfabrikat als auch dem taktvollen Netzbetreiber treu bleiben würde. Das engte die Suche erheblich ein. Die Telefongesellschaften wurden gebeten, Listen von allen Personen zusammenzustellen, die im letzten halben Jahr ähnliche Kombinationen von Handy und Netzkarte gekauft hatten.

Foyle hoffte darauf, dass die Ausgabenbelege der Karte weitere Aufschlüsse liefern würden. Er hatte fest damit gerechnet, dass man während seines Zwangsurlaubs mit der Kreditkartengesellschaft Kontakt aufgenommen hatte. Doch nichts dergleichen war geschehen.

»Sie meinen, kein Mensch hat sich um die entscheidende Spur gekümmert?«, schrie er einen jungen Beamten an.

»Das muss während der Übergabe an Mr. Scarratt durch die Maschen gerutscht sein.«

»Nicht zu fassen. Für diese Information hat Lafferty verdammt noch mal seinen Hals riskiert.«

Eilig wurde die Abrechnung der Kreditkarte besorgt. Rhodes hatte sie fast nur in den USA benutzt – und ein weiteres Mal in England. Am neunzehnten September hatte Keith N. Stephen an einer Autobahnraststätte nördlich von Milton Keynes getankt.

»Rufen Sie dort an«, befahl Foyle dem jungen Polizisten. »Fragen Sie, ob sie die Videos der Überwachungskamera so lange aufbewahren. Falls ja, stellen Sie fest, wann Stephen dort war. Die Uhrzeit müsste auf den Kassenbelegen stehen. Dann spulen Sie das Band auf diese Zeit zurück. Vielleicht ist das Kennzeichen seines Wagens drauf!«

Am frühen Nachmittag erstattete das Team, das die Disketten auswertete, Bericht an Foyle. Während die Disketten mit der E-Mail-Korrespondenz eine Fülle von Material enthielten, war das Tagebuch, das Lasseur geführt hatte, beinahe wertlos. Gelegentlich blitzte Verfolgungswahn auf, und das ganze Dokument triefte vor Selbstmitleid. Auf einer Seite konnte er sich über seine edlen Gefühle ausbreiten, und auf der nächsten beschreiben, wie er einen Elch, der zum Trinken an den See gekommen war, mit einer kleinen Sprengladung in die Luft gejagt hatte.

Die nützlichsten Entdeckungen betrafen die neuen Identitäten, die Lasseur in der letzten Zeit für Rhodes zusammengestellt hatte. Es gab vier davon: J. Miles, der in der Passage über die Lindows aufgetaucht war, Jeremy Edward Capon, leitender Angestellter einer Versicherung, sowie John Larson und Edward Lydd-Taylor, beide als Direktor eines Unternehmens beschrieben.

»Lassen Sie das an alle verteilen«, sagte Foyle. »Wenn das so weitergeht, haben wir den Schweinehund, bevor der Tag um ist.«

»Kann gut sein«, erwiderte Forbes und schob Foyle ein Blatt Papier über den Schreibtisch. »Das habe ich vor ein paar Minuten gefunden. Lasseur hat bei einer der großen Banken ein Konto für Miles eröffnet, bei einer Zweigstelle in Crossways.

»Gut«, sagte Foyle, schnellte aus seinem Sessel und packte Lindow. »Und jetzt, Con«, sagte er und bugsierte ihn in Richtung Tür, »möchte ich, dass Sie ein bisschen schlafen. Wir haben im Hotel gegenüber ein Zimmer für Sie reserviert. Mit Leibwächtern, versteht sich.«

Lindow lächelte ihn müde an.

Erst als die grellen Blüten von Feuerwerkskörpern am Himmel zerplatzten, bemerkte Foyle, dass es Abend geworden war. Er stand allein mit einer Tasse Kaffee in seinem Büro, sah auf das Schauspiel vor dem Fenster und dachte an Guy Fawkes, jenes 1601 hingerichtete Urbild aller Terroristen. Der Tag seines misslungenen Feuerwerkanschlags auf das englische Parlament wurde heute, wie jedes Jahr, am 5. November, mit dem Verbrennen von Puppen in ganz London gefeiert. Foyle hatte noch den Brief von König James im Kopf, in dem dieser das Foltern des katholischen Helden gestattete. Einige Sätze waren ihm haften geblieben, weil er sie bei einem Vortrag über Terrorbekämpfung an der Polizeischule benutzt hatte. »Zuerst sollen die milderen Foltern auf ihn angewandt und sodann soll schrittweise weitergegangen werden bis hin zu den schlimmsten – und möge Gott Euer gutes Werk beschleunigen.«

Möge Gott Euer gutes Werk beschleunigen. Er blickte über das Chaos auf seinem Schreibtisch. Dann fiel ihm Katherine ein, und er rief Peter Speerman vom MI5 an.

»Gut, dass Sie noch da sind. Es geht um meine Tochter. Letzte Nacht hat die Polizei von Bristol eine Drogenrazzia in ihrer Wohnung veranstaltet, nachdem sie einen Tipp bekam.«

»Oh, das tut mir Leid. Aber was hat das mit mir zu tun?«

»Ich will es mal so sagen: Sollte meine Tochter in den nächsten Wochen in irgendeiner Weise weiter belästigt werden, werde ich dem Kriminalreporter des *Guardian* einige ausgesuchte Passagen aus Lasseurs Disketten zukommen lassen. Zufällig treffe ich ihn nächste Woche bei Simpson's zum Lunch.«

Speerman wollte etwas sagen.

»Nein, Mr. Speerman, hören Sie zu. Ich bin mir sicher, dass man versucht hat, ihr Drogen unterzujubeln, und wenn sie während der Razzia nicht bei mir gewesen wäre, hätte sie jetzt eine Anklage am Hals. Noch so eine Scheiße, und ich lasse Ihre ganze Bande von der Lambeth Bridge baumeln. Habe ich mich klar ausgedrückt? Gut.«

Foyle legte auf und rief Katherine an. »So. Du kannst jetzt nach Bristol zurückfahren. Und, Katherine ...«

»Kate!«

»Dann eben *Kate,* in Teufels Namen. Jedenfalls wollte ich dir für deine Hilfe letzte Nacht danken. Du warst wirklich toll, und ich war sehr stolz auf dich. Aber denk dran – kein Wort an deine verrückten Freunde. Wenn die ganze Sache vorbei ist, unternehmen wir mal was zusammen, ja? Du, deine Mutter und ich?«

»Wäre prima.«

Als er auflegte, stand Forbes in der Tür.

»Die Männer aus Hereford sind da, Sir. Wohin soll ich sie bringen?«

»Wie viele sind es?«

»Nur zwei. Sie sind Ausbilder beim Regiment.«

»Führen Sie die beiden herein.«

Ein kleiner, drahtiger Soldat Ende vierzig trat ein, dahinter eine jüngere Ausgabe des ersten. Beide trugen Trainingshosen und einen Anorak.

»Uns interessiert vor allem«, begann Foyle, ohne die beiden einer Begrüßung zu würdigen, »welche Ausbildung unser Mann hat und was er tun wird, wenn er merkt, dass wir hinter ihm her sind.«

»Ich bin ihm zufällig einmal begegnet«, begann der Ältere der beiden. »Er war nie beim Regiment, aber wir waren vor Jahren gemeinsam im Trainingslager in Norwegen. Ein harter Kerl, keine Frage. Es gibt kaum eine Schulung, die er nicht absolviert hat. Und er beherrscht seinen Job, das muss man schon sagen. Arbeitet er mit jemandem zusammen?«

»Nicht mehr«, sagte Foyle. »Er hatte einen Partner in Amerika. Aber der ist tot. Rhodes hat ihn umgebracht.«

»Dann ist er also auf sich gestellt. Wahrscheinlich ist ihm das sogar lieber.«

»Wie geht er vor? Wo wird er sich verstecken?«

»Wenn er etwas für die nahe Zukunft geplant hat, wird er wahrscheinlich schon alles vorbereitet haben. Er wird nicht bleiben, um sich den Spaß anzusehen, sondern vorher verschwinden. Vermutlich hat er gleich mehrere Schlupflöcher, die er abwechselnd benutzt. Vielleicht noch ein zusätzliches Materiallager. Auf diese Weise kann er immer ausweichen. Weiß man, wann er loslegen will? Oder welche Ziele in Frage kommen?«

»Nein. Alles was wir wissen ist, dass er etwas Großes plant – und dass es unmittelbar bevorsteht.«

»Dann hat er die Sprengsätze bestimmt schon gelegt«, sagte der ältere Offizier. Der Jüngere nickte. »Das ist sonnenklar. Wenn er nicht völlig bescheuert ist, dann wird er sich vorher aus dem Staub machen.«

Foyle war niedergeschlagen. »Also gut. Was ist, wenn wir ihn trotzdem finden? Können wir ihn festnehmen?«

Der jüngere Ausbilder lächelte. »Nein, Sir. Er wird kämpfen und dann versuchen, seine vorbereitete Fluchtroute zu nehmen. Ich rede jetzt nicht davon, dass Sie ihn auf offener Straße erwischen. Nehmen wir an, Sie haben ihn in einem Haus umstellt. Selbst wenn die Lage für ihn aussichtslos scheint, wird er immer noch glauben, dass er davonkommt. Er wird es zumindest versuchen. Er könnte zum Beispiel anfangen, Granaten einzusetzen. Verstehen Sie, Sir, er ist kein gewöhnlicher Terrorist. Er ist Berufssoldat und in speziellen Fluchttechniken ausgebildet. Das fängt damit an, dass er nicht in Panik gerät, weil er gelernt hat, sich gedanklich aus solchen Situationen zu befreien. Er wird auf jeden Fall versuchen herauszukommen, und wenn er dafür ein ganzes Polizeikontingent unter die Erde bringt.«

»Ich verstehe. Kurz gesagt: Es ist unwahrscheinlich, dass ich diesen Mann vor Gericht bringe. Wollten Sie das sagen? Wir werden ihn töten oder zumindest zum Krüppel machen müssen.«

Die beiden Männer nickten.

»Danke«, sagte Foyle gequält und machte Forbes ein Zeichen, dessen Miene sich während des Gesprächs verfinstert hatte.

Forbes begleitete die beiden hinaus. Als er zurückkam, schielte er verzweifelt zur Decke. »Ich habe die beiden Killer in den Besprechungsraum gesetzt, Sir. Vielleicht sollten wir heimgehen und ihnen die ganze Sache überlassen.«

»Ich weiß, was Sie meinen. Wo nehmen sie diese Typen bloß her? Vor ein paar hundert Jahren hätten sie mit Vergnügen Leute aufs Rad geflochten. Haben übrigens die Seelenklempner schon etwas von sich hören lassen? Ich brauche das psychologische Profil von Rhodes so schnell wie möglich.«

Kurz vor elf Uhr nachts kam der erste Durchbruch. Eine Polizistin hatte den ganzen Tag die Filialen von Immobilienmaklern im Südwesten Londons abgeklappert. Romney-Brand war ein kleineres Unternehmen, das von zwei Teilhabern in Kingston-upon-Thames geführt wurde. Die Maklerin erkannte Rhodes auf Anhieb – oder M. Capon, als der er sich bei ihr vorgestellt hatte. Sie hatte ihm im August ein Haus für vierhundertsiebzig Pfund etwas außerhalb von Kingston vermietet. Sie wusste die Adresse auswendig, weil Ash View in der Palmer Road ihr Ladenhüter gewesen war – bis Mr. Capon kam.

Foyle schickte eine Einheit zur Überwachung des Hauses, einer freistehenden Villa aus den Dreißigern, die hinter einer hohen Zedernhecke verborgen lag. Die örtliche Polizei wurde gebeten, sich im Hintergrund zu halten, während ein zweites Team aus fünfunddreißig Zivilbeamten sich im Umkreis von einer halben

Meile um das Haus verteilte. Um null Uhr fünfzehn war alles so weit.

Fünf Stunden vergingen. Im Haus war kein Licht, keine Bewegung. Foyle zog sich zurück, um ein wenig zu dösen, aber die meiste Zeit quälte er sich mit der Überlegung, ob er das Haus durchsuchen lassen sollte. Um sechs Uhr stand er auf und befahl, kleine Mikrofone am Haus anzubringen, aber dann fielen ihm die Sprengfallen vor der Hütte in Maine ein. Das Kommando wurde im letzten Moment zurückgerufen.

Kurz vor Morgengrauen tauchte ein roter Nissan Kombi aus einer der kurvenreichen Vorortstraßen auf, die zur Palmer Road führten. Zunächst hielt das Überwachungsteam den Fahrer für einen Einheimischen, der zur Arbeit unterwegs war. Aber der Nissan wurde langsamer, als er sich dem Haus näherte, und fuhr in die Einfahrt. Ein paar Sekunden stand er mit laufendem Motor in der geschotterten Zufahrt, die Scheinwerfer leuchteten über den Rasen. Dann setzte er ruhig zurück und fuhr ohne Hast in die Richtung davon, aus der er gekommen war, hinein in das Labyrinth der Wohnstraßen. Die mobilen Einheiten ringsum erhielten den Befehl, den Wagen zu stoppen, aber das Auto war plötzlich verschwunden.

Foyle rief von der Einsatzzentrale aus den Leiter des Überwachungskommandos an. »Was ist passiert?«

»Er muss die Fußabdrücke auf dem Rasen gesehen haben. Es gab starken Tau heute Morgen. Unsere Abhörspezialisten haben ein paar dicke, fette Spuren hinterlassen.«

»Verdammt«, sagte Foyle leise. »Hat er sonst noch etwas gesehen? War ihm klar, dass das Haus beobachtet wird?«

»Ich glaube nicht, Sir.«

»Ich möchte, dass Sie dort bleiben. Aber nähern Sie sich dem Haus nicht mehr.«

Foyle legte auf. »Verdammt! Wir hätten ihn haben können.«

»Sie haben das Autokennzeichen, Sir«, sagte eine Beamtin. »Der Wagen ist auf einen John Larson zugelassen, The Maltings 13, Sutton. Der Vorbesitzer war ein Mr. Craig Meon aus Leatherhead, Surrey.«

»Lassen Sie beide überprüfen. Wahrscheinlich existiert die Adresse nicht. Finden Sie Mr. Meon und fragen Sie, wann und wo er sein Auto verkauft hat. Dabei fällt mir ein, was ist eigentlich mit der Bank? Sie wissen schon, die eine Zweigstelle der NatWest in Croydon.«

»Das Konto dort wurde im Juni mit einer Summe von dreitausend Pfund auf den Namen Jonathan Kemp Miles eröffnet. Weitere fünfzehntausend Pfund wurden Anfang Oktober eingezahlt, knapp zehn davon sofort wieder abgehoben. Aber niemand erinnert sich, wie Mr. Miles ausgesehen hat. Sie gehen gerade die Videos der Überwachungskameras durch.«

»Gut«, sagte Foyle. »Apropos Videos. Was ist mit der Raststätte in Milton Keynes? Gibt es noch eine Videoaufzeichnung von dem Tag, an dem er dort getankt hat?«

»Nein, Sir. Der Film wurde letzte Woche vernichtet. Sie heben die Bänder nur sechs bis sieben Wochen auf. Wir haben ihn knapp verpasst.«

»Also«, sagte Speerman. »Unser Mann da drüben hat Kopien aller Disketten besorgt. Nichts weist auf eine Verbindung zwischen uns und Rhodes hin. Er meint allerdings, das Material könnte redigiert worden sein.«

Speerman hatte den Telefonhörer zwischen Schulter und Kinn geklemmt und wartete darauf, dass Cantor etwas erwiderte. Aber es kam nichts, deshalb fuhr er fort: »Offenbar haben sie ihn gerade knapp verpasst. Sie haben ein Haus entdeckt, von dem sie glauben, dass er es angemietet hat, aber vermutlich haben sie ihn verscheucht. Immerhin haben sie sein Kennzeichen. Ich würde sagen, sie sind ziemlich nahe dran.«

»Ja, hört sich so an«, sagte Cantor bedächtig. »Ich glaube, wir müssen jetzt zur anderen Option übergehen. Ich bin in einer Stunde bei Ihnen.«

Es klickte, als Cantor einhängte. Speerman stand mit dem Hörer in der Hand da und dachte nach. Bisher hatten sie mit Hilfe der Berichte von Brauner Eule beweisen können, dass der Geheimdienst Rhodes selbst auf den Fersen war. Doch wenn man Rhodes fassen würde und er zu reden begann, sah die Sache anders aus. Deshalb war die »andere Option«, von der Cantor gesprochen hatte, nun sein einziger Ausweg: Man würde Rhodes töten müssen, bevor er reden konnte.

Speerman ging in seinem Büro auf und ab. Jetzt musste er sich entscheiden. Er konnte entweder auf Gedeih und Verderb zu Cantor halten und seine eigene Karriere aufs Spiel setzen, um die seines Vorgesetzten zu retten; oder er musste dafür sorgen, dass Rhodes überlebte.

Kirsty Laing war nicht gerade begeistert, dass Speerman schon wieder in ihrem Büro auftauchte. »Was haben Sie auf dem Herzen?« Sie klappte ihre Akte zu und sah ihn an.

»Sie schalten jetzt die Medien ein! Bevor der Tag um ist, wird jedes Kind in England den Namen Rhodes kennen. Überall wird sein Foto ausgestrahlt. Und wenn sie ihn erst einmal gefasst haben, wird er auspacken. Die Frage ist jetzt, was wir tun sollen. Wie weit sollen wir gehen?«

Kirsty überlegte. »Sie wollen wissen, ob Rhodes ausgeschaltet werden soll? Darüber müsste ich sehr gründlich nachdenken, aber spontan würde ich sagen, nein.«

Er forschte in ihrem Gesicht. »Wieso nicht?«

»Ganz einfach – vielleicht kommt es Ihnen schrecklich naiv vor, Peter, aber ich sage es trotzdem: Wenn wir nicht mehr für Gesetzestreue stehen, was sind wir dann noch? Gar nichts. Nur ein korrupter, fragwürdiger Machtapparat, der ausschließlich seine eigenen Interessen verfolgt.«

»Ich verstehe«, sagte Speerman und schlüpfte aus der Tür.

Kirsty musste nun nicht mehr lange überlegen, was zu tun war. Sie schloss ihren Aktenschrank auf, zog einen Ordner mit der Aufschrift »Der Geheimdienst und seine Wahrnehmung in der Öffentlichkeit« heraus und blätterte, bis sie Rhodes' Foto fand. Sie faltete das Blatt zweimal, steckte es in die Tamponschachtel in ihrer Handtasche und machte sich auf den Weg.

Nach dem Frühstück rief Foyle in der Bostoner FBI-Zentrale an. Er wollte wissen, was sie über den Telefonanschluss in der Hütte herausgebracht hatten. Einer von Mundys Kollegen war am Apparat.

»Unser Problem ist, dass die Telefongesellschaft keinerlei Unterlagen über einen Anschluss dort hat, Sir«, sagte der FBI-Mann, der nicht gerade hellwach klang.

»Aber das kann nicht sein«, widersprach Foyle und fuhr sich mit der Hand durchs Haar. »Es muss doch eine Art Telefonkabel zur Hütte hinauf geben.«

»Nein, Sir, und in der Hütte ist auch nichts. Sie ist fast ganz ausgebrannt.«

»Warum bitten Sie die Telefongesellschaft nicht, dieTeilnehmer in der Gegend zu überprüfen und zu sehen, wer von ihnen in letzter Zeit viele Anrufe nach Großbritannien gemacht hat?«

»Haben wir schon versucht. Es ist nichts dabei herausgekommen.«

»Sagen Sie mir bitte Bescheid, wenn Sie doch noch etwas finden. Ich kann nicht genug betonen, wie wichtig das ist.«

Foyle marschierte zum Besprechungsraum und schrieb die fünf bekannten Decknamen von Rhodes auf eine große Tafel, daneben den Zusammenhang, in dem er sie benutzt hatte. Keith N. Stephens hatte in Milton Keynes getankt und besaß mindestens eine Kreditkarte. J. Miles war Bankkunde der NatWest in Croydon. Jeremy Edward Capon hatte ein Haus in Kingston-upon-Thames gemietet, und John Larson besaß einen roten Nissan. Von Edward Lydd-Taylor hatten sie noch nichts gehört, aber Foyle zweifelte nicht daran, dass sich das bald ändern würde.

Zuvor waren zwei Detectives, die den früheren Besitzer des roten Nissan ausgemacht hatten, auf eine viel versprechende Spur gestoßen. Der Mann erzählte ihnen, er hätte seinen Wagen über die Albion Autoversteigerung verkauft. Sie waren zum Auktionshaus auf der Südseite von Wandsworth Bridge gefahren, und der Geschäftsführer dort entnahm seinen Unterlagen, dass ein Mann namens Larson am dreiundzwanzigsten September für eintausendneunhundertfünfzig Pfund den Zuschlag für den Nissan erhalten hatte. Und er erinnerte sich an Rhodes' Gesicht. Er war öfter bei den Montagabendversteigerungen aufgetaucht. Nachdem er den Nissan gekauft hatte, war er noch einmal gekommen.

Der Auktionator blätterte die Unterlagen der letzten sechs Versteigerungen durch. Dann fiel ihm ein grauer Vauxhall-Kombi ein, gebraucht, aber noch gut in Schuss, den er eigentlich einem guten Freund habe geben wollen. Er ging allerdings für einen zu hohen Preis weg – Larson hatte über viertausend Pfund dafür gezahlt. Der Kerl sei ziemlich pedantisch gewesen, erinnerte sich der Auktionator. Er hätte die Steuerplakette mehrmals überprüft und sich nach Ersatzteilen erkundigt. Er wollte sogar wissen, wo er einen Satz Lampen für alle Scheinwerfer des Kombis bekommen könnte.

Foyle konnte sich gut vorstellen, warum. Terroristen achten meist in mustergültiger Weise darauf, dass es an ihren Fahrzeugen nichts zu beanstanden gibt, um jede Polizeikontrolle zu vermeiden.

Der Wagen war am fünfzehnten Oktober verkauft worden, die Steuer bis August des Folgejahres bezahlt. Doch nach den Unterlagen war nicht Larson der neue Eigentümer, sondern ein gewisser J. Capon.

Die Detectives notierten sich die Zulassungsnummer und fragten bei der Kraftfahrzeugbehörde in Swansea nach. Als Besitzer des Wagens war tatsächlich ein J. Capon, The Maltings 13, Sutton eingetragen.

Die Adresse existierte sogar wirklich und wurde nun von Zivilbeamten überwacht. Die sichtbaren Zeichen waren allerdings nicht sehr verheißungsvoll. Ein Fahnder hatte sich als Postbote verkleidet vor die Tür des kleinen Reihenhauses gewagt und einen Blick durchs Fenster riskiert. Die Zimmer waren leer. Foyle folgerte, dass Rhodes das Haus als Briefkasten benutzt hatte und es jetzt wahrscheinlich nicht mehr brauchte. Dennoch wurden ein paar Leute zur weiteren Überwachung abgestellt.

Rhodes schien eine gewisse Vorliebe für den Süden Londons zu haben. Foyle zog eine Linie zwischen Croydon, wo sich Rhodes' Bank befand, und den beiden Adressen in den südwestlichen Außenbezirken der Hauptstadt. Vielleicht gab es irgendwo zwischen diesen Stationen ein weiteres Haus, vielleicht noch eine Einzelgarage, Werkstatt oder alte Scheune, wo Rhodes ungestört seine Sprengsätze bauen konnte.

Foyle beauftragte sein Team, die Datenbanken des Polizeicomputers nach den Decknamen zu durchforsten. Irgendwo musste etwas auftauchen: eine Rechnungsadresse für eine Kreditkarte, ein weiteres Autokennzeichen, ein Antrag für einen Reisepass oder eine Parkerlaubnis von einer Londoner Bezirksverwaltung.

Dann machte er sich auf den Weg zur Krisensitzung in Whitehall. Der Konferenzsaal war nicht so gut gefüllt wie am Vortag; David Cantor saß mit einer neuen Gelassenheit in der Runde und lächelte zuversichtlich.

Foyle berichtete getreulich von der Entdeckung der Autos und der beiden Adressen, spielte aber die Tatsache herunter, dass der Fahrer des roten Nissan seine Leute abgehängt hatte. Er behauptete, seine Männer seien eben erst vor Ort erschienen, als der Wagen auftauchte.

»Ich bin zuversichtlich, dass wir ihn fassen«, sagte er zum Abschluss.

»Nicht, wenn Sie so weitermachen wie heute Morgen«, fuhr Cantor dazwischen. Foyle wurde schlagartig klar, dass die Leute des MI5 ihren Funkverkehr abgehört hatten. »So viel ich weiß, ist noch nicht mal das Sondereinsatzkommando eingeschaltet worden.«

Foyle holte tief Luft. »Bei allem Respekt, Sir, aber wir haben diese Ermittlung in weniger als vierzig Stunden so weit gebracht, dass wir seinen Unterschlupf kennen, seine Autos, Decknamen und Bankkonten.«

»Das ist ja alles schön und gut, aber jetzt ist er auf jeden Fall vorgewarnt. Und wenn ich mir die Bemerkung gestatten darf, ich glaube, Sie unterschätzen die Zeit ein wenig, die Ihre Beamten vor dem Haus in Kingston verbracht haben.«

Foyle zuckte nur in philosophischem Gleichmut mit den Achseln.

Als die Sitzung vorüber war, passte er Robin Teckman an der Tür ab. »Könnte ich Sie kurz sprechen?«, sagte er.

»Natürlich«, erwiderte der Direktor des MI6. »Suchen wir uns ein ruhiges Fleckchen.«

Sie setzten sich auf eine Bank im Vorzimmer.

»Es ist nur so eine Idee von mir – ein Schuss ins Blaue«, sagte Foyle. »Wir haben Schwierigkeiten, den Anschluss herauszufinden, von dem aus Lasseur Rhodes in Großbritannien angerufen hat.« Er zog die Disketten aus der Tasche und gab sie Teckman. »Das sind die Originaldisketten, die Lindow aus Maine mitgebracht hat. Größtenteils bestehen sie aus Nachrichten, die über eine normale Telefonleitung, allerdings verschlüsselt, über den Atlantik verschickt wurden.« Er hielt inne und spürte Teckmans wachsame Augen auf sich gerichtet.

»Ich will Sie nicht in Verlegenheit bringen, Sir, aber mir ist in den Sinn gekommen, dass das Government Communication Headquarters solchen verschlüsselten Nachrichtenverkehr möglicherweise routinemäßig aufzeichnet. Falls ja, könnte man versuchen, das Material auf den Disketten mit den aufgefangenen Signalen in Deckung zu bringen. Verstehen Sie, was ich meine?«

»*Falls* es eine solche Praxis wirklich gäbe«, erwiderte Teckman, »dann wäre das theoretisch möglich.«

Foyle wusste sehr gut, dass man sich bei MI6 nicht darauf beschränken würde, die Signale zu vergleichen. Sie würden alle Dateien lesen. Sie würden erfahren, dass Cantor Operationen auf ausländischem Boden gelenkt hatte – und das war selbstverständlich das eifersüchtig verteidigte Territorium von MI6.

Er kehrte in sein Büro zurück. Er überflog das psychologische Gutachten über Rhodes, das auf seinem Schreibtisch lag. Rhodes' traumatische Kindheit, sein zwanghaftes Verantwortungsgefühl gegenüber seiner Truppe – für Foyle war das alles nichts Neues.

Er rief Frank Mundy in Boston an. »Haben Sie die Telefonleitung inzwischen finden können?«

»Nein, das ist ein absolutes Rätsel.« Die schlechte Verbindung verzerrte Mundys Stimme zu einem Krächzen. »Gestern hatten sie dort oben einen verfrühten Schneesturm, das hat die Lage nicht gerade verbessert. Das ganze Gebiet ist von der Außenwelt abgeschnitten.«

Anschließend kündigte er Lindow an, dass er zu ihm ins St. James Hotel kommen würde, um zu duschen und sich ein wenig aufs Ohr zu legen. Er hatte das Gefühl, dass er mindestens weitere vierundzwanzig Stunden nicht ins Bett kommen würde.

»In Ordnung«, sagte Lindow. »Was sollen ich und meine Gorillas solange machen?«

»Schauen Sie sich ein paar schöne Bilder in der National Gallery an, und denken Sie dabei über Axiom Day nach.«

Um fünfzehn Uhr hatte sich Kirsty Laing endlich einen Vorwand ausgedacht, um in Peter Speermans Büro vorbeizuschauen.

Dessen Sekretärin, eine füllige Frau mit einem ängstlichen Mäusegesicht, stammelte, der stellvertretende Direktor sei nicht hier. »Erst hat er mir eine Notiz hinterlassen, dass er heute Morgen mit seiner Frau ins Krankenhaus fährt. Dann ruft er an, dass er überhaupt nicht kommt, weil er in die Wallace Collection und anschließend zum Mittagessen gehen will. Mr. Cantor ist sehr verärgert, das kann ich Ihnen sagen. Ich musste sogar jemanden in die Galerie schicken, der Mr. Speerman suchen sollte. Aber dort war er nicht mehr. Das sieht ihm ganz und gar nicht ähnlich, sich so fortzumachen – und das ausgerechnet jetzt ...«

Laing fand ebenfalls, das sehe dem stellvertretenden Direktor gar nicht ähnlich.

Durch ein paar beiläufige Nachfragen fand sie heraus, dass um vierzehn Uhr eine Sitzung mit den Leitern der wichtigsten Abteilungen der Terrorbekämpfung in Cantors Büro begonnen hatte. Sie lächelte bei dem Gedanken, wie Peter Speerman zwischen Vitrinen mit Sèvresporzellan herumschlich, um Cantor aus dem Weg zu gehen. Dann dachte sie an ihre Verabredung für den Abend und überlegte, welches Restaurant sie für ihr erstes Treffen mit Brauner Eule auswählen sollte.

SIEBZEHNTES KAPITEL

»Sie sollten lieber schnell zurückkommen, Sir. Die Sache wird langsam heiß.« Forbes war am Apparat. Foyle riss sich gewaltsam aus einem tiefen Schlaf und setzte sich auf.

»Bin gleich da.« Foyle wusch sich das Gesicht und eilte zur Einsatzzentrale des Scotland Yard.

»Ein Streifenpolizist hat den Nissan gesehen!«, meldete Forbes aufgeregt. »Er konnte den Fahrer nicht richtig erkennen, aber er wusste, dass wir nach dem Auto suchen. Sieht so aus, als würde Rhodes irgendwo in der Gegend wohnen. Vor zehn Minuten haben wir nämlich die Besitzerin eines Telefonladens in Croydon befragt. Rhodes war vor vier Wochen in ihrem Laden. Er hat nichts gekauft, aber er hat sich lange beraten lassen und sich nach verschiedenen Netzbetreibern erkundigt. Zufällig hat die Frau Gefallen an unserem Freund gefunden. Deshalb hat sie sich an ihn erinnert. Sie hat ihn noch mehrere Male in der Gegend gesehen, einmal in Croydon vor einem Laden und einmal, als er vor einer Ampel wartete. Das alles in den letzten zwei Wochen und im Umkreis von wenigen Meilen.«

»Erzählen Sie mir von dem Telefonladen. Was wollte er kaufen?«

»Die Besitzerin sagt, er habe sich für ein Handy mit hundertfünfundsechzig Stunden Stand-by-Zeit interessiert – das ist fast eine Woche. Er wollte das Telefon mit einer Netzkarte kombinieren, bei der die Gesprächszeit vorab bezahlt wird.«

»Das heißt, wir können das Telefon nicht ausfindig machen.«

»Wenn wir Rhodes nicht finden, werden wir uns überlegen müssen, ob wir alle Mobilfunknetze im Gebiet von Croydon blockieren sollten. Was ihn natürlich nicht davon abhalten würde, einen Anruf über eine herkömmliche Leitung zu machen. Aber ich kann trotzdem mal mit den Telefongesellschaften reden.«

»Tun Sie das. Ich werde das mit dem Commissioner absprechen. Inzwischen soll Dick Cubbit vom Sondereinsatzkommando hierher kommen. Ich habe das dumpfe Gefühl, dass wir die Leute von SO 19 noch heute Nacht brauchen.«

Foyle wollte gerade den Commissioner anrufen, als der Apparat klingelte.

Es war Robin Teckman. »Sie hatten Recht, Commander. Tatsächlich haben wir neulich eine Reihe von verschlüsselten Signalen abgefangen. Eine dieser Nachrichten konnten wir mit einem Abschnitt auf den Disketten in Deckung bringen. Unsere Leute haben die Teilnehmernummer herausgefunden. Sie lautet 01737 55 44 744.«

»Danke«, sagte Foyle und kritzelte die Nummer mit zittrigen Fingern auf einen Block. »Tausend Dank. Ich glaube, jetzt haben wir's geschafft.«

Er rannte in die Einsatzzentrale und schubste einen Detective Constable unsanft von einem Computer weg, der Zugang zu dem nach Nummern geordneten Telefonbuch hatte. Er tippte die Nummer ein, und binnen Sekunden erschien ein Name auf dem Monitor: G. Castermayne, Pope's Farm House, Upton Pond Road, bei Caterham, Surrey.

»Alle mal herhören«, sagte er und ging zu einer Wandkarte des Großraums London. »Wir haben eine Adresse ein paar Meilen südlich von Croydon.«

»Woher?«, fragte Forbes.

»Das geht nur meinen Astrologen und mich etwas an. Wie viele Leute sind in Croydon im Einsatz?«

»Zur Zeit etwa dreißig.«

»Das Haus kann nicht mehr als zehn Minuten von Croydon entfernt sein. Wir schicken eine Einheit rüber, die das Haus erkundet – unauffällig, versteht sich. Sie sollen mal im Schritttempo vorbeifahren und schauen, ob sich dort etwas rührt.«

Foyle überlegte. »Ach ja, und irgendjemand – vielleicht Inspector Aylmer – soll eine Blockade des Funknetzes in der Umgebung koordinieren. Wenn es so weit ist, müssen alle Betreiber gleichzeitig vom Netz gehen. Außerdem brauchen wir einen Hubschrauber, vielleicht auch zwei. Wir haben Rush-Hour, und die Straßen sind dicht. Sie dürfen aber das Haus noch nicht überfliegen. Ich bin die nächsten zehn Minuten in meinem Büro.«

Eine Viertelstunde verstrich.

Dann meldete sich ein Sergeant, der gerade an Pope's Farm House vorbeigefahren war. Er rief von einer Telefonzelle an – für den Fall, dass Rhodes den Funkverkehr abhörte, erklärte er. »Das Haus steht am Stadtrand, in einer ländlichen Gegend. Von der Straße aus kann ich nicht sehen, ob es bewohnt ist.«

»Gut, bleiben Sie dort und lassen Sie alle Zufahrten zur Farm überwachen. Die örtliche Polizei soll schon einmal eine Sperre im Umkreis von einer halben Meile vorbereiten. Und benutzen Sie ruhig Ihr Funkgerät. Ich lasse diese Operation verdammt noch mal nicht von einer Telefonzelle aus steuern. Wenn Sie befürchten, abgehört zu werden, nennen Sie die Farm meinetwegen ›Fabrik‹ und Rhodes ›Mandy‹.«

Derweil war der Commissioner in der Einsatzzentrale aufgetaucht und winkte Foyle zu sich.

»Was wollen Sie unternehmen?«, fragte Urquhart.

»Kommt drauf an, ob er dort ist. Aber er hat bestimmt sein Handy bei sich.«

»Das heißt, er wird nicht nur wahrscheinlich auf meine Leute schießen, sondern kann auch noch schnell ein paar Bomben hochgehen lassen.« Foyle ahnte, worauf der Commissioner hinauswollte. »Ich habe mit dem Innenminister gesprochen. Er ist ebenso wie der Premierminister der Ansicht, man sollte das Regiment einsetzen.«

»Die Verhaftungsquote der SAS ist nicht sehr hoch, Sir. Sie würden Rhodes höchstwahrscheinlich töten, und wir brauchen ihn lebendig. Weiß der Himmel, wo er überall Sprengsätze versteckt hat.«

»Ja, aber ich kann nicht leichtfertig das Leben meiner Beamten aufs Spiel setzen.«

»Das verstehe ich, Sir, aber wir haben keine Zeit mehr. Die SAS ist in Hereford stationiert. Bis sie in Croydon sind, vergehen Stunden.«

»Sie sind bereits hier, Kenneth. In der Chelsea-Kaserne steht eine Mannschaft bereit, die nur auf den Einsatzbefehl wartet. Sie sind gestern Abend mit den zwei Ausbildern gekommen, die bei Ihnen waren.«

»Dann ist die Entscheidung also schon gestern gefallen?«

»Nein, aber wir wollten kein Risiko eingehen. Sie wissen doch selbst am besten, wie gefährlich dieser Mann ist.«

»Wer leitet das Unternehmen?«

»Sie, aber wenn es so weit ist, werden Sie den Einsatz mit Major Jackson, dem Kommandeur der SAS-Einheit, absprechen. Sie müssen eng zusammenarbeiten.«

Forbes stürmte herein. »Sie haben jemanden in dem Haus gesehen, im ersten Stock. Sie wissen aber nicht, ob es Rhodes ist.«

Foyle drehte sich rasch zu ihm um. »Bauen Sie die Straßensperren in gebührendem Abstand von der Farm auf. Kein Blaulicht, keine Sirenen. Was ist mit den Netzbetreibern? Sind sie bereit, uns zu helfen?«

»Sie hoffen, dass sie den gesamten Funknetzbereich blockieren können, aber sie sträuben sich dagegen, ganze Landesteile über einen längeren Zeitraum vom Netz abzuschneiden. Sie wollen eine genaue Uhrzeit wissen.«

»Kriegen sie, kriegen sie, aber sagen Sie ihnen, sie müssen unbedingt mitspielen.«

Der Commissioner wandte sich zum Gehen. »Ich lasse Sie dann mal lieber arbeiten. Viel Glück, Kenneth. Hoffentlich kriegen wir den Kerl.«

»Da bin ich mir sicher«, murmelte Foyle hinter dem Commissioner her.

»Was ist los?«, fragte Forbes, irritiert durch Foyles Tonfall.

»Was los ist? Das werde ich Ihnen sagen. Der Innenminister will jetzt statt der SO 19 lieber die SAS einsetzen. Ich muss Ihnen nicht erklären, was das bedeutet. Es bedeutet einen toten Terroristen und keine Antworten. Die SAS steht seit gestern in Chelsea bereit, also ist alles schon beschlossene Sache.« Er nahm einen dunkelblauen Regenmantel, ein Fernglas und einen Hut mit breiter Krempe von einem Haken an seinem Bücherregal. »Ich wäre nicht gerade überrascht, wenn Cantor dahinter stecken würde. Das Letzte, was er gebrauchen kann, ist, dass Rhodes am Leben bleibt.«

»Wird er nicht von dem Material auf den Disketten schon genügend belastet?«

»Nein, eigentlich nicht.« Foyle zerrte am Gürtel seines Regenmantels. »Sicher, das ist alles peinlich für Millbank, aber es gibt keinen Beweis, dass sie unsere Ermittlung behindert haben. Den Staatsbeamten und Politikern war immer schon klar, dass der Geheimdienst einen dreckigen Job macht, und sie würden die ganze Sache lieber vergessen.« Er streckte sich. »Machen wir weiter.«

Es war neunzehn Uhr fünfunddreißig. Vor genau zwei Wochen war ein Bus der Linie 147 in die Clarence Street eingebogen und von einer Bombe zerrissen worden.

Fünfzehn Minuten später saß Foyle im Hubschrauber. Sie steuerten eine Sportanlage einige Meilen westlich von Pope's Farm House an. Unterdessen bahnten sich die Mannschaften der Spurensicherung und der Sprengstoffabteilung einen Weg durch den Berufsverkehr. Weitere Mannschaften waren nach Sutton und Kingston-upon-Thames unterwegs.

Kirsty Laing stand auf und winkte, als Braune Eule in der Taverna Aphrodite erschien. Braune Eule verstaute eine bauchige Umhängetasche aus Leder unter der Sitzbank, dann musterte sie jeden einzelnen Tisch mit einem raschen, professionellen Blick.

Überlebensgewohnheiten, dachte Kirsty. »Das sind nur Touristen«, sagte sie. »Bis auf den Mann da drüben mit der Dame vom Begleitservice.«

»Woher wissen Sie, dass sie von einem Begleitservice ist?«

»Weil der Typ so schrecklich ist, dass keine Frau freiwillig mit ihm ausgehen würde. Er hört uns nicht – er ist zu sehr damit beschäftigt, ihren Preis für den Rest des Abends auszuhandeln. Was möchten Sie trinken, Mary – ich darf Sie doch Mary nennen?«

»Ich nehme einen Retsina und eine große Flasche Wasser.«

Der Ober tänzelte um ihren Tisch und entfaltete seinen ganzen südländischen Charme, zog sich jedoch rasch zurück, um den Wein zu holen, als sich die Mienen der beiden Frauen nicht aufhellen wollten.

»Ich habe schon mal *Mezze* bestellt«, sagte Laing. »Hoffentlich mögen Sie es.«

Mary Menihan nahm ein Radieschen aus der Gemüseschale und stupste es in Salz. »Was genau wollen Sie diesmal von mir?«, fragte sie und biss von dem Radieschen ab. »Sie haben mich darauf eingeschworen, bei Craven-Elms verspätet Bericht zu erstatten, und dafür sitze ich jetzt ziemlich in der Tinte. Was wollen Sie jetzt noch?«

»Machen Sie sich keine Sorgen«, sagte Laing. »Im Moment haben die sowieso nur Rhodes im Kopf. Sie haben irgendwo ein Haus umstellt. Angeblich ist Rhodes da drinnen.«

Mary zog die Augenbrauen hoch. »Im Ernst? Wie sind sie so schnell an die Adresse gekommen?«

»Das weiß ich nicht genau – ich erfahre überhaupt nichts mehr. Aber offensichtlich waren die Disketten sehr aufschlussreich.«

»Ja.« Mary nahm noch ein Radieschen. »Äußerst unschön von Con, mir nichts von seinem Fund zu sagen. Ich bin bei Craven-Elms wie eine Idiotin dagestanden. Aber das spielt jetzt keine Rolle mehr – eigentlich bin ich froh, dass die ganze Sache vorbei ist.«

»Wahrscheinlich ist Ihnen gar nicht bewusst, dass der MI5 aus Ihrem Einsatz Kapital zu schlagen versucht. Sie können behaupten, dass Sie die Lindows nur beschattet haben, um an Rhodes heranzukommen.«

»Stimmt ja auch.«

»Ja, aber sie wollten ihn nur zum Schweigen bringen. Hat man Ihnen gesagt, Sie sollen Rhodes töten, wenn Sie die Gelegenheit dazu haben?«

»Nicht so deutlich, und sie können auch nicht ernsthaft geglaubt haben, dass ich das tun würde. Ich kann zwar mit einer Waffe umgehen, aber solche Dinge sind mir eine Nummer zu groß.«

»Trotzdem. Der MI5 hat immerhin die Arbeit der Polizei behindert, oder etwa nicht?«

»Und wenn?«

»Das bedeutet, dass der MI5 – dass wir – die Öffentlichkeit gefährdet haben. Hier geht es einfach ums Prinzip.«

Mary machte große Augen. »Seit wann geht es in unserem Geschäft um Prinzipien? Ich bitte Sie, Kirsty, wachen Sie auf.« Ihr Spott war freundlich, und sie lächelte strahlend, was Kirsty für einen Moment aus dem Konzept brachte.

»Das gehört alles zum Spiel«, fuhr Mary fort. »Zufällig habe ich das Spiel satt, und ich habe vor auszusteigen. Weil sich das Spiel nämlich nie ändert. Das kann es gar nicht.«

»Wie lange sind Sie schon bei uns, Mary?«

»Im Herbst werden es zehn Jahre.«

»Und wie wurden Sie angeworben?«

»Ich dachte, die Geschichte ist längst durch alle Abteilungen.« Sie sah in den Regen hinaus, der auf die Autodächer trommelte. »Ich war damals mit einem Kerl namens Devlin zusammen – Richie Devlin. Er war ein Schwein, aber das wusste ich nicht, bis ein paar Leute kamen und mir erzählten, was er so machte, wenn er nicht bei mir war … prügeln, morden, junge Männer foltern. Sie baten mich, ihnen zu berichten,wen er alles traf. Ich hatte keine Skrupel mehr, nachdem ich wusste, was Richie mit seinen Opfern anstellte. Ich lebte verdammt noch mal mit einem Psychopathen zusammen. Ich kam mir so … betrogen vor und war froh, es ihm irgendwie heimzahlen zu können.

»Und das war in Irland?«

»Wir haben uns kennen gelernt, als ich gerade meinen Abschluss in Harvard machte. Dann sind wir nach Irland gezogen, und dort haben sie mich dann angeworben. Zwei Jahre später wurde Richie von der Ulster Volunteer Force erschossen. Das hat jedenfalls die Polizei gesagt. Er war in einer Telefonzelle, zehn Meilen südlich der Grenze. Für mich war das ideal. Ich spielte die trauernde Witwe, und bei den Republikanern stand ich deshalb ganz hoch im Kurs. Außerdem hat es ihnen gut in den Kram gepasst, dass ich oft in Amerika unterwegs war.«

»Sie sind Amerikanerin, oder?«

»Gewissermaßen. Mein Vater war Ire, hatte aber die britische Staatsbürgerschaft. Meine Mutter ist amerikanische Jüdin und stammt aus Ungarn. Meine Eltern haben zwanzig Jahre lang kein Wort miteinander gewechselt. Mein Vater ist vor… na, vierzehn Jahren gestorben. Ich habe ihn nie richtig kennen gelernt.«

»Was geschah nach Devlins Tod?«

»Es hat sich alles wie von selbst ergeben – ich habe nie etwas forciert. Meine neuen Freunde in Irland haben mir vertraut. Gelegentlich baten sie mich, einem Kerl in London eine Nachricht zu überbringen, ein bisschen Geld rüberzuschaffen, nichts Großes. Ich habe jedes Mal Craven-Elms erzählt, was los war, und so hat sich alles entwickelt.«

»Und über diese Freunde in Irland sind Sie an Eamonn Lindow herangekommen?«

»Nein, das war ein ziemliches Stück Arbeit. Ich habe mich regelrecht an ihn herangemacht. Aber erst als er feststellte, dass wir gemeinsame Bekannte haben, wurde er ein bisschen lockerer. Wir haben uns sogar irgendwie angefreundet, aber ich habe nie den wahren Eamonn kennen gelernt, den anderen Eamonn. Dazu beherrschte er seinen Job viel zu gut. Er ließ nie etwas von dem durchblicken, was er für die IRA tat. Er war der verschwiegenste Kerl, den ich je gekannt habe.«

»Was ist mit seinem Bruder?«

Mary sah zur Seite, aber Laing entging die Kränkung in ihrem Blick nicht. »Ich mochte ihn. Aber so, wie er sich aus dem Staub gemacht hat…«

»Verraten Sie mir eines. Im Grunde sind Sie durch und durch Amerikanerin. Sie sehen amerikanisch aus, Sie hören sich amerikanisch an. Warum arbeiten Sie für uns? Diese irischen Geschichten – das ist nicht *Ihr* Kampf. Ist es nicht sogar so, dass die meisten Amerikaner eher mit den Republikanern sympathisieren – vor allem wenn sie irisches Blut in den Adern haben?«

Menihan spielte mit einem gegrillten Käsewürfel. »Ich war einfach… entsetzt, schockiert von dem, was Devlin tat. Er hat Leute vor den Augen ihrer Frauen oder Freundinnen liquidiert. Erst ließ er sie betteln, dann brachte er sie trotzdem um. Und ich schlief jede Nacht bei diesem Kerl, weil sie mich in seiner Nähe brauchten. Ich lag wach, versuchte zu begreifen, wie er solche Dinge tun konnte. Warum er sie tat. Und irgendwann habe ich beschlossen, dass ich alles dafür tun würde, ihn zu stoppen – Männer wie ihn zu stoppen, weil sie nicht für ein Ideal kämpfen, sondern das Töten lieben. Sie töten, egal, welche Folgen es hat, wen sie damit treffen, was aus den Frauen und Kindern wird.« Sie verstummte, als der Wirt weitere Teller mit *Mezze* brachte. »Und wissen Sie was? Devlin und Rhodes sind aus dem gleichen Holz geschnitzt. Sie standen nur auf verschiedenen Seiten.«

»Und deshalb hatten Sie also mit den Republikanern Kontakt, als Sie nun drüben in den Staaten waren?«

»Natürlich. Craven-Elms wusste Bescheid. Wir mussten sehr schnell handeln, laufend improvisieren, weil sich alles so rasant entwickelt hat. Dafür hat eigentlich alles ganz gut funktioniert...«

»Welchen Auftrag hatten Sie von der IRA?«

»Ich sollte nur herausfinden, was Con wusste und woher er es wusste. Und ich hatte ja keine Möglichkeit, aus der Sache auszusteigen. Ich war in einer beschissenen Lage – keine Rückendeckung, keine Unterstützung, kein Kontakt zu irgendwem. Nur ein Typ in einer Bostoner Hinterhofwerkstatt, der mir die Waffe besorgt hat.«

»Hört sich ziemlich anstrengend an, so ein Leben als Doppelagentin.«

»Das kann man wohl sagen. Und ich musste es bis zum Ende durchziehen und die ahnungslose Begleiterin spielen. Nie wieder, das sage ich Ihnen! Aber Con ist ein verdammt süßer Kerl – noch dazu nicht auf den Kopf gefallen.« Sie trank von ihrem Wein. »Ich glaube, wir sind ein bisschen vom Thema abgekommen. Wie soll ich Ihnen helfen?«

»Sie sollen eine Aussage machen, dass wir schon vor zwei Wochen wussten, wer für die Bomben verantwortlich war. Sie sind die Einzige, die das bezeugen kann.«

»Und wozu soll das gut sein?«

»Wie ich schon sagte, es geht ums Prinzip.«

»Aber Rhodes' Verhaftung steht doch kurz bevor. Welche Rolle spielt das jetzt noch? Es ist so gut wie vorbei – außer er entwischt. Und selbst dann bringen sie ein Bild in allen Zeitungen, und er sitzt fest.«

»Es spielt sehr wohl eine Rolle, dass wir einen Auftragskiller auf unserer Gehaltsliste haben.«

Menihan schüttelte ungläubig den Kopf. »Aber *alle* lassen bezahlte Mörder für sich arbeiten, verdammt noch mal!«

»Die Briten nicht – im Allgemeinen.«

»Jetzt hören Sie aber auf. Was hat denn die SAS in Nordirland getan? Sie wissen doch von den Exekutionen.«

»Das waren Abwehrmaßnahmen, keine Exekutionen.«

»Dann eben Abwehrmaßnahmen, die zu Exekutionen ausgeartet sind. Die IRA-Kämpfer starben damals alle durch einen sauberen Kopfschuss, meist aus einer Browning, so viel ich weiß. Nur dass die Wollmasken, mit denen sie vermummt waren, keine Löcher hatten. Und wieso? Weil die Soldaten der SAS ihnen die Masken heruntergerissen, sich die Kerle genau angesehen und sie dann erledigt haben. Danach haben sie ihnen die Mützen wieder übergezogen. War nicht übermäßig intelligent, würde ich sagen.«

»Sie reden schon wie eine IRA-Sympathisantin, Mary.«

»Das ist mein altes Problem. Die ganze Sache geht mir so nahe, dass ich mit beiden Seiten mitfühlen kann. Aber ich gehöre keiner Seite an. Deshalb war ich so gut in dem Job, aber es ist auch der Grund, warum es Zeit ist, aufzuhören. Ich habe dieses ewige Gerede über die irische Sache so satt. Die ganzen hohlen Phrasen. Ich muss mein eigenes Thema finden.«

Sie brach ab und sah zu einer Gruppe bierseliger deutscher Touristen hinüber. Einer der Männer bemerkte ihren Blick und wollte sie mit einer feisten Hand an seinen Tisch winken. Sie starrte ihn feindselig an, bis er die Augen senkte. »Sagen Sie mal«, wandte sie sich wieder an Kirsty, »Sie haben doch irgendeinen Hintergedanken bei der Sache, oder? Sie wollen ein bisschen Karriere machen, oder?«

»Ich will den Geheimdienst verändern. Das klingt jetzt vielleicht scheinheilig, aber …«

»Glauben Sie das wirklich, oder wollen Sie mich nur mit der Anständigkeitsmasche ködern?«

»Beides. Ich möchte, dass Sie mir helfen.«

»Ach, was soll's! Okay, ich helfe Ihnen. Ich höre sowieso auf, also ist es im Grunde egal. Was müssen Sie wissen?«

»Erzählen Sie mir alles über die letzten zwei Wochen. Ich werde ganz bestimmt Craven-Elms nichts verraten, ich möchte nur in der Lage sein, gewisse Dinge richtig zu stellen.«

Mary trank ihren Wein aus und winkte mit der leeren Retsinaflasche in Richtung des Obers. »Also gut.«

Foyles Hubschrauber landete auf dem matschigen, regendurchweichten Sportplatz. Kurz zuvor hatten drei Armeehubschrauber ein SAS-Kommando und sechs Militärtechniker ausgespien, die nun eine große Kiste von einer der Maschinen ins Heck eines Land-Rover luden.

Foyle duckte sich im Sturm der Rotorblätter und lief zu einem Sergeant der SO 13 hinüber, der mit einem Wagen auf ihn wartete. Auf der Fahrt erfuhr Foyle, dass das Überwachungskommando beobachtet hatte, wie ein Mann im ersten Stock umherging. Dort brannten Lichter, während im Erdgeschoss die Vorhänge zugezogen waren. Das Haus war vollkommen umstellt, aber man hatte jedes Aufsehen vermieden. Einen nahe gelegenen Pfarrsaal hatte man eilig zur Einsatzzentrale umfunktioniert.

Sie fuhren über schmale, von hohen Hecken gesäumte Sträßchen einen Hügel hinauf. Pope's Farm House stand auf einem bewaldeten Kreideplateau. Ein idealer Unterschlupf für Rhodes: Die Vorstädte von London waren nur wenige Meilen entfernt, und doch gab es in dieser überraschend ländlichen Gegend kein Problem mit neugierigen Nachbarn. Drei oder vier Wege führten zur Farm, sodass Rhodes jedes Mal eine andere Route nehmen konnte. Und bis zum Autobahnkreuz Reigate Hills waren es nur zehn Minuten.

Als die Haupteinfahrt in Sicht kam, bat Foyle den Sergeant abzubremsen. Auf einem Schild stand ›Betteln und Hausieren verboten‹. Viel ließ sich durch die regenüberströmte Windschutzscheibe nicht erkennen, aber es war klar, dass Rhodes sich ein Anwesen ausgesucht hatte, von dem aus er die ganze Umgebung im Auge behalten konnte.

Sie fuhren einen weiten Bogen durch die schmalen Vorstadtstraßen, damit sie nicht ein zweites Mal an der Farm vorbeikamen, und trafen schließlich vor dem Pfarrsaal ein. In dem lang gestreckten, kahlen Ziegelbau hallte das Murmeln der Soldaten wider, die ihre Maschinenpistolen überprüften. Auf drei in Hufeisenform aufgestellten Zeichentischen waren Karten und ein Grundriss der Farm ausgebreitet. Davor stand ein hoch gewachsener Superintendent und machte viel Wirbel darum, wie man die Karten am besten ausrichten sollte. Foyle kannte den Mann noch aus seiner Zeit beim Drogendezernat – ein kleiner Pedant, der jeden Funken von Talent bei seinen Untergebenen als Bedrohung für seine Geltung ansah.

Foyle wies ihn an, die Tische zusammenzustellen und den Grundriss an der Wand aufzuhängen. Da der Plan sehr ungenau war, drang er darauf, für jedes Stockwerk einen eigenen Grundriss – mit allen Türen und Zugängen zum Haus – zu zeichnen. Als der Superintendent zu einem »Ja, aber« ansetzte, wies ihn Foyle an, die Straßen freizuhalten, die Medien abzuwimmeln und das Krankenhaus sowie die Feuerwehr vor Ort zu alarmieren.

Ein junger Mann im schwarzen Kampfanzug löste sich aus einer Gruppe Soldaten und kam auf Foyle zu.

»Major Jackson«, stellte er sich vor. Er war Mitte dreißig und hatte den weichen Tonfall eines Privatschulzöglings, aber gleichzeitig einen schneidenden Blick und das verkniffene Aussehen eines Fitnessfanatikers. »Vielleicht kann ich Ihnen mit dem Grundriss weiterhelfen.« Er deutete zum Parkplatz hinaus, wo man gerade die Kiste aus dem Land-Rover geladen hatte.

»Was ist das?«, fragte Foyle.

Er folgte Jackson auf den Parkplatz. Dort stand ein rundes Objekt, das wie eine Kreuzung aus Abzugsgebläse und fliegender Untertasse aussah, auf drei Beinen. Es hatte etwa einen Meter Durchmesser; der Rumpf war kreisförmig, mit zwei Rotoren in der Mitte. Eine Reihe Kameras waren außen an den Rumpf montiert.

»Wir nennen das Ding ›Doughnut‹ – es ist ein unbemannter Hubschrauber, der das Haus für uns erkunden kann. Er ist mit normalen und mit Infrarotkameras ausgestattet. Wir könnten auch eine leichte Maschinenpistole anbringen, wenn wir wollten, aber da verlassen wir uns lieber auf unsere eigenen Fähigkeiten.« Er lächelte humorlos.

»Kann ich mir vorstellen«, gab Foyle kühl zurück. *So musste Rhodes vor fünfzehn Jahren gewesen sein.*

Der Major schien Foyles ironischen Unterton nicht bemerkt zu haben. »Sobald die Kameras überprüft sind, kann er losfliegen. Er wird zweieinhalb Stunden in der Luft bleiben und durch die Fenster ins Haus filmen.«

»Macht er nicht einen Höllenlärm?«

»Nein. Er bewegt sich fast geräuschlos, und bei diesen Regengüssen wird niemand etwas hören. Wir schicken ihn in ein paar Minuten los, wenn Sie einverstanden sind, Sir. Inzwischen schlage ich vor, dass ich ein paar von meinen Leuten um das Haus herum verteile.«

»Noch nicht, wir machen erst eine Einsatzbesprechung. Vielleicht ist jetzt der richtige Zeitpunkt, um etwas klarzustellen, Major. Ich brauche Rhodes in Handschellen, nicht im Sarg. Haben wir uns in diesem Punkt verstanden?«

Der Major nickte. »Selbstverständlich.«

»Gut, dann werden wir jetzt in Ruhe überlegen, wann wir am besten zuschlagen. Vielleicht in den frühen Morgenstunden, aber wir werden sehen. Vorläufig besteht unser Hauptziel darin, in Deckung zu bleiben. Wenn Sie garantieren können, dass Rhodes diesen … Doughnut nicht hört, dann machen Sie ihn startklar.«

Als Foyle durch den Matsch zurück in den Pfarrsaal stapfte, standen dort vier Einheimische, die Pennel aufgetrieben hatte, um den Tisch. Sie beschrieben die Farm aus ihrer Erinnerung, und ihre Informationen wurden in die Pläne der beiden Stockwerke eingearbeitet. Ein alter Farmarbeiter erzählte von den Nebengebäuden im Süden des Hauses und der großen Scheune im Westen. Als einer von Foyles Beamten eine Luftaufnahme hervorholte, die er im örtlichen Pub entdeckt hatte, konnte ihnen der alte Mann zwei Pfade zeigen, die hinter der Scheune einen bewaldeten Abhang hinabführten.

Als die Wege mit rotem Filzstift in die detailgenaue Karte eingetragen wurden, trat Jackson zu Foyle. »Wenn er es schafft, hier herauszukommen, wird es schwierig – vor allem, wenn er sich in die Wälder schlägt.«

Foyle nickte. Sie konnten nur beten, dass Rhodes nichts merkte und irgendwann ins Bett ging. In diesem Fall hatten sie eine Chance, ihn ohne Blutvergießen festzunehmen. Aber der Commander musste ganz sichergehen. Er rief Forbes an, der im Scotland Yard die Stellung hielt.

»Ich möchte in spätestens einer Stunde die Leute vom Sondereinsatzkommando hier haben. So viele, wie Sie auftreiben können. Sagen Sie Urquhart, dass das Gelände sehr unübersichtlich ist und wir jede mögliche Fluchtroute sichern müssen. Machen Sie deutlich, dass wir die Beamten nur zur Unterstützung einsetzen werden. Dann sehen Sie zu, dass Sie selbst herkommen. Ich brauche eine ordnende Hand hier.«

»Ich fahre beim Commissioner mit. Er ruft alle paar Minuten hier an, und jetzt droht er damit, zu Ihnen zu kommen.«

»O Gott.«

Die nächste Stunde verging schnell. Jackson und der Sergeant der SAS tüftelten einen Angriffsplan aus, während drei von ihren Leuten bereits auf dem Gelände herumkrochen und über Funk berichteten. Sie bestätigten, dass sich jemand im Haus bewegte. Hinter den Vorhängen im Erdgeschoss waren Schatten zu sehen. Foyle wies sie an, fünfzig Meter Abstand zum Gebäude zu halten und auf mögliche Sprengfallen zu achten. Dann trat er an die Stirnwand des Saals und bat um Aufmerksamkeit. »Wir haben ein Haus mit einem Mann drin. Wir wissen noch nicht genau, ob es Rhodes ist. Aber die Farm wurde an einen gewissen Edward Lydd-Taylor vermietet, ein Deckname, den Rhodes benutzt. Hoffen wir, dass er im Haus bleibt – dann können wir um drei Uhr losschlagen. Da schläft er hoffentlich. Je nachdem, was dann geschieht, müssen wir vielleicht improvisieren. Zeitgleich mit unserer Aktion werden Rhodes' Schlupfwinkel in Kingston und Sutton gestürmt.«

Er legte einen Finger auf den Längsschnitt von Pope's Farm House. »Major Jacksons Männer werden an zwei Stellen ins Haus eindringen. Vier rücken mit Sturmleitern an die Nordseite vor und brechen durch dieses Fenster im ersten Stock ein. Drei kommen durch die Haustür. Der Rest seiner Mannschaft umstellt das Haus und sichert die Ausgänge. Hinter ihnen steht zur Verstärkung ein Ring bewaffneter Polizisten, dann kommen die Straßensperren. Falls Rhodes trotz alldem abhaut, haben wir Spürhunde und einen Hubschrauber in Bereitschaft.« Er drehte sich zu seinen Zuhörern um und entdeckte Forbes, der durch die Hintertür gekommen war. Foyle sah an ihm vorbei nach draußen, wo gerade zwei Land-Rover der Armee heranbrausten. Er wartete, bis die Motoren abgestellt wurden.

»Kann gut sein, dass Rhodes alle möglichen Überraschungen für uns vorbereitet hat. Wenn er uns bemerkt, wird er wahrscheinlich versuchen, mit seinem Handy seinen Sprengsatz zu zünden. Die Telefongesellschaften haben sich zu einer einstündigen Blockade des Funknetzes hier, beginnend um zwei Uhr dreißig, bereit erklärt. Schlecht ist nur, dass das Haus auf einem Hügel liegt und ein Signal zu einem weiter entfernten Sendemast durchkommen könnte. Also: Rhodes muss unter allen Umständen daran gehindert werden, ein Handy zu benutzen, weil wir uns nicht auf die Blockade verlassen können.« Er hielt inne und sah Jackson an, der nickte. »Ich betone hier noch mal, dass unser Einsatz mit einer Verhaftung enden muss. Rhodes ist lebend tausendmal wertvoller für uns als tot. Für den Fall, dass mich hier jemand für hysterisch hält, erinnere ich an Patrick Magee. Der nahm sich am fünfzehnten September 1984 ein Zimmer im Grand Hotel in Brighton. Am siebzehnten September deponierte er zwanzig Pfund Sprengstoff in Zimmer 629. Der Zünder war an einen Videotimer angeschlossen. Der Sprengsatz war volle sechsundzwanzig Tage lang scharf, bevor er schließlich explodierte und beinahe Mrs. Thatcher mitsamt ihren Parteifreunden getötet hätte. So, das ist erst einmal alles. In etwa einer Stunde gibt es ein zweites Briefing, bis dahin werden wir mehr darüber wissen, was in diesem Haus vor sich geht. Zwei von Major Jacksons Leuten bereiten sich darauf vor, ans Haus zu schleichen und Mikrofone zu legen. Wird eine riskante Sache. Ach ja, wir werden weiterhin die Farm als ›Fabrik‹ und Rhodes als ›Mandy‹ bezeichnen. Das Startsignal wird das Wort ›Sandmännchen‹ sein.«

Als die Versammlung sich auflöste, ging Foyle zu Forbes. »Haben Sie es also geschafft, den Commissioner abzuhängen?«

»Ja. Ich habe ihm klargemacht, dass er sich eine Ewigkeit die Beine in den Bauch stehen müsste, bis sich etwas tut. Er kommt später nach.«

Mittlerweile hatte sich das restliche SAS-Team um Jackson geschart. Sie waren in voller Montur, mit Sturmhaube und Maske über dem Arm. Größtenteils hatten sie 9-mm-Maschinenpistolen vom Typ Heckler und Koch umhängen, die mit Strahlern und Infrarotvisieren ausgerüstet waren. Von ihren Gürteln baumelten Munitionsgürtel und Blendgranaten. Einer hatte sogar eine Schrotflinte dabei.

Foyle rümpfte die Nase. »Wenn dieser Haufen ausrückt, gibt es garantiert Verletzte. Wir werden ein paar Krankenwagen brauchen, außerdem einen Löschzug der Feuerwehr. Falls etwas schief geht, sollen die Krankenwagen von Norden her ans Haus fahren, die Feuerwehr von Westen. Damit sie nicht durch die Gegend rasen, bevor wir fertig sind, deshalb sollen sie sich aber erst hier melden, bevor sie ihre Positionen beziehen.«

Um zweiundzwanzig Uhr dreißig hob Doughnut, die fliegende Kamera, mit einem leisen, hektischen Surren in die Dunkelheit ab. Das Gerät fand rasch sein Ziel, aber es war nicht leicht, es im Wind zu stabilisieren, und die Kamera lieferte verwackelte Bilder. Foyle ging vom Techniker, der das Fluggerät lenkte, hinüber zu Jacksons Männern. Sie hatten ein Mikrofon durch eine Terrassentür auf der Ostseite des Hauses eingeführt. Nun warteten sie, bis sie bestimmen konnten, wo sich Rhodes aufhielt. Dann wollten sie ein zweites Mikro im Ventilator des Küchenfensters anbringen. Das erste sendete einwandfrei und schickte mit Hilfe eines Verstärkers ein deutliches Signal an die Kopfhörer der SAS-Männer.

Plötzlich rief der Experte, der den unbemannten Hubschrauber lenkte: »Ich hab ihn. Er ist oben.«

Der Commander eilte an seine Seite und sah ein beleuchtetes Fenster auf dem Bildschirm tanzen.

»Können Sie das Ding nicht ruhig halten?«

»Ich könnte tiefer gehen, sodass es aus dem Wind ist, aber ich will nicht riskieren, dass sich das Licht vom Fenster auf dem Rumpf spiegelt.«

Der Techniker bewegte den Joystick ein Stückchen nach vorn, dann tippte er einen Befehl in seinen Laptop, um das Bild ganz nah heranzuzoomen. Auf dem Schirm erschien ein Mann. Er ging langsam am Schlafzimmerfenster vorbei und verließ dann den Raum.

»O Gott«, murmelte Foyle.

»Was ist, Sir?«, fragte der Techniker.

»Nichts. Halten Sie das Gerät in dieser Position.« Er winkte Forbes zu sich. »Wir haben ein Problem, aber behalten Sie es für sich. Auf Rhodes' Bett stehen ein paar Taschen. Sieht aus, als wollte er verreisen. Pennel soll bei den Fluggesellschaften nach allen Decknamen fragen, die er benutzt. Und besorgen Sie mir einen Wagen.«

Er ging zu Jackson, der einen Kopfhörer an die Ohren gepresst hielt und angestrengt auf den Boden starrte. »Das sollten Sie sich anhören, Sir«, sagte Jackson leise. »Es ist einer meiner Männer, auf der Südseite des Hauses. Er sagt, draußen ist ein Licht angegangen.«

Foyle griff zu einem Kopfhörer. »Mandy kommt heraus«, sagte die Stimme. »Nein. Er ist in der Garage. Es muss eine Verbindungstür zum Haus geben. Da ist ein Auto – sieht aus wie ein Familienkombi. Er ist jetzt im Auto. Scheiße, er fährt weg. Nein, halt, er hat den Wagen nur aus der Garage gefahren. Er hat ihn abgestellt und ist ausgestiegen. Er ist es, kein Zweifel. Jetzt ist er wieder reingegangen.«

»Ich glaube, wir sollten zum Haus vorrücken«, sagte Jackson zu Foyle. Dann wandte er sich an seine Leute. »Alle Mann in die Fahrzeuge. Ich glaube nicht, dass wir die Leitern brauchen, aber nehmt sie trotzdem mit. Ich komme in einer Minute raus.«

»Er kann noch nicht wegfahren. Er muss noch ein paar Taschen aus dem Haus holen. Sie haben also vielleicht noch ein wenig Zeit, Major.«

»Gut, aber wir sollten für alle Fälle vor Ort sein. Eine Gruppe kommt von Westen. Ich übernehme mit den anderen die Haupteinfahrt im Norden. Nennen wir sie Rote und Blaue Gruppe. Rot kommt von Westen, Blau von Norden.«

»Bleibt immer noch der Weg in Richtung Osten.«

»Darum kümmern sich die Männer im Gelände.«

»Gut, aber Sie warten auf meinen Einsatzbefehl.«

Jackson verzog das Gesicht und ging zu den Rangerovern hinaus.

Foyle griff wieder zum Kopfhörer. Er hörte einen Mann atmen. »Ich habe jetzt einen besseren Blick. Er hat ein Motorrad aus der Garage geholt – ein Geländemotorrad. Die hintere Klappe des Wagens ist offen. Kann sein, dass er das Motorrad in den Wagen laden will.«

Dann war Jacksons Stimme zu hören. »Okay. Wir werden auf dem Weg von Westen und der Zufahrt von Norden kommen. Ihr drei bezieht an der östlichen Straße Stellung. Alles mitbekommen, Basis?«

»Welche Basis, zum Teufel?«, fragte Foyle.

Einer der Techniker sah zu ihm hinauf. »Er spricht mit Hereford, Sir. Die hören alles mit. Das wird bei solchen Einsätzen immer gemacht.«

»Allmächtiger.« Foyle wandte sich an Forbes, der Doughnuts Aktivitäten beobachtete. »Sehen Sie was?«

»Nicht viel. Er hat im Erdgeschoss Licht gemacht, das ist alles. Weiß der Himmel, was er tut.«

Foyle spürte, dass ihm das Unternehmen entglitt. Er rief seine Beamten zu einer raschen Besprechung zusammen. »Sieht aus, als wollte sich Rhodes aus dem Staub machen. Wir müssen jetzt das Sondereinsatzkommando alarmieren. Falls er tatsächlich abhaut, müssen wir sofort wissen, welche Route er nimmt. Der Suchhubschrauber soll startklar gemacht werden. Ich werde mit Forbes und Kepple im Wagen auf der Straße sein, die an der Ostseite der

Farm vorbeiläuft. Wir nehmen unterwegs einen der Scharfschützen mit und halten fünfzig Meter vom Eingang entfernt. Sergeant, Sie sind dafür verantwortlich, dass ich alles erfahre, was sich im Haus abspielt. So, ich glaube, wir sollten jetzt aufbrechen.«

»Was ist mit den Telefongesellschaften?«, fragte Forbes. »Können sie ihr Netz rechtzeitig stilllegen?«

»Aylmer soll auf eine sofortige Stilllegung drängen.«

Foyle ging nach draußen zu den beiden mattschwarzen Rangerovern, die mit einer Plattform und einer riesigen Ringantenne ausgerüstet waren. Er beugte sich zu Jacksons Fenster hinab. »Gehen Sie nicht rein, bevor ich den Befehl gebe. Verstanden?«

Der Major nickte. Die beiden Rangerover rasten los. Foyle fuhr zu einer der Straßensperren. Dort hatte eine Gruppe bewaffneter Polizei Stellung bezogen. Einen Scharfschützen namens Silk, den er kannte, nahm er im Wagen mit. Als sie die Anhöhe erreicht hatten, auf der Pope's Farm House stand, hielt er hinter einer Hecke an. Durch sein Fernglas konnte er nur wenig erkennen. Es regnete in Strömen, und die Fenster beschlugen.

Pennels Stimme kam über Funk. »Commander, er hat unter dem Namen Larson einen Flug nach Bangkok gebucht. Der Flug geht in weniger als drei Stunden von Gatwick.«

»Was ist mit den Telefongesellschaften?«

»Nichts zu machen. Sie tun, was sie können, aber sie schaffen in der kurzen Zeit keine totale Stilllegung.«

»Hören Sie das alles, Major?«, sagte Foyle.

»Ja.« Jacksons Stimme klang ruhig, fast gleichgültig. Im Hintergrund heulte der Motor des Rangerover auf. »Wir müssen schnell machen, Commander. Sonst fliegt der Vogel aus.«

»Er ist wieder in der Garage«, meldete sich der Soldat, der das Farmhaus beobachtete. »Ich glaube, er macht irgendwas mit dem Motorrad. Er bückt sich.«

Foyle umklammerte das Walkie-Talkie fester. »Hat er die Taschen schon aus dem Haus getragen?«

Keine Antwort. Foyle trommelte mit den Fingern auf das Lenkrad, überzeugt, dass etwas ohne sein Wissen vorging.

»Ich muss sehen, was da los ist.« Er ließ den Wagen an und steuerte ihn ohne Licht zum Tor der östlichen Einfahrt. Dann stieg er aus, stützte sich auf das Wagendach und sah durch das Fernglas. Trotz des Regens war am nördlichen Himmel ein trüber, orangeroter Schein von den Lichtern Londons sichtbar. Plötzlich bewegte sich etwas am Ende der Haupteinfahrt. Foyle konnte die Silhouette eines unbeleuchteten Fahrzeugs ausmachen, das langsam auf das Haus zufuhr.

Was zum Teufel... Das ist Jackson! Verdammt. Er wusste genau, was in Jacksons Kopf vorging. Sobald er gehört hatte, dass Rhodes in der Garage war, hatte er beschlossen, aufs Ganze zu gehen und von der hinteren Seite an das Haus heranzukommen. Der Regen prasselte herab, und Jackson spekulierte wohl darauf, dass Rhodes die Motorgeräusche nicht hören würde. Foyle schwenkte das Fernglas zur Garage. Vor ihrem Lichtschein hoben sich der Wagen und das Geländemotorrad wie Schattenrisse ab. Keine Spur von Rhodes.

»Verdammt, er ist nicht mehr da. Forbes, warnen Sie Jackson! Rhodes hat die Garage verlassen. Er ist wieder im Haus und hört sie vielleicht kommen.«

Es war zu spät. Jackson schrie: »Sandmännchen! Los, los, los!« Die Scheinwerfer des zweiten Rangerover leuchteten durch die Bäume auf der Rückseite des Hauses. Foyle stieß einen Fluch hervor, dann zuckten drei Blitze auf, die zitternd durch sein Gesichtsfeld liefen. Er warf sich neben dem Wagen auf die Erde, und im selben Moment rollten die Druckwellen über das Gelände. Einige Sekunden lang geschah gar nichts, dann sprangen Forbes, Hardwood und Silk aus dem Wagen und riefen seinen Namen. Foyle achtete nicht auf sie. Er richtete sich auf und sah in Richtung der Farm. Es hatte drei Explosionen gegeben – eine an der Rückseite des Hauses, eine direkt vor ihm, eine dort, wo Jackson entlanggefahren war. Eine weiße Rauchsäule stieg über dem brennenden Wrack des Rovers auf.

»Er hat alle gottverdammten Zufahrten vermint«, rief er Forbes zu. »Er hat alles vermint!«

Er stürzte zum Auto, die anderen liefen ihm hinterher. Alle brüllten gleichzeitig in ihre Funkgeräte, niemand wusste, was los war oder wo sich Rhodes befand. Foyle rief Jacksons Namen in sein Walkie-Talkie – keine Antwort. »Alarmieren Sie den äußeren Ring, dass Rhodes unterwegs ist«, wies er Pennel an. »Und der Hubschrauber soll sofort kommen.«

Er legte krachend einen Gang ein und steuerte auf das Haus zu.

»Was machen Sie da?«, fragte Forbes.

»Wir finden heraus, was zum Teufel da los ist. Die Männer im Rover werden Hilfe brauchen.«

»Aber das ist doch Wahnsinn.«

Foyle achtete nicht auf ihn. Die Räder des Polizeiwagens drehten in zwei tiefen Traktorfurchen durch. Er kurbelte heftig am Lenkrad und schaffte es, den Wagen auf den Grasstreifen zu steuern, wo die Reifen einigermaßen griffen. Etwa sechzig Meter vom Haus entfernt endete der Weg in einem rauchenden Krater, den die Explosion gerissen hatte. Es gab kein Durchkommen zum Hof. Foyle stieg aus und winkte Silk, mit ihm zu kommen. Sie krallten sich an den Ranken einer Schlehdornhecke fest und stiegen am Rand des Kraters entlang. Von Zeit zu Zeit blieben sie stehen und horchten. Das Haus war nun dunkel, die Lichter in der Garage erloschen.

»Er ist weg«, flüsterte Forbes, der ihnen gefolgt war. »Er muss zu Fuß unterwegs sein.«

Sie warteten. Dann, als der Wind abflaute und die Zweige der Hecke nicht mehr raschelten, hörten sie ein Stöhnen. Forbes lief geduckt über einen Fleck versengten Grases zu einem Graben, aus dem das Stöhnen kam. Der Commander und Silk gingen in die Hocke und beobachteten den Hof.

»Hier ist ein Verletzter«, rief Forbes. »Einer der Soldaten.«

»Wie schwer?«, zischte Foyle.

»Er sagt, er hält durch. Beinverletzungen.«

»Dann bringen Sie seine Waffe mit.«

Forbes robbte über das Gras zurück und kauerte sich mit der Pistole neben die anderen. »Können Sie mit so einer Waffe umgehen, Graham?«

»Ich habe bei der Armee eine benutzt.«

»Gut. Wenn Sie ihn sehen, zielen Sie tief.«

Oberhalb von ihnen, auf der Hauptzufahrt zum Haus, stand der Rangerover in Flammen. Aus seinem Wrack kam ein seltsames Knallen wie von Böllerschüssen. Silk flüsterte, das sei die explodierende Munition. Foyle legte einen Finger auf den Mund. Aus dem Gehölz hinter dem Haus kam ein Geräusch – ein wütendes Heulen. Plötzlich knatterte Gewehrfeuer los, und eine Ladung Leuchtmunition flog in hohem Bogen über den Hof.

»Sie haben ihm im Gehölz den Weg abgeschnitten. Könnte sein, dass er jetzt hier entlangkommt.«

»Ich kann nichts sehen«, rief Forbes.

Aus östlicher Richtung kam der Hubschrauber heran. Sein Motorengeräusch wurde vom Wind weggetragen, und sie hörten es erst, als er direkt über ihnen war. Der grelle Suchscheinwerfer an seiner Unterseite strich den Weg entlang. Als Foyle sich wieder zum Haus umdrehte, sah er das Motorrad in den Hof rasen. Der Fahrer steuerte geradewegs in den Lichtstrahl.

»Feuer!«, rief Foyle.

Forbes und Silk peilten ihn an und schossen. Der Motorradfahrer schleuderte nach links und stürzte von der Maschine, die in einem Funkenregen über den Kies schlitterte. Er lag reglos am Boden. Foyle winkte und rief, sie sollten das Feuer einstellen. Der Mann hatte sich mühsam aufgerichtet und stand benommen im Licht des Suchscheinwerfers. Foyle riss sein Fernglas hoch. Es war Rhodes. Der Commander begann auf ihn zuzulaufen. Sein durchnässter Regenmantel flatterte im Wirbelwind des Hubschraubers. Forbes und Silk rannten ihm nach. Es waren nicht mehr als vierzig Meter bis zu Rhodes.

Doch der schleppte sich nun in Richtung des Hauses.

»Stehen bleiben!«, schrie Foyle durch den Lärm des Helikopters.

Auf einmal hielt Rhodes etwas in der Hand. Foyle sah, dass es keine Waffe war. Aber was zum Teufel war es dann? Ein zähes Nicht-wahrhaben-wollen lähmte seine Entschlusskraft. Dann verstand er. Er blieb stehen und streckte die Arme aus, um Forbes und Silk am Weiterlaufen zu hindern. Rhodes hob ein Telefon an den Mund. Er redete. Sprach zu jemandem, lächelte.

»Runter!«, schrie Foyle. »Auf den Boden!«

Sie warfen sich in den Schlamm. Nichts geschah. Rhodes ließ das Telefon sinken und blickte in ihre Richtung. Dann schien sich Pope's Farm House aufzublähen, und die Fenster leuchteten orangerot auf wie die Augen eines Halloweenkürbis.Die Druckwelle drang durch jede Faser von Foyles Körper. Als die Ziegel auf ihn herabregneten, drückte er sich tief in den Morast. Seine Beine zuckten unkontrollierbar, und er hörte sich einen tierhaften Schreckenslaut ausstoßen. In der Ferne donnerte der Nachhall der Explosion über das Land. Das Haus war von einer dichten Wolke aus Rauch und Staub verschluckt worden.

Rhodes hatte sich in nichts aufgelöst.

ACHTZEHNTES KAPITEL

»Was ist mit Ihnen los, Kenneth?«, fragte der Commissioner. Foyle saß ihm zusammengesunken gegenüber. »Sie haben diese Ermittlung doch erfolgreich zu Ende geführt, und trotzdem müssen Sie noch weiter Staub aufwirbeln. Andere würden sich in ihrem Ruhm sonnen, aber Sie haben nichts Besseres zu tun, als auf der SAS herumzuhacken und eine Untersuchung zu fordern.«

Foyle ließ den Redefluss ruhig über sich ergehen.

»Die SAS hat zwei Männer verloren, drei weitere liegen schwer verletzt im Krankenhaus. Es wird keine Untersuchung geben. Die Armee hat ihre Pflicht mutig und ehrenvoll erfüllt, genau wie Sie.«

»Ja, aber sie haben losgeschlagen, bevor sie den Befehl dazu bekommen haben. Wenn sie gewartet hätten, wäre es uns vielleicht gelungen, Rhodes festzunehmen. Wir hätten den Tod von drei Menschen verhindern können.«

»Ach, hören Sie doch auf, Commander. Rhodes wollte abhauen, und alle wissen das. Niemand hatte eine Wahl.«

»Aber irgendwer hat der SAS über meinen Kopf hinweg Befehle erteilt. Jetzt ist Rhodes tot, und es wird keine Untersuchung über den MI5 mehr geben. Cantor kommt ungeschoren davon.«

»Aber das ist doch nicht Ihre Sorge, Commander.«

»O doch. Der Geheimdienst hat Informationen zurückgehalten. Sonst hätten wir Rhodes schon früher aufspüren können. Also?«

Der Commissioner sah ihn verzweifelt an. »Sie sind eine verdammte Nervensäge, Foyle. Das führt doch zu nichts. Einen Geheimdienst gerichtlich verfolgen, das ist absurd. Schauen Sie, das Büro des Premierministers hat gerade angerufen und uns zu unserem Einsatz gratuliert. Nächste Woche will der Premier Ihnen persönlich danken. Was wollen Sie denn mehr? Jetzt gehen Sie heim und schlafen ein bisschen. Sie sehen fürchterlich aus.«

Aber Foyle blieb sitzen. »Wir wissen noch immer nicht, was Axiom Day bedeutet. Wir wissen nicht, was Rhodes vorhatte. Da er gestern Abend abreisen wollte, müssen wir damit rechnen, dass er seine Vorbereitungen für Axiom Day abgeschlossen hatte.«

Der Commissioner rutschte unruhig in seinem Sessel umher.

»Was hat sich über Nacht noch ergeben?«, fragte er schließlich.

»Rhodes hat die Sprengsätze in dem Haus in Kingston gebaut. In der Garage hat die Spurensicherung jede Menge Sprengstoffrückstände festgestellt, ebenso im Kombi auf der Farm. In der Wohnung in Sutton haben wir nichts gefunden. Die hat er nur als Postadresse benutzt.«

»Was ist mit seinem Werkzeug, Elektrogeräten und so weiter?«

»Er muss alles entsorgt oder in andere Sprengsätze eingebaut haben.«

»Wie steht es mit dem zweiten Wagen?«

»Der wird gerade untersucht. Rhodes hat nach einem exakten Zeitplan gearbeitet. Gestern muss er den Nissan losgeworden sein, den Kombi wollte er wohl auf dem Weg zum Flughafen zerstören. Bei einem Computer auf dem Vordersitz hatte er bereits die Festplatte mit Hammer und Lötkolben bearbeitet.«

»Gibt es etwas Neues über die Leute, in deren Auftrag er die beiden anderen Bomben gelegt hat?«

»Bis jetzt nicht«, sagte Foyle. »Der MI6 geht gerade dem Ursprung der Zahlungen an Rhodes und Lasseur nach. Es sieht danach aus, dass ihn eine Gruppe vom Kontinent beauftragt hat. Teckmans Leute arbeiten jetzt mit den deutschen Behörden zusammen.«

Urquhart sah auf die Uhr und lächelte. »Sie haben Ihre Sache gut gemacht. Sie hatten Glück, dass Sie heil davongekommen sind. Eine Explosion aus so geringer Entfernung ist nicht von Pappe – das ist ein Schock für den ganzen Organismus. Mir leuchtet ein, was Sie über Rhodes' weitere Pläne gesagt haben. Wir werden die verstärkten Sicherheitsvorkehrungen fürs Erste bestehen lassen.

Aber vergessen Sie Ihren Kreuzzug gegen die SAS und den Geheimdienst, Commander.«

Foyle erhob sich steif und ging.

Mit seinem Zweitagebart und dem schlammbespritzten, verschwitzten Anzug, den er seit zwei Tagen trug, war er sicherlich keine Zierde für sein Büro, aber er konnte es sich nicht leisten, nach Hause zu fahren und sich umzuziehen. Es gab einfach zu viel zu tun.

Auf den Fluren seiner Abteilung war es ruhiger als sonst. Die Feierstimmung, die bei der Nachricht von Rhodes' Tod ausgebrochen war, hatte sich sofort verflüchtigt, als bekannt wurde, dass auch zwei Soldaten ums Leben gekommen waren.

Foyle trottete in sein Büro. Auf seinem Schreibtisch lagen die letzten Ausgaben der Morgenzeitungen, jede mit ihrer eigenen abenteuerlichen Version der Ereignisse auf der Farm. Die Schlagzeilen lauteten: DRAMATISCHE SAS-AKTION, WILDES FEUERGEFECHT oder BERÜCHTIGTER BOMBENLEGER AUF FARM ERSCHOSSEN. Ein Boulevardblatt beschrieb, wie Rhodes eine Waffe gezogen hatte und von »maskierten Sturmtruppen der SAS« niedergemäht worden war. Wahrscheinlich war es sogar besser so, dachte Foyle. So fragte sich niemand, warum Rhodes mit einem Telefon in der Hand gestorben war.

Er warf die Zeitungen in den Papierkorb und durchlebte wieder den ganzen verunglückten Einsatz. Die Explosion, die Blitze, Rhodes im Lichtkegel des Suchscheinwerfers, wie er sich mit dem verwundeten Bein in Richtung Haus schleppte. Sein linker Arm hatte schlaff herabgehangen. Inzwischen wusste Foyle, dass sie Rhodes auf keinen Fall daran hätten hindern können, die Sprengsätze zu zünden. Niemand hatte damit gerechnet, dass sein Handy auf Stimmerkennung programmiert war. Ein Wort hatte genügt, eine Nummer anzuwählen und die Explosionen auszulösen. Ein zweites Wort mit einer zugehörigen Nummer hatte er offenbar für die Bombe im Haus eingerichtet.

Die Polizei hatte einen unkenntlichen, verkohlten Körper aus den Trümmern geborgen. Nur Rhodes konnte zu so bedingungsloser Gewalt gegen sich selbst fähig sein, dachte Foyle, nachdem er die abscheulichen Überreste gesehen hatte. Er hatte das peinigende Gefühl, von Rhodes besiegt worden zu sein.

Er stieß wütend eine Schublade mit dem Fuß zu und stand von seinem Schreibtisch auf. Aber für Selbstmitleid war jetzt keine Zeit. Er musste weitermachen und herausfinden, was Rhodes geplant hatte. Immerhin wusste er nun, wie Rhodes das Beweismaterial auf der Farm beseitigen wollte: Er hätte einfach vom Ausland aus die entsprechende Nummer gewählt, und das verlassene Haus wäre aus unerklärlichen Gründen in die Luft geflogen.

Den grauen Vauxhall Kombi hatte Rhodes wohl auf dem Weg zum Flughafen loswerden wollen, um seine Fahrt dann mit dem Motorrad fortzusetzen. Das war der Grund dafür, warum er früher als notwendig zum Aufbruch gerüstet hatte. Aber etwas an dem Kombi war Foyle aufgefallen: An den Seiten des Fahrzeugs waren Spuren von Klebstoff. Rhodes musste zur Tarnung eine Firmenschrift angebracht haben. Das war nicht gerade viel, aber immerhin ein neuer Ansatzpunkt.

Er trommelte ein paar seiner Leute zusammen und sprudelte seine Anweisungen hervor. »Die Spurensicherung soll sich die Seite des Kombis ansehen. Ich muss wissen, wie alt diese Spuren sind. Es sieht aus, als hätte jemand versucht, die Klebstoffreste abzuwischen. Machen Sie alle Schildermaler im Süden Londons ausfindig und fragen Sie, ob in letzter Zeit jemand einen grauen Vauxhall Kombi beschriftet hat. Zwei von Ihnen klappern die Floodgate Street mit dem Foto des Kombis ab.«

Er rief Nancy Longmore an. »Wo steckt Inspector Forbes?«

»Er ist schon auf dem Weg zu Ihnen. Übrigens ist er nicht mehr Inspector. Er wurde zum Chief Inspector ernannt. Die Beförderung kam gestern herein. Sie liegt auf Ihrem Schreibtisch, Sir.«

Forbes trat ein; er sah abgespannt aus.

»Das sind ja tolle Neuigkeiten«, rief Foyle. »Meinen herzlichen Glückwunsch.« Er runzelte die Stirn. »Was ist los, Chief Inspector?«

»Nichts – ich bin einfach hundemüde.«

Bevor Kirsty Laing ihr Büro verließ, sah sie sich noch einmal wehmütig um. Vielleicht würde sie es nie wieder sehen. In Cantors eleganter Bürosuite hatte am Morgen eine Sitzung stattgefunden, eine Versammlung seiner Anhänger, die nun sehr zahlreich waren. In den letzten beiden Tagen hatte zwar der eine oder andere taktisch geschickt ein paar Zweifel an Cantor in die Unterhaltungen eingestreut, doch seit Rhodes' Tod war all das vergessen. David Cantor hatte überlebt und strotzte nur so vor frischem Selbstvertrauen, dass seine Wangen glühten.

Niemand von Kirstys Kollegen war so plump, lauthals zu triumphieren. Aber sie sah die Erleichterung in der Körpersprache der Abteilungsleiter, hörte sie aus den eifrigen Fragen über zukünftige Projekte heraus; all das waren verschlüsselte Zeichen der Loyalität. Kirsty entging auch nicht, dass sie während der Sitzung kaum jemand ansah. Beim Hinausgehen sprach niemand mit ihr. Selbst Speerman würdigte sie keines Blickes. In einer Herde von Leisetretern hatte man ihre Opposition instinktiv gespürt. Für ihre Kollegen war Kirsty erledigt.

Sie machte sich auf den Weg zu einer Freundin und holte das Foto ab, das sie vor zwei Tagen dort deponiert hatte. Dann rief sie von einer Telefonzelle aus Mary Menihan an.

»Gilt unsere Abmachung noch?«, fragte sie. »Ich verwende Ihre Aussage nicht, wenn Sie es nicht wollen.«

»Doch, nur zu«, sagte Mary. »Meine Kündigung ist schon unterwegs. Per Eilbote.«

»Soll Commander Foyle denn Lindow die frohe Botschaft überbringen, oder wollen Sie selbst mit ihm Kontakt aufnehmen?«

»Ich weiß nicht. Ich habe zwar das Gefühl, wir müssten miteinander reden, aber ich bin mir nicht sicher, ob wir beide schon so weit sind.«

»Gut, dann überlasse ich das Ihnen. Wir sehen uns.«

»Ja, sehr gern.«

Fünfzehn Minuten später stand Kirsty vor den Büros der SO 13. Foyle holte sie an der Sicherheitstür ab. »Ah – ich dachte mir schon, dass Sie es sind. Sagen Sie mir diesmal Ihren Namen?«

»Kirsty Laing«, erwiderte sie lächelnd. »Wir müssen noch eine Sache zu Ende bringen, Commander.«

Sie gingen in Foyles Büro, wo Kirsty wortlos Rhodes' Foto auf den Schreibtisch legte.

Der Commander sah sie verblüfft an. »Was ist das? Ich meine, ich weiß, dass das Rhodes ist, aber woher stammt das Bild?«

»Ich sagte Ihnen doch, wir hätten einen Beweis dafür, dass Rhodes am dreiundzwanzigsten Oktober in der Clarence Street war. Hier stehen Datum und Uhrzeit. Es stammt von unserem neuen Überwachungssystem, das wir Weegee nennen. Wir hatten das Bild schon wenige Stunden nach der Explosion. Es war im Computer gespeichert, ist aber wahrscheinlich längst gelöscht worden.«

Dann zog sie Marys zweiseitigen Bericht aus einem Kuvert. »Und hier ist Mary Menihans Aussage. Sie sollte verhindern, dass Informationen von Con Lindow aus den Staaten zu Ihnen gelangten. Ein Glück, dass Lindow ihr damals nichts von den Disketten erzählt hat.«

»Warum geben Sie mir das alles?«

»Wenn Sie keine Verwendung für das Material haben, werde ich damit zum Innenminister gehen.«

»Sie haben mich falsch verstanden, Ms. Laing. Ich meinte – warum tun Sie das alles?«

»Weil ich nicht will, dass meine Kollegen damit durchkommen. Bei der Operation von gestern Abend war doch etwas faul – und Sie haben jetzt ein Riesenproblem am Hals. Ian Rhodes hat sich schließlich nicht so lange in Croydon herumgetrieben, um sich von der SAS erschießen zu lassen. Er muss einen Grund gehabt haben, zu bleiben.«

»Das denke ich auch«, sagte Foyle.

»Also – Sie können das Material verwenden, wie Sie es für richtig halten, aber sagen Sie mir Bescheid, bevor Sie die Bombe platzen lassen, ja?«

»Ich werde noch mit Mary Menihan sprechen müssen. Die Sache kann Sie beide Kopf und Kragen kosten, und ich finde, man muss sie zumindest schonend darauf vorbereiten.«

»Wenn es geht, würde ich Mary Menihan gern heraushalten. Sie ist eine ungewöhnlich tapfere Frau. Sie hat jahrelang verdeckt in der IRA ermittelt und stand in den letzten vierzehn Tagen unter enormem Druck. Ich will sie nicht noch in zusätzliche Schwierigkeiten bringen.«

»Kann ich verstehen. Weiß eigentlich Lindow über Mary Bescheid – über ihre Rolle?«

»Nur teilweise, aber ich finde, Sie sollten ihn ein bisschen aufklären. Die beiden mochten sich. Es wäre ein Jammer, wenn es nach allem, was sie zusammen durchgemacht haben, zu keiner Versöhnung käme.«

»Ich hätte nicht gedacht, dass ich einmal ein führendes Mitglied von MI5 Amor spielen sehe.«

»Wussten Sie das nicht? Heimliches Verkuppeln und verdeckte Versöhnung sind unsere Spezialgebiete.« Sie lächelte ihm zu und wandte sich zum Gehen. »Viel Glück, Commander… ich könnte selbst ein wenig davon gebrauchen.«

»Ich wünsche Ihnen alles Glück der Welt, Ms. Laing.«

Um sechzehn Uhr gab Foyle eine Pressekonferenz. Er appellierte an die Öffentlichkeit, sich mit Informationen über Rhodes zu melden. Hatte ihn zum Beispiel jemand in einem Elektroladen beobachtet? Er erwähnte zwar die Telefone nicht ausdrücklich, warnte aber davor, dass Rhodes noch irgendwo einen Sprengsatz versteckt haben könnte. Zuletzt dankte er für die Unterstützung von privater Seite, womit er Con Lindow meinte. Nur wenigen Reportern fiel auf, dass die Standardfloskel über die gute Zusammenarbeit mit dem Geheimdienst fehlte.

Foyle eilte vom Presseraum in sein Büro zurück, wo er in Boston bei Frank Mundy und Peter Varrone anrief, um sich bei ihnen zu bedanken. Mundy erzählte ihm, dass sie das Rätsel um Lasseurs unsichtbare Telefonleitung endlich gelöst hatten.

»Der Kerl hat keine normale Telefonleitung benutzt«, erklärte er. »Gestern, als das Eis zu schmelzen begann, haben wir ein Kabel verfolgt, das zur Spitze eines Hügels führt. Wir haben ein speziell umgebautes Handy in direkter Sichtlinie zum Sendemast der Telefongesellschaft gefunden. Die Hütte war für drei getrennte Anschlüsse verkabelt, Lasseur konnte also über drei verschiedene Leitwege telefonieren. Deshalb ließ sich auch keine Nummer herausfiltern, die er öfter angewählt hat – eigentlich brillant. Jetzt haben wir eine ganze Liste von Telefonnummern, aber das ist jetzt vermutlich nicht mehr so dringend.«

Es ging auf achtzehn Uhr zu, und draußen war es dunkel geworden, ohne dass Foyle es bemerkt hatte. Er schleppte sich zur zweiten Lagebesprechung dieses Tages.

Bevor er auf seinem Stuhl eindöste, hörte er noch, dass der Klebstoff auf dem grauen Kombi tatsächlich erst ein oder zwei Tage alt war. Forbes marschierte mit einem Papier in der Hand auf ihn zu, als wollte er ihm eine wichtige Nachricht überbringen, und der Commander schrak hoch.

»Sie müssen sich ausruhen«, flüsterte Forbes und berührte ihn an der Schulter.

Foyle protestierte mit bleierner Zunge, ließ sich aber von seinem Assistenten zur Tür führen. Als er durch die Reihen ging, begleitete ihn gedämpfter Applaus.

Am nächsten Tag wachte er erst am Spätvormittag auf und fühlte sich wie gerädert. Als er letzten Abend nach Hause gekommen war, da war ihm June begegnet. Sie hatte mit ihrer ungeöffneten Post im Flur gestanden, hatte ihm mit dem Handrücken über die Wange gestrichen, ihm einen Kuss gegeben und ihm ein Bad einlaufen lassen. Sie sprach kaum ein Wort und sah verändert aus. Sie war schlanker geworden und schien sich von einer Frau mittleren Alters wieder in eine energiegeladene Mittdreißigerin verwandelt zu haben.

Es war keine Halluzination gewesen. Sie war wirklich da. Foyle hörte das Radio aus der Küche. Er ging ins Bad, und als er zurückkam, stand June mit einer Tasse Tee im Schlafzimmer. Er setzte sich aufs Bett und trank.

»Wie geht's dir?«, fragte sie strahlend.

»Arbeit.« Das war bei ihm der Urzustand, keine bloße Tätigkeit.

»Musst du heute ins Büro?«

Foyle nickte. »Wann bist du zurückgekommen?« Die Atmosphäre war angespannt, wie immer, wenn sie längere Zeit getrennt gewesen waren. Wenn sie sich nicht ständig – oder wenigstens regelmäßig – sahen, verlernten sie miteinander umzugehen, mussten sich erst wieder neu kennen lernen.

»Gestern Abend um halb sieben. Musst du wirklich ins Büro? Ich hatte gehofft, wir könnten miteinander reden.«

Etwas in ihrem Ton beunruhigte Foyle. Er sah sie prüfend an. »Worüber?«

»Über uns, Ken. Aber jetzt ist keine gute Zeit dafür. Ich weiß, du bist sehr beschäftigt – ich habe dich gestern Abend in den Nachrichten gesehen.« Sie holte tief Luft. »Ich glaube, wir sollten es mit einer Trennung versuchen.«

»Das haben wir doch gerade getan. Drei Monate lang.«

»Ja, aber diesmal ist es etwas anderes.«

Er sah sie an und wusste, was nun kommen würde. Ihr jugendlicher Körper, das Strahlen in ihrem Gesicht verrieten ihm alles.

»Ich habe mich verliebt.«

»Na toll. Das hat mir gerade noch gefehlt. In wen?«

»Es hat mich so plötzlich getroffen, dass ich gar nicht weiß, wie ich damit umgehen soll. Ich liebe dich nicht weniger, ich respektiere dich nicht weniger. Es ist nur so, dass ich Zeit brauche, um mir über alles klar zu werden. Im Moment weiß ich gar nichts mehr.«

»In wen?« Er war jetzt wütend, aber auf sich selbst – er hatte nichts dagegen getan, hatte es nicht einmal kommen sehen.

»Dr. Hussan.«

»Der Archäologe? Den wir bei diesem langweiligen Dinner getroffen haben?«

»Ja, aber das hat sich alles erst in den letzten Wochen entwickelt. Ich habe es nicht darauf angelegt, Ken. Aber du bist immer so … beschäftigt. Ich dachte, ich muss mir etwas Eigenes suchen, wenn Katherine aus dem Haus ist. Als es dann passiert ist, wurde mir klar, was ich wirklich vermisst habe – Zuneigung, Gesellschaft. Du kannst dir gar nicht vorstellen, wie einsam ich mit dir war, Ken. Deine Arbeit ist eine Geliebte, mit der ich nicht konkurrieren kann.«

Foyle trank seinen Tee und dachte grimmig darüber nach, dass sich solche Eheszenen immer in derselben unglaublich stupiden Sprache abspielen. Man warf sich die größten Platitüden an den Kopf in der festen Überzeugung, etwas gänzlich Neues, tief Schürfendes zu sagen. »Hast du schon mit Katherine darüber gesprochen?«

»Nein, ich dachte, das sollten wir gemeinsam tun. Wir könnten am Samstag zu ihr fahren und ihr alles erklären.«

»Was erklären?«

»Na ja, es ist ja nicht einfach so, dass ich davonlaufe. Da hängt eine lange, lange Geschichte dran. Sie soll verstehen, dass wir ein paar Schwierigkeiten haben und eine Weile versuchen, getrennt zu leben, dass es aber nicht endgültig so bleiben muss.«

»Das wird sie dir nie abnehmen, und ich glaub es auch nicht, wenn ich's mir recht überlege.«

»Aber ich glaube es«, sagte June und sah ihn entschlossen an. »Ich muss mir einfach erst über alles klar werden. Ich wollte es dir aber auch nicht verheimlichen. Ich wollte offen sein.«

»Und schläfst du mit ihm?«

»Ja«, sagte sie trotzig. »Wir haben miteinander geschlafen.«

»Dann ist es jetzt eben vorbei. Basta.«

»Sei um Himmels willen nicht so kindisch, Ken.«

Das Telefon läutete. »Lass es«, blaffte er.

Sie hob ab. »Es ist Graham Forbes.«

»Nicht jetzt.«

»Sei nicht albern, Ken. Es könnte dringend sein.« Sie hielt ihm den Hörer hin.

»Ja«, sagte er gereizt.

»Störe ich? Tut mir Leid. Ich wollte Ihnen nur ausrichten, dass um halb eins eine Sitzung im Cabinet Office stattfindet. Soll ich Sie entschuldigen?«

»Nein, ich komme. Können Sie einen Wagen schicken? Danke.«

June nahm ihm den Hörer aus der Hand und legte auf.

»Ich muss wirklich gehen«, sagte er.

»Daran bin ich gewöhnt.« Sie erhob sich seufzend vom Bett. »Wir besprechen dann alles am Wochenende.«

»Bist du heute Abend nicht hier?«

»Nein. Ich wohne bei Freunden.«

»Du meinst bei Hussan.«

»Nein. Er ist nicht einmal im Lande. Hör zu, wir treffen uns am Samstag und fahren zu Katherine.«

Sie ging nach unten. Foyle duschte und rasierte sich, ohne zu wissen, was er tat.

Junes nüchternes Resümee ihrer Ehe traf ihn erst rund eine Stunde später mit voller Wucht, als er in der Rush-Hour an der Themse entlangkroch. Er sah Dr. Hussans öliges Lächeln vor sich und knallte den *Daily Telegraf* auf den Rücksitz. Alex sah schuldbewusst in den Rückspiegel und meinte, er wüsste leider keine Ausweichroute.

Im Scotland Yard angekommen, schloss Foyle seine Schreibtischschublade auf, nahm Rhodes' Konterfei und Marys Bericht heraus und steckte beides in seine Jackentasche – für alle Fälle. Dann machte er sich auf den Weg zum Cabinet Office. Als er den Sitzungssaal betrat und seinen gewohnten Platz ansteuerte, sah Sir Derek erfreut auf und riss sich die Lesebrille von der Nase. »Willkommen, Commander Foyle. Zunächst einmal möchte ich Ihnen für Ihren Einsatz danken. Da sich aber, wie ich höre, noch nicht alle Probleme erledigt haben, habe ich Sie heute Vormittag zu uns gebeten.«

Während Sir Derek sprach, schielte Foyle zu Cantor hinüber, der am Tischende saß. Er würde seinen Posten behalten. Zweifellos hatte er auf dem Schlachtfeld Whitehall ein wenig an Boden verloren. Vielleicht hatte er sogar einen Anpfiff vom Premierminister bekommen. Und dass Rhodes in Cantors Auftrag zwei Waffenhändler liquidierte, hatte sicherlich Kopfschütteln hervorgerufen, aber mehr auch nicht. Nichts würde sich ändern. Cantor war wieder zu seiner alten Form aufgelaufen und wirkte so unerschütterlich wie eh und je.

Foyle erhob sich. »Danke, Sir. Ich möchte mich meinerseits für die unschätzbare Hilfe durch den MI6 bedanken. Ich glaube, ohne diese Hilfe würden wir immer noch im Dunkeln tappen. Mit der Operation vom Dienstag bin ich allerdings nicht sehr glücklich.

Wir haben jetzt einen Terroristen im Leichenschauhaus und viele offene Fragen. Eine wäre zum Beispiel: Warum blieb Rhodes fast vierzehn Tage länger hier, als es nötig gewesen wäre? Nach allem, was ich über diesen Mann weiß, denke ich, dass er das Land verlassen wollte, nachdem er alles für Axiom Day geplant hatte. Vielleicht sind wir noch Monate von einem Anschlag entfernt, vielleicht aber auch nur Stunden. Wir wissen es nicht. Dass Rhodes jetzt tot ist, ist für die Ermittlungen eine Katastrophe.« Er setzte sich.

Sir Derek sah David Cantor an. »Wie schätzen Sie die Lage ein?«

Foyle konnte es nicht fassen, dass Cantor nach seiner Ansicht gefragt wurde, und stieß ein ungläubiges Knurren aus.

»Ich sehe das völlig anders. Wir haben keinerlei nachrichtendienstliche Erkenntnisse, die auf einen solchen posthumen Anschlag hinweisen.«

»Ich rede nicht von nachrichtendienstlichen Erkenntnissen«, schoss Foyle zurück. »Ich rede von Beweisen – davon, dass Rhodes' Mobiltelefone und Sprengstoffvorräte irgendwo geblieben sein müssen, dass er sich nach seinen Anschlägen nicht gleich davongemacht hat.«

»Aber das sind doch keine Beweise«, entgegnete Cantor. »Es sind einfach Wissenslücken. Es gibt viele plausible Erklärungen für Rhodes' verspätete Abreise. Kein Attentäter oder Terrorist, der etwas von seinem Handwerk versteht, verlässt das Land sofort, nachdem eine Bombe hochgegangen ist. Er hält ein paar Tage still, dann reist er in aller Seelenruhe ab. Wir wissen, dass Rhodes diese Zeit zum Aufräumen nutzte, um möglichst wenig Spuren zurückzulassen.« Cantors Stimme nahm einen versöhnlichen Ton an. »Commander Foyle hat zweifellos Recht, wenn er zur Wachsamkeit mahnt – das ist die Pflicht des Polizeibeamten. Aber nicht einmal Major Ian Rhodes kann vom Jenseits aus Bomben zünden.«

Er schloss mit einem leisen, selbstzufriedenen Lächeln. Foyle sprang wütend auf, dann riss er sich zusammen und fixierte Cantor nur mit einem feindseligen Blick. »Sie werden mir verzeihen, Sir«, wandte er sich dann an Sir Derek, »ich bedaure, aber ich halte die Ansichten von Mr. Cantor für eher unerheblich. Und zwar deshalb, weil er volle vierzehn Tage lang alles getan hat, um zu verhindern, dass der Name Rhodes in den polizeilichen Ermittlungen auftaucht. Stattdessen hat er darauf gedrängt, Dr. Lindow weiter festzuhalten. Dabei wusste er die ganze Zeit, dass sich Rhodes zur Tatzeit in der Clarence Street aufhielt.«

»Das ist eine glatte Verleumdung, Commander. Dafür haben Sie keinen Beweis.«

»Doch, den habe ich.« Foyle zog das Foto aus seiner Brusttasche und faltete es auf. »Dieses Foto von Rhodes stammt vom Geheimdienst. Es wurde am dreiundzwanzigsten Oktober aufgenommen und noch am gleichen Abend bei einer Krisensitzung verteilt.«

Als er das Foto in die Höhe hielt, reckten alle die Hälse. »Sie können sich selbst ausmalen, wo wir heute stünden, wenn wir die Verfolgung von Rhodes an jenem Mittwoch aufgenommen hätten.«

Auch Cantor war aufgesprungen und stützte sich mit gespreizten Fingern auf der Tischplatte ab. Er war bleich, und eine Haarsträhne klebte an seiner Stirn. »Es ist doch belegt, dass wir monatelang hinter diesem Mann her waren. Natürlich hatten wir sein Bild bei den Akten, und logischerweise haben wir es nach dem Anschlag aus unserem Archiv abgerufen. Das wird durch Datum und Uhrzeit angezeigt – der Zeitpunkt, zu dem wir das Bild abgerufen haben.«

»Netter Versuch«, sagte Foyle. »Ich würde Ihnen ja gerne glauben, aber leider spricht zu viel für meine Version. Erstens wurde dieses Bild von dem geheimen Überwachungssystem Weegee aufgenommen, das automatisch die Gesichter bestimmter Personen in einer Menschenmenge erkennt. Rhodes wurde wenige Minuten nach der Explosion in der Clarence Street fotografiert – das und nichts anderes zeigt die Datumszeile. Zweitens habe ich zwei Zeugen, die aussagen können, dass die Führung des MI5 Rhodes schon länger im Verdacht hatte. Aber der Polizei hat sie keinen Ton davon gesagt.«

Sir Derek versuchte Foyle mit einer Handbewegung das Wort abzuschneiden, aber der hatte die Stimme erhoben. »Das alles läuft darauf hinaus, Sir, dass Sie, Mr. Cantor, und Ihre Kollegen, sich nach Paragraph 18 des Gesetzes zur Verhinderung terroristischer Gewalt strafbar gemacht haben. Sie haben Informationen zurückgehalten, von denen man weiß oder annimmt, sie könnten zur Ergreifung eines Terroristen führen.«

»Das reicht«, unterbrach ihn Sir Derek. »Sie haben Ihren Standpunkt vorgebracht, Commander. Das hier ist eine Sitzung, kein Tribunal. Sicher hat der Geheimdienst eine angemessene Erklärung für all das. Inzwischen nehme ich zur Kenntnis, dass wir Ihrer Ansicht nach mit einem weiteren Anschlag rechnen müssen, und werde die Sicherheitsvorkehrungen vorläufig noch nicht aufheben. Das ist dann alles. Ich danke Ihnen.«

Foyle hörte die Uhr auf dem Kaminsims ticken. Er hatte sie nie zuvor bemerkt, aber es war auch noch nie so still im Raum gewesen. Ringsum sah er entsetzte Mienen. Sir Derek hatte sich in seine Papiere vergraben, Adam Durie hatte die Hand an die Stirn gelegt und schüttelte den Kopf, und der Vertreter des Nordirlandministeriums hatte ein interessantes Insekt an der Zimmerdecke erspäht. Einzig Robin Teckman wirkte nicht verlegen. Er saß mit dem Zeigefinger an den Lippen da und sah Cantor prüfend an. Foyle ging langsam zur Tür.

Noch bevor er das Cabinet Office verlassen hatte, wurde ihm klar, dass er zu weit gegangen war. Egal, was Cantor getan hatte – er hatte einen Affront begangen und damit gegen die feinen Sitten von Whitehall verstoßen. Hier war alles eine Frage der Etikette. Man hatte nichts dagegen, sich mit Mördern an einen Tisch zu setzen, solange sie das Messer richtig hielten.

Foyle machte sich zu Fuß auf den Weg. Der Wind, der wie eine milde, feuchte Meeresbrise über den Platz strich, blies ihm ins Gesicht. Er fühlte sich befreit.

In der Nacht zum neunten November wälzte sich Peter Speerman schlaflos in seinem Bett. Schließlich stand er noch vor Morgengrauen auf und führte den Dackel seiner Frau spazieren; er konnte den Hund nicht ausstehen, der das ganze Haus wach zu bellen pflegte, wenn man ihn nicht mitnahm.

Während er durch die leeren Straßen in Richtung Kensington Gardens trottete und der Hund seine Leine um jedes erdenkliche Hindernis wickelte, stieg eine unbestimmte Angst in Speerman auf. Er wusste, dass es am Vortag im Cabinet Office einen Skandal gegeben hatte, aber nicht, was genau passiert war. Cantor hatte bei seiner Rückkehr nur angedeutet, dass jemand internes Material weitergegeben hatte und dieser Jemand vermutlich Kirsty Laing war, die vorerst vom Dienst suspendiert werden würde. Cantor hatte deutlich gemacht, dass er Speerman die Schuld an Laings Aufstieg und damit auch an ihrem Verrat gab.

»Finden Sie heraus, was sie getan hat«, war er Speerman über den Mund gefahren, als der widersprechen wollte. Dann hatte er ihn mit einer Handbewegung aus dem Zimmer gescheucht.

Kirsty war nicht im Büro gewesen, und ihre Privatnummer war ständig besetzt. Niemand wusste, wo sie steckte. Rory Fuller und Angus Grove hatten wütend bei Speerman angerufen.

»Was kann ich denn dafür?«, hatte er trotzig gefragt.

»Sie haben doch diese frigide Bürokratenlesbe gefördert. Und jetzt tut sie ihr Möglichstes, um uns alle zu ruinieren.«

Voll düsterer Gedanken schleifte Speerman den Hund zur nächsten Telefonzelle und wählte Kirstys Nummer.

»Ach Sie, Peter«, sagte sie, ohne überrascht zu wirken.

»Was ist los, Kirsty? Alle haben gestern nach Ihnen gesucht. Wo zum Teufel haben Sie gesteckt?«

»Im Innenministerium.«

»Im Innenministerium? Wieso?«

»Das kann ich am Telefon nicht sagen.«

»Können wir uns treffen?« Er merkte, wie verzweifelt er klang. »Ich gehe gerade mit dem Hund spazieren. Was halten Sie davon, wenn wir irgendwo einen Kaffee trinken?«

»Hat das nicht noch ein bisschen Zeit?«

»Nein. Ich will endlich wissen, was hier gespielt wird.«

»Gut. Dann treffen wir uns um acht Uhr im *Pret à Manger* bei der U-Bahnstation Marble Arch.«

Speerman eilte nach Hause, schubste den Dackel zur Tür hinein und bestellte sich ein Taxi nach Marble Arch. Dort wartete

Kirsty an einem der Stehtische am Fenster. Sie kam ihm größer vor, als er sie in Erinnerung hatte, eleganter und selbstbewusster. Ohne sich mit einer Bestellung aufzuhalten, kletterte er auf den Hocker neben ihr.

»Guten Morgen«, sagte er und versuchte einen lockeren Ton anzuschlagen – Verschwörer unter sich. »Also, was gibt's Neues?«

Kirsty stellte ihre Kaffeetasse ab. »Ich bin froh, dass wir uns unter vier Augen unterhalten können. Also ich möchte auf jeden Fall, dass Sie bleiben, Peter, allerdings nicht als stellvertretender Direktor. Andreas Guthrie von der D-Branch hat sich bereit erklärt, mein Stellvertreter zu werden. Und Sie werden auch eine neue Aufgabe bekommen. Nach dieser Affäre werden wir das Vertrauen der Leute zurückgewinnen und uns glaubwürdig in der Öffentlichkeit präsentieren müssen. Ich möchte, dass Sie unser Gesicht in den Medien sind, Peter. Was das Verhältnis zu mir angeht, stelle ich mir die Position eines Sonderberaters für Sie vor.«

»Aber… ich verstehe nicht…«, stotterte Speerman.

Laing lächelte. »Ach so! Tut mir Leid, ich dachte, Cantor hätte Ihnen inzwischen Bescheid gesagt. Er ist gestern Abend zurückgetreten – oder hat vielmehr beschlossen, in den vorzeitigen Ruhestand zu gehen. Es ist wohl das Beste so. Die Presse wird erst nächste Woche informiert.«

Sie trank ihren Cappuccino aus. »Ach, fast hätte ich es vergessen. Wie geht es Ihrer Frau? Schon wieder besser, nehme ich an.«

»Äh…? Ja, ja, natürlich, es geht ihr wieder gut. Tja, dann… sollte ich… wohl gratulieren.«

»Danke, Peter. Ich weiß, ich kann auf Ihre volle Unterstützung zählen.«

NEUNZEHNTES KAPITEL

Foyle versuchte den ganzen Freitag, seine Leute zu motivieren, beim Fall Axiom Day am Ball zu bleiben, aber es gab wenig, woran sie sich festbeißen konnten. Von Rhodes' Sprengstoff war keine Spur zu entdecken, und es erwies sich als unmöglich, zurückzuverfolgen, wo er seine Handys gekauft hatte. Foyle wiederholte beharrlich und nicht zuletzt für sich selbst, dass von dem Toten, der im Leichenschauhaus von Croydon aufgebahrt war, immer noch eine sehr reale Gefahr ausgehe. Immerhin hatte er den Commissioner dazu gebracht, bei den zwei Paraden am Wochenende die Sicherheitsmaßnahmen zu verschärfen. Kaum ein Beamter in Südengland bekam am Gedenktag für die Kriegsopfer frei, und die Londoner Polizei ging die gesamte Route der Lord Mayor's Parade ab, überprüfte Autos und durchsuchte leer stehende Gebäude.

Nach Foyles Ausbruch im Cabinet Office hatten sich seine Beziehungen zur Chefetage wieder merklich abgekühlt. Am frühen Nachmittag war er ins Büro des Commissioners bestellt worden. Urquhart hatte ihm von Cantors Rücktritt berichtet und ihm anschließend eine Standpauke gehalten. Während der Commissioner vor ihm auf und ab rannte, hatte Foyle alles stoisch über sich ergehen lassen. Er dachte an June und den schweren Besuch in Bristol, der ihm bevorstand – ein Ausflug, der ihn mit größerer Furcht erfüllte, als es Urquharts Drohungen je vermocht hätten.

Später am Nachmittag betrat Sergeant Pennel mit einer kleinen Holzkiste im Arm Foyles Büro. »Sie haben offenbar einen Fan, Sir. Da ist wahrscheinlich eine Flasche drin.«

»Dann schütteln Sie sie nicht, Mann. Kein Getränk wird durch Schütteln besser.«

»Außer Martini, Sir. Übrigens ist Con Lindow auf dem Weg zu Ihnen.«

»Bitten Sie ihn, vorher noch seine Aussage über die Geschichte in Maine zu machen. Sonst macht die dortige Polizei einen Mordfall draus.«

»Was ist mit Miss Menihan? Könnten wir nicht warten und die Aussagen der beiden zusammen aufnehmen?«

»Nein, sie wird nicht vor neunzehn Uhr kommen. Fangen Sie mit Dr. Lindow an und führen Sie ihn anschließend zu mir. Und, Pennel, sagen Sie keinem der beiden, dass der andere da ist, in Ordnung?«

Der Sergeant nickte und entfernte sich. Foyle öffnete die Kiste. Eine Magnumflasche Champagner kam zum Vorschein, dazu eine Notiz: »Auf eine neue Ära der Zusammenarbeit. Alles Gute und vielen Dank, Ihre K. L.« Die Flasche war gekühlt. Das kommt genau zum rechten Augenblick, dachte Foyle und lächelte.

Dreitausend Meilen entfernt kam FBI Special Agent Ralph Catergue endlich auf dem kahlen, windgepeitschten Gipfel eines namenlosen Hügels in Maine an. Von der Hütte aus, die in Luftlinie nur eine Meile entfernt lag, hatte er sich durch schlammige Tümpel und dichtes Unterholz kämpfen müssen. Der Ausflug war nicht unbedingt notwendig, aber Cartergue wollte noch die letzte der Telefoninstallationen persönlich in Augenschein nehmen, bevor sie – wie die anderen beiden – abgebaut würde.

Oben auf dem Hügel tauchte das Kabel, dem er folgte, aus einem Dornengestrüpp auf und lief über den nackten Fels zu einer Holzkiste von der Größe eines Nachttisches. Auf den Kasten war eine Solarzelle montiert, die offenbar bei Stromausfall als Ersatzquelle diente. Daneben ragte eine ein Meter zwanzig lange, plastikummantelte Antenne auf. Cartergue spähte durch die Ritzen des Holzkastens, der so gebaut war, dass man ihn für eine automatische Wetterstation halten konnte, wie sie in schwer zugänglichen Gebieten eingesetzt wurden. Er beäugte den Kasten von allen Seiten, ob irgendwo eine Sprengfalle versteckt war. Dann brach er ihn mit einem langen Jagdmesser auf.

Das Telefon darin lag in einer Styroporverpackung. Es war immer noch empfangsbereit. Aus der Rückseite des Geräts quollen Kabel, und das Display zeigte mehrere unbeantwortete Anrufe an. Die Anzeige INT'L signalisierte, dass die Anrufe aus dem Ausland kamen. Das Gerät hatte die Nummern nicht aufgezeichnet, wohl aber Datum und Uhrzeit der Anrufe. Der erste war am Mittwoch, den siebten November um sieben Uhr eins getätigt worden, die weiteren waren exakt im Stundentakt gefolgt; um acht Uhr eins, dann um neun Uhr eins und so weiter den ganzen Vormittag lang.

Catergue fotografierte die Kiste von innen und außen, dann riss er die Kabel heraus, schnitt die Leitung zur Außenantenne durch und steckte das Gerät in die Tasche.

Bis er wieder zur Hütte zurückmarschiert war, hatten seine Kollegen schon ein erstes Ergebnis: Lasseurs Nummer war dreimal von ein und demselben Londoner Anschluss aus angerufen worden – obwohl Rhodes bereits in der Nacht zuvor umgekommen war. Vielleicht hatte sich einfach jemand verwählt. Aber das erklärte nicht den seltsamen Stundentakt, in dem die Anrufe erfolgten.

Nachdem Lindow seine Aussage zu Protokoll gegeben hatte, steckte er seinen Kopf in das Büro des Commanders. Dort waren Foyles unerschütterliche Gefolgsleute bereits um die Champagnerflasche versammelt.

Der Commander ließ den Korken wenig sachgemäß knallen und füllte die kuriose Kollektion von Gläsern, die Nancy Longmore aus allen Teeküchen der Abteilung zusammengesucht hatte. »Zuerst trinken wir auf Con Lindow, den wertvollsten Verdächtigen, den zu verhaften unsere Abteilung je das Glück hatte. Und auf Graham Forbes, der, wie Sie alle wissen, diese Woche befördert wurde. Auf euch alle.« Er nippte an seinem Champagner. »Ich bin stolz auf euch!«

Verlegenes Schweigen breitete sich aus. Foyle trat von einem Bein aufs andere und nahm noch einen kräftigen Schluck, den er kurz im Mund prickeln ließ. »Aber die Sache ist noch nicht ausgestanden. Wir sind Rhodes noch nicht los, da bin ich mir ganz sicher.«

Diese Bemerkung erstickte die zaghafte Feierstimmung vollends, und bald verdrückten sich die drei jüngeren Beamten, sodass nur noch Lindow, Forbes und Foyle steif und betreten herumstanden.

»Sie sind bestimmt froh, wieder an Ihre Arbeit gehen zu können«, murmelte Foyle an Lindow gewandt.

»Ja. Meine grauen Zellen bräuchten auch mal wieder ein bisschen Training.«

Erneut entstand eine Pause. Foyle sah fragend zu Forbes hinüber. Der verstand den Wink. »So, ich denke, ich mache mich mal auf den Weg nach Hause. Ich habe schon fast vergessen, wie meine Frau aussieht.«

Als er weg war, schenkte Foyle sich und Lindow Champagner nach und ließ sich aufs Sofa fallen.

»Die Nacht- und Nebelaktion bei Rhodes' Haus war wohl nicht ganz nach Ihrem Geschmack«, begann Lindow.

»Das können Sie laut sagen. Ich war so verdammt naiv. Und jetzt dürfen wir herumrätseln, was Rhodes mit Axiom Day gemeint hat. Ihnen ist auch nichts eingefallen, oder?«

»Nein. In Wortspielen war ich schon immer lausig. Aber es gibt sicher nur wenige Ziele, die für Rhodes' große *Erklärung* symbolträchtig genug sind.«

»Ja, und wir haben sie alle gesichert – das Parlament, den Regierungssitz, die wichtigsten Ministerien, den Buckingham Palace, einfach alles.«

Lindow kippte seinen Champagner in großen Schlucken herunter und lehnte sich träge zurück, während Foyles Blick immer wachsamer wurde. Ihr Gespräch plätscherte noch eine Weile vor sich hin – dann schlug Foyle zu. »Und ... erzählen Sie es mir jetzt, Con?«

»Was?«

»Was sich damals in Droy abgespielt hat. Die *Wahrheit*?«

Lindow setzte sich abrupt auf und sah zur Seite. »Darum geht es hier also«, brummte er.

»Sie müssen es mir natürlich nicht erzählen. Aber ich würde es gerne wissen, weil immer wieder alles nach Droy zurückführt.

Droy hat alle, die damals dort waren, verändert – Rhodes, Lasseur, Eamonn und Sie selbst. Jahre später dann bringt das Schicksal euch wieder zusammen. Und jetzt sind Sie der Einzige, der noch am Leben ist.«

Lindow drehte das Glas in der Hand und starrte auf die Luftbläschen, die im Kreis herumwirbelten. Dann begann er zu sprechen.

»Zuerst dachte ich mir nichts dabei, aber irgendwann ... Eamonn hielt ständig an dieser Kirche, und die lag eigentlich nicht auf dem kürzesten Rückweg vom Angeln. Dann sind mehrere Dinge passiert. Es hat damit angefangen, dass ich Eamonn mit Rudi MacMahon in einem geparkten Auto sitzen sah. In der Schule hatten sie sich gehasst, aber nun saßen sie auf einmal beisammen wie die dicksten Freunde. Es war mir völlig rätselhaft. Ein paar Tage später habe ich ein Gespräch zwischen meiner Mutter und Eamonn mitgehört. Sie wussten nicht, dass ich im Haus war. Mutter sprach von MacMahon und wie sehr Eamonn ihm helfen würde. Was er tue, sei gut und tapfer, und seine Vorfahren wären stolz auf ihn. Da war es mir klar. Sie hatte ihn dazu gebracht, für die IRA zu arbeiten. Diesen Mist über seine vaterländische Pflicht hatte er sich über Jahre anhören müssen, und Eamonn war so ... weich, so beeinflussbar. Wenn Sie also nach Schuldigen suchen – Mutter ist eine davon.

Als wir das nächste Mal beim Fischen waren, gab es dann einen Riesenkrach zwischen uns. Ich fragte ihn rundheraus, warum er sich bei dieser Kirche herumtrieb. Er stritt alles ab, aber es war klar, dass er log. Also beschloss ich, es allein herauszufinden. Ich habe mir Sorgen um ihn gemacht, verstehen Sie? Ich hatte das Gefühl, ihn beschützen zu müssen. Nur ich wusste, wie meine Mutter ihn jahrelang bearbeitet hatte. Und wenn er erst einmal für die *Provisionals* gearbeitet hätte, würde er nicht mehr aus der Sache herauskommen. Das dachte ich jedenfalls damals. Ich hatte wirklich keine Ahnung ...

Ich hatte zu der Zeit ein kleines Motorrad, eine Honda. In der Nacht nach unserem Streit schlich ich mich mitten in der Nacht aus dem Haus und fuhr zur Kirche. Ich hatte keine Ahnung, was ich dort eigentlich wollte. Ich dachte, wenn ich etwas finde, könnte ich es vielleicht der RUC über das Informantentelefon weitergeben oder einfach Eamonn damit konfrontieren. Ich wollte einfach nicht, dass er in Schwierigkeiten kommt.«

Lindow holte tief Luft. Der Commander war klug genug, ihn nicht zu drängen. Er wartete schweigend, und es faszinierte ihn, wie Lindow plötzlich in einen lupenreinen nordirischen Akzent verfallen war.

»Etwa drei Meilen von der Kirche entfernt habe ich die Honda stehen lassen und mich durch die Felder geschlagen. Ich hatte extra eine wasserdichte Hose angezogen. Ich weiß noch, dass sie bei jedem Schritt fürchterlich raschelte. Bei der Kirche habe ich erst mal einen Beobachtungsposten bezogen. Ich hatte so ein Gefühl, dass sich dort irgendwer herumtreiben könnte, aber natürlich dachte ich dabei nicht an die Armee.

Es war totenstill. Wahrscheinlich habe ich mich ein bisschen gefürchtet – mitten in der Nacht bei einem Friedhof und so. Aber es war auch aufregend, Sie wissen ja, wie man in diesem Alter ist. Jedenfalls bin ich über die Straße gehuscht und auf der Innenseite der Friedhofsmauer entlanggekrochen, durch den klatschnassen Rasen. Bei Eamonns Pinkelplatz habe ich dann meine kleine Taschenlampe angeknipst. Das war so eine, die wie ein Kugelschreiber aussieht – wir haben sie benutzt, um beim Fischen die Fliegen festzubinden, wenn es schon zu dunkel wurde. Ich nahm die Lampe zwischen die Zähne und tastete den Boden ein bisschen ab. Da fiel mir auf, dass die Erde um den Deckel einer Gruft herum aufgewühlt war.

Ich wusste, ich hatte etwas entdeckt. In diesem Moment hätte ich mich aus dem Staub machen sollen, aber ich tat es nicht. Ich wollte es genau wissen. Ich tastete noch weiter um den Deckel der Gruft herum und stellte fest, dass da eine Art Holzplanke war, über die man eine Grasnarbe gelegt hatte. Es war eine alte Tür. Ich habe also die Rasenstücke weggezogen und die Tür ein bisschen angehoben. Dann habe ich einen Ziegelstein daruntergeschoben, sodass ich unter die Tür langen konnte. Da berührte ich ein Stück Draht, das von einer metallenen Öse herunterhing. Die Öse war an die Unterseite der Tür geschraubt. Ein Stück Draht lief hinunter in die Gruft. Auf der anderen Seite lief der Draht durch die Öse, und an seinem Ende war das Gelenkstück einer Eisenkette festgebunden.«

Er sah sich im Büro um, bevor sein Blick zu Foyle zurückkehrte. »Wenn Sie mir Ihre Krawatte leihen, zeige ich Ihnen, wie es funktioniert hat.« Foyle nahm gehorsam seine Krawatte ab, und Lindow machte einen Knoten in ein Ende.

»Wenn die Tür angehoben wurde, lief der Draht zunächst frei, bis sich das Kettenglied in der Öse verhakte.« Er zog an der Krawatte, sodass der Knoten in einem Loch stecken blieb, das er mit Daumen und Zeigefinger gebildet hatte. »Von diesem Punkt an zog jeder, der die Luke öffnete, direkt an dem Draht unten in der Gruft. Das war raffiniert gemacht, denn durch das erste Stück, durch das der Draht frei lief, spürte man zunächst keinen Widerstand.

Ich hatte damals keine Ahnung, dass es sich um eine Sprengfalle handelte. Ich schraubte einfach die Öse ab und legte sie mitsamt dem Draht auf den Boden. Das andere Ende des Drahts war immer noch unten in der Gruft festgemacht. Ich habe dann die Tür ein Stück weiter hochgestemmt und mit der Taschenlampe hinuntergeleuchtet. In der Gruft war ein Haufen Zeug, das meiste davon zugedeckt, aber ich sah ein paar Gewehrläufe aus einem durchlöcherten Sack schauen. Es roch merkwürdig da unten – nach Maschinenöl oder etwas Ähnlichem. Ich rieche es heute noch.

Jetzt wusste ich also genau, was Eamonn trieb. Ich lag auf dem Gras und hätte heulen können. Ich wusste nicht mehr, was ich tun sollte. Dann kam plötzlich so ein Schwirren über meinem Kopf – ganz nah. Es war nur eine Eule, die an mir vorbeigeflogen ist, aber ich war zu Tode erschrocken, ließ alles liegen und lief davon, so schnell ich konnte.«

»Und wie ging es weiter?«, fragte Foyle.

»Ich war noch ungefähr eine halbe Meile von daheim entfernt, als ich die Explosion hörte. Ich habe mich ins Haus geschlichen, mich ausgezogen und so getan, als hätte mich der Knall geweckt. Dann stand auch schon die Polizei auf der Matte und hat uns verhaftet. Sie mussten Eamonns Autonummer notiert haben, als wir an der Kirche hielten. Als sie uns abführten, legte einer der Polizisten die Hand auf den Motor des Mopeds. Bevor mir eine Ausrede einfiel, sagte Eamonn, er sei mit einer Freundin aus gewesen. Das war ein Witz. Eamonn hatte keine Freundinnen. Aber als sie bei dem Mädchen anriefen, hat sie die Geschichte bestätigt. Eamonn hatte sich ein permanentes Alibi eingerichtet. Sie hatten eine Abmachung, dass sie, falls die Polizei anrief, sagen würde, er wäre die Nacht über bei ihr gewesen. Er steckte viel tiefer drin, als ich gedacht hatte.

»Haben Sie je erfahren, wie das Versteck explodiert ist?«

»Nein, sie haben es mir nie gesagt, und ich habe es mir nur in der Zelle irgendwie zusammengereimt. Zuerst konnte ich gar nicht glauben, dass sie über ihre eigene Sprengfalle gestolpert sind.«

»Haben Sie Eamonn je erzählt, was passiert ist? Er muss ja etwas vermutet haben, als er der Polizei die Geschichte mit dem Motorrad aufgetischt hat.«

»Er hat die Sache mit keinem Wort erwähnt. Aber ich habe ihm alles erzählt – Jahre später, nachdem Mutter gestorben war. Wir hatten damals ein langes Gespräch über alles, über Mutter und ihre verdammte ›irische Sache‹.«

»Und was hat er gesagt?«

»Nicht viel, aber er hatte schon vermutet, dass ich damals die Finger im Spiel hatte. Er sagte, das sei alles vorbei, und es sei ihm damals eine Lehre gewesen, weil er mich bei der Explosion hätte verlieren können. Er behauptete, er hätte danach nie wieder etwas mit MacMahon zu tun gehabt. In Wirklichkeit sind sie all die Jahre in Verbindung geblieben. Jetzt weiß ich nicht mehr, was ich denken soll. Nach der Beerdigung unserer Mutter schien er so froh, dass ich Irland hinter mir gelassen habe. Er sagte, er sei stolz auf mich. Ich habe ihm geglaubt, und irgendwie glaube ich ihm immer noch – trotz allem, was danach passiert ist.«

Foyle schenkte ihnen Champagner nach. »Warum haben Sie die Geschichte niemandem erzählt?«

»Bei dem Hintergrund meiner Mutter? Das kann nicht Ihr Ernst sein. Seit wir laufen konnten, hat sie uns auf die Märsche der

Nationalisten geschleppt. Wir waren eine ›republikanische‹ Familie, stolz auf einen Onkel, der einen protestantischen Polizisten getötet hat. Kein Mensch hätte mir meine Geschichte abgenommen. Sie hätten mich beschuldigt, selbst die Bombenfalle gebaut und die Soldaten getötet zu haben. Und dann? Zwanzig Jahre im Bau? Deshalb habe ich ihnen nicht die Wahrheit gesagt. Und deshalb habe ich sie auch Phipps nicht gesagt.«

»Der hat aber etwas geahnt. Er sagte, die Sache nagt immer noch an Ihnen. Stimmt das?«

»Hören Sie, ich weiß, dass diese Männer meinetwegen gestorben sind. Aber ich habe die Sprengfalle dort nicht angebracht. Das waren sie selbst. Sie hatten töten wollen – nicht ich. Ich wollte nur Eamonn helfen.«

Eine Weile war es still im Raum. Foyle hatte schon geahnt, wie sich die Dinge abgespielt hatten, aber es war ihm wichtig gewesen, die ganze Wahrheit aus Lindows Mund zu hören. Wahrscheinlich hätte er Neugier als Grund dafür genannt, wozu wäre er sonst Detective geworden? Doch es war noch etwas anderes hinzugekommen – der Wunsch zu hören, dass Con Lindow nie ein Mörder gewesen war.

»Sie glauben also, dass die Explosion auf dem Friedhof Rhodes zu dem gemacht hat, was er war?«, fragte Lindow schließlich.

»Nein. Da liegen die Wurzeln viel tiefer. Vieles war ihm bestimmt schon in die Wiege gelegt. Dann wurde, als er noch ein Kind war, sein Bruder vor seinen Augen getötet – das muss ihn fürs ganze Leben geprägt haben. Und sein Vater war wohl ein verbitterter Sonderling, der alle Welt hasste. Sie dürfen sich also nicht die Schuld an seiner Entwicklung geben. Und wissen Sie, was ich glaube? Dass er ursprünglich gar nicht aus Rache hinter Ihrem Bruder her war. Rhodes war ein Opportunist, und erst als er entdeckte, dass Eamonn ein IRA-Mann war, beschloss er, die alte Rechnung zu begleichen. Dann sind Sie aufgetaucht – für ihn die Gelegenheit, Ihnen auch noch eins auszuwischen. Falls bei seinem Anschlag etwas schief ging und der Sprengsatz nicht explodierte, würde die Spur zu Ihnen führen oder, wie bei der anderen

Bombe, zu mir. Natürlich hätte er die Bomben von einer Telefonzelle aus zünden können, aber das wäre nur halb so amüsant gewesen.«

»Aber warum Sie? Weshalb ließ er Sie den Anruf machen?«

»Die Idee, den Chef der Antiterroreinheit eine Bombe zünden zu lassen, muss für ihn einfach unwiderstehlich gewesen sein. Und das ist es auch, was mir solche Sorgen macht: Seine Eitelkeit, sein Hang zu schlechten Scherzen. Schließlich hat er unzählige Möglichkeiten für einen posthumen Auftritt: Zum Beispiel hätte er nur eine verlockende Anzeige mit Telefonnummer in einer Zeitung aufgeben müssen. Was ihm auch geschehen würde, er könnte sicher sein, dass am Erscheinungstag irgendein Trottel die Anzeige lesen, die Nummer wählen und so die Bombe zünden würde. Und deshalb glaube ich nicht, dass schon alles vorbei ist. Aber wo soll ich anfangen zu suchen? Ich kann ja schlecht einen Monat lang alle Telefonnetze dichtmachen, und ansonsten stehe ich mit leeren Händen da.«

Foyle erhob sich schwerfällig vom Sofa, trat ans Fenster und blickte auf die Autos in der Victoria Street hinab.

»Er könnte überall etwas deponiert haben. Vielleicht direkt unter unserem Hintern.«

»Warum fahren Sie dann morgen weg? Pennel hat mir erzählt, Sie fahren nach Bristol. Könnten Sie das nicht ein paar Tage verschieben?«

»Ich muss fahren. Meine Frau hat mich verlassen oder überlegt sich, es zu tun – genau weiß ich es nicht –, und jetzt müssen wir zu unserer Tochter fahren und ihr alles erklären. Es gibt einen Punkt, wo es Wichtigeres gibt als die Arbeit, und den habe ich erreicht. Wenn ich morgen nicht fahre, sage ich June damit, dass mir die Familie nichts bedeutet. Aber June und Katherine bedeuten mir sehr viel.«

Das Telefon läutete. Foyle nahm ab. »Ja … sehr schön. Geht in Ordnung.«

Er legte auf und sah Lindow an. »Ich danke Ihnen, dass Sie mir von Droy erzählt haben. Ich weiß, es war schwer, und falls es Sie interessiert, ich mache Sie für nichts von alldem verantwortlich.

Sie hätten es mir nur verdammt noch mal früher sagen sollen – ich hätte Ihnen geglaubt.«

Lindow zuckte die Achseln, stellte sein Glas ab und stand auf.

»Halt«, rief Foyle, und seine Miene hellte sich auf. »Ich habe noch eine Überraschung für Sie.«

Die Tür ging auf, und Mary kam herein.

Con machte unwillkürlich einen Schritt auf sie zu, dann blieb er starr stehen.

»Wolltest mich wohl einfach in Boston zurücklassen, Con Lindow?«, sagte sie. »Alter Heimlichtuer. Mir kein Wort zu sagen!« Ihre Augen blitzten übermütig.

»Dann wären wir schon zu zweit«, erwiderte Lindow trocken.

»Jetzt stell dich nicht so an, Con.« Sie lachte. »Das war nur Spaß.«

»Wir haben gerade ein bisschen gefeiert«, schaltete sich Foyle ein, der unbedingt eine Szene verhindern wollte. »Möchten Sie auch ein Glas Champagner?«

»Gern. Aber anschließend bin ich zum Dinner verabredet – du bist doch frei, Con, oder?«

Lindow musste lächeln. Mary sah wundervoll aus – ihr tiefschwarzes Haar glänzte wie ein Krähenflügel, und ihre dunklen Augen hatten etwas Warmes, Beruhigendes. In Mary hatte er das gefunden, wonach er nicht einmal zu suchen gewagt hatte.

»Gut«, sagte Mary, die seine Verwirrung als Zustimmung deutete. »Bei mir in der Nähe gibt es ein fantastisches libanesisches Restaurant. Dort können wir uns dann gegenseitig alles berichten. Einverstanden, Doktor?«

Lindow nickte. »Und ob.«

In der halben Stunde, die sie noch bei Foyle im Büro verbrachten, lernte Lindow zum ersten Mal die richtige Mary kennen. Sie fragte Foyle sofort, wie die Polizei überhaupt auf Pope's Farm House gekommen war. Innerhalb kürzester Zeit hatte sie Foyle derart in die Ecke getrieben, dass er nicht umhin konnte, die Mitwirkung des MI6 zu erwähnen. Niemand hatte ihn bisher danach gefragt, aber Mary entriss ihm die Information in wenigen Minuten. Lindow bemerkte Foyles Verblüffung, und nachdem er selbst gerade den Verhörkünsten des Commanders unterlegen war, genoss er es zu sehen, wie der alte Hase Foyle mühsam Marys Attacken abwehren musste.

Zum Abschied schüttelte Mary dem Commander mit koketter Bescheidenheit die Hand. Sie wirkte winzig neben diesem Kleiderschrank von Polizisten.

Als Lindow und Mary Scotland Yard verließen, wehte ein stürmischer Wind. Sie liefen geduckt über den Parliament Square in Richtung Victoria Tower Gardens und klammerten sich aneinander fest, wenn sie auf dem von nassem Laub bedeckten Gehsteig ins Rutschen kamen. Im Park schwelte ein Feuer, das die Luft mit einem würzigen Torfgeruch erfüllte. Bei der Lambeth Bridge am Ende des Parks blieben sie stehen und sahen auf den Fluss hinab.

»Kennst du dieses Gedicht von Auden?«, fragte Mary und begann, ohne eine Antwort abzuwarten, es aufzusagen.

Ich hörte beim schäumenden Fluss,
Wo der Eisenbahnbogen sich schwang:
›Liebe hat kein Ende.‹
Es war ein Verliebter, der sang.

»Ich liebe dich. Liebe, ich lieb dich,
Bis der Fluss den Berg überspringt,
Bis sich China und Afrika treffen
Und der Fisch auf der Straße singt.

Sie brach ab. »Weiter weiß ich nicht, außer dass noch etwas von der Liebe zu einem betrügerischen Herz vorkommt.« Sie drückte Lindows Arm mit beiden Händen und gab ihm einen mädchenhaften Kuss auf die Wange. »Wirst du mein betrügerisches Herz lieben, Con?«

»Ja, wenn du nicht pausenlos Gedichte rezitierst.« Er sah wieder zum Fluss hinab und schauderte beim Gedanken an das eisige Wasser.

Marys Geheimtipp in Pimlico war ein verschwiegenes Lokal

mit verschnörkelten Gittern als Trennwänden zwischen den Tischen. Hier begann Mary zu erzählen: Von ihren Botendiensten für den Geheimdienst und dass sie sich in Lasseurs Hütte geschworen habe, auszusteigen, falls sie lebend von dort wegkäme. »Ich habe schon seit längerem nicht mehr die Nerven für diesen Job«, bekannte sie, und ihr Blick wanderte zu einer Gruppe dicklicher Araber mit klobigen Goldringen und quer gestreiften Krawatten. »Am Anfang hat es mir einen Kick gegeben, die Ahnungslose zu spielen und dabei alle Manöver zu durchschauen. Aber dann bekam ich es satt, immer aufpassen zu müssen, was ich sage – diese ewige Lügerei wurde zu einer Art paralleler Existenz.« Sie seufzte. »Vor drei oder vier Jahren – das war noch in Dublin – hat mich mal ein IRA-Mann namens Jerry Crane auf einen Drink ausgeführt – nur ging es leider gar nicht um einen Drink. Bevor ich wusste, wie mir geschah, hatte mich der Kerl zu einem Wohnwagenpark außerhalb der Stadt gefahren. Sah aus wie ein Feriencamp am Meer. Er und drei andere Typen haben mich die ganze Nacht verhört. Es war eine Art Sicherheitsüberprüfung. Ein Mann saß die ganze Zeit über schweigend daneben und hat mit einem spitzen Holzkeil gespielt. Er hat mit einem Messer daran herumgeschnitzt und es dann gegen das Licht gehalten. Ich konnte mir verdammt gut ausmalen, was er mit dem Holz tun würde, falls ich meine Geschichte vergaß. Er war derjenige, den sie auf mich losgelassen hätten, wenn sie einen Bruch in meiner Geschichte entdeckt hätten. Und diese Leute sind nicht dumm. Mir war klar, dass ich das Verhör nicht die ganze Nacht durchstehen würde. Ich habe deshalb die Empörte gespielt und damit gedroht, alles der Amerikanischen Botschaft zu erzählen. Sie waren sich ihrer Sache nicht so sicher, dass sie angefangen hätten, mir wehzutun. Außerdem hätten sie es dann zu Ende bringen müssen, und das konnten sie nicht, genügend Leute wussten, dass ich mit Jerry Crane unterwegs war. Dafür hatte ich gesorgt. Ich schwafelte also weiter von meiner Freundschaft mit dem Botschafter. Sie konnten zumindest nicht ausschließen, dass ich die Wahrheit sagte, denn ihre Leute hatten mich mal auf einem Botschaftsempfang in Dublin gesehen. Schließlich entschuldigten sie sich bei mir und ließen mich gehen. Jerry, dieses Arschloch, hat mich in die Stadt zurückgefahren und mich über Sicherheit vollgequatscht. Und weißt du was? Nach dieser Nacht habe ich zwei volle Tage lang gekotzt.«

»Sie konnten dir also nichts nachweisen?«

»Nichts. Sie fanden nur, sie sollten mich vorsichtshalber überprüfen. Aber das war nicht der einzige Grund. Es gibt eine bestimmte Sorte von Männern, die es anmacht, wenn eine Frau Angst hat.«

Sie sah ihn mit leeren Augen an. Erst als er sie sanft am Kinn berührte, kehrte die alte Wärme in ihren Blick zurück.

»Alles in Ordnung.« Sie drückte ihre Lippen in seine Handfläche. »Tut gut, dass du hier bist. Ich bin keine Heldin, weißt du. In den letzten zehn Jahren hatte ich ganz schön oft die Hosen voll.«

»Am See damals bist du aber ganz schön cool geblieben. Oder war das ein abgekartetes Spiel?«

»Du lieber Himmel, nein. Ich habe zwar geahnt, dass etwas passieren würde. Aber nicht, dass sie deine Schwester benutzen würden. Was hätte ich tun sollen? Ich musste abwarten, was sie von dir wollen. Und auf einmal steckte ich mitten in dieser verrückten Suche nach Rhodes.«

Sie legte ihre Serviette weg, huschte um den Tisch und legte die Hand auf Lindows Schenkel. Dann küsste sie ihn auf den Hals und rutschte unruhig neben ihm her.

»Gehen wir«, sagte sie.

»Eins noch. Hast du gewusst, dass Eamonn in Maine war? Wollte der MI5 deshalb, dass du ihn beobachtest?«

»Nein, so war es nicht. Wir wussten gar nicht so viel über ihn – nur dass er offensichtlich eine wichtige Rolle innerhalb der IRA spielte. Von Craven-Elms hatte ich den Auftrag, mich in seiner Wohnung umzusehen, und dazu musste ich ihm näher kommen und herausfinden, wo er etwas verstecken würde.«

»Hättest du mit ihm geschlafen?«

Sie sah ihn lange und sehr nachdenklich an. »Ja.«

»Großer Gott!« Er warf seine Serviette auf den Tisch.

»Aber damit ist es jetzt vorbei, Con. Ich habe aufgehört. Du bist alles, was ich will.«

Er antwortete nicht, sondern winkte dem Kellner nach der Rechnung. »Schon gut«, sagte er dann. »Ich habe es mir sowieso gedacht. Und ich kann nur sagen, er wäre ein Glückspilz gewesen, wenn er dich bekommen hätte.«

Mary führte ihn um ein paar Blocks zu ihrem Apartment, einer karg möblierten Maisonettewohnung, in der sich Manuskripte zu ordentlich geschichteten Türmen stapelten. Sie stürzten zu ihrem Bett, als wären sie auf der Flucht vor etwas, und begannen sich zu lieben. Sie lächelte, als er mit den Lippen eine feuchte Schneckenspur über ihren Körper zog. Dann vereinigten sie sich langsam und lautlos in dem schummrigen Raum. Als es vorbei war, hielt sie seinen Kopf fest zwischen den Händen und bedeckte ihn mit Küssen.

Lindow drehte sich auf den Rücken und sah durch das Oberlicht auf die Wolken, die über die Stadt zogen und orangerot glühten. »Ist dir schon nach Schlafen zu Mute?«

»Ja«, sagte sie leise. »Wir haben morgen den ganzen Tag. Und übermorgen. Und über-übermorgen und so weiter. Es hört nicht mehr auf.«

Er zog die Bettdecke hoch.

»Wir sollten uns einen Hund anschaffen«, sagte sie. »Wir brauchen einen Hund in unserem gemeinsamen Leben.«

Damit schliefen sie ein.

Lindow kehrte auf den Friedhof von Droy zurück. Er kroch auf dem Bauch zwischen den Grabsteinen umher, glitt wie ein Aal durch den feuchten, feuchten Tau. Jemand war bei ihm, aber er wusste nicht, wer. Er gelangte zur Öffnung der Gruft und spähte hinab. Auf dem Sacktuch lag Eamonn ausgestreckt und neben ihm Mary, die Knie angezogen und die Hände unter der Wange. Beide schliefen sehr tief, und wie laut Lindow auch rief, er konnte sie nicht wecken. Dann kam Foyle und zog ihn durch das feuchte, feuchte Gras davon. Eine Eule stieß auf sie herab.

Die Lord Mayor's Parade war ohne Zwischenfall zu Ende gegangen, und Foyle war mit June nach Bristol aufgebrochen. Während der Fahrt sprachen sie genau ab, was sie ihrer Tochter erzählen sollten. Katherine hatte bereits geahnt, dass etwas nicht stimmte, als June sie am Vortag angerufen hatte. Foyle beobachtete seine Frau aus dem Augenwinkel, während er an Heathrow vorbei nach Berkshire fuhr. Sie wirkte so frisch, so unbeschwert und jung, dass es ihm wehtat. So hatte er sie bisher erst einmal erlebt – kurz nach ihrer Hochzeit. Sie war offensichtlich verliebt in Dr. Hussan, diesen arabischen Knochensammler, und mit ihrer Ehe war es vorbei. Das sagte er ihr auch in einem freundlich-resignierten Ton. Sie sollten absolut offen zu Katherine sein. Wenn keine Chance mehr bestünde, dass sie zusammenblieben, sollten sie ihr keine Hoffnung machen. Nun war es June, die das Unvermeidliche nicht akzeptieren wollte. Immer wieder erklärte sie, dass sie nur Zeit brauche, um sich über alles klar zu werden. Foyle hing seinen eigenen traurigen Gedanken nach und murmelte nur gelegentlich eine Antwort.

Lindow und Mary standen spät auf und spazierten gemütlich zum Frühstücken in ein Café am Sloane Square. Mary hängte sich bei Lindow ein und zog ihn damit auf, dass er mehr Furcht davor habe, Zuneigung öffentlich zu zeigen, als der steifste Brite. Er protestierte, legte ihr demonstrativ den Arm um die Schulter und blickte herausfordernd geradeaus.

Im Café zwinkerte ihm Mary über eine große Tasse *Caffè latte* hinweg zu. »Unser Problem ist, dass wir beide keine Geschichte haben. Wir haben keine gemeinsamen Bekannten, wir haben überhaupt nichts gemeinsam. Ich meine, du bist Wissenschaftler und ich Lektorin.«

»Und nebenberuflich Spionin.«

»Lektorin und Spionin a. D.«, korrigierte sie. »Was ich sagen will, ist, dass wir noch nie etwas zusammen unternommen haben, nie im Kino, im Theater oder in einer Ausstellung waren. Wir haben nichts zusammen gekauft, nie in Trödelläden gestöbert, uns nie über Politik gestritten, nie dasselbe Buch gelesen. Wir sind wie Fremde. Und deshalb würde ich gern wissen, Constantine Lindow, wie wir weiter verheiratet bleiben sollen.«

Ihre Augen blitzten über den Tassenrand.

»Blödelst du nur rum oder meinst du es ernst? Das weiß ich bei dir nie genau.«

»Beantworte meine Frage. Wie sollen wir verheiratet bleiben?«

»Vor der Entscheidung für eine Ehe«, sagte er und grinste nun breit, »müssten wir eine Art Schnelldurchlauf hinter uns bringen, nur um sicherzugehen, dass wir tatsächlich etwas gemeinsam haben, also in jede Menge Filme, Theaterstücke, Ausstellungen und Fußballspiele gehen.«

»Kein Sport«, sagte sie.

»Also gut, kein Sport. Aber beim Rest müssen wir einfach durch und schauen, ob wir kompatibel sind.«

»Worauf warten wir dann noch? Wir kennen uns seit genau zwei Wochen und einem Tag. Aber ich will dich. Ich will die langweilige Frau eines langweiligen Wissenschaftlers werden und einen langweiligen kleinen Hund haben.«

»Soll das ein Heiratsantrag sein?«

Sie trank einen Schluck und sah verlegen zur Seite. »Kann man so sagen.«

Lindow drehte ihren Kopf in seine Richtung. »Bist du einverstanden, wenn ich dir die Antwort erst heute Abend gebe, wenn wir mit unserer kulturellen Initiation fertig sind? Aber eine Bedingung habe ich – du musst aufhören, Gedichte zu rezitieren.«

»Das ist ein großes Opfer. Aber ich werde mich zusammenreißen.«

Nach dem Café gingen sie Einkaufen. Lindow mochte keine Einkaufsbummel. Mary erstand einen kurzen schwarzen Mantel und drängte ihn, zwei dunkle Hemden zu kaufen. Er ging darauf ein, weil er unbedingt zeigen wollte, dass sie den gleichen Geschmack hatten, obwohl ihm die Hemden nicht gefielen. Dann spazierten sie durch London, stöberten in Buchläden herum, schlenderten über Antiquitätenmärkte und redeten.

Als es langsam dunkel wurde, fuhren sie zu einem Kino in Notting Hill, das Mary besonders mochte, weil es sie an die Kinos in den Staaten erinnerte. Sie sahen sich einen unbekannten Cineastenfilm an, der sie beide langweilte, was aber keiner zugab. Dann aßen sie in einem indischen Restaurant und stopften um die Wette kleine Reiskuchen in sich hinein. Gegen Ende des Abends schlug Mary vor, dass sie zu Lindow gingen, weil sie dort noch nie gewesen sei. »Womöglich haust du wie ein Schwein, und das könnte ich nicht aushalten.«

»Schau«, sagte Mary, als sie dort waren, »eine Nachricht für dich. Dein Anrufbeantworter blinkt.«

»Da ist kein Band drin«, sagte Lindow. »Foyle hat die Kassette mitgenommen. Das heißt, die Leute hören meine Ansage und wissen nicht, dass sie nicht aufgezeichnet werden.«

»Ruf doch den Rückruf-Service an. Da kannst du herausfinden, wer dich angerufen hat.«

Lindow wählte die Nummer, murrte aber innerlich, weil er sich ein bisschen herumkommandiert vorkam. »Keine Nummer.« Er legte auf und nahm sie in die Arme.

»Und? Genügt mein Etablissement deinen Ansprüchen?«

»Ja, so gerade noch.«

»Gut. Und möchte die gnädige Frau die Antwort auf die Frage hören, die sie mir heute Morgen gestellt hat?«

»Ja.«

»Sie lautet: Ja. Ich glaube, wir könnten es schaffen zusammen, selbst mit einem langweiligen kleinen Hund.«

Sie fielen in Lindows quietschendes Doppelbett und liebten sich so selbstverständlich, als würden sie sich seit Jahren kennen. Mary schlief in seinen Armen ein, ihre Brüste an seinem Herzen. Er dachte daran, was das gälische Wort *Acushla* wörtlich bedeutete: Herzschlag.

In der Ferne schlug eine Uhr. Der zehnte November war vorbei, der elfte brach an. *Remembrance Day,* der Gedenktag für die Opfer der beiden Weltkriege.

»Bist du da, Con? Geh verdammt noch mal ans Telefon, es ist wichtig. Ich weiß, was Axiom Day bedeutet! Los, heb schon ab. Ach, hol dich der Teufel.«

Lindow erkannte Varrones Stimme und sprang aus dem Bett. Er lief ins Wohnzimmer und hechtete zum Telefon, aber Varrone hatte aufgelegt.

Als er Varrones Nummer wählte, meldete sich der Anrufbeantworter. »Ich bin für ein paar Tage nicht da. Hinterlassen Sie eine Nachricht, ich rufe zurück.«

Er ist sicher im Strandhaus, dachte Lindow. Doch auch dort kam nur eine automatische Ansage.

Zwanzig Minuten später läutete es erneut.

»Peter? Bist du das?«

»Wo hast du gesteckt?« Varrones Stimme klang gereizt. »Ich habe *drei* Nachrichten für dich hinterlassen. Rufst du neuerdings nicht mehr zurück?«

»Der Anrufbeantworter funktioniert nicht. Keine Kassette drin. Du bist aber noch spät wach.« Lindow sah auf die Uhr. Es war acht Uhr früh. In Boston war es tiefste Nacht.

»Ich bin in Seattle auf einer Konferenz. Hier ist es erst Mitternacht. Ich bin mit Frank hier. Hör zu, es ist wichtig. Ich glaube, ich bin dahinter gekommen, was Axiom Day bedeutet. Es ist eine Art Akronym, deshalb konnten wir es mit den üblichen Dechiffrierungsprogrammen nicht knacken. Du hast gesagt, dieser Rhodes war halber Italiener, richtig? Ich denke also, es funktioniert folgendermaßen: Das A bedeutet ›zu‹ auf Italienisch, X und I stehen für ›elf‹ in römischen Ziffern, das O steht für *ora,* was auf Italienisch Stunde bedeutet, und das M für *mesa,* Italienisch für Monat.«

»Und?«, sagte Lindow.

»Du verstehst es nicht, oder? Zusammen mit dem Wort ›Tag‹ ergibt es das Datum von morgen – in deiner Zeitzone von heute! Wenn mich nicht alles täuscht, heißt es ›zur elften Stunde am elften Tag des elften Monats‹ – der Tag, an dem 1918 der Waffenstillstand unterzeichnet wurde, *Veteran's Day* in den Staaten, *Remembrance Day* bei euch.«

Lindow kritzelte A X I O M DAY auf den Block neben dem Telefon, wobei er Platz zwischen den Buchstaben ließ. Jetzt begriff er, was Varrone meinte. »Ich rufe Foyle an«, sagte er.

»Das habe ich schon versucht, aber ich hab ihn nicht erreicht.«

»Ja, er hat gesagt, dass er wegfährt.«

»Vor ein paar Stunden habe ich beim Scotland Yard angerufen und wollte ihnen alles erklären. Aber sie haben mich anscheinend für einen Verrückten gehalten. Sie haben überhaupt nicht kapiert, wovon ich rede.«

»Gut, dann rufe ich jetzt dort an. Wir sprechen uns später wieder.«

Lindow legte grußlos auf, dann fluchte er, weil er sich Varrones Nummer in Seattle nicht hatte geben lassen.

Er rief bei Scotland Yard an und wurde zur Telefonzentrale in der Antiterroreinheit durchgestellt. Ja, sagte der Beamte mit einer Seelenruhe, ein Dr. Varrone habe angerufen, und man habe dem Commander eine Nachricht hinterlassen. Der Commander werde erwartet, aber er könne nicht genau sagen, wann, und die Handynummer wüsste er nicht.

Lindow sah, dass es keinen Sinn hatte, Einzelheiten zu erklären, und sagte nur, Foyle solle ihn dringend zurückrufen.

Als er gerade wieder unter die Decke kriechen wollte, schrillte das Telefon ein drittes Mal.

»Commander?«

»Nein, ich bin's noch mal«, sagte Varrone. »Was ist los mit dir? Du hast aufgelegt, bevor ich fertig war. Pass auf, Mundy ist gerade vom Essen zurückgekommen, und jemand von der Spurensicherung in Lasseurs Hütte hat ihm ausrichten lassen, dass das Telefon dort mehrmals aus London angerufen wurde, und zwar am Mittwochvormittag, jeweils eine Minute nach der vollen Stunde. Nur dass unser Freund Rhodes da bereits tot war.«

»Vielleicht hat sich nur jemand verwählt.«

»Klar, das glaubt Mundy auch. Hier ist die Nummer trotzdem – 0171 7017972. Foyle sollte sie mal überprüfen lassen.«

Lindow kritzelte sie auf den Notizblock und rief noch einmal bei Scotland Yard an. Der Beamte hatte immer noch keine Ahnung, wo der Commander steckte, und versicherte Lindow in gönnerhaftem Ton, er würde seine Nachricht weiterleiten.

Lindow kehrte mit dem Zettel in der Hand zurück und kuschelte sich an Marys warmen Körper. Sie legte den Arm um ihn.

»Du bist kalt.«

»Tut mir Leid«, sagte er und küsste ihren Nacken.

Foyle hatte ursprünglich am selben Abend von Bristol zurückfahren wollen, aber es kam anders. Katherine war fassungslos, dass sich ihre Eltern trennen wollten, und versuchte beim Abendessen, sie wieder zusammenzubringen. Keiner von beiden könnte mit jemand anderem zusammenleben, meinte sie trotzig. Foyle hatte erwartet, dass June etwas über ›ihre neuen Interessen‹, eine verschämte Bezeichnung für ihren Geliebten, sagen würde, aber sie tat es nicht. Das wertete er vorsichtig als gutes Zeichen. Er beschloss, so spät wie möglich zurückzufahren, aber als das Essen zu Ende ging, merkte er, dass er zu viel getrunken hatte, und nahm sich ein Zimmer in einem kleinen Hotel. June blieb bei Katherine.

Auf der Rückfahrt am Morgen kam er schnell voran, zwischendurch putschte er sich an einer Raststätte mit einem großen Becher Kaffee auf. In London geriet er dann doch noch in einen Stau: Am Chelsea Embankment kroch er eine Weile hinter einem Konvoi von Bussen mit Veteranen der British Legion her, die auf dem Weg nach Whitehall waren. Schließlich verlor er die Geduld, scherte aus der Kolonne aus und streckte den Verkehrspolizisten seinen Dienstausweis entgegen.

Als er seinen Wagen in einer Seitenstraße beim New Scotland Yard parkte, war es neun Uhr fünfundvierzig. Der Himmel war düster, und ein gleichmäßiger Wind zerrte an den Blättern der Platanen, die immer noch sommerlich grün waren. Zwei Polizeihubschrauber schwebten über der Horse Guards Parade, wo sich inzwischen Tausende von Veteranen mit Orden an der Brust und Bowlerhüten oder ihren alten Dienstbaretten auf dem Kopf versammelt hatten. Foyle dachte an seinen eigenen Vater, Fallschirmspringer und Veteran der Schlacht von Arnheim. In seinen letzten Lebenswochen hatte er plötzlich an der Parade teilgenommen, nachdem er sich dreißig Jahre lang energisch geweigert hatte, an den Krieg zu denken oder gar darüber zu reden. Foyle hatte damals als junger Polizist am Straßenrand gestanden und ihn marschieren sehen, das Kinn vorgestreckt und die Augen feucht vor Stolz. Danach hatte er ihn nur noch einmal gesehen. Zwei Wochen nach der Parade starb sein Vater an einem Herzinfarkt. Von der Wellington-Kaserne wehte das Gequäke der Dudelsackpfeifer und Hornisten herüber, die ihre letzte Probe abhielten. Für die Parade hatte man besondere Sicherheitsvorkehrungen getroffen: Auf den Dächern standen bewaffnete Polizisten, Zivilbeamte hatten sich unter die Menge gemischt, und die Rangerover des Sprengstoffkommandos waren unterwegs. Lafferty hatte den Großteil seiner Bombenexperten in der Gegend um Westminster verteilt, und Foyle hatte unterwegs welche gesehen, die Kanalschächte überprüften und die Abdeckungen von Verkehrsschildern und Ampeln abschraubten. Ein paar Suchteams wateten in Abflusskanälen herum und leuchteten die glitschigen Gänge ab. Foyles Abteilung war wie ausgestorben, weil die meisten Beamten zur Sicherung der Parade abkommandiert waren.

Von seinem Büro aus rief Foyle seine Tochter in Bristol an. Sie war sehr zurückhaltend und sagte nicht viel. Foyle hörte im Hintergrund, wie sich June mit einem Mitbewohner von Katherine unterhielt. Er ließ sie ausdrücklich grüßen.

Es war neun Uhr neunundfünfzig.

Lindow war noch einmal tief eingeschlafen. Irgendwann weckte ihn Mary.

»Verdammt, wie spät ist es?«, sagte er und tastete nach seiner Armbanduhr.

»Hat vorhin schon jemand angerufen?«, wollte Mary wissen.

»Ja, aber hör zu, es ist schon spät. Ich muss es bei Foyle versuchen.«

»Wer hat angerufen?«

»Peter Varrone – du weißt schon, mein Freund in Boston. Er hat eine Theorie, was Axiom Day bedeuten könnte. Er glaubt, es ist ein Code für das heutige Datum.«

»Ja?«, sagte Mary interessiert. »Wie ist er darauf gekommen?«

Lindow schwang die Beine aus dem Bett, zog seinen Arm unter Mary hervor und zeigte ihr den Notizzettel. »Hier siehst du, wie es geht.«

»Nett«, sagte sie. »Wie die Auflösung von einem Kreuzworträtsel.« Sie setzte sich auf. »Sag mal, Con, warum hast du Eamonns Nummer hier draufgeschrieben?«

»Das ist nicht Eamonns Nummer. Die hat mir Varrone vorhin durchgegeben.«

Mary schoss in die Höhe und nahm Lindow den Zettel aus der Hand. »Du verstehst nicht, Con. Das ist *Eamonns* Nummer, ich kenne sie auswendig. Weißt du die Nummer deines eigenen Bruders nicht?«

»Nein, ich habe ihn nur ein paar Mal dort angerufen. Bist du dir sicher?«

»Erzähl mir genau, was Varrone gesagt hat.«

»Er sagte, sie hätten bei der Überprüfung von einer der Telefonanlagen in Maine festgestellt, dass Lasseur mehrmals angerufen worden ist, und zwar am Mittwochvormittag, jeweils eine Minute nach der vollen Stunde. Sie haben die Nummer zurückverfolgt, und hier ist sie.«

Er ging ins Wohnzimmer und kam mit seinem Adressbuch zurück. »Großer Gott, du hast Recht.«

»Was bedeutet das, Con?«

»Das weiß ich nicht. Aber ich glaube, es gehört alles zu einem Plan.«

»Wieso?«

»Weil Rhodes nach einem Zeitplan vorging. Am Mittwochvormittag – nach US-Zeit, wohlgemerkt – wäre er längst im Ausland gewesen. Vielleicht hat er den Computer so programmiert, dass er eine Nachricht an Lasseurs Computer schickte, sobald er selbst auf und davon war.«

»Aber das hatte er schon längst getan. Wir haben doch gesehen, was mit Lasseur passiert ist.«

»Ja, aber vielleicht hatte er seinen Computer schon so programmiert, bevor wir in Maine waren. Pass auf, wir sollten uns lieber anziehen. Ich mache uns einen Kaffee.«

Als Lindow mit zwei Tassen Nescafé zurückkam, hatte Mary Jeans und Pulli angezogen und rubbelte sich mit einem Handtuch das Gesicht trocken. Während er seine eigene Kleidung zusammensuchte, dachte er fieberhaft nach.

»Diese Anrufe vom Mittwoch … das war sein ursprünglicher Plan, Lasseur zu töten und die Hütte zu zerstören. Aber dann sind wir plötzlich aufgetaucht, und Lasseur ist nervös geworden. Rhodes muss das gespürt haben, und er entschied, ihn sofort loszuwerden. Nachdem er uns beide für tot hielt, schickte er die Nachricht, die den Sprengstoff in Lasseurs Computer zündete.«

»Aber das ergibt keinen Sinn«, protestierte Mary. »Wenn er wusste, dass Lasseur tot ist, hätte er doch bestimmt seinen Computer umprogrammiert, damit er nicht mehr automatisch Nachrichten dorthin schickt.«

»Das verstehe ich auch nicht, aber ich finde, wir sollten zu Eamonns Wohnung fahren und uns dort umsehen. Ich muss mal ins Bad. Du kannst inzwischen Foyle anrufen und ihm sagen, wo wir sind.«

Mary rannte ins Wohnzimmer. Lindow hörte auf der Toilette, wie sie jemanden bei Scotland Yard anschrie.

»Dann suchen Sie ihn auf der Stelle! Sagen Sie ihm, wir sind in der Jasmine Road in Peckham, Nummer 56. Ja. 56! Sagen Sie ihm, wir fahren jetzt dort hin. Es ist wichtig. Unsere Namen? Die habe ich doch schon gesagt, verdammt noch mal – Mary Menihan, Con Lindow.«

Sie knallte den Hörer auf die Gabel und kam ins Schlafzimmer.

»Sie wissen nicht mal genau, ob er da ist, aber sie wollen es ihm irgendwie ausrichten. Weiß der Himmel, wie lange das noch dauert.«

Lindow griff nach seiner Jacke und nahm Eamonns Schlüssel aus einer Schale auf dem Tisch im Flur.

Als sie die Wohnungstür hinter sich zuzogen, war es genau neun Uhr fünfundfünfzig.

ZWANZIGSTES KAPITEL

Foyle stand in der Einsatzzentrale, schlürfte Kaffee aus einem Styroporbecher und überflog einen Bericht über Rhodes' Tod in einer der Sonntagszeitungen. Gegen Ende des zweiseitigen Artikels konnte man zwischen den Zeilen lesen, dass David Cantor zurücktreten werde. Ein kurzer Beitrag über Rhodes' Geisteszustand war besonders gut recherchiert. Die Informationen aus den psychologischen Gutachten, auf die er sich stützte, konnten eigentlich nur von der Polizei oder aus dem Innenministerium stammen – wahrscheinlich Letzteres, da der Innenminister mit einem dicken Lob für seine Entschlossenheit bedacht wurde.

Foyle starrte auf die grob gerasterte, vergrößerte Aufnahme von Rhodes. Sein Blick verriet nichts. Foyle spürte eine dumpfe Angst in sich aufsteigen. Doch es hatte keinen Sinn, Rhodes' Augen zu erforschen oder Gutachten über ihn zu studieren. Es war, als würde man versuchen, ein weißes Blatt Papier zu lesen. Wo Rhodes war, war Leere. Foyles Blick wanderte von der Zeitung zu den Überwachungsmonitoren. Die Polizeipräsenz war gewaltig. Hoch über dem Ehrenmal für die Gefangenen der Weltkriege schwebte ein Hubschrauber und filmte die Parade von oben. Vor den Horse Guards wurde gerade eine Musikkapelle kontrolliert. Eine weitere Kamera war auf die Fassade des Foreign and Commonwealth Office gerichtet, wo der Wind die blauen Stoffverkleidungen der Balkone Ihrer Majestät flattern ließ.

Vom Gehsteig bis zu den Dächern der Straße schwenkten und zoomten zahllose Kameras und beobachteten teilnahmslos, wie sich Whitehall auf die Ehrung der 1 694 999 Männer und Frauen aus Großbritannien und den Kolonien vorbereitete, die in den beiden Weltkriegen gefallen waren. Auf einem der Monitore zogen die Gesichter von Menschen vorbei, die einen Kontrollpunkt im Süden passierten. Sie lächelten gutmütig, während Polizeibeamte sie filzten und ihnen Flugblätter in die Hand drückten. Bald würden die zweihundert Meter Bürgersteig, die sich vom Parliament Square zum Ehrendenkmal erstreckten, vor Zuschauern überquellen, und die breite Straße würde sich mit Massen von Soldaten, Militärkapellen und Geistlichen füllen – ein chaotisches, seltsam menschliches Stück britischen Lebens.

Die Operation, die vor seinen Augen auf den Bildschirmen ablief, kam Foyle wie eine eindrucksvolle, perfekt abgestimmte Choreografie vor. Selbst einige Telefonnetze waren für den Vormittag stillgelegt worden. Allerdings war es utopisch, das Herz Londons ganz vom Funkverkehr abzuschneiden, denn hier sorgten unzählige kleine Netzverstärker dafür, dass die Funksignale jeden Winkel im Gewirr der Straßen erreichten.

Bald würden sich der Premierminister und die Parteiführer, drei oder vier Ex-Premiers und eine Reihe hoher Militärs feierlich rund um Sir Edwin Lutyens nüchternes Steinmonument aufstellen. Schließlich würde die ganze Parade stillstehen, und die Queen und drei Prinzen, letztere mit Mantel und Zeremonienschwert wie Generäle der Jahrhundertwende, würden gemessen zu ihrem Platz nördlich des Denkmals schreiten. Dann würde die Messe beginnen, eine Huldigung der Gefallenen durch die Nation, bei der das gesamte britische Establishment sich auf wenigen Quadratmetern drängte.

Foyle faltete das Bild von Rhodes zusammen und legte die Zeitung bedächtig neben seinen Stuhl auf den Boden.

»Alles läuft wie am Schnürchen«, sagte Forbes, der hinter ihn getreten war.

»Ja, im Moment sieht es so aus. Aber mir wird trotzdem wohler sein, wenn diese verdammte Parade vorbei ist.«

Foyle schlug die Mappe mit den neuesten Meldungen auf, die auf seinem Schreibtisch lag, und sah sich den Sicherheitsfahrplan für den Vormittag an. Eine Skizze zeigte die genaue Position aller VIPs während des Gottesdienstes, auf dem nächsten Blatt waren die Schutzmaßnahmen vor und nach der Zeremonie aufgelistet. Foyle blätterte weiter und stieß auf einen Bericht der Polizei von Sevenoaks, den ein gewisser Kommissar Andrew Gresham am Morgen gefaxt hatte. Es ging um einen Mord an einem Drogendealer, einem kleinen Fisch namens James Hallwell. Zunächst dachte Foyle, der Bericht sei irrtümlich in die Mappe geraten. Doch auf der dritten Seite entdeckte er einen Absatz, in dem es um einen grauen Vauxhall Kombi ging. Gresham hatte ihn angestrichen und dazu geschrieben: »Rhodes' Wagen?«

Der graue Vauxhall Kombi war in der Vorwoche in Hallwells Werkstatt gesehen worden. Kurz darauf hatte man James Hallwell tot auf einem alten Autositz in der Werkstatt gefunden, neben sich eine Spritze mit einem Mix aus Heroin und Kokain. Zunächst hatte man ihn zu den Drogentoten gerechnet. Bis Gresham auffiel, dass der Tote Nikotinflecken am linken Zeigefinger hatte, das Spritzbesteck aber bei seiner rechten Hand lag. Tatsächlich stellte sich heraus, dass Hallwell Linkshänder war. Er hatte auch keine weiteren Einstiche am Körper, woraus Gresham folgerte, dass ihm jemand anders den tödlichen Cocktail gespritzt haben musste. Bei der Durchsuchung der Werkstatt war die Polizei auf ein paar Streifen Kunststofffolie gestoßen, Reste von aufklebbaren Buchstaben. Ein Nachbar hatte gesehen, wie Hallwell den grauen Kombi mit einer Schrift beklebt hatte. Anhand der Folienreste fand Gresham heraus, dass der Kombi die Aufschrift JEFFERTON BROTHERS – 24-STUNDEN-SERVICE FÜR ÜBERWACHUNGSKAMERAS trug. Doch eine solche Firma war nirgendwo registriert.

Der aufmerksame Nachbar hatte außerdem beobachtet, dass Hallwell irgendwelche Aluminiumkisten baute. Auf dem Boden der Werkstatt fand die Polizei Metallspäne. Die Kisten selbst waren verschwunden, aber Gresham hatte zwei offene Schraubstöcke ausgemessen und war zu der Schätzung gelangt, dass sie zwischen zwanzig und fünfundzwanzig Zentimeter breit sein mussten.

Foyle war in Gedanken versunken, als Sergeant Pennel mit aschfahlem Gesicht in die Einsatzzentrale stürzte.

»Ich habe was Dringendes! Peter Varrone hat letzte Nacht eine Nachricht hinterlassen – mehrere sogar. Der Beamte in der Telefonzentrale hat sie aufgenommen, aber am Ende seiner Schicht nicht für Sie ausgedruckt. Varrone hat herausgefunden, was Axiom Day bedeutet. Der elfte November! Es ist eine Chiffre für ›zur elften Stunde am elften Tag des elften Monats‹.«

»Langsam, langsam. Erzählen Sie mir ganz genau, was Varrone gesagt hat.«

Es war still geworden in der Einsatzzentrale. Einige Beamten rückten ihre Stühle heran. Pennel erklärte, wie man das Wort AXIOM als Akronym lesen konnte. Zusammen mit dem Wort ›Day‹ sei es ein klarer Hinweis darauf, dass Rhodes für den heutigen Gedenktag etwas geplant hatte. »Und dann hat auch noch Miss Menihan angerufen. Aus ihrer Nachricht wurde man nicht ganz schlau. Sie und Lindow sind jedenfalls auf dem Weg zu Eamonn Lindows Wohnung in Peckham.«

Foyle sagte nichts und blickte zu einer großen Uhr hinüber. Es war zehn Uhr siebenundzwanzig. Der Sekundenzeiger raste erbarmungslos um das Zifferblatt herum.

»Holen Sie mir sofort Kirsty Laing ans Telefon«, rief er Forbes zu. »Und wenn Lindow oder Menihan anrufen, soll man sie sofort zu mir durchstellen. Schicken Sie ein paar Leute zu Eamonn Lindows Wohnung rüber. Und Lafferty soll hierher kommen.«

Der Superintendent, der den Einsatz zum Gedenktag leitete, trat zu Foyle. »Was ist los?«

»Warten Sie hier, ich erkläre Ihnen gleich alles.«

Foyle hatte Glück – Kirsty Laing war in ihrem Büro, als er dort anrief. »Wo wurde das Foto von Rhodes aufgenommen?«, fragte er. »Sie wissen schon, das Foto, das Sie mir gegeben haben.«

Sie zögerte. »In Whitehall, glaube ich.«

»Ist Weegee ständig in Betrieb?«

»Ja, wieso?«

»Finden Sie heraus, ob Rhodes öfter gesichtet worden ist – und wo genau. Es ist wirklich dringend.«

»In Whitehall ist eine Bombe deponiert«, sagte er dann leise zum Superintendent.

»Das ist unmöglich. Wir haben dort jeden Quadratzentimeter abgesucht. Und das nicht nur einmal.«

»Glauben Sie mir – ich meine es ernst. Wir müssen Whitehall sofort evakuieren.«

»Ja, aber … ich kann doch nicht einfach den ganzen Gedenktag abblasen, wenn ich keinen Beweis dafür habe, dass wir tatsächlich eine Bombe übersehen haben.«

Bevor Foyle antworten konnte, standen der Commissioner und Martin Scarratt auf der Schwelle.

»Was geht hier vor?«, fragte Urquhart.

»Der Commander sagt, in Whitehall könnte eine Bombe liegen, Sir.«

»Welchen Grund haben Sie zu dieser Annahme, Commander?«

Foyle blieb stumm. Welchen Grund hatte er? Er hatte Varrones Theorie, was Axiom Day bedeutete, und ein paar Folienreste in der Werkstatt eines kleinen Gauners – nichts Greifbares, nichts, was den Commissioner überzeugen würde. Er erzählte hastig von der Untersuchung im Mordfall Hallwell und den Überwachungsfotos der MI5, die bewiesen, dass sich Rhodes am 23. Oktober in Whitehall aufgehalten hatte.

Urquhart sah ihn mit gequälter Miene an.

»Ja, aber wo sind diese Bomben?«, sagte er. »Und wer soll sie zünden? Ich meine, ein bisschen mehr brauchen wir schon, Foyle.«

Das Taxi mit Lindow und Mary steckte im Stau – bei Clapham Common wurde gerade eine Gasleitung repariert. Die beiden schauten nervös nach vorn.

»Verdammt«, sagte Lindow plötzlich und schlug sich an die Stirn. »Ich weiß, was das alles bedeutet.«

»Was meinst du?«, fragte Mary.

»Die Anrufe bei Lasseur kamen von einem Computer in Eamonns Wohnung – Rhodes wusste, dass man ihn da zuletzt suchen würde. Und dann hat er ihn so programmiert, dass er Lasseurs Nummer anruft und die Nachricht abschickt, die seinen Computer hochgehen lässt und ihn tötet.«

»Aber das hatten wir doch schon«, sagte Mary. »Warum soll er denn den Computer programmiert haben, wenn Lasseur ohnehin schon tot war?«

»Nein – das ist es ja! Er hatte den Computer schon vorher bei Eamonn aufgestellt. Wahrscheinlich hatte er aber auch ein Laptop dabei. Damit hat er dann die Bombe in Lasseurs Hütte gezündet, statt darauf zu warten, dass der Computer bei Eamonn das Gleiche am Mittwochvormittag tat.«

»Worauf willst du hinaus?«

»Wenn in Eamonns Wohnung ein Computer steht, der so programmiert ist, dass er in den Staaten einen Sprengsatz zünden kann, dann kann er auch das Gleiche heute in London tun. Er steht immer noch dort, Mary, und er läuft noch.«

»Großer Gott, hoffentlich irrst du dich.« Sie sah auf den Verkehr hinaus, fluchte und umklammerte den Fahrersitz des Taxis.

»Können Sie irgendwie aus diesem Stau rauskommen?«, sagte sie zum Fahrer und steckte ihm eine Zwanzig-Pfund-Note durch die Trennscheibe zu. »Es geht wirklich um Leben und Tod.«

»Na klar!« Er nahm das Geld.

Sie scherten aus der Schlange aus, wendeten und fuhren ein Stück zurück. Dann kurvten sie auf Seitenstraßen durch Brixton. Mary rief zum Fahrer vor. »Hey, funktioniert dieses Handy? Kann ich es mir für noch mal zwanzig ausleihen?« Sie schnippte mit den Fingern, damit Lindow ihr Geld gab.

»Für noch mal zwanzig führ ich auf dem Autodach 'nen Stepptanz auf.«

»Es ist Lindow, Sir«, sagte Pennel. »Er ruft von unterwegs an.«

Foyle nahm den Hörer. »Wo sind Sie, Con?«

»Mary und ich sind fünf Minuten von Eamonns Wohnung entfernt. Ich glaube, dort steht ein Computer, der darauf programmiert ist, Befehle zu senden.«

»Was war das mit dem Computer?« Der Motor des Taxis heulte auf, und Lindow musste in den Hörer schreien, um Foyle alles zu erklären.

»Jetzt hören Sie genau zu«, sagte Foyle, nachdem Lindow seine Vermutung erklärt hatte. »Rennen Sie nicht einfach in die Wohnung. Ich schicke meine Leute und das Sprengstoffkommando hin. Bleiben Sie am Telefon und geben Sie mir immer durch, wo

Sie sind. Betreten Sie auf keinen Fall die Wohnung! Haben Sie verstanden, Con? Con? Hören Sie mich?«

Die Leitung war tot. Foyle schlug mit der Faust auf den Tisch. Dann rief Forbes, dass Kirsty Laing am Telefon sei. Foyle griff zu einem zweiten Hörer.

»Ja?«

»Rhodes war am Nordende der Straße, etwa fünfzig Meter südlich des Whitehall Theatre. Und vom letzten Montag gibt es eine nicht bestätigte Sichtung. Aber das Bild war unscharf.«

»Wo war das?«

»Wieder in Whitehall, weiter unten, in der Nähe des Parliament Square. Aber wie gesagt, das Bild ist unscharf. Kann auch ein Handwerker gewesen sein, der die Kameras reparierte. Jedenfalls trug er einen weißen Overall. Er kam mit ... warten Sie ... mit einem grauen Kombi!«

»Verdammt! Oh, verdammt!« Foyle drehte sich um und begegnete Forbes' Blick. »Ein grauer Kombi, sagen Sie?«

»Ja.«

Er ließ das Telefon sinken. »Sie ist in einer Kamera!«, rief er dem Commissioner zu, der am anderen Ende des Raums mit Scarratt sprach. »In einer Überwachungskamera. Sie muss dort sein. Das ist typisch für Rhodes – ein Gerät, das der Sicherheit dient, in eine Bombe zu verwandeln. Der Dealer in Sevenoaks ... er hat ihm einen Kasten gebaut, der wie eine Kamera aussieht. Sie müssen die Parade abbrechen!«

Urquhart nickte. »Gut. Sofort evakuieren! Lassen Sie die Straße räumen und schaffen Sie auf der Stelle die königliche Familie und den ganzen Rest aus Whitehall hinaus – Diplomaten, das Kabinett, alle. Schnell! Ich bete, dass Sie sich irren.«

Foyle antwortete nicht. Er starrte auf einen der Überwachungsmonitore, genau auf das lebhafte Gesicht einer üppigen Frau, die sich gerührt die Augen rieb, als die Kapellen gemeinsam *Men of Harlech* anstimmten.

Es war zehn Uhr, vierzig Minuten und vierundzwanzig Sekunden.

Abgesehen von einem traurigen jungen Mann, der mit einer Flasche Milch und einer Zeitung durch die Straße trottete, war die Jasmine Road wie ausgestorben. Eine Schar Tauben pickte hektisch an einigen Brotkrumen, aufmerksam beobachtet von einer Katze, die ein Stück weiter auf einer Mauer saß.

Mary und Lindow stiegen aus dem Taxi und warteten auf der Straße. Es begann zu nieseln.

Lindow rief Foyle an und wurde sofort durchgestellt. »Wir sind jetzt vor der Wohnung. Von Ihren Leuten ist nichts zu sehen. Was sollen wir tun?«

»Warten Sie. Sie müssten jeden Moment da sein. Und bleiben Sie in der Leitung!«

Lindow blickte an dem Gebäude empor. Alles war wie beim letzten Mal, außer dass die Kletterpflanzen ihre Blätter verloren hatten, sodass der rissige Verputz durchschien. Das Haus stand verlassen da; in der Wohnung im Erdgeschoss waren die Vorhänge zugezogen.

Mary ging zur Gartenmauer und schaute nach oben, dann kehrte sie zu Lindow zurück. Ihre Hände steckten in den Taschen des Mantels, den sie zuammen gekauft hatten. »Wo bleibt die Polizei?«, fragte sie.

»Weiß der Himmel.«

»Gib mir die Schlüssel. Ich schau mal rein.«

Lindow hielt das Handy dicht ans Ohr. »Hey, sei doch mal kurz still, ja? Da tut sich etwas. Ich glaube, sie haben die Parade abgebrochen.«

Mary deutete auf die Uhr. »Hast du gesehen, wie spät es ist, Con? Wir müssen nachsehen, was in der Wohnung los ist.«

Foyle hörte sie. »Lassen Sie Mary nicht gehen, Con.«

»Wir sollen warten«, sagte Lindow im Befehlston. »Also bleib gefälligst hier.«

Der Taxifahrer mischte sich ein. »Und was soll ich tun? Meine Uhr läuft noch. Das wird ein teurer Spaß.«

Niemand achtete auf ihn.

Sechs Minuten nach dem Evakuierungsbefehl hatten Scharfschützen der Polizei drei verdächtige Kameras in Whitehall ausgemacht.

Das Überwachungsteam im Hubschrauber entdeckte zwei weitere in den Seitenstraßen, die zum Victoria Embankment hinabführten. Alle fünf waren in knapp fünf Metern Höhe mit Winkeleisen an den Gebäuden befestigt. Inspector Lafferty, der im Rangerover vom Parliament Square zum Scotland Yard gerast war, schätzte, dass die Kameragehäuse jeweils bis zu zwölf Pfund Sprengstoff fassen konnten – genug, um die Gebäude zum Einsturz zu bringen.

»Könnte sein, dass die Gehäuse mit Nägeln und Schrauben voll gepackt sind, die wie Schrapnelle wirken. Wahrscheinlich gehen die Bomben der Reihe nach los, die beim Ehrenmal zuerst. Dann kommen die in den Seitenstraßen und erwischen die Leute auf der Flucht.«

»Haben wir noch genug Zeit, die Bomben zu entschärfen?«, fragte der Commissioner.

»Wenn sie tatsächlich um elf Uhr losgehen, bleiben uns nur noch zwanzig Minuten. Das reicht nicht aus. Eine untersuchen wir gerade. Aber wir müssen erst einmal unsere Ausrüstung zu den Gehäusen hinaufschaffen, und fünf auf einmal könnten wir ohnehin nicht bewältigen. Wahrscheinlich hat der Mistkerl etwas eingebaut, um ein Entschärfen zu verhindern.«

Der Leiter des Sondereinsatzkommandos schlug vor, die Antennen wegzuschießen, die man aus mindestens zwei der silbernen Gehäuse ragen sah. Doch Lafferty winkte ab. Sie waren viel zu direkt an der Sprengstoffladung.

»Wie weit sind wir mit der Evakuierung?«, fragte Urquhart.

Der Superintendent erwiderte, dass die königliche Familie, die Politiker und Militärs gerade aus dem Foreign Office eskortiert würden. Das Hauptproblem sei die riesige Menschenmenge, die sich durch die Straßen wälzte.

Auf den Bildschirmen sah man, wie sich die Masse der Veteranen, etliche von ihnen blind oder im Rollstuhl, um das Ehrenmal versammelte. Absperrungen zu beiden Seiten hielten die Zuschauermenge zurück. Die einzige Fluchtroute führte nach Westen, durch den Torbogen zur Horse Guards Parade. Die anderen Wege waren durch die Sprengsätze in den Seitenstraßen abgeschnitten.

Man befahl, die Veteranen kehrtmachen zu lassen und zur Horse Guards Parade zu schleusen. Die Monitore zeigten, wie die Polizisten ihren Kollegen, die inmitten der Menschenmassen eingekeilt waren, Anweisungen zubrüllten.

Im Süden der Straße gab es keinen anderen Ausweg, als die Leute in die Straßenmitte und dann hinunter zum Platz zu treiben. Damit wären sie außerhalb der unmittelbaren Todeszone. Doch dann begann alles fürchterlich schief zu laufen. Es gab keine Durchlässe in den Absperrgittern, und die Leute versuchten entweder darüber zu klettern oder sie drängten die Bürgersteige entlang zum Ende der Straße. Die Polizei versuchte auf beiden Seiten, die hohen Drahtzäune wegzuschieben, um ein Ventil für den Druck der Massen zu schaffen.

An manchen Abschnitten wussten die Menschen noch nichts von der Gefahr. Als es zu regnen begann, sprangen Schirme auf, versperrten die Sicht. Dann ging die Schreckensmeldung durch die Menge, und die Schirme begannen im Wogen der Menge auf und ab zu tanzen. Die Menschen drängten erst in die eine, dann in die andere Richtung. Aber sie waren gefangen zwischen Gebäuden und Absperrgittern.

Inmitten der Katastrophe gab es auch unreale Momente. Manche Veteranen schienen nicht gewillt zu sein, ihre Formationen rund um das Ehrenmal ohne entsprechenden Befehl aufzulösen. Die zwölf Reihen der Militärkapellen waren immer noch intakt, und ganze Abteilungen der Household Cavalry und der Welsh Guards standen stramm an Ort und Stelle, geleitet entweder von unglaublicher Dummheit oder Kaltblütigkeit.

Diese Bilder von panischer Flucht und sturem Verharren wurden von Fernsehteams in alle Welt ausgestrahlt.

Der Commissioner bellte den Beamten vor den Monitoren Befehle zu. Mit jeder Minute, die verging, wurde die Lage unübersichtlicher. Was als mustergültiger Reflex zwischen Befehl aus der Einsatzzentrale und Ausführung vor Ort begonnen hatte, löste sich im Chaos auf.

Foyle saß wie gebannt vor dem Lautsprecher, über den er Lindow und Mary Menihan in der Jasmine Road hörte. Es war zehn

Uhr fünfundvierzig, und noch immer war das Sprengstoffkommando nicht in Sicht.

Plötzlich stand Lafferty neben Foyles Stuhl. »Wir wissen jetzt, wie es in den Gehäusen aussieht. Einer von meinen Leuten hat sich aus einem Fenster abgeseilt. Man sieht ihn auf dem Monitor dort hinten. Er hat gerade den Deckel abgenommen und sagt, in dem Ding ist eine ganze Wagenladung Sprengstoff. Die Zündkapsel ist an ein Handy angeschlossen und mit ein paar Schaltkreisen versehen, die ein Entschärfen verhindern sollen. Ein Wunder, dass er den Deckel wegbekommen hat, ohne sich in die Luft zu sprengen.«

»Stromversorgung?«, fragte Foyle.

»Batterien.«

»Der Befehl zum Zünden kommt bestimmt aus Eamonn Lindows Wohnung. Sind Ihre Leute schon in der Nähe?«

»Sie brauchen noch fünf Minuten. Vielleicht auch mehr.«

Foyle rief durch den Raum: »Pennel, was ist mit den Netzbetreibern? Wir müssen das Gebiet sofort vom Funknetz abschneiden.«

»Sie tun ihr Bestes, aber es ist unmöglich, das ganze Gebiet dichtzumachen.«

»Sie sollen es jedenfalls versuchen«, brüllte Foyle. »Da draußen sind Tausende von Menschen!« Dann sprach er in das Lautsprechertelefon. »Sind Sie noch da, Con? Welche Telefonnummer hat Ihr Bruder? Wir müssen sie sofort sperren lassen.«

Mary schaute wieder auf die Uhr. »Gib mir die Schlüssel, verdammt noch mal. Wir haben nur noch zwölf Minuten. Los, komm schon. Ich geh da jetzt rein.«

»Lassen Sie sie nicht gehen«, bellte Foyle in Lindows Ohr.

»Du kannst nicht da rein«, sagte Lindow. »Bleib hier.«

Mary fuhr blitzschnell mit der Hand in seine Jackentasche und angelte sich den Schlüsselring. Lindow hielt mit der rechten Hand das Telefon und griff mit der linken nach Mary, aber sie entwischte ihm und sprang die Eingangsstufen hinauf.

»Sie geht rein«, schrie er ins Telefon.

»Ich komme mit.« Er ließ das Telefon sinken, um Foyles Proteste zum Verstummen zu bringen.

»Moment mal!«, sagte der Taxifahrer und stieg aus dem Wagen. »Woher soll ich wissen, dass Sie nicht abhauen?«

Mary öffnete die Tür. Sie warf Lindow noch einen Blick zu und verschwand ins Haus. Er lief los, rutschte auf dem feuchten, seifigen Gehsteig aus, rappelte sich wieder auf und stürmte ihr nach.

»Nein!«, schrie Foyle, aber seine Stimme drang nicht aus Lindows geschlossener Faust.

Lindow lief durch die leere Eingangshalle, die Treppe hinauf. Oben hatte Mary den Treppenabsatz erreicht. Lindow war ein Geschoss unter ihr, als sie einen Schlüssel in das obere Schloss steckte. Dann versuchte sie das untere und drückte gleichzeitig mit dem Knie gegen die Tür. Lindow sah noch ihren Hinterkopf in der Türöffnung verschwinden.

»Ma …!«, schrie er.

Ein weißer Blitz schoss aus dem berstenden Türrahmen. Die Druckwelle riss Lindow nach hinten. Er knallte mit dem Kopf gegen das Geländer und wurde in einem Hagel aus splitterndem Holz und Mauerwerk die Stufen hinabgeschleudert. Am Fuß der Treppe blieb er liegen. Das Haus dröhnte, Glas zersplitterte, und Schwaden von Ruß und Mörtel gingen nieder. Er öffnete die Augen. Der Blitz war in seine Netzhaut eingebrannt. Er blinzelte, um ihn loszuwerden. Warmes Blut floss nach hinten in seine Haare.

Irgendwann – er wusste nicht, wie viel Zeit vergangen war – hörte er die leise, gedämpfte Stimme aus seiner Faust. »Con? Con! Alles in Ordnung bei Ihnen?«

»Da war eine Bombe«, flüsterte er, und dann formte sich die schreckliche Erkenntnis zu Worten. »Mary war drinnen. Hilfe, schnell …«

Er rutschte zur Seite und stand langsam auf. Dann begann er sich nach oben zu schleppen. Es war sehr dunkel, und das Treppenhaus war voll beißendem, dichtem Rauch. Die Explosion hatte die Fensterscheiben herausgesprengt, Rauch quoll auf die Straße. Weit entfernt hörte er Stimmen. Menschen schrien.

Dann sah er Mary zusammengekrümmt an der Wand liegen. Er sprang die restlichen Stufen nach oben und räumte den Schutt von ihr. Überall war Blut. Die Wand war übersät mit feinen Spritzern.

»Con«, stöhnte sie. »Bist du das? Ich kann nichts sehen.«

»Das vergeht. Es wird alles wieder gut.« Er konzentrierte sich auf ihr Gesicht und ihre Augen, weil er nicht wagte, auf ihre Verletzungen weiter unten zu sehen.

»Lüg mich nicht an. Ich weiß, dass es nicht so ist.«

»Doch, bestimmt.« Er strich ihr das Haar aus dem Gesicht und lächelte sie an. »Halt durch, Liebling. Halt durch.«

Er musste sie wegbringen. Der Rauch wurde immer dichter. Er ging in die Hocke und schob den linken Arm unter ihre Schulter.

»Du wirst wieder gesund, ich verspreche es.« Er berührte sie leicht an der Wange. Sie blickte zu ihm hinauf.

»Du hattest Recht. Jetzt sehe ich.« Sie lächelte schwach und hielt nun die Augen starr auf einen Punkt hinter ihm gerichtet. Lindow wandte den Kopf.

»Was ist da?« Dann begriff er.

»Nein! Das darfst du nicht! Nein! ... Mary ... Nein!«

Er rüttelte sie an den Schultern, wie um sie am Einschlafen zu hindern, und schrie wieder und wieder ihren Namen, aber sie hatte kein Gewicht in seinen Händen – eine leere, leblose Hülle. Zum ersten Mal sah er auf ihre Wunden hinab und sank entsetzt zurück. Für Mary kam jede Hilfe zu spät. Sie war aus ihrem blutigen, zerfetzten Körper geflohen und hatte ihn damit zurückgelassen. Er ließ sie sanft auf den Boden sinken. Dann stieg ein unendlicher Groll in ihm auf – darauf, dass Menschen so zerbrechlich waren, dass sie einfach starben.

Er hörte Foyles Stimme. Ohne den Blick von Marys Gesicht zu wenden, hob er langsam das Telefon ans Ohr.

Bis zur Explosion in Peckham hatte die gesamte Einsatzzentrale auf die wackligen Bilder einer Videokamera gestarrt, die aus einem Fenster über die Bombe gehalten wurde, die dem Ehrenmal am nächsten war. Der Bombenentschärfer, der sich zu ihr abgeseilt hatte, versuchte die Antenne des Handys abzuschrauben, ohne den Berührungszünder auszulösen.

Dann hatte Foyles Schrei den Raum erschüttert, und kurz darauf kam ein Dröhnen aus dem Lautsprecher.

Es knackte, und die Verbindung drohte zusammenzubrechen, dann hörte man ein Donnern und Poltern, gefolgt von einer furchtbaren Stille. Foyle war überzeugt, dass Lindow und Mary tot waren. Er stand auf und schrie ihre Namen in das Telefon. Mit wildem Blick schaute er durch den Raum und fragte, wo das Sprengstoffkommando sei. Whitehall konnte unmöglich rechtzeitig geräumt werden, und das Schicksal all der Menschen dort hing nun von einem gut geschützten Computer in der Jasmine Road 56 ab.

»Die Bombe muss mit einer Alarmanlage verknüpft gewesen sein«, meinte Lafferty, »ein Bewegungs- oder Wärmemelder, da gibt es tausend Möglichkeiten. Weiß der Himmel, was er noch für Überraschungen in die Wohnung eingebaut hat.«

Dann kam, heiser und verständnislos, Lindows Stimme über den Lautsprecher. Sie hörten ihn husten und leise sprechen. Kurz danach schrie er auf.

Foyle zuckte zusammen und schüttelte verzweifelt den Kopf. Er sah auf die Uhr und warf Lafferty und dem Commissioner einen Blick zu. Der Commissioner nickte. Sie konnten nicht länger warten. Sie mussten Lindow bitten, in die Wohnung zu gehen und nach dem Computer zu suchen, der den Befehl an die Sprengsätze sendete.

»Con, antworten Sie, Con! Ist jemand bei Ihnen?«

»Mary ist tot.«

»Halten Sie durch, bald wird jemand kommen. Aber jetzt müssen wir herausfinden, was in dieser Wohnung ist. Können Sie das für uns tun? Trauen Sie sich das zu? Wir haben keine Zeit mehr.« Foyle war nun sehr ruhig. Als Lindow etwas murmelte, wiederholte er die Frage.

»Ja«, antwortete Lindow nun deutlicher. »Ich bin hier. Ich mache es.«

»Gut. Ich habe den Leiter der Sprengstoffabteilung bei mir – Colin Lafferty. Colin wird Sie durch die nächsten Minuten führen. Sagen Sie ihm genau, was Sie sehen. Okay? Wir sind bei Ihnen!«

Lindow stand benommen auf. Ihm war schlecht, und er hatte das unwirkliche Gefühl, zu schweben. Er schüttelte sich, sodass Blut von seiner aufgeplatzten Augenbraue an die Wand spritzte, und wackelte mit einem Finger in jedem Ohr, damit das Schrillen aufhörte.

Foyle redete mit ihm, aber auch von unten kamen Geräusche – Stimmen, Schreie. In der darunter liegenden Wohnung war jemand verletzt. Ein Mann hatte sich halb die Treppe herauf gewagt und rief ihm etwas zu.

»Sind Sie von der Polizei?«, schrie Lindow.

»Nein ... aber die ist unterwegs«, entgegnete der Mann.

»Dann bleiben Sie weg – hier ist es gefährlich.«

Er betrat die Wohnung seines Bruders; das Telefon hielt er ans linke Ohr.

»Wo sind Sie?«, fragte Foyle.

»Ich gehe jetzt hinein. Hier ist alles voll Rauch.« Während er sprach, umging er ein Loch im Boden und prüfte mit einem Fuß, ob die Bodenbretter sein Gewicht aushielten. Er hob einen Teppich auf und schlug auf die Flammen ein, die aus dem umgestürzten Sofa züngelten. Das Fernsehgerät war in die Bücherwand geschleudert und zertrümmert worden. Die Bücher lagen unter Putz und Mörtel begraben auf dem Boden. Alle Fensterscheiben waren zersplittert, und die zerfetzten Vorhänge schlugen im Wind und blieben an den scharfkantigen Glaszacken hängen.

»Was jetzt?«, rief er.

»Suchen Sie die Telefonleitung«, sagte Lafferty ruhig. »Der Anschluss ist gesperrt worden, aber lassen Sie uns trotzdem damit anfangen.«

Lindow suchte hustend im Zimmer herum. Er stieß auf ein Telefon und verfolgte das Kabel bis zu einer Buchse an der Wand, schob den Schutt zur Seite und beugte sich hinab. »Da ist keine

Leitung«, sagte er. »Das Telefon ist eingesteckt, aber von der Buchse führt keine weitere Leitung weg.«

»Er muss sie woanders verlegt haben«, sagte Lafferty. »Können Sie aus dem Fenster sehen? Da müsste irgendwo eine Art Kasten für den Anschluss sein.«

Lindow stieß das zertrümmerte Fenster auf und suchte die Außenwand ab. Auf der Straße hatten sich die ersten Schaulustigen versammelt.

»Ist da oben jemand verletzt?«, rief ein Mann.

Lindow beachtete ihn nicht. Er beugte sich vor und untersuchte ein kleines quadratisches Stück Wand unter dem Fenster, das sich hell von der verwitterten Fassade abhob. Er meldete Lafferty seine Entdeckung.

»Das heißt, er hat den Anschlusskasten ebenfalls verlegt. Wahrscheinlich auf der Rückseite des Hauses.«

Lindow begann an der Fußleiste dem Kabel nachzugehen, wobei er die Möbelstücke zur Seite rückte. Das Sofa flammte wieder auf, aber er ließ es brennen und stolperte zur Küche. Dort lehnte er sich aus der Fensteröffnung.

»Ich hab's. Vor dem Küchenfenster auf der Rückseite ist ein Kasten. Er ist außer Reichweite – aus dem Ding kommen eine Menge Drähte. Das ist mehr als eine Leitung.«

»Vielleicht hat er dort die Telefone aus seinen anderen Stützpunkten angeschlossen«, sagte Lafferty. »Das bedeutet, wir müssen das Gerät finden. Es könnte immer noch ein Anruf durchkommen.«

»Wo sind Sie?«, fragte Foyle.

»Auf dem Weg ins Schlafzimmer. Ein Draht führt zum Schlafzimmerfenster. Moment mal, hier hat sich etwas verändert. Der Schreibtisch steht woanders.«

Der Sekretär mit dem Geheimfach war ein gutes Stück in Richtung Fenster verrückt worden.

Er bückte sich, um die Fußleiste dahinter zu betrachten. »British Telecom hat bestätigt, dass sie den Anschluss gesperrt haben«, sagte Foyle.

»Ruhe!«, sagte Lindow. Er lauschte und hörte das Summen eines Computers.

»Er ist im Schreibtisch.«

»Wo?«, fragte Lafferty.

»In einer Schublade.«

»In welcher? Fassen Sie noch nichts an!«

Lindow legte das Ohr an den Schreibtisch. »In der mittleren.«

»Machen Sie die nicht auf. Nehmen Sie die Schublade darüber heraus. Vielleicht können Sie von dort hineinsehen.«

Lindow zog die obere Lade heraus und blickte auf einen zusammengeklappten Laptop und ein Gewirr von Drähten.

»Ich hab ihn«, sagte er. »Er ist genau vor mir.«

»Was sehen Sie?«

»Viele Drähte. Zwei oder drei kommen aus der Richtung des Anschlusskastens. Dann sind da noch mal zwei, die seitlich an Kupferstreifen befestigt sind: der eine am Schreibtisch, der andere an der Schublade.«

»Das ist die Sprengfalle. Wenn Sie die Schublade aufziehen, schließen Sie den Stromkreis, und es knallt. Irgendwo da drin ist ein Sprengzünder und eine Ladung versteckt.«

»Unter dem Computer, glaube ich. Er scheint auf irgendetwas zu stehen …« Lindow brach ab, weil ihm dichter Rauch im Hals brannte.

»Kommen Sie irgendwie an den Computer heran? Können Sie ihn aufklappen?«

»Warten Sie, ich sehe das Stromkabel. Soll ich es herausziehen?«

»Nein!«, sagte Lafferty. »Daran hat er bestimmt auch gebastelt. Versuchen Sie, den Laptop aufzuklappen.«

»Okay! Okay!« Lindows Augen tränten vom Rauch. »Ich muss das Telefon einen Moment weglegen.«

Er wischte sich über die Augen, dann streckte er die Hand in die Schublade und klappte den Deckel vorsichtig auf.

»Auf dem Schirm sind sechs Zahlen«, rief er. »Er wählt gerade nach draußen.«

Er hörte, wie Foyle den Beamten an den Funkgeräten zubrüllte, dass alle Leute vor Ort in Deckung gehen sollten.

Plötzlich fiel Lindow die Sprengfalle in Droy ein. Damals hatte ein einziger Ruck genügt, um alles in die Luft fliegen zu lassen.

Er steckte das Telefon in die Tasche, stürzte zu Eamonns Kleiderschrank und riss die Tür auf. Er griff sich ein Bündel Krawatten von einer Stange und begann sie fieberhaft zusammenzuknoten. Als er vier Stück verknüpft hatte, lief er zum Schreibtisch und band ein Ende an den Griff der mittleren Schublade. Dann band er weitere Krawatten ans andere Ende. Mit dem sechsten Knoten war er außerhalb des Schlafzimmers.

Er nahm das Telefon aus der Tasche und rief: »Jetzt mach ich dem Scheißkerl einen Strich durch die Rechnung.«

Er zog an dem Strick aus Krawatten. Nichts geschah. Einer der Knoten hatte sich am Türrahmen verhakt. Als Lindow sich in Sichtlinie zum Schreibtisch schob, um den Knoten freizubekommen, hörte er den melodiösen Wählton, mit dem das Modem eine Verbindung aufbaute. Er riss noch einmal mit aller Kraft an dem Strick und warf sich gleichzeitig auf den Boden. Die Schublade schoss nach vorn, und Lindow war noch nicht auf dem Boden gelandet, als ihn die Explosionswelle traf und es Nacht um ihn wurde.

Die Feuerwehrleute und Polizisten, die kurz vor der Explosion in der Jasmine Road eingetroffen waren, rappelten sich vom Gehsteig hoch und rannten ins Haus. Man hatte ihnen von dem Mann darin erzählt, aber sie gaben ihm keine Überlebenschance. Zwei Feuerwehrleute mit Atemmasken gingen zuerst hinein, gefolgt von hustenden Polizisten. Auf dem Treppenabsatz vor der Wohnung fanden sie die Frau. Ein Beamter kniete sich zu ihr nieder. Als er sah, dass sie tot war, begann er sie die Treppe hinabzuschleifen. Die Feuerwehrleute drangen in die Wohnung ein. Mit den Griffen ihrer Äxte tasteten sie sich im Rauch vor wie Blinde. Sie fanden den Mann im Wohnzimmer, genau unter dem Fenster. Er lag auf einem Stapel Bücher. Sie wischten ihm den Staub aus dem Gesicht und fühlten nach seinem Puls. Dann hoben sie ihn an Armen und Beinen hoch und trugen ihn aus der Wohnung, in der Eamonns zerfetzte Bücher zur irischen Geschichte aufflammten.

EPILOG

Lindow wartete am Empfang des Krankenhauses in seinem Rollstuhl auf Foyle. Eine Krankenschwester scharwenzelte um ihn herum. Sein linker Arm war vom Handgelenk bis zum Ellenbogen eingegipst und die linke Gesichtshälfte von einem Verband bedeckt. Die Ärzte hatten ihm gesagt, dass er auf dem linken Auge vielleicht nie mehr sehen würde. Die Wunde in der Wange war tief, und er würde mehrmals operiert werden müssen. Die Ärzte hatten sich deshalb dagegen gesträubt, dass er das Krankenhaus verließ, aber Lindow war stur geblieben. Er hatte Foyle gebeten, ihn abzuholen und zu seiner Wohnung zu fahren, damit er sich für das Begräbnis umziehen konnte.

Als Foyle erschien, stieg Lindow aus dem Rollstuhl und begrüßte ihn mit tiefer, brüchiger Stimme. Foyle berührte ihn an der Schulter, fasste ihn vorsichtig am rechten Arm und führte ihn ein paar Stufen hinab zum Ausgang, wo Alex mit dem Wagen wartete. Lindow kam nur langsam voran; er hatte Verletzungen an den Beinen, und die zwei gebrochenen Rippen auf der rechten Seite schmerzten, als er die kühle, frische Luft einatmete.

Foyle half ihm auf den Rücksitz.

»Wissen Sie, welcher Tag…?« Lindow räusperte sich. »Wissen Sie, welcher Tag heute ist?«

»Wie meinen Sie das?«

»Heute ist mein Geburtstag. Natürlich hab ich es vergessen. Meine Schwester hat gerade angerufen und mich daran erinnert. Sie wollte eigentlich kommen, aber meinem Vater geht es nicht gut, und sie kann ihn nicht allein lassen.«

Foyle drehte sich zu Lindow um. »Ich weiß nicht, was ich sagen soll – wegen Ihres Geburtstags, meine ich.« Er sah wieder nach vorn und drückte gereizt auf den Knopf für den Fensterheber. »Herrgott noch mal, Alex, wieso heizen Sie hier drin wie verrückt? Man bekommt ja kaum noch Luft.«

Alex warf Lindow einen resignierten Blick zu.

Vor Lindows Wohnung wartete ein einsamer Pressefotograf. Seit Sonntag schrieben die Zeitungen ununterbrochen über ihn und Mary. Von Lindow wurde immer der Schnappschuss gezeigt, als man ihn vor drei Wochen aus dem Krankenhaus abgeführt hatte, aber niemand hatte ein Foto von Mary ausgegraben. Das Interesse an der geheimnisvollen »Heldin des MI5«, die ihr Leben geopfert hatte, um die Menschen in Whitehall zu retten, war dadurch umso größer geworden.

Als Foyles Wagen hielt, lief ihnen der Fotograf entgegen. Foyle stieg blitzschnell aus und hielt die Hand vor die Linse. Dann legte er dem Fotografen seine mächtigen Arme um die Schulter und schleppte ihn ein Stück die Straße entlang. Nachdem er sah, dass er den Kürzeren ziehen würde, lud der Fotograf seine Ausstattung in den Kofferraum und brauste davon.

Lindows Wohnung sah aus, als wäre sie gerade erst verlassen worden. Das Bett war nicht gemacht, und Marys Kaffeetasse stand unberührt neben dem Telefon. Das grüne Halstuch, das sie in Irland getragen hatte, hing über einer Stuhllehne. Lindow hob es mit seiner unverletzten Hand auf und hielt es sich vors Gesicht.

»Ihnen ist hoffentlich klar, dass Sie beide Nationalhelden sind«, sagte Foyle und sah ein wenig verlegen aus. »Und ich fürchte, das bleibt auch so. Die Presse hat alles versucht, um ein Foto von Ihnen beiden zu bekommen. Sie haben sogar den Geheimdienst bedrängt, Bilder aus Marys Akte herauszugeben.«

»Gibt es dort welche? Ich hätte auch gern eins.«

Lindow zog vorsichtig den knittrigen Anzug an, den er bei Eamonns Beerdigung getragen und dann in eine Reisetasche gestopft hatte.

»Sieht nicht besonders gut aus, was?«, sagte er, als ihm Foyle das Jackett um die Schultern legte.

»Das geht schon«, sagte Foyle. »Die Falten legen sich beim Tragen.«

Der Nebel stieg über der Themse auf, und als sie die kleine Kirche am Rande Londons erreicht hatten, kämpften sich Sonnenstrahlen durch den herbstlichen Dunstschleier. Vor der Kirche standen Polizei und Sicherheitskräfte, aber niemand von der Presse. Foyle flüsterte Lindow zu, dass der Geheimdienst das Begräbnis arrangiert hatte – auf Bitte von Marys Mutter hin. Der Vikar, ein MI5-Mann aus der Zeit des Kalten Krieges, der vor zehn Jahren Priester geworden war, hatte ein Fleckchen Erde für Mary auf dem Friedhof gefunden, obwohl sie kein Geheimdienstmitglied war.

»Ich dachte, ihre Mutter ist Jüdin«, sagte Lindow, während ihm Alex aus dem Wagen half. »Und was ist mit ihrem Vater?«

»Ihr Vater ist schon lange tot«, erwiderte Foyle. »Hat sie Ihnen das nicht erzählt?«

»Nein. Sie kam nicht dazu, mir viel zu erzählen.«

»Sie haben Recht, was ihre Mutter angeht. Sie selbst ist Jüdin, hatte aber das Gefühl, dass Mary zum christlichen Glauben tendierte.«

»Sie war überhaupt nicht gläubig«, sagte Lindow. »Sie glaubte an andere Dinge.«

In der Kirche stand Marys Blumen geschmückter Sarg auf einem niedrigen Katafalk. Lindow blickte auf dem Weg zur vordersten Kirchenbank stur an ihm vorbei auf den Altar. Eine zierliche Frau in einem dunkelblauen Mantel und mit einem kleinen Hut auf dem Kopf wandte ihm das Gesicht zu, als er auf der Bank Platz nahm, und lächelte ihn mit Marys Augen an. Foyle stellte sie als Mrs. Jessie Harkovitz, Marys Mutter, vor. Auf der anderen Seite des Ganges erkannte Lindow Sir Derek Crystal, der, wie Foyle erklärte, den Premierminister vertrat. Foyle flüsterte ihm die Namen von Trauergästen zu: Peter Speerman, Keith Craven-Elms, Adam Durie, Angus Grove, Rory Fuller. Die meisten von ihnen seien Kollegen von Mary. Lindow nickte gleichgültig.

Der Gottesdienst begann mit einer Ansprache des Vikars, einem schmächtigen Mann mit buschigen, grauen Koteletten. Aus weiter Ferne hörte er Sir Derek Crystal über Marys Tapferkeit und ihre Verdienste im Kampf gegen den Terrorismus reden. Lindow dachte daran, wie Mary bei Eamonns Begräbnis Yeats gelesen hatte. Wahrscheinlich hatte er sich damals in sie verliebt.

Die Trauergemeinde stimmte einen Choral an, bei dem Foyles Stimme laut durch den Kirchenraum hallte.

Dann trugen sie Marys Sarg aus der Kirche. Lindow und Marys Mutter folgten den Sargträgern auf den Friedhof. Das Gras im Schatten der alten Grabsteine war vom ersten Raureif bedeckt. Als Mary in die Erde gesenkt wurde, drangen die Worte des Priesters zu Lindow durch. »Denn da es Gott dem Allmächtigen in seiner großen Gnade gefallen hat, die Seele unserer lieben verstorbenen Schwester zu sich zu nehmen, übergeben wir hiermit ihren Leib der Erde; Erde zu Erde, Asche zu Asche, Staub zu Staub …«

Lindow trat vor und legte einen Blumenstrauß ans Grab; er hatte eine Karte daran gebunden, auf der nur ein Wort stand: *Acushla.* Irgendwann würde er es in Marys Grabstein meißeln lassen.

Die Trauernden blieben noch eine kleine Weile stumm stehen. Foyle hatte fröstelnd die Arme verschränkt und überlegte, was für ein grausames Schicksal es gewollt hatte, dass die Kette von Ereignissen, die vor langer Zeit auf einem Friedhof begonnen hatte, nun auf einem anderen Friedhof ihren Abschluss fand.

Als sie sich vom Grab entfernten, sah Lindow ein Paar, das zu spät gekommen war und etwas abseits auf dem Kiesweg stand. Die Frau war wie er selbst im Gesicht bandagiert. Ein paar Leute von MI5 scharten sich um sie. Sie begrüßte alle mit einem Kopfnicken, wandte den Blick jedoch nicht von Lindow.

»Ach ja, Con«, sagte Foyle und führte Lindow zu ihr. »Ich glaube, ihr habt euch nie richtig kennen gelernt. Das ist Kay Gould, die Frau, der Sie in der Clarence Street geholfen haben. Erinnern Sie sich?«

»Ja … natürlich erinnere ich mich«, antwortete er zögernd. »Aber wieso sind Sie hier?«

»Ich war eine Kollegin von Mary.«

GLOSSAR

Garda
Polizei der Republik Irland

Inla
Irish National Liberation Army. Paramilitärische Organisation. Gegründet 1975 im Anschluss an die Spaltung der offiziellen IRA.

IRA
Irish Republican Army. Irisch-Republikanische Armee. Bedeutendste Organisation der Katholiken in Nordirland, die seit ihrer Gründung 1919 in verschiedenen Stadien der Legalität für die Unabhängigkeit Irlands von Großbritannien kämpft (seit Gründung des irischen Freistaates 1921/22 für die Unabhängigkeit Nordirlands). Gelangte seit dem Wiederaufflammen der religiös-sozialen Unruhen 1969 zu neuer Bedeutung, spaltete sich jedoch 1970 in einen ›offiziellen‹ (siehe **Official IRA**) und einen ›provisorischen‹ Teil (siehe **Provisional IRA**).

LOYALIST
Befürworter der Bindung Ulsters an das britische Königreich, meist extremistische Prägung.

METROPOLITAN POLICE
Londoner Stadtpolizei.

MI5
Staatlicher britischer Geheimdienst, verantwortlich für die innere Sicherheit, mit Agenten in Nordirland.

MI6
Staatlicher britischer Geheimdienst, verantwortlich für Sicherheitsfragen außerhalb des Vereinigten Königreichs, mit Agenten in Nordirland.

NATIONALISTEN
Anhänger eines vereinigten Irlands.

NORDIRLAND
Teil des Vereinigten Königreichs, bestehend aus den sechs Counties (Verwaltungsbezirken) Nordostirlands.

OFFICIAL IRA
Offizielle IRA, Rumpf der Partei, der nach der Abspaltung der Provisional IRA 1970 übrig geblieben war. Stellte 1972 aktive Operationen gegen die Briten ein.

PROVISIONAL IRA
Größte paramilitärische Organisation. Verantwortlich für Mordanschläge. Ihre Mitglieder nennt man Provisionals.

REPUBLIKANER
Militante Nationalisten und Befürworter des Bruchs mit dem Vereinigten Königreich zu Gunsten eines vereinigten Irlands.

RUC
Royal Ulster Constabulary. Polizei Nordirlands. Fast ausschließlich protestantisch.

SAS
Special Air Services. Sondereinheit der britischen Luftwaffe. Wurde zu verdeckten militärischen Einsätzen benutzt, in Nordirland offiziell erst ab Mitte der Siebzigerjahre.

SINN FÉIN
(dt. »Wir selbst«). 1905 gegründete irisch-nationalistische Partei.

Erreichte für Irland 1921 den Status eines Freistaats. Als politischer Flügel der IRA strebt die Sinn Féin seitdem die Vereinigung Irlands an und setzt sich mit diesem Ziel für die volle Durchsetzung des Selbstbestimmungsrechts in Nordirland ein.

SO13
Specialist Operations Department des Scotland Yard für Terrorbekämpfung.

SO19
Specialist Operations Department des Scotland Yard für Schusswaffen.

SPECIAL BRANCH
Sonderabteilung der britischen Polizei mit Agenten in Nordirland.

ULSTER VOLUNTEER FORCE
1912 ursprünglich als Gegengewicht zur irischen Unabhängigkeitsbewegung gegründet und später in die britische Armee eingegliedert. Abgesehen von einem kurzen Zeitraum auch eine illegale paramilitärische protestantische Gruppe, die für Morde verantwortlich war.

UNIONIST
Verfechter des Verbleibs Nordirlands im Vereinigten Königreich.

WAHRE IRA (REAL IRA)
Neuere radikale Splittergruppe der paramilitärischen IRA. Abspaltung aus Protest gegen das Friedensabkommen vom Karfreitag 1998. Verantwortlich für Bombenanschläge.